谨以此书献给为中国环保事业不畏艰辛、无私奉献的环
保工作者和所有珍爱地球家园的人们!

中国第一部深度揭示并将影响国人
环保意识和生存理念的纪实小说

环保局长

【上部】 李建荣◎著

人民出版社

责任编辑:乔还田
装帧设计:大象设计
版式设计:虹阳图文

图书在版编目(CIP)数据

环保局长/李建荣 著. -北京:人民出版社,2009.2
ISBN 978 - 7 - 01 - 007584 - 6

Ⅰ. 环⋯　Ⅱ. 李⋯　Ⅲ. 长篇小说-中国-当代　Ⅳ. I247.5

中国版本图书馆 CIP 数据核字(2008)第 204632 号

环 保 局 长
HUANBAO JUZHANG

李建荣　著

人民出版社 出版发行
(100706　北京朝阳门内大街 166 号)

北京市凯鑫彩色印刷有限公司印刷　新华书店经销

2009 年 2 月第 1 版　2009 年 2 月北京第 1 次印刷
开本:710 毫米×1000 毫米 1/16　印张:33.25
字数:480 千字

ISBN 978 - 7 - 01 - 007584 - 6　定价:58.00 元 (上、下)

团购电话:(010) 58876509

我们必须爱地球，因为人类无处可去

  随着人类科技前所未有地飞速发展，经济发展的速度异常迅猛，人类的物质生活丰富得让人眼花缭乱，人类沉浸在对物质无尽地追求与享受的快乐之中。

  然而，酸雨、沙尘暴、土地退化、植被破坏、物种灭绝、资源枯竭、江河湖海被污染、环境污染导致的疾病与死亡等灾难越来越严重地威胁着人类的生存，将人类从美梦中惊醒。人类忽然发现，由于无节制地攫取资源，忽视了对环境的珍惜与保护，人类与自然的矛盾已经非常尖锐，环境问题已经成为关乎人类生死存亡的严峻现实问题！

  环保局长吴铁良生活的灵湖市，在经过多年高速发展之后，经济繁荣发达，人们生活水平不断提高，但与此同时，也经受着河水变质、空气污染、土壤退化引起的生活环境不断恶化的困扰；环境问题成为几百万灵湖人难以摆脱的梦魇，成为制约灵湖经济发展的一个顽固瓶颈；如何解决发展与环境、人与自然的矛盾，进一步提高人们的生活水平，成为考验吴铁良等灵湖市各级党政领导乃至全市人民良知与智慧的一道难题。

  灵湖市的问题其实是当今整个人类、整个中国面临问题的一个缩影。《环保局长》以小说特有的艺术形式、丰富真实的生活细节、尖锐激烈的矛盾冲突、跌宕起伏的故事情节，真实生动地反映了以吴铁良、李志成等一批环保工作者，在破解这一难题过程中的困惑、痛苦、求索、彷徨与觉醒，他们满腔热情，以集思广益的智慧和锲而不舍的环保行动，既淋漓尽致地书写着生活中的爱恨情仇，又矢志不渝地追求着工作中的道德正义，以令人信服的过程与事实，为我们充分展示了破解这一难题的可能性、可行性和美好前景。

《环保局长》具有浓厚的纪实色彩。作者在创作前进行了长期的素材搜集和生活积累，采访了众多的环保部门领导和工作人员，掌握了大量的重要材料，其中很多情节让人有身临其境的熟悉感，众多人物给人以似曾相识的亲切感，让人不由自主地与主人公们同悲同喜，同呼吸共命运。更难能可贵的是，该作品没有落入社会问题题材小说简单暴露或揭示内幕、煽动情绪的俗套，而是在生活与事实的基础上，进一步挖掘，深刻揭示了国人的环保意识有待增强的现实，剖析展示了我们面临的环保难题形成的复杂背景与根源，鲜明地提出了珍惜环境、守望家园、人与自然和谐相处、共创环保文明的崭新理念和美好愿望；既真实反映了我们面临问题的严峻性与迫切性，警示人们正视问题，又让人们切实看到了出路与希望。

《环保局长》既有故事背景宏阔，情节跌宕起伏，矛盾冲突尖锐激烈的大开大合、粗犷豪放的一面；又有叙事细腻，儿女情长，充满知识性、趣味性，精致优雅的特点。激烈处，波谲云诡、惊涛骇浪；温柔处，千回百转、荡气回肠。书中对不同性格人物感情的描写细致入微，人物个性准确鲜明。关于制茶、品茶、江南饮食、环保知识的叙述，优雅新颖，犹如一本生动的环保科普手册，一方饮食文化的旅游指南。

文学艺术的重要任务在于以高度的社会责任感关注人类的生存与发展，在于有效地发现和提出问题，以艺术的魅力感染人、触动人，引发思考，促进人与社会、人与自然及人内心精神世界的和谐。《环保局长》所反映的题材正是当今全人类面临的最严峻的现实问题之一，提出的问题是关乎人与自然、人与社会的关系以及如何处理生存与毁灭、环境与发展、当下生活与未来生活等和每个人息息相关的大问题，无不震撼人的灵魂、催人反思和自省。如何解决这些问题，是我们当代人留给后代子孙一个什么样世界的根本问题，不仅是道德问题、良知问题，更是人类不可推卸的责任与义务，容不得含糊！

环境问题既是全人类的问题、国家的问题，也是每一个社会成员的问题，如果我们认为环保是与自己无关的事情，只有政府、社会组织和少数人的觉醒与行动，我们生存环境的恶化将无法遏止，保护环境的事业不可能取得根本的成功。

《环保局长》深切地呼吁和倡导人们，对自然，要多一些敬畏之情。中华民族自古以来崇尚"天人合一"的精神，今人更要继往开来，守望我们的家园，守望人类的幸福；事实已经证明，任何对她的蹂躏和戕害，都会自食苦果。对自然，我们一定要有一颗感恩的心，感谢自然之母的无私奉献，赐予我们适宜生活的美好生存环境，切勿贪得无厌，肆意掠夺。请不要为了发展经济而牺牲环境，无数前车之鉴表明，"先发展后治理"的模式是得不偿失的。当刻意隐瞒的污染大白于天下，山清水秀早已被糟蹋得不成样子，最终没有人能够逃脱大自然的惩罚！一旦没有干净的水源，没有洁净的空气，没有安静的环境，人类的基本生存将如何保证？

爱护环境不仅是今天的事业，也是未来的事业；不仅是当代人的事业，也是子孙万代的事业，是功德无量的事业。中华民族历来提倡"前人栽树，后人乘凉"，我们怎能贪图眼前利益，贪图当下的物质享受而牺牲子孙后代的幸福！

发展是硬道理，但一味地只讲发展无视环境却是绝对的没道理。地球是上苍恩赐给人类赖以生存的家园，人类在享受的同时应该怀着一颗感恩的心去守望她，而不是为了满足其无尽的欲望不断地掠夺她。否则，人类终有一天会为其愚蠢的行为付出惨痛的代价。人类生存的家园需要守望，心灵的家园更需要呵护。《环保局长》是一部昭示人间大爱、平衡灵魂与欲望、启迪生命智慧的宏篇巨著；是一部正义与邪恶、道德和沉沦交织博奕的精彩大戏。让人感到振奋的是，这部小说，让我们仿佛看到在环保问题日益突出的土地上，矗立起一座灯塔，让我们深感安慰！阅罢此书，相信每一位读者都会受益终生！

最后，衷心地感谢李建荣老师，能为这个浮躁的时代带来一缕清新的原野之风，让人们能够重新审视自我，暂时远离外界的诱惑转而向内看，以常空常新的心灵对话天地。

唐晓龙
2009年元旦于北京易和书斋

上部

目录

环保局长

中国第一部深度揭示并将影响国人环保意识和生存理念的纪实小说

李建荣·著

环保局长

中国第一部深度揭示并将影响国人环保意识和生存理念的纪实小说

李建荣·著

1. 信访主任

　　灵湖市的男女老少，不知道市长名字的，不在少数，但不知道三多巷的，就没几个了。三多巷，以"小贩多、小偷多、小姐多"而闻名，按老百姓的说法，三多巷远不止这"三多"，还有垃圾多、民工多、违章建筑多，等等。三多巷位于城乡结合部，沿街开着形形色色的商店，周围是高低不等的民房。由于房租便宜，打工的人都喜欢在这里落脚。

　　市信访办主任吴铁良一家就居住在三多巷，八年前在这里买的房子。那会儿，他刚从灵阳县调来市里，手头有点儿紧张，就贪图便宜，在城市边缘买了这套房子，尽管这些年的工资涨过几次，但房价涨得更快，他所在的信访办又没有油水，只能将就着在这儿住下去。每天进进出出，鸡叫、狗叫，嘈杂的环境让人心烦，但据说这儿很快要拆迁了，对于吴铁良来说，这是天上掉馅饼的喜讯，等于自己在这儿白住了几年，又能重新得到一套新房，这可是打着灯笼也难找的机会，这样的机会得益于灵湖市的旧城改造。机会是好东西，有的机会需要等，有的机会需要找，人的命运，不就是因为机会而发生改变的吗？

　　三多巷要拆迁的消息风传了好几年，但就是只听雷声不见雨滴。住在这里的居民，眼瞅着别的地方旧貌换新颜，这儿却像是坐怀不乱的柳下惠，迟迟不见动静，心里不免有些焦虑。近几年，工商所也不来收管理费了，城管也不从这儿耀武扬威地经过了，环卫所也很少来清理垃圾了，三多巷就像一个被人遗弃的孩子，谁都懒得管。没想到，拆迁没拆成，人反而越来越多，各种商店也应运而生。三多巷的繁荣，伴随着它的脏、乱、差，就这样在大家的眼皮底下，一天天地壮大起来。

吴铁良每天出入三多巷，说实话，心里很不舒服，倒不是看不起三教九流，而是对这里卫生环境的无序状态深感忧虑。看着遍地乱扔的垃圾，闻着巷口厕所散发的臭味，听着商店里震耳欲聋的音响，踏着大排档门前下水道溢出的污水，雨天一身泥，晴天一身灰，可想而知，住在这里是什么滋味。向有关部门反映，要么是没有音讯，要么是推三阻四，说这个归环卫站管，那个是城建部门的责任，这个去找环保局投诉，那个去找城管解决，总之是和他们无关。作为市信访办主任，几乎每天要接待几拨因为各种原因上访的群众，对于某些部门踢皮球不办事的做法，他是深恶痛绝的，但又无可奈何。

这天傍晚，吴铁良回到家，把自行车停在客厅里，刚想坐下喝口茶，妻子常凤英从厨房出来，把茶杯从他手里拿走放到旁边的桌上，一边伸手拍打他的茄克衫，一边说道："你看看，忙了一天，什么好处没捞着，就带了一身的灰！我看你呀，不像是信访办主任，倒像是吸尘器！"吴铁良憨厚地笑着："凤英，真是对不住，结婚这么多年，让你受委屈了，我心里有愧啊！这儿的环境差是差点儿，但人家能住，我们也能住，要是拆迁了，我们就有新房子住了。"常凤英说："等拆迁要等到猴年马月！咱们女儿菲菲快要大学毕业了，你让她回来跟我们住一块儿吗？还有她的工作，你最好通通路子，你这个信访办主任，大小是个官儿，怎么一点儿能耐都没有？"吴铁良笑道："工作性质不同呀，信访办主任，就是接待群众来信来访，为创建和谐社会做贡献的呀！"

吃晚饭时，吴铁良说："这马兰头不错，味道清香，淡淡的涩里能嚼出甜来，让我想起我们在乡下的生活，苦虽苦了点儿，但充满了希望，就是这鲫鱼汤，带着股油腥味，不好喝，下次不要买了吧？"常凤英用筷子戳戳鲫鱼汤说："你才知道啊？电视台的《市民热线》都曝过几次光了，说清江岸边很多工厂违法排污，江里的鱼死的死，活着的也不好吃了，我是从熟悉的鱼摊上买的灵湖里的野鲫鱼，没想到味道也没从前鲜了，怎么没人管这事？"吴铁良说："清江水污染我知道，江边的村民来上访过几次，我把群众的投诉转给了环保局，也不知费明局长怎么搞的，清江就像花瓶里的鲜花，一天不如一天！"常凤英笑道："多做多错，少做少错，不做不错。他是个滑头，宁可不办事，也不会去得罪领导，现在灵湖市大搞招商引资，他能因为环保问题去螳臂当车吗？"吴铁良摇摇头说："在其位，不谋其政，这不是失职吗？"

常凤英说："市里要开两会了，听说这次干部要大换血。树挪死，人挪活，你当了六年的信访办主任，也该动动脑子、换换位子了，我表弟春林脑子活络，要不找他商量商量，给领导送点儿什么礼？"吴铁良不悦地说："给领导送礼？你不是害我吗？我是这种人吗？"常凤英说："现在谁不知道，不跑不送，原地不动；只跑不送，平级调动；又跑又送，提拔重用！跑是什么？跑是足字旁一个包，当然要送礼！你这个信访办主任，到现在连辆小车都没有，是不是太寒酸了？要是当个局长什么的，肯定大不一样！"吴铁良笑道："我觉得现在挺好，你别瞎操心！"常凤英用手戳了下他的脑门，说："真没出息！不想当将军的士兵，不是好士兵！"

第二天是星期天，常凤英不由分说，硬拉着吴铁良来到她表弟开的"通灵"礼品公司。吴铁良平时忙，没来过这家礼品公司，看着外面装修得富丽堂皇，走进去一看，偌大的营业厅，除了几个营业员，顾客寥寥无几。来到二楼的总经理办公室，常春林正在打电话："哦，戴校长啊，您要的三千把电动剃须刀我已经准备好了，'灵湖中学五十年校庆'的字样也打上了，下午就给学校送过去，您晚上有空吗？哦，那改天，改天我请客！"

常凤英笑眯眯地说："春林，你的生意越做越大了，一个电话就搞定了？"常春林招呼道："姐，姐夫，你们坐！我一早打喷嚏，原来是你们要来啊。"常凤英笑道："你姐夫难得休息，今天我硬把他拉出来，吹吹风，晒晒太阳，要不都要发霉了！"常春林笑道："姐，看你把姐夫说的，姐夫好歹在市政府当差，发福还差不多，怎么会发霉？"吴铁良笑道："我天天听你姐数落，耳朵都起老茧了。"吴铁良环顾了一下办公室里的豪华装修，想着楼下营业厅里的冷清，不知他是怎么做生意的。吴铁良说："春林，礼品公司的生意好吗？"常春林点了一根烟，笑道："姐夫，你觉得呢？"吴铁良说："楼下的营业厅没几个顾客，这样能行吗？"

常春林弹了一下烟灰，笑道："楼下的零售厅只是摆摆样子，靠它，我不得喝西北风？"吴铁良不解地说："不靠卖东西赚钱，那你靠什么？"常春林笑道："我现在做的都是单位生意，靠人脉，靠朋友介绍，多个朋友多条路嘛！姐夫，你在官场上混了那么多年，平时积累的人际关系，那就是财富的源泉啊！"常凤英挖苦说："他认识的都是些什么人？都是上访的群众，哪是什么财富的源泉？在信访办一呆就是六年，也真够有耐心的，和他一起共事的，好几个都出去当了局长、县长，就他还守着老位置自得其乐！"常春林说："姐，你也别埋怨姐夫，姐夫是颗螺丝钉啊，到哪儿都能扎根。"常凤英说："他哪是螺丝钉？他是榆木脑袋不开窍，在市里这么些年，也不知道向领导送个礼，谁会想起他呀！要不是我硬拽他来，他今天肯过来吗？"

常春林听表姐这么说，问道："那你们找我有事？"常凤英说："不是最近干部要换届吗？我叫他给领导送点儿礼，给调个好位子，他死活不肯！"常春林说："叫姐夫送礼？送给谁？能给姐夫调位子的，只有宋书记，你送上去，宋书记会接受吗？"常凤英说："所以来请你参谋参谋，送什么好？"常春林摇头说："据我所知，宋书记是不收礼的，别弄巧成拙，碰一鼻子灰！"吴铁良说："就是，宋书记不是那种人，我说这条路行不通，可你姐非要拉我来，这不是为难我吗？"常凤英说："哪有猫儿不偷腥？现在当官的，别看表面一本正经，暗地里哪个不贪？光靠那点儿工资，能过得那么风光滋润吗？"吴铁良说："你又瞎说！我在信访办呆六年了，宋书记是什么样人，我比你清楚！他可不是你想象的那种人！"

常凤英辩解说："我没说他不好，我叫你给他送礼，也是为你好，让他对你留下点儿印象，提干的时候能想到你！"常春林说："要送东西，我这儿有的是，什么水晶、刺绣、玉雕、书画，随便你挑！"常凤英说："我们想送点儿特别的，送钱肯定不行，送金银首饰太俗套，送古董怕送个赝品。春林，你见多识广，帮忙出出主意，怎么送得与众不同，又恰到好处？"常春林笑道："姐夫都不急，表姐，你急什么呀？"常凤英说："还不是为了他的前途！他安于现状，不求上进，我替他担心啊！岁月不饶人，再不抓住机会，往后升职的希望就更渺茫了！"

常春林说："每次换届选举，有关系的，有能力的，谁不想更上一层楼？

姐夫是个老实人，只会做事，不会做人！不过，送礼是门艺术，送什么、怎么送，都是有讲究的，既要投其所好，又要避免行贿嫌疑。有人喜欢金钱，有人喜欢美女，有人喜欢出名，姐夫，你知道宋书记喜欢什么吗？"吴铁良摇摇头："我没注意。"常春林说："按理说，每个人都会有爱好，宋书记应该也不例外，姐夫，领导喜欢什么，你一定要留意，这对你绝对有好处！"

吴铁良想了一下，说："喝茶算不算爱好？"常凤英恨铁不成钢地说："吴铁良，你动动脑子好不好？喝茶算什么爱好？哪个中国人不会喝茶？"常春林感兴趣地说："哦，宋书记爱喝什么茶？"吴铁良说："我去过宋书记的办公室，发现一面墙的橱柜里，放着很多茶叶罐，有铁观音、碧螺春、龙井、普洱等，在沙发前有一个茶几，上面放着很多茶具，不是我们一般喝茶用的茶杯。"常春林笑道："茶道即人道，宋书记真是高人，他不是喝茶，他是品茶啊！"

常凤英说："春林，你倒是说说，我们给宋书记送什么好？"常春林笑道："你们知道灵湖最有名的是什么？"常凤英脱口而出："三多巷！"常春林笑道："三多巷是地名，我是说灵湖的特产。"常凤英继续抢答："鱼！"常春林摇头说："我是说灵湖市的土特产。"吴铁良说："茶叶！是灵湖银毫！"常春林点点头："对，就是灵湖银毫！从前那可是贡茶，据说，乾隆皇帝喝了都赞不绝口！现在的极品银毫，每年产量不到一公斤，在市场上不是论斤卖，而是论克，每克要卖一百元！"凤英有点儿咂舌："这么贵？快赶上黄金了。"常春林笑道："嫌贵？难不成买十块钱一斤的送人？走，我们现在就去灵湖茶园，去晚了不一定买得到！"

车子在公路上奔驰，公路两旁的田地现已规划到开发区，矗立起一栋栋商品楼和新厂房。常春林开着车，感慨地说："现在的政策好，发展快，农民不用种田了，厂房都建到村边了。"吴铁良说："农民没田种，我看未必是好事，这会增加社会失业人口，现在大学生毕业都难找工作，何况是农民？农田让工厂占用了，粮食产量就少了，价格就会上来，这会增加通货膨胀的压力，还会增加居民的生活开支。"常春林笑道："到底是吃干部饭的，看待问题的角度就是不一样，不过，现在灵湖人生活水平确实提高了，我们都感谢改革开放的好政策啊！"吴铁良笑道："改革开放是对的，要是不改革、不开放，我们现在还吃大锅饭呢！但我们在开闸放水时，也难免泥沙俱下，所以，现在涌现出不少问题，需要我们去面对，去解决！"常春林笑道："姐夫，你说话大有进步啊，这可是十足的官腔，不像是信访办主任的口气。"吴铁良笑道："还不是让你们逼的！"

春风徐徐，杨柳依依。灵湖市的龙溪村，村外的麦地里，稀稀落落的小麦一片枯黄色，眼看这一季又要颗粒无收了。几个小孩在荒芜的麦地里放风筝，有的拉着线，有的在奔跑，他们欢快地叫着，空中飞舞的蝴蝶是他们童年的牵挂。不远处有一家工厂，像炮弹一样耸立着的两根烟囱，肆无忌惮地向空中吞云吐雾。两个小孩在沟渠边钓龙虾，沟里流淌的是黑乎乎的水，较小的男孩问哥哥："龙虾是喝墨水长大的吗？"哥哥说："这不是墨水，这是污水。"

龙溪村的田埂上，站了很多人，有一百多个村民，还有村委会徐主任、乡里主管环保的田副乡长、县环保局的马凡平局长以及几名检测人员。田副乡长说："乡亲们，大家不要急，今天，灵阳县环保局的马局长放弃休息天，亲自来调查问题，乡政府会积极配合，大家要相信科学，相信政府！我们会根据县环保局检测的数据，依法办事！"有村民抗议："田副乡长，我们去乡里讨说法，为啥连大门都不让进？"有村民说："去年的水稻就枯死了，农药厂到现在一分钱的赔偿也没给我们，今年的小麦又死了，叫我们吃什么呀？"

马凡平听着村民们的牢骚，有点儿不耐烦，他叫身边两名工作人员去地里挖了点儿泥，又剪了一把枯黄的麦苗，分别装在两个瓶子里，然后，他对田副乡长说："我们已经取了样，带回去再检测，今天我们下来，主要是了解姜福贵的鱼塘死鱼的事，不是来参加什么诉苦大会！"田副乡长堆着笑脸说："好好，那我们现在就去鱼塘。"他转过身，马上变了脸色，严肃地对周围的村民说："今天领导有事，不是来拉家常的，大家不要东拉西扯，都给我散了，马上回家！"村民不肯离去，有人喊道："水稻死了，小麦死了，老姜的鱼死了，都是一个原因！你们不查农药厂，有什么用啊！"有村民附和说："对，都是那个农药厂害的！他们没来前，我们村啥都好，现在，啥都变了样！"

田副乡长声色俱厉地说："给我住嘴！大伙都回去！谁要不听话，电力站就拉谁家的电！徐主任，你赶紧叫大伙散开！"徐主任冲着人群喊："该吃饭了，大伙散了吧！别影响领导办事！"村民们有的在后退，有几名村民在叫："我们要求关了农药厂！农药厂把咱们村害惨了！"田副乡长说："办农药厂是为大伙好，方便大家购买，解决村民就业，你们怎么狗咬吕洞宾，不识好人心？"村民们气愤地说："好什么呀？自从开了农药厂，我们天天遭罪！气难闻，水难喝，庄稼也种不了！农药厂答应赔钱，可是没见他们给过一分钱，就会拿空头支票糊弄人！"有的村民说："只要关了农药厂，我们放鞭炮感谢你们！"

马凡平皱了皱眉，田副乡长叫道："谁是姜福贵？带我们去你的鱼塘看看！其他的人马上回家，不得无理取闹！"有个村民说："我是老姜的邻居，他今天不在家，昨天夜里他老伴犯病，连夜送卫生院了，现在还没回来！"另一个村民说："听说他老伴得的是胃癌，已经晚期了，我们村这几年得癌症的人可不少，已经死了十来个了。前几天，老孙头的大儿子死了，今年才四十三岁，白发人送黑发人，可惜啊！"田副乡长说："这老姜头，就会给我们添乱，自说自话到县里上访，现在县里来人了，他又不在家，让领导白跑一趟，真不像话！"老姜的邻居说："他老伴得了重病，他能留在家里吗？你们要去鱼塘检测，我们陪你们去！"马凡平说："算了，既然当事人不在，很多事说不清楚，我们改天再来吧！"田副乡长说："好，我们回乡里吃饭！"村民们看着他们离去的身影，不解地说："这就走了？啥事没干啊！"有个村民说："他们哪次下来给咱们办过一桩好事？还不是雨过地皮湿——走走形式罢了！"

2. 灵湖茶园

　　常春林的车在城郊公路上畅行无阻，风从车窗灌进来，凉爽宜人。常凤英说："开慢点儿，注意安全。"常春林笑道："要致富，先通路，灵湖市领导真有远见，这么宽的路，再过十年也能用，不像有的地方，刚修好的路，过两年就嫌窄了，还得重修。"吴铁良说："城市规划不能只顾眼前，要目光长远，可惜有的部门还是老样子，城里有的街道三天两头开膛破肚，一会儿是污水管，一会儿是自来水管，一会儿是电力线，一会儿是通信线，大家各干各的，也不协调好，重复施工，造成了多少浪费！"常春林说："是啊，有的路面还经常变换，一会儿是水泥路，一会儿是沥青路，搞不懂是谁的主意。"吴铁良看到路边的一个村庄，几乎每家的房前屋后都种着几棵茶树、几棵果树，茶树长得郁郁葱葱，果树上的花开得正艳。也许，这样种植的茶树和果树才能相得益彰，让茶更香，让果更甜。

　　灵湖茶园在灵湖和清江交汇的转角地带，有几百亩的光景，几十万棵高低不等的茶树，旁边的两座山上有品质更好的茶树，极品灵湖银毫就采自山腰的几棵老茶树。这里是绿色的海洋，人走在茶树间的小路上，呼吸新鲜的空气，沁人肺腑，感觉特别舒服。据说，茶树能释放负氧离子，对健康非常有益。接近中午，茶园里没有采茶姑娘，只有阳光和春风，旁边那条流水潺潺的清江，养育了数百万灵湖人。人们习惯把灵湖比作是一个茶壶，而把清江比作是长长的壶嘴。放眼望去，有山有水有茶树，风景美不胜收！

　　茶园一侧，有一堵半人多高的围墙，围墙内传来说话的声音。走进去一看，里面是几间白墙黑瓦的平房，房前支着两口大铁锅，锅下面的柴火烧得正旺，其中一口锅前围着几人，有一位六十多岁的老者，像表演杂技一样，用手在锅里上下翻飞。吴铁良看得眼花缭乱，不知道老者在干什么。走近了一看，原来老者在炒茶。旁边有人问："老师傅，这茶卖多少钱一斤？"炒茶师傅继续在锅里翻炒茶叶，头也不抬地说："我只管炒茶，别问我价钱。"又有人问："老师傅，你手在锅里摸来摸去，不觉得烫吗？干吗不用铲刀炒？"老师傅微微一笑，露出自得的神色："用铲刀炒茶叶？没听说过！这茶叶自古就是用手炒的，炒茶讲究火候、温度和手感，要拿捏得恰到好处，全凭这双手，用其他东西就没这个感觉了，也没这个味儿了。"

翠绿的嫩叶就像刚出世的精灵在炒茶师傅的手上跳舞。老师傅用手攥着一把，天女散花一样在锅里撒开，然后用手掌贴着锅底来回翻动，一揉一搓，如行云流水，一片片茶叶在收敛在蜷缩，颜色也在渐渐变淡。吴铁良心想，灵湖茶叶看上去是淡淡的白色，泡出来却是碧绿透明，也不知其中有什么奥妙？吴铁良看得入神，常春林拉了他一把，说："姐夫，我们是来买茶的，不是来看炒茶的。"吴铁良笑道："看他们炒茶是一种享受，我在办公室呆久了，跟大自然接触少了，真该出来散散心！"常凤英说："是啊，这里赏心悦目，真是个好地方！"

他们走进经理室，里面有个四十来岁、头有点儿秃的男子正在翻看报纸，当他看到常春林他们进来，起身笑道："原来是常总大驾光临，有失远迎，恕罪恕罪！"常春林笑道："陆兄客气了，这是我姐夫，市信访办的吴铁良主任，这位是我表姐常凤英，灵湖农村信用合作社的副主任。"然后转过去又对吴铁良和常凤英介绍："这位是灵湖茶园的陆洋陆经理。"陆洋一边热情握手，一边疑惑地说："信访办？信用社？我好像没欠贷款吧？"吴铁良笑道："我们不是来催讨贷款，我们是来买茶叶的。"陆洋舒了口气，说："常总，你要买茶还用亲自来吗？打个电话，我叫人送去啊！"

常春林笑道："要是一般的茶，我们就不上你这儿了，我们要的是极品银毫，你这儿有货吗？"陆洋看了他们一眼，说："你们要买灵湖银毫？"常春林说："是啊，我姐夫想买点儿好茶叶，这不我就想起你来了。"吴铁良说："院子里炒的是什么茶？我看不错啊！"一说起茶叶，陆洋就兴致勃勃，他说："吴主任，你是说外面郭师傅炒的茶吧？那是一品银毫，是早上刚采的，这茶可有讲究，非得在春分和清明之间几天，摘取茶树上的嫩芽，而且，必须在早上六点到九点之间，茶叶上的露水还没干的时候采。每天我们采到的茶叶，炒出来不过二三斤，所以售价不低，一两茶叶能卖到一百块左右，清明后的茶叶就便宜多了。"常凤英点头说："真是价格不菲，这一两茶叶，抵上买三只鸡了。"

吴铁良问道："极品的灵湖银毫闻名遐迩，我倒真不知它是怎么炒制的。"陆洋介绍说："春分前几天，梅花和桃花次第开放的时候，在早晨六点之前，采半山腰那几棵老茶树的新芽，要求芽叶均匀、鲜嫩，不能有斑点和虫咬，采下后晾干，由有几十年炒茶经验的老师傅亲手炒制。极品银毫的炒茶工艺非同一般，它不是采用普通的铁锅炒，而是采用传统的石板烤制。古人是用阳光晒烫石板的方法烤茶叶，现在我们是在石板下用木柴生火，烧烫石板后，把嫩叶均匀地撒在石板上，用牙签不住地翻动茶叶，直到把全部茶叶烤成一毫米粗细的银丝，所以叫'极品银毫'。极品银毫保留了茶叶原生的形、色、香、味，泡过五杯，依然色泽碧绿，清香怡人，乃茶中极品！"常凤英说："这也太讲究了吧？茶叶不就是供人喝的吗？怎么像伺候千金小姐似的！"常春林笑道："对，极品银毫就是千金小姐，一般的茶叶也就是个丫鬟！陆兄，光听你说就让人心驰神往了，能否让我们见识一下？"

见陆洋面露难色，常春林笑道："我们要买，总得先验下货吧？它不会娇贵到让人看一眼就影响到它的品质吧？"陆洋说："那倒不至于，只是……"常春林说："只是什么？是你的茶园没有货,还是怕我们买不起？"陆洋说："常总言重了，只是你们来得不巧，昨天刚好被人买走了！"常凤英说："说了半天，原来有价无货啊！"常春林说："是谁买走的？谁会刚好抢在我们前面？"陆经理欲言又止。吴铁良说："既然极品没有了，那我们买点儿一等品回去也行。"常春林说："姐夫，那怎么行，一品和极品，怎么能相提并论！我们是送人，又不是自己喝！陆兄，凭咱们的交情，你还信不过我吗？都是自己人，你就实话实说，是谁捷足先登把极品银毫买走了？"

陆洋喝了口茶，说："今年就产了两斤极品银毫，本来想通过公开拍卖，卖个好价钱，但昨天下午，有人非要把茶叶买走，我实在推不掉，就卖给了他。"常凤英压低声音问："是谁？不会是宋书记吧？"陆洋摇摇头："宋书记没来过茶园，是环保局的费局长，他亲自来买走的，我给他的价位还很低。"吴铁良没想到是他，说："费明？他买那茶叶干吗？"常凤英冷笑道："喝得起的不买，买得起的不喝，还能干吗？这不是和尚头上的虱子，明摆着嘛！"吴铁良有点儿明白了："哦，他也是买了去送人的？"常春林说："他送的肯定不是一般人，我估计，他的想法和我们差不多，这家伙够精明！"陆经理说："各位抱歉，让你们失望了！"吴铁良说："没关系。"陆洋说："我们去茶园走走吧！"

陆洋陪他们出来，常春林说："陆兄，灵湖银毫除了极品和一二三等品，有没有等外品？"陆经理说："有啊，是后期的老茶叶和茶梗合成的，一袋半斤，卖五元钱，建筑工地和农村有人买的。"常春林笑道："陆兄，我有个建议，或许能增加它们的附加值！"陆洋感兴趣地说："是什么金点子？还请常总指点迷津！"常春林笑道："灵湖银毫是个知名品牌，能否考虑发展它的产业链，不光卖茶叶，还可以延伸做其他产品？"陆洋笑道："常总所言极是，不知有何高见？"常凤英插话说："对，还有茶叶蛋！"吴铁良瞪了她一眼，说："人家在讨论茶叶，你说什么茶叶蛋，真是贻笑大方！"常春林说："等外品的茶叶不值钱，可以把茶叶和茶梗收集起来，做成茶叶枕头，茶叶的清香有醒脑安神的保健作用，说不定会有市场。"陆洋喜出望外地说："谢谢！这个主意太好了，可操作性强，能很快投入生产！"

常凤英说："这儿环境优美，要是每天来茶园散步，准能延年益寿！"陆洋叹息着说："好景不长哪！"吴铁良颇为不解："为什么说好景不长？"陆洋说："吴主任，您在政府部门工作，不知道这儿发生的事吗？"吴铁良摇摇头："没听说。"陆洋说："我们茶园边的一大片田地上，画着几条白线，插着几面小红旗，你们来的时候看到了吗？"吴铁良点点头，陆洋有点儿气愤地说："灵湖房地产开发公司相中了这片地，要建什么灵湖明珠别墅区！"常凤英说："这儿依山傍水，是块风水宝地。"吴铁良说："他们要在灵湖边建别墅区？土管、城建和环保等部门，怎么能通过呢？"常春林笑道："姐夫，亏你也是个政府官员，不了解官商勾结的内幕吗？房地产商要没有背景，他能拿到地，能干成大事吗？灵湖房地产公司的曹总要是没有靠山，能从十年前的小包工头发展到现在灵湖的首富吗？别说在湖边建别墅区，他就是想建水上宫殿，还不是小菜一碟？"常凤英说："一栋别墅要上百万，灵湖百姓的腰包还没这么鼓，他们卖给谁呀？"常春林笑道："只要有人建，不愁没人要！"吴铁良感叹道："在湖边搞别墅区，真是大煞风景！宋书记不知道吗？"常春林笑道："知道又怎么样？"

陆洋指了指前面的两座山，说："你们看这两座宝塔似的山，这面还树木葱绿，可到那面去看，准把你们吓一跳！"常凤英说："哦？山背后有什么？妖怪？"陆洋说："不是妖怪，但比妖怪更可怕！妖怪还占山为王，在洞里歇息，可他们把小半座山都毁了！"吴铁良说："那是怎么回事？"陆洋说："那边的村庄办了石料加工厂和大理石厂，这山的缺口越来越大了，我看要不了几年，山头就会像和尚的头，变得光秃秃了！"常凤英说："真是可惜了，我听说，这两座山还有个传说，说是很久很久以前，赤脚大仙挑担泥路过此地，他走累了，在灵湖边歇歇脚，有两块泥不小心从担上掉落下来，赤脚大仙走后，那两块泥就变成了两座山。"

常春林说："开山毁林，还不是受利益的驱使！人要是财迷心窍，就是神仙也挡不住！姐夫，你不是在信访办吗？怎么不过问一下？"吴铁良苦笑道："心有余而力不足！我们只负责接待、登记、上报和劝告，调查落实不是我们的职责。"常凤英说："他呀，就是瞎忙，一年忙到头，也没什么政绩！别人也看不到！"吴铁良笑道："我是人民公务员，每天和老百姓打交道，为他们排忧解难，这就是我的政绩！我不是做给别人看的，只要自己做到问心无愧，这就够了！"陆经理笑道："吴主任，现在像您这样当官的不多了，手里有点儿权的，哪个不是吃拿卡要？"吴铁良笑道："党员干部就是要做到洁身自好、以身作则！"常春林说："姐夫是个好人，可惜现在好人当不了大官！"常凤英说："我们别愤世嫉俗了，陆经理，茶园的生意还好吧？"

陆洋说："不瞒几位，茶叶生意现在不太景气，灵湖银毫的销路有点儿滑坡，前几年在外地开的专卖店，今年已经撤了几个，卖茶叶赚的钱，还不够支付店租和工资。"常春林说："怎么会呢？不是还有极品银毫这块金字招牌吗？"陆经理无奈地说："极品银毫产量太低，只是撑个面子，一等品的质量也有所下降，流失了一些高端客户，加上一些不法分子以劣质茶叶冒充我们的灵湖银毫，抢占了我们的市场份额，破坏了灵湖银毫的声誉，对我们的市场营销造成了一定的冲击！目前，我们也在想办法努力开发新产品，积极申请灵湖银毫的原产地保护！"

吴铁良平时也爱喝茶，喝的是普通的灵湖银毫，的确感觉味道不如从前了，但也没太在意，今天听陆洋一说，才知道灵湖人引以为豪的灵湖银毫如今处境堪忧。吴铁良感慨地说："灵湖银毫是灵湖的特产，也是灵湖的名片，现在名片发出去不受欢迎了，我们灵湖人脸上无光啊！"常凤英说："可不是，灵湖历史悠久，灵湖银毫更是千年名茶，据说唐朝的刘禹锡，就因为游览了我们这里的灵湖灵山，品尝了这里的灵湖银毫，才写出那传世名篇《陋室铭》：山不在高，有仙则名；水不在深，有龙则灵！"常春林笑道："那是文人墨客的游戏，编一些故事，套在古代名人身上，是骗骗外地人的。"吴铁良说："今年，灵湖市要打文化旅游牌，保护名牌，开发旅游，这对灵湖银毫也是个机遇。"常春林笑道："我看是醉翁之意不在酒，在乎招商引资也！"

陆洋说："刘禹锡要是现在来，就没有写《陋室铭》的灵感了，现在的灵湖，湖水没以前清了，清江的污染影响了灵湖水质，湖边常有死鱼漂浮，我们茶园在湖边，因为要用湖水浇灌，茶叶的质量都受到了影响，要是在夏天，有时，清江会飘来难闻的臭味，工人不得不戴上口罩给茶园除草！"常春林笑道："这里还算是好的，我去过清江中游的灵阳县，那才叫触目惊心！工厂一家挨着一家，都在清江两岸，而且都是造纸厂、印染厂、化工厂之类高污染的企业，他们明目张胆地向清江排污，污水哗哗流入清江，水面上漂着长龙似的白色泡沫，泡沫下面是黑乎乎的江水，距离江边半里路就能闻到江水的臭味！你们知道江边的村民管清江叫什么吗？他们不叫它清江，叫乌江！"

吴铁良就来自灵阳县农村，是喝清江水长大的，对清江有着深厚的感情，那时候的清江是什么样子，他记忆犹新：人们在清江里游泳、钓鱼、捉蟹，江边有芦苇，宽阔的江面还养红菱，有的人家还养蚌育珠。口渴了，可以直接捧起江水喝个饱，比现在的矿泉水还好喝……这才多少年，怎么就变了呢？吴铁良大学毕业后一直在外面工作，很少回老家，在市信访办工作的几年接触到几起群众的上访，反映江边工厂大量的废水、废气、废料对他们生活的环境和身体健康造成的伤害，这些问题都及时转给了环保局，怎么到现在，清江的污染反而越来越严重了？环保局去查了没有？企业有没有达标排放？这些问题，虽然不是吴铁良该管的，但却揪住了他的心！

陆洋拿出手机看了看时间，说："人微言轻，说什么也不顶用。民以食为天，我们先去吃饭吧，就去附近的船餐一条街！"吴铁良犹豫着，说："我们回去吃吧，怎么好意思让你破费呢？"陆洋说："难得你们来一次，咱们又聊得这么投机，怎么能不吃饭就走呢？是不把我陆洋当朋友吗？"常春林劝说道："姐夫，陆兄一番盛情，咱们就吃了饭再走吧！"陆洋说："陆某高攀，把吴主任当朋友，请吴主任不要见外！"吴铁良点点头："好，恭敬不如从命，那我们就不客气了！"从刚才的交谈中，吴铁良看出来了，陆洋是个不错的人，有文化，有见识，不是一般唯利是图的商人，交个这样的朋友，也是人生的际遇。

3. 阻挠执法

　　车子开了十几分钟,来到了灵湖边的船餐一条街。一个简陋的停车场,停满了各式各样的小轿车,十来条大船泊在湖边,装潢得如画舫一般,每个水上餐厅,无不宾朋满座,生意兴隆。陆洋说:"这边的生意好,城里的、外地的都慕名而来,现在生活条件好了,农家菜、渔家菜,反倒吃香了。"常春林说:"听说当初只开了两家,是为了方便游客玩好吃好,没想到生意火爆,就越开越多,现在已经形成了一条街,旅游公司这招棋是走对了。"

　　他们走进了一家"湖风餐厅",船舱里的餐桌已座无虚席,服务员热情招呼:"客人吃饭吗? 楼上请,楼上有雅座! "几人噔噔噔上楼,楼上摆着六七张桌子,两边的窗户都挂着布帘,有两桌客人在吃饭。常春林走到窗边,拉开窗帘说:"风光风光,有风有光才叫风光,他们把风光挡了,还能叫雅座吗? 陆兄,我们就坐这桌吧。"坐在他们邻桌的是随后上楼的两个姑娘,一个三十岁左右,瘦高个儿,短发,很精神,另一个二十五岁左右,圆脸,很可爱的样子。

　　几人坐下,服务员拿来一份菜单,陆洋说:"吴主任,您请先点。"吴铁良把菜单推了回来,说:"我们随便吃点儿就行了。"陆洋笑道:"来水上餐厅就是来吃湖鲜的,吃湖鲜不能没有酒,常总,吴主任,你们喝什么酒? "吴铁良摇摇头说:"不,我不能喝酒。"常春林笑道:"姐夫,今天你休息,不用遵守什么干部禁酒令了吧? "吴铁良说:"那就来瓶灵湖啤酒吧。"常春林说:"我也来瓶啤酒,陪姐夫喝。"常凤英说:"春林,你要开车,不能喝酒。"常春林说:"喝啤酒没事。"陆洋笑着说:"今天向领导看齐，我也喝啤酒。常主任喝什么？椰子汁？酸奶？"常凤英说："我要一听椰子汁。"

陆洋叫道："服务员！给我们来三瓶啤酒，一听椰子汁！还有醉虾、红烧鳗鱼、烩昂刺鱼、鱼香肉丝、竹笋炖鸭、炒螺蛳、煸蚕豆、韭菜百叶、糖水藕片、香菇青菜……"吴铁良连连摆手说："够了够了，就我们四个人，吃不是浪费！"陆洋说："那就先点这些，不够了咱们再添！对了，服务员，你们这里有什么招牌菜，介绍一下啊。"年轻的服务员说："有一道'偷情汤'，客人都喜欢点的。"常凤英笑道："还有这种菜？饭店真会哗众取宠！"常春林笑道："估计是商家的噱头，往汤里加了点壮阳的草药，就大言不惭说成什么偷情汤！"陆洋说："不管是什么，今天我们也尝尝！"

当陆洋这桌点菜的时候，旁边的桌子已上了两份快餐，瘦高个的姑娘拿起一次性筷子看了看，叫道："服务员！有没有消过毒的筷子，给我们换两双！"服务员在一边说道："一次性筷子不要你钱的，你就用吧！"瘦高个姑娘说："不行！必须换消毒筷子！"服务员无奈，拿了两双消过毒的竹筷上来，把一次性筷子收走后，嘀咕道："吃快餐还这么讲究，什么筷子不一样用！"那姑娘盯着服务员看，眼睛一眨不眨，看得服务员浑身不自在。服务员说："你盯着我看干什么？看上我了？"姑娘笑了一下，说："你倒挺会自作多情！我不是看上你，我是看上了你手里的筷子！你知道这一次性筷子是用什么做的吗？"服务员低头看了一下手里的筷子，说："这谁不知道，木头呗！"姑娘追问道："木头哪来的？"服务员答道："不就是地上的树，砍了就变成木头了？"

姑娘紧接着说："是啊，一次性筷子是砍了大树做成的，你们这个餐厅，如果一天有一百个人来吃饭，每人用一双一次性筷子，一年就是三万六千多双，一棵长了二十年的大树，只能做三千双筷子，等于你们一年砍伐了十多棵大树！据统计，我国每年因为一次性筷子的消耗，需要砍伐大约一千多万棵大树，相当于减少森林面积近一百万平方米！树能吸收二氧化碳，制造人体需要的氧气，还能蓄积水分，调节生态平衡，而你们餐厅一年只需准备一百双消毒筷子就够了，这样就能大大减少大树的砍伐……"

服务员打断她的话："你是来吃饭还是来上课？我不想听你啰嗦！"

服务员转身离开几步后，又回过头来嘀咕："这人是不是有病？"吴铁良感慨地说："人家这环保意识多强，我们自愧不如啊！要不，我们也换消毒筷子吧？"常春林说："她对一个服务员说这些，不是对牛弹琴吗？"常凤英说："我看她有点儿小题大做，大家不都在用一次性筷子吗？她不用就不用，何必要求饭店怎么样！"陆洋说："我在茶园工作，对生态环境的变化感触更深一点儿，我觉得，她做的是对的，只不过，大家的环保意识还不强，还没能理解生态平衡的重要性。"

吴铁良坐的位置正对着她们，又能看到她们的一举一动，由于两张桌子距离较近，能听到她们说话的内容。瘦高个姑娘从包里取出一样东西，不是化妆镜，而是一个笔记本，她吃了几口饭，对年轻一点儿的同伴说："小杨，下午我们去市中心广场，请上周报名的灵湖大学的志愿者帮助散发《全民节能减排》的小册子，向市民推广节能减排的一些常识，然后我们到广场附近的商场里，向商家推广有偿使用的环保布袋，尽量说服他们减少使用塑料袋，顺便给顾客宣传环保袋的好处和塑料袋对健康与环境的危害，下周，我们'自然之家'的全体会员徒步三十里清江，沿江考察清江的污染源。"小杨说："方萌姐，顾客都习惯使用商家免费提供的塑料袋，要他们花钱购买环保布袋，他们能接受吗？"方萌说："这的确需要一个适应过程，我们努力吧，说服一个是一个！"小杨说："方萌姐，你们夫妻关系有好转吗？"方萌"嘘"了一下，低声说："别说和工作无关的事，我们吃饭吧。"

吴铁良这桌的菜还没上齐，邻桌的两位姑娘已经吃好了。她们起身经过时，那个叫方萌的看了一眼他们桌上的菜，笑着说："菜很丰盛啊，别忘了'吃不了兜着走'啊！"吴铁良还没听明白她说的意思，她们已转身离去。常凤英说："这女的怪怪的，就爱多管闲事！"吴铁良说："她刚才说了什么？"常春林说："她刚才说，'吃不了兜着走'，意思是叫我们吃不完别忘了打包。"吴铁良笑道："她是干什么的？刚才听她说什么'自然之家'，没听说有这个单位呀！"常凤英不满地说："你对她这么感兴趣，不会是看上她了吧？"吴铁良笑笑说："我就随便问问，你何必这么敏感？"常春林笑道："姐，姐夫是那种三心二意的人吗？嫁了姐夫这样的老实人，你还不放心？"常凤英掠了下头发说："人是会变的，谁能保证将来他不变？"陆洋说："她们刚才说，在推广什么环保袋，还要考察清江的污染源，估计是个民间环保组织。"

菜上齐了，虽是些家常菜，但新鲜美味，大家吃得很舒服。陆洋向几位敬酒，还自我介绍说，他的祖先陆羽，著有《茶经》三篇，被人尊称为"茶圣"，他家就在茶园附近的上茶村，他当过兵，复员后做过保安，出于对茶艺的热爱，他承包了灵湖茶园，创造过灵湖银毫的辉煌，后来由于某些方面的原因，灵湖银毫的销路受到影响，但他并不气馁。他说："我们正在进行市场调研，先期将推出灵湖牌减肥茶和茶饮料，常总说的茶枕头，也将纳入我们的开发项目，目前就是缺少启动资金，我们正在寻找合作伙伴。"常春林笑道："合资不如单干，陆兄，你缺钱找我表姐啊！"常凤英笑道："我可没钱！不过，你的项目很有潜力，在我们信用社贷一笔款，应该没问题。"陆洋感激地说："常主任，太谢谢您了，要是能贷到款，这可是雪中送炭啊！"

服务员端了一大碗汤上来，给每人舀了一小碗，然后垂手侍立一边。只见那汤色泽如玉，有片片"羽毛"在汤中轻舞，香气扑鼻。常凤英笑道："这是偷情汤吧？里面是什么肉呀，这么白，这么嫩！"服务员笑而不答。常凤英笑道："看上去很美，闻上去很香，不知道吃起来味道怎么样？"她舀起一勺汤，含在口中慢慢回味，只觉淡淡的香、淡淡的甜、淡淡的鲜，似乎还有淡淡的陶醉，感觉特别美妙。喝了汤，知道汤里的是鱼片，但不知是什么鱼。她轻轻捞起白玉似的鱼片，在舌头上停留片刻，感觉它的嫩滑和温柔，还没嚼动，它已融化如水，款款地滑向胃里。

常凤英从没喝过这样温柔的汤，也从没吃过这样细腻的鱼，比那太湖银鱼还要鲜嫩，不禁有点儿好奇。其他三位喝过后，也是啧啧称奇："偷情汤，真是好汤，其味妙不可言！"常春林问服务员："这汤里是什么鱼？味道这么好！不会是混入了罂粟壳吧？叫顾客喝上瘾，欲罢不能，天天上你们这儿来。"服务员笑道："绝对不含罂粟壳！不过，汤里的鱼，你们可能听说过，但不一定吃过。"常春林经商多年，应酬也多，确实没吃过这种鱼片，于是问道："里面到底是什么鱼？为什么叫偷情汤？"服务员笑道：

"这是河豚，至于为什么叫偷情汤，我也不知道。"

"啊？"众人一齐惊呼！常凤英神色不安地说："河豚不是有毒吗？我们吃了会不会有事？"常春林笑道："原来这就是河豚，以前人家常说：拼死吃河豚。我们今天的吃法，完全是在享受了！想必这是家养的河豚，没什么毒性了。"虽然大家心存疑虑，怕河豚有毒，但禁不住美味的诱惑，不免一口又一口，把眼前的汤喝了个精光！陆洋笑道："我明白了，这偷情汤的含义，就是我们刚才的心情——明知有毒，却忍不住要吃；既战战兢兢，又跃跃欲试！"吴铁良笑道："难得吃吃，味道的确很鲜，吃多了，怕也有中毒危险。"常春林大笑道："一朝食得河豚肉，终生不念天下鱼！来，为偷情汤，咱们再来干一杯！"

船很平稳，几乎跟岸上无异，吴铁良他们吃完了饭，才想起是在船上吃的。几人结了账，正要下楼，忽听得楼下吵吵闹闹。常春林说："谁又在瞎吵？不是菜的问题，就是钱的问题，有人就是爱计较，为了点儿小事吵个没完，纯粹浪费时间，浪费生命！"陆洋笑道："也不全是瞎吵，这说明消费者的维权意识增强了，不像过去一样任人宰割了。"常凤英笑着说："听说现在有专门靠吃饭敲诈的，故意在吃菜时自己用碎玻璃划破嘴，然后向饭店要钱，饭店怕影响不好，就给他们钱私了。想想都可怕，为了钱，有的人什么都干得出来！"吴铁良说："我们赶紧下去看看，要是他们打起来，也好劝个架。"常凤英拍了他一下，说："你去劝架？少给自己惹麻烦！"

船艄是厨房，有三个男的想进去，服务员拦着不让进。吴铁良知道，饭店的厨房，为了卫生和厨艺的保密，一般是不让外人进的。但这几个人，显然是有备而来，不是工商局就是卫生局，可能是想进去检查，但饭店方面挡着道，不知是为什么。船舱里的食客，有的仍在旁若无人地喝酒吃菜，有的目不转睛地看着他们的相持，有的离座过来围观。餐厅老板从收银台出来，走到那几人面前，不满地说："你们查什么呀？我们不都交了排污费了吗？早不来晚不来，这个时候来检查，影响我们的生意，存心来捣乱啊！"

那三人中有人说："我们只是例行检查，查看一下你们厨房的排污措施，请你配合！"餐厅老板说："你们是谁呀，厨房是你们想进就能进的吗？"旁边一位三十岁左右的男子说："我们是灵湖市环保局的，根据《环境保护法》和《水污染防治法》的相关规定，我们有权对你的经营场所进行调查取证！"餐厅老板不以为然地说："拿法律吓唬人，别跟我来这一套！"年轻男子手里拿着数码相机，不卑不亢地说："你给我听好了，根据最新实施的《灵湖市餐饮业环境污染防治管理办法》，你的湖风餐厅已经违反了第六条中的第二款和第三款：一个是饮用水源一级保护区和未建污水集中处理措施的饮用水源二级保护区禁止经营餐饮业，另一个是湖泊、江河水面不得经营餐饮业！别的不查，就根据这两条，你的餐厅就必须停业整改！"餐厅老板有点儿害怕，说："好好，那你们进去查吧，大不了我交点儿罚款！"

三人中年龄最小的，是灵湖市环保局环境监察支队的小王；刚才说话的，是市环保局副局长李志成；站他边上，比他年轻一点儿的，是污染控制科的科长车少军。他们在厨房里四处查看，检查抽油烟机、排气扇是否安装到位，收拾回来的剩饭剩菜是否妥善处置，刷锅洗碗的脏水往哪里排。几个厨师停止了炒菜，拿着铲和勺呆呆地站着。李志成一边拍照，一边查看。他看到一个大脸盆里是脏兮兮的水，里面放了很多还没洗的盘碗盆筷，李志成说："用这么脏的水洗碗，你们觉得卫生吗？"一名厨师说："又不是我们吃的。"餐厅老板说："卫生你们也查？你们是不是越权了？"车少军说："卫生是不归我们管，但你们没有按照一冲二洗三消毒的操作程序清洗餐具，卫生局早晚会来查你们！"

小王看了看两个放满了剩菜剩饭的垃圾桶，说："这个你们如何处置？"一名厨师说："倒了呗！"餐厅老板瞪了他一眼，说："别听他瞎说，这个东西专门有人来收的。"车少军说："有人来收？什么人来收的？"厨师说："养猪场的，十块钱一桶。"餐厅老板喝斥他说："滚你妈的蛋！没问你，你能不能少说两句？到外边凉快去！"转身堆着笑脸说："只要有人来帮我们处理垃圾，我们求之不得啊。"车少军说："泔水必须集中处理，你们把未经处理的泔水卖给养猪户，这是不允许的。泔水对猪的毒害，你没听新闻里报道过吗？你自己愿意吃这样的猪肉吗？"餐厅老板说："对不起，我吃不吃这样的猪肉，你似乎无权过问！"

　　他们说话的时候，李志成一人钻出厨房，在船尾察看着。湖边的水有些肮脏，水面上漂浮着油污和一次性饭盒等杂物，船舷边露出一根手臂粗的管子，位置正处于厨房下面。李志成明白了，原来餐厅直接把泔水排入了灵湖！李志成拍了照，叫道："老板，你过来一下。"餐厅老板过来后，问道："什么事？"李志成指指那根管子说："你能解释一下吗？"餐厅老板呆了一下，说："这儿还有管子？我不知道呀！"李志成说："在你的船上，你会不知道？"餐厅老板狡辩说："哪能都知道？人身上生了病，他自己知道吗？还不是经过医院检查才明白过来！"

　　李志成看着他，说："你把污水直接排入灵湖，你觉得应该吗？你喝灵湖的水吗？"餐厅老板说："这不是我干的，关我什么事？"他向厨房叫道："这是谁干的？谁通的管子？谁私通管子我开除他！"李志成知道他在演戏，冷冷地说："你知道今天是什么日子吗？"餐厅老板喃喃道："今天是 3 月 22 日，是什么日子？"李志成朗声说道："今天是世界水日！我们国家是个严重缺水的国家，应该爱惜水，保护水，减少水污染！"

　　餐厅老板笑道："你说我们国家缺水？笑话！长江，黄河，还有千千万万条江河，到处都是水，就说我们灵湖市，有三百平方公里的灵湖，有三十里的清江，哪里缺水了？"李志成冷冷地说："都像你这种观念，灵湖市早晚要无水可饮！你知道吗？由于水污染，我国每年相当于损失一个洞庭湖！由于工业污染，灵湖市境内的清江，中游的水质普遍为四类和五类水，已经无法饮用！下游的水稍微好些，基本在三类，但也有污染加剧的威胁！你们在灵湖水面上开饭店，已经违反了有关条例，还要向灵湖里大量排污，更是错上加错！"李志成拿出《限期整改通知书》，说："现在我通知你，你这家湖风餐厅立即停业整改，接受处罚！你在上面签字吧！"餐厅老板抗议道："我开饭店做生意，犯着哪条法了？你凭什么处罚我？"

　　此时，船舷边，岸边，还有其他船的窗口，很多人在围观。忽然，岸边一阵骚动，几辆小轿车停了下来，几个身材魁梧的男子簇拥着一个三十岁左右、油头粉面的男子向湖风餐厅走来。人群中有人说："这不是水上餐厅开发公司的袁伟袁总吗？他可是个地头蛇，这下有好戏看了！"有人担心地说："这个袁总仗势欺人惯了，听说他和旅游公司的老总秦鸿是铁哥们，那个秦鸿可是秦副市长的侄子，那几个环保局的人恐怕要吃亏！"还有人说："听说这船餐一条街是袁总和秦总合资搞的，环保局来查他，也太自不量力了！"

袁伟一上船，叫道："沙老板，生意不做，你站船艄上干吗？"餐厅老板小声对李志成说："袁总来了，他可不好惹，我也是混口饭吃，有事你找袁总说去吧！"袁伟带着人来到船艄上，他斜眼看了李志成一眼，问道："沙老板，怎么回事，这人是干吗来的？"李志成站前一步说："我是环保局的……"袁伟打断他说道："不管你是环保局还是工商局的，我是问你来干吗？"车少军和小王从船舱挤出来，站在李志成的身边，李志成看了看袁总，说："我们来执法检查，查处违法排污！"

袁伟轻蔑地笑了笑，说："你是谁呀？敢来我的经营场所检查？这十乡八里的，好像还没人敢跟我作对！"小王说："他是我们环保局新来的李副局长。"袁伟对李志成上下打量了一番，笑道："哦，不错啊，年纪轻轻当上副局长了，前途无量啊！李副局长，咱们认识一下，我是水上餐厅开发公司的袁伟，这些餐厅都是我名下的，你要是网开一面，咱们可以化干戈为玉帛，怎么样？"李志成微微笑道："我不管你是谁，只要是灵湖市的公民，就有义务爱护灵湖的环境，保护好灵湖的水！谁要是违反了《环境保护法》和《水污染防治法》，我们就要依法对其进行处罚！"

袁伟笑道："我懂法。你知道吗，这里所有的餐厅我都交了排污费，我们是合法排污，你查也没用！"李志成的唇边露出淡淡的笑意，说："不！并不是交了排污费就可以无所顾忌地向灵湖排污，如果你超标排放，我们仍然可以处罚你！假设灵湖是你家的客厅，你愿意我付一笔钱，然后向你家客厅倾倒垃圾吗？"袁伟的脸色有点儿难看，说："那你想干什么？不就是罚款吗？罚多少，你开个价！"李志成笑道："不是罚款，根据《灵湖市餐饮业环境污染防治管理办法》，我们责令你立即停业！"袁伟的脸涨得通红，叫道："你算老几呀？就你一个小小的副局长，吃了熊心豹子胆，敢对我指手画脚？你做梦去吧！"小王悄悄对李志成说："好汉不吃眼前亏，我们先回去吧。"李志成摇摇头，镇定地说："邪不压正，我们不能临阵退缩！"袁伟对身边的一名大汉使了个眼色，说："去把跳板拿走，这小子敬酒不吃吃罚酒，给他点儿颜色看看！"

吴铁良站在船舷边，刚才船尾的一幕，他都看在了眼里，他对身旁的陆洋说："这个小伙子不错，精通业务知识，又有正义感！"常春林笑道："他年轻气盛，难免会吃亏！"当有人拿走了上船的跳板，常凤英担心地说："他们想干什么？会不会出事？"车少军也看出了异样，袁伟他们可能会动粗，他一个箭步挡在李志成的前面，攥紧拳头怒视着袁伟。那边，吴铁良一边向船尾方向挤，一面对常春林说："你打电话报警，我过去看看！"围观的群众知道袁伟的蛮横，纷纷替李志成捏一把汗！

几名大汉向李志成他们逼过来，车少军对小王说："你保护好李局，我来对付他们！"面对围上来的几个满脸横肉的男人，李志成毫无惧色，喝道："你们想干什么！"袁伟嘿嘿冷笑着说道："你不让我吃饭，我也不让你好过！动手！"两名大汉挥舞拳头，逼向李志成和小王，另一名大汉的拳头向车少军的面门和胸部打来。车少军干过刑警，身手敏捷，他不等对方拳头打到，迅速往下一蹲，用肘部猛地发力，撞向对方的小腹，对方猝不及防，哎哟一声大叫，仰面摔倒在船舷上！小王拦在李志成前面，和一名大汉撕打在一起，李志成因为手里拿着数码相机，来不及还手，就后退躲闪，那名大汉朝他步步紧逼！

小王身材瘦小，不是那名大汉的对手，身上挨了几下，他不顾身上的疼痛，叫道："车队，快去帮李局！"车少军眼看小王被对方推到船边，对方如果再用力一推，小王就有掉入湖中的危险，他快步上前，出手搭住那名大汉的肩头，用力向后一扳。那人不防背后有人进攻，被车少军一扳，连着向后几个趔趄，差点儿摔倒！车少军转身要给李志成解围，袁伟身边两名大汉眼见同伴吃亏，不等老板吩咐，吆喝一声，冲上来就向车少军拳打脚踢，车少军只得全力应付，无法分身去帮李志成。李志成怕相机损坏，一边后退，一边招架，难免吃亏。对方一拳向李志成右胸打来，李志成侧身闪过，没想对方紧接着一拳向他肩部打来，李志成躲闪不及，眼看要被打到！吴铁良正好来到李志成身边，他用力推了李志成一把，李志成向一旁让开，侥幸躲过大汉的一击。但听"扑"一下，吴铁良的胳膊，结结实实地挨了一拳！

常凤英在后面看到丈夫被人打了，惊叫道："铁良，小心啊！"陆洋迅速挤上去。吴铁良忍着酸痛，大声喝道："住手！"几名大汉果真停了手，袁伟叫道："打呀！把他们打趴下，看他们还敢不敢来我店里查东查西！"吴铁良说道："你们开饭店没错，但违法排污肯定不对，现在还暴力抗法，殴打执法人员，你们真是大错特错！"袁伟上前几步，盯着吴铁良看了几眼，叫嚷道："你是谁？少来多管闲事！"吴铁良说："别管我是谁，你们犯法，谁都看不过去！"车少军跑到李志成身边，问道："李局，你没事吧？"李志成摇头说："我没什么。"他转身对吴铁良说："谢谢！"袁伟见自己没讨到便宜，哪肯善罢甘休，向身边的保镖一挥手说："真是饭桶！你们愣着干什么？还不动手？"正当五名大汉又要上前动手时，只听不远处的岸上传来急促的警笛声！袁伟一愣，叫道："快撤！"他们跳上旁边的船，一溜烟跑了！

4. 莫名中毒

    几天后，灵湖茶园的陆洋喜滋滋地从信用社回来。信用社的黄主任，同意茶园以三万棵茶树作抵押，加上常春林以通灵礼品公司的名义做连带责任担保，给陆洋提供三十万元低息贷款，过几天就能到账。如今这世道，你再清高还得需要钱，钱就是加油站，没钱寸步难行啊！陆洋心花怒放，有了这笔贷款，重振灵湖银毫的构想，就能一步步地顺利推进。

    陆洋刚回到办公室，居会计就过来说："陆经理，环保局的费局长打来十几个电话了，您赶紧给他回一个吧！"陆洋说："为什么不叫他打我手机？"居会计说："我说了，可您的手机一直关机。"陆洋拿出手机一看，说："哦，没电了，怪不得今天这么清静，一个电话都没有。居会计，费局有没有在电话里说什么事？"居会计说："听他的口气，好像很生气。"陆洋嘀咕道："生气？他生什么气？和我有什么关系？"

    陆洋刚接通费明的手机，就听到对方在电话里叫嚷："好你个陆洋，你可把我害惨了！你今天要不给我个说法，我就告你诈骗罪！"陆洋有点儿莫名其妙："费局，发生什么事了？怎么冲我发火？"费明怒道："你别装蒜！你那天卖给我的是什么茶？让我在领导面前颜面扫地！"陆洋有点儿听不懂，说："那天你要的不是极品银毫吗？到底怎么回事？我怎么越听越糊涂。"费明怒气冲冲地说："是，我要的是极品银毫，可你给我的是什么？是让人喝了头晕腹泻的毒品银毫！"

    听了半天，陆洋才明白，原来，费明把今年仅有的两斤极品银毫买回去后，给宋书记和王市长各送了一斤。送的时候，他没说是极品银毫，只说是一品银毫。昨天上午，市里召开重要会议，参加会议的都是各局的一把手，宋书记在会前说："独乐乐不如众乐乐，费明同志送来我市特产最新鲜的一品银毫，我们一起品尝一下，希望大家以后买茶叶，就买灵湖银毫，以实际行动振兴灵湖的名优产品！"可是，谁也没想到，会开到一半，很多与会的局长出现了头晕、恶心和腹泻的状况，医生紧急检查后说，有可能是茶叶带有农药残留或其他有毒物质，宋书记大为光火，说一定要查个水落石出。费明在电话里说："茶叶是我送的，肯定要查到我头上，我是从你那儿买的茶叶，问题肯定出在你那儿！"

陆洋不由得惊出一身冷汗，但又感到好生奇怪：极品银毫采自半山腰的茶树嫩芽，没施过化肥农药，好端端的，喝了怎么会出现中毒症状呢？莫非有人做了什么手脚？接触过极品银毫的，除了两位采茶姑娘，还有炒茶师傅郭老头，再就是自己将炒好的茶叶封存，然后就卖给了费局长。费局长应该不会做手脚，他是把茶叶送给领导的，不会愚蠢到给自己制造麻烦；采茶姑娘只是采摘嫩芽，何况在采摘前已洗手消毒，她们和自己无冤无仇，又不知道茶叶将来卖给谁，没有理由使坏吧？那么，嫌疑最大的，就是郭师傅。虽然他手艺精湛，脾气温和，炒了几十年茶从没出过差错，但郭家和陆家从前曾有过节，据说两家在清朝时都有很大的茶庄，为了贡茶的事，两家明争暗斗，相互诋毁，后来不知为何，两家陆续落魄萧条。郭师傅不会是深藏不露、心怀鬼胎吧？陆洋明白，无端怀疑人是非常不好的，但总觉得茶叶中毒事件透着蹊跷！

喝茶中毒不是件小事，何况是在市领导开会时发生这样的意外，又是在两会召开前这样的敏感时刻，很快在灵湖市闹得沸沸扬扬，在街头巷尾中有好几个版本在流传：有的说，有恐怖分子半夜潜入市委大楼，故意在茶叶中投毒，想在灵湖市制造混乱；有的说，有人想谋杀宋书记，故意送给宋书记一包茶叶，没想到宋书记叫大家品茶，结果很多局长先着了道，宋书记逃过一劫；也有的说，是灵湖银毫的竞争对手使的坏，想把灵湖银毫的品牌搞垮……说什么的都有。一时间，灵湖市弥漫着扑朔迷离的气氛，大家谈茶色变，超市里的茶叶无人问津，有的家里原先买好的，也没人敢喝了。

如此恶劣的影响，让宋书记十分震怒，他要求公安局尽快介入调查，争取在短时间内，查明茶叶中的有毒成分，查出制造事端的嫌疑人，迅速破案，平息老百姓的恐慌。公安局首先找的人，自然是给市领导送茶叶的环保局长费明。费明说："茶叶是我从灵湖茶园的陆洋手中买的，买来后没开封，就直接送给了宋书记和王市长，没想到发生这样的事，我深感不安，愿意配合公安早日破案！"公安人员从王市长那儿取走了那斤极品银毫，经过化验，和费明送给宋书记的那包茶叶一样，并没检测出农药残留，但怀疑茶叶中含有能对人体造成极大伤害的不明物质。

公安人员去找了陆洋，问陆洋："茶叶是从你这儿出去的，是怎么回事，你应该知道，说吧！"陆洋不满地说："警官，您要这样推断就不对了，我生出来的孩子，他以后生病了，生什么病，我能知道吗？"警官瞪了他一眼，说："你怎么不知道？就是你胎里毛病导致了这起茶叶中毒，你老实点！"陆洋说："不能屈打成招呀，您说是我的胎里毛病，那您查啊，可不能空穴来风！我就卖茶叶，跟谁都没仇，我干吗去害人，坏了自己的前程？"警官没问出什么，也没查出什么，就让陆洋把那两个采茶姑娘叫来。采茶姑娘来了后，当时吓得腿都软了，哭着说："我们什么都不知道，什么都没干！可别把脏水泼我身上，我们还要嫁人啊！"陆洋在一边说："嫁不出去怕什么？嫁给警察啊！"两个姑娘吓得直哆嗦："我们可不敢！"警官又问了些问题，还化验了她们采茶前的洗手液原料，还是一无所获。

郭师傅是个关键人物，警官自然不会放过。郭师傅问警官："你们找我有事吗？"警官嘿嘿说道："没事找你干吗？你想想，我们为什么找你？"警官的一句反问，一下子把郭师傅问住了，郭师傅果真想了一会儿，但想来想去不明白，就问："到底为了啥事？"警官说："郭家和陆家，是不是有世仇？"郭师傅一直很低调，规规矩矩地做人，勤勤恳恳地炒茶，从不和人说起家世，没想到眼前的警官居然知道，让他十分惊讶。警官看到郭师傅脸色有变，以为有戏，就接着问："你们两家，是不是为了茶叶结下的过节？"郭师傅叹了口气说："都过去了，还提它干什么？活着的人，何不洒脱点？以和为贵嘛！"警官一时摸不清郭师傅说这些话的意思，以为是他故作洒脱，想隐藏什么，就追问道："你是不是对陆家一直耿耿于怀，所以隐藏得很深，你一直想伺机报复陆洋，让他身败名裂，所以，你在炒极品银毫时动了手脚？"

郭师傅没等警官说完，就怒气冲冲地说："你！你这是对我人格的污辱！警官同志，刚才这话，是你说的？还是陆洋那小子说的？"警官笑道："是不是让我说中了？老实交待吧！"郭师傅气得不行，说话时身体都在发抖："我交待个屁！我堂堂正正做人，炒茶炒了四十六年，对茶叶比对亲闺女还亲，我舍得往茶叶里放东西？以小人之心度君子之腹，你……你太没教养了！"警官也生气了，说："你什么态度？先在这儿呆着，回头再放你！"警官派人去郭师傅家秘密搜查，看看有没有可疑的东西，结果真搜出来一样东西，不过，不是什么药，而是一本用黄布包着的薄薄的书，是一册线装的《茶经》，很古朴。《茶经》本是陆家先人陆羽的著作，怎么会放在郭老头的箱底？警察翻开看了看，《茶经》内全是文言文，一时也看不懂，就把书放回了原处。警官没在郭老头家查出蛛丝马迹，就把郭师傅放了。

近段时间正是新茶上市的季节，可是，灵湖茶园却接二连三地接到外地经销商的退货，本地的超市、商场和茶叶店也反映说，今年灵湖银毫的销路不好，有的顾客泡茶饮用后还出现了不适，来找他们退赔。工商局的人也来茶园了解情况，说他们接到不少消费者的投诉，消费者怀疑灵湖茶园故意销售假冒伪劣茶叶，以次充好，牟取不当利益。陆洋实在不明白，好端端的茶叶，怎么会出问题呢？信用社的黄主任来电，说上次谈好的贷款暂缓发放，以后能不能给茶园提供贷款，他们还要慎重商议。陆洋急得焦头烂额，在灵湖茶园准备扩大产业链抢占市场份额的启动阶段，缺了资金，这不等于行军打仗断了粮草吗？这仗还怎么打？

陆洋给常凤英打电话，说："常主任，贷款怎么撤了？出什么事了？"常凤英说："陆经理，你问我，我还想问你呢！你们茶园最近出了这么多事，黄主任责怪我介绍的单位怎么这么不靠谱，把我噎得哑口无言！"陆洋说："对不起，我也不知茶园最近怎么啦。我也没得罪什么人，怎么会发生意外？我琢磨这事有点儿不简单！"常凤英劝说道："陆经理，你也别着急，啥事都有两面性，你不是还提高知名度了吗？说不定它就是一场流感，来得快，去得也快！没准将来你还因祸得福呢！"陆洋笑道："承蒙常主任吉言，但愿如此！哦，对了，那天吴主任的手伤得怎么样？有没有去看医生？"常凤英说："没事，擦了点红花油，他第二天就去上班了。"陆洋笑道："没想到那天在船上吴主任这么勇敢，见义勇为，出手救人，真叫人佩服！"常凤英说："他就那脾气，要么老实得像头羊，要么犟起来像头牛，快奔五十的人了，还那么冒失！"

市电视台的《市民热线》节目，播出了一期"我们如何保护灵湖银毫"的专题，主持人翟静看来是做了充分的准备，她先是简要说了一下由于喝茶中毒而引发的新闻事件，然后向现场观众层层递进地提了一些问题，比如："请问您买茶吗？一般买什么茶叶？""请问您喜欢喝茶吗？有没有喝过灵湖银毫？""请问您喜欢喝灵湖银毫吗？不管喜欢不喜欢，请说出理由。"年轻的观众大多表示不喜欢喝茶，更喜欢喝牛奶；三十岁以上的观众大多表示喜欢喝茶，但一般在办公室或茶馆里喝；中老年观众大多表示喜欢喝茶，也喜欢买茶，而且喜欢在家里喝，就喝本地的灵湖银毫；喝过灵湖银毫的人中，百分之八十的人认为现在灵湖银毫的色香味大不如前，还有百分之二十的人认为"无所谓"。

翟静说："茶饮是中国的国粹，灵湖银毫是灵湖市的名牌产品，它和西湖龙井一样，是中国的千年名茶，它是我们灵湖人的骄傲，种茶、采茶、喝茶是我们灵湖人生活的传统。可是，作为灵湖人，为什么却在渐渐疏远自己的掌上明珠呢？灵湖银毫的问题出在哪里？是由于人，还是由于茶？今天，我们有幸请来市委常委、副市长秦康远同志和质监局局长钱勇，以及灵湖茶园的经理陆羽，请他们发表一下高见，也欢迎现场的朋友踊跃发言，阐述自己的观点！"

秦康远咳嗽了一声，说："我们市政府正在实施名牌战略，政策将适当向灵湖名优产品倾斜，近期我们将组织相关部门出台一系列措施，比如优先贷款、减免税费、对扩大生产开绿灯，等等。我建议，凡是爱喝茶的灵湖人，都来买灵湖银毫，为保护和发展灵湖名特优产品，做出一点儿贡献！"有观众说："不是我不想喝，而是它质量不行，我怕喝出病来！灵湖茶叶现在名声不好，灵湖茶园负有不可推卸的责任，是他们把灵湖银毫的品牌给毁了！"另一名五十来岁的观众说："我就爱喝灵湖银毫，但感觉这两年的味道变了，有时甚至是喝苦茶，还不如街头五元一斤叫卖的，我家里人叫我不要喝了，要我扔掉或是换别的茶叶，但我就是舍不得，我喝了三十几年了，对灵湖银毫有感情啊，真希望有一天它能不让我们老茶客失望！"

很显然，这两位观众的矛头直指灵湖茶园，陆洋有点儿坐不住了，他接过话茬儿说："大家的心情我能理解，灵湖银毫现在的处境，我比大家更清楚也更关切，我们茶园正在想方设法改良品种，也在和科研所合作，开发新产品，发展灵湖茶叶的产业链。刚才那位观众的话，让我很感动，我为灵湖银毫有这样的热心客户感到自豪！关于近两年灵湖银毫的质量下降和销量滑坡，一方面是市场原因，另一方面确实是我们茶园的责任，刚才秦副市长说了，要向保护和开发名优产品政策倾斜，我就更有信心了，希望大家能一如既往地关心和爱护灵湖银毫，我相信我们灵湖茶叶总有一天会柳暗花明，东山再起！"

有观众发问："最近发生的喝茶中毒事件，听说局长们是喝极品银毫中的毒，请问陆经理，这极品银毫十分昂贵，怎么会出现在市委会议的办公桌上？它又怎么会演变成毒品银毫呢？"陆洋犹豫了一下，说："这是个意外，我也深感困惑，公安正在调查之中，相信不久会真相大白的！"秦康远说："我插一句，流言止于智者，这只是个偶然事件，请大家不要以讹传讹！"质监局的钱局长说："灵湖银毫是通过我们质监局 QS 质量安全认证，并且获得了中国绿色食品协会绿色食品的认证的，质量是有保证的，至于现在不怎么受欢迎，我想可能源于一些客观原因。"有观众追问："请问钱局长，是什么客观原因导致了灵湖银毫的衰落？"秦康远说："我更正一下刚才这位观众的说法，灵湖银毫没有衰落，只是遇到了一点儿挫折！"钱局长说："至于什么原因，依我看，是市场竞争的加剧，外地茶叶大量假冒灵湖银毫流入市场，加上现代人饮食习惯发生的变化对茶叶口感有新的要求。市场的变化，不是以个人意志为转移的，不过，大家如果买到了假冒伪劣的灵湖茶叶，欢迎向工商局或我们质监局的 12365

举报中心投诉……"

　　底下有位观众站了起来，陆洋认出了她，她就是那天在湖风餐厅吃饭时坐在邻桌的那个叫方萌的姑娘，只见她打断了钱局长的话，拿出了几页纸和几张照片，一手从主持人翟静手里接过话筒，说道："我觉得刚才领导们的谈话，有点儿避重就轻，没有涉及到问题的关键！请大家注意，我手里的几页纸，是灵湖市环境监测中心站对我们从灵湖茶园采摘的新鲜茶叶做的检测报告，检测数据表明，茶叶中重金属含量超标，其中铅、铝、镉的含量超过安全标准十几倍！我手中的这几张照片，是拍的灵湖茶园的茶树和茶叶所在的位置。灵湖茶园靠近清江、灵湖和东西两山，据我们考察了解到，三十里清江两岸，有三百多家企业，大多数的企业向清江偷排和超标排污,清江的污染已日益严重。灵湖茶园就用清江的污水浇灌茶园，采下的茶叶能不被污染吗？灵湖银毫沦落到今天的地步，真正的罪魁祸首，应该是环境污染！今天我们讨论如何保护灵湖银毫，不如讨论如何来保护清江，保护灵湖，保护我们生存的家园！"

　　看到方萌侃侃而谈，大家都有点儿目瞪口呆，但又觉得她说的不无道理。作为节目特邀嘉宾的秦副市长和钱局长，内心颇为不满：这女人是谁呀？怎么胡乱说了一番话，就抢了我们的风头！主持人翟静接过话筒说："水是生命的源泉，环保是社会可持续发展的生命线，而清江是我们的母亲河！以前，我们喝的都是清江水，后来用上了自来水，才改在灵湖取水。刚才，灵湖市 NGO 组织[1]"自然之家"主编方萌出示的检测报告和几张照片，不但告诉了我们灵湖茶叶被污染的原因，还告诉了我们治理污染、保护清江是多么刻不容缓！我们不希望再看到清江污水横流，不希望看到第二个灵湖银毫成为污染的牺牲品！下面，请秦副市长谈谈政府部门在治理清江、保护灵湖环境方面，有哪些具体措施……"。

　　《市民热线》是灵湖电视台的名牌栏目，收视率一向很高，主持人翟

---

[1]　NGO 组织：NGO 是英文"non-government organization"的缩写，即不以营利为目的的非政府组织。

静深得观众的喜爱,她为老百姓伸张正义,排忧解难,观众都喜欢向她反映问题,倾吐心声。由于她在节目中的报道,好几个身患重病却无钱救治的患者得到了社会的爱心捐助而重获新生;她还将自己工资的一部分用来资助贫困失学的孩子重返校园;她不怕脏不怕危险,深度报道"地沟油"的来龙去脉,多次曝光企业的违法排污,谴责不法商人的利欲熏心,呼吁大家要有爱心和良心,保障食品卫生,保护每一寸水土。

当晚,宋书记也在观看《市民热线》,他也喜欢看这个节目。因为自己所处的位置,平时看到的都是"花团锦簇",听到的也都是些歌功颂德的话,而从这个电视节目中,却能看到有关社会各层面的报道,了解到老百姓真实的生活,倾听到他们的心声,比如灵湖市在医疗、教育、物价、环境等方面存在的问题,老百姓反映的一些意见,对政府决策和解决一些实际问题都有促进作用。宋书记看完这期节目,不禁陷入了沉思。

自从公安局介入调查喝茶中毒事件后,宋书记知道了费明送来的不是一般的茶叶,而是极品银毫!宋书记本来对中毒事件就很恼火,更让他恼火的是,这个费明,居然买断了今年的极品银毫,还挖空心思地送给书记和市长。灵湖市三令五申要杜绝干部请客送礼歪风,没想到还有人暗渡陈仓,送到我的头上来了!正是环保局的工作不到位,才使清江污染的治理没有成效,才使灵湖银毫的品牌受到损害!堂堂一个环保局长,还不如一个民间环保志愿者更有责任心!这种作风不正、把心思花在升官发财上的人,怎么配当人民干部,怎么配当环保局长!

餐厅包厢里,费明正在陪秦鸿喝酒,为上次环保局副局长李志成去查处水上餐厅和袁伟闹冲突的事赔礼道歉呢。费明知道,袁伟其实也是为秦鸿办事,他不想因为这事得罪了秦鸿,因此,他在灵湖大酒店叫了一桌酒菜,想向秦鸿赔个不是。费明想叫李志成和车少军同去向秦鸿道歉,但两人不肯去。李志成说:"费局,有您这样做事的吗?我们依法查处他,您倒好,向他去赔不是,天下有这样的道理吗?"费明笑道:"李老弟,要说学问,我承认你比我高,但要论做人,你还差得远!在国内,你想光凭能力,那是做不成大事的,要靠关系。没有关系,你会处处碰壁,有了关系，你才能条条大道通罗马！"车少军说："费局，我也不去，要去您自己去！"费明无奈，只得叫上环境评估科的杨光、环境监察支队的刘鸣、宣传教育科的田佳，陪他一起去了酒店。

费明和秦鸿一番寒暄后，秦鸿说："费局，您这么客气干吗，我们谁跟谁呀！"费明说："不不，这是应该的，那几个小子跟您不熟悉，不知道水上餐厅是您的，多有冒犯，还望秦总多多包涵，别和他们一般见识！为了表示我的歉意和诚意，来，我们干一杯！"两人一饮而尽。费明说："秦总，吃菜吃菜！"秦鸿说："其实我也有责任，对手下管教不严，怎么能在公众场合对人动手动脚呢？你们环保局的人好歹是在执法，我们应该积极配合才对，关键还是袁伟他们不懂法，是法盲啊！"刘鸣在一边说："冤家宜解不宜结，多个朋友多条路，秦总宽宏大量，令人佩服！那天，我手下一名队员也在场，他是被新来的李志成拉去的，身不由己啊，他一回来，就被我训了一顿！"

秦鸿不认识刘鸣，向费明问道："他是？"费明介绍说："他是监察支队的队长，叫刘鸣，旁边那位是环评科的科长杨光，这位是我们局宣教科的主任田佳。"秦鸿知道政府对环保越来越重视，环保局的环评科和监察支队是两个要害部门，一个是管建设项目环境影响评价的，另一个是监察处理环境污染的，要是拉拢了这两个人，将来肯定会派上用场。他站起身，举起酒杯说："刘队长，杨科长，田主任，幸会幸会！很高兴认识几位，来，我们交个朋友，为我们的友谊干杯！"刘鸣和杨光把脖子一仰，一口把酒干了，田佳顿了顿，也一饮而尽。秦鸿笑道："田主任不但人漂亮，酒量也很好啊！"费明笑道："小田是好酒量，巾帼不让须眉，秦总，您未必喝得过她啊！"秦鸿笑道："哪天有机会，我单独和田主任切磋切磋，看看谁先趴下！"费明哈哈笑道："那还用说，肯定是秦总您拜倒在小田的石榴裙下了！"田佳瞪了费明一眼，说："费局，您说什么呢？能不能不拿我开玩笑？"秦鸿呵呵笑道："没想到田主任是个辣椒啊，有个性！"

5. 出乎意料

上午八点多，吴铁良来到了市委门口。虽说现在党政机关的作息时间是朝九晚五，但他习惯提前半小时到达办公室。市委门口聚集了十几名群众，似乎想进去，被门口的警卫拦住了。警卫说："现在还没到上班时间，你们不能进去！你们等会儿来，别影响领导上班！"群众中有人说："让我们进去吧，进去等不是一样吗？"警卫说："不行！现在领导还没来，你们进去也没用！来，让一下，别堵着门口，等会儿车不好进来了！"有人说："我们就在门口等领导来，向领导反映问题！政府开着大门，不就为老百姓办事吗？你们不能撵我们！"

吴铁良上前问道："乡亲们，你们找谁呀？"几名群众看到吴铁良，呼啦一下围过来，有人说："我们找领导！您是这儿的领导吗？"吴铁良笑道："我不是领导，不过，你们有什么事吗？"有人摇头说："您不是领导就算了，我们跟您说了也没用，就像白墙上涂白水，白费劲！"吴铁良笑笑说："我虽然不是领导，但你们有什么事，我可以帮你们找领导反映！"有人不相信地说："你能帮我们找领导反映？那你是传声筒吗？"警卫说："他不是传声筒，他是这儿信访办的主任，你们可以找他说，不过，现在还没到上班时间，你们暂时还不能进去！"吴铁良对警卫说："让他们进来吧，呆在门口不方便，影响也不好，就让他们到我办公室吧！"警卫说："那你们进来吧！"吴铁良招呼说："大家都跟我来吧！"

吴铁良开了门，大家涌进办公室，吴铁良说："大家请坐，有事慢慢说。要喝水的，那儿有纯净水和一次性杯子。"大家站着，没坐也没说话，都眼睁睁地看着吴铁良。吴铁良笑道："你们人多，这样好了，你们谁做个代表，把事情详细地说说，我登记好了，及时向领导反映，尽量帮你们解决问题！"有个五十多岁的男子说："我叫陈二福，是本市清风街道的居民，我先说说。"吴铁良一边记一边说："好，你说说看。"陈二福说："其实，我们要说的这事，说大不大，说小也不小，就为了两个厕所的事！现在不在整厕所改造吗？环卫站把我们街道的两个厕所给拆了，可拆了得重建啊，也不知咋整的，新厕所愣是建不起来！现在可倒好，拆掉厕所的地方，人们还去大小便，搞得脏乱不堪，污水都流到大街上了，这样下去怎么行？"

吴铁良说："老厕所拆了，新厕所为什么建不起来呢？是环卫站不给建吗？"陈二福说："坦白说，这事也不能全怪环卫站，他们设计好的方案，选好的地点，附近的居民不让建，说厕所的臭气会影响他们的身体健康；但是，也不能怪居民，在自家的房子边上安个厕所，味道难闻，夏天还有苍蝇蚊子，亲友来做客看了也不雅，换了谁都不太乐意！可这事必须得解决，人有三急，不可能只进不出吧？"吴铁良点点头："我能理解你们的心情，人要新陈代谢，这厕所不能少，但建在哪儿是个问题，你们有没有去找居委会和环卫站协商一个解决的方案？"陈二福说："找过了，环卫站的人说，这本来是全市统一规划的，是为人民办好事，可居民不配合，他们也无能为力！我们还去过环保局，可那里的人说这事不归他们管，我们没办法，就到市政府来了。"

吴铁良从桌上的资料中翻出一个文件，说："市政府为了改善城市环境，提高居民的生活质量，今年将实施雨污管道改造工程，日处理能力达到三十万吨的灵湖污水处理厂，已在西郊开工兴建，全市的厕所要重新改造，每个厕所有专人看管和清洗消毒，虽然不是一尘不染，但能做到干干净净，要让外面闻不到一点儿异味！每家每户的生活污水，都要接入城市污水管道集中处理，政府实施这项工程，是想让大家生活得更舒心，所以，还请大家理解和配合！"群众中有人说："厕所不建在你家门口，你当然能说漂亮话！"

吴铁良笑道："现在造的不叫厕所，叫卫生间！为什么叫卫生间？就因为比我们过去使用的茅坑和厕所进步得多，漂亮得多。我去过上海和北京，那儿的公共卫生间，比我们的客厅还要干净！其实，我们反过来想一想，公共卫生间离谁家近，谁家用起来就方便，这本来是求之不得的好事，为什么你们觉得不好呢？"有人说："主任，您住哪儿？要是让您住在清风街道，旁边有个公共厕所，您愿意吗？"吴铁良乐呵呵地说："愿意啊。我家住在三多巷，你们谁要是愿意换房，我随时欢迎！"众人惊讶地说："主任住三多巷？太不可思议了！那是什么地方？谁住谁知道，不住也知道！那儿乱糟糟的，就是个民工区！谁愿意搬那儿住呀，还是清风街道好啊！"吴铁良合上登记本，说："我看今天先这样，你们先回去，大家反映的问题我都记下了，呆会儿就送给领导批示，你们给我留个电话，我会给你们答复的！"

　　宋书记走上台阶的时候，看到一群人从信访办出来，吴铁良在和他们说着什么，然后就见那些人离开了。宋书记走进办公室，对办公室主任徐国荣说："小徐，刚才那些人是来干什么的？是为清江污染的事吗？"徐国荣说："我听门口的警卫说，他们是为了什么厕所的事一大早来上访，是吴主任接待了他们。"宋书记说："群众的事无小事，你叫吴主任上来一下，我有事找他。"

　　吴铁良来到了宋书记的办公室，宋书记说："铁良同志，辛苦了！"吴铁良憨厚地笑道："不辛苦。"宋书记说："你到信访办六年多了，接待群众有上千次了吧？信访工作是政府和百姓沟通的桥梁，这些年，你的工作能力和踏实作风，大家都看在眼里，我也心中有数，不知道你对工作有什么要求？"吴铁良笑道："我没什么要求，为老百姓办事，这是我的荣幸，也是我的快乐！"宋书记点点头，说："管道改造是今年市里为民办实事的工程之一，办得好不好，到不到位，我们需要随时倾听群众的反馈。听说你刚才接待了几名群众，不知他们对此有什么意见？"

　　吴铁良递上信访情况登记表，说："他们是清风街道的，反映厕所拆了一直没建起来，但环卫站要造新厕所时，居民们又不让建。"宋书记接过登记表，疑惑地说："厕所改建是好事，居民为什么不让建？"吴铁良说："居民需要公共卫生间，但谁都不愿意让卫生间建在自家边上，这个问题没协调好，工程就没法进行。"宋书记说："哦，是这样啊，我看这不是问题，关键是施工单位和居民没沟通好，没做好解释工作，新的公共卫生间是符合卫生标准的，对环境也没有坏的影响！"吴铁良说："宋书记说得对，是有关单位缺乏责任心，遇到困难就袖手旁观了，我看能不能请环保局出示环评和监测报告，证明公共卫生间不会污染环境，其气味也不会伤害到居民的健康？还有，根据其他城市对公共卫生间的管理经验，新的公共卫生间最好有专人负责看管，采取公开招标和承包负责制，这样才能确保公共卫生间的清洁卫生，才能使居民放心。"宋书记高兴地说："好！你的建议非常好！"

宋书记当即交待秘书联系相关部门去落实解决清风街道的事。吴铁良见宋书记就说："宋书记，要没其他事，那我就先下去了。"宋书记一招手说："慢，先别急着走，我还想交给你一个新的任务！"吴铁良一愣，说："什么任务？"宋书记笑道："你把门关上，过来坐，我们慢慢聊！"吴铁良虽和宋书记打交道少，但知道他是个严厉的人，作风正派，对部下很少有笑脸，很多干部看见宋书记都有点儿害怕，但吴铁良感觉宋书记对自己却是平易近人的，没什么官架子。在吴铁良的心里，对宋书记始终怀着一份敬意，因为，只有清正廉洁的领导，才能赢得部下的尊重，才能赢得百姓的爱戴！

宋书记很有耐心地泡了壶茶，烫了茶杯，亲自给吴铁良倒满了一杯茶。吴铁良不知道宋书记要交给自己一个什么任务，只能静静地等待。宋书记笑道："喝茶吧，放心，这杯茶是安全的。"吴铁良喝了口茶，很香。宋书记说："上期的《市民热线》你看了吗？"吴铁良说："看了。"宋书记说："你有什么感想？希望能开诚布公地谈谈。"吴铁良说："我感觉，清江污染是灵湖发展的隐患，灵湖市的特产就是茶叶和香粳米，现在茶叶弄得几乎身败名裂，香粳米不能重蹈覆辙了！"宋书记点点头，说："我想，经济发展和环境保护，不是一对不可调和的矛盾，只要措施得当，真抓实干，两者是能齐头并进、相辅相成的！我们在矢志不渝地发展经济建设、带领灵湖人民奔小康的同时，也一定能把灵湖的环境治理好，保护好！"吴铁良说："亡羊补牢，为时未晚！我们在发展的同时，不能以牺牲环境为代价！清江的污染是个大问题，再不治理，不但茶叶受污染，鱼没有活路，就连清江两岸的老百姓也没法生存了！"

　　宋书记信任地注视着吴铁良说："所以，我要交给你一项任务，希望你能在三年之内，把清江变清！"吴铁良怔怔地说："治理清江污染，是环保局的工作，我一个信访办主任，哪能越俎代庖？"宋书记笑道："你有这个权力和义务！因为，市委准备让你来接环保局局长之职！""啊？"吴铁良慌忙说，"不，不行！"宋书记问道："为什么？你不愿意去？"吴铁良镇定了一下说："我没想过要调换岗位，我在信访办干得挺顺手，对环保局的工作，我又是个外行，再说，环保局不是有费局长吗？"宋书记笑道："如果你没有意见，市委将向市人大常委会建议，免去费明的环保局长职务，推荐你为灵湖市环保局局长！"吴铁良还有点儿恍惚和担心："让我去当环保局长，行吗？"宋书记坚定地说："行，怎么不行！庸者下，能者上，这也是科学发展的要求嘛！"吴铁良有了些信心："有领导的大力支持，好，那我试试吧！"宋书记举起茶杯说："来，把这杯茶干了！记住，我只给你三年时间，你把清江变清了，想到哪儿都行！要是三年你连这件事都完不成，我撤你的职！"宋书记的话，激起了吴铁良久违的豪情，他举起茶杯说："好，一言为定！"

　　吴铁良怀着复杂的心情，下班回到了家里，看到妻子常凤英正在包粽子，才想起明天就是清明节。往年的清明节，夫妻俩是要回老家扫墓祭亲的，这次因为将新任环保局长，很多事情需要自己摸索，不一定有时间回灵阳老家。常凤英看到吴铁良神情有点儿怪怪的，说道："你怎么啦？有点儿心不在焉的，中了邪啦？"吴铁良看了看妻子，叹口气说："唉！千言万语，不知从何说起。"常凤英推了他一把，说："你发神经啊，又不是薛仁贵和王宝钏十八年没见，才有千言万语，我们都快老夫老妻了，有话就讲，有屁就放！"吴铁良挥挥手说："你呀，注意素质！说话这么不雅，有点儿环保意识好不好？"常凤英顺口说道："怪了，今天怎么整得像环保局长似的，跟我讲起环保意识了？"

　　吴铁良淡淡地笑了笑，说："我今天有两个消息要告诉你，一个是好消息，一个是坏消息，你先听哪一个？"常凤英放下正在包粽子的手，盯着丈夫看了几秒钟，说："你今天怎么啦？没出什么事吧？"吴铁良笑道："叫你选你就选吧。"常凤英说："那还用说，先苦后甜嘛，说吧，什么坏消息？"吴铁良故意吞吞吐吐地说："我……我的信访办主任，今天被撤掉了！"常凤英吃惊地张大了嘴巴，好一会儿才回过神，说："为什么？是你犯了错误？对了，肯定是你上次去劝架的事惹麻烦了吧？早就告诉你不要无事生非，你偏不听！"吴铁良耸耸肩膀说："撤了好啊，你不是老嫌我在信访办没出息吗？"常凤英一脸委屈："我怎么这么倒霉？当初嫁给你是想跟你享福的，现在倒好，要我来养你了，我的命好苦啊！"

吴铁良安慰道："嫁鸡随鸡，嫁狗随狗，嫁个瘫子背着走，你就认命吧！"常凤英盯着丈夫的脸看，发现在他脸上找不到一点儿伤感或气愤，反倒有点儿忍俊不禁的笑意，莫非他是在开玩笑？她半信半疑地说："那好消息呢？是什么？"吴铁良微微笑道："你别瞪眼看我，从明天开始，我要当环保局长了！"这个消息来得太突然了，就像一个盼望怀孕却一直怀不上的女子突然发现自己有喜了，这种突如其来的喜悦，把常凤英给震蒙了！吴铁良凑上前说："你怎么啦？不相信？"常凤英把手指放嘴里咬了一下，确认自己不是做梦，这才绽露出满脸的笑容，她张开双臂，两只手各拿着一个粽子，哇地一声欢呼："噢，太好了！吴铁良，你终于当上局长了！终于扬眉吐气了！盼星星盼月亮，我二十五年前买了你这支原始股，今天终于等来了丰厚的回报！哦，我太幸福了！"吴铁良轻轻推了她一把，说："我还没上任呢，别高兴得太早！"

费明、秦康远、秦鸿在灵湖大酒店的包房里聚会。费明刚被免了职，有点儿郁闷，又有点儿牢骚，他不满地说："宋书记凭什么把我撤了？秦市长，您可得为我主持公道！我当环保局长这几年，忠心耿耿，小心翼翼，没犯什么原则性错误，不就是给他送了点儿茶叶吗？他怎么能一下就把我的功劳给抹杀了！我为市里的决策保驾护航，要没有我顶着压力通过环评，市里好几个建设项目，到现在恐怕还是纸上谈兵！像秦总的船餐一条街，像曹总的灵湖明珠别墅小区，像杨总的达华化工集团扩建工程，我没有功劳至少也有苦劳吧？市里要率先迈入小康，要招商引资，结果引进了不少污染大户。现在倒好，水污染了，有民愤了，把我当成垫背的，这公平吗？"

秦康远拍拍他的肩膀，说："老费，你也是聪明一世，糊涂一时！怎么想到给宋书记和王市长送茶叶呢？你送给宋书记，不是自讨苦吃吗？"费明懊恼地说："我哪知道茶叶会出问题？本来想，他宋书记不是爱喝茶吗？我送给他好茶叶，就算不对我有好印象，最起码不会是坏印象吧？"秦鸿在一边笑道："哪知道人算不如天算，坏就坏在这斤茶叶上！就是便宜了吴铁良，让他白白捞了个局长当！"费明说："想把我削职为民，没门儿！就算我不在环保局，杨光和刘鸣也是我的人，吴铁良要想轻轻松松当局长，我看没那么容易！让我不服气的是，市委免了我的局长职务，怎么也得给我安排个新工作吧？没想到，现在我是一无所有！秦市长，您不会看着我流落街头吧？"

秦康远笑道："无官一身轻嘛！你正好可以休息一阵，养精蓄锐，现在每个县都在规划建设生活污水处理厂，到时，我会安排你去当个厂长，灵阳、灵阴、湖山、龙阳，你想去哪个县，随便你挑！"费明叹息一声，说："人往高处走，水往低处流，我这市里的往县里调，感觉不是个滋味！"秦康远笑笑说："你不懂韬光养晦吗？做人要能屈能伸，别碰到点儿挫折就垂头丧气！你比我清楚，现在的环保局长也不好当，政府要政绩，企业要业绩，老百姓更难伺候，既要马儿跑得快，又要马儿不吃草，这现实吗？依我看，吴铁良如果搞好了环保，灵湖的经济就会落后，宋书记就会面临压力，吴铁良如果搞不好环保，那宋书记的压力会更大！到时候吴铁良碰得头破血流，知难而退，你的机会不是又来了吗？"秦鸿说："吴铁良想在三年内治理好清江，简直是白日做梦！别的不说，就达华化工集团一家，他能动得了吗？"

6. 新官上任

第二天上午，吴铁良刚想骑自行车去上班，围墙外响起了小车的喇叭声，司机把头伸出车窗向吴铁良的家里张望，吴铁良上前说："司机同志，怎么把我家的门口给堵了？你让一让，我得去上班啊！"司机说："对不起，我想问一下，这里是吴局长家吗？"吴铁良一愣，忘了自己今天是新官上任，说："没啊，这里只有吴主任，没有吴局长。"常凤英刚走出来，听到他们说话，拧了丈夫一把，说："你真健忘，今天不是你荣升环保局长的日子吗？你不就是吴局长吗？"司机闻讯，连忙打开车门，殷勤地说："哦，您就是吴局长？都怪我有眼不识泰山！我是环保局的司机小刘，今后您的上下班，就由我包了！"

吴铁良看了看手中推着的自行车，说："我有车，我习惯了骑自行车，你这车就开回去吧！"小刘说："这哪行？局长骑自行车，我这个司机不成摆设了？吴局长，您就上车吧，甭客气，现在是二十一世纪，坐小车上下班，不是讲派头，讲的是效率！您想呀，坐车速度快，能节省路途时间，不是能多办事吗？"小刘挺会说话，吴铁良有点儿被他说动了，常凤英在一边说："就是，哪有当了局长不坐小车的？知道的说你是老实，不知道的还以为你作秀呢！我今天不坐公交了，我也搭一回局长的便车！"吴铁良说："你看你，我头一天当局长，你就揩公家的油，这不是让我难堪吗？"小刘说："没关系，车里坐得下，一个两个没啥区别。"

小刘开着车，在城区道路上平稳地向前行驶。常凤英说："小刘，怎么不开快点儿？"小刘笑道："现在是上班时间，路上车多，慢点儿比较安全，给领导开车，安全第一嘛！"吴铁良说："你在环保局开几年车了？"小刘说："三年，我以前是费局的专职司机，不过，现在我是吴局长您的专用车夫。"吴铁良说："司机和车夫有区别吗？"小刘笑着说："其实含义一样，都是给人开车，只不过，司机前面一般有前缀，含义丰富一点儿，比如市长司机、局长司机、卡车司机、公交司机等，有时和领导挨得近，还可能有一点儿小权力；而车夫就简单多了，不管开什么车，都是车夫，而且只管开车，不问别的。"吴铁良笑道："那你是愿意当司机还是愿意当车夫？"小刘握着方向盘，自信地说："我的作用，就是安全地把领导送达目的地！"

常凤英坐在后面，手摸着柔软的靠背，说："公交车的座位硬梆梆的，哪有这小车舒服？局长到底是局长，每天有小车接送，铁良，你的自行车要退休了，可以送博物馆了！"吴铁良笑道："不能送掉，说不定哪天我还要骑。"常凤英说："真没志气，刚当上局长，你就打退堂鼓了？"吴铁良笑道："这是事实嘛，我不可能一辈子当局长吧？哪天退下来，我不还是平头百姓？骑自行车是理所当然的！"小刘说："大姐，您在哪儿上班？"常凤英说："灵湖农村信用合作社，就前面路口拐弯就到了。"常凤英挎着小包下车后，向小刘说了声"谢谢"，小刘拿出张名片，说："大姐，不用客气，以后您要用车，就给我打电话。"常凤英一指吴铁良，笑道："他不会同意我揩油的！"

车子开了一会儿，来到了灵湖市环保局的大门口，小刘说："门口怎么那么多人？我去叫他们让一下！"吴铁良说："不用，就这里下车吧。"他钻出车门，看到环保局的大门关着，门口围着好多人，其中有个六十岁左右的男子，手里抱着个骨灰盒，正痛哭流涕，旁边的那些人在指指戳戳地说着什么。小刘上前拍打着大门，一边叫喊着："李局长，丁局长，我把吴局长接来了，你们开门啊！"环保局信访科的肖科长从旁边的传达室走出来，冲着吴铁良笑着说："哦，吴局长，您好！您看，今天真是晦气，一大早的，他们抱着个骨灰盒来上访，我们没法正常办公了！"群众中有人说："要不是有事，要不是灵阳县环保局不管，我们会一大早上这儿来吗？没想到你们连大门都不让进，真是天下乌鸦一般黑！哪儿才是我们老百姓说话的地方啊！"

吴铁良在市信访办呆过六年，知道上访的群众大多是遇到了当地解决不了的问题，才满怀希望地来到市里想讨个说法，绝不会是无理取闹，要是再遇到有关部门的冷面孔，那才叫雪上加霜，让他们寒心！吴铁良对肖科长说："你把门打开，让他们进来！"肖科长犹豫了一下说："这？那好吧！"群众听说身边这个貌不惊人的中年男子就是环保局长，一下全围了过来，有的说："局长，您要帮帮我们啊！我们连吃的都没有了！"有的说："局长，您要救救我们，农药厂把我们害苦了！这不，老姜养的鱼都死了，前两天他的老伴又得癌症死了，我们村好几个人得癌症死了，谁来管我们的死活啊！"吴铁良招呼说："大家请进吧！到里面慢慢说！"

宣教科的田佳在前面领路，上到二楼时，她回头问吴铁良："吴局长，他们怎么办？"吴铁良说："有会议室吗？把他们请到会议室，我马上就来！"田佳迟疑了一下，说："吴局长，今天您上任，他们把骨灰盒带进会议室，是不是有点儿不妥？"吴铁良回了一句："有什么不妥？他们的鱼死了，小麦死了，亲人死了，他们受到如此的伤害，我们还要计较妥不妥？"他回头向群众问道："你们吃过早饭了吗？没吃的话，我叫人去买点儿馒头！"大家纷纷回答说："我们都没吃，一大早就起来了，走半个多小时到乡上，才赶上公交车来城里，您不问，我们还都忘了！"吴铁良从口袋里掏出一百元，对田佳说："麻烦你跑一趟，去买点儿馒头和饮料，不能让他们饿坏了身子！"田佳没想到新来的局长如此善良，如此富有同情心，这是她在费局长身上从未看到过的，不禁心里涌起一股暖流。她接过钱，飞快地向大门外的小摊跑去。

会议室里，众人大口地吃着馒头，喝着矿泉水。吴铁良就像在信访办工作时一样，习惯性地摊开纸和笔，准备记录下什么。信访科的肖科长说："吴局长，您刚到，先到休息室歇歇吧，这儿的事由我们来处理。"吴铁良说："正因为我初来乍到，对很多情况不了解，所以更应该沉下来，多接触基层群众，倾听他们的呼声，为更好地开展工作打下基础。"肖科长抱歉地说："是我们信访科工作没做好，本来应该是我们接待来访群众的，让您亲自过问，耽误了您的休息，实在对不起！"吴铁良看了他一眼，说：

"你是这么想的吗？你知道吗，你今天对不起的人不是我，而是他们！你是信访科的，信访科的工作就是接待好群众，怎么能把他们拒之门外呢？"肖科长一迭声地说："对不起，是我不对，我保证下次一定改正！"

姜福贵也在上访者中，他刚吃了几口馒头，喝了点儿水，缓过了神，用衣袖擦了擦脸上的灰尘和泪水，对吴铁良说："领导啊，也不能全怪这位同志，我也有责任，一大早的抱着这个盒子上门，换了谁都不乐意接待！"吴铁良语重心长地对肖科长说："你看，人家还帮你说话。人要将心比心，多体谅一下别人，你要知道，群众不是我们的对立面，他们有问题来找我们投诉，说明在他们心里，还相信我们，相信政府能帮他们最终解决问题！"肖科长点点头，说："吴局长，您说得太对了，我知道错了！"吴铁良笑了笑说："我不是批评你，我是希望我们机关干部要摆正自己的位置，任何时候都不能忘本，不能忘记为人民服务的宗旨！"田佳说："吴局长，您说得真好！我在环保局工作了五年，从来没听过这么朴实又这么感人的话，我就像在迷雾的大海中看到了一盏明灯！"吴铁良笑道："别给我戴高帽了，我水平不高，以后还请大家多支持！"

旁边来上访的群众说："您虽然是新来的局长，但我们看出来了，您是个好人！我们今天没有白跑一趟，算是找对人了！"吴铁良说："请你们把详细情况说说，发生什么事了？"有人说："老姜家最惨，让他先说吧！"姜福贵抱着骨灰盒，神情哀伤地说："我是灵阳县龙潭乡龙溪村的，我田里的小麦和大伙的一样，又黄又小，肯定是没收成了！我的两个儿子在南方打工，他们很孝顺，每年都寄钱回家，我寻思田种不成了，就搞点儿副业吧，就用儿子寄回来的钱承包了村里的鱼塘，没想到就在半个月前，我去鱼塘喂鱼，突然发现鱼塘水浑浑的，鱼苗全死了，那可是我老姜家全部的积蓄啊！十万块钱一下子泡了汤，我怀疑是村边的农药厂偷放了污水害的，就去找乡里反映，乡里不搭理我，我就去县环保局上访，县环保局答应派人来调查，我回家后等了几天，那天县里来人，不巧我老伴病重，我去了医院，听说他们拍拍屁股就走人了！我老伴在半年前就查出来是胃癌，已经是晚期了，前几天，她过世了！刚好今天是清明节，我气不过，就和乡亲们约好一起到市里来，我就不信找不到说理的地方，我就不信没人替我们老百姓说话！"

另一名群众说："自从五年前村外边开了那家农药厂，我们的噩梦就没停过，先是水变黑变臭了，不能洗衣淘米了，接着河里的鱼都死了，村民们养的鸭子也陆续死光了，然后就是庄稼遭了殃，不是水稻烂了就是小麦枯了，更可怕的是，村里不少人都得了怪病，治也治不好，年年都死十几个，搞得在外面打工的都不敢回来，别村的闺女谁也不愿嫁到咱龙溪村，怕生怪胎！现在，不但村子里弥漫着刺鼻的气味，就连井水也有股农药味，但不喝不行啊，我们村又不通自来水！找厂子要点儿赔偿吧，他们答是答应了，但就是空头支票，不给我们兑现，到现在，我们一分钱也没拿到！听说农药厂的厂长和乡里的关系好着呢！我们去找乡里，就说我们不要赔偿了，但要叫农药厂关了或搬了，可有谁来理我们了？唉，这种日子，真不知何时是个头啊！"

听着乡亲们的诉说，吴铁良的心情久久不能平静！一群普通的农民，遭遇这么多的伤害，他们没有悲观绝望，一直在向有关部门反映，可有谁真正关心过他们的生活？一家农药厂能带来多少效益，又给环境带来了多么大的破坏！乡政府为什么视而不见？龙溪村老百姓赖以生存的家园失去了往日的宁静祥和，水不能喝，粮食不能吃，他们快要活不下去了，作为政府机构的水利部门、农业部门、民政部门和环保部门，怎么没人下去查一查，给他们送去一点儿温暖和希望？既然他们今天来找我，我就要竭尽全力调查清楚，尽可能给他们一个满意的答复，弥补他们的心灵所遭受的创伤！

吴铁良问站在一边的田佳："局里有面包车吗？"田佳点点头，吴铁良说："乡亲们，我让局里派车先送你们回去，请你们放心，你们反映的情况非常重要，我会尽快安排人下去调查，把调查结果向市里汇报，妥善解决问题！"有人问："什么时候下来调查？别又让我们空等一场！"吴铁良说："那好，我们下午就去，让李局长负责这件事！"环保局办公室主任张炳荣接话说："李局长出去办案了，12369 环保举报热线接到市民投诉，说西灵区有家废旧塑料加工厂存在'三废'超标排放问题，他一接到举报就去现场了。"村民们问："那下午有人来咱们村吗？"吴铁良说："下午我去吧，我去趟龙溪村看看！"田佳说:"我也去！"吴铁良扭头说:"你去干吗？"田佳笑道:"我是宣教科的，我去拍照啊！"村民们欣喜地说:"吴局长，您一定要来啊，我们在村里等您！"

　　下午，小刘开车载着吴局长和田佳前往灵阳县的龙溪村。刚出灵湖市城区，就看到在一处空地上有一大堆东西在熊熊燃烧，滚滚的浓烟翻卷着扑向天空。距离火堆十几米远，有几个人站着，漠然地看着火势，没人上前扑救，在他们旁边，还停着一辆大卡车。吴铁良有点儿奇怪:这不像是火灾，那几个人隔岸观火的样子也让人摸不着头脑，他们是干什么的？这也不像是祭祀，旁边又没有公墓，清明节也不用烧这么一大堆东西呀！

　　吴铁局叫小刘停车，说:"小刘，你去看一下，那边怎么回事？"小刘放慢了车速，说:"不像有什么事吧？让他们烧去吧，我们还要赶路呢。"田佳说:"小刘，吴局长叫你去你就去，你别事不关己、高高挂起，不就耽误一两分钟吗？"小刘把车停在路边，一路小跑过去，向火堆旁边的一个人询问，那人指指点点说着什么，小刘不住地点头。一会儿，小刘回到了车里。吴铁良问:"他们在烧什么？"小刘一边发动车一边说:"唉，他们是文化局的，地上烧的一大堆东西，是他们扫黄打非缴获来的图书和音像制品，他们在旁边监督，烧完才能走呢！"

　　吴铁良透过车窗，扭头向那里看了一眼，对田佳说:"明天你去趟文化局，和他们沟通一下，这么处理非法出版物是极其不妥的，把东西白白烧掉，又污染了空气，音像制品烧毁还会散发有毒气体，黄色书刊和淫秽光碟本来就是一种污染，他们这么一烧，不是二次污染吗？以后绝不能这么干了！建议他们直接把图书送到造纸厂，把音像制品送到塑料厂，不是还能废物利用吗？"田佳答应说:"好，我明天就去跟他们说。"小刘叹服地说:"吴局长，您上任才半天，就这么快就进入状态，为灵湖的环保着想了，让我小刘不得不服啊！"吴铁良笑道:"既然吃了这碗饭，就得干好分内的事！"

　　车子到达灵阳县城，田佳说:"要不要叫上灵阳县环保局的马局长和我们一起下乡？"吴铁良说:"我们自己去看，叫上他干吗？"田佳说:

"这儿是他管的，我们越过他去检查，他会不会有意见？"吴铁良笑道："他能有什么意见？一来，我们今天不是去检查，只是去调查了解；二来，灵阳县环保局不是归灵湖市环保局管的吗？我们直线下去，他也无权干涉呀！"小刘说："田主任，您以为是费局长啊？他哪次下去不是前呼后拥的？我看那不叫检查，叫观光还差不多！"田佳说："吴局长您刚来，有些情况您可能还不太了解，其实，真正意义上来说，灵阳县环保局并不归我们市局管，它是归灵阳县委县政府管的，我们灵湖市环保局对他们只是业务指导，灵阳县环保局的人事啊、财务啊，和我们市局并没有直接关系。""哦？"吴铁良有点儿惊讶，"我还真不知道这么个情况，差点儿犯了低级错误，田主任，谢谢你给我上了一课！"

车子驶出灵阳县城，正要进入郊区公路，车子右侧突然猛烈地一震，感觉右前轮像被一张大嘴咬住了，车身发生了倾斜，只听"咣当咣当"几下，吴铁良的头和胳膊一下子撞在了车窗上，坐在后面的田佳，也在"哎哟哎哟"地叫唤！幸好小刘系好了安全带，没受什么伤。他开了身边的车门，小心翼翼地钻出了车，转身问道："吴局长，田主任，你们要紧吗？能不能出来？"吴铁良动了一下手脚，头有点儿痛，胳膊有点儿酸麻，但没大碍，就说："行，没问题！"田佳"哎哟"叫了一下，说："我的肩膀有点儿疼，别的还好。"吴铁良从那一侧的车门出去了，又伸手拉了田佳一把，几人都安全地到了车外。

田佳一手揉着肩膀，说："小刘，你开车技术不是挺好的吗？今天怎么也出洋相了？"小刘指了指地下说："这不能怪我呀，你看！"原来，地上有一个直径一米左右的大洞，洞口上盖着一张很薄的三夹板，三夹板的上面涂着层水泥，司机一下子很难看出来这是板。车子的右侧前轮，整个深深地陷在了洞里。田佳说："谁这么缺德，把窨井盖给偷了？"小刘说："偷了还是小事，谁在洞口盖了张这么薄的板，那才危险！别说是车，就是人走在上面，也会掉下洞去的！"吴铁良说："我们把车推出来吧，坏了去修，没坏就上路。"可是，车轮陷得太深，吴铁良的胳膊刚才又被撞得酸麻，使不上力。田佳一个姑娘家，也没多少力气，何况她的肩膀也受了点儿轻伤。因此，三个人一起使劲，也没能把车子拉出来。

田佳说："要不打122吧，请交通警察帮忙，用吊车一吊不就行了？"小刘说："不好，叫他们吊，他们准把我们的车拖到修理厂去，花钱不说，少说也得耽误几天！"田佳说："就擦掉点儿油漆，用不着修的。"小刘笑道："这你就不懂了，修理厂和交警队大多是挂钩的，就是不修，他们把你的车往修理厂一放，光停车费就好几百，虽说不是掏的我个人的钱，但我们也不能做这个冤大头啊！"吴铁良说："车子看样子没坏，花这个钱是有点儿不值，要不请过路的帮个忙？"

正在这时，旁边过来几个年轻男子，其中一个人说："嗨，要不要帮忙？"小刘说："好啊！"可是，那几个男子并不动手，有人似笑非笑地说："哥们，我们不能白帮你呀，你总得意思意思吧？"小刘说："没问题，一会儿我给大伙买包烟去！"那几人笑了，说："谁稀罕你的烟啊？两百块，我们帮你把车拉出来，怎么样？"吴铁良和田佳都愣住了，没想到请他们帮忙拉一下，竟要这么多钱！他们见小刘不吱声，主动说："那一百六吧，我们四人，每人四十，这下行了吧？"小刘看了看吴局长，对他们说："我们没那么多钱，要不，三十块，你们帮下忙，我们要赶时间。"那几人相互看了看，哄堂大笑："三十块？你以为打发叫花子呀？哥们儿，少于一百块，你就在这儿等吧，等到天黑，恐怕你的车还在这儿呆着！"

因为要赶路，下午要到龙溪村去，在这儿浪费时间不太值得，一百块就一百块吧。吴铁良正要答应他们，忽地从马路对面过来十几个人，个个背着鼓鼓囊囊的包，样子像是刚从哪儿来灵阳打工的民工。他们围了上来，有个四十多岁的黑瘦男子，像是他们领头的，他问小刘："咋的啦？出啥事啦？"小刘说："我们的车轮掉洞里了，出不来。"那男子二话不说，先把背上的包往地上一扔，大声招呼道："老乡，把包放一放，都过来搭把手，把这车从洞里拉上来！"众人呼啦一下，都把包放在地上，围上来七手八脚地抬车子，还没等小刘回过神来，车子"叭"一下，四平八稳地回到了路面上！小刘上前说："谢谢！谢谢！要多少钱？"那男子一愣，说："要钱？谁要钱啦？"小刘掏出一百元，塞到那男子手里，说："谢谢大家！你们帮了忙，这是我们的一点儿心意，请收下！"那男子生怕烫手似的，把钱一把塞回小刘手里，生气地说："你把我们看成什么人了？谁跟你要钱了？我们是出来打工的，但绝不拿一分不明不白的钱！"

　　吴铁良的眼睛有点儿湿润，他目送着那些民工兄弟继续前行。他们很瘦，很黑，他们中有十七八岁的少年，也有六十来岁的老人，还有几个衣衫很旧的妇女，他们的背甚至有点儿佝偻，但他们热心，善良，勤劳。他们曾经是农民，现在背井离乡，到城市里寻找一份工作养家糊口，为城市建设添砖加瓦。他们是贫穷的，但他们又是富足的，他们是平凡的，但他们又是伟大的！

　　几个人默默回到车上，车子向龙溪村的方向开去。田佳说："我看先前那几个男人有点儿可疑，他们会不会是碰瓷党？故意把窨井盖拿掉，在上面盖上薄薄的板，等有车子陷进去，他们假意上前帮忙，然后狮子大开口？"小刘说："我也觉得有这个可能，幸亏遇到后来的民工，帮了我们的忙，还不肯收钱。"田佳说："是啊，那些民工让我相信，世上还是好人多啊！"吴铁良感慨地说："人和人要相互信任，就是扫马路的、扛砖头的、捡垃圾的，他们也值得我们尊重。做人，只要对得起自己的良心，那他就是问心无愧的！"田佳笑道："我有一种预感，跟着吴局长，我能学到很多东西。"

7. 自强不息

　　西灵区草桥乡在灵湖市的城西，从灵湖环保局出发，到达草桥乡也就半个多小时。看着路旁的农田里长着绿油油的小麦，开着黄灿灿的油菜花，李志成说："这里的农村还保留着原生态，工业文明没有破坏这片美丽富饶的土地，灵湖市应该感到庆幸！"跟李志成一起出来的，是环境监察支队副队长姚大林，他笑着说："你是饱汉不知饿汉饥，你看着这儿风景挺美的，可这里的乡长和老百姓可不是这么想的！别的乡镇都在搞工业，都富得流油，他们能不眼红吗？能不心动吗？人是讲实惠的，凭什么人家能招商引资，他们只能抱着土疙瘩？你看，路那边的那块牌子——草桥乡民营工业开发区，他们也在蠢蠢欲动圈地搞开发了，虽然现在还是杂草丛生，但我看早晚啊，这儿也会变成热火朝天的工地，也会变成黑烟滚滚的厂区！"

　　李志成说："说真的，作为环保工作人员，我真不愿意看到宁静的农村也冒出来一家家工厂，但作为一个农民的儿子，我能理解他们的痛苦和彷徨！靠种庄稼挣的那点儿钱，过日子捉襟见肘，现在的化肥和农药都不便宜，要是遇到水灾和大旱，一年就白辛苦了！现在买什么都贵，还要供小孩读书，生病都看不起，没钱能行吗？当领导的想发展乡镇企业，当农民的想脱贫致富，这是合情合理的，一点儿都没错！但人在饥饿状态下，往往会饥不择食，捡到篮里就是菜，结果，厂子办起来了，环境也被糟蹋了！"司机小张笑道："既然你们这么理解他们的苦衷，那还去查什么呀？"李志成说："人啊，总是在失去后才知道珍惜，先发展后治理的代价更大，我们是环保执法者，保护环境是我们的职责，我们不能容忍污染在我们眼前猖獗！"

他们在一个偏僻的路口见到了那个举报者，那是个三十多岁的男子，脸色有点儿黝黑，头发却很光亮，似乎刚从理发店出来。姚大林说："你叫孙凤明？举报废旧塑料厂的电话是你打的？"男子点头说："没错，是我，没想到你们来得挺快，效率很高嘛！"李志成说："那家厂在哪儿？"那男子用手比划着，说："就这条路向前，然后朝南开五十米，门口有俩石狮的，就那家厂！"李志成握了握他的手，说："好，谢谢你！"那男子露出一丝笑意，说："嘿嘿，谁让它污染呢？你们就该狠狠地查，最好让它关了才好！"姚大林在进环保局前曾当过警察，观察比较仔细，他上车后说："一般举报者的眼神里都透着一股正气，这个人却有点儿幸灾乐祸，李局长，我看这人也不是正路人！"李志成笑道："我也看出来了，可能他不是出于对污染的愤慨，而是出于妒富心理才举报的吧？"

车子缓缓地朝前开，看到了那两个石狮子，门口一侧的牌子上写着：永鑫废旧塑料加工厂。姚大林说："就这儿。"从传达室出来一个六十多岁的老伯，看他走路的样子，好像左腿有点儿瘸。老伯上前问道："你们找谁呀？"姚大林说："我们找厂里的负责人。"老伯说："哦，找潘厂长啊，他在车间里吧。你们是来进货的吗？"李志成说："我们是环保局的。"老伯疑惑地说："环保局？环保局是干啥的？"李志成笑道："我们什么都要管，管水，管地，管空气。"老伯恍然大悟的样子，说："哦，那不是多管局吗？现在改名环保局啦？"姚大林说："大伯，你忙你的吧，我们先进去看看！"老伯热情地说："好，你们进去看吧，潘厂长人好啊，老有朋友来看他！"

小张把车子停在一边，李志成和姚大林下车往里走。姚大林说："这厂子真怪，门卫是个老头不说，腿还有点儿瘸，能管什么事呀？这不形同虚设吗？就门口那两个石狮子，稻草人似的，谁害怕呀！"李志成笑道："我看那个潘厂长把残疾的老伯安排在门卫，不像是叫人害怕的，倒像是叫人尊敬的，可能是这儿的人特别尊老爱幼，或者是这儿民风淳朴，没什么坏人，也可能老伯是厂长的什么亲戚吧。"姚大林说："反正我觉得有点儿怪！"

进了厂区一看，四周是一圈平房，中间很大的场地上，堆满了各种各样的塑料废品，就像废品收购站似的，有的东西很脏，可能刚从外面收来，有的很干净，大约清洗后正在晾晒。李志成拍了照，说："大量的废旧塑料堆放在露天场地上，这是不符合固废安置办法的，塑料中的有毒成分，会随着雨水的冲洗而渗透到地下水，另外，东西堆这么多，也没个看管的，万一发生火灾，废旧塑料燃烧产生的大量有毒气体，会造成严重的污染危害！"姚大林说："像这样的加工厂，应该配备烘干设备，可他们竟然在外面晒干，真会省钱！"

他们走进一个标着"清洗车间"的房子，里面一小半的空间堆放着各种废旧塑料，有几个妇女在挑拣着各种各样的塑料袋，分门别类地堆放着。旁边有一个水泥砌起来的很大的水池，水池边放着好几袋开包的洗衣粉，池里放着很多塑料袋和破损的塑料制品，两个男的用木棍在池子里鼓捣着，池水里泛着丰富的泡沫。姚大林心里直犯嘀咕："现在还用这么原始的清洗方式，太寒酸了吧？这个老板真够抠门！"李志成一边拍照，一边寻找水池的排水口。

那两名男子看到李志成在拍照，警惕地说："你们在干吗？你们是干什么的？"姚大林亮了下证件，说："我们是灵湖市环保局的，到你们厂里检查污染情况！"其中一人放下手中的木棍，跑出了车间。姚大林意外地发现，刚才跑出去的那人，他的左手只有三个手指，缺了两个！李志成找到了那个出水口，让他吃惊的是，清洗池里的污水，未经任何过滤或沉淀，直接通过水池下边的出口向室外的水沟排放。李志成特地绕到工厂围墙外面去查看，那条水沟是条死水沟，不跟河流接通，沟里的水是乌黑色的，散发着刺鼻的臭味。虽说工厂排放的污水没有危及附近的河流，但污水会污染地下水，还会污染附近的土壤，而且，污水沟的臭味，对几十米外的住户绝对是种折磨！

到了造粒车间，里面有几台机器正隆隆作响，要大声说话才能听得见。几名工人在不停地忙碌，李志成和姚大林的到来并没有影响他们的操作。那些废塑料经过人工清洗和晒干后，在这里加热塑化，冷却后在一边的机器里粉碎，再通过另一台机器加入一些添加剂，哗哗流出来的，就成了白色和黑色的颗粒。李志成和姚大林又来到了注塑车间，看到房子里有两台机器，塑料粒子通过机器加热，出来一大块塑料，经过模具挤压后，变成了一双双塑料拖鞋。机器前坐着两人，一人在按着电钮，一人把拖鞋从机器上迅速取下，放在边上的工作台上，工作台前有两名妇女在修剪拖鞋的边角。

这家废旧塑料加工厂，虽然设备和工艺比较落后，但从某种意义上来说，他们也是在废物利用，在"变废为宝"，尽管这样生产出来的拖鞋未必符合健康要求，姑且算它是一种加法吧；然而，场地上废旧塑料的无序堆放，清洗车间内未经处理的污水直接排放地表，造粒车间内高分贝噪声对员工健康的影响，注塑车间内刺鼻的气味对员工健康和空气质量的危害，这些无疑是一种减法！从社会效益的角度看，这种加法所获取的利益，与减法所造成的危害，是不平衡的，不对称的，危害明显要大于收益！可是，如果从这家加工厂的经营者和从业者的角度看，他们会认为获得的更多，因为他们没有支付处理污染的成本，他们忽视或漠视了加工过程中产生的污染对环境和员工造成的伤害！

姚大林摇头说："这家作坊式的加工厂，老板太黑心了，光为了赚钱，对废水废气一点儿处理都没有，太过分了！依我看，必须叫他们马上停产整改！"李志成一边向旁边的包装车间走去，一边说："怎么整改？我看取缔也不过分！"他们刚走到门口，从包装车间里出来一个人，三十几岁的样子，头发有点儿乱，眼睛有点儿红，一副神情疲倦的样子。那人伸出双手说："我是这儿的厂长潘永鑫，欢迎领导来我们厂考察！"李志成和他握了握手，说："你就是这里的厂长？"那人点头说："是，是我，我这儿太简陋了，让领导见笑了！"姚大林说："对不起，潘厂长，我们不是来考察，我们是来检查的！"

潘永鑫愣了一下，说："检查？我听小罗告诉我说，你们是环保局的，环保局是检查啥项目的？"李志成笑了一下，心想：这儿距离灵湖市也不远，居然这么闭塞，连环保局是干什么的都不知道，难怪他们一点儿环保意识都没有！姚大林瞪了厂长一眼，说："你别装糊涂！我们是来检查污染的！"潘永鑫朝自己的厂区看了看，说："检查污染？我这厂子是有点儿脏乱差，但好像没什么污染呀？"姚大林气愤地说："你可真会装，看你一脸无辜的样子，好像是我们无事生非来了！告诉你，你厂里的污染太严重了！严重得让我们都无法相信！"

从车间里呼啦一下出来好几个人，有男的有女的，他们围在潘厂长身边，怒视着姚大林和李志成，有人责问道："你们是什么人？怎么能冲咱们潘厂长发火？"李志成不明白这个潘厂长有何魅力，员工们居然都护着他，潘永鑫笑着对身边的员工说："来者都是客，别对客人不礼貌！你们都去忙吧，我没事，正和两位领导说话呢。"员工们都不肯走开，生怕他们的厂长被人欺负或遭受不公平待遇。姚大林说："这儿说话不方便，你的办公室在哪儿？我们去你办公室说！"潘永鑫往包装车间一指，说："好啊，我的办公室就在这儿。"原来，在包装车间内隔了一小间，那就是他的办公室。

潘永鑫领着他们往里走，没想到，眼前的一幕让李志成和姚大林都大吃一惊：这位潘厂长，走路一瘸一拐的，居然是个瘸子！进了办公室一看，一张办公桌，桌上一部电话，靠墙有个书橱，里面放着账册、档案之类的，桌子一边坐着个女孩，她在记着什么，看样子是这里的会计。在这个狭小的空间里，还摆放着一张单人床铺，可能是值班的人睡的。潘厂长抱歉地说："这儿地方小，周会计行动不方便，摆不下凳子了，请领导坐铺上吧。"姚大林有点儿出乎意料，原本以为这个老板一定很黑心，为了自己赚钱，不添加污染处理设备，不顾员工身体健康，没想到他的办公条件这么差，这哪是厂长办公室？比一般厂的传达室都比不上！

更让他们感到震惊的是，这间小小办公室的一面墙上挂着好几块金光闪闪的奖匾和红红的奖状，有西灵区人民政府颁发的"残疾人创业文明标兵"、西灵区残协颁发的"西灵区身残志坚先进个人"等奖匾，有西灵区民政局颁发的"为社会献爱心，为职工谋福利"、草桥乡人民政府颁发的"草桥乡优秀共青团员"等奖状，还有草桥乡老年福利院送的一面锦旗："爱心如春晖，温暖胜亲人！"就这家破破烂烂的加工厂，就这个走路一瘸一拐的其貌不扬的男子，竟然拥有这么多荣誉，不得不让李志成和姚大林刮目相看!

潘永鑫满怀歉意地说:"不知领导要来,我们也没准备横幅欢迎,请领导多担待!"李志成说:"我们不是什么领导,今天只是过来看看,了解点儿情况。"姚大林从口袋里掏出一包烟,抽出一根想抽,看了看潘厂长和那个女孩,犹豫了一下。潘永鑫见状笑着说:"领导抽吧,没事。我戒烟十年了,现在客人来了,我都想不起来要敬烟,真是不好意思!"姚大林想了想,还是把烟塞回烟盒,放回了口袋。李志成说:"我们想了解一下,你这家加工厂是什么时候开的?有没有排污许可证?"潘永鑫没听明白,说:"排污许可证?我有营业执照和税务登记证,不知道还要办排污许可证呀,也没听乡里的领导提起过,要是政策规定必须要办这个证,那我明天就去补办!"

李志成说:"现在的工矿企业,凡是产生废水、废气、废料等污染的,必须要办理排污许可证,而且在开工建设前,先要向环境保护科研所申请对建设项目进行环境影响评价,在开厂的同时,要做好污染处理设备的设计、施工和运行,可你这里什么都没有。"潘永鑫说:"我这家加工厂是老厂,开了快十年了,各界领导对我们都很关心,可他们谁也没跟我提过要办理排污许可证,我是真的一点儿都不知道。"姚大林说:"并不是不知道就没事,按规定,一是要补办相关手续,二是要依法进行处罚!"潘永鑫有点儿惊讶又有点儿生气地说:"处罚?处罚我们什么?我们有什么错?我这厂好不容易生存下来,现在天气转暖了,拖鞋又有销路了,大家又能有口饭吃,能挣点儿钱改善下生活,你们环保局是什么单位,怎么一点儿同情心都没有?要知道,我们挣点儿钱容易吗!"

李志成和姚大林面面相觑,看着潘厂长气愤的样子,他们不知道说什么好。旁边一直埋头计算和写着什么的周会计此刻忽然抬起了头,用一种又气又急的语气说道:"你们!你们太不讲理了!你们是不是看不起我们?专门来欺负我们残疾人!"残疾人?李志成和姚大林忽然想起来,那个瘸腿的门卫,那个少了两个手指的工人,还有在注塑车间的墙角落里看到的几副拐杖,还有眼前这个走路一瘸一拐的潘厂长!对啊,他们是残疾人,这里有不少身体有残疾的人,这难道是民政部门开的福利厂?

　　李志成探询着说："这是一家福利厂？"周会计愤愤地说："是！我们是残疾人！这是福利厂！这里百分之四十的工人都是残疾人，你们满意了吧！"潘永鑫对周会计说："别这样跟领导说话，他们可能真不知情。"周会计身体向后仰了一下，指指自己的双腿说："你们自己看吧！"李志成这才发现，这个坐在位置上一动不动的女孩，原来她的双腿是空荡荡的！她没有双腿！姚大林吃惊地说："啊？你的腿呢？"周会计望了一眼潘厂长，眼睛有点儿红红的，说："四年前，我在上班路上被车撞了，撞断了双腿，那个肇事司机跑了，我的命虽然保住了，但我的双腿没了，被高位截肢，为了父母，我才活了下来，可我成了废人，我以为这辈子都要靠别人来照顾才能活下去，是潘大哥救了我，使我重新鼓起勇气生活……"周会计哽咽着说不下去了。姚大林气愤地说："那个司机真可恶！撞了人却溜了，太缺德了！"

　　潘永鑫淡淡地笑着，接过话说："不是我救的她，是小周自己振作起来的！当时我已经开了这家加工厂，小周的父母找到我，希望我能给她一份工作，让她能够自食其力，小周当时情绪很低落，以为父母嫌弃她了，把她当成累赘想甩下她不管，我就开导她：我们残疾人首先要面对现实，我们没有健康人一样的身体，但我们的手和脑是健康的，不能长期依靠别人生存，我们可以凭借自己的努力在社会上立足。因此，我就让她去成人中专学习财会，现在她已经毕业了，很能干的！"李志成说："周会计的腿脚不方便，怎么来上班呢？"潘永鑫翘翘大拇指说："小周现在很了不起！她靠自己坐轮椅上下班！"周会计羞涩地说："我一个人还是不方便的，多亏了大家帮忙，每天上下班、吃饭和上卫生间，大家把我像小孩一样抱上抱下，我真的很感激！"潘永鑫笑道："别不好意思，大家能在一起工作，就是一家人！"李志成在不知不觉中被他们感动了，忘记了自己是来执法检查的，倒像是来参加一个座谈会，融入了他们的氛围，从他们的言行举止中，他感受到了很多平时接触不到的东西。

　　李志成说："潘厂长，那你呢？你是怎么想到开这样一家福利厂、帮助残疾人朋友就业的？"潘永鑫说："我得的是小儿麻痹症，右腿肌肉萎缩，但我一直坚持自己走路，从不用拐杖，我捡过破烂，开过残疾车，我靠自己的能力生活！因为挣钱不多，为了节省开支，我从不沾烟酒。说来也巧，十年前的一天，我载的一个客人愁眉苦脸的，我就问他怎么啦，他说他的塑料厂倒闭了，想把设备卖了还债，我那时有两万块积蓄，就心里一动，叫他把设备转给了我，我租了这个废弃的养猪场，办起了这家塑料加工厂。因为买不起原材料，我和附近乡镇的废品收购站联系好，他们收到的废旧塑料我都要了，清洗后打成粒子还能用。以前，我们生产儿童塑料玩具，后来卖不动了，就改做塑料拖鞋。残疾人是个弱势群体，但我们不能自暴自弃，应当自尊自立，我招收了一些聋哑和手脚有残疾的人来我这里上班。我们厂里一共四十几人，有二十个都是身有残疾的，看到他们在我这里工作得很开心，我感到很欣慰！乡里和区里知道情况后，给予我们很大的关怀和帮助，免掉了工商费和税费，还给了我很多荣誉。可是，这么多年了，我一直没把厂搞起来，一直破破烂烂、小打小闹，没能帮大家脱贫致富，说起来真是惭愧！"

听了潘厂长的一番话，李志成的心里不是滋味，既肃然起敬，又左右为难。一个残疾人，做着如此不平凡的事，不但自己自强不息，还帮助很多人自立，这种精神是多么可贵！这样一家破旧的工厂是很多人赖以生存的希望，自己怎么忍心去打破他们的希望？但是，他们缺乏环保意识，没有污水处理设备，造成的污染不容忽视，如果严格地依法办事，毫无疑问是要对其重罚的。然而，这家废旧塑料加工厂，目前也是勉强维持生存，而上马一套污水处理设备和空气净化装置，没有一百多万是办不来的，他们根本拿不出那么多钱，结果只能是倒闭！倘若工厂停产或倒闭，厂里四十几号工人将失去收入来源，特别是那二十个残疾员工，生活将更加困难！潘厂长助人为乐的心愿，也将化为泡影！李志成苦苦思索：怎么办？

李志成和姚大林钻进车子，离开了永鑫废旧塑料加工厂。姚大林笑道："李局长，我原以为您是个激进的环保主义者，坚持原则，不徇私情，没想到您还侠骨柔肠！面对这么严重的三废污染，面对那些自强不息的残疾人，您也束手无策了吗？"李志成点点头，又摇摇头。姚大林说："李局长，您既点头又摇头，是什么意思呀？"李志成说："我现在是有点儿为难，但不是就不处罚了，我们还是要依法办事！只不过，我在想，执法不仅是监督和处罚，还应该包含更多的内容！现在让我忧虑的，不是如何来执法，而是如何使他们避免失业、能够继续自食其力地生活。"

他们的车才开出一百多米，举报者孙凤明给李志成打来电话，孙凤明不满地说："你们查来查去，什么都没罚就走了，你们这叫执法吗？是不是得了潘永鑫的什么好处？"李志成有点儿奇怪，这个人怎么像电影里的特务似的，好像在跟踪我们的行动，我们刚从厂里出来，他怎么就知道我们没处罚呢？李志成解释说："谁说不处罚了？我们只是回局里讨论，我们欢迎群众的监督，但你不能凭空猜测吧。"孙凤明说："那好，我看你们怎么来处罚他！群众的眼睛是雪亮的，可别当我们什么都不知道！"李志成挂了电话，姚大林说："我怎么觉得那个举报人似乎跟潘厂长有仇啊，像只苍蝇似的，死叮着不放。"李志成说："苍蝇不叮无缝之蛋，他是抓着了潘厂长的短处，这对我们的执法也是一个考验，偷懒就没法交待了！"

车子在快速开往灵湖市的路上，李志成在想着永鑫废旧塑料加工厂的事。车子快进灵湖城区时，李志成的手机响了，电话是监察支队的队长刘鸣打来的，刘鸣在电话里焦急地说："李局长，您在哪儿？神华造纸厂出事了！"李志成问："我们在回来的路上，出什么事了？"刘鸣说："我在神华造纸厂，他们的两名工人在清理沉淀池的污泥时，晕倒在池里，人已经送医院抢救了！市领导要我们环保局马上派人去现场，吴局长的电话我不知道，您也不在局里，我就先去了！"李志成说："好，你通知监测中心去几个人，我们马上就到！"

8. 中途生变

　　小刘把车停在了龙溪村的路口，吴铁良和田佳从车里出来，站在路边向四周眺望。路两头坐落着两个村庄，距离西边的村庄不远，有一个很大的水塘，水塘附近，是用围墙圈起来的厂房。近了看，本应一尺多高的麦子，不过五六寸长，靠近厂房的那几块田里，麦子呈现大片的枯黄，不远处的油菜花，也很矮很瘦，花也很少，一副无精打采的样子。深呼吸一下，会嗅到夹杂在风里的异味，喉咙也感到有点儿疼。

　　田佳掠了下被风吹乱的头发，叹息道："一个美丽的村庄，让一家农药厂给毁了容，多可惜啊！"小刘在一边感叹道："就像一个清秀的少女，被无情地玷污了！"田佳回头看他，有点儿惊奇的表情："小刘，不错呀，会吟诗了？"小刘笑道："此情此景，我是有感而发嘛！"吴铁良一挥手说："抒情救不了村民，走吧，我们进村去！"田佳一边走一边说："吴局长，您刚才那一挥，使我想起了徐志摩的《再别康桥》——轻轻的我走了，正如我轻轻的来；我轻轻的招手，作别西天的云彩。"吴铁良笑道："这首诗意境很美，就是有点儿伤感。"田佳高兴地说："吴局长，您也喜欢徐志摩的诗？太好了，我终于在环保局找到有共同语言的人了！"小刘泼冷水似的说："吴局长不是说了吗，诗太伤感，他不喜欢！"田佳冲小刘扮了个鬼脸："反正我喜欢！"

　　到了村子里，感觉很冷清，许多人家的门都关着，没看见几个人影。吴铁良有点儿奇怪：不是说好下午在村里等我们吗？姜福贵他们人呢？怎么都不在家？送他们的车不是早就回到局里了吗？他们会去哪儿呢？

　　曾经有一句俗话很流行，叫"小康不小康，关键看住房"，从这点来看，龙溪村的人还不富裕，住楼房的人家屈指可数，大多是些平房，而且平房也很旧。当他们经过一户人家时，发现有个四十多岁的妇女，还有个六十多岁的老头儿，他们正在篱笆院里面晒太阳，老头闭着眼睛，靠在轮椅上，妇女在给他按摩腹部。吴铁良对田佳说："我们进去问问。"

　　他们走进院子，那妇女见来了三个陌生人，有点儿紧张。田佳上前问道："大姐，我们想问一下，村子里的人都到哪去了？"妇女停住了手，看了看他们，摇了摇头，说："不知道。"吴铁良说："您别害怕，我们不是坏人，我们是姜福贵的朋友，找他有点儿事，请问他家住哪？"妇女瞅了吴铁良一眼，还是没放松警惕，说："你们不是他朋友吗？怎么不认识他家？"吴铁良说："我们第一次来，是专程来看他的，请您告诉我们好吗？"妇女又把他们打量了一番，说："你们不像是本地人，你们是哪的？"田佳说："我们是环保局的，来村里了解点儿情况。"妇女说："环保局的？前几天不是来过了吗？听说拍拍屁股就走了，你们今天又来干啥呢？"田佳说："我们是灵湖市环保局的，上次来的人是灵阳县的，不是我们！"

　　吴铁良说："今天上午，姜福贵和一群村民到我们环保局来了，我们和大家讲好了，下午我们就下来调查，可他们人呢？怎么一个都不在村里？"听吴铁良这么一说，妇女这才相信他们并无恶意，他们是市里下来的人！她一把拉住吴铁良的手，哀求似的说："首长，请您一定要救救我们！救救我们龙溪村！我们真的没法过了！"吴铁良连忙说："大姐，您别这样，我不是首长，我是灵湖市的环保局长吴铁良，您有什么话就对我们说，只要力所能及，我会管的！"妇女大概是从电视里看来的，以为从上面下来的就是大官，就叫首长。她不好意思地说："您是局长，反正也带个长，又从市里来的，肯定比我们乡长大，能管我们乡长！"

　　小刘在一边说："我们不管乡长，乡长是县长管的，县长是省长管的。"妇女把手缩了回去，疑惑地问道："你们不管乡长？那你们管什么？"吴铁良笑道："虽然我们不管乡长，但我们管污染！只要是灵湖市的污染，不管在哪儿，我们都能管！"妇女说："包括咱们龙溪村？"小刘笑道："那当然！要不我们下来干什么？"妇女的脸色马上多云转晴，她高兴地对躺在轮椅上的老人说："爸，咱们村有救了！咱们村来了贵人了！"田佳拉了一下吴铁良的衣角，轻笑道："吴局长，您成了贵人了！"躺在轮椅上好像睡着了的老头儿忽然睁开了眼睛，浑浊的目光热切地盯着吴铁良，眼角似乎滚出了两颗泪珠，他的嘴唇蠕动着，声音很轻但很清晰地说了两个字："谢谢！"

妇女笑了，满脸的疲惫顷刻被笑意驱散，她一边轻轻给父亲按摩腹部，一边招呼道："你们到屋里搬几个长凳到外面坐吧，你们想知道什么，随便问，我都告诉你们！"小刘去里屋拿了两条长凳，吴铁良接过一条凳子，坐在妇女的旁边，田佳在另一条长凳上坐下，小刘要坐在她的身边，田佳推了他一把，说："坐远点儿，受不了你满口的烟臭味！"小刘抗议道："我不嫌你狐臭，你倒嫌我烟臭，你别臭美了！"田佳凤目圆睁，双手做成九阴白骨爪的样子，作势抓向小刘的面门，叫道："好啊，你敢污蔑我狐臭，看我不撕烂你的嘴！"小刘从凳子上逃离，向吴铁良求情说："吴局长，您看田主任，一点儿都不像淑女，哪配当您的办公室主任？"田佳收住手势，笑道："可惜你不是吴局长，没权辞退我！"吴铁良朝两人瞪眼道："安静点儿！你们再胡闹，马上给我离开这儿！"田佳和小刘乖乖地坐在那儿，不敢玩笑嬉闹了。

吴铁良说："大姐，您父亲生病多久了？得的是什么病？"妇女说："我爸叫陆荣男，今年六十三。我叫陆彩仙，我爸以前身体挺好的，一百斤的担子他挑了就走，农闲还出去找活干，可两年前，不知怎么的，我爸突然就病倒了，到医院一查，是胃癌晚期！我爸知道这个病治不好，家里也拿不出钱治，他不愿意住在医院里，硬要回家，说死也要死在家里！我没办法，就把他拉回家里，也没钱买药，痛了我就按摩一下。近几年啊，村子里得这个病的人可不少，过世的有好几个，十几年前，村里没听说谁得这种病的！都是那家农药厂害的，自从他们来后，龙溪村就没过过一天好日子！大伙就在想，是不是喝的水、吃的粮食有问题？有人去乡里、县里反映，没啥用，拖到现在都没个说法！"

吴铁良说："我们今天下来，就是想实地察看一下，如果情况属实，我们会将调查到的情况向市领导反映，并联合相关部门做出处理意见！"

田佳补充说："比如让农药厂搬走，给村民们经济补偿，对污染的水质进行处理等，你们有什么要求也可以提出来。"陆彩仙说："我嫁到别的村了，我大哥和小弟都到外省打工了，我才过来陪爸爸。对本村的情况，只是听说一些，知道得很少，你们还是等姜叔他们回来后去问他们吧！"田佳说："那他们人在哪儿呢？"陆彩仙气愤地说："哎，别提了！中午11点不到，有辆中巴车把他们送到了村口，从市里回来的村民还没来得及到家，村主任就把大伙叫住了，让大伙去村里开会，说去年稻麦受损的补偿金有眉目了，大伙就都跟去了，刚到村委会，乡里来了一辆大巴，把他们都接走了，到现在还没回来！"

田佳说："是吗？那他们有没有手机？我打个电话问一下。"陆彩仙说："村里的年轻人都出去打工了，剩下的都是老弱病残幼，平时挣钱挣不到，哪舍得用手机啊？按说他们也该回来了，午饭都没回来吃，下午也老半天了，领补偿金哪用得了这么长时间！会不会出什么事？"小刘说："难说，我看不像是好事，会不会乡里知道了他们到市里上访的事，等他们回来后就把他们截住了？"田佳说："对，有这个可能！我听说有些地方的村里和乡里，反感村民举报和上访，对他们威胁利诱，打击报复！"吴铁良说："现在是法制社会，应该不会发生这种事吧？我看这样，既然来了，我们先去看看河水的污染情况，然后去姜福贵的鱼塘看看，再去那家农药厂实地调查一下……"。田佳说："看完这些，天都要黑了。"吴铁良说："如果天黑了，村民们还没回来，那说明有问题了，我们就去乡里找人！"

村后是一条东西走向的小河，河边停着几条旧水泥船，河对面是田野，河水很浑浊，随风飘来阵阵臭味，田佳用手捂住了鼻子，说："真难闻！不行，我要吐了！"小刘变戏法似的拿出了三个口罩，田佳惊喜地说："小刘，你想得真周到，及时雨啊！谢谢！"她接过一个就戴上了。小刘笑道："我车上还有好多呢，不是我想得周到，这是费局下乡必备的，他说了，查污染先得保护好自己！你不知道下面的人怎么形容费局的，人家背后都叫他'口罩局长'！"小刘递给吴铁良一个，说："吴局长，为了您的身体健康，您也戴上吧。"吴铁良摆摆手，笑道："我可不愿意当口罩局长！"

田佳说："吴局长，这儿没别人，您就戴上吧，这味道实在不好闻！"

吴铁良坚决地说："我们下来检查，就是要亲身体会污染给当地带来的伤害，看到了，闻到了，才能有深切的感受，要是戴上防毒面具来检查，那就隔了一层了，不真实了！我们也成了作秀的了！"小刘本来想戴上口罩，听吴局长这么说，就把口罩塞裤兜里了。田佳看他两个都没戴，自己戴上就有点儿另类了，也把口罩摘了下来。小刘说："田主任，你干吗摘了？你是女的，抵抗力差，戴上对你有好处！"田佳笑笑说："小刘，你也会怜香惜玉了？不过，我们是一起出来的，就得'有福同享，有难同当'，我可不想搞特殊！"

田佳拍了几张照，向鱼塘那边走去。吴铁良说："我第一天来环保局，缺乏工作经验啊，今天应该带上监测中心的人，让他们取样回去检测，检测出来有问题的，就可以进入查处程序，可是，我就没想到，只能下次再来取样了。"小刘说："我车上不是有空的矿泉水瓶吗？那个也能装呀。"田佳说："不行，取样有严格要求的，需要专业人士操作，要用合格的取样工具，还要给每个样瓶做好标注，矿泉水瓶是我们喝水剩下的，肯定不符合卫生要求，我们就别做无用功了。"吴铁良说："我刚到环保局，对环保局的工作难免有一个摸索的过程，小田，下次我有做得不对和遗漏的情况，你一定要及时指出来，别顾及我面子，这样才能提高工作效率！"田佳笑着说："好啊，那我现在就告诉您，您这次下乡，还遗漏了一个重要的环节！"

吴铁良想了想说："是吗？我想不起来遗漏了什么，你真得给我说说！"田佳说："龙溪村的污染比较严重，而且存在的时间不短，我们这次下乡调查，应该请新闻媒体参与，让他们来现场采访报道，对污染情况和污染企业进行曝光，这样会对他们产生一定的震慑力，有利于我们的环保执法工作！"吴铁良一拍脑袋说："对啊！唉，我怎么没想到呢，你怎么不早说！"小刘说："是啊，事后诸葛亮有什么用？早点儿说多好！"田佳申辩说："我们来得匆忙，我当时忘了，吴局长又刚来，我还不熟悉，哪敢随便提建议？"小刘说："那你现在熟悉了？"田佳甩了下马尾辫，看了看吴铁良，笑道："现在也不能说熟悉，但我感觉吴局长很平易近人，对我们下属没有官架子，很容易接近，也好说话。"吴铁良笑道："别把我看成完人似的，我这个人也有很多缺点，也会发脾气！"田佳笑道："吴局长，让您发脾气，那一定是让您很生气的事了，就像老黄牛一样，平时脾气温顺，要惹恼了它，那股犟劲儿也挺吓人的！"吴铁良笑着说："我就是属牛的。"

他们来到了那个鱼塘，如果把村后的那条小河比作一根绳子，那鱼塘就像是挂在这根绳子上的一个口袋。看得出来，鱼塘原本是与河流连通的，只是后来为了养鱼，在与小河的接界处筑了一道坝。在坝的一头，还有一间小房子，从窗户朝里张望，可以看到里面堆放着几个麻袋，可能是鱼食，屋里还有一张床、一些工具和杂物。这大约就是姜福贵的鱼塘，鱼塘里的水有点儿浑黄，看不到鱼跃的水花，在鱼塘的角落，还能看到漂在水面上的几条死鱼。水很平静，但养鱼人姜福贵的生活却从此不能平静，因为他承包鱼塘和投入养鱼的 10 万块钱，倘若得不到农药厂的赔偿，那就真的是血本无归！

田佳说："老姜的鱼都死了，这对他是沉重的打击，但不知他的死鱼是怎么处置的？"小刘说："又不能吃，那还用说，都扔了吧？"田佳说："问题是,他扔在了哪儿？"小刘说："还不到年底,现在死的应该都是小鱼,他不会把死鱼拿到菜市场上去卖吧？"田佳说："这个估计不会，现在的人也懂，死鱼一般是不能吃的！正确的做法，是把死鱼都深埋。但有的养鱼户为了减少损失，会把死鱼卖给来收购的生意人。"吴铁良说："死鱼有人收购吗？他们收去做什么？"田佳说："我们以前接触过这样的案例，有人专门收购死鱼，如果是刚死的，异味轻的，他们会晒成鱼干，沿街叫卖。如果死鱼异味重，或已经烂了，他们就烘干后碾成鱼粉当禽畜饲料。"小刘说："还有人这么干？那养鱼的不成了助纣为虐？"田佳说："是啊，虽说他们养的鱼大量死亡令人同情，但如果把死鱼卖给来路不明的人，就应该让人谴责了！不过这一切，已经和我们环保局毫无关系了，要查也是卫生和工商部门去查！"吴铁良说："田主任，你的知识面很丰富啊！等碰到姜福贵，别忘了问问他死鱼的去路。"田佳笑道："好歹我也是大学毕业，要是不学无术，我能当上宣教科主任吗？"小刘笑道："田主任，你还真别说，我以前是把你当花瓶来着，费局长身边的花瓶！"田佳脚一抬，说道：

"把我当花瓶？你太小看人了！小心我踢你！"小刘哈哈笑道："田主任，你这一招，叫黔驴技穷吧？"

他们沿着鱼塘堤岸向前走，不一会儿就来到了那家农药厂门口，"庆丰农药厂"五个金光闪闪的大字，镶在大门边的墙壁上。田佳对着大门拍了张照，然后来到门卫室，问道："里面有人吗？"从门卫室出来两个年轻的保安，看了看他们三个人，问道："你们找谁？"田佳说："请开下门，我们想进去看看！"其中一个说道："你是谁呀？你以为这是超市，想进来就进来呀？"小刘上前说："少废话，我们是环保局的，快点儿开门！"保安笑道："你们是环保局的？我还是公安局的呢！"另一名保安说："乡里、县里管环保的我们都认识，你们到底是什么人？竟然来我们厂里招摇撞骗！"

田佳指了指吴铁良说："这是灵湖市环保局的局长！快叫你们厂长出来！"一名保安冲着吴铁良上下瞅瞅，说道："你是灵湖环保局长？我看着不像啊，连辆小车都没有，你们难道步行来的？是蒙人的吧？"田佳掏出自己的证件，亮在他们眼前说："睁大眼睛看看吧，是不是灵湖市环保局的证件？"一名保安不以为然地说："这算什么？现在花三十块钱就能买个假证，拿这个来诈我，谁信！"田佳气急地说："你们真是狗眼看人低！冒充国家干部是犯法的，我们能干这事吗？这位是堂堂的灵湖市环保局吴局长，刚走马上任，你们要不信，可以打电话问啊！"一名保安看了看同伴，说："刚上任的？是不是真的？要不我们叫下胡厂长？"另一名保安也怕来的真是灵湖市环保局的人，要是得罪了，饭碗还不得砸了？连忙说："你们先在门口等一下，我去告诉胡厂长。"

9. 三大政策

　　庆丰农药厂的厂长胡庆丰听到保安的汇报，说门口来了几人，自称是灵湖市环保局的，其中有个还是环保局长，心里半信半疑。他自知农药厂没有污水处理设备，存在严重的污染问题，早晚会有环保部门来找麻烦。农药厂的利润丰厚，这几年靠金钱铺路，得到了乡里和县里主管环保的领导的庇护，但老有群众去上访，纸是包不住火的，今天姜福贵他们去市里上访，要不是及时得到消息，乡里派人把村民们截走，如果来的真是灵湖市环保局长，村民们一起哄，自己的农药厂不得马上完蛋？不过，他已经想好了对策，如果这次市环保局下来，实在挡不过去，就给村民们赔一笔钱，然后找田副乡长商量，把厂子搬到龙潭乡的其他村去，还不照样开？照样能发财？

　　胡庆丰吩咐助理和车间主任启动应付检查的"应急机制"，暂时关断排污管，打开备用水塔的水龙头，用干净的水冲刷排污管，让生产车间暂时停工，工人都到食堂去，把食堂门关上，检查人员没走之前，不准工人出来。吩咐完了，他又给县环保局的马局长拨了个电话，说："马局长，您好！您上次到龙溪村来，怎么不到我厂里坐坐？"马凡平说："哦，是为姜福贵的举报我下去的那次吗？不方便啊，群众的眼睛都盯着，我要避嫌啊！"胡庆丰说："马局长，那改天我到县里去看您，谢谢您对我的关照，我胡庆丰不会忘记领导的恩情的！"马凡平笑道："胡厂长，你太客气了！我儿子刚买了套新房，准备十一结婚，正在装修呢，你有空来做客啊！"胡庆丰心里明白，马局在暗示：我儿子买了新房，你是不是要表示表示？

胡庆丰心里暗骂一句："老狐狸！"这回少不了要给他送一套高档家电，到他儿子结婚时，礼钱又得一万块！没办法，现在当官的，手里有权就有钱，你不给钱，他随便找你点儿茬，更该你倒霉！

胡庆丰笑道："好，我一定到！嗨，马局长，我想问您个事，现在灵湖市环保局是不是换人了？是个姓吴的当局长啦？"马凡平说："你消息倒挺灵通嘛，昨天刚宣布的任免，你就知道啦？"胡庆丰说："今天上午，龙溪村的姜福贵带了好几个村民去市里上访了，中午，市环保局派车把他们送回来了，乡里很生气，把上访的村民都带到乡里去了。现在，我的厂门口来了几个人，据保安讲，有个人自称是市环保局的吴局长，我现在还没去见他，还不能确定他就是环保局长，如果是真的，我担心这新官上任三把火，第一把火不会烧到我头上吧？"马凡平听了也是一惊，说："我不知道啊，市局没通知我他们要下来，我没见过新局长，不会真是那姓吴的吧？第一天就下乡执法检查，还避开我灵阳县环保局，来者不善啊！"胡庆丰说："马局长，您别吓我，灵湖地区比我污染严重的大厂多的是，我这小厂，不至于引起新局长的关注吧？"马凡平说："不好说，也有可能是新局长想杀鸡儆猴？"胡庆丰着急地说："马局长，那我怎么办？"马凡平劝慰说："你也别着急，查处是需要时间的，他第一次来，又只有环保局，不是联合大执法，他不能把你怎么样的！你先看看今天的《灵湖日报》，上面应该有他的简历和照片，先确定一下是否真是新局长来了，然后你再随机应变！我给田副乡长打个电话，商量一下应对措施。"

胡庆丰翻开了今天的《灵湖日报》，在第二版上，果然看到了灵湖市人大常委会关于环保局人事任免的公告，吴铁良的简历和照片赫然在上。保安凑近一看，肯定地说："对，就是他！门口的三个人里就有他！"胡庆丰叫苦道："这个人是不是前世跟我有仇，怎么上任第一天就来找我麻烦？"保安说："厂长，您别害怕，您不是都布置下去了吗？他查不出什么问题的，要是他想对您怎么样，有我们保护您呢！"胡庆丰摇了摇头说："又不是打架，你们有什么用？是福不是祸，是祸躲不过，走吧！我们去见他！"

吴铁良在门口等了一刻多钟，才看到里面走出来两个人，一个是保安，另一个是个矮胖男人，四十岁左右。田佳说："这厂长好大的架子，等得我脚都酸了。"小刘说："就是，生小孩也不用这么长时间！"田佳对小刘说："他是男的，怎么能拿生小孩比喻？"小刘笑道："生小孩是女人一个人的事吗？我是说他这么长时间，让女人怀孕都够了。"田佳脸一红，说："你姓刘，说的话也这么下流！不跟你说了！"小刘笑道："我说的是怀孕，怎么变成下流了？吴局长，您给评评理，她一棍子把我们姓刘的都打倒了，太不讲理了吧？"吴铁良笑道："你们一天到晚斗嘴，不觉得累吗？"

保安把大门拉开，胡庆丰快步迎上前来，双手作揖，说道："抱歉抱歉，让您久等了！"他一边和吴铁良握手，一边满脸堆笑地说："吴局长您好！我是庆丰农药厂的胡庆丰，您能在上任首日就光临本厂指导工作，让我感到万分荣幸！里边请里边请！"吴铁良有点儿诧异，初次见面，这个胡庆丰怎么一眼认定我是局长呢？吴铁良说："我们来的目的，想必你知道吧？"胡庆丰说："领导来我们厂指导工作，说明看得起我们，是我们无上的光荣！"田佳说："胡厂长，少说客套话，带我们去厂区参观一下吧！"

到了几个车间一看，没有机器在运转，里面空无一人。田佳问："工人呢？"胡庆丰说："现在生意不好，我们已经停产了。"田佳笑道："不会吧？现在是农药的销售旺季，你怎么会放弃这个赚钱的大好机会呢？"胡庆丰叹息着说："我也没办法啊，自从我来这儿开农药厂，没一天安宁过，龙溪村的村民，不是来厂里吵闹，就是去上面上访。我可是合法经营啊，有《法人营业执照》，有《税务登记证》，还有《农药生产许可证》，但村民就是跟我过不去，我实在不胜其烦，就把厂子关了，现在就剩下几个留守人员。"吴铁良心说，这胡庆丰真会推卸责任，明明是他把河水和土壤都污染了，使村民们无法生存，现在居然倒打一耙，反说村民去纠缠他，真是岂有此理！

在厂门口等的时候，吴铁良注意到农药厂的烟囱正在喷着黄烟，可这会儿到车间一看，竟然一个工人都没有！细心的田佳看出了破绽，因为在配料车间和包装车间，地上有很多打开的瓶子和纸袋子，车间里的日光灯也都开着，如果真是停产几天，灯光怎么不关？地上怎么会有不封口的农药瓶？田佳一边拍照，一边说："胡厂长，您看，这灯开着，这给农药包装的活还没干完，工人怎么就离开了？"胡庆丰的头上冒出了汗，这吴局长身边的女孩不是吃素的，不太好糊弄啊。但他还是故作镇定，转身对跟在边上的助理说："你们怎么搞的？灯也不关，东西也没收拾好，光拿工资不干事，没用的东西！"助理点头哈腰地说："是，是！"

吴铁良问："厂里主要生产什么农药？"胡庆丰说："主要生产杀虫剂和除草剂。前几年做过有机磷农药，因为毒性大，农业部和化工部不让生产了，提倡低毒高效，现在我们单纯做这两个产品，利润薄啊，快生存不下去了！"小刘说："你们生产的农药效果好啊！"胡庆丰高兴地说："您用过我们厂的农药？太好了！那以后请您帮我们多多推广啊！"小刘嘿嘿笑道："我是没用过，不过，我能看得出来！你的除草剂效果好，所以龙溪村的水稻小麦都被除草一样地除掉了！你的杀虫剂效果显著，所以龙溪河里和鱼塘里的鱼，都被当虫子杀死了！"胡庆丰这才知道小刘是在讽刺他，气得脸上青一阵紫一阵，但又不好发作。小刘的话把田佳逗乐了，偷偷在身后向小刘竖起拇指！

当他们走过食堂门前，田佳发现门窗都关着，问道："食堂要通风啊，干吗关得严严实实的？"胡庆丰说："工人放假了，食堂就不用了，关上门窗，是怕老鼠进去嘛。"田佳说："平时你们用这食堂做饭烧菜吗？水从哪里取呢？"助理回答说："刚开厂时请过厨师，后来不用食堂了，工人的饭是叫乡上的快餐店送的，喝水是我们买的纯净水。"吴铁良说："造了食堂，为什么不用呢？"胡庆丰犹豫着，不好回答："这……"吴铁良替他回答说："是因为附近的水都让你们农药厂污染了，没水可用了吧？"胡庆丰面色难看，不知如何是好。吴铁良声色俱厉地说："你自己摸着心口想想，你开农药厂这几年，给龙溪村带来了什么？河水污染，空气污染，庄稼减产，鱼苗死亡，禽畜难养，疾病增加……除了这些，还有什么？你把河水污染了，连自己饮水都买来喝，你把土壤污染了，农民连田都指望不上了，你叫世世代代在这里生活的村民怎么办？"

胡庆丰开厂多年，也和各色人等打交道，知道有些官员表面上装得一本正经，但内地里却贪污腐化，正所谓"有钱能使鬼推磨"，几乎什么问题都能用金钱摆平，但眼前的吴局长，却让他捉摸不透。这姓吴的环保局长，看上去一副温厚的面容，但眉宇之间又透着凛然正气，不好对付！最让胡庆丰惴惴不安的，是这个新上任的吴局长，上任第一刀就冲自己而来，毕竟他是市里来的，自己一时之间又拉不上关系，倘若真如马局长所说，吴局长此行是杀鸡儆猴的话，那今天看来很难太平了。

胡庆丰装出一副诚恳忏悔的样子，言辞恳切地说："吴局长，您批评得对！教育得真及时！我认识到自己的错误了，我对不起龙溪村的老百姓！我会和乡里村里协商好，赔偿村民们的经济损失的！如果他们的病确实因为我的农药厂引起的，我会承担他们的医药费！另外，为了村民们的健康，我决定接受村民的建议，尽快把工厂搬走！"吴铁良刚到环保局，对环保的法律法规还不是很清楚，对如何执法也没经验，当他看到胡庆丰认错的态度较好，就说："毛主席说过，知错就改就是好同志，只要你认真悔改，赔偿村民的损失，并尽快把工厂搬走，我们会本着'惩前毖后、治病救人'的原则对你从轻处罚！"

田佳用力把吴局长一拉，吴局长一个踉跄，被拉到了一边，吴铁良愣道："拉我干什么？"田佳着急地说："吴局长，您太仁慈了！"田佳上前几步，看着胡庆丰，微微一笑，说道："胡厂长，你可真会避重就轻，把我们吴局长都糊弄住了，你本事大啊！"胡庆丰知道这女的能说会道，不好对付，就佯装不知地说："我刚才向吴局长表态，还不够诚意吗？"田佳笑道："是啊，你真够聪明的，知道吴局长刚上任，不熟悉环保法规，你就轻描淡写，想蒙混过关吗？"胡庆丰说："你这话什么意思呀？我诚心诚意地想向村民认错，怎么是蒙混过关呢？"

田佳轻轻一笑，说："农药厂是重污染企业，你作为农药厂的负责人，不会不知道我国环境保护的三大政策吧？"吴铁良也是第一次听说这个"三大政策"，作为灵湖市的环保局长，如果连这点儿基本知识都不掌握，还怎么全面统筹灵湖市的环境保护和污染治理？吴铁良不顾有失面子，不禁问道："田主任，是哪三大政策？"田佳铿锵有力地说："一，预防为主；二，谁污染谁治理；三，强化环境管理！胡厂长，您说，哪一条您做到了？"吴铁良在一边不禁暗暗点头，这"三大政策"言简意赅，真是环保执法的指导性纲领啊!

胡庆丰面色尴尬地说:"我……我不是答应赔偿了吗?吴局长也说了,要治病救人嘛,领导的话你也不听吗?"田佳笑道:"你是欺负我们吴局长不熟悉环保法,想钻空子吧?你说,预防为主您做到了吗?建设项目的'三同时'你做到了吗?开厂几年,一套污水设备都没有,哪来的预防?你心中根本就没把保护环境、保护水资源当回事!"吴铁良插话说:"什么叫三同时?"田佳说:"'三同时'是指防治污染的设施必须与建设主体同时设计、同时施工、同时投产使用!胡厂长在开厂的时候,早把'三同时'抛到九霄云外了吧?你的污水处理设备和烟气的过滤设备在哪儿呢?还有,谁污染谁治理的事,请问胡厂长,龙溪村的河流被你糟蹋得不成样子,就连鱼塘也未能幸免,你却只想着把厂搬走,是不是想脚底抹油一溜了之,逃避治理的责任?"

田佳一番咄咄逼人的话,把胡庆丰说得面红耳赤,吴铁良却听得频频点头,这回他不但补习到不少环保知识,对田佳敢于直言的性格也多了几分欣赏。司机小刘对田佳今天的表现也徒增了好些敬佩。原先费明在任时,只看到她通知开会啦,拍拍照片啦,接待记者啦,陪领导喝酒啦,这些小事,换个新来的女大学生就能干,今天才知道,她是有真才实学的,而且性格直爽,说话办事的能力不比男同志差,以前真是小看她了。小刘是个司机,他在费明走后,去接吴铁良的路上,曾下决心只管开车,不去参与环保局的事,但真的到了执法现场,因为正义感也好,因为耳濡目染也罢,他总会不自觉地"串线",忘了自己司机的身份,很自然地就担当起环保执法人员的角色。

吴铁良决定要把上任遇到的第一件环保违法案办好,这样既对得起自己的良心,也对得起领导的器重,更要对得起老百姓的信任!今天来得匆忙,监察支队和监测中心的人没一起来,自己对环保法又不了解,很难现场对他们进行查处,但今天也没有白来,经过实地考察后,了解到第一手的农药厂污染情况,等回去以后,自己要加强学习,参照相关法律法规,下次来,就能依法对其处罚了。

他们走到了厂区的东北角,那里有一座几十米高的砖砌的水塔,在水塔底部有一只水泵，正在呼呼地转着。刚才走在厂区内，小刘就注意到了，厂内东西两个烟囱，东面的那个靠近围墙，而围墙外就是姜福贵的鱼塘和村民的田地。烟囱喷出的烟雾也是污染源，含有大量有毒物质，对鱼塘的鱼和庄稼地里的作物，肯定会有不利的影响。烟囱下面就是生产车间，农药厂的污水往哪排呢？一墙之隔就是鱼塘，他们不会往鱼塘偷排吧？小刘曾经开车送李志成执法过几次，知道这位留洋归来的副局长每到一个企业检查，首先会找排污口，这是检测企业是否违法和超标排污的首要参照。李志成曾说："病从口入，祸从口出！一个小小的排污口，如果不加以科学控制，长江黄河很可能就毁在它这口上！"小刘对李志成的"祸从口出"这四个字，印象特别深。

小刘提醒吴铁良说："吴局长，我们应该看看他们厂的排污口，水脏不脏，一看就知道。"田佳笑道："真是瞎子点灯，多此一举！这还用看吗？他们厂污水处理设备都没有，小河又被污染成这样，肯定脏得不行！"胡庆丰抗议说："你没看怎么知道脏不脏？有你这么讲话的吗？"吴铁良说："不了解情况就没有发言权，百闻不如一见，我们还是去看看好！"小刘说："吴局长，您那么崇拜毛主席啊，说话都要引用他老人家的名言。"吴铁良笑道："是啊，我是读毛选长大的，用现在的话说，我是他老人家的粉丝啊！"田佳说："胡厂长，那就带我们去看看你的排污口吧！"话一出口，感觉"你的排污口"不雅，于是改口道："看看你们农药厂的排污口吧！"

庆丰农药厂的排污口，其实不是一个，而是两个。西边的那个直接通往龙溪河道，埋在地下较深，比较隐蔽；东边的那个比较简陋，在围墙的外边，直接用砖头砌成沟渠，没有用水泥管道，上面用水泥预制板覆盖。由于太靠近鱼塘，污水会通过砖缝和泥土，渗透进鱼塘。鱼塘不和河流接通，鱼塘里又有增氧设备，水质比河里好得多，只是有点儿浑。庆丰农药厂有一根取水管就通到鱼塘里，以前，鱼塘的水经过沉淀之后，还能用来做饭洗菜，后来变浑浊了，他们厂里就用来洗手和应急时冲洗排污管道，临时稀释污水浓度，当环保部门检测时，污水超标值就小得多。今天因为事先没得到通知，启用水塔有点儿仓促了，水泵转动时让吴铁良他们看到了，当时胡庆丰还担心被当场揭穿，幸好没人提起水泵的事。

　　绕到围墙外边，来到厂房后面的河岸，听到哗哗的流水声，小刘俯下身去察看，看到一个脸盆大小的黑黝黝的洞口，水就是从那里向河道排放的，可是，从洞口排出来的水，虽有点儿浑黄，却不是很脏。胡庆丰说："这就是我们厂里排放出来的水。"吴铁良看了看说："虽然不是很污浊，但冰冻三尺，非一日之寒，这日积月累下来，对河流的污染还是相当严重，你看，河里只有死鱼，看不到活鱼了！"胡庆丰却指着河滩边说："有活的啊，吴局长，您看，这一个个的小龙虾，钓也钓不完，听说今年乡里还要举办龙虾节呢！"田佳笑道："谁不知道龙虾是吃脏东西过活的？龙虾越多，说明水越脏，胡厂长还拿这说事，往脸上贴金哪！"胡庆丰脸色讪讪的，不说话了。

　　天色不早，小刘看了下手机，时间已是下午四点多。田佳说："吴局长，我们是回灵湖呢，还是去乡里找人？"胡庆丰献殷勤说："吴局长，时间不早了，大家吃了晚饭再走吧，我这就去订饭店！"吴铁良摆摆手说："不用了，我们还要到村里看看村民回来没有，你这里，我们改天再来！"胡庆丰知道他们要走，心里一喜，毕竟眼前没有麻烦了，但听吴局长说改日还要来，心里又是一紧，看来麻烦还没完！

　　吴铁良他们又去村里兜了一圈，还是没见姜福贵他们几个村民的身影，下午曾经见过的陆彩仙和她父亲也不见了，她父亲家的门关着。只是在村口，有几个放学回来的小孩，正无忧无虑地追逐着。有三四个小孩，好奇地在环保局的小车前张望，其中有个小姑娘，凑到反光镜前，一边照镜子，一边梳理着小辫子。孩子们看到几个陌生的大人走过来，怯怯地退到了一边。吴铁良不经意地回头向农药厂望了一眼，发现那两个烟囱又在吞吐着烟雾，不禁一呆，说："怪了，烟囱又在冒烟了。"田佳笑着说："其实，我早就知道他们的工厂没停产，工人也在上班，刚才只是躲起来了，而且，他们那个水塔的水，很可能是临时用来冲洗排污管道的，目的是让我们在排污口看不到他们排放的污水。"

　　小刘不解地说："田主任，你既然知道，为什么不当场拆穿他们呢？"田佳笑道："我是故意放他们一马，下次来时，可以抓个现形，现在不能打草惊蛇呀！"小刘赞道："欲擒故纵，田主任真是高明啊！"吴铁良不禁摇了摇头，说："自作聪明，欲盖弥彰，到头来只能是自作自受！我们要抓紧时间，绝不能让他继续祸害村里，要罚他个倾家荡产！"田佳笑道："吴局长，想罚他倾家荡产，只怕您还没这个能力！环保法中明确规定，对违法排污企业，每次罚款最高不超过二十万！而且，在三个月内，对同一违法案件不能重复处罚！"吴铁良对这一处罚限制很不理解："三个月只能罚二十万？那不是便宜他们了吗？只要交了二十万罚款，违法企业就可以明目张胆地排污却不用害怕处罚，这罚款单，不间接成了排污通行证了吗？"田佳说："是啊，这是法律条款有缺陷的地方，不过，已经有人大代表提出修改罚款限额的提案，相信以后会逐步完善的。"

几人坐进车子，吴铁良说："我们去乡里，必须找到他们！实在找不到的话，我会连夜向市里汇报！"小刘说："这么晚还没回家，我看他们凶多吉少！"田佳说："要真是乡里把村民们扣留了，那可是违法的事！这乡干部也太嚣张了吧，怎么能干这种打击报复的事！"吴铁良既有点儿担忧，又有点儿愤慨，不禁叹道："防民之口，甚于防川，唉，这种官僚陋习，怎么到现在还没有绝迹！"小刘发动车子，刚一脚踏下油门，忽看到前面几十米外有一群人迎面走来，仔细一看，不由惊喜地说："吴局长，田主任，你们看，前面的不是龙溪村的村民吗？他们回来了！"

10. 非法扣留

　　小刘把车停了下来，吴铁良和田佳从车里出来，龙溪村的村民看到他们，纷纷围了上来。田佳问："你们怎么现在才回家？发生什么事了？"其中一个村民说："唉，别提了！田乡长和乡司法办不让我们回来！"吴铁良说："到底怎么啦？他们怎么能随便扣人？"有个村民从兜里拿出一张纸条，递给吴铁良，气愤地说："乡里要我们签这个，不签不让回！"吴铁良接过来，借着晚霞光一看，只见纸上打印着"关于龙溪村部分村民上访问题的处理意见"，仔细一看，里面写着关于村民庄稼受损一事，由乡政府、乡农业公司和庆丰农药厂协商解决，村民不得私自上访扩大不良影响，对不听劝阻一意孤行的村民，有关该村民及其子女的就学、就业、结婚等事宜，乡里和村里不予开具相关证明！

　　面对这样的霸王条款，吴铁良气不打一处来！这些乡干部把村民当成什么了！是他们任意宰割任意驱使的奴隶吗？他们的眼里根本就没有老百姓的利益，这样的干部怎么能为人民服务，怎么能为老百姓谋福利！他对村民们说："走，我们一起去乡里，跟他们论理去！"村民们虽然对乡干部的做法大为不满，但又都害怕，害怕和乡里作对没好果子吃，都犹豫着没动。小刘说："怕什么，有我们吴局长在啊，他们不敢把你们怎么样的！"有的村民说："你们要走的，而我们生活在这里，胳膊扭不过大腿啊！"田佳说："你们就这么认了吗？"村民无奈地说："我们不想认，可是又有什么办法呢？"

　　吴铁良忽然发现人群中没有姜福贵，于是问道："姜福贵呢？没和你们一起回来？"一个年轻的村民说："他们说姜叔是带头的，要深刻反省，不让他回来！"吴铁良暗骂一声："狗屁东西，要深刻反省的是你们，不是村民！"村民们彷徨地说："我们怎么办呀？毁了我们的庄稼还不让我们说，吴局长，您要帮帮我们啊！"吴铁良对村民们说："你们别着急，我会去乡里问个明白的，你们先回家休息，我去把老姜接回来！"他们的车子开出一段路，田佳回头望了一下，看到村民们站在路口，仍在向他们张望。田佳说："这些村民太弱势了，他们连反映问题的权利也被变相剥夺了，龙潭乡的乡干部太霸道了！"小刘说道："有些乡干部就是当地的土皇帝，谁不听话谁吃亏！"吴铁良愤慨地说："他们这么胡来，是不会长久的！无视法律，总有一天他们将无法立足！"

车子到了乡政府门口，传达室出来一名保安，上前拦住说："领导都下班了，有事明天再来！"田佳亮了下证件，说："我们是灵湖市环保局的，必须马上见到乡长！"保安见过灵阳县环保局的人，没见过灵湖市环保局的人来过，看到田佳一副盛气凌人的样子，保安有点儿不在乎，仍拦在车前说："我们龙潭乡有五个乡长，你们要找哪个？"小刘嘀咕道："一个乡有五个乡长，未免太多了吧。"田佳听村民们提起过有个田副乡长，就说道："找田副乡长！"保安一摊手说："田乡长也下班了，你们明天来吧！"下班倒挺及时，不知上班是否准时？上了班又干些什么？吴铁良有点儿火了，冲着保安说道："把你们田副乡长叫来！耽误了事，你负得起这个责吗？"保安虽然平时骄横惯了，但来的这几个是市环保局的，他们傍晚才来，也不知是为了何事，保安自然不敢过于怠慢，连忙说："好，我给田乡长打电话，你们请进！"

小刘把车停好，三人向乡政府的办公大楼走去，一名保安跟在他们身后。小刘说："乡政府的大楼比我们环保局的气派多了，这龙潭乡有钱啊！"田佳说："还不是民脂民膏？听说有个贫困县，县政府修的办公楼是模仿美国白宫造的，花了几千万，而他们县一年的财政收入不过二千万，这帮败家子也真够胆大的！"吴铁良说："越是穷的地方，这腐败的危害越大！一些穷地方搞什么形象工程，劳民伤财，真不知那些父母官是怎么想的！金玉其外，败絮其中，对他们究竟有什么好处！"小刘笑道："有工程他们才好贪污呀！要是没建设项目，他们哪来的好处费？"

田佳问保安："这楼里有人值班吗？"保安说："有，但要到晚上九点才过来。"吴铁良说："那个田副乡长什么时候来？"保安说："田乡长说他有点儿事，半个小时后过来。"吴铁良说："你带我们去楼里转转。"保安迟疑着说："这……"田佳说："乡政府不能让人参观吗？"保安无奈，只得领着他们上了办公大楼。不看不知道，一看吓一跳，一个小小的乡政府，机构众多，除了常见的民政、司法、人事、外贸、农业、土管、建房、妇联、宣传等部门，还有种桑养蚕协调办、城镇建设拆迁办、道路绿化管理办、龙虾养殖开发办、外出打工管理办等，还有接待室、会议室、财务室、档案室、打印室、秘书室等，仅是书记、副书记、乡长、副乡长的办公室，就占了十几个。一楼还有宽敞的餐厅、活动室，活动室里有乒乓台、球桌等，旁边还有几间关着门的杂物间。小刘啧啧说道："麻雀虽小，五脏俱全，要养这么多的干部，老百姓苦喽！"吴铁良也感叹道："是啊，人浮于事，吃闲饭的人太多了！"小刘说："听说现在提倡办公透明化，很多部门在一个大厅里办公，今后这里也会有所改变吧？"田佳说："上有政策，下有对策，再好的政策，到了下边，还是会走样！"

田副乡长接到了保安的电话，知道灵湖市环保局的人还是来了，但他并不担忧，因为龙溪村的村民已经做出了妥协，他们答应不再上访，虽然那个倔老头姜福贵不肯签字，但他被关起来了，没法向市里的人告状，何况，他一个小老头，谅他也兴不起什么风浪！灵阳县环保局的马局长下午来过电话了，表明龙潭乡只要不让市环保局抓住辫子，能够把庆丰农药厂的这件事挡过去，县环保局许诺给龙潭乡拨三十万元清江治理专项资金。田副乡长正急需钱用，因为乡党委顾书记指示，龙潭乡要扩大招商引资，必须要打品牌！龙潭乡现在名声最大的是什么？是龙虾！城里的饭店都到龙潭来收龙虾，也不知怎么的，今年在龙潭境内的清江，龙虾特别多，就是和清江连接的小江小河，也是处处龙虾游弋，一渔网下去，能捞十几斤。龙虾大丰收，田副乡长灵机一动，就想拿它来大做文章，他想下个月在龙潭的清江岸边举办一个热闹隆重的龙虾节，摆上三百张桌子，请各界来宾免费品尝龙潭出产的大龙虾！这几天，他正和几家企业联系，

环保局长 HUANBAO JUZHANG

要他们为龙潭乡首届龙虾节提供赞助。

华灯初上，霓虹闪烁，乡政府前的街道人来车往，煞是热闹。吴铁良站在办公楼下，田佳说："吴局长，您饿吗？田副乡长还没到，我们先去吃点儿东西吧？"保安一指乡政府对面，推荐说："马路对面的龙潭酒家，在我们这很有名的，时鲜的十二香龙虾，你们去尝尝，味道很不错！"小刘说道："本来我还不怎么饿，被他一说什么十二香，我的肚子就咕咕叫了！"吴铁良对小刘说："正好我也有点儿饿，你去买点儿吃的吧。"小刘问："买什么？"吴铁良笑道："当然是物美价廉的了！"

小刘去了几分钟，手里拎着鼓鼓囊囊的一大马夹袋，小跑着回来了。小刘一边从马夹袋里掏东西，一边说："对面都是饭店舞厅，只有一家面包房，我就满载而归了！"保安原以为小刘买回来的是鸡腿、烤鸭、龙虾之类的，没想到他从袋里取出的是一个个面包。吴铁良和田佳接过面包就啃了起来，小刘更是狼吞虎咽，恨不得一口把一个面包全吞了，还一个劲儿地说："嗯，好吃！"田佳笑道："一个人饿了，吃什么都香啊！"小刘看见保安正瞪大眼睛看着自己吃面包，停止咀嚼问道："嗯，你吃了吗？要不要来一个？"保安看着他们吃着干巴巴的面包，心里有点儿过意不去，就说："请到传达室坐吧，我们那儿有纯净水。"

吴铁良说："不用了，你再给田副乡长打个电话，人怎么还不来？"保安刚拿起手机，一辆小轿车驶进乡政府，停在了大楼前，保安跨步上前拉开车门，从车里出来一个四十来岁模样的男子，向吴铁良他们望了一眼，抱拳上前说道："哎呀呀，抱歉抱歉，我来晚了，恕罪恕罪！"保安介绍说："这就是你们要找的田乡长。"吴铁良说："我是灵湖市环保局吴铁良，田副乡长，我们想找你了解点儿情况！"田副乡长笑嘻嘻地说："久仰久仰，请上楼，到我办公室聊吧。"小刘暗笑，吴局长刚刚上任，这个田副乡长就说"久仰"了，这不明显是假话吗？

几人来到了田副乡长的办公室，只见里面有一张很大的办公桌，还有两张牛皮沙发，几个旋转靠椅。田副乡长对保安说："小唐，你给市里来的领导泡几杯茶！"保安在泡茶时，吴铁良注意到他用的茶叶是碧螺春，就随口问道："田乡长，你们乡里怎么不买灵湖银毫？那可是灵湖的特产呀！"田副乡长一副不屑的神情，说："哦，那个茶叶呀，现在谁敢喝啊？连极品银毫都喝倒了几个局长，一般的灵湖银毫，大家更不敢买了！"吴铁良不由得叹息，连灵湖当地人都不买灵湖银毫，灵湖茶园要想打翻身仗，谈何容易！

田副乡长装作不知道吴局长下午来龙溪村的事，客气地说："吴局长，您怎么来我们龙潭乡了？怎么事先不打个招呼，我们好接待啊！"吴铁良直截了当地说："我们下午就到了，去了龙溪村，也去了农药厂，但我们想见的人，却没见着！"田副乡长说："哦，你们想见谁，我去安排啊！"田佳说："我们要找姜福贵，可是他回来后就失踪了，据村民说在你们乡政府，所以我们特意来见他，请您安排一下吧！"田副乡长见田佳说话的语气很硬，没有女孩子的那种婉转，似乎带着兴师问罪的腔调，就有点儿不乐意，解释道："他是来了，但他和龙溪村的村民一起回去了，不，他稍微晚走一点儿，谁说姜福贵在我们乡政府？你把他叫来，我当面问他！"

吴铁良一下子也吃不准田副乡长说的是不是实话。姜福贵到底在不在乡政府？是不是如村民所说的被扣留而没放回来？或者姜福贵后来走了？又或者他没和村民一起走，去了什么亲戚家？吴铁良说："我们暂且不谈姜福贵在不在乡政府，田副乡长，我问你，庆丰农药厂给龙溪村造成的污染，你应该知道吧？"田副乡长知道有些事不能隐瞒，龙溪村在龙潭乡的管辖之下，自己作为龙潭乡第一副乡长，回答"不知道"有点儿说不过去，就说道："我知道，目前乡里正在协商解决这件事。"田佳说："今天下午，你们把龙溪村村民叫到乡政府，还逼着他们签订一份协议，这是为什么？"

田副乡长对田佳的态度很不感冒，他心想：虽然你们是市环保局的，但不是我们乡政府的直属行政领导，我的乌纱帽和你们没关系，不用怕你们！况且，我们龙潭乡还是以农业和桑蚕业为主，工商业发展远远落后于其他乡镇，说到污染，我们龙潭乡还是受害者！上游的灵山市排放的大量污水，倾泻到我们龙潭乡境内，清江污染的责任应该归咎于灵山市，虽然龙潭乡因祸得福，龙虾获得了大丰收，但因为污染，沿江农民的稻麦和桑树也遭受了巨大损失，而灵阳县每年拨给乡里的治污款，就像挤牙膏一样一次挤一点儿，根本无济于事！

田副乡长说："这位是谁？不了解情况不要乱说话！"小刘插话说："她是我们环保局宣教科的田主任。"田副乡长接着说："虽然你也姓田，我们五百年前还是一家，但我还是要提醒你，你讲话要有证据，不能无中生有！"田佳说："我哪里无中生有了？"田副乡长说："你说我们乡里逼龙溪村民签一份协议，哪来的协议？"田佳说："我们看到了，龙溪村到市里上访的村民，人手一份，你还不承认吗？"田副乡长咳嗽一声说："我老实告诉你，那不是协议，那是我们乡党委讨论通过的处理意见！"田佳说："有那样蛮不讲理的处理意见吗？"田副乡长说："哪里蛮不讲理了？我们也是为村民好，不要把时间浪费在举报啊，上访啊这些无聊的事上，那是不务正业，要把精力放在生产自救上！现在都在提倡创建和谐社会，我们不容许一小部分人破坏我们乡和谐稳定的形象！"

看着他们针锋相对、你来我往的争论，吴铁良打断说："我们不要谈论什么大道理，就说说污染的事。田乡长，庆丰农药厂的污染，你准备怎么解决？"田副乡长有点儿委屈地说："你们在市里工作，高高在上，不了解基层工作的难处！你们以为我是在纵容他们污染吗？你们以为我对龙溪村民遭受的损失无动于衷吗？不！其实，我也很痛心！我也很难过！"小刘在一边冷冷地说："说的比唱的还好听！"田副乡长没理会小刘的讥讽，继续说道："大家都知道，现在这社会，笑贫不笑娼，我身为龙潭乡的乡长，从上任的第一天起，就希望带领龙潭乡的百姓脱贫致富奔小康。但现实并没有我当初想象的那么简单，无农不稳，无工不富，无商不活，龙潭乡要想改变现状，必须要发展工商业。所以，我们在部分农村推广种桑养蚕，在镇上建设商业一条街，还以优惠政策对外招商引资。人家来投资办厂，厂开在哪里？不是镇上就是农村，我们考虑到农村人口少，即使有污染，受害面也小一点儿，因此，我们在给农药厂选址时，就选在了相对偏僻的龙溪村，解决了部分农民的就业，还给村里增加了出租土地的收入，村里利用租地的收入，还修了一条村级公路，方便了群众的出入。"

田副乡长说得头头是道，听来不无道理，田佳也在想刚才是否错怪了他。吴铁良说："你刚才说的，是一些客观因素和正面影响，那你有没有考虑污染给龙溪村环境带来的伤害？有没有考虑污染给龙溪村民带来的损失？"田副乡长说："今天下午请部分村民代表来乡里，其实就是协商解决这个事，我们不希望把农药厂污染的事搞得人人尽知，满城风雨，这会影响我们龙潭乡的招商环境，对村民也没什么好处。要解决问题，还得大家坐下来谈，大事化小，小事化了！"吴铁良问道："你们打算怎么大事化小，小事化了？"田副乡长说："我们正在统计这几年村民的农作物的损失情况，包括姜福贵承包鱼塘遭受的损失，具体赔偿金额要统计出来后才有数，乡里和农药厂的胡厂长沟通过了，他表示愿意承担相应的赔偿。"田佳说："这个赔偿，只是对村民已经遭受的损失的一些经济补偿，如果农药厂继续开，那污染还将延续！"田副乡长说："胡厂长已经说过了，他会尽快把工厂搬走。"田佳笑了笑说："胡厂长还是想三十六计，走为上策啊！他想把工厂搬哪里去？换一个村，不是把污染又转移过去了吗？一个新的村庄将成为第二个龙溪村！而且，根据环保法的相关规定，他是不可以一走了之的！"田副乡长不解地说："搬走也不行，那他怎么办？开在哪就必须呆在哪吗？"小刘说："他拉下的屎，他必须要擦干净才行！"小刘的话虽然不雅，但话糙理不糙。田佳点点头说："对，谁污染就由谁治理，他就是搬走了，龙溪村的污染治理仍是他的责任，要不然，我们环保局就不会通过他新厂的环评！"吴铁良说："关于农药厂的污染问题，我们环保局会依法进行查处，希望你们乡里在协调解决农药厂赔偿龙溪村民经济损失上，发挥积极作用，并将最终达成的解决方案交给我们环保局一份备案。"田副乡长说："好，我们一定积极配合！"

众人正说着话，忽有一名保安推门进来，神色慌张地对田副乡长说："田乡长，姜福贵不见了！他，他爬窗户跑了！"田副乡长连忙给保安使眼色，想制止他说话，但来不及了！吴铁良听到保安说"姜福贵跑了"，顿时站了起来，他这才明白，原来姜福贵真的被扣留在乡政府，这个田副乡长撒了谎！吴铁良指着田副乡长气愤地说："你把龙潭百姓置于何地？你不配当这个乡长！"田副乡长怨恨地盯了保安一眼，怪他来得真不是时候，害得他功亏一篑！田副乡长也站起身，一迭声地说："误会误会，这肯定是个误会！我真不知道姜福贵在乡里！"吴铁良有点儿愤怒地说："这个时候了，你还想隐瞒真相！身为乡长，你不知道私自扣留村民是犯法的吗？你可真干得出来！"田副乡长自知理亏，一时不知如何为自己申辩，急得团团转。

吴铁良问那个保安："姜福贵被关在哪个屋子？他是怎么离开的？"保安看着田副乡长，怯怯的不敢说话。田副乡长叫道："问你话，你哑巴啊！"这名保安说："在一楼的杂物间，他是敲碎窗户玻璃爬出去的！"吴铁良说："你带我们下去看看！"众人一起下楼，保安指着厕所旁边的一间小屋说："就这间。"吴铁良推开门，保安开了灯，屋子很小，后墙连着乡政府的围墙，后窗两个玻璃都碎了，走近了看，窗下洒着一地碎玻璃，窗棱和地上都有斑斑血迹！想必姜福贵从窗户爬出去时，被碎玻璃划破了身体的某些部位。想着姜福贵这把年纪，不但养的鱼死了，前些天他的老婆也去世了，而今天他又被人关在这里，甚至饭都没有吃，为了离开这个囚禁他的小屋，他从窗口爬了出去还受了伤！吴铁良不禁担心起姜福贵的安危，他问保安："你什么时候发现他不在屋里？"保安说："你们上楼时，我还去查看过，他还蹲在屋角落里一声不吭。"吴铁良说："就是说，他是刚离开不久？我们还愣着干什么？赶紧去找啊！"田副乡长吩咐保安说："你多叫几个人，沿着围墙和清江去找，赶快去啊！"吴铁良一挥手说："我们也去找！"

11. 坚定信念

　　姜福贵和上访的村民被带到乡政府后，田副乡长和司法办的人对他软硬兼施。乡里认为农药厂污染的事是他挑的头捅出去的，要他写下保证书，保证以后不再去上访，而且要说服村民不去举报，如果他写下保证书，乡里就给他"民政补助"三千元。姜福贵知道，这三千元其实是封口费，就是不让他到上面去告状，但如果他不去，乡里和农药厂会答应赔偿村民们的损失吗？他们一向是言而无信的，前两年答应补偿的青苗费，至今一分钱没给，他可不上他们的当！姜福贵说："你们什么时候付清我和大伙所有的赔偿款，我就签这个保证书！"田副乡长说："你跟政府作对，是没有好处的！"姜福贵说："我不是跟政府作对，我是要活命，要我应得的钱！"司法办郭主任说："关他两天，看他老实不老实！"田副乡长说："两天是不是有点儿长？关他一天吧，让他清醒清醒！"司法办主任对姜福贵说："你在里面考虑考虑，什么时候想通了，愿意签保证书了，就把你放了！"姜福贵争辩说："我没犯法，你们凭什么关我？我出去一定还去告你们！"

　　姜福贵被关到小屋里，他没有吃饭，也没有喝水，一个下午他都蹲在角落里。姜福贵在想：他们这么对待我，我一定不让他们得逞！吴局长答应下午要到龙溪村来调查，不知他有没有来？其他的村民不知有没有回家，他们有没有遇到吴局长？有没有告诉吴局长我被关在小屋里？吴局长知道后，他会不会来救我出去？他在角落里迷迷糊糊想了一下午，什么动静也没有。到了傍晚，隐约听见有脚步声走近，姜福贵竖起耳朵，以为吴局长来接他出去了，可脚步声很快就走远了。天渐渐黑了下来，他从盼望到失望，心里有些焦虑。他想：我不能呆在这里任由他们摆布，我要出去！我要出去举报他们！县环保局和乡干部官官相护，那我就去找市环保局，找市公安局，不行的话，我就到市政府去上访，我就不信这辈子讨不回公道了！

姜福贵想到了出去，顿时来了精神！他直起身，后墙的窗户位于他的鼻子处，他朝外面看了看，天色有点儿暗，看不太清楚，但能看出这窗户连着围墙，把窗玻璃敲碎，从这出去，应该是到了乡政府的外边了。他脱下鞋，用鞋跟对着玻璃，用力拍打了几下，玻璃不是很厚，哗啦一下就碎了，他又把边上那个窗格的玻璃敲碎了。他穿上鞋，用力抓住窗边，用脚蹬着墙壁，使劲往上爬。他的脚站到了窗沿上，他双手抓住窗棱，把脚伸进窗格，然后靠墙慢慢向下滑，终于，他的双脚站在了围墙外！虽然在钻出窗户时，脚上、腿上、脸上和手上，被碎玻璃划破了，流了不少血，但他只想着出去，没感到疼。他回头望了一眼这个小屋，怕保安发现追上来，就开始往后跑，他跑到了乡政府后面的街上，头也不回地向前跑，好多路人看着他跑，看见他脸上的血，以为他疯了。他跑出了街道，还在向前……。

好几个保安在乡政府的围墙内四处寻找，田副乡长叫道："在里面找有什么用？去外面！围墙外面！"吴铁良和小刘急匆匆往乡政府门口走，吴铁良回头对田佳说："你在车里留守，我和小刘去找！"田佳说："不！我和你们一起去！"小刘说："前面的街道人多，我们去后面的街！"几人一路小跑，到了后面的街上，田副乡长也跟在他们的后面。有的行人说："怪了，怎么又有人跑步？"小刘说："你们看到前面有人跑过吗？"那人说："有，五分钟以前，有个老头往那边跑了！"吴铁良他们刚跑出不远，就听到后面有人在喊："姜叔，你在哪儿？"还有人在喊："老姜，老姜，我们来找你了！"吴铁良听出似乎是龙溪村的村民在后面赶来，但因为找人心切，也顾不上和他们打招呼，继续向前寻找。

龙溪村民等到晚上，都没看到姜福贵回家，老姜这把年纪了，村民们担心他会出什么意外，就相约着到乡里来要人。可是到了乡政府，看到很多保安在找人，一问才知道，原来姜福贵翻墙跑了！天色已晚，老姜会跑哪儿去呢？他们也就叫喊着到处来寻找，来到后街时，听行人说，几分钟前看见有个老头从这儿一直往前跑，村民得知老姜在前面，就一边叫喊着他的名字，一边向前寻找。有些热心的行人得知他们在找人，也主动加入到他们的队伍。还有的路人听说前面跑过的老头是被乡政府非法扣留后逃出来的，都很同情，对乡政府的行为都很愤慨，纷纷跟在后面帮忙找人，一时间，有上百人在路上和田野里自发寻找着姜福贵。

姜福贵跑出了后街，跑到了郊外的田野里，来到了清江岸边。清江水流湍急，又散发着臭味，他又饿又急，跑得气喘吁吁，刚想坐下歇会儿，忽听到后面传来好多人的叫喊声。姜福贵心想，肯定是乡政府的人发现自己跑了，就派人追来了，不行，不能让他们找到自己，要不就没有机会去上访为村民和自己讨回公道了！他离开岸边，向一条田埂跑去，大概跑进去几十米，又跑进麦田里，他蹲下身子，躲在了麦田里，四周的麦子是很好的掩护，站在岸边和田埂上，都很难发现自己的藏身之处了。

吴铁良和小刘、田佳也来到了清江岸边，田佳在大口地喘气，但是又受不了清江散发的污臭，不禁掩住鼻子咳嗽起来。吴铁良问随后跟来的田副乡长："这是清江吗？怎么味道这么难闻？"田副乡长擦了把汗说："是清江，但整个灵阳县境内，大伙都管它叫'乌江'！"灵阳县这几年发展得很快，是灵湖市最富的县，但也是污染最严重的县，灵阳县环保局在环境保护方面严重缺位，竟然批准了那么多的企业建在清江沿岸，把清江当成天然的排污通道，这灵阳县的环保局长难辞其咎！吴铁良痛心地说："我们为了发展，流淌千年的清江就毁在了我们手上！如果再不制止污染对清江的侵蚀，我们将愧对子孙啊！"

很多人都跑了过来，有的站在清江岸边，有的继续在前面寻找，有的在叫喊："老姜，你在哪儿？""姜叔，你在哪儿？回家吧！"几名保安来到田副乡长身边，问："田乡长，还继续找吗？"吴铁良说："找，当然要找，找到人为止！"小刘说："这儿是江，姜叔过不去，他就在我们前面不远，又跑了这么多路，应该就在附近！"吴铁良说："对，我们再去找找！"他一边沿着江边向前，一边叫喊道："老姜！老姜！你在哪里？我是环保局的吴铁良！我们在找你！"姜福贵在麦地里，听到江边嘈杂的声音,有人说话,有人叫喊,刚才那人的声音,怎么这么耳熟?对,他说了,他是环保局的吴铁良,真的是吴局长来了!太好了!

江边的人群中,有人愤怒地说:"是谁把一个老人逼成这样的?太可恶了!"有人附和说:"对,是谁指使关押那个老姜的?这种领导,真该狠狠揍他一顿!"旁边有人说:"他们不把农民当人看,要是那个老人有什么三长两短,我们就去找乡里的领导算账!"有人说:"听说前面那人是环保局的局长,他怎么会在这儿?"有人不满地说:"什么狗屁局长!清江污染成这样,还不是他们环保局不闻不问造成的!"有人说:"环保局长在乡里面,老姜被关黑屋的事,他肯定也在场,现在人不见,又假惺惺地来找人,真不要脸!"有几个男人是一起的,是前街一家饭店的厨师,是跟着人群跑过来看热闹的,其中有名厨师脾气比较暴躁,他说:"老人被关押,说不定环保局和乡里是同谋,他们肯定想隐瞒什么!走,我们去教训他一下!"

吴铁良正在岸边呼喊:"老姜,你在哪儿?我是吴铁良,我在找你!"小刘和田佳跟在后面,小刘说:"天都黑了,老姜会跑哪儿去呢?按理说,他也跑不远啊!"田佳说:"老姜年纪大了,腿脚不便,又受了伤,我们一定要把他找到!"突然,有四五个男人冲到小刘和田佳的前面,拦在吴铁良跟前,张口问道:"你是环保局长?"吴铁良点点头,说:"是我。"还没等吴铁良看清他们的脸,他们中有人叫道:"找的就是你!伙计们,把他扔江里去!"说时迟,那时快,几个男人有的抓胳膊,有的抬腿,一下子就把吴铁良抱离了地面!吴铁良也是猝不及防,大叫道:"放下我!你们想干什么?"小刘和田佳见状,大吃一惊,连忙叫喊道:"喂!你们是什么人?放下他!"还没等小刘到得跟前,只听那几个男人一起喊道:"一、二、三!"只见吴铁良被呼的一下抡了起来,然后只听"扑通"一声,江水四溅,转眼之间,吴铁良被他们扔进了清江!

这一幕来得太突然,不但吴铁良没有防备,包括小刘、田佳和十几米远的田副乡长,谁都没有想到会出现这个意外,一时都呆住了!那几个男人扔完了人,还不走,站在岸边像欣赏战利品似的看着在江水中挣扎沉浮的吴铁良,哈哈笑道:"看你横!让你尝尝江水的味道!"几个保安跟着田副乡长围了上来，田副乡长叫道："你们是什么人？谁叫你们这么干的？"几个男人都认识田副乡长，对田副乡长到饭店吃饭经常打白条、还对菜的味道吹毛求疵很有意见，平时对保安的耀武扬威也很看不惯，其中一人对同伴说："他就是那个副乡长，我们把他一起扔江里，出出气！"几人果真上来要抓田副乡长的胳膊，田副乡长向后躲闪了几步，几名保安拦在他们前面，厉声喝道："你们想干什么？反了你们！"那几个男人毫不畏惧，他们不顾保安的阻拦，强行上前，于是，就和保安推推搡搡起来。姜福贵躲在附近的麦田里，听到了江边发生的一切，不禁痛心不已！他匍匐在麦地里，担心地说："吴局长，对不起！是我不好，是我害了您！您一定要平平安安啊！"

吴铁良被莫名其妙扔进江里，脑子出现瞬间的混沌，根本没意识到会发生这一切！他本能地在水中挣扎扑腾，呛了好几口江水，污浊的江水散发着难闻的臭味，从他张开的嘴巴灌进肚里，使他有一种翻江倒海的恶心！但他毕竟从小就会游泳，所以内心并不慌张。过了一两分钟，他才使自己浮在水面上。他抹了一下脸，看到了岸的方向，张开手臂向岸边游来。小刘伸出手，叫道："吴局长，我在这儿！"吴铁良搭着他的手爬上了堤岸。

龙溪村的村民也都赶了过来，当他们得知吴局长被几个人扔进了江里，都很着急，有的责怪那几个厨师。有个村民说："你们怎么不分青红皂白把人扔江里了？你们知道那人是谁吗？他是灵湖环保局的吴局长，你们扔错人了！他可是个好人哪！他要出了事，我们指望谁去！"那几个厨师方知自己做错了事，都停了手，没了脾气，那几名保安趁机将他们的手扭到了背后，带到田副乡长跟前，请示怎么发落这几个人。

吴铁良到了岸上，龙溪村民纷纷围了上来，他们叫道："吴局长，您没事吧？"有个村民脱下自己的衣服，上前说："吴局长，您把脏衣服脱下来，换上干的吧？"吴铁良笑了笑说："我没事，不过是洗了个澡嘛！"田佳担心地说："吴局长，幸好您上来了，要是您不会游泳，那就糟了！"吴铁良笑道："我刚刚当上环保局长，来日方长呢！我的名字里有个铁，说明我的命硬着呢，不会这么稀里糊涂就报销的！"田副乡长上来说："吴局长，就是这几个刚才把你丢下江的，您看要不要报案，拘留他们几天？"

那几个厨师一齐向吴铁良道歉："吴局长，对不起！我们把您错当成坏人了！"吴铁良笑道："你们同心协力一起使劲的那股精神不错，就是太鲁莽了点儿。不过，我不但不怪你们，还要感谢你们，是你们让我尝到了现在清江水的味道，使我真正体会到清江的污染到了何种地步！那个苦，那个涩，那个臭，让我终身难忘！我向大家保证，我吴铁良一定在任内尽心尽责，争取在三年内，把清江治理好，还大家一江清水！"

那几名厨师听到眼前的吴局长不但不怪罪他们，反而向大家承诺他会下决心治理清江的污染，不由得被他那种平易和实干精神震撼了！龙潭乡街道上的霓虹灯照得四周朦朦胧胧的，既不是很黑暗，也不是很清晰，而吴铁良站在江边，却显得很高大！一名厨师说："古代有负荆请罪，我代表我们几个，为刚才的鲁莽，向吴局长诚恳地道歉！只要您能让清江变成真正的清江，您想怎么处置我们都可以，我们绝无怨言！"吴铁良笑道："你们又没犯什么错，我为什么要处置你们？你们回去吧，该干什么还干什么。"他转身问田副乡长："老姜找到了吗？"田副乡长摇摇头："还没。"吴铁良叫道："那接着找啊！我又不是新娘子，都围着我看干什么？"田佳说："吴局长，您刚才多危险，大家都很担心您嘛。"吴铁良大手一挥说："废话少说，找人要紧！"

正当大家又要四处去寻找姜福贵时，只见从几十米外的田埂上跑过来一个人，他边跑边喊："别找了，我在这儿！"大家闻声看去，果真是姜福贵！大家呼啦一下围过去，姜福贵却径直跑向吴铁良，吴铁良伸出双手握住了他瘦弱的手，姜福贵说："对不起，吴局长，是我让你掉进了江里！"田副乡长在一边说道："姜福贵，你怎么搞的？你看，这么多人来找你，吴局长还差点儿出了意外，这个责任你担当得起吗？"吴铁良拍拍姜福贵的手，自责地说："老姜，让你受委屈了！该说对不起的人是我啊，大家要是下午和我们一起走，就不会发生这么多事了！"吴铁良转身对田副乡长说："老百姓是我们的衣食父母，你要善待他们，不要动不动就把责任推在他们身上！"

吴铁良问姜福贵："你受伤了吗？要不要上医院看看？"姜福贵说："擦破点儿皮，我没事的，是我让大伙操心了，对不住乡亲们啊！"龙溪村的村民和其他群众都说："老姜，只要你没事就好！"田副乡长对围观的群众说："老姜已经找到了，看热闹的都散了吧！"吴铁良对姜福贵说："老姜，你也回家吧，和村民们一起回去。"姜福贵看了看田副乡长，他不太敢回家，害怕乡里再找他把他关起来。吴铁良对田副乡长说："今天这事的前因后果，你很清楚，我希望你多为龙溪村的村民们考虑，不要为难他们，关于村民们遭受损失的经济补偿问题，你要尽快落实解决，把补偿款足额发到村民的手上！如果你在半个月内没把这件事处理好，如果我再接到老姜和其他村民的投诉，我会把你的所作所为，直接向市委宋书记汇报！田副乡长，你的前程就掌握在你自己的手上！怎么做，相信你不会不明白吧？"田副乡长从吴铁良的话里，听出他给自己留了余地，如果自己把农药厂污染龙溪村的事处理好，他就不会向上面告自己的状，自己在龙潭乡虽然算个人物，但市委要是查问起来，自己一个小乡长哪还保得住？于是，田副乡长拍拍胸脯说："吴局长请放心，这件事包在我身上，我一定处理得圆圆满满，皆大欢喜！"

吴铁良他们离开龙潭乡，差不多已是晚上九点了。本来，小刘提议让吴局长在龙潭乡住一晚，在旅馆洗个澡，让田佳帮着在商店买几件新衣服，把身上的脏衣服都换下，可吴局长执意要回去。吴铁良说："我第一天到环保局上班就夜不归宿，这不好，这个头不能开！"田佳拿出一包纸巾，要给吴局长擦擦他脸上的污迹，吴铁良说："谢谢，我自己来。"小刘说："吴局长，我们单身多好呀，自由自在，没人管。"吴铁良笑道："你们没结婚，不知道结婚的好处，在城市的夜空中，有一盏灯专门为你亮着，你不觉得很温暖吗？"小刘说："可是，现在的离婚率也很高呀，离婚是二锅头了，我们单身可是贵族哪！所以，还是单身好！"吴铁良叹口气说："现在很多人的思想开放，做什么都先考虑自己，对婚姻的态度也那样，一有小矛盾就不能容忍，就吵着分道扬镳，既然这么没耐心，当初为什么急着结婚呢？"田佳说："吴局长，您心目中理想的婚姻是什么样的呢？"吴铁良说："相互理解、宽容、珍惜，白头偕老！婚姻不是分果子，你一半我一半，而是共同种下一棵树，彼此用真情去培育、去浇灌、去呵护，它才能枝繁叶茂，硕果累累！"田佳说："吴局长，您说得真好！"小刘呵呵笑道："吴局长，您把婚姻形容得这么美好，得，我明天就去谈女朋友，争取早日跨入婚姻的殿堂！"

小刘把吴铁良送回他在三多巷的家里，他抬头望了一下，笑道："吴局长，那盏灯果然亮着！"吴铁良回到家里，推开客厅的门，常凤英迎了上来，闻到吴铁良身上散发的臭味，上前一摸，衣服湿嗒嗒的样子，她语带怨气地说："铁良，你上哪去了？这么晚回来！第一天当局长就喝得醉醺醺的，身上这么臭！快把衣服换了！"吴铁良在脱衣服时，常凤英发现不对劲，怎么头发、内衣、裤子、鞋子全身都湿了？吴铁良因为一路上都穿着湿衣服，身上着了凉，此时感到头有点儿晕沉沉的。他忍着头痛，笑了笑说："不小心掉进水沟里了，没事。"常凤英数落他道："你还笑，都说新官上任三把火，你倒好，差点儿成了落水鬼！"

吴铁良摸了摸她的头，笑道："我去洗个热水澡，你先睡吧。"常凤英脸一红，悄悄说道："我睡不着，今晚我们加班，好吗？""加班"是他们夫妻之间心照不宣的暗语，意思是想过夫妻生活。吴铁良笑道："那你等我。"吴铁良洗完澡，穿着睡衣回到卧室，两人缠绵了一番。吴铁良因为头有点儿晕，精力不济，三下五除二就交差了。常凤英关切地说："你今天表现不好，是不是工作太累了？"吴铁良苦笑道："女人三十如狼，四十似虎，而我们男人一到中年，就走下坡路了。不过，今天我是有点儿累了，改天再将功补过吧。"

没想到，才躺下半个小时，吴铁良就感到头痛如裂，额头涨紧如火烧一般灼烫，而腹内如翻江倒海，咕噜咕噜直叫唤！他侧头看到妻子已睡着，不忍去打扰她，就独自起床，摇摇晃晃地去了卫生间，刚坐到马桶上，腹内就咕噜噜地狂泻而出！刚拖着沉重的步履回到床上，躺了不到七八分钟，肚子里又是一阵咕噜乱响，"哦哟哟……"吴铁良忍不住又去一泻为快。睡下还不到一个小时，他就去了五六次卫生间，不但头痛，身上似乎也在发烧，用手一摸，哪儿都烫。吴铁良知道，自己受了风寒，已经感冒发烧了，因为喝了几口清江的污水，肚子也在不断抗议，一直腹泻不停，这样下去会脱水的！

吴铁良再一次从卫生间出来，筋疲力尽地来到床前。他想上床，却因虚软无力，手下一滑，扑通一声倒在地上！常凤英被响声惊醒了，她睁眼一看，身边的被子撩开一截，空空如也！她叫道："铁良！你在上厕所吗？"吴铁良在地上吃力地回答说："我……我在这儿。"常凤英下床一看，吃了一惊："铁良，你怎么啦？"她伸手来搀扶铁良，手刚碰到他的胳膊，吓了一跳："你身上好烫！"她伸手一摸他的额头，不由惊叫起来："这么烫！你发高烧了！"吴铁良用手支撑着要起来，却又感到了便意，不禁说道："我要去……去卫生间。"常凤英打开卫生间的门，看到丈夫坐在马桶上一副垂头丧气的样子，方知情况不妙，连忙拨打了120急救电话。

　　灵湖人民医院的急诊室内，医生一边给吴铁良量体温，一边询问他晚上吃了什么东西。常凤英代答道："他回来时一身臭味，可能是喝醉了酒。"医生说："可能食用了不洁食物，引发了急性肠胃炎。"吴铁良面色苍白，低声回答说："我在灵阳县的龙潭乡，吃了两只面包，喝了几口清江水。"医生吃惊地说："你喝了清江的污水？"常凤英既心疼又埋怨地说："铁良，你怎么跟我也不说实话？原来你不是去喝酒，是下乡检查呀！你也不是掉进沟里，是掉进了清江啊！"吴铁良强作笑颜说："让你猜对了！"常凤英说："他们也太吝啬了，连顿工作餐都没请你！人家当局长是享福，你当局长是受罪！我看你呀，到哪儿当官都没出息！"吴铁良一笑说："凤英，你别打击我的工作积极性嘛！"医生打断他们的话说："别说话了，准备进手术室！"常凤英问："干吗？还要动手术？"医生冷若冰霜地说："洗胃！"

12. 意外事故

神华造纸厂位于灵湖市的南郊，和达华化工集团一样，都是从市区搬出来的。造纸行业是灵湖市的支柱产业之一，全市有大大小小的造纸厂几十家，但神华的规模是数一数二的。在搬迁至新厂址时，神华造纸厂投资二千多万元，建设安装了成套污水处理设备，经处理后排放的废水，达到国家颁布的《造纸工业水污染排放标准》，市环保局还对其总排污口纳入试点运行的电子监控系统，对造纸厂的 COD 排放数据进行全天候监测。

李志成和姚大林到达神华造纸厂，与监察支队的刘鸣、污染控制科的车少军会合。车少军说："李局长，我们接到电话就赶了过来，工人已送医院抢救，简姐在沉淀池那儿化验。"厂方负责此事的副总经理强宏涛介绍了出事经过，强宏涛说："这个星期我们厂在进行设备检修，污水处理设备停运，想顺便把曝气池和沉淀池的淤泥进行清理，没想到两名工人下去才几分钟就不省人事了，在池上作业的同事赶紧把他们救上来，据医院方面讲，目前尚未脱离生命危险。"车少军说："秦市长来过了，他指示：一是全力抢救昏迷工人，二是要环保局尽快查明工人昏迷的原因。"刘鸣说："我们环保局本来是查污染的，现在客申起查案了。"李志成说："我们环保局的职责就是查案办案，关系到千家万户和子孙后代，责任重于泰山！工人在沉淀池内晕倒，极有可能是吸入池底的有毒气体所致，这当然在环保局的调查范围之内，走，去现场看看！"

污水处理设施在厂区的后方，走在厂中间的通道上，能看到后面的围墙上"治理与保护同步，环境与发展双赢"的大幅标语，在通道的上方，还悬挂着"推广节能减排，发展循环经济"的横幅。围墙边和过道旁，绿树成荫，走在厂区内，异味很淡，空气质量还不错，应该说，神华造纸厂在处理废水方面很重视，也下了大本钱，取得了明显的效果。造纸厂是污染大户，也是用水大户，经过处理的水能循环使用，也间接降低了用水成本。

沉淀池那儿，环境监测中心的简莉和两名技术员正在用便携式的检测仪器对池底的废水和淤泥进行简单分析。李志成说："简老师，怎么样，有结果吗？"简莉说："经初步分析，淤泥中含有大量的有机氯化物和三氯甲烷，在池底的少量废水中，我们检测出三氯代酚。这几种有害化学物质，若人体近距离接触或瞬间大量吸入，有可能会造成致命的伤害！"环保执法依靠两大武器，一个是相关的法律法规，一个就是监测中心的检测结果。李志成笑道："这么快就有检测结果了，简老师，谢谢您！"简莉头也不抬地说："不用客套，这是我该做的。"简莉平时不苟言笑，只认数据不认人，有的企业想请她高抬贵手，在检测时打打马虎眼，好让他们顺利通过环评，她把人家送来的钱物悉数上交局党委，还把人家的单位名称列入监测黑名单，张榜公布在中心的走廊墙上，吓得人家再也不敢找她走后门了。

李志成对强宏涛说："工人下池清淤，怎么不做好必要的防护措施呢？不说戴防毒面具，就是戴个口罩也好呀！"强宏涛说："没想到沉淀池有这么大危害，能把人一下子熏倒，是我们麻痹大意了！"车少军说："《市民热线》您看吗？前两天的节目里还报道过工人清理下水道而中毒身亡的事，你们要防患于未然啊！"李志成说："沉淀池藏污纳垢，含有大量的氯气、氨气、硫化氢等有害物质，稍有不慎，就可能造成人员伤亡！以后你们清淤，一定要做好安全防护，避免不必要的事故！"强宏涛说："是，我们下次一定注意！"

姚大林上了趟厕所，回来后站在强宏涛的身边，问道："强总，刚我看到那边新造了一排房子，里面在安装什么设备呀？"强宏涛说："哦，我们厂为了扩大产能，新增了一条纸浆生产线，那是扩建的造浆车间。"

李志成一愣，当即问道："新造的车间通过环评了吗？"强宏涛说："我们只是增加了一条生产线，这个也要环评？"李志成说："当然！无论是新建和扩建的项目，必须要通过环境影响评价！如果神华厂现有的污水处理能力不能满足扩建后污水的排放量，要么停止上马新的纸浆生产线，要么更新污水处理设施，增加日处理能力，否则，就不能擅自开工建设新车间！"强宏涛看了看李志成等人，说道："你们环保局管得也太宽了吧？要不要上马新的生产设备，这是我们工厂内部的事，你们管得着吗？"李志成坚毅地说："这事我们管定了！"

车少军指了指沉淀池边上挖开的泥土，说："我明白了，你们清理淤泥不是因为设备检修，而是想把新车间的排污管接到这个沉淀池来！"大家一看，果然，从新车间到沉淀池之间有一条挖开的沟渠，现在还不深，可能刚开工不久。姚大林说："让一个日处理能力一万吨的沉淀池，每天接纳一万五千吨的污水流量，势必会不堪重负！试问强总，这样处理出来的废水，化学需氧量和氨、氮、磷等排放指标能合格吗？"强宏涛说："你们是站着说话不腰疼！企业要生存，要发展，势必要考虑成本因素！这套污水处理设备就耗资两千万，每年的运行成本要一千多万元，相当于十个小型造纸厂的年利润，如果还要增加污水处理费用，我们神华造纸厂还有什么利润？工厂倒闭，近千名员工下岗，这个后果，你们环保局担得起吗？"

污水处理成本不低，完全让企业买单，确实影响了企业的经济效益，而那些中小型造纸厂或化工厂，违法排污，不用支付一分钱污水处理费，却赚取着高额利润。同样生产一吨纸，如果小型工厂的成本是一千元，那么，神华厂的成本至少要一千三百元，同样的产品，由于成本的不同，导致市场竞争力也有所不同。市委领导已经意识到了这个实际矛盾，加大力度对中小型企业实行"关、停、并、转"，坚决查处违法排污和超标排污企业，扶持达标排放的合法经营的企业。只不过，前几年费明当环保局长时，采取睁一只眼闭一只眼的纵容态度，环评把关松懈，监察力度偏软，致使下属几个县的造纸类和化工类小厂越来越多，非法排污愈演愈烈，清江及其支流的污染也就不足为奇了。

刘鸣说："强总，你所说的苦衷，我们能理解，但我们既然看见了，就不能不管吧？要不然，市民又要指责我们环保局不作为了。"刘鸣在跟随费明时，没少挨老百姓的骂，他就是想依法办事，因为上面有费局长压着不办，他也无能为力。李志成说："神华厂是灵湖市内有名的大型企业，那些小工厂是不能和你们相提并论的，在处理三废问题上，你们也要起到模范带头作用，如果连你们也无视环保法规，违法上马新的生产线，那我们怎么向灵湖市民交待？那些记者、环保志愿者和你们的竞争对手也不会放过你们的！因此，明智的做法是：新的纸浆生产线还是暂缓上马吧！"强宏涛说："可是，我们的设备款已经付了，设备也已经拉来，不可能退掉了。不好意思，这件事你们还是去问华总吧！"

李志成问："华总在办公室吗？"强宏涛说："华总和秦市长一起去医院看望那两位工人了。"李志成说："那你现在就给华总打个电话，向他表明我们环保局的态度：一，扩大污水处理能力；二，停止上马新生产线！"强宏涛说："你们急什么呢？我们不是还没安装吗？"李志成实话实说："安装完就更难办了，你们要是投入生产了，更舍不得拆了！你告诉我号码，我来给华总打电话！"

强宏涛说了个号码，李志成拨通了，华总问："谁呀？"李志成说："我是环保局的李志成，请问您是华总吗？"华总停了一下说："环保局的李志成？我不认识这个人！"李志成有点儿哭笑不得，解释说："是你厂里出了事，叫我们来的。"华总"哦"了一下说："那你们查到原因了吗？"李志成说："查到了，是沉淀池的有害气体毒倒了两名工人，不过……"李志成怕他挂了，故意卖了个关子。华总说："不过什么？"李志成说："我们发现，沉淀池有一条沟渠通向你们的新车间，你们的新车间是要上马一条纸浆生产线吗？"华总说："你问这干吗？我没请你们过问这事！"李志成说："你们没通过环评审批就扩建新车间，这是非法的！"

华总不耐烦地说："我们在自己厂里搞生产，你管得着吗？真是狗拿耗子——多管闲事！"李志成轻轻一笑，说道："我不是狗，你也不是耗子！我们是依法办事！"听得出来，华总有点儿生气，他说："小子，你长了几个胆，敢跟我油腔滑调！"李志成说："华总，我警告你，你必须马上停止安装这条纸浆生产线，否则，我们有权进行处罚！"华总嘿嘿笑道：
"小子，我也警告你，神华厂上马这条生产线，是秦市长大力支持的！你
有种就找秦市长说理去吧！"李志成毫不示弱："我会的！"

正在这时，神华厂的厂门口，忽然传来一片哭声："雪根啊，你死得
好惨啊！丢下我们母女，叫我们怎么过啊？"还有人哭道："冬强啊，我
的儿子，你死得不明不白啊！老天爷，是这家黑心厂害死了我儿子啊！
他们哪是叫你去干活，是叫你去送死啊！呜呜……"。只见厂门口围着很
多人，还放着两个花圈，有一些人手里拿着点燃的蜡烛，一个老妇人和
一位年轻妇女扑倒在地，神情悲愤，号啕痛哭！神华厂因毒气伤人的事，
本来厂门口就聚着一些好事者看热闹，这下出现有人拿着花圈、蜡烛，还
有人痛哭的场面，围观的人就更多了。

车少军说："可能那两个工人没救了！"看到厂门口有人闹事，强宏
涛急忙向门口跑去。刘鸣说："他们有麻烦了，我们完工了，撤退吧！"
此时天色已晚，姚大林提议说："大家都没吃饭吧？我请客，到近水台吃
饭吧！"刘鸣第一个响应："好啊，庆祝今天圆满完成任务！"李志成笑
道："姚队长，你女朋友没把你的钱都用掉啊？看来你的私房钱不少嘛！"
简莉在一边冷冷地说："人家那边死了人在哭，你们还有心情庆祝？都什
么人呀！"经她这一说，就像一盆冷水当头浇下，大伙哪还有心情聚餐？
姚大林歉意地说："算我刚才没说，同志们各自回家吧！"

昨夜，医生建议吴铁良做洗胃，吴铁良没同意，他说："喝几口江水，
又不是喝敌敌畏，没什么大不了的！就是有点儿毒，腹泻时也都排掉了，
何必让胃跟我再受一次苦？"常凤英说："医生让你洗你就洗，反正医药
费都报销的！"吴铁良说："洗胃，你以为洗澡呢！我就挂点儿盐水就行。"
医生说："我是为你好，你不想洗就算了。"住了一夜的医院，腹泻止了，
烧也退了，尽管还很虚弱，但基本没事了。第二天上午，吴铁良虽然还
很虚弱，但他坚持要出院，而且不让医生再开药。值班医生说："夜里就
睡急诊科的加床，药也不让多开，头一次碰到这么吝啬的局长！"

小刘在早上去三多巷接吴局长时，发现他家门锁着，给吴局长打了电

话，才知吴局长昨晚身体不舒服，住在医院里。吴铁良叫小刘开车去医院，接他去单位上班。常凤英说："你瞎积极什么呀？昨天才上了一天班，就把身体搞成这样，不能多休息几天吗？环保局那么多人，没你就不行了吗？"吴铁良笑道："是，环保局没我也行，但我是头呀，刚上班就请假，影响不好！我的身体已经好了，昨晚把污染物都排泄干净了，现在没问题了，我也不习惯医院里这种气味。再说，我在工作上还有很多地方都不懂，得抓紧时间熟悉熟悉，充充电，尽快进入状态，要不然，宋书记还不把我撤了！"常凤英说："医院里的气味你不习惯，那污水的味道你就习惯了？昨天那清江水你还没喝够呀？我看哪，宋书记要是撤了你才好呢，别的局长天天坐小车，喝小酒，泡小姐，你刚上班就住上医院了，能不让我担心吗？"吴铁良抚摸了一下妻子的头，笑着说："傻话！你还盼着我去泡妞呀？工作忙是好事，忙了就没有私心杂念了！我知道你关心我，放心吧，我会在环保局干出点儿名堂，让人瞧瞧我吴铁良不是个熊样！"

市环保局办公楼前。李志成正要出去，看到吴铁良进来，招呼道："吴局长早！"吴铁良说："小李，昨天你那边查得怎么样？"李志成说："有点儿问题，我下午回来向您汇报。上午我要去参加灵湖中学五十年的校庆，灵湖中学是我的母校，我现在还担任灵湖中学的校外辅导员呢。哦，对了，吴局长，昨天下午神华造纸厂的事，您知道了吗？"吴铁良一头雾水："我不知道呀，发生什么事了？"李志成掏出手机看了看时间，说："我来不及跟您说了，吴局长，您找污染控制科的车少军了解一下情况吧！"这时，田佳从办公楼出来，迎面看到他们，笑着说道："吴局长，您来啦！李局长，您急匆匆地去哪呀？"李志成说："我去参加灵湖中学校庆，不能迟到了，我走了！"田佳对吴铁良说："吴局长，您的脸色不大好，没休息好吗？"吴铁良说："受了点儿风寒，没事。你叫车少军到我办公室来一下。"

几分钟后，车少军推开局长办公室的门，说："吴局长，您找我？"吴铁良说："昨天下午，那个神华造纸厂怎么啦？"车少军说："哦，那边有两个工人死了。"吴铁良一惊："死了两个？怎么死的？"车少军说："事故原因初步查明，两名工人在沉淀池内清淤时，被池底的有毒气体熏倒，不治身亡。"吴铁良有点儿惊异地说："沉淀池还能熏死人？这个废水废气杀伤力这么大？"车少军说："是的，废水废气中含有大量有害化学物质，他们在清淤时，没有做好相应的防护措施，所以导致了意外发生。"吴铁良说："两条人命就这么没了，我们环保局也有责任哪！今后应该加强相关知识的培训和指导，避免同类事故的发生！他们工厂和工人不知道池底有危险，才会出现这样的悲剧！"车少军一愣，一般人遇到事故都是想方设法推卸责任，也没人怪我们，吴局长怎么主动把责任揽在自己身上？

车少军说："吴局长，有个情况我想向您汇报一下。"吴铁良说："不用这么严肃，坐下慢慢说。"车少军说："我们在神华造纸厂发现他们建了一个新车间，他们要上马一个纸浆生产线。"吴铁良说："哦，他们要扩大生产？"车少军点点头，说："是，可是按照污水处理设施和建设项目的'三同时'规定，他们扩建造浆车间也需要经过环保局的环评审批，他们现在属于违法建设。以前，先建后批的现象也很普遍……"吴铁良打断说："等等，什么叫先建后批？"车少军说："先建后批，就是'先上车、后买票'的意思，企业先完成建设项目，然后才来补办环评手续。"吴铁良说："这个口子开得不好，都弄好了再办手续，好比是先斩后奏，环评不是形同虚设了吗？"车少军说："是不太合适，但费局在时，大多是这么办的，他说只要人家单位肯来补办，环评科就能增加创收。"吴铁良露出一丝苦笑："费局的做法我不能苟同，环评不是为了创收，而是为了更好地保护环境！"

车少军问："吴局长，那神华造纸厂的事怎么办？"吴铁良说："你有办案经验，依你看，该怎么处理呢？"车少军说："本来这个事，他们按规定来补办手续也无不可，只要他们在扩大产能的同时，增加污水处理能力就行。但问题是，他们压根不想扩建污水处理设施，因为我们在出事的那个沉淀池内，发现了一条通往新车间的沟渠，他们是想让新的造浆车间的污水，并入原先的污水处理池。他们这样做，是想节省污水处理的费用，可是，他们原来的污水处理设施，日处理能力只有一万吨左右，而增加了一条生产线，日排污水量将达到一万五千吨以上。流量增加，势必造成处理标准的降低，超标排放也就很难避免！"

吴铁良说:"那就让他们停止上马新生产线,抽薪止沸嘛!"车少军说:"他们的新生产线已经在安装了,让他们停已不大可能,李局长昨天和他们华总沟通了,提出了解决方案,一是停止新生产线的运行,二是增加污水处理能力,可华总不予理睬,还说他们扩建纸浆生产车间,是经过秦市长同意的。"吴铁良说:"秦市长同意?他同意就不能动了吗?虽然神华造纸厂是灵湖的大企业,但它能无视环保法规吗?我现在就去找秦市长。少军,你比我更懂环保法,你和我一起去说理!"车少军答应一声,却又觉得有点儿新鲜:局长居然自称不如下属懂得更多,真少见!换了费局,那是不懂也装懂,总想体现领导比下属更有文化。

13.媒体介入

　　吴铁良和车少军到了秦康远的办公室，只见秦康远正在与杨文魁谈话，吴铁良就说："那我们等会儿吧？"杨文魁站起身来说："不用了，你们先谈吧，我下午要去北京参加化工产品订货会，刚来是向秦市长汇报一下。"秦康远说："老杨，你去北京参加订货会时，最好先去证监会活动活动，加大公关力度，争取让达华在年内通过上市审批，使达华化工集团成为灵湖市首家上市公司！"杨总说："好，我会亲自去办这件事！秦市长，吴局长，我先告辞了！"吴铁良和杨文魁握手，笑道："达华要上市了？恭喜你啊！"杨文魁说："往后还请吴局长大力支持和帮忙啊！等我从北京回来，我请吴局长喝酒！"

　　杨文魁走后，秦康远招呼道："你们坐，铁良，找我有事？"吴铁良对车少军说："你先说说。"车少军说："秦市长，我们昨天在神华造纸厂检测时，发现他们厂新建了一个纸浆车间，但他们并没有获得环保局的相关审批手续，按环保法的有关规定，他们扩建的车间属于违法项目……"秦康远打断了车少军的话，说道："你不用介绍了，这事我知道，他们扩大产能，也是为企业的发展考虑，这个项目是非常好的！"车少军犹豫了一下，说："可是，神华造纸厂现有的污水处理设施，无法承受产能扩大后的污水排量，处理的废水将很难达标排放。"秦康远笑道："现在他们新的生产线还没投入使用，你怎么就知道原有的污水处理设施不能承受呢？一个人平时吃一碗饭，但并不能说明他就不能吃下两碗饭，对吧？我们要解放思想，凡是对企业发展有利的，凡是对地方经济发展有利的，我们为什么不支持呢？"

吴铁良对秦康远所说的"两个凡是"并不认同，他说："对企业有利，对地方经济有利，并不能成为脱离法律监督的理由！总理在政府工作报告中提到的创建和谐社会，保障社会可持续发展，其主题思想就是要保护环境，让人类与环境和谐相处、协调发展，而不是以牺牲环境来提升经济水平！如果神华造纸厂未经环评审批就私自增加生产线，环保局就有权依法对其进行处罚，并责令其整改！"秦康远呵呵笑道："当了几天环保局长，就把环境保护唱在嘴边，真是令人刮目相看啊！法是死的，人是活的，执法不能死板，要综合考虑！原始社会的环境好吧？没有污染吧？但现在谁愿意过原始社会茹毛饮血的生活？人类为什么会不满足于现状，不断寻求发展？就因为人是世界的主宰，人要追求更富裕更美好的生活！"

吴铁良笑着打断了秦康远："刹车刹车！秦市长，那您说我们该如何处理神华造纸厂违规上马纸浆生产线的事呢？"秦康远一副言犹未尽的样子，继续说道："我们地方官的首要任务是什么？是为官一任，造福一方！我并不是反对环境保护，但灵湖市现在急需解决的是什么？是想方设法提高人民的生活水平！靠农业行吗？不行！所以，必须要大力发展工商业！神华造纸厂是市里的纳税大户，解决了一千多人的就业，这就是它存在的价值！它现在发展势头正旺，扩大产能，上马新生产线，是市场机遇，也是企业发展的机遇，它能给社会创造更多的经济效益，能让更多的人就业，这有什么不好？何况，他们是有污水处理设备的，并不是黑工厂的偷排，你们环保局，为什么要对这样一家对灵湖市贡献很大的企业鸡蛋里挑骨头呢？"

如果是在以前，在吴铁良还没当上环保局长之前，能有幸聆听到秦康远的这番慷慨陈词，吴铁良相信自己会被打动的，但现在不同了，他会自觉地站在环保局长的位置上考虑问题，只要对环保不利，他就会本能地予以阻止和反击。吴铁良说："秦市长，您刚才说得很精彩，但是忽略了一个重要问题，就是污染！如果允许神华造纸厂超标排放，那么一年后，整个灵湖的水都可能无法饮用，沦为四类五类的废水！污染带来的，不仅仅是对环境的伤害，对人类的伤害也是致命的！且不说全国各地可能存在的许多癌症村，就在昨天，神华造纸厂发生了两名工人中毒死亡的悲剧！为什么会有这样的悲剧？就因为造纸厂排放的废水中，含有大量的有害物质！难道这件事还不足以让我们警醒吗？就算生活富裕了，但是周围臭气熏天，污水横流，人们又失去了健康，请问，这样的生活能叫幸福吗？富裕又有什么意义呢？"

秦康远呷了口茶，说："总之，你们想对神华厂横加干涉，市政府是不会同意的，至少我是不会答应的！"吴铁良说："为什么？"秦康远说："就凭神华厂养活那么多人，上交那么多税，我们就不应该对其过于苛刻！环境污染了可以治理，但神华厂要是倒闭了，那么多下岗工人怎么办？这可是现实的社会问题！"两人站的立场不同，考虑问题的角度也不同，谁也说服不了谁。这样的意见不合，在朋友中也许无关紧要，握手言和就一笑而过了，但在官场中是比较忌讳的，争论会使两个人的关系产生罅隙，在以后的交往中，还可能使矛盾公开化、长期化，不利于环保局工作的开展。

吴铁良告辞出来时，本想到三楼去拜访宋书记，也许他能支持自己的想法，给神华厂施加压力，但转念一想，自己才上任几天，就因工作问题去向宋书记求援，未免显得自己太没能力、太没信心了！三年的任期，这才是个开头，如果一遇到困难就退缩、就徘徊，去向上级搬救兵，那要自己这个环保局长干吗？自己又怎么能把清江的污染顽疾彻底解决？吴铁良下定决心，神华造纸厂违规上马纸浆生产线这件事，一定要妥善处理！

为了迎接6月5日"世界环境日"，翟静主持的《市民热线》节目组，最近在开展"多一份美丽、少一份污染"的有奖举报活动。今天早上，节目组接到一个电话，来电者声称是神华造纸厂被毒气熏伤致死的赵雪根的弟弟赵雪元，他说，厂方只承认赵雪根是意外死亡，不承认他是被沉淀池的毒气熏死的，厂方的赔偿金还没谈妥，他哥哥的尸体无法火化，他现在不知道该怎么办。昨夜，灵湖电视台的《晚间新闻》简短播报了神华厂两名工人在沉淀池清淤时发生意外的新闻，翟静本想对此次事故做深入报道，赵雪元的来电，正好是一个切入点。

翟静叫上摄影师，正要出节目组，编辑小王拿了一束红玫瑰走了进来，叫道："翟静，你的花！"记者冯磊笑道："美女主持，你的崇拜者又送花来了！"翟静接过花，看了一眼那张插在花中的小卡片，说："送花都委托花店代送，就是送一万朵花，我也不会感兴趣！我正好要出去，把花拿到花店退了，我们节目组的春蕾援助基金正缺钱呢！"冯磊笑道："他那么有钱，又对你这么锲而不舍，你就这么无动于衷吗？我看你就从了他吧，有钱就不用这么辛苦了。换了我是女的，我可能会招架不住了！"翟静笑道："有钱算什么？有钱并不代表财富，也不代表幸福！冯磊，你要真感兴趣，不妨考虑去做变性手术，说不定还有机会，人造美女现在蛮流行的呢！"冯磊苦笑道："这招使不得，我要变性了，我女朋友怎么办？"翟静一边往外走，一边笑道："要真是不离不弃，你们就同性恋嘛！"

翟静到达神华造纸厂门口，打电话给赵雪元，想陪他一起去厂里讨说法，没想到赵雪元的手机关机了。翟静很纳闷：他怎么关机了？不是说好保持联系，在厂门口见面的吗？但既然来到了神华厂，先进去采访一下再说吧。翟静到门口叫保安开门，保安说："对不起，强总关照过了，不接受任何媒体采访！"翟静说："客观报道事实，是法律赋予我们新闻工作者的权利，你们不让采访，是否想掩盖什么真相呢？"保安用手挡住脸说："别拍我！你们侵犯我的肖像权！"翟静笑道："你知道维护自己的肖像权，但你知道新闻自由吗？你知道那两名死亡员工的家属，有维护他们合法权益的权利吗？你给强总打电话，就说《市民热线》的翟静来采访他！"

保安打通了电话，把电话递给翟静，翟静说："强总，你们的厂这么难进，到底是为了什么？是想封锁什么消息吗？"强宏涛打着哈哈说："主持人说笑了，我们神华厂没什么新闻，所以不需要什么报道，仅此而已！"翟静说："强总，昨天下午发生在神华厂的工人因清理沉淀池淤泥而发生的伤亡事故，你真的以为可以掩人耳目吗？我们有权向市民公开报道事实的真相，请你务必配合！"强宏涛笑道："我不是对你说过了吗？我们厂没新闻！"翟静说："我们今天早上接到举报，说你们不承认两名工人是工伤死亡，还不给死亡员工家属赔偿金，有这回事吧？"强宏涛说："子虚乌有，完全是别有用心的人在造谣！那两名员工的善后工作已经完成，员工家属很满意，不信你问他们去！"

神华造纸厂拒绝采访，强宏涛还说已经支付了赔偿金，这和举报人赵雪元的说法不符，翟静心存疑惑，又给赵雪元打电话。电话通了，可是他不接。翟静说："我们去环保局采访一下，也许能挖到点儿新闻素材。"在去往环保局的路上，翟静收到了赵雪元的短信，赵雪元在短信中说："主持人你好！早上给你打电话后，我们去找造纸厂的领导，双方达成了协议，他们给了六万元死亡赔偿金和两万元的家属抚慰金，我们答应不再找他们麻烦，现在我带着哥哥的遗体，正在回湖山老家的路上。"原来是这样，是神华造纸厂害怕媒体曝光给他们造成不良影响，就事先把员工家属安抚了。翟静心想：这本来只是一次意外事故，神华厂为什么如此害怕媒体的介入呢？也许其中另有隐情？

吴铁良和车少军回到环保局，吴铁良在翻看一些资料，了解灵湖市的企业分布情况，特别是化工、农药、造纸、印染等污染重点监控单位。目前刚上任，可以说，工作还是一团乱麻，一定要先摸个底，做到心中有数，才能统筹全局。因为自己是灵阳县人，所以对那里的工业污染更为关注。现在在灵阳县境内，分布在清江两岸的大小企业有三百多家，其中有几家比较大的，根据数年来的检测数据表明，绝大多数企业排放的污水，化学需氧量超过限值很多，重金属含量也严重超标。灵阳位于清江的中段，就像鱼身一样，那里是鱼身上最丰腴的部位，但现在却成了污染最严重的区域。打蛇打七寸，看来，治理清江，首先要治理灵阳！

各地的污水处理厂，担当着该地区的污水集中处理任务，如何积极发挥污水处理厂的功能，是有效治理当地污染的一个重要途径。吴铁良查找了灵阳县几个乡镇的污水处理厂建设情况，有的乡镇至今没有一家污水集中处理厂，有的乡镇虽有，但大多建于上世纪90年代，又年久失修，加上现代工业的迅猛发展，污水厂的处理能力已远远不能满足实际需要，有的干脆就闲置不用，成了聋子的耳朵——摆设，甚至有的充当着掩人耳目的角色，污水只从污水处理厂的管道过一下，根本没经过处理，就哗哗流入了附近的河流。这是吴铁良从车少军拿来的那本厚厚的执法日志上了解到的。吴铁良在翻看到灵阳县希望乡污水处理厂时,忽然眼前一亮,那个法人代表栏内的名字"贾洪波",会不会是自己初中时的同桌呢?如果真是他,那得去会会他,了解了解情况。

车少军一边在办公室里整理材料,一边给同事讲吴局长和秦副市长唇枪舌剑的场面,大家听得都入了神,不但佩服吴局长敢于和市领导较真,还佩服他迅速进入工作状态的风采!大家的心里,洋溢着激情,也期盼新来的吴局长能带领大家为灵湖市环保局开创新局面,而不是像过去那样窝窝囊囊有劲使不出。田佳翘起拇指说:"我坚决看好吴局长!他虽然看上去忠厚老实,但他有种甘于奉献的精神,我们跟着他干,会充满信心!车科长,真可惜刚才没跟你们一起去,听说吴局长和秦市长都是属牛的,真想看看他们两头牛是怎么斗的!"车少军说:"反正我看吴局长丝毫不落下风,秦市长倒有点儿恼羞成怒。"政策法规科的张多男刚送过来一叠资料,没听清楚就插话说:"吴局长和秦市长打架?他们怎么啦?"田佳把张多男往外推,说道:"张科长,你要买助听器了!什么话让你听了,总会相差十万八千里!"

保安来叫田佳,说电视台来采访了。田佳一看是翟静就笑道:"翟大美人,以前请你都不来,今天怎么主动跑来了?"翟静笑着说:"我来不就是想挖点儿有深度的新闻吗?所以,还请田主任知无不言、言无不尽哦!"田佳说:"你来得正好,我们局里最近的新闻可多了,有费局长被免职,有吴局长新上任,有张主任住院开刀……"翟静扬着话筒说:"打住打住,田主任,再往下说,是不是你田主任谈恋爱都成了新闻了?你能不能说点儿有意义、有深度的,或者说比较独特的、感人的?"田佳说:"独特的?感人的?有啊!我们环保局新来的吴局长就是独特的!发生在他身上的故事都很感人的!"翟静听她这么一说,来了兴趣,说道:"好啊,那你带我去见见这位吴局长!"

田佳带着翟静推开吴局长的门,吴铁良一看翟静拿着话筒,后面还跟着摄影的,问道:"这是干吗?"田佳说:"吴局长,这是《市民热线》的主持人翟静,她想采访您!"吴铁良平时也看《市民热线》,挺喜欢这个节目,自己能当上环保局长,和她那期报道茶叶污染的节目有间接的关系,但想到自己要成为她采访的对象，要在电视里抛头露面，他有点儿不习惯。吴铁良说："采访我？我有什么好采访的？"田佳在一边启发说："有啊，吴局长，您可以说说在龙潭乡检查时的遭遇，您为了寻找村民姜福贵，被人误扔进清江，还因此头痛腹泻住了院，您维护了龙溪村民的基本权益，那就是新闻啊！"吴铁良看看镜头说："那已经过去了，是旧闻，不是新闻。唉，对着这个镜头说话，真感到别扭！"翟静说："吴局长，您别把它当成是镜头，您可以把它当成是朋友，推心置腹的，慷慨激昂的，想说什么都可以，也可以把它当成一座沟通的桥梁，您摸着它，就像摸着自己的良心，您对着它说话，就像跟灵湖市的老百姓聊天一样，您就不会感到无所适从了。"

吴铁良笑笑说："我才刚刚踏上这个工作岗位，要做的事情还很多，我现在还没摸索出头绪，不想成为什么新闻人物，但我愿意和老百姓交朋友，接受他们的监督！等以后吧，到我把清江的污染治理好了，我再接受你的采访，向灵湖市老百姓汇报工作。"灵湖市各层面的领导，翟静见得多了，很多人好大喜功，刚干出点儿芝麻大的事，就恨不得吹成是绿豆，让全中国的人都知道。而这位吴局长，很平实，不张扬，神情间又很坚毅，不像是说大话说空话的人，像个踏踏实实干事的人，灵湖市环保局能有这样的领导，清江应该有救了！以翟静的新闻敏感，她隐隐觉得，眼前的这个中年男人，很可能会给灵湖市的环保事业掀起一场风暴，不知他将成为这场风暴的烈士，还是成为灵湖环境保护的救星？

田佳说："吴局长，我刚听车科长说，您为了神华造纸厂违法上马新生产线的事，和秦市长钉头碰石头地吵了一架，您可以和翟静说说这事的原委，让她给您声援啊！"和秦市长吵架？那也不是吵架，只能算是不同观点的争论或碰撞，这种事怎么能报道？何况，自己刚上任，今后的工作还需要市领导的支持，怎么能将隐形的矛盾公开化？不过，神华造纸厂上马新生产线的事，确实需要及时处理，不能拖，越拖越难办，田佳上次提到过，可以借助媒体舆论监督的力量，这个方法倒可以考虑。吴铁良给田佳使了个眼色，说道："我没和秦市长吵架，不信你们可以去问车少军，他了解事情的经过。"田佳心领神会，吴局长不方便说，但可以让车少军担当"新闻发言人"，向记者透露一些"内幕"。

田佳笑道："吴局长太保守了，翟静，我带你去找污控科的车少军，一样能采访到有价值的内容。"其实，翟静知道吴局长不会说什么的，一个有智慧的人，知道什么该说，什么不该说，这不是胆小怕事，这是为人处世的一种谋略。翟静明白了神华造纸厂拒绝采访的原因，他们担心的不是死亡员工家属的闹事，而是对新上马的纸浆生产线感到心虚，害怕被媒体曝光后，会引起公众舆论的谴责，从而引起有关领导的干预。那么，这个即将安装投产的造浆车间将面临搁浅或夭折，这才是他们不让电视台记者进入厂区采访摄像的根源。翟静说："吴局长，那今天就不打扰您了，但我还是期待有一天，您能接受我的专访，聊一聊咱们灵湖市的环保。"吴铁良笑道："到我能问心无愧的时候，我会接受你的采访。"

车少军正低头翻阅法规处送来的那叠资料，忽觉眼前光线一暗，抬头一看，发现翟静拿着话筒站在面前，后面还有人扛着摄像机。以前，费明带车少军一起执法检查时，翟静跟踪报道过几次，彼此认识，又年龄相仿，见面有时会开开玩笑。车少军见镜头正对着自己，就用手一挡，疑惑地说："停停停！我说美女主持，你不拍领导，拍我干什么？再说了，要拍也要像模像样地拍，哪能这么偷拍呢？"翟静笑道："我们这是在调试镜头，还没开始拍呢，像你这么英俊潇洒的青年，我们当然要好好表现，好增加我们节目的收视率呀！"田佳笑着说："是啊，这么帅的帅哥，不能埋没在小科室，要在电视里亮亮相，为咱们环保局增光添彩！"车少军笑道："你们调侃我啊！得，好男不跟女斗，我甘拜下风！说吧，想采访什么？我保证竹筒倒豆子，一点儿不保留！"

翟静开门见山地说："车科长，请你谈谈你是怎么看待神华造纸厂未经环评审批扩建纸浆生产线的问题的吧。"车少军微微一笑说："关于神华造纸厂私自扩建造浆车间一事，说来好笑，是监察支队的姚副队长上厕所偶然发现的。昨天下午，我和李局长、刘队长等人去神华厂调查该厂员工因清淤中毒死亡的事情，发现他们新造了一个车间，向神华厂的副总强宏涛询问后得知，他们为了扩大产能，新上马一条纸浆生产线。企业扩大生产，这本来是好事，可我们发现，他们既没有通过环评手续，又不想增加污水处理能力，那新车间产生的大量污水怎么办？显而易见，会有大量的污水超标排放，或者不经过处理就直排清江。神华造纸厂无视《环境保护法》和《水污染防治法》的做法，其后果是非常可怕的！清江污染已经够严重了，神华厂再这么做，势必会给清江污染雪上加霜。而且，灵湖近在咫尺，很难说，两年三年后的灵湖，是不是还有可以饮用的清洁水源，是不是会暴发对水质更具破坏力的蓝藻。这绝不是危言耸听！"

车少军曾在刑警队工作，疾恶如仇是他的性格，调到环保局的污染控制科工作后，对污染的憎恨不亚于对犯罪分子的痛恨。他不断学习，在工作中积累经验。自从李志成来环保局当副局长以后，他们经常在一起切磋业务，李志成的长处是先进的理论，车少军的优势是办案的能力，局里的人都说，他们一文一武，是"理论联系实践"的完美组合。有的人在一起相处时间再长也成不了朋友，有的人却能一见如故、肝胆相照，李志成才来局里三个月，但他和车少军却是无话不谈的好朋友，在工作上又是配合默契的好搭档。

翟静说："众所周知，造纸厂是重污染企业，而造浆车间是造纸厂的重点排污车间，神华造纸厂作为灵湖市的知名企业，此次违法上马新的纸浆生产线，实在太不应该！为了灵湖市的青山绿水，对于污染应防患于未然，而不是交了学费才想到治理！请问车科长，对于类似神华造纸厂这样的环保违法行为，环保局将如何执法？"车少军说："根据环保法的相关规定，我们将依法对神华厂进行处罚，并限期整改，整改不合格的，责令其停止安装投产！但是……"车少军故意卖个关子，翟静问道："但是什么？"车少军一脸无奈地说："由于神华厂是市里大型企业，市里相关领导很重视这件事，使我们环保局在执法过程中，可能会遇到一些阻力，甚至会感到力不从心！"翟静微微一笑，心想，就是要你说真话，只要你有胆说，我就有胆播出！翟静追问道："您说的遇到阻力，是环保局和有关领导的处理意见不合？还是个别领导存在权大于法的观念，让你们感到为难？"车少军说："这个不好说，但我希望领导能以大局为重，在发展经济的同时，切莫忘记保护环境的重要性！"

翟静说："现在一谈到环保，似乎就是水有多脏，空气有多难闻，然后就是环保局去罚多少多少钱。对于已经发生的污染事件是这样，那我们怎么来防治企业的违法排污呢？环保局有没有行之有效的措施？"车少军点点头，说："方法当然有，但不是以环保局一己之力，而是需要政府、企业、市民和媒体的广泛参与和支持！现在好多企业，不怕罚，就怕媒体给曝光！"翟静说："排污企业凭什么不怕罚？他们钱多得没处花？"车少军说："环保法的处罚力度偏软，一次最多只能罚二十万，三个月内对同一违法案件只能处罚一次，这就给企业可乘之机，他们宁愿交罚款也不愿上污水处理设备！但是他们也有怕的，就是怕你们新闻媒体的曝光！本来让新闻媒体报道是好事，有广告效应，但如果是负面新闻，对他们就是打击了。像《中国质量万里行》报道过的黑心工厂生产的火腿、酱油、月饼、肉松、药品等，曝光以后就一蹶不振了，如果也有个《中国环保万里行》就好了，定期曝光违法企业，让他们无处藏身，接受应有的惩罚！"翟静笑着说："环保局可以和我们《市民热线》节目合作，不妨搞一个灵湖市排污不合格企业的黑名单，每月曝光一次，接受群众的监督，让排污企业引以为戒！"车少军笑道："好主意！最好倡导市民少去购买那些不合格企业的产品，使他们吸取教训，自觉整改！"

14. 湿地保护

　　李志成没想到，在灵湖中学的 50 年校庆上，会遇到自己高三时的班主任张良老师，更让他意外的是，张良老师现在不再教书，而是在灵湖旅游局当副局长。李志成在北京上大学，考硕士，去澳大利亚留学，归国后回到家乡灵湖市，从事自己钟爱的环境保护工作。师生俩十余年没见面了，久别重逢，聊了很多过往有趣的事。张老师回忆起自己当年所带的高三（2）班，脸上神采奕奕，颇有骄傲之色，因为在这批学生中，每个人都没让他失望，有的现在在政府机关就职，有的自己创业当老板，有的教书育人当老师，还有的当了会计，当了秘书，当了外企白领，当了技术人员等。但在他眼里，最得意的学生还是李志成，不但在清华大学硕士毕业，还出国留学，回国后还当上了副局长，前途无量啊！

　　灵湖中学出过不少人才，但能出国留学的却屈指可数。榜样的力量是无穷的，当戴校长得知李志成留学回国后在灵湖环保局当上了副局长，便力邀他担任灵湖中学的校外辅导员，希望他能给学生们讲讲他读书时的经历，李志成欣然应允。有的人担任校外辅导员，或许只是挂个名，实际不参加什么活动，李志成则不同，十天半月的，他会主动联系学校，带着初三和高三某个班的学生，去郊游，去爬山，去考察清江的水质。李志成把毕业班的学生带出校外，戴校长是不太放心和不太乐意的，怕出意外，怕影响学生的功课，但他知道李志成带孩子们出去，是出于好心和热情，并无恶意，因此也不阻拦。

　　对于灵湖中学来说，50 年校庆是件大事，来的除了那些学有所成的各界校友，还有很多领导，有市里主管教育的陈市长，还有教委的领导，他们都在主席台就座，还先后有发言。李志成坐在张良边上，两人正聊着什么，戴校长走过来说："李局长，请你上台发言。"李志成没有准备，说："戴校长，您是不是安排错了？无论过去、现在、将来，我都是灵湖中学的学生，怎么能当着这么多老师的面发言？不去不去！要讲话也是我身边的张老师去！"戴校长笑道："没安排错，你是灵湖中学的校友，是毕业生中的代表，你是压轴的，就等你发言了！"李志成想了想，笑道："我没准备，真要我说，可别怪我借题发挥啊！"戴校长笑道："今天场合不同，你就讲点儿励志的，拜托拜托！"

李志成缓缓走上主席台，先向台下一鞠躬，然后扶了扶话筒，朗朗说道："各位老师、各位领导、各位同学、各位来宾，大家好！我是灵湖中学92届高中毕业生，无论我走到哪儿，无论我的学习、生活、工作在哪儿，我都不会忘记，灵湖是我的家乡，灵湖中学是我的母校！今天我能够站在这里讲话，是我的荣幸，也是我的机会！是什么机会呢？是我宣传环保的机会！"戴校长在尴尬地笑，李志成的一些老同学也在台下偷笑，有人说："这家伙，三句话不离本行，把校庆当成他的宣传阵地了！"张良感慨地说："勇者创造机会，智者把握机会，弱者等待机会，愚者错过机会！李志成是个聪明人，他抓住了出现在眼前的每次机会，这就是他之所以成功的原因啊！"

李志成继续激情地说："我们常把地球比作家园，把长江、黄河比作母亲河，可是，我们对家园和母亲都做了些什么？蓝天白云和青山绿水，为什么会像初恋的情人一样离我们而去？因为我们太自私，太贪婪！因为我们太不懂得珍惜和感恩！"看到李志成慷慨发言，大家既面面相觑，又有点儿期待。李志成继续宣扬着他的环保理念："我们都知道节能减排这个词汇，但却不知道怎么去做。节能减排，顾名思义，就是节约能源，减少污染排放。地球上的资源储量是有限的，比如煤炭和石油，要经过亿万年才能形成，而我们却在毫无节制地开采，不仅如此，当我们在开采、消耗这些不可再生资源的同时，又在制造着垃圾和污染，把土壤、水源和空气染成了灰黑色，把我们的心，也染成了灰黑色！我们把自己的家园弄得一片狼藉，又给母亲的脸上抹了黑，也许我们获得了可怜的一点儿财富，但我们可能丢失了整个宝藏！我们以为可以过得很幸福，其实却在一步步地把自己逼上绝路！甚至遗害子孙！诗人顾城说过，'黑夜给了我黑色的眼睛，我却用它寻找光明！'那么，我们的光明在哪儿呢？"

台下鸦雀无声，无论李志成是借题发挥也好，是危言耸听也罢，大家都被他吸引了。李志成停顿了一下，继续说道："中国古代就有天人合一的说法，这和我们今天宣扬的'人与自然和谐相处，促进社会可持续发展'的精神内涵是相一致的。古人还相信因果报应，现在看来，这并不全是迷信，在大千世界中随时可以印证。当人类砍伐森林、捕杀动物、破坏生态平衡，大自然也以地震、海啸、沙尘暴、暴风雪、干旱、洪水等对人类加以惩罚！澳大利亚有一条墨累河，全长三千多公里，好比是我们中国的长江，但他们保护得很好，发展航运和旅游，没有一家工厂建在河边，水质没有受到污染，而我们灵湖的清江，在短短的二十年内，却由清水变成了污水，多么让人痛心啊！是的，一滴水是很渺小，但海洋就是涓涓细流汇成的，一个人的力量是很微不足道，但千万人共同来做一件事，作用就很强大！所以我建议，节能减排，从我做起！用节能灯，随手关水龙头，不乱扔垃圾，打印纸两面写字，减少使用塑料袋，出行尽量选择步行、骑车或乘坐公交车，多点儿节约，少点儿浪费，少毁绿、多种树，等等，等等，诸如此类的小事，举手之劳，人人可为！"不管大道理小道理，有道理就会有人支持。台下的人以为李志成讲完了，纷纷鼓起掌来。

李志成笑道："不好意思，我还没讲完！今天校庆的主角是那些风华正茂的学生！所以，我借此机会，再和他们说几句话！我们在座的，曾经也做过学生，和他们一样，认真听讲，刻苦学习，埋头复习，应付考试，当我们毕业工作，踏上社会，请扪心自问，在学校里，我们到底学到了多少有用的知识？说真的，读死书和死读书，是对生命的一种浪费！中国的学校，制造了多少高分低能儿？一个人，如果在生活上不能独立，也就不能在人格上独立！我不反对埋头苦读，但不要把目光局限在书本和分数上，而应该更多地去接触社会，接触自然，关心国家大事，了解身边的人和事，让心灵容纳更多的向往，让生命焕发更多的精彩！"他的话音刚落，台下站着的三千多名学生率先欢呼鼓掌，潮水般的掌声把几百米外树叉上的鸟儿惊得扑棱棱地飞向天空。

中午，灵湖中学有招待餐，李志成虽然不喜欢这种大肆铺张的酒席，但校方已经订好了饭店，不去反而显得矫情，于是他和张良老师一起，约了几位相熟的，坐在一个包厢内。彼此客套一番，酒过三巡，说话也就随意起来。陈金泉以前是张良的同事，现在是灵湖中学的教导主任，他对张良说："张老师，还是您有魄力啊，当年考上了公务员，现在又当上了旅游局的副局长，硬是把铁饭碗变成了金饭碗！"张良笑道："我虽然在当老师时很尽心尽责，一直被评为优秀班主任，但我对教育系统的体制还是难以接受，所以就跳槽了，其实当老师和当局长没太大区别，就是社会分工不同。"陈金泉说："那区别太多了，您现在是官，像我这样的，还是打工！现在上面要推行素质教育，但实际操作起来还是应试教育，还是追求升学率，学生成绩要是退步，家长不答应，老师也脸上无光，还影响奖金和职称，我这当教导主任的，实在也困惑得很，不知怎么办。"张良说："素质教育不是一蹴而就的，它需要一个渐进的过程，需要学校、家庭和社会的支持，可现在的人太浮躁，从上到下都这样，当然很难收到实效。"李志成说："其实，教育部门在推行素质教育的过程中，忽视了一个重要的环节，就是学生，他们为什么不倾听一下学生的意见？学生需要怎样的教育，需要怎样的知识，只有学生才是最有发言权的，老师所要做的，不是灌输，而是引导。"

陈金泉说："李局长对环保的热情，让我深有感触，其实，身边的环境一天天地变化，我们不是没看到，但都不太上心，一般认为那是环保局管的事，或者是政府管的，和我们个人关系不大，所以没有那种危机感，直到污染侵害到切身利益了，才想到去投诉。"李志成说："陈老师，您说的危机感非常对，目前，大家的环保意识尚在初级阶段，还没真正认识到污染带来的危害，不但影响我们的生存环境和身体健康，还威胁到国家发展空间，真希望将来环境保护和计划生育一样，成为强制性执行的国策。"张良说："旅游业被称为无烟工业，未来的发展余地很大，灵湖市的环境如果再好一点儿，旅游产业将会有更远大的前景。"

李志成说："张老师，我想请教一下，你们旅游局和灵湖市旅游开发公司是什么关系？"张良说："以前是父与子的关系，旅游开发公司是旅游局的下属企业，后来实行政企分开，旅游开发公司就独立运行了。"李志成问："那个水上餐厅是旅游公司搞的吗？"张良说："对，那是秦鸿操作的，秦鸿你认识吗？他是秦市长的侄子，在灵湖市很有能量，年轻有为，和你一样聪明，我很喜欢他。"李志成沉默了一会儿，说："张老师，既然您和秦鸿这么熟，有个事我想麻烦您一下，不知可以吗？"张良说："你说，只要我力所能及，没问题！"李志成说："因为油污和泔水排入灵湖问题，前几天我去查处过他们那个水上餐厅，水上餐厅的经理动起了粗，要不是吴局长和污控科的车少军替我挡着，我可能就光荣负伤了。"张良说："哦，为这事呀，那我出面给秦鸿说说，让他向你道个歉！冤家宜解不宜结，你和秦鸿都很年轻，都很有能力，都是我欣赏的人，希望你们能不计前嫌，握手言合！"李志成说："我不是为自己的事，我是想让您帮我说服他，把那水上餐厅搬到岸上来，再建个污水集中处理站，这应该不影响他的生意，要是他执意不听我的劝告，依然把泔水倒入湖里，那我就要依法办事，责令那些餐厅停业了。"张良看了看李志成，知道这个学生身上有股劲，服软不服硬，就说道："志成，你先别和秦鸿弄僵，我去找他说说看。"

下午，李志成回到局里，想找吴局长聊聊永鑫废旧塑料厂的事。这两天，李志成一直在考虑这件事：于法，不能不查；于情，不能一查了之，如何来实现人性化执法，既解决了污染问题，又不影响那些残疾员工的就业，李志成动了不少脑筋。到局长办公室一看，吴局长不在。秘书说，吴局长带车少军去灵阳县希望乡了。李志成回到自己的办公室，看到姚大林正坐着看报，姚大林站起身说："李局长，您可回来了，我等您老半天了。"李志成说："等我干吗，有事吗？"姚大林说："还记得上次我们去的草桥乡吗？那个孙凤明又来电话了，催问我们准备对那家废旧塑料厂怎么处罚。"李志成笑道："他着什么急呀！"姚大林说："我也这么想的，莫非他跟那潘厂长有仇？但他举报的是事实，我们必须要有个答复，要不，我们抽空再去一趟？"这时，一楼自然生态保护科的朱斌华走了进来，他说："李局长，12369举报热线刚接到群众举报，灵湖岸边的大片芦苇正遭到人为砍伐，问我们环保局管不管？"李志成说："管！怎么不管？芦苇荡是灵湖湿地的重要组成部分，谁又在破坏生态平衡？"朱斌华说："据举报人讲，好像是湖边的村民在挖什么鱼塘。"姚大林说："围堰养鱼？真会找地方！"李志成一挥手说："走，我们三人一起去！"

车子开了半个小时，经过灵湖茶园时，他看到了茶园边的空地上正在砌围墙，他知道那是灵湖房地产开发的灵湖明珠别墅区。这个建设项目的环评审批早在李志成进环保局前就办好了，但他一直不明白，这么明显的破坏灵湖周围自然景观的建设项目，怎么会通过相关部门的层层审批而出笼呢？这个疑问一直盘旋在他脑海里。还有这个茶园的问题，受到了清江污染的损害，但却无法向任何单位索赔，灵湖银毫在市场上有点儿声名狼藉，这对整个灵湖市的形象而言，都是巨大的损失。原先，在费局长的领导下，李志成虽踌躇满志，但还是感到施展不开，因为有些环保违法案件，费局长亲自接过去处理了，结果往往是不了了之。现在好了，吴局长来了，相信在他的带领下，清江的污染一定能治理好！

来到灵湖东边的芦苇荡地区，看到湖边大片的芦苇已被砍伐，空出的一大片地方，有两台挖掘机正伸长巨臂挖土，旁边有两个鱼塘已经挖好了。姚大林在拍照，李志成走过去，大声喊道："住手！谁让你们挖的？"一台挖掘机里的操作员停止了挖土，探出头来说道："老板叫我们挖的，你们谁呀？"朱斌华说："我们是环保局的，你们立刻停止操作，去把你们老板叫来！"另一台挖掘机里的操作工下了机器，上前说道："我们也不知老板在哪儿，是他叫我们来这儿挖土，说是承包了这儿的地，他要挖塘养鱼。"李志成说："有他电话吗？打电话叫他过来。"那人说："电话我知道。"他掏出手机拨了号码，说："顾老板，环保局来了几个人，不让我们挖了，他们叫你过来！"那个顾老板答应半小时后到。

那两名挖掘机的操作工有点儿不解地站在一边抽烟，李志成说："你们不要抽烟，你看地上有芦苇叶，要是不小心烧起来，这一大片芦苇就难保了！"那人说："你们环保局怎么啥都管？连抽烟都要管？"另一人说："我看你们是瞎管！厂子里黑乎乎的烟往上冒，黑乎乎的水往外流，你们不去管，人家挖个鱼塘，你们倒挺积极！"姚大林说："谁说我们不管？

饭要一口一口吃，事要一件一件做，我们不正在管吗？"朱斌华说："这一片都属于灵湖湿地，湿地有蓄水和调节生态的功能，还具有生物多样性，这一大片芦苇是湿地的保护伞，是鸟类的天堂，你们把芦苇砍了，把地挖成鱼塘，破坏了灵湖的整体环境和自然生态系统，违反了国际《湿地公约》，我们环保局当然要管了！"那人问："啥叫生物多样性？"姚大林说："这么跟你说吧，有了这片芦苇，那些野鸭、水蛇和各种鸟儿，就在这儿安家落户了，要是芦苇没了，它们就失去了家，就不能在这儿生活了。"那人还是不解："我们是人，那些小动物在哪生活，关我们什么事！"朱斌华和姚大林见对方还是不明白，不禁无奈地耸了耸肩。

李志成拍拍他的肩膀说："世间众生是平等的，换了你是小动物，你安居乐业的家被人毁了，你的心情会怎样？何况，这儿有一片芦苇荡，风景多美！湿地不但生活着很多小动物，还有各种野草野花，还有苔藓，这些既有保湿功能，还能净化水质，芦苇荡不但能保持灵湖的生态平衡，还能防止水土流失。你知道沙漠是怎么来的吗？就是因为湿地变成了旱地。要是一年半载下不下雨，旱地就不能种庄稼，不但土地会沙漠化，人也没法生存了。"那人还是有点儿不信："有这么严重吗？"李志成笑道："要是大家都不保护，都来乱砍伐乱开发，或许你这辈子还不要紧，但你的儿子或孙子一代，就可能受到影响了。"那人这才说："哦，夺后代饭碗的事，那不能干！"

正在这时，老板来了，他在前面路口停了车，急匆匆地来到李志成他们面前。李志成问："请问老板贵姓？这芦苇是你叫砍的？这鱼塘也是你叫挖的？"老板点头说："我姓顾，怎么了？我有合同的。"他从兜里掏出一张合同，说："这是我跟云龙村委会签的合同，我出二万块，承包这片芦苇荡，承包期是五年，用途是养鱼。我是合法的！"李志成说："湿地属于灵湖，属于灵湖市民，不属于云龙村，你这纸合同是无效的！"顾老板说："这是合同，白纸黑字，还有大红印章，怎么能说无效呢？"李志成说："因为这片湿地不属于云龙村，所以村里和你签订的合同是没有法律效力的！别说是你和村里签的合同，就是你有水利部门的批文，我们环保局也不能允许你这么干！你把芦苇砍了，毁坏了这儿的生态环境，已经造成了无法挽回的损失，顾老板，你必须立即停止挖土，还要把挖出来的土填回去！"顾老板听了一跺脚说："唉，我和人合作在这儿养鱼，都商量好的，这要一停，我的损失就大了，谁来赔偿我的损失？"姚大林说："你可以和村里终止合同，要回你付的两万块钱，至于赔偿，恐怕不大可能，我们不罚你款，已经留情了！"李志成说："你不能为了自己的利益而损害灵湖的环境，环境破坏了，用钱也不一定买得回来，现在改正还来得及！"顾老板想了想，说："那好吧，算我倒霉！"他对那两名挖土机上的工人说："你们把泥填回去吧！"李志成和他握了握手，说："顾老板，你能这么明白事理，我们向你表示敬意！"顾老板说："其实，把这片芦苇砍了，我也心疼，只是考虑了这项目有利可图，才这么干了，要是你们不来制止，我的错就铸成了！我理解你们，你们这么做，不是为了自己，也是为了大家能有一个美好的环境，我支持你们！"李志成由衷地说："谢谢你的理解！"

开车回环保局的路上，李志成接了个电话，是他的女友楚晴打来的。楚晴说："志成，你怎么不给我打电话？每次都是我主动打给你，是不是你不想我？"李志成说："哪能呢！你是我的救命恩人，我敢不想吗？"楚晴说："以后不许你说我是你的救命恩人，我要你说我是你的女朋友，知道吗？"李志成说："知道了，有事吗？"楚晴说："没事就不能给你打电话吗？志成，你离开北京三个多月了，你知道我有多想你吗？你整天在忙啥呀？"李志成说："事情比较多，不一一向你汇报了。"楚晴说："那你现在在干吗？我怎么听见有呼呼的声音？"李志成说："我在车上，灵湖湿地被人为破坏，我刚从现场回来。"楚晴停顿了一下，说："我也是你的湿地，你干吗不来保护我？都说男人最容易见异思迁，你是不是在灵湖有了新女友，把我忘了？"李志成连忙说："没有没有，绝对没有！灵湖是我的家乡，我一门心思想把家乡的环境治理好，哪还有闲情胡思乱想？"楚晴说："没有就好，我相信你！志成，那你多保重身体，身体是革命的本钱，别太累了！"李志成笑着说："谢谢，你也一样，照顾好自己！"

姚大林笑道："李局长，是您女朋友打来的？您来了这么久，从没听您提过她，您可真是藏而不露、秘而不宣啊！"李志成淡淡地说："我是来工作的，提女朋友干什么？"姚大林好奇地说："刚才听您说，她是您的救命恩人，怎么回事，能不能跟我们说说？"李志成说："她的确是我的救命恩人。我喜欢户外运动，在清华读硕士的时候，有个星期天我去爬长城，爬到半路突然腹痛难忍，我瘫软在地，刚好她和她的同学也来爬长城，看到我这样，连忙搀扶我下山，迅速送到医院，医生检查后说我得了急性阑尾炎，要是没有游客及时发现，很可能会有生命危险。她那时在医学院上学，请了假来医院照顾我，出院后，我们就谈起了恋爱。"姚大林说："挺感人的一段经历，这可能就是缘分吧！"朱斌华说："不过，李局长，我怎么感觉您对她有点儿不冷不热？是您不喜欢她吗？"李志成犹豫一下，说："她人很好，很漂亮，性格开朗，对我非常好，但我不知为什么，一想到她，首先想到的就是欠着她一份情，很难真正投入地去爱她。"姚大林说："李局长，不是我大林说你，人要知恩图报，她对你这么好，你更应该好好爱她，照顾她，不能辜负她！"朱斌华说："李局长，您是因为感恩才和她在一起的吗？那您要早点对她说清楚，免得伤害了她。"李志成叹了口气说："她很爱我，我就是担心伤害她，所以，一直没有告诉她我真实的想法。"

15. 金屋藏娇

　　顾老板给张良打电话："张局长，云龙村的鱼塘我不做了，我退出了。"张良说："为什么呀？让你赚钱的事，你干吗不做？"顾老板说："我把鱼塘回填了，但芦苇已经砍了，没办法了。"张良说："你为什么突然改变主意了？是他们村里反悔，不租地给你了吗？"顾老板说："不是，是我自己不想做了，觉得破坏了湿地不好，这事幸亏环保局的人提醒及时，要不我真犯错误了。"张良不解地说："这是我们旅游局搞的项目，环保局来掺和什么？"顾老板说："环保局的李局长告诉我，我砍伐芦苇和挖鱼塘养鱼，破坏了灵湖湿地的自然景观和生态平衡，我想想也对，所以我决定不干了。"张良诧异地说："是他在搅局？你没跟他说是我在搞这个旅游项目吗？"顾老板说："我怕给您添麻烦，没说。"张良说："哦，那我直接和他说。"

　　车子快回到环保局时，李志成接到了张良的电话，张良说："志成，你到旅游局来一下，我有事要和你说。"李志成说："好的，我一会儿就过去。"李志成不知道张良找自己有什么事，他对司机小张说："小张，你把姚队长和朱科长送回局里，然后我们去旅游局。"姚大林说："去旅游局？今年局里要组织去春游吗？"李志成笑道："你想得美！是有点儿私事。"姚大林笑道："旅游局可是美女如云，不会是您看上了哪位导游小姐吧？"朱斌华说："导游在旅行社，不在旅游局。"姚大林说："可导游归旅游局管吧？我也没说错呀。"李志成笑道："怪不得你的头大，原来都是瞎想想大的！告诉你吧，是我的老师找我，他现在旅游局当副局长。"姚大林说：

"李局长，您的老师是副局长，您也是副局长，师生平分秋色啊！"朱斌华笑道："姚队长，你用词不当啊，应该是青出于蓝而胜于蓝！"小张车子一停，李志成叫道："别再瞎争论了，你们赶紧下车吧！"

李志成一走进张良的办公室，张良劈头就问："你去云龙村了？"李志成一愣，说："我刚从那回来，张老师，您怎么知道？"张良哼了一声，说："你知道那个鱼塘是谁让挖的吗？"李志成心想：那个顾老板当面一套、背后一套，他不是明确表态理解和支持我们吗？怎么一下子就找到了我的老师，想替他说情呢？他的能耐可真大，居然知道张副局长曾是我的班主任，真是小看了他！既然他阳奉阴违，我就更不能给他留面子了！李志成说："知道，是顾老板跟云龙村签的土地租赁合同，可我们认为他这么做违反了国际湿地公约，也违反了灵湖市的环境保护条例，已经通知他停止施工了。"张良看着李志成，说："志成，如果我现在告诉你，那里的鱼塘是我规划的项目，你还认为它是非法的吗？"

李志成确实没想到，云龙村那儿的鱼塘会和旅游局扯上关系。李志成说："老师，您不是在开玩笑吧？您怎么会规划鱼塘呢？难道旅游局要发展三产，想搞养鱼？"张良招呼李志成坐下，说："你还是高中时那个脾气，喜欢一下子把难题解决，其实，在生活中，我们要学会婉转，要学会给人留点儿余地，这样更利于解决问题。如果你去湖边，不是立即叫他们停工，而是说要回局里商量一下再决定怎么处理，现在就不会把难题留给我了。"李志成抱歉地说："张老师，我真的不知道鱼塘会和您有关系，您能和我说说是怎么回事吗？"

张良给李志成泡了杯茶，说："我市要举办首届国际旅游节，发展灵湖市的旅游产业，把灵湖旅游做大做强，这是旅游局今年要抓的头等大事，具体工作就由我负责。经过局党委几位同志的讨论，我们设计了几个旅游项目，作为旅游节期间的主打产品，有草桥乡的水上游、龙潭乡的龙虾节、市民广场的啤酒节、水上餐厅的画舫秀、灵湖的水上摩托冲浪行，还有个压轴节目，就是'灵湖杯国际钓鱼邀请赛'！"李志成直言不讳地说："旅游产业被称为无烟工业，确实前景广阔，灵湖市的旅游业也大有文章可做，但我个人认为，旅游要有文化内涵，像龙虾节、啤酒节，都跟吃有关，似乎跟旅游不是很切题，还有那个画舫秀是什么意思？"听着李志成的意思，好像他对老师规划的几个项目都不太赞成，张良听了有点儿不高兴，但也没表露出来，继续说："谁说吃不是文化？中国人自古食不厌精，吃也是饮食文化！画舫秀就更有文化韵味了，创意来自于朱自清先生的《桨声灯影里的秦淮河》。现在的水上餐厅不是连在一起的吗？到时候，让它们分开，独立游弋在灵湖中，游客边品尝湖鲜，边欣赏风景，十分雅致。如果是在晚上，月光、灯光、歌声、水声，不是构成一幅优美的图画吗？"

李志成既有点儿哑然失笑，又有点儿忧心忡忡，张老师不愧是教语文的，就是会联想，但他真这么规划的话，水上餐厅对湖水污染的问题就更不好解决了。张良看到李志成没说话，以为他被自己的规划折服了，就接着说道："可是，你叫停了鱼塘的施工，影响了我对今年灵湖旅游的整体规划！如果鱼塘挖好了，鱼也养上了，到旅游节时，我们会邀请世界各国的钓鱼高手前来灵湖参加钓鱼大赛，这个项目会产生国际影响，有利于灵湖市走向全国、走向世界，这和市委市政府发展经济、开发旅游的精神是相符的！"李志成笑道："在鱼塘里钓鱼，这也叫比赛？"张良说："这是国际通行的钓鱼比赛规则，相对公平，要是在灵湖里钓，有的人可能一条都钓不到。"李志成说："在野生环境的水域进行比赛，那才能显示出真水平，而且，如果真是在灵湖里钓鱼，为了避免不良的国际影响，市政府必定下大力气治理水质，这就给我们环保局的治污工作带来政策支持。"张良打断说："李志成，你又考虑你的环保了，可你为灵湖的旅游想过吗？与人方便，自己方便，我想问你，你能否看在我的面子上，对灵湖的旅游业也做点儿贡献？"

李志成不明白老师这话的意思，环保和旅游，不就是相辅相成的吗？环境差了，谁还来旅游呀？看在老师的面子上，难道要我对破坏环境的行为视而不见？李志成说："张老师，您希望我怎么做呢？"张良说："为了我们旅游局实施的一揽子计划，希望你们环保局能给予配合，关于云龙村湖滩鱼塘的事，我会写份报告，请市领导批示，然后请环保局出份正式的环境影响评价，以便鱼塘能顺利施工。志成，这个忙，你不会不帮吧？"张老师的意思，还是想让鱼塘恢复施工，这怎么可以呢？李志成说："我有个建议，不知老师愿不愿意听？"张良说："不必客气，你现在是副局长了，有什么话，你尽管说吧。"李志成说："我觉得，灵湖的湿地，不但不能缩小，而且，还应该扩大，以便更好地保护灵湖的原生态，湿地上的芦苇、花草、苔藓，以及那里生存着的各种动物，都是大自然恩赐给我们的宝贵礼物，我们不应该人为地去改变这种浑然天成的自然景观。我建议，将灵湖东侧的一大片湿地，增加绿化，注重养护，重新规划成一个湿地公园，免费向市民们开放，一定会大受市民的欢迎，这才是一件功德无量的好事！"

张良有点儿生气，自己这么器重他，把他视为自己的得意门生，没想到他现在翅膀硬了，竟然不理会老师的请求，还建议搞什么湿地公园，真是书生意气，乱说一气！旅游应该作为产业来经营，这样才能良性循环，而不是作为公益事业，义务为大家服务！张良盯着李志成，说："这么说，你是不肯帮这个忙了？你要知道，这国际钓鱼邀请赛，是旅游节的重头戏，其影响力是深远的，你这么做，实在很不明智！"李志成坚定地说："我始终认为，以牺牲环境来提高所谓的知名度，是得不偿失的！不过——"李志成话锋一转，平缓地说："如果在不破坏湿地的基础上，适当搞点观光农业，倒是可以考虑的。"张良到底是李志成的老师，知道李志成虽然有点儿固执，但不时会有聪明的点子让人眼前一亮，他说的观光农业，可能是对刚才拒绝自己的"补偿"吧。张良感兴趣地问："什么观光农业？是蔬菜大棚吗？"李志成见老师的神情有所缓和，笑道："在芦苇荡边，可以养荷花，养红菱，到旅游节时，藕和菱都成熟了，可以让游客参加挖藕和采菱，增加他们的旅游情趣，而芦笋也是一道清爽可口的小菜，游客在城市里买不到这么新鲜的芦笋呢！"张良点点头："嗯，你的建议非常好！我会和局里几位负责人商量，考虑是否把钓鱼邀请赛替换成农家乐之类的旅游项目。志成，还是你的思路开阔，东方不亮西方亮！"李志成笑道："只要老师不怪我捣乱，我就很开心了。"两人哈哈大笑起来。

费明开车进入了福星小区，他从车里钻出来，向一幢住宅楼走去。三楼一个房间的窗前，有个女孩撩开窗帘一角，在向下张望，当她看到费明走向自己住的这幢楼，就把窗帘放下了。费明来到302室，按了按门铃。开门的是个二十来岁的女孩，见了费明，轻声说道："费局长，您来啦。"费明一边把西装脱下挂在衣架上，一边说："小红，你怎么还叫我费局长？我不是对你说，要叫我明哥吗？我喜欢你叫我明哥，那才显得咱俩亲密嘛！"费明上来搂了一下女孩，笑着说："今天是10号，我不会忘的，今天是我付生活费，也是交口粮的日子，有你这么俊俏的小妹，我是不会旷工的。"小红的脸红了一下，说："明哥，我有钱用的，不着急。"费明说："你爸爸的手术做了吗？我上次给你的五千块钱够用吗？不够的话，你就对我说。"小红说："够了，我爸的手术已经做了，过两天就能出院了，谢谢你帮忙，这个钱，就算我借你的。"费明笑道："小傻瓜，五千块钱不算什么，你不用放在心上，只要你对我好，我不会亏待你的！"

小红是费明在一家饭店吃饭时认识的，那时小红刚从云南来灵湖打工，费明喜欢她的水灵，就悄悄和她讲，愿意给她租套房子，每月支付一千二的生活费养她。小红起初是犹豫的，自己一个清白女孩，做人家情人是不光彩的，但想到在饭店干服务员，辛辛苦苦一个月才挣六百元的工资，这个男人愿意出一千二百元，还不用每天劳累，就动心了。费明对她还不错，除了每月固定的一千二百元之外，有时还额外给零花钱。前不久，小红的弟弟上县城高中需要的钱，她的爸爸腰间盘突出开刀的费用，都是费明给的钱，所以，小红现在心甘情愿地被他养着。刚开始，费明来得勤快，一个月有五六次，后来不知为何渐渐少了。小红在家无聊，就看看电视，偶尔出去逛逛街，每次出去，都害怕遇到老乡，害怕他们问她干什么工作，因为她无法回答。

费明在认识小红之前，也曾接触过别的女人，都是他接受别人请客消遣时，在夜总会之类的娱乐场所认识的。认识小红后，他稍微收敛了一些，但几个月的新鲜感一过，他旧态复萌，又去找别的小姐逢场作戏了。不过，每月10号，是他和小红约定好付生活费的日子，他每次都来，并会留下过夜。费明是那种"工资基本不动，老婆基本不用，花钱基本靠供，吃饭基本靠公"的男人，自他当了环保局长后，伙同环评科的杨光和监察支队的刘鸣收受了不少好处。大的厂家，也有小企业主，为了建设项目顺利通过环评,都会给环保局领导和经办人塞红包。比如你要开一家印染企业,没有二十万元的中间费用,那个环境影响评价和排污许可证,就很难办下来。

费明躺在沙发上,小红给他的大腿按摩,费明说:"小红,我现在不当局长了,以后就有时间陪你了,你不会感到寂寞了。"小红惊异地说:"为什么不当局长了?当局长不是收入高吗?"费明笑道:"小宝贝,你是担心我不当局长,没钱付你生活费吗?放心,我不会少你一分钱的!我就是下半辈子不干活,也不愁吃用了,但我是男子汉大丈夫,不能让人看扁了,所以,我是要复出的,只是,暂时还没决定去哪儿。"小红眨巴着眼睛说:"明哥,你是不是得罪人了,才没得当局长?"费明抚摸着小红的头发,笑道:"小红,你是不是电视看多了,把明哥想成坏人了?放心,我只是暂时休息一下,不用多久,我还会当干部的,不过可能会去下面的县里,小红,到时你愿意跟我一起去县里吗?"小红点点头:"你是我的贵人,跟你去哪儿,我都愿意!"费明高兴地说:"真的?我真是没看错人,你是个好女孩儿!小红,我很久没过来了,现在就很想你,来,让我好好奖赏你!"

费明一把搂住小红,想把她压在沙发上,小红微微挣扎着,挣脱出他的怀抱,说:"明哥,等会儿,我想和你说个事。"费明皱了皱眉,说:"不能做了再说吗?"小红说:"我今天都紧张一天了,让我先说了吧?"费明说:"那好,你先说吧,是什么事让你这么紧张?"小红说:"我是每月5号左右来红,这些年一直很正常,可这个月都10号了,还是没来,我上午去药店买了早早孕试纸,照着说明书介绍的试了,纸上出现了两条红线,明哥,我是不是怀孕了?我该怎么办呀?"费明先是一惊,继而露出了笑意,说:"这是真的?太好了!小红,你明天去医院检查一下,确定是不是真的怀孕了。要是有了,你就生下来!""啊?"小红惊愕地说,"我还没结婚,怎么能生小孩呢?"费明双手搭在她的肩上,温和地说:"小红,我请求你,帮我生个小孩,好吗?"小红摇了摇头,说:"明哥,你不是开玩笑吧?这怎么行呢?生了小孩,我还怎么嫁人呀?"费明说:"我和老婆就生了个女儿,女大不中留,过几年她就要嫁到别人家了。我想要个儿子,做梦都想,小红,你帮我生一个,我会感谢你的!"费明停顿了一下，说："小红，只要你把小孩生下来，如果是个男孩，我就给你十万块，如果是女孩，我就给你五万块，如果你家以后有困难，我还会帮你的，你以后想嫁人了，我还会给你一笔钱！跟了我，不会让你吃亏的，你就别再犹豫了！"小红的心里很乱，本来就不知怎么办，费明的这番话，让她更感到迷茫了。

李志成回到局里，看到吴局长还没回来，就一个人在办公室来回踱步，思考问题。田佳也来看吴局长回来没有，看到李志成正在来回走，知道他遇到什么棘手的事了，就拍拍开着的门，说："李局长，看您一副心事重重的样子，不会是失恋了吧？"李志成回头看了她一眼，说："工作都忙不过来，哪有功夫失恋？"田佳说："我正好也没事，怎么样，能不能向我透露点儿，解解压？"李志成笑道："你能帮我解压？别逗了，你又没学心理学！"田佳说："李局长，你别小看人！至少我知道，当一个人遇到困惑的时候，会有一种倾诉的愿望，怎么样，我说得没错吧？"李志成说："有道理！田主任，那就委屈一下，当一名倾听者吧！"田佳笑道："我愿洗耳恭听！"李志成停下脚步，说："当我眼前摆着很多菜，而我却不知道从哪儿下筷子，这时，我该怎么办？"田佳想了想，说："有两个办法，貌似能解决这个问题，第一，先吃您最想吃的那道菜，不管它是否好吃；第二，如果那几个菜您准备都要尝一尝，那就挑离您最近的那个菜，近水楼台先得月嘛！"李志成怔怔地看着田佳，田佳挥挥手掌，笑道："李局长，你别这么看我，你一眼不眨地盯着我看，我会误会的。"李志成上前几步，伸出手说："田主任，谢谢你！你真是一语惊醒梦中人啊！让我找到了解决问题的方向，太感谢了！"田佳笑道："我也是随口说说，您别当真啊！"

李志成从田佳的话中，确实受到了启发，灵湖市的环保问题层出不穷，从哪儿下手是个策略。就目前来说，手头积的几个案件，都需及时处理，有永鑫废旧塑料加工厂的三废污染问题，有水上餐厅污水排放问题，有神华造纸厂违法上马纸浆生产线的问题，哪一个都马虎不得，而涉及清江污染的企业，更是数以千计，查处和治理是个繁重的过程。另外，李志成还关注灵湖明珠别墅区的施工进程，这个一般人都能看出有问题的建设项目，怎么能一路绿灯呢？环保局出具的环评手续是否存在暗箱操作？还有，灵湖极品银毫导致的喝茶中毒事件，公安局至今没有明确说法，环保局有义务协助调查，灵湖银毫的品牌要是从此没落下去，那就太可惜了！田佳建议的两个解决方案都很有道理，其实，灵湖市存在的所有污染问题，环保局都将去面对和解决，只不过是时间先后问题，那么，我就挑我最感兴趣的，也就是水上餐厅污染湖水的问题，因为这不但是目前存在的问题，如果现在不解决，一旦旅游局规划的画舫秀项目实施，那就好比猴嘴里夺枣——难办了。

16. 生态文明

　　吴铁良和车少军来到了灵阳县，在经过灵阳大桥时，车少军说："灵阳大桥本来是灵阳县的门户，在十几年前，被当地人称为金桥，因为通了这座桥后，灵阳县的招商引资就开始突飞猛进，全县 GDP 每五年番一翻，成为灵湖市最富的一个县，但十几年过去了，灵阳县却成为灵湖市最脏的一个县，这种反差，让人感觉像做梦一样！"吴铁良说："这十几年，也正是环保局从萌芽到成长，再到成熟的过程。过去的地方政府，片面发展经济，忽略了环境保护，环保局就像个陪衬人一样，发挥不了多大作用，现在，全国上下都非常重视环保，也正是我们环保局挺身而出、展示风采的大好机遇！灵阳县的黑水、黑土和黑烟问题，一定会得到彻底改变！清江，一定会像它的名字那样，变得清澈甘甜！"车少军说："好！吴局长，有您这句话，我车少军跟着您赴汤蹈火，在所不辞！"

　　车子开到了希望乡，刚进入东方路，就闻到一股冲鼻的异味，吴铁良说："这儿是污水厂的路吗？是不是我记错了？"司机小刘说："反正到了，开进去看看。"路两边，一家接着一家的工厂，有电子厂、塑料厂、印染厂、玻璃厂等，光印染厂就有好几家。车少军说："这么多的污染企业聚在一起，难怪空气里弥漫着难闻的气味。"开进去三百多米，看到了马赛克的一堵墙上，赫然出现几个铜字："希望乡污水处理厂"。吴铁良说："果然在这条路上！"小刘也说："有污水处理厂还这么难闻，真不可思议！"

　　乡镇的污水处理厂，由当地政府根据污水处理的需要而建设，这和乡镇领导的环保意识有很大关系。希望乡早在 20 世纪 90 年代初，乡镇企业蓬勃发展之时，就建设了这家污水处理厂，由希望乡的水利站负责管理。当时，整个灵湖市还没有几家污水处理厂，但现在从外面看来，这家污水处理厂显得有点儿陈旧了。

车少军给传达室的保安递上证件，说："我们是灵湖环保局的，找你们厂的贾厂长。"保安呆了一下，心想：他们是灵湖市环保局的？是下来突击检查吗？贾厂长知道吗？要是让他们查到什么就坏事了。保安说："我不知道贾厂长在不在，你们先等一会儿，我去他办公室看看。"车少军笑道："不用你去通风报信，别紧张，我们是来拜访朋友的。"保安松了口气，说："那我带你们进去吧。"

他们找了好几个办公室，里面都没人，不但贾厂长不在，连别的工作人员也没有。吴铁良说："你们是在上班吗？"保安说："是啊，我再找找。"他们来到三楼的一个房间门口，听到里面传来哗啦哗啦的声音，保安说："他们在里面。"吴铁良说："在干吗？打麻将？"保安说："可能是的。"车少军敲了几下门，过了一会儿，才有个人来开门，他看见门口站着几个陌生人，有点儿警惕地说："你们找谁？"保安说："他们找贾厂长。"屋子里有个中年男子慢条斯理地问："谁呀？谁找我？"吴铁良大声说："我！"中年男子朝门口张望，当他看到吴铁良走了进来，不禁愣住了："你……你是……吴铁良！"吴铁良微微一笑，说："贾洪波，你还认得我啊，我以为你打麻将打昏了眼，目中无人了！"贾洪波急忙站起来，大步迎上来，一把握住吴铁良的手，哈哈笑道："哪敢哪敢？铁良，你当局长了，恭喜啊！"

贾洪波转身向其他几位打麻将的朋友介绍说："这位是灵湖市环保局新上任的吴局长，是我初中同学，我经常抄他的作业，呵呵！"贾洪波又向吴铁良介绍说："这位是染织厂的居厂长，这位是皮箱厂的缪厂长，他是电子厂的杜经理，没事凑一块儿打打麻将，消遣消遣。"几个厂长经理一听眼前的是灵湖市环保局长，他们深知自己的企业都和污染有关，这环保局长就是管污染的，能不巴结吗？几个连忙握手，敬烟。吴铁良笑着说："不用客气，几位去忙好了，我找老同学有点儿事。"贾洪波说："哥们几个，就请先回吧，改天有空再聚。"等他们走后，贾洪波说："这儿乱，到我办公室坐吧。"

贾洪波给吴铁良三人泡了茶，笑着说："铁良兄，今天怎么有空到我这破地方来了？不会是来查我的吧？"吴铁良笑道："怎么，做贼心虚了？"贾洪波说："一个小小的污水处理厂，能有什么好偷的？我想当贼还没机会呢。"车少军从刚才贾洪波和几位厂长的交情，看出他在这里的能量，至少厂长经理们主动来和他套近乎。车少军说："贾厂长谦虚了，您的厂虽小，但希望乡的厂家要排放污水，还不得经过您这儿？您这可是一夫当关、万夫莫开啊！"吴铁良介绍说："他是污染控制科的车科长，很有闯劲的小伙子，经验丰富。我是赶鸭子上架，什么都不懂，所以带车科长一起过来，想多了解点儿情况。"贾洪波说："车科长说得太夸张了，不瞒几位说，现在我这污水处理厂，是负债经营，要不是承蒙几位厂长的支援，恐怕早就撑不下去了。"

吴铁良说："怎么可能呢？污水处理厂不是有乡政府拨款的吗？"贾洪波说："乡政府那些钱只够发人员工资，但每天运行的钱从哪里来？是，我们要收厂家的污水处理费，但那根本不够，不但不赚钱，还赔钱！"吴铁良笑道："千做万做，亏本生意不做，你怎么还做赔本生意呢？"贾洪波说："没办法，乡里要维持污水处理厂的运行，我是乡里派来的，赔不赔钱和我没关系。"司机小刘说："我们一进东方路，就闻到一股怪味，既然污水都通过处理了，怎么还会有那么刺鼻的味道呢？"贾洪波说："当时为了方便污水集中处理，凡是重点污染企业，差不多都集中开在污水处理厂附近了，所以，这边的味道特别重，但污水是进来了，实际处理了多少，我就不搭界了。"吴铁良说："洪波，这是你的不对了，怎么当了厂长，一点儿责任心都没有，这个不管，那个不搭界，你也太不称职了！"贾洪波说："不是我没责任心，我是无能为力啊！我带你们下去看看，你们就明白我说的话了！"

陈旧的处理池，已看不到水泥的颜色，连接水泵的管道锈迹斑斑，初沉池、二沉池里翻滚的水，依然很浑浊，泛着白色的泡沫，散发着既不像氨味又不像馊味的怪味，让人鼻孔感到酸溜溜的。贾洪波说："这些设施，是 20 世纪 90 年代初请国家环保局的人来设计的，当时，我们乡还被评为环保先进乡，但十几年过去了，污水处理厂的家当，还是这老一套！"
车少军说："是啊，刚才我看到你们处理废水用的还是老办法，添加硫酸
亚铁，为什么不及时更新设备，适应污水处理需要呢？"贾洪波说："这
老设备都快动不起来了，哪还有钱添新设备？"吴铁良说："厂家的污水
处理费，乡里的补贴款，水利部门和县环保局都有专门的拨款，怎么还
不够吗？"贾洪波说；"铁良，你是刚当局长不知道下边的情况，水利部
门倒是有拨款，但乡里都用在河道清理上了，县环保局我们就不指望了，
马局长说我们乡有钱，从来没把我们列在拨款之列，至于那个污水处理费，
说来就话长了！"

　　吴铁良说："长了也要说，我今天就是来了解情况的，我在局里查到
你在希望乡污水处理厂当厂长，特地来拜访你，想从你这儿了解下基层
环保建设情况，你有知道的有用的情况，通通告诉我，我今天就是块海绵，
是来吸收的！"贾洪波笑道："铁良，你虽然是局长，但在我眼里，还是
初中时的那个组长，所以，我也不跟你客套了，有什么说什么。"吴铁良
笑道："好啊，我要的就是这感觉，知无不言、言无不尽！"贾洪波说："污
水处理厂，亏就亏在处理费这一块，从十多年前的每吨废水处理收八毛，
到现在的一元，中间就涨过一次，可现在的水费就两块钱一吨了，加上
添加剂和机器运转费用，成本就接近三元了，这不明摆着亏本经营吗？"
车少军说："既然亏这么多，那为什么不涨价呢？"贾洪波说："这污水厂
现在还是乡里的，他们不提出涨，我们着急也没用。"小刘说："真是奇怪
了，你们乡里是活雷锋啊，贴了钱维持这家污水处理厂，是什么意思呢？"
车少军说："是啊，干吗要亏钱维持呢？涨点儿价，多收点儿钱，也好更
新设备，提高污水处理能力啊！"贾洪波说："我想乡里这么做，也有他
们的算盘，如果污水处理费涨到每吨三元，一来，厂家有可能不把污水
接入污水处理厂，直接偷排了；二来，这些厂有可能会搬家，离开希望乡，
搬到别的地方去，这是乡领导最不愿意看到的结果。因为厂家都搬走了，
这边的经济啊、就业啊就上不去，他们的政绩也上不去！"

　　吴铁良笑着说："洪波，你分析得好！听了很有收获，你继续说。"贾
洪波说："最让我感到无奈的，主要的还不是亏本经营，而是我们现在根

本无法处理接入的工业废水。我们现在的日处理能力是三千吨，而实际接入污水管道的流量，日均达到六千吨，相差了整整一倍！因为无钱扩建和更新设备，有时污水流量大的话，初步过滤一下就排到旁边的河道里了，那些厂家为了省钱，谁也不愿意自己上污水处理设施，都想搭便车，明知道我这里能力有限，但他们还是把污水管通到厂里来，我知道超标排放是违法的，但又有什么办法呢？"贾洪波把他们带到围墙一侧，说："你们看！"透过一扇铁栅栏后门，可以清晰地看到从污水处理厂一根粗大的管道排放出去的水，还是浑浊的。贾洪波说："这就是我们基层污水处理厂的现状，据我所知，灵阳县十二个乡镇，七个乡没有污水处理厂，五个乡的情况和我这里差不多，废水只是从污水厂过一下，简单处理就排放出去了，达不达标，我们管不了！我也不想这样，但我又能做什么呢？"吴铁良沉思了一会儿，说："不能让这种恶性循环再持续下去了！"

几人离开围墙往回走，贾洪波说："厂门外的那条东方路，要是在十年前的春天，真的是鸟语花香、蝴蝶飞舞，现在倒好，一只鸟都看不见，要不是上班，谁愿意上这儿来？"车少军说："按法规，这家污水处理厂是要整改的，吴局长，您看怎么办？"贾洪波笑道："我还真希望有人来查，开着也是走过场，关了算了！"吴铁良说："洪波，你这个思想是不对的！整改，就是要想办法解决问题，不是让你逃避问题！"贾洪波一摊手说："没有米，只有水，而且还是污水，让我怎么做饭？铁良，你要有能耐，你给我钱，什么事都好办！"吴铁良说："钱的事，我会想办法去争取，谁让你是我的老同学呢！我不能眼睁睁地看着你发愁吧？还有这个污水处理费的事，我回去后，和物价局、水利局沟通一下，联合出一个调价的意见，你也和你们乡里说一下，不能形式主义，要做就要做好，要发扬环保先进乡的优良传统！另外，有件事我想提醒你一下！"贾洪波笑道："好呀，请讲吧，我有则改之，无则加勉！"吴铁良说："上班时间打麻将不好，这个要注意。还有，和那些厂长经理最好保持距离，别走得太近，要是哪天发现你同流合污了，可别怪我没提醒你，不帮你！"

贾洪波不以为然地说："这破厂没事让我忙，实在闲得慌，才跟他们聚在一起打打麻将。再说这世道，不怕被人利用，就怕你没用，我知道他们和我套近乎，是有目的的。"吴铁良说："你能给他们什么好处，他们要来讨好你？"贾洪波笑道："蟹有蟹路，虾有虾道，各行各业都有门道的。"吴铁良说："你还有什么门道？够精的啊！说来听听！"贾洪波说："跟你，我也不隐瞒了，反正我相信你不会出卖我的！我们乡因为有污水集中处理厂，所以，在招商引资时，可以允许污染企业在这里开厂。想来这附近办厂的，是不是先要考虑污水排放问题？也就是要和我打交道，让他们厂的污水管接到排污总管，我要是不点头，他们的厂能建起来吗？"车少军说："贾厂长，您不会收他们的钱吧？"贾洪波笑道："钱我不会收，这个我懂，收钱就是受贿了，去吃饭、喝酒、唱歌、洗脚，这个我去的。"小刘插话说："我听说，有的人不明着送钱，但会在打麻将时故意输钱给你，是不是真的？"贾洪波呵呵笑道："这个我不知道，总之我和他们打，赢多输少吧。"吴铁良说："这是不是受贿我不知道，但我感觉这样也不好，你还是尽量少参与这些事。"

几人站在楼前，贾洪波说："要不我们再到办公室喝点茶，要不我陪你们出去转转？晚上别回去了，我请客！铁良，咱们有三十来年没见了吧？虽然你现在当了局长，但承蒙你看得起我这个老同学，今晚咱先说好了，不醉不休！"吴铁良连忙说："不，不，今天我们要回市区的，喝醉的事，我改天再来！"贾洪波说："铁良，这个你就不上路了，来都来了，怎么能不吃饭就走呢？还怕我请不起这个客吗？"吴铁良说："酒我会喝的，但不是现在，到你这里设施更新了，污水处理达标排放了，我们再一醉方休！目前，我刚到环保局工作，还在摸索学习阶段，事情还很多，没心情喝酒啊！"贾洪波说："铁良，我知道你是个说一不二的人，既然这样，那我也不挽留了，咱们改天有空再好好聊聊！"车少军说："吴局长，我看希望乡存在的污染问题比较严重，我们要不要去其他厂家看看？"吴铁良说："今天不用了，我已经想过了，我们一家一家地去查，效率较低，不如分行业检查比较好，比如造纸、印染、化工、电力等，一个面一个面地监察，就能提高工作效率！而且，先让企业自查，让他们发现问题自行整改，在规定时限内没有完成整改的，我们再依法查处！"贾洪波笑道："领导的思路就是不一样，这样查，事半功倍啊！"车少军也是敬佩不已：

"我工作了三年，光知道一家一家查呀查，您上班没几天，就想到了新方法，吴局长，您真行！"吴铁良笑道："只要用心去做，就会有收获！"

晚间的《市民热线》节目，播出的是"神华造纸厂两名工人工伤死亡事件追踪，敢问神华造纸厂缘何能违法上马新纸浆生产线"。主持人翟静说了几句话，然后播出神华造纸厂拒绝采访，以及她在环保局采访车少军的镜头。半个小时的节目，刚播出十分钟，电视屏幕上突然一片蓝色，上面打出一行字："因电视传输信号发生故障，本节目暂停播映，敬请谅解！"《市民热线》是灵湖电视台的名牌栏目，收视率很高，有几十万观众在观看这个节目，节目突然中断，很多观众非常着急，有的观众就给《市民热线》的节目热线打电话，询问节目中断原因，何时能恢复正常。接线员答："我也不太清楚，可能是技术原因，请耐心等待。"

当晚的《市民热线》刚播出两分钟，秦康远家的电话就响了，他的老婆王淑琴接的电话。她刚拿起来听了两句，就对正在看报的秦康远说："老秦，是找你的。"秦康远拿起电话，电话里传来的是神华造纸厂华总的声音："秦市长，不好了，出情况了！"秦康远说："你慌什么？太平盛世，能有什么情况？"华总说："翟静那小妮子，正在播我们厂的节目呢！"秦康远说："这是好事啊，给你们免费宣传，还不用付广告费！"华总说："不是宣传，她是在讲我们厂的坏话！说我们的造浆车间是违法项目！秦副市长，这个项目可是您大力支持的，翟静她也太无法无天了，敢在节目中胡说八道！"秦康远一听不好，心想翟静这小姑娘的"嘴臭"，被她点名批评的，有好几个都落了马，费明的局长还不是让她间接忽悠掉的？自己虽然支持神华厂上马纸浆生产线，但当时只想着让他们扩大产能，能增加效益，能安排就业，确实没把污染考虑进去，要是这件事把自己扯进去，恐怕会有负面影响！想到这儿，秦康远对华总说："你给电视台金台长打电话，给他施加点儿压力，让他马上停播今晚的《市民热线》，你们厂的卫生纸广告，不是每年给灵湖电视台贡献不少广告费吗？你就说，如果节目不停，你就终止广告合作！"华总说："好，我马上给金台长打电话，秦市长，我的力度恐怕不够，您最好也给他打个电话。"秦康远说：

"我知道，你先打，我随后再给他打过去。"

金台长接到华总的电话，对翟静就有点儿意见，心想不能因为一期节目得罪神华造纸厂这个广告大客户，就通知社会频道的徐主任，叫导播停播这个节目，改播其他节目替换一下。导播陈佳觉得无缘无故停止节目是对观众的不尊重，就没理会。金台长随后接到了秦康远的电话，秦康远说："金台长，今晚的《市民热线》怎么回事？对一家明星企业的内部生产事务，怎么能如此轻率地指手画脚？因此造成的不良影响，谁来负这个责任？这样的节目，不经审查，怎么能轻易播出？"金台长有点儿紧张，秦副市长都来过问了，看来今晚的节目后果严重，他亲自给陈佳下命令："马上停！违反命令者，马上下岗！"陈佳无奈，向翟静发出指令，让她暂停主持这期《市民热线》。翟静从无线耳机接收到导播发来的指令，回头看到影播室电视墙已是一片蓝色，信号已被掐断，然后跳出了那行字："因电视传输信号发生故障，本节目暂停播映，敬请谅解！"翟静不明白正常播出的节目为什么突然被叫停，她飞快地跑出演播室，找到频道主任，责问道："徐主任，请您解释一下，为什么？"徐主任冲翟静无奈地一笑："我也是被迫执行，是金台长下的指令！"

翟静掏出手机，在电视台的大厅里给金台长打电话，电话刚接通，翟静气愤地说："金台长，凭什么？凭什么中断我的节目！"金台长嘿嘿笑道："翟静，《市民热线》不是属于你个人的，是属于灵湖电视台的！你在节目中表达的观点不能太随心所欲，要有原则性，要有大局观。你在今晚的节目中表现得不够慎重，为了电视台的整体利益，我有权临时撤下这期节目，你个人也要进行深刻反思，总结教训！"翟静叫嚷道："观众才是节目的生命！他们才有权决定我的节目是否合格，您无权阻止我的主持！我明白了，您是受到了某方面施加的压力才做出的这一决定，是吗？金台长，如果您心目中还有观众的话，请您立即恢复节目播出，而且，必须向观众道歉！"金台长不屑地说："必须？你有什么资格跟我说这种话？你别以为现在红了就了不起了，你要是自以为是不听话，我照样叫你下岗！"翟静语气坚决地说："金台长，如果您不立即恢复节目，您会后悔的！我一定会把今晚停播的真相向观众公布！"金台长气急败坏地说："你敢！

看我明天怎么处分你！"翟静毫不犹豫地说："除非你今天把我开除，要不然，我明天站在主持台上，一定会把真相公之于众！"

宋书记正在泡一壶铁观音，他的妻子陆菊芬忽然"咦"了一声，奇怪地说："怎么没有了？"宋书记问道："什么没有了？"陆菊芬说："我喜欢看的那个《市民热线》，怎么突然没有了？"宋书记说："不会吧？电视节目还会突然消失？"陆菊芬说："是真的，老宋，你来看，这上面还跳出来一行字！"宋书记斟好了茶，走过来一看，果然，播出《市民热线》的这个频道变成一片蓝色，中间是一行字："因电视传输信号发生故障，本节目暂停播映，敬请谅解！"宋书记说："电视信号中断是有可能的，你看看灵湖电视台的其他几个频道怎么样。"陆菊芬按了几下遥控器，换了灵湖电视台的新闻频道和影视频道，都很正常。宋书记说："怎么会这样？"陆菊芬说："总归是有问题，可能是跳电吧，说不定一会儿就好了。"

翟静把电话挂断，直接冲到导播室说："陈佳，继续播出我们的节目，没有不可抗因素，怎么能中途停播？"陈佳说："主任和台长都关照过了，继续播行吗？"翟静说："今晚必须接上，一切责任由我负！大不了我不干了！"陈佳见翟静态度坚决，也就说道："好，你马上回到演播室，我把信号切回去！"平素她们是好朋友，陈佳很敬佩翟静的正义和勇敢，《市民热线》有今天的成就，与翟静的尊重事实、直击现场是分不开的，今晚的节目并没出差错，领导让停播是说不过去的，明天要是领导怪罪下来，陈佳做好了与翟静一起承担责任的准备。

陆菊芬的话音刚落，就见《市民热线》的主持人重新出现在荧屏上，翟静深深向观众鞠了一躬，接着满怀歉意地说："对不起，刚才节目中断，是由于一些意外的干扰，现在继续我们刚才的节目！"然后，又出现了翟静在环保局采访车少军的镜头，车少军侃侃而谈，最后，翟静说："为什么神华造纸厂无视环保法规，违法上马新的纸浆生产线？这和某些领导片面追求经济发展、把环境保护丢在一边的做法是分不开的！说明在我们灵湖市，有些人心目中权大于法的思维是根深蒂固的，对于这种只顾自己的利益，不顾百姓的死活，不顾灵湖环境面临污染危机的做法，我们表示强烈的谴责！一个健康和谐的社会，一个繁荣富强的国家，一个充满生机的灵湖，应该是物质文明、精神文明、法制文明和生态文明齐头并进，共同发展！这样，我们才能迎来美好幸福的明天！"

宋书记说："这小姑娘说得太好了！有见识！我们灵湖有这样的主持人，应该感到庆幸啊！"陆菊芬说："老宋，你没听她刚才说，是由于意外的干扰才中断节目的吗？是干扰，说明突然停播是有原因的。"宋书记说："这件事，我一定会查清楚的！神华造纸厂作为灵湖市明星企业，没有起到表率作用，反而擅自上马什么造浆车间，这造纸厂本来就是污染大户，这次还故意违反环保法，不给它杀一儆百，恐怕吴铁良的工作更难做了。"陆菊芬说："这个吴铁良自从当了环保局长，还没上过咱们家门，也没向你汇报过工作，倒是少见的一个人。"宋书记笑道："他办事，我放心！他这个人，就是那脾气，不喜欢张扬，喜欢踏踏实实做事。灵湖的环保，清江的治理，交在他手里，还是有希望的！"陆菊芬也笑着说："你又不是算命先生，看人能那么准？"宋书记说："我这灵湖市一把手，并不是凡事亲力亲为才算好，而是用好了人，那才叫本事！"

华总给秦康远打电话，忧心忡忡地说："节目又播上了，金台长怎么出尔反尔，刚才不是说好了叫停播吗？"秦康远说："是啊，怎么改变主意了？我要问问！"秦康远打通了金台长的电话，金台长正恼火呢，他说："我都通知下去了，可翟静她不听，是她串通了导播又播上了，简直反了她！没把我这台长放眼里啊！"秦康远说："她是我们市的知名主持人，有群众基础，你先不要处分她，找个理由把她调到别的部门，让她闭门思过去！"金台长说："好，我把她调离一线，让她做后勤去，看她还犟不犟！"

秦鸿和袁伟、刘鸣、杨光在饭店包厢里喝酒，可能服务员喜欢看《市民热线》，电视里正放着这个节目，几人看到了《市民热线》从播出到中断再继续的过程，刘鸣看到车少军在电视上滔滔不绝地发表对神华造纸厂的看法，不屑地说："车少军这小子就爱出风头，才来了三年，就以为什么都懂了，实际上，他懂个屁！"杨光也略带讥讽地说："不就是刑警队调来的吗？有勇无谋的家伙！"秦鸿对车少军没兴趣，他对翟静的表现却大加赞赏："精彩！太精彩了！既漂亮又勇敢，就像带刺的玫瑰，我喜欢，我太喜欢了！"说着说着，他离席唱了起来："玫瑰玫瑰最娇美，玫瑰玫瑰最艳丽，长夏开在枝头上，玫瑰玫瑰我爱你！玫瑰玫瑰情意重，玫瑰玫瑰情意浓，长夏开在荆棘里，玫瑰玫瑰我爱你！心的誓约，心的大地，圣洁的光辉照大地；心的誓约，心的大地，圣洁的光辉照大地！玫瑰玫瑰枝儿细，玫瑰玫瑰刺儿锐，今朝风雨来摧残，伤了嫩枝和娇蕊；玫瑰玫瑰心儿坚，玫瑰玫瑰刺儿尖，来日风雨来摧残，毁不了并蒂连理！玫瑰玫瑰我爱你！"袁伟笑道："大哥，没想到你对她这么痴情！她一定会被你感动的！"秦鸿抓起酒杯说："落花有意，流水无情，翟静啊翟静，我一定要把你追到手！"其他几位都站起身来，举起酒杯"咣"碰了一下杯，杨光说："祝愿秦鸿兄早日追到意中人，来，干杯！"

17. 主持风波

　　早上，环保局里很热闹，好几人围着车少军说话。田佳笑着说："车科长，你要出名啰！昨晚你在电视上这么畅快淋漓地一说，不知又要迷倒多少青春美少女！"车少军说："我迷少女干什么？我要的是让领导听见！"纪检监察室的唐主任说："少军，你不怕给自己惹麻烦？古人云：言多必失啊！"朱斌华说："我觉得车科长说得好，而且说得及时！有的领导给某些厂家当保护伞，我们环保局想查也查不下来，这情况就得让大家知道，省得以为我们环保局不作为！"李志成也在里面，笑道："我预感这次车科长要立功了，这对神华造纸厂违规项目的后续查处绝对有帮助！不过，我最欣赏的还是那个主持人，她说的生态文明，正是我们环保部门下一步要实践的理念！中华民族从游牧文明、农业文明，发展到现在的工业文明，经历了多少曲折才有今天，但我们却丢失了一些最基本的东西，只知道索取，只知道浪费，却不懂得珍惜，不懂得呵护！环境是什么？环境包含了土地、水源和空气这些人类生存的必需要素，而人类却在把这些要素推到危险的边缘！生态文明，就是人类对环境保护意识的觉醒，是一种精神的回归，文明的回归！"

　　门口响起了掌声，吴铁良笑呵呵地说："志成说得好啊！生态文明是科学发展观的中心思想，皮之不存，毛之焉附？只有环境保护好了，我们的生活才能更美好！"田佳是明白的，昨天翟静来采访，是吴局长故意让车少军当代言人，对着镜头发表一通意见，好让媒体发挥舆论监督作用，也让老百姓积极参与发表意见，吴局长大概是想"借力打力"，借助媒体的力量，把阻碍环保执法的那堵墙移走。田佳说："吴局长，咱们灵湖市的环境，相信在您的领导下，一定会变得越来越美丽！"吴铁良摆摆手说："不，灵湖环境的保护和治理还任重道远，需要全体环保工作人员的共同努力！面对污染的四面楚歌，我们要充满信心，背水一战，把青山绿水夺回来还给老百姓！"众人齐声叫好！吴铁良招呼道："志成，我们楼上谈，我想和你说点儿事。"李志成说："好，我也正想向您汇报一下呢。"

因为车少军昨晚在电视里的亮相，污控科成了今早大家必到的地方，有的向车少军祝贺，说他上镜，表现得很自然；有的取笑车少军，说他头发有点儿乱，怎么不梳一下……田佳说："我感觉挺奇怪的，昨晚的《市民热线》，好好的怎么中断了呢？特别耐人寻味的是，翟静在重新播出时的道歉，她说，节目中断是由于一些意外的干扰，这话的潜台词是什么？相信大家不会不明白吧。"车少军说："我也觉得蹊跷，不会是因为我在说神华造纸厂的事，电视台怕惹麻烦，不让播了吧？"朱斌华说："有这个可能，不过，翟静也太大胆了，她怎么不婉转一点儿说是技术原因，非要说是意外的干扰呢？她就不怕有人给她穿小鞋？"田佳说："她就是这个性，眼里揉不得沙子！"朱斌华笑道："她很可爱，但不温柔。"田佳笑道："翟静还没男朋友，要不要我给你们哪位介绍一下？"唐主任说："她是名人，眼界肯定不是一般的高，听说旅游公司的秦总就在追她，但还没下文。你想呀，秦总这种身份的男人她都看不上，一般的男人还不得靠边站？"朱斌华指着田佳笑道："你不是也没男朋友吗？干脆在环保局找一个，肥水不流外人田嘛！"田佳摇摇头，笑道："你们整天和臭水毒气打交道，为了优生优育，我也不能嫁环保局的男人呀！"车少军说："我严重抗议，田主任，你这是对我们环保男儿的歧视！亏你还是我们环保局的一枝花呢，原来也这么世俗啊！"田佳笑着解释说："我不是歧视你们，我是同情你们，可同情不代表爱情啊！所以，我现在只好选择单身！"

翟静是骑电动自行车上班的，从家到单位二十分钟的路程。刚到电视台门口，秦鸿就开着车停在她跟前，摇下车窗笑脸招呼道："翟静，早上好！"翟静瞅了他一眼，说："你把路挡了，别人怎么进？"秦鸿笑着说："别急着上班，我想跟你说几句话。翟静，你在昨晚的节目中，表现太精彩了！为了表示我的敬意，请接受我的这束花！"秦鸿从副驾驶位拿过一束红玫瑰，打开车门下来，双手捧着递给翟静。翟静没接，淡淡地说："谢谢，我不需要花。"秦鸿说："那你需要什么？车？房子？像你这样的名主持人，早就应该拥有自己的小车了！"翟静说："我有车有房，不劳你破费。"秦鸿说："你这电动车哪叫车？要不，我送你一辆车，你上下班呀采访呀也方便！"翟静微微一笑，说："车，能骑就行；房，能住就行；采访，单位有车。我不需要别人送我什么。"秦鸿说："我平时送给你的花，你不是都收下了吗？今天怎么不近人情了？"翟静用手指了指对面，说："花我是收下了，但都退给花店了，钱都捐给了扶助失学儿童的春蕾基金，这里确实有你的一份奉献，我代表孩子们谢谢你！"秦鸿自忖有财有貌，心想向自己投怀送抱的漂亮姑娘排着队呢，但这个翟静就是与众不同，自己主动对她献殷勤，她却一副无动于衷的样子，这更激起了秦鸿追求她的欲望。也许，男人就是这样，越是得不到的，就越是放不下。

翟静说："对不起，请你把车开走，别妨碍大家上班！"秦鸿心里想着，要不惜血本把她追到手，现在的漂亮女孩，哪个不是物质女郎？像她翟静这样有正义、有爱心又不贪财的女孩，实在是凤毛麟角了。秦鸿说："好好，我马上就开走。翟静，我想问一下，你们节目组最近有没有组织献爱心之类的活动？如果有的话，别忘了通知我，我也想尽一点儿心意！"翟静笑道："好啊，下个月初，我们就有一个活动，叫'温暖照亮人生，爱心创造光明'，筹集善款，救助白内障患者，使他们通过手术重获光明，秦总，你能有这份爱心，我向你表示感谢！"秦鸿笑道："应该的应该的，那首《爱的奉献》里有句歌词写得好，只要人人都献出一点儿爱，世界将变成美好的人间！"秦鸿递上一张名片，说："那我就等着你的邀请！"翟静接过名片，笑道："我就等着你把车挪开！"

翟静走进节目组，感觉有点儿不对劲，到自己的办公桌前一看，桌上的电脑、文件夹都没了！翟静问编辑小王："我的东西呢？"小王摇摇头说："不知道。"记者冯磊说："我看见徐主任带人把你的东西搬走了，但不知搬哪儿去了。"翟静有点儿明白了，她快速转身，向社会频道的主任办公室跑去。进了办公室，看到徐主任正在打电话，徐主任说："东西我都给她搬走了，她来上班我就对她说，哦，她来了！金台长，那我先挂了。"
徐主任说："翟静，进来怎么不先敲门？要遵守纪律，懂吗？"翟静冷冷
地回应道："我不懂！请问，您在搬我东西时，征求过我的同意吗？"徐
主任说："你已经不是我们社会频道的主持人了，你现在是财经频道的编
辑，你的东西都在那儿呢！"也许是愤怒，翟静的脸涨得通红，她忿忿地说：
"在我毫不知情的情况下，你们调换了我的工作，搬走了我的东西，你们
欺人太甚了！我不去！我没犯什么错误，你们凭什么把我调离《市民热
线》？"徐主任说："你想要理由，找金台长说去，我不过是奉命行事！"
翟静说："好，我去找他！"徐主任说："金台长现在不在台里。"翟静说：
"那我打他电话，不给我个合理说法，我不会离开《市民热线》！"

金台长在电话里说："翟静，这是正常的调动，你不要太敏感！"翟
静抗议说："你说正常的调动，怎么不事先通知我？你有什么理由把我调
离社会频道？"金台长说："我知道你对《市民热线》有感情，有贡献，
你是个人才，所以把你调到财经频道，希望你能利用自己的能力和知名度，
把财经节目做起来，做成《市民热线》那样红！"翟静说："我不去财经频道，
我喜欢《市民热线》，主持《市民热线》我才能发挥自己的能力，找到自
己的价值！"金台长以一副不容商量的口吻说："你不去也得去！在台里
是我说了算！别以为《市民热线》离开你就玩不转了，让你去财经频道，
是给你一个新的舞台，你别不识抬举！"翟静气不过，她知道领导把自己
调离社会频道，是因为昨晚自己没听他们的话，没有按他们的授意停播
节目，但《市民热线》已经不是她翟静一个人的节目，它受到了观众的
认可和喜爱，已经和喜爱这个节目的观众融为一体，无故停播，这是自
己和观众都不能接受的！翟静对着电话坚决地说："对不起，我不能接受
这次调动！如果金台长坚持要把我调离《市民热线》节目组，那我只有一
个选择——辞职！"金台长也很恼火，他说："好啊，翟静，你翅膀硬了，
敢来要挟我？你想辞职是吧，好，我成全你！不过，你可不要后悔！"

翟静到《市民热线》节目组收拾一些个人物品，同事关切地问："翟
静，你怎么啦？真的要到财经频道去了吗？"翟静摇摇头，忍住心中的
愤慨和怅然，说："不，我准备离开了！离开节目组，离开《市民热线》，

离开电视台！"几位同事惊讶地说："什么？翟静，你要辞职？"翟静点点头，说："是，我要离开了，虽然我很舍不得！"张编辑说："翟静，你冷静一下，你的个性强，能不能考虑一下，先忍一忍，找机会再回来？"王编辑说："别跟领导对着干，那吃亏的是你，你一个主持人，再怎么厉害，还是在他们的屋檐下，再说，《市民热线》有这么高的收视率，凝聚了你多少心血，就这么离开太不值得了！"翟静依然摇头，神情坚定地说："不！我不会向不公正屈服！我不会放弃我做人的原则！"翟静向同事们道别，发现陈佳不在，就问道："陈佳呢？她今天没来上班？"冯磊说："她来了，刚去主任那儿交检查了。"王编辑说："陈佳得了个留用察看的处分。"翟静歉意地说："是我连累了她！"

吴铁良关上门，打开窗户，泡了两杯茶，坐在李志成旁边的沙发上。吴铁良说："小李，咱们现在是同事，但我更愿意把你当成朋友，你学问好，懂的多，我相信你的工作能力，灵湖市的环保，既面临挑战，也面临机遇，希望我们能携手并肩，为我市的污染治理和环境保护扎扎实实地做点工作。"李志成笑道："吴局长，环保局有您这样的领导，我这个当助手的也充满希望，我一定会竭尽所能，配合您的工作，早日让灵湖市成为全国环境优良城市！"吴铁良说："我刚来，对全市的环保全貌还不是很了解。最近几天我接触到了一些情况，既有收获，也有困惑，所以，找你来，我们交流一下，看看我们目前面临哪些具体问题，如何来解决。"

李志成说："坦白说，灵湖市的污染情况是不容乐观的。这基于几方面的原因，一是领导的短视，地方政府前些年的工作重点，主要是抓经济建设，环境保护可能没有提上议事日程，因此造成了遍地污染的局面；二是环保工作者的漠视，前任的费局长在治理污染方面没有真抓实干，而灵阳县的情况更加严重，工业污染已经危害到农业和农村，这和环保局治理不力有直接关系；三是公众的无视，这是非常可怕的，前些年，人们关注的只是温饱问题、脱贫致富问题，根本没有意识到污染已经侵蚀到我们生存的家园。我刚来环保局时做过一次民意调查，被调查者有工人、农民、公务员、打工者，大多数人不知道环保局在哪儿，有相当一部分人不知道环保局是干什么的。即使有的人被污染影响了健康和生活，但他们第一个想到的投诉受理单位，不是环保局，而是电视台或报社。我觉得，我们在宣传节能减排和环境保护的力度方面，还远远不够！"

吴铁良说："环保局要改变在老百姓心目中的形象，主要原因出在我们自己身上。他们为什么不向我们投诉？一是因为他们不了解我们，二是因为他们不信任我们，这是我们今后要努力改变的两个方面。另外，还有个问题，你刚才说到老百姓对污染的无视，其实，他们不是无视，而是根本不知道那些开在路边村边的工厂会带来那么大的污染，等他们明白过来，污染已经对村庄、对河流、对健康造成了巨大的伤害！"李志成点点头，说："吴局长，你说得对！这涉及到公民的知情权问题。很多工厂在建设的时候，没有尽到如实告知的义务，住在工厂附近的人们并不知道工厂在生产过程中会对环境造成哪些污染。我们现在实施的建设项目环境影响评价，就是起到监督和预防的作用，相信以后的情况会逐步改观。"

吴铁良说："那天你去参加校庆前，你说有事要和我说，是什么事？"李志成笑道："我要说的事太多了，比如灵湖边的水上餐厅问题，我已经打报告给市里了，市里新成立了一个灵湖市环境综合治理领导小组，希望他们能发挥积极作用，让那些水上餐厅搬到岸上，或是干脆取缔！"吴铁良说："水上餐厅的事急不得！这关系到多方面的利益，一个是它确实方便了游客的就餐，给游客提供了方便；第二，水上餐厅目前还是合法经营，他们有工商营业执照，有卫生许可证，而且还有旅游局的备案批复，又是旅游公司开的，如果我们不通过联合执法，只是凭环保局的力量，恐怕很难把他们怎么样；第三，听说旅游局在今年秋天举办的灵湖市首届旅游节，准备把水上餐厅改建成画舫，作为一个旅游开发项目，有了旅游局的参与，我们的查处更需慎重了。"李志成有点儿担忧地说："可是，污水和泔水倒入湖里，会造成湖边的环境污染，还将造成湖边水域的富营养化，天气一热，很容易滋生蓝藻！旅游局的张副局长是我当年的班主任老师，我和他说过这事，但他好像没打算改变主意，所以，我很担心他们会把水上餐厅越搞越大，那污染就更严重了！"吴铁良说："污染是不得人心的，也是违反环保法的，我们不会纵容这种事情，但处理事情，既要讲策略，也要讲时机，并不是我们挺身而出就能解决问题的。这事先缓一缓，有机会我会和市里反映。"

李志成说："好，吴局长，我听您的！另外还有件事，上次我去草桥乡，查到的那家永鑫废旧塑料加工厂，三废问题很严重，按规定应停产整改或取缔，但那是一家福利工厂，一半的员工是残疾人，工厂的经营情况也不是很理想，不管是罚款还是取缔，对他们来说都是不能承受之重。这几天我一直在考虑，怎么样才能做到既秉公执法，又不伤害那些员工的利益？"吴铁良点点头，赞许地说："你能这样考虑问题，我非常赞赏！我们并不是为了保护环境，对别的利益就可以全部抹杀、不管不顾，我们要尽量地把损失减到最少！"李志成说："好，我再到网上找找，看看有没有新的设备，既能达到环保要求，又不耽误他们生产。"吴铁良笑道："网络真是个好东西，什么东西都能找到。"李志成说："说起网络，我想起来了，我们环保局的网站应该重新设计制作，目前就一个页面，太简单了，据田主任说，那还是市里实行企事业单位上网工程时建的网站。我们应该利用好这个平台，宣传环保知识和相关法规，把环保方面的最新动态及时向市民公布，市民也可以通过网络向我们举报污染企业。"吴铁良惊喜地说："哦，网络有这么多的功能？不能浪费这个资源，得请人把网站建设好，利用好这块阵地。"

这时，电话铃响了，是宋书记的电话："吴铁良，我叫你当环保局长，是不是对我有意见呀？怎么连电话都不给我打一个？"吴铁良说："没有没有，我服从组织安排，哪会有意见？只不过刚过来，对工作还在摸索阶段，所以没去打扰您。"宋书记关切地说："怎么样，有没有遇到困难？"吴铁良说："谢谢宋书记关心，暂时还没困难，有困难我们也会想办法克服的。"宋书记说："跟我还打哈哈呀？神华造纸厂的事我知道了，我已经批评了华经理，你们环保局该怎么处罚就怎么处罚，别留情！"吴铁良说："神华造纸厂的事，我正要向您请示呢，秦市长提出要扶持重点企业，解决更多的就业问题，而我的看法，因为造纸厂是重污染企业，在废水处理方面，更要把好关！"宋书记说："秦市长说得也对，但你说的更关键！我们要用经济建设和环境保护两条腿走路，跛哪只脚都会造成社会发展的不平衡！你们就依法办事，该停的停，该罚的罚，把处理报告送一份到综合治理办。铁良，别的方面你还有问题吗？"吴铁良说："没了。谢谢宋书记！"

虽然环保局面临很多问题，但吴铁良不想依赖市委的力量，环保局先要学会独立行走，才能越走越远，越走越坚定。

李志成说："我们有宋书记的支持，往后的工作就好做多了。"吴铁良说："宋书记非常重视环保，这对我们来说，既是压力，也是动力！我来环保局之前，曾答应宋书记，要在三年内把清江污染治理好。治理清江，先要治理灵阳，治理灵阳，先要控制灵阳的工业污染！灵阳段的清江是污染的重灾区，清江的污染，已威胁到了灵湖的饮用水安全，所以，我们必须抓紧时间，把节能减排做到位，全面清查重点污染源企业。下班前我们开个会，布署一下联合执法的相关工作，有关和其他部门的协调，我下午会和综合治理办磋商落实。"李志成说："是的，事不宜迟！夏天即将来临，气温连续升高后，污染严重的江水将发黑、发臭，灵湖部分水域，甚至有暴发蓝藻的可能，太湖蓝藻就是前车之鉴，我们要吸取教训，以免重蹈覆辙！"

晚上的灵湖电视台像是炸了锅一样，电视台的热线电话和《市民热线》的电话，几乎被打爆了，打进电话的市民，纷纷责问："为什么《市民热线》换了主持人？""为什么今晚翟静没有主持《市民热线》？""我们要看翟静主持的节目！"徐主任和金台长急得像热锅上的蚂蚁，团团转！他们没想到，翟静如此受观众喜爱，《市民热线》没有她，真的像少了个台柱子，有点儿岌岌可危了！临时担任《市民热线》主持人的王蕾，也许是因为紧张，在主持节目时频频出错，老是说漏话，指望她替代翟静的主持人位置，看来是不能胜任了。

电视台的小会议厅，徐主任说："金台长，您看是不是让翟静回来？明天要是她不出现，估计市民不买账了！"金台长说："她刚走，观众可能有点儿不习惯，就像孩子断奶一样，刚开始都不适应的，慢慢会接受的。"徐主任说："可是这会影响节目的收视率，也会影响广告的投放，对电视台非常不利。要是《市民热线》这个金牌节目砸了，损失最大的，可能是我们电视台！"金台长说："翟静她太骄傲了，她以为她是谁呀？电视台离开她就玩不转了？我就想治治她的傲气！她下午还给我送来了辞职信，我没批，她转身就走了，太不把我放眼里了！"徐主任笑道："金台长，您息怒，她翟静再有能耐，还不是为电视台打工？您就大人不计小人过，让她回来，一来平息观众的质疑，二来对电视台的长远利益有利，光《市民热线》片前片尾三分钟的广告，一年就能挣六千多万，她好的只是名声，我们好的可是收入啊！"金台长笑了："徐主任，你说的有理，翟静是台里的摇钱树，我要把她请回来！"

18. 联合执法

第二天上午，灵湖市环保局集合污控科、自然保护科、监察支队、监测中心、环评科的十余人，分成三个小组，并在约定地点会合电力局、水利局、卫生局、质监局等部门的负责人，奔赴三个不同地点，实施联合执法行动。吴铁良和田佳、朱斌华等人分在一组，去神华造纸厂、灵湖啤酒厂等几家大型企业执法检查；李志成和姚大林、杨光等人分在一组，去印染厂和热电厂执法检查；车少军和刘鸣、丁国强等人分在一组，去灵阳县的造纸厂和化工厂进行检查。灵湖电视台派出两个采访小组，对这次联合执法进行跟踪报道，社会频道来的是翟静等人。由于上次和车少军合作愉快，这次，翟静就跟了车少军这一组，吴局长那组的摄像由田佳负责，新闻频道来的记者，就跟随李志成那组出发。

因为是突击检查，为了避免消息外露，电视台的采访车一律停在环保局内，随车跟踪报道的，就一名记者和一名摄像师，和环保局的检查人员一起坐在一辆面包车内。丁国强虽是副局长，但他主管政法、宣教、人事和财务，一般执法他不出场的，今天的三个小组，因为每个小组要有个副局长领头，所以他参加了车少军的这组执法队。实际的执法工作，还是由车少军和刘鸣负责。翟静、摄像师、车少军和小王坐在面包车上，刘鸣想上面包车和翟静套近乎，希望她也能采访自己，让自己也在电视上出出风头，却被丁局长叫住说："刘队长，面包车上挤，你和我一起坐轿车。"刘鸣只得不情愿地上了轿车。

两辆车子向灵阳方向驶去，车少军笑道："翟静，昨晚的节目里没看到你，我感觉似乎少了点儿什么，担心你不再主持《市民热线》了，今天又看到你，我才放心了。"翟静笑笑说:"谢谢关心！我是差点儿辞职了，要不是昨晚金台长向我道歉，希望我回社会频道工作，今天来跟踪采访的就不是我了。"摄像师说:"听节目组的人说，昨晚上节目组接到几百个电话，都是市民打来责问为什么把翟静换掉的，可能台里吃不消了，怕犯众怒才又把翟静请了回来。"车少军笑道:"佩服！你真舍得离开《市民热线》？"翟静说:"我当然不舍得！《市民热线》就像是我的孩子，我哪舍得和她骨肉分离？我也通过节目和观众们交上了朋友，我哪舍得这些关心和支持我的朋友？是他们硬要把我从社会频道调到财经频道，我不干，他们也不让步，我就只好选择离开了！"小王说:"幸好你没离开，要是你不主持《市民热线》了，看这个节目的人恐怕没有那么多了。"翟静说:"我也非常喜欢这个节目，我感觉这个节目就是为我量身订做的，我可以和大家走得很近，和大家尽情交流，我还可以在节目中畅所欲言，总之，我通过主持这个节目成长了很多，收获了很多！"车少军说:"你确实是位非常好的主持人，对我们的环保工作给予了很多支持和帮助，你是我们环保局的贴心人和代言人哪！"翟静笑道:"车科长，你过奖了！节能减排，人人有责嘛！"

翟静说:"灵湖人都知道灵阳的污染最严重，为什么会出现这种现象呢？"车少军说:"这还用说？当然是企业的违法排污造成的！"翟静说:"我觉得你在推卸责任哦！环保局是干什么的？是保护环境，治理污染的吧？但灵阳的污染，不是在大家的眼皮底下发生的吗？环保局的监督又在哪里呢？"车少军说:"不可否认，环保局是有治理不力的责任，还有的是制度上的原因，环保法缺乏威慑力，只能罚点儿款，还不能罚太多，不伤违法排污企业的筋骨，他们根本不在乎！有的企业连罚款都不交，你拿它没办法，只能申请法院强制执行！对污染严重的企业，你想要取缔它，必须报请当地政府才能执行，我们环保局没有这个权力！"翟静说:"环保执法力度确实偏软，间接使得部分排污企业有恃无恐，但相信随着法制的不断完善，情况会向好的方面发展！"车少军说:"有的厂家还不让进，我们只能望门兴叹，但我们又不能不查，上有领导压着，下有百姓盯着，真有点儿夹缝中求生存的感觉！"翟静笑道："夹缝中求生存？那和民工的遭遇差不多了，没这么惨吧？"小王说："车科长说的一点儿不过，哪天我们环保局和公安局一样配上了枪，他们才会害怕吧？"车少军笑道："配枪是不现实的，只要给我们强制执法权，企业就能规矩得多！"

翟静感慨地说："我最不明白的是清江，我上小学时还清澈甘甜，到我大学毕业回家，却发现清江已经变了样，由原本的清秀美丽变得蓬头垢面，才多少年呀，变化也太快了！"小王说："工业污水、农业污水、生活污水、三管齐下，清江怎么受得了？"车少军说："现在专家都认为是这三类污水造成了环境恶化，我个人觉得，主要还是工业废水的问题，其他两个是次要的。在 20 世纪 80 年代到 90 年代，灵湖就是个农业市，清江沿岸都是农田，农药化肥也用，人们也在江里洗衣淘米，但清江依然很清，因为清江有自身净化功能，那时，灵湖的特产银毫茶叶、香粳米和血糯，香飘四海，闻名全国。90 年代以后，工业发展迅猛，特别是灵阳县地区，清江沿岸每一百米就有好几家企业，他们将污水直排清江，把清江当成了天然的排污池。以前，政府只抓开发，忽视了污染对环境造成的危害，日积月累，就造成了今天这样的局面。"翟静说："车科长，照你这么说，市政府过去搞的沿江大开发，才是清江污染的起因？"车少军笑道："我没那意思，我不是否定沿江开发。发展是硬道理，我也非常赞成灵湖市的改革开放，灵湖的发展，给老百姓带来了实惠，但是……"

翟静笑着说："但是什么？你就畅所欲言好了，有不适合的内容，我会屏蔽的。"车少军笑道："不知为什么，面对你，我的话特别多，刹也刹不住，好像你不是来采访，而我们就像是朋友间的聊天一样。"翟静微笑着说："谢谢你把我当朋友，我也感觉你是个不错的人。"车少军接着说道："有些理论，其实是经李局长点拨之后我才明白的。记得李局长和我说过，环境是有容量的，三十里清江两岸，如果只有三十家工厂，污染的危害就小得多，但现在有三百多家工厂，远远超出了清江的纳污能力，破坏了清江自身净化的生态功能，清江变黑变臭，也就必然了。"翟静说：

"那就赶紧治理啊！政府现在重视，又投入资金，全民的环保意识也有所提高，应该说，这是个大好时机呀！"车少军说："是的，现在是治理污染的大好时机，吴局长又是个干实事的人，我相信灵湖和清江一定会越变越美的！但是，治理污染要花费大量的人力、物力和财力，还需要时间，心急吃不了热豆腐，我们没有办法使清江一下子变清，只有减少工业废水向清江的排放，让清江逐渐恢复自身净化功能，山清水秀才能重新展现在我们眼前！"

车到灵阳县境内，前面的小轿车停了下来，跟在后面的面包车也停了下来。从前面开来两辆小车，从车里出来两个人，一个是灵阳环保局马凡平局长，另一个是灵阳水利局胡建忠局长，他们是配合丁局长这组联合执法的。马凡平和丁局长、刘队长握了手，又走到面包车前，热情地和车少军握手，笑道："欢迎车科长来我县检查工作！"他一眼瞥见了翟静，红光满面的脸上更是堆满了笑意："这不是《市民热线》的主持人吗？欢迎欢迎！"马凡平伸出手想和翟静握手，翟静没理会，说："您甭客气，久闻灵阳县环保局的大名，今天我跟车队一起来检查，如果查到什么，可能我会在节目中曝光，您要有思想准备啊！"马凡平没料到翟静这么不给面子，尴尬地笑着，说："曝光好，曝光就是免费给我们打广告，嘿嘿！"翟静没想到他的脸皮这么厚，居然把讽刺当补药吃。车少军给了马凡平一张纸，上面是今天要检查的污染企业名单，车少军说："马局长，我们出发吧，麻烦您带路了。"

前面三辆小轿车，后面一辆面包车，四辆车向灵阳县的郊区开去。翟静说："我们这面包车还能坐一个人，怎么不让那个马局长坐我们这辆车？也好防止他给企业通风报信呀！"车少军笑道："我不想和他呆一起，这个人，我看不惯！他现在给工厂通风报信，已经来不及了，我们马上就过去，能看得出来！"翟静说："现在工厂弄虚作假，应付检查的招数很多，他们把污水管一关，放清水出来，你能看出来？"车少军笑道："你不知道我以前是干刑警的？他们这点儿小伎俩，能瞒过我的眼睛吗？"摄像师说："捉奸捉双，抓贼抓赃，您没有他们偷排污水的现场证据，恐怕不好办吧？"车少军说："在排污口抓证据是很方便，但很多企业另外有暗管，你在排污口看不出来，就得另辟蹊径去寻找线索了。"小王说："有的工厂把排污暗管埋入地下几米深，一直通到几里外的河里，上面还用水花生掩盖，一般人想都想不到。"翟静说："他们明知道偷排不好，还这么做，查到了不能轻饶！"车少军说："若要人不知，除非己莫为！他们能侥幸逃脱一次检查，但总会留下蛛丝马迹，再狡猾的猎手也逃不过狐狸的眼睛！"翟静笑道："车科长，你说颠倒了，是再狡猾的狐狸也逃不过猎手的眼睛！"

在一个村庄后面，是一大片新建的厂房，门口挂着"新江造纸厂"的铜牌，因为由灵阳县环保局长带头，他们并未受到门口保安的盘问。一行人开进厂区，径直来到办公室，办公室里有一男一女，马凡平介绍说："这位是新江造纸厂的骆厂长，这几位是灵湖市环保局的丁局、车科长和刘队。"马凡平指着翟静，笑着对骆厂长说："这位不用我介绍了吧？"骆厂长笑道："认识认识，她是电视台的主持人！"车少军回头笑道："还是你知名度高啊，到哪儿都有人认识！"翟静笑道："今天你们是主角，我不过是跟班。"骆厂长上来敬烟，那个女的给大家倒茶。车少军摆摆手说："我不吸烟的。骆厂长，按消防规定，造纸厂应是全厂禁烟，禁烟虽然不归我们管，但安全生产不能忘啊！"骆厂长说："在办公室不要紧的，在车间不让工人吸就行。"翟静说："这是厂规吗？怎么有点儿'只许州官放火，不许百姓点灯'的感觉？既然是厂规，就应该一视同仁，怎么能领导能吸、员工不能吸呢？"骆厂长辩解说："安全区域还是能吸的，为了照顾有烟瘾的员工，在厕所和车间外，我们允许员工吸烟，这也是人性化管理啊！"马凡平说："主持人的话要听，为了杜绝火灾隐患，今后还是都不要吸了吧。"丁局长说："这个问题不在我们今天的检查范围，大家就不用讨论下去了，还是忙该做的事吧！"刘鸣说："骆厂长，请配合我们的检查，把环评资料给我们看一下。"

马凡平说："他们厂的环评手续在我们县环保局，还没审批，因为环评需要一段时间，所以先让他们把厂建起来。"刘鸣问："先上车、后买票呀，可别逃票，废水处理设施建了吗？"骆厂长说："还没，我们正在联系设备，很快就能施工的。"丁局长说："你们不知道'三同时'吗？废水处理设施没有，环评能通过吗？"车少军问："开始生产了吗？"骆厂长回答：
"没。"他看了马凡平一眼，又改口说："生产过，但因为手续没办好，就
停工了。"车少军说："我们去车间看看吧。"他们在往车间走时，丁局长说：
"废水设施要尽快建好，通过环评审批后，你们才能投产，如果违法开工，
我们是要依法处罚的！"骆厂长应道："是，我们保证在六月底前，完成
污水处理设施的建设。"车少军望了望车间上方的烟囱，似乎有淡淡的白
烟在袅袅上升，但看不真切。

　　这是一家生产卷筒牛皮纸的企业，生产车间虽然没有人，机器也不
在运转，但有的机器在滴水，凭经验，这些机器在今天应该启动过。去
仓库里看，里面存放着大量的成品卷筒纸，说明工厂之前已经投产。车
少军问："这些成品哪来的？"骆厂长说："这是我们装好设备后，试
生产的部分产品。"刘鸣说："试生产了这么多？"骆厂长说："是多了
点，不过，我们也是为了检验产品的质量，多一点儿才看出质量是否可
靠。"骆厂长回答得很合理，抓不住什么把柄。车少军问："你们的排污
管道通向哪里呢？"骆厂长把他们带到厂房一侧，说："因为污水处理
设施还没建，暂时排在这儿，这个水塘，就是今后我们建处理池的地方。"
水塘里的水很浑浊，车少军估计水塘里有管道通向围墙外面的小河。刘
鸣说："车科长，他们还没生产，现在看不出来什么，要不咱们撤吧，
换一家去检查。"

　　车少军看了看骆厂长，说："还有个地方你没带我们去。"骆厂长说："刚
才都看了呀。"车少军笑道："锅炉房在哪儿？"骆厂长的脸上掠过一丝不
易察觉的紧张，他说："哦，在这车间后面，门关着，我忘了。"骆厂长
领着他们来到锅炉房，车少军环顾了一下，上前几步，伸手往锅炉上一摸，
手一缩，转头对骆厂长嘿嘿笑道："要不你也摸摸？"翟静和摄像师一直
跟在他们身后，她有点儿好奇，上前摸了一下锅炉外壳，不禁叫道："好
热！"刘鸣问道："生产多久了？是什么时候停工的？"骆厂长知道瞒不
过了，只好说："生产几天吧，今天早上停的。"马凡平说："骆厂长，你
怎么搞的？不是早就叫你停工了吗？怎么还在偷偷生产？让我怎么向市
局领导交待？"骆厂长说："对不起，马局长，这事和您无关，是我接到

了一笔业务，就私下生产了几天，是我不对！"刘鸣拿出整改通知书，填了几个项目，交给骆厂长说："你签个字吧！我关照你，现在不许再生产了，必须等污水处理设施安装到位，环评审批通过之后，你们才能正式投产！"骆厂长连连点头，说："好，我一定照办！"

他们调转车头，离开新江造纸厂，向龙潭乡方向开去。翟静说："你们只开了整改通知书，怎么没罚款？这样对他们的威慑力不够啊！"车少军笑道："他们是新开厂，手续还没齐全，危害也不大，罚款不是万能药，整改就可以了。"翟静说："新江造纸厂很可能在我们到达之前，得到了我们要去检查的信息，所以临时停的工。"车少军笑道："是，你很聪明！"翟静笑道："你更聪明！怎么想到去看锅炉房？"车少军说："造纸企业要用到蒸汽，所以我想到了锅炉房，如果锅炉是冷的，说明他们确实停工了儿；如果是热的，那他们的停工就是假象，谎言自然就拆穿了！"翟静笑道："车科长，你不愧是刑警出身，弄虚作假的在你跟前就会原形毕露！我想，你女朋友一定压力很大吧？她在你面前没法隐藏自己呀！"车少军摇摇头，说："我没女朋友。"翟静笑道："你想找什么样的？我认识的优秀女孩不少，哪天给你介绍一个？"车少军说："女孩嘛，有温柔和善良两条就够了。"翟静微微点头："嗯，女孩子能拥有这两样，的确可以当贤妻良母了。"

他们第二个去的地方，是龙潭乡龙溪村的庆丰农药厂，这是昨天在开会时，吴局长指定要执法队突击检查的单位。上次吴局长去过，发现庆丰农药厂存在不少问题，这次借联合执法之机，一是检查他们厂有无整改，二是检查他们给龙溪村村民的经济补偿是否落实。吴局长特地嘱咐车少军，到了龙溪村后，去看看姜福贵。马凡平一路上有点儿担心，因为庆丰农药厂的污染问题他心知肚明，之所以没有查处农药厂，一来是龙潭乡发展工业的思路，对各类工厂采取地方保护主义，二是他这个环保局长坐视不管，在收受胡庆丰送上的红包后，睁一眼闭一眼，所以使得龙溪村的水源变质，庄稼歉收，村民怨声载道。

翟静望着窗外的景色，说："麦儿青，菜花黄，蝴蝶飞，野花香，一幅多美的乡村田园画，可惜，被一些利欲熏心的人硬是涂上了污点，真令人扼腕叹息！"车少军说："是啊，美丽的乡村被人为打破了宁静，农民们安居乐业的生活从此一去不复返了！"翟静说："农民的收入低，为了改变贫穷，有的搞副业，有的去打工，有的做生意。有关单位把工厂开到农村，开到农民的家门口，这本来是好事，但为什么好事会变成坏事呢？"小王说："毛主席打仗时，以农村包围城市，取得了辉煌胜利，现在搞开发建设，从城市向农村扩散，让老百姓增加了收入，但老百姓却越来越有意见了，这中间出了什么问题？"车少军说："这还用说吗？收入虽然增加了，但农民的生活质量并没有提高啊！"翟静说："对，人的生活质量并不是以收入多少来衡量的，精神压力的持续加码，居住环境的不断恶化，各种疾病对健康的困扰，不要说农民，就是城市居民，现在百分之八十以上的人都处于亚健康状态，快乐和幸福成了人类的奢侈品！"

车子在村口停下，村里隐隐传来阵阵哭声，大概是谁家死了人。刘鸣说："我们先去厂里还是村里？"丁国强说："先去厂里，免得他们得到消息有所准备，那就失去突击检查的意义了。"一行人向庆丰农药厂方向走去，车少军说："这几块田都变成荒地了，麦子还不如草长，一眼就能看出是农药厂造的孽，马局，你怎么不管管？"马凡平说："我管的，怎么不管？我们来查时，他们关门歇业，等我们一走，他们又开工，我有啥办法？总不能一天到晚守在这儿。"车少军知道他推卸责任，虽说企业有玩这种"游击战"的，但环保局真要下决心查，企业是躲得了初一躲不过十五啊。

农药厂的两名保安一见来了一拨不速之客，知道来者不善，其中的马局长他们是认识的，赶紧开门打招呼："马局，您好久没来了，今天怎么带这么多人来检查？"马凡平怕保安多嘴，泄漏他和农药厂厂长的交情，瞪了他们一眼，说："今天我是陪市里的领导来检查，胡庆丰在吗？"两名保安明白过来，他们是来突击检查的，所以事先没接到马局长的通知。

刚在村口下车时，大家就闻到了刺鼻的异味，这会儿站在农药厂门口，味道更难闻，好几个人在打喷嚏。车少军径直往里走，翟静紧跟在后面，一名保安一边快速向厂长办公室跑去，一边回头对车少军说："你们等一下，让胡厂长陪你们。"车少军从兜里掏出一只口罩，递给了翟静，一本正经地说："戴着！农药味伤身体，未婚女性在这种场所工作，很可能会不孕的！"翟静接过后，笑着说："谢谢！你懂的不少嘛！只有一个口罩吗？你干吗不戴？"车少军边走边说："男人抵抗力强，没事。"

丁局长、刘队长、马局长、胡局长等人去办公室找胡庆丰，检查农药厂有无环评手续和排污许可证，小王、车少军、翟静和摄像师检查一个个车间。除了打料车间的工人戴着口罩外，其他车间的员工既没口罩也没手套。在包装车间，有几名妇女在称料和分袋包装，也是什么防护都没有。翟静上前问道："你们就这么干活呀？这样对身体健康非常不利的，怎么不戴上口罩、手套什么的？"一名妇女说："我们习惯了，闻不出农药味了，再说，戴个手套干活不利索，我们都是计件工资，干少了，工资就少拿了。"她居然说习惯了，习惯了才可怕，那种毒性和粉尘，把人的肺部和呼吸道都"俘虏"了，这样下去，她们的身体早晚会出问题！翟静说："大姐，你一个月拿多少工资呀？"妇女说："不加班的话，五六百块一个月，现在我们天天加班，一个月有八九百吧。没办法呀，家里老人、小孩要养，肩上负担重，庄稼地又不能种了，不趁现在年纪轻多挣点，老来要讨饭了！"翟静说："你想多挣点钱的想法没错，可不能不顾身体呀，家里还指望你照顾呢！"

当丁国强、马凡平他们在办公室里喝茶、看资料的同时，车少军和翟静已把农药厂的情况摸了个遍。这家农药厂既没空气过滤装置，也没污水处理设施，而且，化学原料的废桶露天堆放，经雨水冲刷后，残留的农药会渗入地下，污染地下水。就是这么一家外行也能看出问题多多的工厂居然存在三四年之久，村民多次上访，工厂却置若罔闻，其性质相当恶劣，难怪吴局长叮嘱一定要来复查，真是不查不知道，一查吓一跳！车少军说："他们不是法盲，而是利令智昏！对于这种明知故犯、屡教不改的违法对象，这次要严加惩处！"翟静说："农药本来是治理虫害的，但现在农药厂自己成了一害，这不是很具讽刺意味吗？"车少军说："农药厂的厂长姓胡，没想到他做人做事也这么胡作非为，走，我们找他算账去！"

车少军走进办公室，怒气冲冲地对马凡平说："马局，对于这家庆丰农药厂，您有何话说？"马凡平说："刚才丁局和刘队看过了，胡厂长和乡里很重视和村民的沟通，吴局长上次关照的事，现在已圆满解决！"胡厂长介绍说："上次吴局长亲自来厂里和村里调查，还和田副乡长达成一致意见，要我们农药厂尽快解决对龙溪村民的赔偿问题。前几天，我们和村民通过友好协商，已经解决了此事，我厂给二十户村民赔偿两年的青苗费一千二百元，给龙溪村的每户居民二百元的饮水补偿金，给姜福贵一次性赔偿十万元的养鱼损失费，对田地在工厂附近、庄稼歉收的四家农户，每家招收一人作为工厂的员工，村民们对这个解决方案很满意，这是他们的签字和摁手印的协议书，您要不要看看？"车少军冷笑道："这就算解决问题了吗？这是治标，不是治本！你们排放的污水，COD 严重超标，我们仍然要依法进行查处！"胡厂长不慌不忙地拿出一张处罚单，说："我们刚被处罚过了，你们看，这是灵阳县环保局开出的十万元的罚款单，你们虽然是市里来的，但不能知法犯法，重复处罚吧？"马凡平接过话说："是有这么回事，我前天刚带人来处罚过了，胡厂长态度较好，所以就罚了十万。"车少军无话可说，虽然猜想胡厂长和马局长一唱一和，有可能是密切配合来钻环保法规的漏洞，但无凭无据，不能乱说话。刘鸣说："这是法规上的缺陷，不能怪我们视而不见，我们只能下次再来检查了。"眼看着鱼要浮出水面，忽然又溜走了，车少军的心里很不舒畅。

在去龙溪村寻访姜福贵的路上，翟静劝慰道："违法者总有一天会作茧自缚，车科长，你不用灰心，环保是正义的事业，污染制造者永远不得人心！他们为了自己的利益，挖空心思欺骗百姓，一定逃不脱法律的制裁！请相信，我们《市民热线》始终是你们的支持者！"车少军由衷地说："翟静，谢谢你的支持！请放心，我不会失去信心，我相信邪不压正，真理始终站在我们一边！"马凡平对身边的丁国强说："今年的清江污染治理专项资金，我们县环保局已经给龙潭乡拨去三十万元，龙潭乡的龙虾节即将举办，乡里会在环保方面做出表现的。"丁局长说："我就担心下面的乡镇不是专款专用，即便进行了一些治理，也是形式主义，龙虾节一过，又陷入无人过问的局面！马局长，你要督促这家农药厂，拿出资金治理这龙溪河，要不然，就叫它关门歇业！"马凡平喏喏应道："好，我一定督促他们拿钱出来。"其实，庆丰农药厂的确拿钱出来了，不过不是用在治理龙溪河，而是塞进了个别人的腰包。水利局长胡建忠介绍说："我们给乡里也拨了二十万，是用来治理村级河道的，回头我问下乡里，看有没有划到各村的账户上。"丁国强说："好，是得问问情况，现在乡镇普遍存在资金截留问题，上级单位不能一拨了之，应该查询落实到位没有。工作就要做得细致一点儿，不能花钱花在半道上。"

19. 立场不同

　　他们到了村里，看到很多人胳膊上戴着黑箍儿，腰里束着白带，马凡平说："我们来得真不是时候，看来村里刚死了人。为了避免沾染晦气，丁局，要不我们撤退吧？"丁国强说："死人怕什么？来都来了，总要见见那个姜福贵吧？"他们走在村中的一条通道，前面有个男人迎面走来，车少军说："你好，请问姜福贵大叔的家在哪儿？"那人答道："今天村里人都在陆叔家办丧事，姜叔也在帮忙。"刘鸣问："办丧事的人家在哪儿？"那人说："就前面的弄堂向里走，人多的那家就是。"那男人正要走，忽然看到马凡平脸色一变，转身就朝那办丧事的人家跑去。小王说："马局，人家看见您就跑，是不是见到您害怕呀？"马凡平说："怎么可能呢？我有那么可怕吗？他可能忘记什么东西了，才跑回去。"

　　他们还没走到那户人家，就见从弄堂里涌出十几个人，都是老人和妇女，拦住了他们的去路。车少军说："请问你们谁认识姜福贵大叔？"前面的人群中走出一个六十来岁的老伯，说："我就是姜福贵！你们是环保局的吧？来得正是时候，我们正要去找你们！"车少军说："哦，您就是姜叔，吴局长请我一定来看望您，问您好！"姜福贵说："谢谢吴局长关心！可惜啊，你们环保局里不全是好人，也有吃人饭不干人事的！"丁国强诧异地说："老姜，这话怎么讲？"姜福贵瞪了马凡平一眼，说："农药厂来了四年，我们村被污染了四年，到现在都没见有人来管过！我们吃的米、麦、菜，味道都变样了，河里的水不能喝，连洗衣都洗不了，现在我们每家都打井，可井水里都能闻出农药味！这回，农药厂给我们赔钱了，是不是更没人管我们死活了？"

电视台的摄像师一直跟在后面拍摄，翟静上前说："姜叔，你们的情况向乡里和环保部门反映过吗？这几年没有领导来管过这事吗？"姜福贵说："咋没反映？都反映了两年多了，环保局也来过人，可就是露露面，没见办什么事！我们村这几年得癌症死的，少说有一个排，没准儿都和这农药厂有关！我老婆刚死不久，今天老陆又走了，他才六十来岁。两年前的陆荣男，身体棒得很，小毛小病都没有，挑一百斤的水稻不弯腰，突然就生了怪病，他死得太早了！本来，等老陆的丧事办完，我们还想去市里找吴局长，今天你们来了人，那我们就把话说清楚，我们就是把农药厂赔的钱都还了，也要让他们把厂子关掉！他们的厂子害人不浅哪！再不关，我们村就完蛋啦！"马凡平说："老姜，事情不都按吴局长和你们的意思解决了吗？怎么还不满足？"丁国强说："赔钱没有解决根本问题，这事我们环保局要管，不能让农药厂把污染危害继续扩大。马局，对农药厂不能单单罚款了事，还要叫他们停产整改！整改不达标的，坚决取缔！"车少军说："对，对违法分子不能心慈手软，对他们严格一点儿，污染的危害才能少一点儿！让小王采样后回局里化验，如果超标严重，我就对他们不客气了！"小王的提兜里已经采集了好几个瓶子，有排污口的污水、龙溪河的河水、鱼塘的水、农药厂边上田里的泥土、菜地上的青菜、村民井中取的井水等，他要带回监测中心交给简莉亲自检测，等检测报告出来，就有了从严执法的依据，庆丰农药厂造成这么大的污染危害，早就应该取缔了，而不是一再地姑息养奸。

丁国强劝慰村民说："请大家节哀顺变！请放心，我们环保局的职责就是治理好污染，保护好环境，让大家有一个健康安全的生活环境，庆丰农药厂的问题，一定会妥善解决的！"有村民说："马局长早就知道我们村的情况了，他也亲自来看过，可有什么用呢？除了吴局长，我们现在不相信上面来的人说的话！"有个村民说："我们把老陆的遗体抬他们车上去，老陆是得癌症死的，可他为什么得癌症，要叫他们好好查查，给我们个答复！"姜福贵劝阻道："我们有话说话，别做过激的事！"车少军说："姜叔，吴局长本来是要来看望大家的，因为他有别的执法任务，所以委托我来问候大家，大家有什么话，尽管对我说，我一定带给吴局长！"姜福贵说："替我们问候吴局长！我们知道他工作忙，所以不好意思再去市里打扰他，可我们现在的日子，真好比王小二过年——一年不如一年！再过下去，我们都要得病、都要短命了！我们不明白，农药厂到底有什么来头，就像城隍庙一样动不得吗？"车少军说："我向大家保证，我们会和有关部门协商，抓紧时间处理这件事，不会让大家失望的！"

村民们在姜福贵的劝说下让开了一条路，丁国强带领大家到了陆荣男家，并向陆荣男的遗体三鞠躬，向他告别。翟静率先拿出两百元交给姜福贵，请他转交给陆荣男的家属。联合执法的另外几位，也一百二百地捐了一点儿钱，钱虽不多，但表达了一份心意。马凡平本不愿意向一个并非亲属的亡人鞠躬，但看到大家都鞠躬了，也就不好意思不跟着做，到捐钱时，他磨磨蹭蹭地掏出了一百元，有点儿不舍得给的样子，被姜福贵一把拿走了。老姜最看不惯这种好处收得多却又非常小气的人，这区区一百元对马凡平来说，根本不足挂齿，何况这钱多半不是马凡平自己的工资，而马凡平还这么吝啬，让姜福贵感到纳闷：如此吝啬的干部会是好干部吗？如果不是好干部，为什么还当得油光滋润泥？

虽然姜福贵和陆家都挽留大家吃饭，但大伙还是离开了陆家。并不是因为忌讳更饭，而是大家觉得心中有愧，因为老陆的死间接和污染有关，环保局似乎也扮演着"帮凶"的角色。大家离开龙溪村时，心情都有点儿郁闷，车少军更是闷闷不乐。触目惊心的污染，违法明显的农药厂，联合执法队却无功而返，虽然见到了姜福贵，但也看到了陆荣男老人的离开，污染的猖獗，执法的软弱，让车少军愤懑又无奈。马凡平说："我们回县里吃饭吧，今天我请客，我们高县长也想和大家见个面。"车少军想拒绝时，刘鸣却说："既然马局已经安排好了，盛情难却，那我们就入乡随俗吧！"丁国强知道车少军不想去，就说道："吃顿饭没什么，马局长一番好意，我们不必太拘泥于干部纪律，只要不喝多就行了，灵阳县长要来，我们正好和他聊聊。"

回灵阳县的路上，车少军打电话给吴铁良，简单汇报了一下这队执法的情况。吴铁良惊讶地说："陆荣男去世了？这么快！我上次去龙溪村，还看到他躺在躺椅上晒太阳，真没想到啊，又是一个得癌症死的，真要请卫生防疫部门好好查查，看问题是否出在农药污染上。"车少军说："马局要请我们吃饭，吴局长，您看我们去方便吗？"吴铁良笑道："吃饭也要问我，你太没主见了吧？你刚不是说高县长要和你们一起吃饭吗？他是管工业的，你正好可以和他交流一下，请他在搞发展的同时，别忘了支持环保事业！"车少军说："好，我会努力和高县长沟通。吴局长，您那边查得怎么样？"吴铁良说："我刚回到了局里，上午查了神华造纸厂和灵湖啤酒厂，这两家大企业的情况都让人出乎意料！"车少军问："是出乎意料的好吗？这也是应该的啊！谁让他们是灵湖企业中的老大哥呢！"吴铁良说："车科长，你太乐观了！今天我们到达神华厂后，发现他们的造浆车间，设备已全部安装到位，如果我们不去，他们今天就能投产！这些天他们并没有偃旗息鼓，反而在紧锣密鼓地安装设备，无视我们上次叫他们停工整改的处罚通知，今天我们当场开出处罚单：一是马上停工，不得生产；二是罚款二十万元！"车少军说："罚二十万太少了，罚二百万或者两千万，他们才会有点儿感觉！可惜我们没有权力罚那么多！"吴铁良说："罚款只是处罚手段之一，不是我们的目的，因此，罚多少并不是重点，重点是要规范环保法的实施，让企业自觉守法，自觉维护环境安全！"

车少军每次和吴局长交流，都能从吴局长身上获益良多，以环保从业时间来说，吴局长还是个"新手"，但吴局长高瞻远瞩的眼光，让车少军自愧不如！从李局长身上，能学到先进的环保理论，而从吴局长身上，能感受到环保工作的重要使命。车少军相信，有了吴铁良和李志成的中青结合，对灵湖市环保局而言，将是一次质的飞跃！

吴铁良还告诉车少军，在灵湖啤酒厂的部分车间，也发现了COD、氨氮、总磷排放限值超标！灵湖啤酒是个响当当的品牌，除了生产啤酒，还生产黄酒，在灵湖市场上，占到酒类消费份额的百分之七十以上，企业效益和上交利税在灵湖市也是名列前茅。但灵湖啤酒厂和神华造纸厂存在相似的问题，就是新增车间的废水处理并没有引起足够重视，企业为了扩大经营规模，迅速上马新生产线，根本没考虑要经过环评论证，致使新的污染源混入排污管道，汩汩流向外河！同时，他们的生产经营活动，都受到了市里某些领导的支持，因为这些大型企业支撑着灵湖市的财政和发展。吴铁良不清楚，污水处理在那些企业的头脑中，到底只是应景的摆设，还是必需的设施？

车少军知道，仅凭吴局长和李局长的努力，还难以从根本上扭转灵湖环保的被动局面。灵湖的污染不是一天造成的，治理起来也非短时之功，环保局需要一支团结一致和作风过硬的队伍，灵湖市的环境才能长治久安！虽然自己只是污染控制科的一个科长，但有责任和决心与吴局长、李局长站在一起，为灵湖市的环境保护作出贡献！这时，翟静笑道："车科长，你怎么一副神不守舍的样子，在想什么呢？"车少军指了指自己的太阳穴说："我觉得，我们光治理污染还不行，还得治治这个！"翟静点点头："是的，我也有这个想法，确立全民环保意识，才能真正把污染拒之门外！上次和你谈到的公布污染企业黑名单的事，下个月我们就着手做，另外，我想请'绿色之家'的方萌和我们节目合作，开展'民间环保志愿月'的活动，让普通民众参与进来，让公众明白节能减排和我们日常生活的紧密联系，树立起绿色、环保、健康的生活理念！"车少军笑道："太感谢了！你是我们环保局的战略合作伙伴啊！"翟静笑道："我们就是朋友嘛，朋友的忙，我能不帮吗？"

李志成去的灵湖热电厂，是灵湖市的重点企业，供应着数百万家庭和很多企业的用电。灵湖热电厂靠燃煤发电，据专家研究说，二氧化碳的过量排放是导致全球变暖的主要原因，而燃煤发电排放的气体，除了二氧化碳，还有二氧化硫和其他微粒烟尘，对大气的影响是显而易见的。热电厂是市政公用设施，市委在重抓环保、落实科学发展观时，对热电厂进行了全面整改，除了燃煤采购的是高能低烟的优质煤，还安装了烟气脱硫和粉尘过滤设施，二氧化碳和二氧化硫的排放量基本控制在合格的指标之内。热电厂没有实行改制，相应配套的废气处理与环保验收全部由政府买单，所以，热电厂的节能减排，比其他大型企业做得要好。自从市区实行烟囱外迁，很多工厂都搬到了郊外，郊区人民毕竟靠近城市，有一定的环保意识，何况，现在的电视和报刊对环保的报道颇有星火燎原之势，因此，人们对大烟囱排放的烟雾渐渐关心起来，哪家工厂的烟囱喷出的要是黑烟或黄烟，马上会有人举报的。电力局长陪着李志成他们在热电厂仔细转了一圈，没发现什么问题。

车少军他们一行跟随马凡平的车子停在了灵阳县的富丽华饭店门前。这家饭店的门面装潢得富丽堂皇，一看就知道是家高档饭店。本来按规定，执法时是不能接受被检查单位宴请的，但马凡平是灵阳县环保局的，也算是同行，又有灵阳县长出席，加上车少军征得了吴局长的同意，所以，也就不客气地进了这家饭店。马凡平虽然对翟静没有好感，因为她在节目中多次抨击灵阳县的环保治理不力，但翟静是主持人加记者，在灵湖的知名度比他这个环保局长要大得多，有多少人想巴结她还来不及，马凡平哪敢得罪她，自然一起请了。

上了一桌的丰盛菜肴，马凡平招呼大家一起落座。过了几分钟，进来一位四十岁左右的高大男子，马凡平起身迎道："高县长！您来啦，这边请！"高县长和在座的众人一一握手，和翟静握手时，高县长笑道："翟静，你不但节目好看，人更漂亮啊！"翟静笑道："高县长过奖了，我所拥有的一切荣誉，都是观众朋友们赐予的！"高县长笑着说："观众喜欢你，说明你做得好！主持人，来，你喝红酒，我喝白酒，我先敬你一杯！"翟静不是娇弱之流，不惧场面上的应酬，她微微一仰脖，把一小杯红酒一口干了。马凡平说："酒杯、茶杯、口碑，一个都不能少！我们大家也干一杯！"车少军暗笑：口碑？你这个灵阳县环保局长还有口碑吗？马凡平又向高县长汇报道："高县长，今天市环保局组织的联合执法队，检查了新江造纸厂和庆丰农药厂，情况良好，今天市局的领导手下留情，没罚一分钱！"高县长向丁国强说："感谢市局同志对灵阳县的支持！来，大家喝酒吃菜，别客气啊！"

席间，大家不免又向翟静夸奖一番，因为平时只在电视上见到她，今天和她这么近，大家对她既是赞美又是好奇，问了一些节目制作方面的问题。真所谓隔行如隔山，听着翟静介绍的采访经历，大家听得很是入神，在翟静提到暗访"地沟油"的生产和销售过程时，情节颇有几分惊险，大家都有点儿替翟静担心，翟静却笑道："新闻要忠于事实，社会新闻更是发生在我们身边的故事，为了报道事实真相，揭露潜藏的内幕，我们白天就要深入采访，回到台里后进行剪辑、解说等制作，晚上就能新鲜出炉了！有时，因某个话题的探讨，我们还要请来嘉宾和我们一起完成节目。"高县长说："原来《市民热线》是这么制作出来的，看到你在主持节目时很风光，哪知你在幕后做了大量工作，付出了辛勤汗水啊！"翟静说："感谢高县长的理解！"马凡平说："主持人，你不是说有的节目要请嘉宾一起参加吗？什么时候也请我露露脸呀？"翟静笑道："马局长，您不是在电视上露过脸吗？"马凡平不好意思地说："哦，那个是曝光，有损我的形象，什么时候让我将功补过，以正面形象出现在电视屏幕上？"翟静笑道："机会有啊，只要您把灵阳的环保搞好了，我一定给您做专访，给您歌功颂德！"

车少军早就想和高县长谈环保的事了，只是见大家的注意力都在翟静身上，他才沉默不语，这回见翟静提到环保，机不可失，车少军赶紧举起酒杯说："我们喝酒要好酒，要清澈醇香，还把酒比作琼浆玉液，如果把清江比作我手中的这杯酒，当大家看到酒是浑浊的，散发着异味，你们还喝得下去吗？会不会找饭店老板算账？清江作为灵阳县的母亲河，我们喝着母亲的乳汁，却没有给她增光，反而给她抹黑，不知道身为父母官的高县长有何感想？"真是哪壶不开提哪壶，车少军在酒席上提到清江的污染，未免让大家扫兴，马凡平很不乐意地说："我们灵阳现在用的是灵湖的水和地下水，已经不在清江取水了，清江算不上是什么母亲河！"车少军笑道："马局长不会这么快就忘本了吧？况且，灵阳县自来水厂为何舍近求远，身边的清江水不用，要通管道到灵湖取水？不就是因为清江被污染了吗？我们刚才把清江比作母亲河，你能因为母亲染上了病，就把她丢弃，不给她治病吗？这样做太没良心了吧？"

翟静为车少军刚才的话暗暗喝彩，法律是无情的，如果环保执法仅仅搬用生硬的法律条文，很多人会有抵触情绪，而这番情理交融的话，更容易使人受到感染而接受。高县长说："车科长的心情我能理解，但因为我们各司其职，由于站的立场不同，所以思考的角度也就天差地别，我们做工作要有主次观念，哪是先要做的，哪是后面做的，都要了然于胸！在过去的二十年，我们的社会朝气蓬勃，政府部门需要更新观念，解放思想，围绕一个中心、两个基本点开展工作，我们灵阳县走在了全市的前列，基本实现了邓小平同志'以经济建设为中心'、'让一部分人先富起来'的指导思想！"车少军说："我们支持国家搞经济开发，但以牺牲环境为代价，这个代价是否太大了？"高县长说："你这个认识存在偏差，其实这不是代价问题，而是主次问题，当时就那情况，哪个有头脑的领导，不争先恐后搞招商引资？就像过去的农业学大寨、大炼钢铁一样，大家都在这么做，谁愿意落后呢？你是不当家不知柴米油盐贵，我这一县之长，能让全县的老百姓吃苦受穷吗？带领他们走上富裕之路，当时就是我的首要任务！不过话说回来，近几年，国家调整了部分政策，开始重视环保，推行发展和环保的双赢策略，我们灵阳市也在积极响应政策，加大在污染治理方面的投入，每年对各乡镇都有专项拨款。据马局长对我讲，去年已关停了二百家污染严重的小化工厂和印染厂，有五百家企业经过整改后，废水废气达标排放，我有理由相信，灵阳的环境已大有好转了！你们不能用老眼光看待我们灵阳县了！"

车少军说："高县长，我相信您很重视灵阳的环保，但是，有些实际情况您可能不太清楚。"高县长说："我天天在灵阳，怎么会不清楚？你们搞突击检查，看到的才是表面现象，是不客观的！"车少军说："据我们实地了解的情况，有很多工厂，关了又开了，有一些乡镇的治污专项资金，并没有落到实处！不是有句话叫'睁眼黑'吗？越是在眼前的，越可能看不明白啊！"马凡平站起身抗议说："车科长，你这话什么意思？是说我马某欺上瞒下，贪污公款吗？"高县长也有点儿生气地说："车科长，你是说我近视和糊涂吗？"丁国强忙打圆场："高县长，马局长，你们别误会，车科长只是指出一些不良现象，没说就发生在灵阳县。何况，有的地方确实存在数字游戏和花拳绣腿，我们干环保的，要杜绝这种假、大、空！"高县长说："我也反感那种形式主义，更不想让人指着脊梁骨骂我缺德，说我只顾经济不顾环境！我会坚定地和党的方针政策保持一致，请大家放心，我高永山只要当一天县长，就不会把灵阳环保的事落下！"高县长看了一眼马凡平，说："如果群众普遍反映马局长没把工作干好，我就撤他的职！"马凡平打了个激灵，筷子上夹着的一条鸡腿不听使唤似的落回到了盘子里，他怔怔地看着周围的人，感觉他们目露凶光，似乎想把自己给吃了！

20. 物归其主

　　四月下旬，灵湖茶园的陆洋终于把三十万元的贷款办下来了。对于急需改变灵湖银毫现状、扩大灵湖品牌效应的陆洋来说，这贷款的重要性不言而喻。说起这贷款，他得感谢前不久刚认识的信用社常副主任，没有她的支持，这贷款恐怕就像天上的月亮，看得见而够不着。灵湖银毫的牌子现在不吃香了，银行办理贷款也要考虑风险，谁愿意把钱贷给走下坡路的单位呢？万一打了水漂，这贷出去的钱，岂不成了泼出去的水，收不回来了？其实，陆洋不知道，他这贷款能办下来，也有吴铁良的一份功劳。因为他要贷款的事是常凤英向信用社黄主任说的，常凤英的丈夫当上了市环保局长，而黄主任的小舅子新开了一家塑料制品厂，黄主任想，要是和吴局长拉上点关系，小舅子的厂要办环评手续也有个门路，于是就给常凤英一个人情，为陆洋的三十万元贷款开了绿灯。

　　陆洋想开发茶叶枕头、茶饮料、减肥茶项目，由于资金有限，如果自己生产，需要建设厂房和采购设备，三十万元是远远不够的，但如果采用借船出海的方法，就可以省略大笔投资，并能尽快实现灵湖茶叶的产业化经营。所谓"借船出海"，就是灵湖茶园搭别人现成的船，和别的企业合作经营，为茶园的产业经营拓展渠道。比如茶饮料，灵湖茶园和玉泉食品公司共同开发绿茶与红茶，玉泉公司有现成的制作饮料的设备，灵湖茶园又有大量的茶叶，两相合作，实现双赢。目前，灵湖银毫在市场上不好卖，但做成茶饮料，说不定东方不亮西方亮，能打开一片新的市场。马上夏天到了，茶饮料进入旺销季节，灵湖系列茶饮若能旗开得胜，灵湖茶园东山再起的计划，也就指日可待了。

关于减肥茶，等科研所出具相关报告后，陆洋准备茶园自己申请批号生产。夏天，人们穿得少，特别是女孩子，追求苗条身材，稍有点儿胖就迫不及待地想减肥。现在的市场上虽有很多减肥产品，但药物减肥副作用大，有些产品还夸大其词，而饮茶确有降脂减肥作用，陆洋做过市场调查，其他品牌的减肥茶卖得都很火，灵湖牌减肥茶的推出，顺应了市场的需求。灵湖茶园有得天独厚的茶叶资源，这个项目操作简便：一旦实施，很快就能投放市场。茶叶枕头的制作方法也很简单，招几个会用缝纫机的农村妇女，采集一些老的茶叶和茶叶梗，烘干杀菌后，缝进棉质的枕芯即可。市场上卖的大多是海绵枕芯，夏天会感觉热，而茶叶的清香，会让睡觉的人感觉心旷神怡，茶叶枕头目前市场上还没有，灵湖茶叶枕的推出，说不定还能填补市场一个空白。

茶叶的黄金季节是每年的三月到四月，新茶上市价格不菲，一过四月中旬，茶树长势茂盛，采下的茶叶却不怎么珍贵了。茶叶的成长分初、中、晚三个阶段，初茶就是茶树初露新芽时节采下的，那时采摘的茶叶比较娇贵，如情窦初开的少女，备受人们青睐；中茶就是四五月份的茶叶，韵味醇厚，香气馥郁，知她懂她的人，才会欣赏她，留恋她；晚茶就是六七月份的茶叶，盛景已过，颜色渐淡，已从小家碧玉和大家闺秀，化身寻常女子，几十块钱一斤，她也知足。陆洋构想的灵湖银毫、灵湖茶饮和灵湖茶枕，正好契合了茶叶不同阶段的价值，真所谓物尽其用，一点儿浪费都没有。如果一切顺利，那么，灵湖茶叶将重塑品牌形象，也将弥补因灵湖银毫的滞销而带来的负面影响，如此前景，难怪陆洋信心十足，要拉开架子大干一场呢！

不过，陆洋知道，要重振灵湖茶叶的品牌，离不开两个人：一个是灵湖市环保局吴铁良局长，一个是炒茶师傅郭怀根老人。灵湖茶叶为什么像雷锋塔那样倒塌，不就是因为污染造的孽吗？所谓正本清源，只有先把清江污染治理好了，把茶园周边的环境保护好了，灵湖茶园才能重新焕发生机，要不然，一切都是纸上谈兵！而且，茶园里的茶树，哪些是受到污染，茶叶不能用的，哪些没有问题，可以继续采摘茶叶的，也需要环保局的监测中心作出技术鉴定，自己和吴局长虽有一面之缘，谈得也很投机，但自己绝不能利用这层关系弄虚作假、以次充好。恰恰相反，陆洋更希望监测中心能派技术人员常驻茶园，随时对茶叶进行检测，确保茶叶的质量。

茶叶长在树上，并不能产生价值，只有把茶叶采下来，经过炒制后，茶叶才有了身价，而能担当炒茶总监的，灵湖市恐怕只有郭师傅一人！以后，郭师傅可以不用亲自炒茶，但要负责检验茶叶的质量，这个关把好了，灵湖茶叶才能重振雄风，不负众望！说心里话，陆洋很想拜郭师傅为师，好好向他学习炒茶手艺。郭师傅的手艺再好，毕竟年老了，到他炒不动了，炒茶技艺岂非要失传？陆洋很惭愧，自己虽为"茶圣"后人，但并没掌握炒茶本领，从上学、参军、当保安，再到承包灵湖茶园做生意，一直没时间也没心情学炒茶，再加上陆、郭两家在很久以前有过节，陆洋不敢在郭师傅面前提拜师的事，怕他一生气，不到茶园来工作了。郭师傅尽管没正式带过徒弟，但他平时经常指导年轻的炒茶工人，只是，有些东西可能仅凭听和学还不够，必须要积累经验和用心领悟才行，郭师傅就算耐心教会你炒茶的手法，但你炒出来的茶，还是没法和郭师傅的比。

陆洋想找个时间再约吴铁良、常凤英和常春林一起吃顿饭，常凤英是他这次贷款的介绍人，常春林是担保人，吴铁良的作用就更大了，灵湖茶园能不能复兴，就靠这个环保局长能否把灵湖的环境给治理好了。陆洋先给常春林打电话，说："常总，你肯为我的贷款担保，我非常感谢！不知你最近有没有时间？我想请你吃个饭，略表谢意！"常春林笑道："干吗这么客气？生意场上，多个朋友多条路，我很看好灵湖茶园的发展空间，等灵湖茶叶走出困境，我还想投资入股呢，到时候，陆兄可要多多照顾兄弟哦！"陆洋说："能结识常总这样有生意眼光的朋友，是我陆洋求之不得的，我随时欢迎常总的加盟，让灵湖茶叶重新飘香，重新走进千家万户！"常春林说："陆兄是个爽快人，好，期待我们能携手合作，共创锦绣前程！"陆洋说："常总，你能不能帮我约一下你姐姐和姐夫，我们一起吃顿饭吧！吴局长虽然上任不久，但我敬佩他的为人，我相信，他一定能把灵湖的环境治理好，还老百姓一条干净的清江！"常春林笑道："陆兄，虽然我知道你有私心，你是希望我姐夫帮您把茶园周边的环境尽快治理好，但我还是很乐意转达你的邀请，我还惦记着水上餐厅的那碗偷情汤呢！"

陆洋笑道："你一说起水上餐厅，我就想起那天环保局的人和餐厅的人起冲突的事，吴局长可真勇敢，居然上前劝架，替环保局的李志成挡了一拳，还义正词严地把餐厅公司的那帮人说了一通，人家还真停了手。当时我就觉得，吴局长是个老实人没错，但他老实里面带着一股牛劲，是一般人所不具备的！不过，常总，你想再喝偷情汤，恐怕有点儿困难了！"常春林说："不会吧？水上餐厅有后台，环保局能封得了吗？我听说他们在照常营业呀！"陆洋说："我距离他们近，听到一些风声，他们在照常营业不假，但听说环保局副局长李志成对水上餐厅盯得很紧，坚决要他们把餐厅搬到岸上，已经把报告打给市综合办了，另外，刚开过的两会上，有代表也提交了取缔水上餐厅的提案，估计市里会很重视！"

常春林笑道："陆兄，你知道的只是公开信息，我可听说了一些小道消息，说李志成昔日的老师，也就是现在的旅游局张良副局长，他和旅游公司的秦总交往甚密，张局长力挺水上餐厅，还要做几条大船在灵湖上飘游，据说他们师生已经闹翻了，你想呀，学生能斗得过老师吗？最后胜利的肯定是张局长，水上餐厅肯定还会开下去！"陆洋却笑着说："我看未必，我猜想您姐夫一定站在李志成这边，有吴局长的鼎力协助，李志成的胜算多一点儿！"常春林说："我姐夫刚当上环保局长，是有着满腔热情，但官场中的关系错综复杂，木秀于林，风必摧之，他如果工作过于积极，肯定会得罪一些人，他这局长的位置就可能坐不长！你不知道吗？秦总的叔叔是秦副市长，有秦副市长保驾，我姐夫又能如何呢？"陆洋说："我看待事物倒不悲观，我喜欢想好的一面，只要是正确的、正义的，一定会得到更多的支持！就像我这茶园，虽然目前经营不景气，但我从不气馁，因为我相信，它一定会扭转局面，向好的方向发展！关键是人，一定要有永不放弃、坚持到底的信念！"

陆洋到茶园里去散步，春光明媚，空气清新，工人们都在忙碌。原先因为用清江的脏水浇灌茶树，导致部分茶叶被检测出重金属超标和其他有害物质，为了亡羊补牢，陆洋特地买了两条水泥船，装上水泵，从灵湖的清洁水源处取水，然后用喷雾机向茶树喷洒水雾，给茶树洗澡，给茶叶滋润。陆洋走了一圈后回办公室，忽然想起怎么没看见郭师傅，郭师傅虽比大家年长，但每天总比大家早到茶园，炒茶的工人来后，他就指挥他们清理锅下的柴火，把炒茶的锅抹干净，等采茶姑娘把采摘的茶叶篓背到院子里，他就让大家生火炒茶。郭师傅还有个习惯，每天他都要炒一锅茶叶，然后才去茶园里转悠，或者去休息室里喝茶。其实，现在不是炒极品银毫和一品银毫的时候，郭师傅完全不必亲自动手，叫其他炒茶工去干活就行，但他却闲不下来，他曾经说过，只要他走得动，他一定会到茶园来，一定会每天炒茶。他说，他的手和茶叶亲密接触惯了，哪天要是不和茶叶在高温下交流，他就会从心里到全身感到不舒服。陆洋心想：这个怪老头今天怎么没来？不会生病了吧？郭师傅家没有电话，也没手机，没法问他。

郭师傅是灵湖茶园资格最老的炒茶师傅，对灵湖茶园的生存与发展起着举足轻重的作用，陆洋对郭师傅甚至有一种依赖，正因为有郭师傅在，所以灵湖茶园有发展和兴旺的可能，而且，陆洋对郭师傅有一种发自内心的尊敬和关心。郭师傅的老伴已去世多年，他只有一个女儿，也已远嫁他乡，他的身边没有亲人照顾，好在他身体还算硬朗，退休的年龄还在发挥余热。由于家族世怨，两家同在上茶村，却交往甚少，要不是郭师傅在陆洋的茶园上班，恐怕两家还会继续不相往来，尽管陆洋不想这样，但家族遗传下来的东西，包括恩怨，不是一个人或者一下子能解开的。

自从上次警察对郭师傅盘查后，郭师傅就有点儿闷闷不乐，以为陆洋怀疑他。郭师傅对陆洋其实挺忠诚和友善的，这不是一个员工对老板的忠诚，凭他的炒茶本事，人家一万块一个月请他去，他都不去，他宁愿呆在灵湖茶园拿一千多的工资。郭师傅甘愿留在陆洋身边，其实是有原因的，一方面是因为他对灵湖茶园的感情，另一方面是因为他看好陆洋这个人。陆洋是陆家的后人，他才应该是《茶经》的真正主人！前清时期，郭家为了和陆家争夺贡茶的资格，暗中派人把陆家的传家宝《茶经》偷了，潜心研究，终于炒茶的水平和陆家不相上下，并在数年后取代陆家，让郭家茶成为朝廷御用的贡茶。陆家怀疑郭家偷了《茶经》，但苦于没有证据，两家自此不和，延续了一百多年，直到郭师傅这代，才和陆家恢复了来往。

这本《茶经》虽非"茶圣"陆羽的真迹，但毕竟凝聚着陆家的智慧和茶艺的精髓，是陆家后人在清代时重新修订的，添加了许多旁征博引的注述。郭师傅一直在考察陆洋的人品，他想到合适的时机，把那本《茶经》还给陆洋，并向陆洋说明真相，替先人向陆家请罪。

中午，陆洋的妻子来电话说，她妈妈来家里了，叫他一起回家吃饭，陆洋正想回村去看看郭师傅，看看他发生什么事了。陆洋回到家里，刚对丈母娘叫了声"妈"，妻子桂花就把他拉进卧室，悄悄对他说："我弟五一想办婚礼，女方要三万块彩礼，不送过去就不结婚，我妈想向咱借三万块钱，你就行个好，把钱借给我妈，让你小舅子把婚结了。"陆洋说："我没钱啊，家里的钱不都是你管的吗？你想借就借吧。"桂花说："家里哪还有余钱？前些年存的钱，都让你取了贴茶园里了！你不是刚贷了三十万吗？拿个三万借给我妈不就行了吗？"陆洋一听此话，把头摇得像拨浪鼓，说："这哪成？二十万已经用出去了，还剩十万是当流动资金的，这钱又不是我家的，我哪能随便动？"桂花不解地说："你不是茶园老板吗？你贷的钱还不都归你使唤？谁来管你怎么用呀？"陆洋还是摇头，说："我要是乱花了，没用在茶园生意上，到期要是还不上，我怎么向担保人交待？怎么向员工交待？就是把我们这房子卖了也不够啊！"桂花说："能贷干吗不多贷点？贷个三百万，用钱不就宽松了？"陆洋说："你以为银行是你家开的，想贷多少就多少？"桂花说："反正你把我娘家人当外人，跟你借钱就跟要了你命似的，你哪次爽快过？"陆洋笑道："等我有钱了，你妈想借多少就借多少。"桂花说："这种空头支票少开，等你有钱了，我弟弟的婚礼还不等黄了？"陆洋说："活人不可能让尿憋死，让你妈去别人家借吧，我要走了。"桂花说："你怎么不吃饭就走了？有啥急事？有情人约会呀？"陆洋说："瞎扯！我钱都没有，哪还有情人？我没钱借给你妈，不好意思面对她，你们先吃吧，我去郭师傅家看看他今天怎么没来上班。"

郭师傅的家在村东头，三间不起眼的平房，屋前屋边都种着茶树。陆洋推了下堂屋的门，里面没栓，一推就开了。刚走进堂屋，陆洋隐约听见从卧室传来微弱的呻吟："哦哟哦哟，痛……痛死我了！"陆洋一听那声音，好像是郭师傅的，不会出什么事吧？他连忙推开卧室的门，只见屋后角一张老床上，郭师傅躺在床上，捂着肚子在呻吟，他脸色苍白，额头冒着虚汗，一床被子落在地上。陆洋快步上前，焦急地说："郭师傅，郭师傅，您怎么啦？"郭师傅看到陆洋，虚弱的眼神露出了一丝亮光，他有气无力地说："陆洋，我……我心口痛，像刀在割肉啊！"陆洋一惊，担心郭师傅得的是心绞痛，这种病来势汹汹，要是不及时医治会有生命危险！陆洋掏出手机，想拨120急救电话，转念一想，急救车来回跑耽误时间，自己有车，何不马上开车把郭师傅送医院？

陆洋安慰道："郭师傅，您别着急，暂时忍一忍，我马上把您送医院！"他把郭师傅扶起来，用衣袖替郭师傅擦去脸上的汗，又弯下身子，说道："郭师傅，来，我背您，您抱住我脖子！"郭师傅虚弱地说："不，陆洋，你不是我儿子，我不能让你背，你还是帮我打个电话，让医院来接吧。"陆洋上半身转过来，把郭师傅的双手往肩上一拉，站起身，双手托着郭师傅的臀部，背起来就往外走！郭师傅在他背上说："陆洋，你放下我，我死不了的，我老郭不能让你陆家的人背着走啊！"陆洋背起郭师傅一边往门外走，一边头也不回地说："救人要紧，哪还讲究什么门户之见！郭师傅，我们住一个村，又都靠着茶园生活，不是一家人是什么？我的茶园还指望您当技术总监呢，甭跟我见外了！"

陆洋也不知哪来的力气，一口气把郭师傅背到自家门口，陆洋的妻子桂花刚把母亲送走，看到陆洋背着郭怀根老头回家，觉得莫名其妙，忙凑过去小声说："陆洋，你把郭老头背家里来干吗？"陆洋说："郭师傅病了，你去帮我把车门打开！"桂花一边去打开车门，一边嘀咕道："你又不是他儿子，这么积极干吗？我妈来了几次，你都没送过一回，倒要送不相干的郭老头去看病，你胳膊肘儿往外拐啊？"陆洋对妻子嚷道："谁家没个病没个难的？都乡里乡亲的，你啰嗦什么？桂花，你也上车，帮忙扶着点儿郭师傅！"桂花虽有点儿不情愿，但还是上了车。

车子在乡间公路上快速向医院方向开去，桂花扶着郭师傅，说："郭老伯，您身边没儿没女的，生了病也没人知道，怪可怜的，您要有什么不舒服，就大声地叫我们邻居，我桂花虽然心直口快，但也不是见死不救的人！"郭师傅一边低声呻吟，一边说道："桂花，谢谢你的好意，我不可怜，我过得很好！"桂花心说：好你个郭老头啊，生病了还嘴硬，要不是陆洋及时发现了你生病，只怕你要痛死在床上！桂花刚说出："你……"陆洋制止道："桂花，你把我的手机拿去，赶紧给茶园的居会计打个电话，让他马上带三万块钱到第一人民医院！"桂花不满地说："我妈向你借钱你说没有，怎么给他看病你就有钱了？"陆洋一边开车，一边说："郭师傅是我茶园的人，他生病，我当然要负责！你少废话，赶紧给居会计打电话！"

陆洋把郭师傅送到医院急诊科，医生给郭师傅做了体温、血压、心电图、拍片、验血等身体检查，都是陆洋背着郭师傅去做的，这跑前跑后，楼上楼下，累得他够呛，陆洋随身带的钱都交了检查化验的费用。古代看病，医生通过对病人望、闻、问、切就能诊断病情，现代科技发达了，医生都依赖仪器来诊断病情，既花时间又花钱，但病人要看病，没办法，只能听从医院摆布。一个多小时后，医生终于确诊说，郭师傅得的不是心脏病，而是急性胆囊发炎，需要马上实施胆囊切除手术，但要先交一万块钱，还要患者和患者家属在手术单上签字。

居会计接到电话后气喘吁吁地赶到了医院，把三万块钱交给了陆洋，陆洋把钱都付给了医院，交了手术费和住院押金。在手术单上签字时，医生刚开始执意要郭师傅的直系亲属签字，陆洋说："医院是救死扶伤的地方，时间就是生命，怎么能把时间浪费在签字上？手术单上有患者的签名，我是郭怀根的单位领导，我为什么不能签字？"医生说："按规定要直系亲属同意方可实施手术，目的是为了以防万一……"陆洋说："什么以防万一？我看是你们医院想推卸医疗责任！他的女儿在另外一个城市，赶过来起码要半天，要是手术因此耽误半天，延误了治疗的时机，这个责任你们担当得起吗？"院方终于没再坚持，把郭师傅推进了手术室。

陆洋在手术室外等了两个多小时，郭师傅才被医护人员推出来，手术台上的郭师傅神情疲弱，似乎一下子苍老了好多，再也看不到他精神矍铄的样子。陆洋把郭师傅推到病房，和桂花一起把郭师傅小心地抱到病床上。陆洋在给郭师傅盖被子时，发现郭师傅的伤口不是包着一大块纱布，而是在他的腹部有几个洞，洞口插着几根细皮管。护士来给郭师傅挂消炎和镇痛的药水时，陆洋问："郭师傅的胆囊被切除了吗？怎么没开刀呀？"护士笑道："开过了呀，现在的胆囊切除手术，通过在病人身上打几个洞就能完成了，这样既能减少创面，又能减轻患者痛苦，还能加快伤口愈合。"陆洋笑着说："高科技还真管用，比过去先进多了。"护士说："老人要注意饮食，吃冷饭凉菜和油腻的东西很容易引发胆囊炎，你们做子女的，要多关心长辈的健康。"陆洋说："谢谢护士，我们知道了。"郭师傅手术后神智清醒，他说："给阿凤打个电话吧，叫她回来。陆洋，桂花，今天麻烦你们了，你们有事要忙，都回去吧。"桂花说："郭老伯，您就别逞能了，您刚手术，没人照顾怎么行？"陆洋说："郭师傅，您女儿阿凤去年年底不是生了二胎吗？她照看孩子都忙不过来，肯定脱不开身，您手术也做了，没啥问题，我看就不给她电话了，桂花在家也是闲着，白天就由她来照顾您，晚上我来陪您。"

陆洋陪郭师傅的时候，帮他翻身，擦洗。因为挂水，郭师傅的手脚不活络，陆洋给他轻轻按摩。桂花从家里带了个小电饭煲出来，早上给郭师傅煮稀粥，中午给郭师傅炖鸽子汤和黑鱼汤。腹腔打洞切除胆囊毕竟不是大手术，在医护人员和陆洋夫妇的悉心照料下，郭师傅的身体恢复得很快，三天后就能自己下床了。陆洋和桂花搀扶着他在走廊里散步，陪他聊天，陆洋还把茶园新开发项目的进展情况和郭师傅交流探讨，郭师傅说："陆洋，只要是为灵湖茶叶着想的事，我都支持你！"病房里其他的病人和家属都把陆洋和桂花当成郭师傅的儿子和媳妇，夸郭师傅有福气，小辈这么孝顺。郭师傅的脸上露出了久违的笑容。

一周后，郭师傅出院了。医药费一共用掉一万多块钱，预付的三万块，医院退回来一万多。医生说，只需在家休养一段时间就能痊愈。陆洋开车把郭师傅接回上茶村，桂花已经帮郭师傅把家打扫干净，帮他把被褥和枕头洗晒了一遍。陆洋为了联系方便，也为了郭师傅有事好有个照应，以茶园的名义，给郭师傅家装了一部电话。郭师傅摸着柔软的床被，闻着窗外飘来的淡淡茶香，看着床头的那部电话，心里升腾起一股暖流，这是一个单身老人很久没有体验到的家的温馨。

那天刚好是五一劳动节，陆洋说："郭师傅，晚上到我家吃饭吧，我们在一个村生活了几十年，在茶园也共事多年，还没在一起吃过一顿饭，今天是节假日，也为您的恢复健康，我们庆祝一下！"郭师傅说："陆洋，我是看着你长大的，你的勤奋、善良和聪明能干，让我为你感到高兴！这也是我放弃别人的高薪聘请，宁愿呆在你的茶园的原因！陆家有你，灵湖茶园有你，我可以放心了！"陆洋由衷地说："谢谢郭师傅的信任和帮忙！说来惭愧，我虽有心重振灵湖银毫，重振我们陆家在茶业的声名，无奈才疏学浅，资质愚钝，一直找不到突破口！"吃完饭后，陆洋说："郭师傅，我有事先走了，您在家休息几天，到身体完全康复了，再来茶园不迟。"

陆洋转身要走，郭师傅叫道："等一下！"陆洋说："郭师傅，有事吗？"郭师傅点点头，神色庄重地说："你别忙走，我有样东西要给你。"陆洋不知郭师傅要给自己什么东西，就站在那儿没动，郭师傅从五斗橱上拿下一个木箱子，打开后，箱子里放着许多折叠整齐的旧衣裳，郭师傅一层层翻下去，最后从箱底拿出一个红布包。陆洋以为郭师傅要还给自己治病的钱，连忙说："不要不要！您的钱留着养老，治病花的就由茶园承担，这是应该的！"郭师傅摇摇头，说："你不知道我要给你什么，怎么就先拒绝了呢？"陆洋说："不管您给我什么，我都不能拿！按理说，您可以退休安度晚年了，但您还在坚持上班，实在太辛苦了，我哪能要您送的东西？"郭师傅语气坚决地说："不！这样东西你必须收下！你如果不收下，我今后就不再去你的茶园了！"陆洋见郭师傅这么说，只得把红布包收下，郭师傅说："你不想打开看看，里面包的是什么吗？"

郭师傅的神秘激起了陆洋的好奇心，他徐徐打开布包，当红布包像剥笋一样被层层打开，里面露出了一本线装的古籍，薄薄的几十页，颜色有些发黄，封面上出现的几个字，把陆洋惊呆了：《茶经》？我们陆家的传家之宝，怎么会在您这儿？郭师傅，这到底是怎么回事？"郭师傅叹息一声，说道："这就是陆郭两家不和的起因！我代我们郭家先人，向您表示歉意！"陆洋听爷爷和父亲都提起过，陆家祖先陆羽写了一本《茶经》，陆家后人几次修订，在清朝乾隆年间，家传的这本《茶经》居然失窃了，虽怀疑是当时同村的郭家所为，但一直没有真凭实据。郭家在道光帝时，取代了陆家对灵湖银毫的贡茶资格，两家从此结下宿怨，两家后代不相往来，更不许联姻，到改革开放后，情况才有所改变。陆洋犹豫着说："莫非，我们陆家当年失窃的那本《茶经》，真是你们郭家人偷的？"郭师傅点点头，说："不错，郭家为了取得灵湖银毫的贡茶资格，当年不惜铤而走险，从你们陆家偷走了这本《茶经》。在我懂事时，我父亲就告诉我，他一直想把这本书还给陆家，但当时你的爷爷和你父亲对炒茶都不甚了了，我父亲怕把书还给陆家，陆家人不珍惜，反而糟蹋了这本书的精华，所以临终时嘱咐我，要我留意陆家后人有无钟爱茶道、人品上佳、有志把灵湖银毫发扬光大的人，如果有这样的人，就把《茶经》还给他，让这本书回到主人家，发挥它应有的作用！今天我很高兴，因为你不愧是茶圣的后人，《茶经》终于在我的手上完璧归赵！上茶村郭家背负的精神包袱，终于可以放下了！"

陆洋也是惊喜交加，这本陆家引以为豪的、失踪了一百多年的《茶经》，今天终于回到了陆家后人的手上，足可以告慰先人！陆洋先是粗略翻了一下，后又沉浸其中，吟诵有声。陆羽所著的《茶经》十篇，言简意赅，精妙绝伦，内容涉及到茶之源、之具、之造、之器、之煮、之饮、之事、之出、之略等方方面面，既有种茶、采茶、制茶之术，又有品茶之道，实为中国茶艺的圣经！陆家后人在修订中，添加了详细的注释，使人读后一目了然，毫不费力就能领略茶艺精髓。看到精妙处，陆洋不禁频频点头，暗暗赞叹！《茶经》上有些论述，有的和平时所持的观点相异，此时一看，顿时茅塞顿开，豁然开朗！

看到对自己有启发的句子，陆洋默记于心，庆幸又增进了一些知识。如在"一之源"中，《茶经》写道："上者生烂石，中者生砾壤，下者生黄土。野者上，园者次；阳崖阴林，紫者上，绿者次……采不时，造不精。"短短几句，说的是茶树所处的环境会影响茶叶的优劣，而如果采茶时节不对，制作成的茶叶也会品质不佳。在"三之造"中，《茶经》说："其日有雨不采，晴有云不采。"这是很明确地指明采茶要讲究天气因素。在"四之器"中，《茶经》写道："夹以小青竹为之，长一尺二寸，令一寸有节，节以上剖之，以炙茶也。彼竹之筱津润于火，假其香洁以益茶味，恐非林谷间莫之致。"这里说的是一种制茶工艺，是陆洋闻所未闻的，就是用青竹片来焙茶，而且还说此茶香味独特，非寻常可比。陆洋觉得，此种焙茶方法不难，更贴近自然，不妨一试。《茶经》中还提到"茶有九难"："一曰造，二曰别，三曰器，四曰火，五曰水，六曰炙，七曰末，八曰煮，九曰饮。阴采夜焙非造也，嚼味嗅香非别也，膻鼎腥瓯非器也，膏薪庖炭非火也，飞湍壅潦非水也，外熟内生非炙也，碧粉缥尘非末也，操艰搅遽非煮也，夏兴冬废非饮也。"通俗点讲，这既是注意事项，又是经验之谈。在"八之出"中，《茶经》说："少有名者……往往得之，其味极佳。"这是在说不要过于迷信茶叶的产地，在名不见经传的地方偶然采制到的新茶，反而会有极佳的好茶脱颖而出。

　　《茶经》的最后，还留有郭师傅用钢笔添加的一些"心得"，让陆洋也获益良多。比如："茶叶有情，种茶、采茶、炒茶，惟有以情待之，饮茶之人方能品出其味其香。"又比如："饮茶之道，若以吮闻、品味、咀嚼、慢饮为序，方可体验茶之真味。"寥寥数语，显出郭师傅对茶道的浸淫之深。陆洋手里恭敬地捧着《茶经》，情不自禁地叹道："真是踏破铁鞋无觅处，得来全不费功夫啊！我做梦都没想到《茶经》会重回陆家，郭师傅，真是太感谢您啦！"郭师傅说："谢我干什么？你不骂我，我就十分欣慰了！要记住，《茶经》给你带来的不只是荣誉，更是责任！希望它能助你一臂之力，把中国茶文化发扬光大，使灵湖银毫真正成为灵湖的骄傲！"

　　费明调到了灵阳生活污水处理厂当厂长，不过，污水处理厂正在建设中，他现在是筹建处的负责人。费明本来不想到灵阳县的，毕竟从市里往县里调动是掉身价的事，之所以他愿意"人往低处走"，是有他自己的打算。这灵阳是灵湖市最富裕的县，到富裕的地方当领导，是吃不了苦的，何况，污水处理厂前期投资六千万，想法子从中捞点油水，应该是没问题的。水泥、钢材、设备等供货商，哪个不得来讨好自己？但是，费明没想到，昔日的部下、灵阳县环保局长马凡平，却和自己唱起了对台戏。

　　马凡平在灵阳县当环保局长已有五六年，他能当得这么稳，一方面是和当地政府搞好了关系，另一方面也和他巴结前灵湖市环保局长费明有关。马凡平深知，要想坐稳环保局长这个位子，是不能只进不出的，所谓"舍得"，有舍才有得嘛！别人送的钱，他把其中的三分之一放进了局里的小金库，给单位里的人多发放一些节日费和奖金，大家得了实惠，也就不会乱说话了。他把另外的三分之一送给副县长、市环保局长之类的人，美其名曰"拜年礼"。最后给自己留下三分之一。当初，费明当灵湖环保局长时，马凡平每年都要去"拜年"，塞了不少红包，现在费明到灵阳县来了，尽管污水处理厂的"爸爸"是水利局，但环保局好歹也算是污水处理厂的"叔叔"，有权管着他。马凡平知道费明是个贪财的人，污水厂筹建处是块大蛋糕，费明能不伸手吗？既然你得的是不义之财，那么，我就可以让你把吃的黑钱吐出来，把我前些年给你的加倍要回来！风水轮流转，今年到我家，谁让你现在在我的地盘上呢？

这天中午，费明和灵阳县建筑物资公司的方老板在某饭馆见面。方老板请客的这家饭店，虽然不起眼，但菜肴的味道非常可口，比在大饭店吃到的感觉还好。方老板说："可别看这小饭馆，来的大都是回头客，因为在这儿吃得舒服又实惠，有的大饭店名气大，可菜的味道不过如此，不就是把菜弄点儿花样吗？菜又不是花，是吃的不是看的。"费明说："是啊，我吃过不少山珍海味，说真的，还不如这儿的对我胃口。"方老板说："这是我闯荡商海十多年发现的真理，大的不如小的，老的不如新的。比方说吧，大饭店不如小餐馆热情，老朋友不如新朋友亲热，宾馆高级鸡不如乡下妞有味！"费明笑道："方老板真是真知灼见哪！想必是深有体会吧？"方老板说："费厂长，我和你虽然刚认识，但知道你是从市里调过来的，十赌九输，十官九贪，现在当官的吃点儿拿点儿不算什么，我觉得吧，人生在世，'快乐'二字，只要自己过得舒服，官大官小还不都一样？所以，你别泄气，到灵阳来，有吃有喝有玩的，何不潇洒一点儿？"

费明说："潇洒是需要代价的，我一个污水厂厂长，沾的是一身臭味，到哪里潇洒去？"方老板笑道："你手里有权，有权就是有钱，有钱啥事办不了？"费明故意说道："问题就是我没钱，污水处理厂将来处理生活污水，不收费的，我哪来的钱呀？"方老板笑道："你手里抱着现成的金元宝，你不知道吗？"费明故意看了看自己的手，说："方老板真会开玩笑，我手里只有筷子，哪来的金元宝？"方老板说："有了筷子，还愁夹不到菜吗？你现在负责污水厂的筹建工程，我给你供应水泥和钢材，只要你一句话，我们的合作空间会更大！"费明似乎感了兴趣，说："哦，说说看，合作空间怎么个大法？"方老板说："现在污水厂正在开挖，这地下部分的工程，将消耗大量的钢筋水泥，这里不是有文章可做吗？费厂长，你说呢？"费明说："我是筹建处负责人，我要为工程质量负责，出了纰漏可不是闹着玩的！"方老板说："造高楼大厦或造桥，那是不能偷工减料的，这挖筑水池是在地面下，不会出什么问题，就是有问题也不会死人，不死人的事故怕什么？在地下砌好了，这水泥用的多少标号，钢筋用了多少，谁能看得出来？"

费明若有所思地说："你说的不无道理，可是，这对我有什么好处呢？"方老板说："水泥我可以用低标号的，但发票按原来标号的开，每吨我给你提成二十元；钢筋有两个办法，一个是我用库存的生锈的钢筋替代好钢筋，如果这样的话，每吨我给你提成一百元。还有一个是我给你多开票，少发货，但你要和包工头与建筑工人协调好，协调的费用由你出，让他们在扎钢筋架时少放钢筋，或只在两边放钢筋头中间不放，这样可以节省大量钢材，这笔钱我们四六分成，我四你六，你看怎么样？"费明原先的想法，以为供货商为了推销产品，会给自己送点儿红包，没想到居然可以"吃回扣"，而且回扣可以这么丰厚，光这钢筋一项，少说也有几十万！费明虽然跃跃欲试，但也有点儿忐忑不安，害怕自己"拿"得太多会出事，这次降职已给自己敲响了警钟，要是再跌倒了，那就没机会再爬起来了！

这天，吴铁良下班回家，常凤英说："茶园的陆洋要请我们吃饭，你哪天有空呀？"吴铁良说："他请我们吃饭？为什么？"常凤英说："他从我们信用社贷了三十万，可能生意有起色了吧！"吴铁良说："吃饭倒不用，不过，我真想找时间和他聊聊，上次极品银毫喝倒局长的事造成了较大的负面影响，到现在还没查出原因，灵湖茶园想翻身，要消除这个事故的影响才行。"常凤英说："人家是有事都想推开，你是没事找事，银毫喝倒人的事件不是公安在查了吗？你操什么心呀？"吴铁良说："茶园里的部分茶树查出了重金属污染，山腰的老茶树，虽然没用污水浇灌，但也不排除跟污染物有关，这也是一条线索嘛，我不但是想帮陆洋一把，更不想灵湖茶叶从此就倒了嘛！"常凤英说："我看你这环保局长是越当越起劲了，原本以为你当了局长，我可以跟着享福了，没想到你比在信访办时还忙！女儿的事你要放在心上，她就要毕业了，你不准备给她找个好单位吗？"吴铁良说："菲菲读了十几年书，是到学以致用的时候了，现在不是有人才市场吗？找工作她可以自己去呀！"常凤英拧了丈夫一把，说："你让她和别的大学生一样，去人才市场投简历找工作？堂堂局长的女儿，低声下气去求职，你不要面子我还要呢！亏你想得出来！"吴铁良说："找工作怎么啦？毕业以后找工作，这是理所当然的，这才是自立的开始！菲菲的个性你不是不知道，你给她安排好一切，我估计她也不会接受的！"

21. 全民环保

　　吴铁良上任以来，有条不紊地开展着工作，在市综合治理办的协调下，还和其他部门组织了两次联合执法，有效遏止了企业违法排污的势头。在灵湖市的主要路段进行噪音监测公示，并建立"城市空气质量"日报制度，在灵湖电视台早、中、晚三次天气预报时，同步播报城市空气质量。在环保局内部，他重视队伍的建设，亲自抓队伍的思想作风；在业务上，由各部门负责人加强对从业人员的培训；污染控制科还对全市范围内的污水处理操作人员，进行理论知识普及和上岗操作培训，经考核合格者，会同劳动部门发给《污水处理操作资格证书》，今后要执证上岗，无证人员不得从事污水处理的工作。吴铁良还和李志成商量决定，日常的调查办案由李志成负责，一些大案和难啃的硬骨头由他亲自去应付。吴铁良此举，并非是想证明自己的能力，而是想保护李志成，因为他深知环保战线处境微妙复杂，有如夹缝中求生存：政府领导、企业老板和广大的人民群众，哪个是能怠慢的？李志成年轻气盛，虽精通业务知识，但工作经验不足，一味地刚正不阿，很容易绊跟头，处在环保局长这个位置，要想游刃有余地工作，是要讲点儿策略的。

　　灵湖市环保局的新网站也已建成开通，灵湖市民在环保局网站上能及时浏览到灵湖全市的污染和治理情况，还能了解到有关环境保护的详尽的法规和条例，市民要举报投诉环保违法事件，既可以拨打环保热线12369，也可以直接在网页上留言，还可以给局长信箱发电子邮件，环保局工作人员会在十五天内向投诉人反馈处理结果。电视台《市民热线》和灵湖环保局联合开展"曝光台"活动，那些排污指标检测不合格的企业名单，将在环保局网站上每月公布一次，让公众一起来谴责和监督违法企业，让他们无处藏身，知错而改。每月5日将定为局长接待日，环保局的正副局长将轮流在网站上和网民进行对话，回答大家提出的问题。吴铁良很看好网络这个平台，环保局的工作既能让市民一目了然，又增加了一个和市民互动交流的平台，这对促进自己的工作很有帮助。他觉得当领导不能一副高深莫测的样子，一定要走近群众，和他们聊天、谈心、交朋友，这样才能把工作做得更好、更细、更有效率。

翟静利用自己身为《市民热线》主持人的优势，开展灵湖市环保宣传月活动，联合灵湖市环保局、灵湖市团委、灵湖市教委、灵湖市青年文化宫和《灵湖晚报》，先后组织了"灵湖杯"环保知识竞赛、中小学生环保书画比赛、环保征文和环保歌咏比赛。在新闻媒体的大力宣传以及广大群众的积极参与下，人们的环保意识在不断增强，"节能减排"这四个字虽不说家喻户晓，但也广为人知。

有一次，大家在闲聊时提到翟静，车少军戏称翟静是灵湖市的"环保宣传大使"，田佳却说："士为知己者死，琴为知音者弹，我和翟静同为女人，我认为她不遗余力地宣传环保，一方面因为她是忠实的环保志愿者，另一方面很可能是她喜欢上了我们车科长！"车少军和翟静是朋友，但平时接触都是工作，从没谈及感情，因为翟静聪明能干，又是知名的主持人，车少军内心虽然喜欢她，但也有点儿自卑：自己一个小科长，能配得上她吗？车少军说："不可能！她每次来，要么是跟踪采访，要么是商量联合搞宣传的事，没有一次是来谈情说爱的，田主任，你可不要八卦！"田佳笑道："车科长，你怎么这么迟钝？翟静哪次来不是先找的你？她为什么不找我，不找吴局长，偏要找你呢？"车少军说："我们谈得来呀，我们在一起，总有聊不完的话。"田佳笑着说："这不就对了吗？说明你们谈得投机呀！她可是朵名花，喜欢她的人不在少数，据说旅游公司的秦总也是她的追求者。车科长，你可要勇敢点儿，要不然，她就可能成了别人的新娘啰！"听了田佳的话，车少军隐隐有点儿担心，要是翟静真的和别人谈婚论嫁，自己肯定会感到失落的，他像个小学生似的问："田佳，那我该怎么做？"

田佳笑着摇头："我是单身，我可没经验传授给你，你还是去问你爸吧，他当年怎么把你妈追到手的？"车少军说："他们是娃娃亲，不用追就到手了。"田佳笑道："谈恋爱的过程都省了，那多没劲儿啊！"

　　一天下午，社会频道的徐主任对翟静说："谁同意你把《市民热线》改版成《环保热线》的？你太自以为是了！"翟静笑道："我没改版啊，不还是《市民热线》吗？只不过多做了几期环保节目而已。现在环保是社会关注的热点话题，市民很感兴趣，我这不也是为了服务大众、保障收视率吗？"徐主任说："市民关注的话题多了，什么婚外情、包二奶、未婚生子、学校霸王、体罚学生、工人加班不加工资、打工者的生理困惑、美容院小姐的生存状态，等等，大家关心的话题遍地都是，你干吗单单围着环保转？知道的说你在宣传环保，不知道的还以为跟环保局有什么勾结呢！"翟静昂首挺胸地说："清者自清，我才不管什么流言蜚语呢！我们新闻人要有职业道德，不能为了某些领导、某些观众的要求，就刻意去迎合他们。我们要做好导向，提高观众的欣赏品位！"徐主任提高了语气说："翟静，还轮不到你来教育我！作为主持人，你不仅仅代表你个人，要注意分寸，注意影响，不要授人以柄，给我们电视台制造麻烦！"翟静说："我这是在勤勤恳恳地工作，怎么能说是制造麻烦？"徐主任说："金台长通知我，他接到了市领导的批评，说我们一味宣传环保，不断曝光企业的排污问题，对全市的招商引资和旅游开发产生了一定的负面影响！翟静，你再我行我素，就不是明智的做法了！"翟静说："如果客观报道事实都不可以，那新闻监督从何谈起？《市民热线》不只是报道家长里短，还要有一定的深度和广度，别把观众当弱智。我看，要纠正的不是我的节目内容，而是某些人的官僚作风！"徐主任叹口气说："你太固执了，早晚你会栽跟头的！"

　　晚上，《市民热线》播出的仍然是关于环保的节目，翟静知道，这个月她要把"环保"这道菜炒热，炒出色香味，既让观众对环保持续保持热情，又不能让他们产生审美疲劳。就像一条鱼的做法，有清蒸、红烧、油煎、白煮等，要不断翻新花样，观众才有兴趣品尝。翟静在开场白中说："今晚，我们继续聊环保的话题，今天请到的嘉宾，有灵湖市环保局污染控制科的车少军科长，还有一位是民间环保组织'自然之家'的负责人方萌，他们一个是环保局的科长，一个是民间环保志愿者，我们来听听他们阐述各自对环保的看法，看看他们是针锋相对还是殊途同归？女士优先，现在请方萌先发言。"

方萌短发齐耳，短袖衬衫，牛仔裤，一副很干练的样子。方萌说："很高兴来参加这次节目，这是我第二次来到这个演播室，记得上次谈的是灵湖茶叶的事，我还谈到了清江的污染对各行各业造成的严重损害，值得欣慰的是，近两个月来灵湖市的环境有了日新月异的变化，企业违法排污的现象得到了明显改善，这是环保局的同志辛勤工作的结果！"翟静说："怎么一上来就先夸对手，说说你自己呀！"方萌笑道："虽然我和车科长并不熟识，但我们不是对手，而是朋友！我们为的是同一个目标，只不过途径和方法有所不同。"车少军笑道："对，为了灵湖的环境更美丽，灵湖人民的生活更美好，我们都在千方百计地努力，不同的是我们环保局采取的是法律的手段，而环保志愿者做的是道德层面的呼吁。"翟静说："方萌，作为爱美的女性，我却发现你一年四季穿牛仔裤，这是为什么？是不是你对牛仔裤情有独钟？"方萌笑着说："我穿牛仔裤是因为它耐穿和耐脏，两条牛仔裤，我可以替换着穿两三年，既可以省下买裤子的钱，又省下了洗裤子的钱。洗衣粉中含有大量的磷，对水质的污染是相当严重的！我的发型也很简单，一年四季短发，不染不烫，洗起来方便，梳起来省力，就是看起来有点儿老土。"翟静笑道："不，一点儿也不老土，你很漂亮！"

方萌说："我之所以成为环保志愿者，原因缘于五年前的一次旅游。我们单位组织到灵山市春游，在一次爬山过程中，我身边的同事把矿泉水瓶和零食包装袋随手一扔，但我身后有位四十多岁的大姐却弯腰把游客丢掉的垃圾捡起来，放到随身带的包里。当时给我感触很深，人家的素质多好，我们大多数人缺乏这种文明素养。我问她为什么在山路上捡垃圾，她说，如果游客都往山上扔垃圾而没人清理的话，若干年后，青山就会变成垃圾山，倘若我们不乱扔垃圾，并且主动把别人扔的垃圾捡起来，那么，这个举手之劳，将给环境保护添上美丽的一笔！我觉得她说得有道理，我们聊了起来，她说她是从北京来灵山旅游的，她在北京参加了一个叫'自然之友’的 NGO 组织，提倡人人环保，关爱自然。旅游回来后，我就联系了这位大姐，加入了‘自然之友’。为了吸引更多的环保热心人士参加环保志愿活动，更好地为我市的环保出力，在三年前，我成立了本市第一家民间环保组织‘自然之家’。”

翟静说："巧妇难为无米之炊，听说‘自然之家’是没有经济收入的，那你们靠什么维持运营呢？"方萌说："自然之家是灵湖市环保志愿者的大家庭，我们不定期地开展多种多样的环保宣传活动，自发对河流水质进行考察和监测，还不定期出版《自然之家》的刊物，通过我们的视角让大家了解环保，重视环保，参与环保！在两年前，我从单位辞了职，全身心投入了‘自然之家’的工作，到现在已发展了二十多名骨干，一百多位会员，为我市的环保工作尽了自己的绵薄之力！我们的活动经费主要来自于国际 NGO 组织对我们的支援，我们不是一个盈利机构，我们取得的每一分钱，都要花在环保的普及和专项研究上，我们的会员都有本职工作，加入环保志愿者行列都是心甘情愿的，不但没一分钱报酬，有时还要贴钱和捐款，但大家都乐此不疲！"

翟静感慨地说："听了方萌的一席话，我被平凡而高尚的环保志愿者所感动，他们的行动，得到了社会各界的支持和肯定。学校里的护花小分队，居委会的护河小分队，还有商场里‘拒绝白色污染、推广使用环保袋’的宣传活动，都有环保志愿者积极奔波、默默奉献的身影，正是他们的不懈努力，才使越来越多的人意识到环保跟我们的生活息息相关，正是他们把环保的种子播撒到灵湖的四面八方！"车少军笑道："我们要感谢热心的环保志愿者的努力，他们弥补了环保法不能到达的一些角落，做了我们做不到的一些事，同时，也要感谢主持人翟静，是她在节目中一次次地宣传节能减排，推广环境保护，举办各种比赛，才使环保理念深入人心！使大家从过去对环保漠不关心的状况，发展到现在对环保高度关注的局面，这是社会文明的进步，也是灵湖环保的进步！"翟静笑道："环保局和环保志愿者，一个依靠法治，一个追求自治，两者各有长处，相互促进！"

车少军说："在日常生活中，人们对环保还存在一些误区，还不是很了解。比如说，有相当一部分人以为我们环保局是管扫垃圾的、管厕所的，还有把环保简单地理解为节约用水、节约用电。其实，我们环保局管的还挺宽，海、陆、空都要管，还有看不见的噪音、电磁场、核辐射，都在我们的监督和管理范围之内，但因为我们所查处的单位有其管辖部门，因此，我们通常不是单兵作战，而是联合其他单位联合执法。像查处造纸厂的水污染，还要有水利局的配合；查处电力公司的二氧化硫排放超标，就要电力局配合；查处小区内饭店的油烟和下水道扰民问题，就需要城管的配合；查处医院的一次性医疗器械和药棉违规处理问题，就需要卫生局的配合；查处某些单位违规建设项目，就需要规划、城建、市政等部门的配合；当我们对某些企业开出停产整改的处罚通知，还需要当地政府的配合；当我们对某些违规单位申请强制执行时，就需要法院的支持！"翟静说："这么说来，环保局的权力并不大哦，你们没有单独行使处罚的权力吗？"车少军说："有啊，我们有依法行使处罚的权力，只不过，如果没有相关部门的配合，执行起来会有一定难度，好在市政府新组建了'综合治理办公室'，就是由市领导直接负责各部门的协调工作，使我们环保局在执法行动时少一些阻力、多一些支持。"

方萌说："有些工作不是靠政府出台相关条例就能一蹴而就的，还需要一个循序渐进的过程。比如夏天时空调温度不得低于26摄氏度的规定，还有商场不得再向顾客提供塑料袋的规定，这些规定的出台，初衷都是好的，但从人性化角度来说，就显得有点儿生硬，要知道一个规定的实施，社会公众是有一个适应期的，而且要不同情况不同对待的。比方说，空调的温度在办公室和写字楼控制在26度是完全可行的，但在空间大、流动性大的超市商场，26摄氏度的温度，顾客是感觉不到凉意的，作为服务终端的顾客是不满意的；又比方说这个塑料袋，大家知道环保布袋好，但另外要钱呀，要顾客从商场免费提供过渡到自掏腰包，心理层面上也要有个过程，而且，塑料袋之所以又叫方便袋，就因为它方便，带着布包购物女同志可能好接受些，对男同志来说可能不习惯。环保不是出了问题才去关注，而是重在预防，重在保护，只要大家认真对待，相信灵湖的环境必将越变越美好！"

车少军说："空调温度的控制、塑料购物袋的禁用和环保袋的推广，都是经过长期酝酿才实施的，法律意志不以个人意志为转移，不管你是否习惯，都要无条件执行！环保志愿者的日益增多，这是让人欣喜的一个方面，同时，我们也要看到，某些企业和个人的环保意识依然淡薄，他们把治理污染和保护环境的义务推给政府、推给环保局、推给社会，自己不愿意承担责任，这是不合理的！谁污染谁治理的条款，就是针对那些光拉屎却不擦屁股的单位及个人的！"车少军的比喻虽然不雅，但很形象，翟静和方萌并没觉得有什么不妥。翟静说："两位的精彩发言，给我们上了生动的一课，使我们对环保有了更深入的了解，也让我们看到了环保局和环保志愿者的携手合作！我忽然想到，环保是一个广义的词汇，它不仅体现在环境层面上，还体现在精神层面上，污染源也不仅仅是废水、废气和废物，它还包括其他方面的内容，比如，污言秽语就是语言污染，色情暴力带来视觉污染，腐化堕落就是道德污染，这些污染距离我们也很近，我们同样不能掉以轻心！只有树立健康、环保、文明的生活理念，我们的社会才会和谐美满，我们的生活才会幸福安康！希望更多的人加入到环保志愿者的行列，使灵湖的环境更美丽，让大家的生活更美好！谢谢收看本期的《市民热线》，下期节目我们再见！"

灵湖环保局的人大多知道车少军今晚要上《市民热线》节目，因此，大家都坐在电视机前静静地收看。这次节目是直播，不是录播，大家事先对节目内容一无所知，当他们看完了这期节目，对翟静、车少军和方萌都颇有好感。吴铁良在灵湖的水上餐厅，曾见过方萌为两双消毒筷子和服务员较真，后来在灵湖茶叶出事后，又在电视上见过她慷慨陈词，今天在《市民热线》再次见到她，吴铁良的内心莫名地升腾起欣赏、敬重和关心的情绪。吴铁良觉得，方萌所做的一切，是热情和爱心的汇集，"自然之家"普及环保知识的效果，比环保局层层发文更明显，他们对污染和污染源的考察做得更细致。环保志愿者正被社会大众所接受，也有更多的人加入他们的队伍，成为他们中的一员。

常凤英也看到了方萌，转头对吴铁良说："还记得这女人吗？她真会出风头，环保不是你环保局长管的事吗？她多管闲事干什么？"吴铁良说："她不是多管闲事，你不了解情况，就不要乱说！"常凤英瞅了丈夫一眼，说："哟，我一说她，你就心疼了？我早发现了，你一看到她，就有点儿神不守舍，是不是让她给迷住了？"吴铁良生气地说："凤英，你怎么无中生有呢？我跟她又不熟，你瞎说什么！"常凤英不依不饶地说："都在一个城市，又都热心环保，你们真有共同语言哪！她比我年轻漂亮，你是不是相见恨晚啊？"吴铁良瞪着她，说："疑神疑鬼，更年期的女人都这样蛮不讲理吗？"常凤英听吴铁良说她"更年期"，脸气得通红，愤怒地扑向吴铁良，叫道："好哇，当上了局长，就想做陈世美了！嫌我人老珠黄是不是？还骂我更年期，你……你把我这个妻子放在眼里吗？"吴铁良让过她这一扑，无奈地说："好好的家庭气氛，又让你破坏了，唉！"吴铁良转身进了书房，"呼"的一声把门关上了。常凤英也很难过，暗想：我做错什么了？只不过心里不舒服，随口说他几句，他就没好脸色，还关进书房了，想跟我分居吗？自从他当了环保局长，满脑子的心思扑在工作上，夫妻生活也很少过了，他是不是真的变心了？

　　李志成对车少军的表现很满意，这个刑警出身的污控科科长越来越显示出有勇有谋。自己刚来时，车少军还有点儿毛躁，但经过这几个月的磨合，他的理论水平和口才都有了喜人的进步。李志成对主持人翟静也刮目相看，她在节目最后的话，尤其显得她的思想卓而不群，她居然把污染扩展到精神层面，这种视角的高度，不是一般的主持人能达到的。李志成知道车少军和翟静走得很近，就有意促成他们的交往。刚开始时，翟静到环保局来是找他这个留洋归来的李副局长采访的，但李志成主动把机会让给车少军，也使得翟静和车少军渐渐熟识起来，成为好朋友。翟静连续做几期环保专题节目，除了她本来对环保问题的热情，其实也有她想帮朋友的意思在内。

　　这晚，费明留宿在小红处，正搂着小红在床上亲热，电视里正好在直播《市民热线》关于方萌和车少军的对话，当他看到车少军在电视上神采飞扬地发表讲话，心里有点儿酸溜溜的。费明联想到自己当环保局长时，多次让田佳联系《市民热线》，希望记者跟踪报道自己的执法行动，翟静来过几次，却不把镜头对准他，总是热衷于报道污水哗哗直流的排污口。节目播出后，不但没给自己锦上添花，反倒让人骂他这个环保局长治污不力，没想到自己走后，连车少军这个小科长都能在电视上风光无限地亮相了，莫非这个美女主持就喜欢年轻人、不喜欢四五十岁的老男人？费明心里龌龊，不管小红有孕在身，一把将她压倒在身下，闭着眼睛，心里却把小红想象成翟静的模样，粗暴地蹂躏着她。小红被他压得喘不过气来，加上费明动作粗鲁，小红疼痛难受，一边推着他，一边哀求道："明哥，你轻点儿呀，我受不了啦！"费明正在兴头上，只顾自己痛快，哪顾小红的感受，直到他心满意足地瘫软在床上，才发现小红正在痛苦呻吟："痛，我肚子好痛！"费明起身一看，惊叫起来："啊，你流血了？"费明害怕起来，莫非小红流产了？他连忙拨通了120。直到此时，费明才清醒过来，心里十分懊悔："我的孩子！我的孩子！"

22. 生态农业

　　环保局信访科收到一封群众来信，反映灵阴县朱家浜的猪场污染问题。信上说，朱家浜大多数人家从事豆腐加工生意，是远近闻名的"豆腐村"。可是，去年村边办了个养猪场，造了很多猪舍，臭哄哄的猪粪滋生了大量的蚊蝇，几百头猪在夜里嚎叫，影响了大家的睡眠，猪粪还流向村里的小河，把原本干净的河道弄得脏不拉叽，养猪场还把死猪扔进河里，让人看见河水就恶心！外面的人怀疑朱家浜的臭豆腐是用脏兮兮的河水泡的，都不买那里出的豆腐了，村里好多人失业了！村民去村里反映，要村里关了养猪场，可没人理睬他们，养猪的也不肯搬走，说是租期没到……

　　吴铁良召集人开了个会，读了这封信，请大家谈谈怎么处理。有的同志说："养猪场好像不归我们管，应该归畜牧局管的吧？"吴铁良说："怎么不归我们管？事关环境污染，都在我们的工作范围之内！"有的说："现在工业上的污染都管不过来，这种鸡毛蒜皮的小事也来烦我们，把环保局当成了居委会，简直有损环保局的权威！"车少军说："这不是小事，现在污染已由城市向农村蔓延，如果农村的环保不把好关，我们治理污染的成果有可能前功尽弃！"李志成说："我同意车科的观点，城乡污染都要管，不能重此薄彼！权威是靠积极工作积累起来的，如果脱离了群众的利益，任何权威都是纸上谈兵！"吴铁良说："环保工作不能抓大放小，基层的环保问题影响民生，更要率先解决！李志成留下来值班，我和车少军、田佳，再叫上监察支队的刘鸣和监测中心的简莉，一起去朱家浜，现在就去！"

车子行驶在乡间公路上，正值麦子抽穗的时节，绿油油的一片，让人心旷神怡，迎面吹来的微风，夹杂着泥土和庄稼的气息，有一种清新和芳香，沁人心脾。田佳说："我虽然住城里，但很向往自然的乡村生活！"车少军笑道："你是标准的站着说话不腰疼，乡下没有商场，没有时装店，没有美容院，你过得惯吗？现在的农村人，不都想往城里钻吗？"一直没吭声的简莉说："这就是'围城效应'，城里的想冲出来，城外的想冲进去。"刘鸣说："是啊，城里有钱的到乡下买别墅，乡下有钱的到城里买房子，人总是不满足的。"田佳笑着说："简姐，你真抱定独身主义吗？"简莉慢悠悠地说："宁缺勿滥，我现在挺好。"

吴铁良让司机停车，大家顺着一条小路向里走。太阳高照，几个人又渴又饿。田佳说："不知道要走这么远，出来时我连防晒霜都没擦，皮肤肯定被晒黑了。"车少军说："黑了怕什么？印度姑娘皮肤黑，还不是得了几次世界小姐？只要健康就好！"吴铁良抱歉地说："没想到朱家浜这么偏僻，急着出来，水都没带一瓶，是我考虑不周，请大家原谅！"刘鸣说："我们到树荫下歇会儿吧，我走得脚底都起水泡了。"吴铁良说："一歇下来就懒得动了，我们要一鼓作气走到朱家浜，要是没饭店，就向老乡买饭吃。"田佳说："这穷乡僻壤哪会有饭店？"车少军说："这有何难？村民不是做豆腐吗？豆腐脑、臭豆腐、豆腐干、豆腐丝，我们就来一次豆腐大餐！"

到了村口，前面传来吵闹的猪叫声，空气里混杂着猪粪的味道。他们继续往前走，走上一座桥，桥下的河水黄黑相间，臭不可闻，猪的嚎叫声愈发喧耳。河道里停泊着好几只水泥船，车少军说："原想这么偏的地方怎么能做豆腐生意，原来这里还在用船。"吴铁良说："你们知道朱家浜为什么叫浜不叫村？"车少军说："浜是三点水加上兵，古代是屯兵的地方吗？"吴铁良摇头。刘鸣说："有个京剧叫《沙家浜》，可能这里也有湖，也有芦苇荡，所以叫朱家浜。"吴铁良说："你们有没发现，凡是地名上叫'浜'的，肯定与河相邻，而且，河的一头是不通的，也就是死河浜。"车少军想了想说："有道理，我们那儿的顾家浜、杨家浜，村里都有一条死河浜。"吴铁良说："小河因为一头不通，流动性差，更容易积聚污染，所以，朱家浜的这条河，被猪场污染的速度很快！"

车少军说："人是铁，饭是钢，我们还是先去化缘吧，吃饱了才有力量！"前面是朱家浜村委会，门旁开着一家副食品店，刘鸣第一个冲进去，抓起货架上的饼干、方便面和矿泉水，一股脑儿抱在胸前，看得店主目瞪口呆，以为碰到了抢劫！刘鸣问店主："一共多少钱？"店主回过神，点了数量，算了算，说："五十八块六毛。"车少军付了钱，说："有没有开水？帮我们把六桶方便面泡了。"他撕开一袋饼干，递给众人说："先吃点饼干垫垫饥，呆会儿再吃方便面。"田佳拿过几块饼干，又给了简莉几块，说："我吃饼干就行了，车科，怎么不吃豆腐大餐了？"车少军笑道："不管豆腐大餐了，能填饱肚子就是美餐！"店主见众人吃得狼狈，口音不是本村人，好奇地问道："你们从外地来的吧？"刘鸣说："我们是环保局的，来查处猪场污染。"店主惊喜地说："你们真是环保局的？就凭你们没到村里吃饭，自己买方便面吃，我相信你们不是在忽悠人，你们来得太好了，这污染可让村里人遭罪了！"

一行人来到村里，简莉取了河水和井水的样。车少军看过翟静在《市民热线》中报道豆腐黑作坊无证经营和污水横流问题，就问身边的一个村民："你们在加工豆腐时也会产生污水，你们是怎么排放污水的呢？"村民稍稍一愣，说："我们排河里，但河水绝对没现在脏。"另一个村民说："以前只是有点浑，现在可不得了，养猪场的猪粪直通河道，河水变成化粪池了！"还有一个村民说："村里自从有了养猪场，我们的损失可大了，做的豆腐没人要，村里还要收租金，让我们村民喝西北风，这笔账怎么算？"刘鸣说："我们只管环保，不管生意。"车少军说："猪场的确污染严重，但你们在要求别人的同时，对自己也要严格要求，不然的话，就算猪场搬走，你们做豆腐的污水也会把河水弄脏的！"村民抱怨说："我们现在都停工了，不做了，就是做了豆腐，也像嫁不出去的姑娘，豆腐村的名声可算毁了！"

去往养猪场的路上，村民介绍说："承包猪场的叫金桂根，他以前是乡里的兽医，这几年养猪发了横财，听说去年他赚了一百多万，白花花的猪肉臭哄哄的水，他赚的可都是黑心钱哪！"不过，猪肉涨价是去年的事，前几年猪价大跌，加上蓝耳病，大批的生猪死亡，金桂根应该亏了不少钱。

他们还没走近猪场，两条狼狗就在木栅栏内狂吠起来。沿河的两边一排排的猪舍养满了猪，猪圈后面有出粪的地方，从猪圈清理出来的猪粪堆积在河边的地坑内。猪粪早就漫出了坑，大白天的苍蝇蚊子乱飞，臭气熏天，田佳和简莉掩住了鼻子。村民说："我们闻惯了，臭还能忍受，就是猪叫和猪粪，一个吵，一个脏，让我们忍无可忍！"车少军说："猪粪是优质肥料，他们却白白浪费掉了，还污染了环境，真是可惜。"

有村民叫道："里面有人吗？"只听到猪叫，没听到有人答应。那村民又喊道："金桂根！你不出来我们要进去了！"可能金桂根怕狼狗伤人，他从一个猪舍内走出来，大声说："你们等等！我在喂猪，过半个钟头再进来！"刘鸣说："这人好大的架子，养猪有什么了不起，还叫我们在外面干等！"吴铁良说："人家在喂猪，是我们打扰了他，等他一下应该的。"刘鸣嘀咕道："我们是来执法的，跟他客气什么？"车少军也说："我们是执行公务，公民应给予积极配合，没理由让我们等啊。"吴铁良说："这是对人家应有的尊重，执法要以人为本，以理服人，如果摆出一副盛气凌人的模样，人家能积极配合吗？能心悦诚服吗？我们要杜绝蛮横执法！"车少军说："吴局，听您说话，我能学到很多。"

过了一会儿，从猪场内走出来两个男人，一个四十几岁，一个二十几岁。村民悄声说："一个是金桂根的弟弟金菊根，一个是金桂根的儿子金立新。"金菊根走到木栅栏前，两条狼狗停止了叫唤，围着两人呜呜低叫，金立新对狼狗叫道："趴着别动，不许乱叫！"两条狼狗果然乖乖地趴在地上，一会儿看看主人，一会儿看看门外的不速之客，并没有放松警惕。金菊根对村民说："你们又来了？告诉你们别来闹了，我们没有错！你们要找就去找村里，别以为我们好欺负！"刘鸣说："你把门开开，我们是环保局的，到你这儿来检查！"金菊根看了看眼前的这些人，没好气地说："环保局？就是公安局来的也没用！我们有租赁合同，合同上白纸黑字写着租期五年，这才过去不到三年，没理由叫我们搬走！"

正在这时，从后面小跑着过来一个中年男人，有村民说："他是我们的村主任姚福元。"姚福元跑到近前，说："我是朱家浜的村主任，我姓姚，听人议论说市环保局来人了，我这才过来，怠慢了，抱歉抱歉！"姚福元善于察言观色，他来到吴铁良跟前，说："您是吴局长吧？为我们村这点儿小事，劳驾您亲自过来，真不好意思！请到村委会喝口茶吧。"金菊根说："村主任在，你们有事找他说去，别来找我们麻烦！"姚福元对金菊根说："这几位是环保局来的客人，你说话客气点儿，别不知深浅，自讨苦吃！"吴铁良说："我们过来了解下情况，这养猪场是村里建的？你觉得把猪场建在村边合适吗？"姚福元说："这边原先是荒地，我们利用起来造了一些猪舍，当初建造的时候，村里没人反对呀，现在村民来反映，村里充分考虑到村民利益，跟金桂根协商过几次，想叫他们搬走，但他们坚持按合同办事，五年租期未到，我们也没辙。"

村民不满地说："以前我们不知道养猪场会让村里变成这样！水黑了，空气臭了，我们失业了，姚主任，您看怎么办吧？"姚福元说："说话要凭良心，为了解决大家的饮水问题，去年村里挖了深井，建了水塔，通上了自来水，还要我们怎么样呢？"村民说："姚主任，您别光拣好的说，这猪场越办越大，河水越来越脏，噪声越来越响，这是明摆着的事实！朱家浜的名声还不是让养猪场搞臭的？"姚福元说："怎么人家亏钱的时候没见你们说猪场不好，眼瞅着人家赚钱了，你们就眼红了，打人家的主意了，现在是法制社会，大家按合同办事，有什么不对？"村民说："我们不是眼红，我们是看不过去这环境污染！"

金桂根喂好猪食，走了过来。吴铁良说："喂完了？养猪挺辛苦的吧？"金桂根点点头，说："还好，搅拌饲料用机器，喂水喂食都有管子通到猪圈，要是像家庭养猪那样，拎着桶一个一个猪圈喂，不累死才怪！"姚福元说："老金，这位是市环保局的吴局长，你怎么让领导在外面等？还不请大家进去！"金桂根愣了一下，说："灵湖市环保局长吗？怎么到我们养猪场来了？对不起对不起！我这就开门。"金菊根阻拦道："哥，别开门！他们是来检查我们养猪场的，没安什么好心！管他什么局长，我们不犯法，怕什么！"金菊根瞪了弟弟一眼，说："做人要讲道理，不能蛮干！他们找我们有事，说清楚了不就行了？"吴铁良说："里面吵，说话听不清，刘鸣，你陪简莉和田佳进去看看，拍几张照，采几个样，金师傅，姚主任，我们去村委会聊，怎么样？"

　　村委会的会议室挤了一屋子的人。吴铁良说："大家好，关于村里存在的污染问题，欢迎各位畅所欲言！"村民说："如果村里真为大家着想，养猪场最好关掉，或者搬走！"金桂根说："你说得轻巧，要是关掉，我这一千头猪的损失谁来赔？是你吗？要说搬走，新的养猪场在哪儿？还有搬迁费谁出？况且，我手里有合法的租赁合同，合同期没到，谁也别想动脑筋！"车少军说："猪场的污水流入河道，造成河水富营养化，天气一热，更会发黑发臭！猪粪的无序堆放，造成周边的环境污染，如果不对猪粪加强管理，今后，河里流淌的就不是河水，而是粪水！猪叫的分贝较高，构成噪音污染，影响村民休息，也影响了村民健康！鉴于这些情况，不知村里和猪场承包人有何表态？"

　　金桂根站起来说："河水污染的事，其实是村民的豆腐渣污染在前，我的养猪场污染在后。我来养猪时，河水已经不干净了！要说猪粪，我有责任，但我也没办法，现在种田人家少了，用的也是化肥，养猪场每天出好几吨猪粪，叫我们往哪儿放？没法处理，只能堆在坑里，满了随它往外流！说到猪叫，更滑稽了，猪要叫，能怪我们吗？总不能塞住它们的嘴不让叫吧？大家要是睡不着，可以用棉花塞耳朵，听不见不就没事了？三天两头到我的猪场来闹，你们到底想干啥？"姚福元说："河水污染不是问题，大家现在用上了深井水，不喝河水了，再说，河水不是脏，只能讲是肥，猪粪往河里流，臭是臭了点，但用来浇菜是一流的肥料！"村民抗议说："不喝河水，这脏乱差就不管了吗？"姚主任说："关于猪场，说实话，村里也很头疼，上面支持我们搞养猪场，要求我们保障生猪出栏量，缓解猪肉供应紧张，平抑涨价势头，你们说，现在能关吗？确实没地方可搬，要是占用良田重新建猪舍，肯定行不通！"

　　吴铁良仔细听着大家的讨论，公说公有理，婆说婆有理，村委、村民和养猪场，三方很难达成共识，要将三方利益协调平衡，先要找到他们一个共同的支点，才能捆绑在一起，组成一个三脚架，达到既保护环境又解决问题的目的。吴铁良说："姚主任，你刚才说河水脏了没关系，这个想法是错误的！河水满，井水宽，地下水和地表水是相通的，万一深井水也污染了，那让村民喝什么水？只有断绝了地表的污染源，才能保证地下水的安全！"刘鸣说："养猪场存在的问题，已经违反了我国颁布的相关法律，如果不及时整改，是要受到法律制裁的！"金菊根说："别用法律吓唬我们乡下人！养猪犯法，这在哪朝哪代都说不过去！"车少军说："不是养猪犯法，是猪场排放的污染物对周边的环境、水源造成了比较严重的污染，根据我国的《环境保护法》《水污染防治法》《环境噪声污染防止法》《清洁生产促进法》和《固体废物污染环境防治法》的相关规定，环保执法机构有权对违法单位及个人，进行限期整改和罚款等处罚！"

村民们第一次听说，弄脏了河水，弄脏了村里的环境，居然是犯法的事！村民们似乎看到了希望，哗的一下拍起手来。姚福元和金桂根的脸上渗出了汗，他们都没想到把猪粪随地排放竟然违反了法律，这让他们有点儿难以置信。吴铁良不想让大家增加不安情绪，这对解决问题没有好处，他已经想到了一个主意，如果付诸实践的话，也许能把朱家浜的污染问题逐步解决。吴铁良沉稳地说："大家不用担心，我们不是来抓人的，我们来的目的，是想了解实际情况，和大家一道想办法，让朱家浜的环境能清清爽爽，大家的生活能和和美美！"取样回来的田佳笑道："吴局，您有办法啦？"吴铁良说："朱家浜的河水是脏了，但幸运的是，附近没有工厂，这污染不是因为工业废水，而是因为豆腐渣和猪粪。我是农村出身，我知道猪粪从前是农家宝，家家拿去肥田，谁家也舍不得丢掉。现在种田的为了图方便，大量使用化肥农药，那样对土壤、对水质都会造成污染，我们只要解决了猪粪的出路，污染的问题就解决了一大半！"

田佳听得有点儿云里雾里："吴局，您说了半天，怎么都是猪粪，是不是有点儿跑题了？"姚福元和金桂根却听懂了，他们明白，要是没有那些堆放不下的猪粪，朱家浜的环境不会这么脏，村民不会有这么大的意见！但猪粪的出路在哪里？金桂根说："现在科技发达，难道能让猪只吃不拉？"吴铁良笑道："只吃不拉是便秘了，你们从猪身上找解决问题的方法，其实，我们不能靠猪，要靠人！"姚福元说："吴局长，您有什么好办法？"吴铁良说："方案倒是有一个，但需要村里的大力支持！"姚福元说："只要让村民满意，不在背后戳我脊梁骨骂我，让我做什么都愿意！"

这时，门口走进一个人，带着笑容说："大家这么热闹，在谈什么呀？"姚福元一见此人，连忙起身介绍说："这位是我们村支部的赵支书，这位是灵湖市环保局的吴局长！"赵支书说："不好意思，咱们这个小村庄，给领导添麻烦了！吴局长亲自前来，是咱们朱家浜的光荣，说明环保局的同志对咱们村的重视和厚爱！大家热烈欢迎！"吴铁良摆摆手说："大家别客气，我们来实地调查，就是想了解事实。处罚不是我们执法的目的，能够让大家认识到环保的重要性，力所能及地帮助大家解决污染带来的一系列问题，这才是我们想要的效果！"

金桂根说："如果不叫我把猪场搬走，村民不再来寻事，我愿意配合环保局的同志，让我出钱出力都行！"有位村民说："猪叫实在太吵，能不能让猪场安装隔音板？"金桂根说："给每个猪圈安装隔音板，成本太高了，我承担不起！"车少军说："关于噪音，大家可以采用金师傅说的方法，睡觉前用棉花塞一下耳朵。"姚福元说："赵支书，刚才吴局长说了，他已经有了解决方案，不妨请吴局长给大伙说说。"赵支书有点不信，自己在这儿生活了几十年，都没想出好办法，他初来乍到，能有办法解决大家面临的困扰，这可能吗？尽管他是环保局的，对治理污染有一套，但处理问题要兼顾各方利益，恐怕不好办。赵支书说："请吴局长赐教，我们洗耳恭听！"

吴铁良呷了口茶，说："大家都知道，中国是个农业大国，以粮为纲，现在为了社会发展的需要，由农业化向工业化转型。但大家别忘了，吃饭问题始终是人类生存的头等大事，当大家都去打工，都去做生意，没人种田的时候，反而是种田的好时机到了！我们一路走过来时，发现不少农田里长着荒草，姚主任，这是怎么回事？"姚福元说："现在化肥、农药太贵，加上人工，种田挣不了几个钱，年轻人都出去打工了。如今，农业税不用交，荒田没什么损失，村里也管不着。"吴铁良说："这里土地肥沃，大片的良田就这么荒废了，真是可惜啊！古时候，农田是被称作聚宝盆的，因为能源源不断地生长粮食。现代人居然连聚宝盆都不要了！"田佳笑道："吴局长，种田好像和环保无关哦。"赵支书说："现在村民各过各的，他们想怎么样，村里干涉不了，田荒废了是有点可惜，但他们做其他挣到更多的钱，还是划算的。"吴铁良说："让田荒着，怎么可能划算呢？朱家浜有得天独厚的地理条件，良田成片，远离工业区。我有个设想，能不能由村里出面，把那些荒废的田整合起来建设一个生态农业示范园？如果可以，我们环保局可以参与进来，技术方面，可以请农科所的专家培训和辅导。"

田佳惊讶地说："吴局，您想当农民想疯了？灵湖市的环保工作那么忙，您肩上的担子那么重，哪还有闲情逸致来种田？"姚福元来了兴致，说："这个主意好！荒田能充分利用起来了，绿色食品在城里很受欢迎，咱们这个生态农业示范园要是搞起来，肯定能火，赵支书，您认为呢？"赵支书说："生态农业是很有搞头，但投资谁出？谁来管理？效益怎么分？"吴铁良说："我们可以合作经营，村里出土地，我们负责投资和营销，可以吸收村民到生态园就业，至于效益，社会效益第一，经济效益第二，只要努力经营，相信不会赔本！"田佳说："吴局，您有精力搞三产吗？"吴铁良说："之所以要办生态农业示范园，最主要的原因，是为了解决猪粪带来的污染！把猪粪通通匀到田里去，做到猪粪的日出日清，生态园可以种香粳稻、血糯稻，还有优质小麦，还可以种各类蔬菜瓜果，不用一点儿化肥和农药，这么好的田，一定会带来丰厚的回报！"

吴铁良的一番话，让大家心里的疙瘩顿时打开了结。有位村民说："吴局长的想法真是高明，既解决了猪粪的出路，净化了环境，我们闲着的人又有事可做，我举双手赞成！"有的村民说："如果搞成功了，我们农民不用到镇上买米了，自给自足多好！"另一个村民说："咱们村离城市远，要是种出来了销不掉，岂不是竹篮打水一场空？"吴铁良笑道："怎么会卖不掉？没有污染的蔬菜瓜果，现在谁不想买？有机食品是真正的绿色无污染，将来会热销的。"车少军说："朱家浜的死河浜，最好能和别的河打通，让水活起来，污染就会轻得多。"吴铁良说："国家在提倡可持续发展，保护环境，走循环经济之路，这是未来的发展方向，农业会越来越得到重视！金师傅，相信不用很久，您那里的猪粪，不再是朱家浜污染的源头，而会成为生态农业的好帮手！"赵支书激动地说："听君一席话，胜读十年书！吴局长，您为我打开了一扇明亮的窗户！您第一次到朱家浜来，方方面面替大家想得这么周到，我代表朱家浜人向您表示由衷的谢意！"

　　吴铁良当场和朱家浜村委会草签了联合创办"生态农业示范园"的意向书。吴铁良他们离开朱家浜时，村干部和几十位村民依依不舍地和他们道别，有几位村民想开摩托车送他们到公路上，吴铁良笑着拒绝了。吴铁良说："到农村来走走，既锻炼了身体，又增长了见识，还交到了新朋友，我们收获很大啊！等生态农业示范园办起来，我还会来，我们会经常见面的！"姚主任感激地说："谢谢吴局长！您帮村里解决了一大难题，您办事的能力和效率，令人敬佩不已！您的心里装着老百姓，市里有您这样的官是老百姓的福气啊！"吴铁良笑道："别别，您再说下去，我要晕了。"

　　回市区的途中，田佳说："今天我感觉做梦一般，我们好像不是来调查，倒像来考察，还谈成了一个合作项目。"车少军说："我也感觉有点怪，这种执法的感觉，实在新鲜有趣。"吴铁良侧过头来说："整改通知和罚款，只是我们的执法手段，不是执法目的，调解同样是我们的工作范畴，而双赢合作，则是给我们一个意外的惊喜！"刘鸣说："吴局，您的思路开阔，每次执法都有新内容，我们望尘莫及啊！"吴铁良笑道："不求尽善尽美，但愿尽心尽力！这是我做事的原则！"

23. 道德污染

　　秦鸿坐在小车里看了看表，翟静要下班了，他想请她去吃夜宵，他目不转睛地盯着电视台的台阶，期待着翟静俏丽的身影出现。车少军、翟静和方萌从演播厅出来，车少军说："我们一起去吃夜宵吧。"方萌说："你们去吧，我不陪你们了，还有衣服等着洗呢！"翟静说："现在不都用洗衣机吗？方姐，让你老公把脏衣服放洗衣机不就行了吗？"方萌说："他呀，要是我不洗，他是懒得动的，上次我们'自然之家'的成员去松花江考察，半个月后回来，家里脏兮兮的，到处扔着脏衣服。"车少军说："他也太过分了，男人也要做点儿家务嘛！"方萌叹气说："他宁愿整天整晚泡在棋牌室，也从不帮家里收拾一下的。"车少军说："你老公怎么这样，太不负责任了吧？"翟静笑道："你能保证你在结婚后不这样吗？"车少军笑道："那当然！可惜，还没哪个女孩愿意嫁给我。"方萌说："婚前觉得男人英俊潇洒就够了，婚后才知道英俊潇洒的男人靠不住，自从我辞职后组建了'自然之家'，他就变得我不认识了。"翟静说："可能是你老公不支持你当环保志愿者，你要多和他交流交流，有时间就多陪陪他。"方萌说："女人就应该做家庭妇女吗？我只是想做自己喜欢的事，想让人生过得有意义，'自然之家'是我的事业，我不会放弃的，哎，不说了！"方萌招手叫了辆的士走了。

　　车少军感叹地说："我很感激方姐对环保的满腔热情和鼎力支持，但看她过得并不快乐，回到一个并不温馨的家里，这种滋味可想而知。"翟静笑道："没想到车科这么细心，谁做你的女朋友一定很幸福！"车少军看着身边这位美丽的主持人，她很亲切，每次和她在一起，她的音容笑貌和举手投足，让他隐隐有心动的感觉，但她如高贵的公主，身边的追求者如众星捧月，想她当自己的女朋友简直有点儿痴心妄想。车少军微微摇头，说："我没女朋友，可能是人家嫌我和污染打交道，身上有股味，都不喜欢我。"翟静故意凑近他的身边嗅了嗅，笑道："我闻闻你身上是什么味？咦，除了有点儿汗味，没什么呀！车科长，你真的没谈过恋爱吗？"车少军笑道："单相思算不算？我在警校时，班里有位警花，我很喜欢她，但从没向她表白，毕业后，她跟一位高干子弟谈起了朋友，留在了省城。"翟静格格笑道："单相思不算的，彼此相爱才叫恋爱嘛！你从没向那位警花表白，当然没有机会啦，何况，她最后选择留在了省城，你就是向她表白，恐怕也没有结果的，因为她需要的可能不是爱情。"车少军说："翟静，我有个请求，不知能不能讲？"翟静的脸红了一下，不过在灯光下不易察觉，她期待地说："什么请求？你说。"车少军停顿了一下，说："我想，你以后能不能不叫我车科长，直接叫我少军，行吗？"翟静笑了，虽然车少军没有说出"请求你做我的女朋友"这样的话，但他能要求改称呼，已经是一大进步了。翟静笑吟吟地说："当然可以，少军！"车少军开心地笑了，他觉着翟静叫他"车科长"，这个距离让他望而却步，要是她能直呼"车少军"或者"少军"，那感觉无疑要亲切一百倍！车少军说："我们去那边的咖啡馆坐坐吧。"翟静点点头："好。"

秦鸿看到车少军和翟静有说有笑的样子，心里很不是滋味。翟静居然和这个环保局的小科长交往密切，真不知她喜欢他什么！秦鸿哪里容许自己看中的东西让别人捷足先登了，他把车开到他们面前，摇下车窗说："翟静，下班了？去哪儿？我带你去。"翟静看到是秦鸿，就说："我们去喝咖啡，您开您的车，不劳您大驾，我们走着去就行了。"秦鸿听翟静说"我们"，显见她和车少军关系不一般。他依然笑着说："喝咖啡是吧？好啊，一起去吧，我买单！"翟静摇摇手说："喝咖啡的钱我们付得起，秦总，谢谢您的好意！"车少军听翟静提到"我们"，又见她对秦鸿一点儿不留面子，心里对她的好感又陡增了几分。车少军说："秦总，您怎么会在这儿？"秦鸿当然不会说是专门等翟静的，他说："我找金台长谈广告的事，出来刚好看到翟静，就过来打个招呼啦。车科长，我公司的水上餐厅本是你们环保局招待的定点单位，现在来了个新局长，你怎么也跟着新局长和我作对了？是嫌我打点的劳务费不够吗？"车少军气愤地说："你信口雌黄！我什么时候拿过你一分钱的劳务费？"秦鸿哈哈笑道："你别假装清高了，我每年给环保局多少钱，你可以问问你们前局长费明，他清楚得很，你是他手下的科长，能少得了你的份吗？"

车少军真不知道费局拿了秦鸿的什么钱，也许是秦鸿在胡说，也许是费局把钱私吞了，车少军一字一顿地说："我敢对天发誓，我没拿过一分钱的不义之财，也不会去水上餐厅吃过一顿饭！"秦鸿故意要给车少军抹黑，他说："你就别在美女主持跟前演戏了，环保局的人是什么货色，我还不清楚吗？金玉其外，败絮其中！"车少军愤然道："胡说！费局虽然让人不敢恭维，但他已经被免职了，不属于我们环保局的人！我们新来的李副局和吴局长，绝对是清正廉洁的好干部，你不必这样污蔑人！"秦鸿笑道："你自身难保，还帮别人脸上贴金，真是可笑！"翟静冷冷地说："秦总，如果您说的是真的，那您犯的可是行贿罪，我保留向有关部门举报的权利！"秦鸿本想诋毁一下车少军，让翟静对车少军改变态度，没想到起了反作用，翟静竟然说要举报，翟静的身份特殊，她是知名主持人，她说的话，相信的人多，要是被她一搅和，自己的"光辉形象"就沾上污点了，这可划不来。秦鸿笑道："我和车科长说笑的，翟静，你可别当真！车科长，改天我请你喝酒，你们聊，我有事先走了。"翟静拉起车少军的胳膊，说："我们走！"车少军心情一荡，翟静的这点儿鼓励，让他信心倍增。秦鸿看着他俩手挽手朝前走，心里妒忌得不行，真希望陪在翟静身边的人不是车少军，而是自己！秦鸿心里恨恨地说："车少军，你等着瞧，敢跟我抢女人，我会让你后悔的！翟静，你也等着，在灵湖，我想得到的东西，是不可能落空的！"

方萌推门进屋，见丈夫陈伟强躺在沙发上看电视，不禁一愣，说："你在家？"陈伟强冷冷地说："只许你出去，不许我在家吗？我打家里电话没人接，打你手机你关机，我以为你又疯疯癫癫出差了，原来跑电视台出风头去了，你可真行啊！"以往陈伟强不到深夜十二点是不回家的，天天夜里出去打麻将，打麻将是有输赢的，而且不是小打小闹，牌运不好的话，坐两个小时就得输几千块钱，对于并不富裕的家庭来说，这种游戏实在玩不起，两年多来，陈伟强把家里的积蓄都输光了。陈伟强原先是中学里的体育老师，在方萌辞职之前，他就先辞职了，和一个哥们合伙开公司，结果钱没挣到，还蚀了本。后来去帮一个亲戚看店，他因为经常出去不在店里，亲戚干脆开给他三千元工资，不要他看店了。说是工资，其实是亲戚施舍给他的，但陈伟强无所谓，不偷不抢，人家给为什么不要？他领到了钱，口袋都没捂热就跑到麻将台上，流进别人口袋里去了。输多赢少，输了钱，陈伟强还没好脸色，回家跟方萌要，方萌不给的话，他就翻箱倒柜，甚至直接从方萌的包里掏钱。方萌因为主要精力都放在"自然之家"的事情上，无心和他争吵，夫妻关系越来越淡，有点儿名存实亡了。今晚，陈伟强能提前回家，乖乖坐着看电视，想必是身边没钱了，不能在棋牌室潇洒了。

方萌说："这是我们的家，你想什么时候回来都行。"陈伟强阴阳怪气地说："你还知道这是我们的家？你现在上电视了，成名人了，就想把我这个糟糠之夫甩了，没门！'"方萌曾经和陈伟强提出过协议离婚，好聚好散，但他坚决不同意，并表示就算上法庭，他也不会同意离婚，方萌知道离婚的事很复杂，要是一方不同意的话，无异于一场马拉松，会把人拖得筋疲力尽，现在她只想把"自然之家"做好，哪有心思去办离婚？方萌说："我并不想离婚，只希望你不要去赌钱，好好地找份工作，好好地过日子。"陈伟强说："你现在是上报纸，上电视，风光了，我现在是穷光蛋了，你就看不起我了，是吗？"方萌说："夫妻之间是平等的，我怎么会看不起你？"陈伟强说："那我问你，为什么你一直不肯生孩子？"本来生孩子是婚后二三年就会考虑的，因为后来她把精力投入到"自然之家"，就想缓一缓，为这事，她也觉得有点儿欠他的，因此，对他刚开始时去消遣和赌博，她并没太多干涉，只是小心劝过他，可他根本没理睬她的劝告。方萌说："生小孩至少要一年的空闲时间，我现在没空，再说现在家里没钱，生了小孩也养不起！"陈伟强说："哪个女人不生小孩？你搞什么'自然之家'，纯粹是不务正业！洗衣、做饭、养孩子，这才是做老婆的本分！"方萌反驳说："那你做男人的本分在哪儿？你有能力养家糊口吗？"陈伟强说："如果你生了孩子，我自然会去挣钱，就因为你一直不生小孩，我心里不舒服，才去棋牌室玩，这能怪我吗？"方萌没想到他这么会推卸责任，说："整天泡在棋牌室，玩物丧志，你这叫男人吗？"

方萌走到沙发前拿起几件脏衣服，正要走去卫生间，陈伟强突然抓住她的两条手臂，用力一拉，方萌没提防，一下扑倒在他的身上，手里的衣服散落在地上。陈伟强一把搂住她，翻身把她压在身下，叫道："你怪我不是男人，好呀，我让你看看我是不是男人！"也不知是因为忙碌还是夫妻感情不够融洽，总之方萌对夫妻生活并不是很感兴趣，更不喜欢这种粗鲁的方式。她一边挣扎着推开他，一边说道："伟强，你放开我，别这样！"陈伟强继续着动作，说道："你是我老婆，凭什么我不能动你？"方萌说："我不喜欢这样，我要洗澡！"陈伟强说："洗什么澡？完了再洗不一样吗？"方萌坚持说："不！我要洗澡，我要洗衣服！"陈伟强呆了一呆，松开了手，扫兴地说："这个时候还想着洗衣服，你真没劲！你是不是有了别的男人，所以不想和我亲热？"方萌整理了一下衣服，说："'自然之家'的事忙得我晕头转向，我哪还有心思红杏出墙？"陈伟强说："既然你没变心，为什么对我这么冷淡，就因为我现在没钱吗？还是怕我现在失业，会影响你光明的前程？"方萌平静地说："夫妻之间最基本的是信任，你既看不起自己，又对我不信任，这样的婚姻，你认为有幸福可言吗？"陈伟强说："你一心想离开我，摆脱我，我就偏不成全你！你一直不想要孩子，实在有点儿可疑，要是哪天让我发现你有野男人，我会叫你们死得很难看！"方萌不想辩解，丈夫的无端猜疑让她痛苦和愁闷。家是栖息身心的港湾，可方萌一回到家里，感觉比不停地工作还令人疲惫。她只想好好洗个澡，好好睡一觉，只有在睡着的时候才能暂时忘却尘世间的烦恼。

李志成一直在惦记着西灵区草桥乡永鑫废旧塑料厂的事，废旧塑料的回收加工会产生很多污染，有必要加强监督和管理，但那是一群残疾人赖以生存的工作，他无法做到铁面无私，对他们哪怕只是很轻微的处罚，也会让他们本来艰难的生活雪上加霜。李志成不想去伤害他们，不想拿走他们支撑行走的拐杖，他们是脆弱和敏感的，李志成不想利用手中的权力去对付那些生计维艰的弱者，他只想帮助他们，使他们生活得更好。他查了国内外好多资料，收集了大量的实用专利和投资项目，为了掌握它们的可行性，他咨询了很多专家，并结合中国国情和草桥乡的实际情况，最后，终于选定了一个"短、平、快"的项目，可以取代永鑫废旧塑料加工厂的现有业务。当然，目前只是李志成的一厢情愿，而说服潘永鑫"弃旧迎新"，就是今天前往草桥乡的目的。李志成准备了详细的资料，叫上车少军和姚大林，驱车前往草桥乡。

近日天气炎热，气温有三十几度，司机在开车时打开了空调，李志成叫他关上了。李志成说："夏天大家都用空调，会产生热岛效应，特别是在人口密集的城市，本来气温就高，空调排放的热气不能很快散发，会间接导致局部高温，所以，有的城市在夏季会变得像火炉一般，让人热得难受。"司机小张说："大家都开空调，就我们不开，有什么用呀？要是公交车在大热天不开空调，司机还不被乘客骂死？"李志成说："公交车不一样，那就是为乘客服务的。空气流动产生风，车子在行进过程中，窗外吹来的自然风更利于车内散热。"车少军笑道："你的意思我明白，作为环保工作者，要对节能减排身体力行，对吧？但是，我们也要享受科技带来的便利，要是我们现在还用步行，还用蒲扇，那时代的进步和办事的效率，就体现不出来了。"姚大林说："我保留意见，因为我是胖子，本来就怕热，又让太阳火辣辣地照着，这肉都快烤熟了。"李志成抱歉地说："姚队长，对不起，我忽视了你的感受，我接受你们的意见，小张，那就关上窗开空调吧！"姚大林笑着说："谢谢李局长体察下情！这才是咱们的好领导，好哥们！"

车少军说："李局长，那家废旧塑料厂，我们完全可以依法办事，该罚该关，照章办事，我们是环保局，不是残联或民政局，没有义务为他们找出路。"李志成摇摇头说："虽然我们没有这个义务，但我们有这个责任！如果在执法过程中，我们感到良心不安，那就说明我们的工作还有漏洞，还需要完善，法律不是冷冰冰的铁板一块，它应该也有温情的一面,这个温情,要靠我们执法者来实现!当然,我不是说对每家违法单位都这样仁慈,对有些明目张胆不把环保法规当回事的违法单位,反而要从严从重处罚,最好能罚得他们倾家荡产,这样才能让他们产生敬畏,不致于明知故犯!"车少军说:"我能理解,中国是个讲人情的国度,完全依靠法制来管理,会有一部分人不理解或产生抵触情绪,要像带兵打仗那样赏罚分明,才会让人心悦诚服。"姚大林说:"我不懂什么高深的理论,但我知道,在我们国家,不是缺少法律,而是缺乏执行力,官大于法的现象依然存在。"

李志成说:"不识庐山真面目,只缘身在此山中。以前,我也认为是法律不健全或是执行不力,才导致有令不行和一些不正之风的蔓延,但从国外学习回来后,我才感觉到真正的差别在哪里。"车少军好奇地说:"差距在哪儿?我想知道!"李志成说:"在国外生活的几年,我深深地感觉到,我们缺少全民意识的自觉性,比如法制意识、环保意识、健康意识、公民意识等,发达国家的公民的自觉意识比较强,像美国、日本、澳大利亚,在公共场所,他们无需张贴标语,也无需戴红袖章的管理人员,大家都自觉遵守在公共场所不吸烟、不乱扔垃圾、购物排队、不践踏绿地等,并不是说外国的月亮比中国的圆,但这种全民意识的觉醒和确立,在我们国家还有待于加强。"车少军说:"听你这么一说,我觉得很有道理,这种自觉意识,是否体现了全民道德修养?中国是个文明古国,但一些优良传统却在渐渐丢失,真让人担忧,到底怎么来改变这种局面呢?"李志成说:"教育!在义务教育阶段,真正地实行素质教育,提高孩子们的品德修养,才能立竿见影地提高全民素质,惠及后人!"姚大林说:"听你们两位高谈阔论,我像根木头,一句话也插不上,惭愧!看来我要多向李局长和车科长学习,经常充充电了。"

车少军说:"让人欣慰的是,最近几个月,在吴局长的正确领导下,我们环保局的形象大有改观,我穿着制服出去办事,大家对我都很尊重,不再像过去那样,为自己是环保局的人而羞愧了!"姚大林说:"可不是,以前人们看到我,都说我是吃大鱼大肉却不干实事才胖的,现在不同了,也有人说我姚胖子可爱了。"李志成笑道:"群众的眼睛是雪亮的,只要我们心系百姓，勤勉工作，大家一定能感受到我们的努力和提高，环保局最近知名度直线上升，这要归功于车科长和翟静的密切配合，归功于《市民热线》对我们工作的宣传和支持！"姚大林笑道："我感觉那个主持人翟静好像对车科长有点儿意思，车科长，你们是不是在谈恋爱，从实招来！"车少军一笑，不说话。

李志成说："姚队长，我让你办的事怎么样了？"姚大林说："我都查清楚了，潘厂长的塑料厂还在加工塑料拖鞋，销路不错，那个孙凤明，去年开始办了个小厂，也在生产塑料拖鞋，由于在价格上占不到优势，他就动起了歪脑筋，想把潘永鑫的厂子搞垮，他在本地好做独家生意。他向环保部门举报，说永鑫废旧塑料厂三废排放超标，希望环保局前来查处，乡里和区里都知道潘厂长的事迹，没有派人来查，他就直接向我们市局举报，想借我们的手帮他除去竞争对手。"车少军说："举报没错，但他的行为有点儿缺德，这是小人行径，他一个健全人怎么去夺残疾人的饭碗？"李志成说："他虽然身体健全，但心理不健全。"姚大林说："我第一次见到他，就觉得他有点儿不正常，他应该去看心理医生。"李志成说："翟静在节目中曾经说过，道德的污染也是一种污染，我们环保局虽不可能面面俱到，但可以考虑介入心理疏导，好比大禹治水，堵不如疏。"姚大林说："环保局要开心理诊疗吗？"李志成说："我们不行医，但可以学点心理学知识，这对开展工作是有好处的。有的人之所以漠视环保，就因为他们的思想有问题，如果我们动之于情、晓之于理，肯定比照本宣科效果好！"车少军笑道："李局长，我发现你比刚来时变了不少，以前你可是坚持原则的，现在想得更周到了。"李志成笑道："近朱者赤，近墨者黑，我和吴局长搭档两个月，被他潜移默化了吧。"

李志成一行开车进入永鑫塑料厂，门口的老伯别看年纪大，腿脚不便，但记性非常好，他想起刚进去的那些人是以前来过的环保局的，但不知他们今天来有什么事？李志成知道潘永鑫的办公室在哪儿，他径直来到包装车间。车间里的工人看到他们几个人，并没在意，因为常有人来找潘厂长，但只过了十几秒，就有人认出来了，悄悄说："他们是环保局的，他们来干什么？"除了腿不好的，其余的工人都豁地站了起来，警惕地盯着他们走向办公室。

潘永鑫和周会计都在里面，周会计正剥了一颗巧克力递给潘厂长，说："潘哥，给你。"潘永鑫笑了笑说："我不饿，你自己吃吧。"周会计撒娇似的说："不，我就要你吃。"潘永鑫憨厚而开心地笑着，伸过了头，周会计把巧克力塞进他的嘴里，甜蜜地笑了。李志成和姚大林上次来过，知道潘永鑫帮助周会计的事情，今天看到他们亲昵的样子，不禁站在门口鼓起掌来，姚大林笑着说："恭喜两位情深意长！"周会计想到刚才的一幕让他们看到了，有些不好意思，脸一下就红了。还是潘永鑫沉着镇定，看到是李志成他们，站起身招呼说："是李局长啊，请坐请坐！"李志成和车少军坐在床铺上，姚大林去车间拿了一个方凳，看见员工们紧张地瞪着他，就笑着说："我们是来看望潘厂长，不是来检查的，你们继续工作吧。"众人见他和气的样子不像是说谎，就都坐了下来。

办公室地方小，姚大林就坐在门口的地方，潘永鑫抱歉地说："工厂一直没挣到多少钱，办公条件很简陋，连一个沙发都没有，请领导们多多谅解啊！"姚大林笑道："没关系的，我刚才拿了个凳子，发现员工对潘厂长真是忠心耿耿，他们害怕您受到伤害，都虎视眈眈地瞪着我呢！"潘永鑫笑道："不是他们忠心，是他们太爱护我了，我们一个厂子的人，团结友爱，就像一个大家庭。"李志成说："我也非常敬佩您的人格魅力，您的思想和行为，远比一些所谓的健康人更高尚。"潘永鑫淡淡一笑，说："我只是做了我该做的。"车少军不解地说："听李局长说起过，您的厂子开了十来年了，能生存这么长的时间，应该有相当的经营积累了吧，怎么生产条件还这么简陋呢？"潘永鑫说："我们是福利企业，做的也是微利产品，经营的利润，也都投入到再生产过程和员工的工资，厂里基本没什么保留。现在市场竞争激烈，对质量要求比较高，我担心有一天厂里加工的产品卖不掉，我就无法养活这些兄弟姐妹了。"

姚大林一指李志成说："李局长已经帮您想到这个问题了，今天我们来，给您带来了一个新项目，既环保，又容易上手。"潘永鑫高兴地说："真的？"转瞬，他的目光黯淡下来，说："上新项目要钱的，可我没多少钱，不敢想啊。"李志成说："设备很简单，简单培训一下就能上机操作。"潘永鑫说："哦，也是小生意吧？"李志成说："做小生意并不代表不挣钱，浙江人做纽扣还发财了呢。这个项目跟您的废旧塑料加工相比，最明显的好处是环保，因此，潘厂长，希望您能放弃现在的塑料加工，那些旧设备可以当废铁卖点钱。"潘永鑫半信半疑："真有这么好吗？只要能让大家留下来上班，有饭吃，我愿意改行，但不知产品销路怎么样？"周会计说："对啊，要是做出来的产品卖不掉，那我们怎么办？想回头也没路了呀！"李志成说："请放心，销路没有问题，我还可以帮点儿忙呢。"潘永鑫有了兴趣，说："那是什么项目，有资料让我看看吗？"

李志成从公文包里拿出一叠资料，还有一块布料，车少军接过来，探身递给了潘永鑫。潘永鑫仔细地翻看着资料，又把布料拿在手里研究，李志成介绍说："这种无纺布能自然分解，就是焚烧，也是无毒无味，没有遗留物，不污染环境，如果把这种无纺布缝制成布袋，轻薄耐用，绿色环保，很有市场前景的。"车少军说："现在城里的商场超市，已经在推广环保购物袋了，以后的需求将越来越大！塑料袋的泛滥，已成为一种白色污染，特别是再生塑料做的塑料袋，含有毒物质，影响身体健康，它在地下几十年也难以分解，对土壤和环境危害较大，我估计，环保布袋会取代塑料袋的。"姚大林说："潘厂长，我们可以利用环保局的优势，帮您打开销路。"李志成接着说："投资也不大，买二十台左右二手的电动缝纫机，每台大概一千多元，它不是用脚踏的，只要手能动，都能上机操作，让老师傅稍微指导一下就行，做一个布袋成本大概一二元，可以卖到三四元，量大了，也是有钱赚的。"潘永鑫点点头，说："自从你们上次来后，我一直深感不安，回收塑料加工带来的污染这么严重，这是我没有想到的，这次你们给我带来了新项目，我觉得非常好，小周，你说呢？"潘厂长在征求周会计的意见，看得出，他们的关系已非一般。周会计说："放弃经营十几年的塑料厂，大家都会感到惋惜，但为了环保，我觉得应该转行，潘哥，只要是你认准的，我一定支持你！"潘永鑫笑道："好，有你的支持，有李局长的关怀，我就有信心了！"

车少军说："我是市局污染控制科的，实话说吧，一个月前曾有人举报您的加工厂的污染问题，李局长和姚队长上次来，之所以没有当场处罚，是因为被您的身残志坚和助人为乐的精神所感动，按规定，有投诉必须有处理结果，因此，今天我们带来了整改通知书，在半个月的期限内，您要完成停产和设备的清理，否则，我们就只能依法办事了。"潘永鑫明白，李局长此次带来的整改通知书，其实只是通知，并没有处罚的内容，是想让自己有时间腾出车间，最快时间内完成转产，可以说，这是对自己特殊的照顾。潘永鑫感激地说："谢谢几位领导的关怀，你们对我太好了，这个新项目，我一定尽快投产！"李志成笑道："潘厂长，别叫我们领导，我们很乐意和您交个朋友，从您的身上，我们看到了很多人性闪光的东西！"潘永鑫说："你们能把我当朋友看待，是我求之不得的！今天就留下来吃饭吧，就算是我代表厂里的兄弟姐妹向你们表示感谢！"李志成笑道："潘兄，您的心意我们领了，哪天你们办喜事了，我们一定来喝喜酒！"潘永鑫看了看小周，笑逐颜开："好，年底我和小周办婚事，你们一定要来捧场啊！"

出了永鑫塑料厂，车少军说："李局长，我觉得你就像块石头，刚来时棱角分明，现在似乎棱角磨得有点儿光滑了，变得温和多了，这从你处理事情的态度可以看出来。"李志成说："其实我的棱角还在，只是暂时隐藏起来，因为吴局长和我谈起过，我们环保执法要讲究策略，要刚柔相济，不能硬碰硬，如果硬碰硬，只会激化矛盾。我们要像水一样，可以平静可以激越可以柔韧，以不同姿态应对不同情况。"车少军说："我很佩服吴局长的，四十几岁的人，还是充满活力和智慧，他在处理灵阴县朱家浜的猪场污染问题时，居然和村里协作办一个生态农业示范园，既解决了问题又创造了生机，真是有创意啊！我相信这个生态农业一定行的！"李志成说："吴局长的开放式思维非常可贵，他没有因循守旧，而是站在了环保和开发的潮头，好比石头缝里的小草，虽然处境艰难，但依然生机勃勃！我从他身上看到了灵湖的灿烂前景！"姚大林说："吴局长虽然才来了几个月，但大家都很尊敬他，爱戴他，他的能力和魅力是有目共睹的，说实话，宋书记把他调到环保局来，真是用对了人！"车少军说："何止是用对了人，简直是太对了！听说吴局长以前是市信访办主任，也是个不小的官，但默默无闻，有什么作为呀，一到我们环保局，病猫就变成蛟龙了！"姚大林说：

"车科长，你把以前的吴局长比喻成病猫，好像不对啊，据说吴局长以前当主任时，工作也是很出色的，要不也不会让宋书记看上，调他来环保局当一把手了。"李志成说："不同的环境会造就不同的人，鲁迅原来只是个小医生，后来写文章了，成了大作家。"

24. 菲菲回家

　　环保局的会议室济济一堂，大家正在开会。李志成作了本周工作的小结报告，并谈了下周的工作安排，吴铁良接过话茬儿，说道："环境监察是个长期工作，不是查一次就完事的，要防止有的企业阳奉阴违，等你查了，走了，他们还外甥打灯笼——照旧！我们要杀回马枪，多检查多监督。工作中，我们既不能抓大放小，也不能欺软怕硬，下个月，我们将对灵阳县的污染进行全面治理，灵阳县的污染根深蒂固，先行切断清江污染源，这是清江变清工程中的头等大事，我们要有信心和决心……"吴铁良正讲着话，忽然，会议室里响起一阵清脆的手机铃声，吴铁良一愣，问道："谁的手机在响？"大家都拿出手机看了一下，都没见有来电。车少军说："吴局长，好像是您的手机在响。"吴铁良原先是不用手机的，当了环保局长后，因为要随时保持通讯畅通，就买了一部手机。吴铁良从裤兜里掏出手机，果然，铃声是从自己的手机上发出来的。吴铁良按了下拒听键，把手机放在会议桌，继续他刚才的讲话，可是，没讲几句话，手机铃声又响了。李志成说："吴局长，可能谁有急事找您，您就接一下吧。"吴铁良拿过手机，抱歉地说："对不起，不习惯这个东西。我到外面接听一下。"

　　原来是妻子常凤英的电话："铁良，菲菲回来了！人现在火车站，你去接一下吧。"吴铁良说："我在开会，你让她坐公交车回家，103路在三多巷附近不是有站台吗？"常凤英说："你开会，司机没开会呀，让小刘开车接一下菲菲吧！"吴铁良拒绝了，说："不行，不能公车私用！这是我刚定的规矩，我是局长，不能带头破例！"常凤英在电话里生气地说：

"你让菲菲一个人回家放心吗？什么破局长！什么破规矩！当了几个月局长，女儿都不要了吗？"吴铁良说："菲菲大了，她是成年人，你不用替她什么事都安排好，她从北京都能一个人回到灵湖，从灵湖火车站到家才几里路，有什么好担心的？"常凤英扔下一句话："你这个当父亲的太不负责任了！"随即就挂了电话。吴铁良回到会议室，拿着手机说："我首先应该自我批评。今后开会时，请大家关了手机，要开也改成震动的，以免影响大家开会！"他先把自己的手机关机了，大家纷纷关了机。

会议结束后，吴铁良和李志成一边向外走，一边说道："我要去趟市政府，向秦市长汇报一下，下个月针对灵阳县的地毯式清查要取得市环境综合治理办的支持！"李志成说："好的，有市领导的支持，我们遇到的阻力会小很多。"到了楼下，小刘看到吴局长，知道他要出去，就把车开了过来，吴局长正要上车，忽听一个声音传来："爸爸！"吴铁良转过身来，和一个漂亮女孩拥抱在一起。吴铁良说："菲菲，你怎么到这儿来了？"这位青春靓丽的女孩，正是吴铁良的女儿吴菲菲。吴菲菲说："妈妈说你没空来接我，我就自己打的过来了，看看你的工作场所怎么样。"吴铁良说："车站广场上不是有2路车吗？怎么不乘公交来？乱花钱！"吴菲菲嘟起小嘴说："我哪知道2路车经过环保局？谁让你不派小车来接我，我就只好打的了。"吴铁良说："那你上楼到我办公室先歇歇，我要去趟市政府，回来后我们一起回家。"吴菲菲笑道："父亲大人，知道您日理万机，您忙您的去吧，放心，我不会乱跑的。"

吴菲菲的到来，使局里很多人产生了兴趣。自然生态科的朱斌华说："吴局长的女儿真漂亮，就像月亮一样，让人眼前一亮啊！"车少军笑道："月亮不会让人眼前一亮的，闪电和手电才有这个效果。"田佳看着吴菲菲靓丽的身影，说："你们男人都是这德性吗？看见漂亮女孩眼睛都直了！车科长，翟静也是个大美人，你还没追上她吗？"朱斌华说："男人本色，不色的不是男人，对漂亮女孩多看一眼，这是男人的自然反应，没什么错吧？"车少军说："翟静才是月亮，让人看得见她的光华，却感觉不到她的温度，那条登月之路，我还没有信心。"田佳说："你怎么会没信心？神六已经上天了，登月指日可待了，我昨天还收到翟静发给我的短信，她说你不错呢！"车少军眼前顿时一亮，说："真的？她真的说我不错？"田佳笑道："是真的，不过，围在她身边的优秀男人多，你可不能打瞌睡呀，要不然等你醒来，她可能已是别人的新娘啦！"车少军握紧拳头说："我不会错过她的，我要向她表白！"田佳笑道："对，男人就要有勇气！"

吴菲菲第一次来环保局，对一切都很好奇，每走过一个办公室，都要探头探脑地张望几下，对办公室上方的小牌还要念一遍："政法科、污染控制科、宣传教育科、环境信息科、自然生态保护科、信访科、财务科、纪检科……"当她经过副局长室时，俏皮地向室内张望了一下，正巧，李志成也向门口望了一下，当他看见一个年轻女孩站在门口忽闪着眼睛张望时，忽然觉得这女孩有点儿似曾相识：好眼熟，她是谁？吴菲菲看到了李志成，一呆，两三秒钟后，吴菲菲惊喜地叫道："李大哥！真的是你吗？我是菲菲！"李志成想起来了，他起身迎了过来，笑道："吴菲菲，是你呀，几年没见，你好像越来越漂亮了！"吴菲菲十分激动，她真的没想到会在这儿遇见李志成，那个三年多前在危险时刻拉自己一把，并把自己背下山的男人，居然又让自己遇见了，他还在这儿当副局长，和父亲成了工作搭档，这世界真小！也许，这就是缘分吧！

李志成酷爱户外运动，又是环保志愿者，三年前，他在出国前夕去参加一个爬山活动，顺便在爬山途中捡些垃圾。刚到北京读大一的吴菲菲，因为同学是环保志愿者，她也报名参加了这次爬山加捡拾垃圾的活动。吴菲菲爬到半山腰时，不小心踩到一块松动的石头，脚下一滑，身体失去重心，在"哎哟"的惊叫声中，扑倒在地向下滑去！李志成背着东西在后面登山，他看到前面有人滑倒，眼疾手快，一把拽住了她的手腕，用力摁在地上，这才止住了她的下滑，使她脱离了危险。吴菲菲的膝盖和脚趾让碎石刮破了，李志成拿出创可贴给她简单处理后，把东西给了其他的伙伴，转道山路，背着她下山了。到了山脚下，就近找了家诊所，拍片检查后，发现她只是一点儿皮外伤，并无大碍，李志成转身就走了。吴菲菲给同学打电话，然后回了学校，此后，她试图联系李志成，但听说他出国了，没想到三年后会在这儿重逢。

吴菲菲说："那天，真是谢谢你！不过，你怎么把我一个人丢下就走了？我可是受了伤呀。"李志成笑道："萍水相逢，我把你背下山已经不错了，怜香惜玉是你男朋友的活儿，我不能越俎代庖啊。"吴菲菲说："我那时候才十九岁，哪来的男朋友？你是怕照顾伤员是个累赘吧？"李志成说："不是，我不会照顾女孩子，我女朋友常说我是个书呆子，说我不懂照顾人。我是不会照顾人，可我不是书呆子，我还喜欢运动，因为我认为，光读书还不行，要有好的体质，才能在将来发挥更大的作用。"吴菲菲怅然若失地说："那时候你就有女朋友了？现在呢，你们结婚了吗？"李志成说："还没结婚，我在清华硕士毕业后去了澳大利亚学习，回国后就到家乡来了，工作忙，还没考虑结婚。"吴菲菲说："哦，你女朋友是哪儿的人呢？"李志成说："北京人，医学院毕业的，现在当一名医生，救死扶伤。"吴菲菲说："不错，医生这职业跟老师一样，挺神圣的。李大哥，你在这儿做什么？"李志成笑道："我在这儿上班呀，这就是我的办公室，我还要问你呢，你跑这儿来干什么？"吴菲菲笑嘻嘻地说："我来找你呀，你失踪了三年，我到处找你，今天终于被我找到了！"李志成呵呵笑道："别瞎说了，你找我干什么？"吴菲菲说："找你说声'谢谢'呀，那天要不是你及时拉住我的手，我不死也得受伤，最起码脸要破相了，女孩子要是破了相，眼前就一片漆黑了！"李志成笑道："记得那天医生在给你涂药水时，你龇牙咧嘴地喊疼，一张漂亮的脸差点变形了，我看着既同情又想笑。"吴菲菲故意撅着嘴说："哼，你除了好心，没看到有同情心！你把我扔在那家小诊所，一个人潇洒地走了，我想，你要是我男朋友，我一定把你休了！可你不是，我只能委屈地看着你挺拔的背影消失在山路上。"

　　李志成来了个180度转身，笑着说："我的背影挺拔吗？我自己怎么没看出来？"吴菲菲笑道："人是看不到自己的背影的，只有别人，才能看清你的背影。"李志成点点头说："你这句话很有哲理，一个人，无论做人做事，自己可能毫无察觉，其实别人都看在眼里，我们不能只顾眼前的，还要注意身后的，也许，大家在背后对你的评价，才是你真实的形象。"吴菲菲笑道："你挺会触类旁通，想必你这个副局长，大家对你的评价还不错吧？"李志成说："还可以吧，不过和吴局长比起来，我还要加倍努力，跑步前进啊！"吴菲菲开心地笑道："是吗？我爸爸的形象有那么高大吗？"李志成惊讶地说："你爸爸？吴局长是你爸爸？"吴菲菲笑道："是啊，我是他如假包换的女儿！"李志成盯着吴菲菲看了几秒钟，说："你一说，还真像，你今天是来找吴局长的吧？"吴菲菲说："是，我是来找我爸的，我妈说,市人事局最近有公务员招聘考试,要我回来参加考试。"李志成说："你学什么专业的？"吴菲菲说："政法专业。"李志成说："这专业还不错，随着国家法制建设的深入，政法专业的人才需求会越来越大。"吴菲菲说："我妈想请我爸给我帮忙找个好单位，这次据说是市检察院要招人，希望我能顺利通过这次公务员考试，我不想利用我爸的关系去走后门。"

李志成赞赏地说："对,21世纪的青年，应该凭自己的能力立足于社会，为社会作贡献，不能助长不正之风的蔓延！而且我相信，就算你是吴局长的女儿，他也不会因为你去走后门的！"吴菲菲惊奇地说："你这么相信我爸？在你的心目中，我爸是个怎样的人呢？我爸是局长，你们是不是都怕他？"李志成微微一笑，说道："吴局长平易近人，很好相处的，我们都不怕他，但我们都尊敬他，虽然他才来几个月，但很有威信，我们对他都很敬佩！"吴菲菲听李志成这么评价父亲，竖起大拇指，高兴地说："爸爸真行！我为他感到骄傲！"李志成说："自从吴局长来后，灵湖市环境保护的无序状态得到显著改变，污染源的控制正全面展开，第二步的治理整顿也在实施，我相信在吴局长的领导下，灵湖将越变越美！"吴菲菲笑道："我太崇拜我爸爸了，他真是个当环保局长的材料，当官这么多年，他也该扬眉吐气了！"李志成说："我们每个人，只要找到自己人生的座标，就能划出一条优美的抛物线,最大程度地体现人生的价值。"吴菲菲说："那你呢？找到自己的人生座标了吗？"李志成说："还没有，我现在只是找到人生线段的一个支点，我会在这个支点上，尽我所能，使它绽放光彩，照亮我前行的路。"

李志成和吴菲菲虽然只是第二次见面，但就像是久别重逢的老朋友，谈笑风生，无拘无束。李志成感觉和眼前这位比自己小十岁的吴菲菲谈得很投机，无论聊东聊西，都有话接下去，比跟女朋友在一起时还放松，还有话说。一想到楚晴是自己的救命恩人，一想到她是个医生，解剖过很多人体，李志成在她面前就无法做到随意和放松，总有隐隐的压力让他不知道说什么好。李志成知道，楚晴是个好姑娘，热情大方，对人也很体贴，但两人就是缺少那种亲密无间的感觉。吴菲菲不像个未出校门的大学女生，她的视野很开阔，很健谈，也很善解人意，每一个话题，两人总能找到共同语言。吴菲菲自己也感到奇怪，哪怕是和同龄人，哪怕是和一个宿舍的同学，她也没有像和这个第二次见面的李大哥聊天这样轻松愉快。无论是站着还是坐着，没有隔阂，畅所欲言，而对彼此的话又能心领神会，这种感觉，对22岁的吴菲菲来说，是从未体验过的，让她兴奋，让她惊喜。

吴铁良到达市政府，来到市环境综合治理领导小组的办公室，刚好秦副市长、陈副书记、市委秘书长童绍刚都在。秦康远见吴铁良进来，笑着招呼道："说曹操，曹操就到，铁良，你来得正好，我们正要找你商量呢！"吴铁良说："找我商量？什么事？"陈副书记说："吴铁良，听说你在环保局干得不错啊！"吴铁良说："独木不成林，我一个人能干成什么事？还不是靠领导的信任和群众的支持！"秦康远说："铁良，你先说说你来有什么事吧？"吴铁良把一份报告递过去，说："清江的污染大家都知道，而灵阳处于清江的心脏部位，心脏病得严重了，各位领导说，要不要及时医治？"童绍刚说："灵阳是灵湖市的经济排头兵，怎么说成心脏病了？我没听懂。"吴铁良说："要治理清江污染，必须先治理好灵阳的污染，流入清江的污染源，差不多有三分之二来自灵阳，我们准备在六月份对灵阳县污染源实行一次全面清理整顿，坚决依法办事，请求市领导的支持！"童绍刚说："灵阳县不是有环保局吗？交待下去让他们去查办不就行了，犯得着兴师动众吗？你们还有更重要的事要做呀！"吴铁良说："灵阳环保局要是有能力，灵阳的工业污染至于泛滥成灾吗？清江至于沦落到被人叫乌江的地步吗？灵阳环保局严重失职，局长难逃其咎，我建议市委和纪委介入调查！"

秦康远说："凡事要分个轻重缓急，你的意思我明白，清江污染是要治，但目前有更重要的事需要你去做，灵阳那边的事先放一放。"吴铁良说："可是，直觉告诉我，灵阳的污染问题要尽快处理，不能再拖了，当务之急，还有比贯彻节能减排更重要的事吗？"陈副书记说："我市为了更好地解放思想、发展经济，准备由市政府和市旅游局联合主办首届灵湖国际旅游节，国家旅游局已经备案了，开幕式具体在哪一天，是放在人民广场还是湿地公园，暂时还没定，届时将邀请明星助阵，市电视台和省卫视台要实况转播，说白了，就是旅游搭台，经济唱戏，为灵湖经济再上台阶点一把火！"童绍刚说："关于筹办旅游节，宋书记也明确支持，为了营造更好的旅游环境，杜绝不良影响，吸引更多的客商前来投资，环保、卫生、商业、旅游、园林、市容等部门，近期工作都要紧紧围绕旅游节的主题来做。"吴铁良说："旅游节的事，不是旅游局主办的吗？需要环保局做点什么呢？"陈副书记说："灵湖市区和郊区的排污企业，你都有数吧？排污不达标的，要让他们尽快整改，来不及整改的，要在开幕式前后，通知他们临时关停十天半月，旅游节要体现灵湖的山清水秀，不能让环境问题，拖经济发展的后腿！"

　　发展旅游经济，吴铁良是十分赞成的，旅游业被喻为无烟工业，旅游的兴旺能带动商业的繁荣。农业、工业、旅游业，三驾马车齐头并进，这种经济发展模式，很对灵湖市的胃口。但是，旅游品牌的树立，往往要靠口碑，而不是靠吆喝。吴铁良说："灵湖虽然目前只是浅污染，但随着清江污水的不断涌入，如果不抓紧治理，灵湖也会遭殃的。灵湖的污染源自清江，清江的污染源自灵阳，灵阳县把清江当成排污沟，这是非常可怕的。所谓正本清源，污染不除，清江难清，哪天连灵湖都污染了，后悔可就来不及了！"陈副书记说："清江污染的治理周期较长，现在还是先把市区这块搞好再说。"秦康远说："工业文明会伴随一些污染，这在国外也不例外，就像人要排泄一样，工厂也要排泄，污染并不可怕，可怕的是贫穷，因为，污染可以治理，而贫穷意味着愚昧落后！"童绍刚说："就像先拉屎后擦屁股一样，先污染再治理也没什么错。要你们环保局干什么？就是要你们做扫尾工作的，要是都清清爽爽了，那就没必要设立环保局了，你们也都可以下岗了！"吴铁良说："我保留个人意见，但你们是领导，你们要我怎么干，我服从组织安排。"秦康远说："你或许认为旅游节是面子工程，但现实需要面子工程，我们总是先把脸洗干净，然后再考虑洗脚吧？铁良，别急，宋书记不是给你三年的期限吗？这才过去几个月，日子还长，会有你施展的机会的。"

　　吴菲菲不记得在副局长办公室聊了多久，她说："我爸怎么还不回来？该不会是去参加什么宴请，把我忘了吧？"李志成笑道："你爸不是那样的人，他一般不接受别人请客，也不请别人，可能还在市政府汇报工作吧。"吴菲菲说："说一声不就行了吗，去这么久，难不成领导还会不同意？"李志成说："这可不一定，要说服领导，那是需要技巧和耐心的，环保局是个吃力不讨好的单位，谁都怪得着，要是没有上层支持，我们的执法工作虽不能说举步维艰，但确实会遇到很多阻力。"吴菲菲说："现在上上下下不都很重视环保吗？怎么会吃力不讨好呢？"李志成说："重视归重视，具体工作还得我们去做，就算再吃力不讨好，环境保护还是丝毫不能松懈，要是怕麻烦，谁都不查不问，那不但清江水要变黑，灵湖的天空也要变黑了，这是灵湖人谁都不愿意看到的结局。"吴菲菲说："希望这次我能考上公务员，当上检察官，好助你们一臂之力！"

　　常凤英给女儿打电话："菲菲，你在哪儿？回到家了吗？"吴菲菲说："妈，我在环保局，在爸爸这儿。"常凤英说："你爸呢，叫他接电话！"吴菲菲说："爸爸不在，他去市政府了。"常凤英说："那你一个人在办公室吗？"吴菲菲说："一个人多没劲，我在和李大哥聊天呢。"常凤英疑惑地问道："李大哥？哪个李大哥？菲菲，你不会谈男朋友了吧？"吴菲菲笑道："不是我男朋友，他是这儿的副局长。"常凤英说："哦，我知道了，他叫李志成吧？你怎么跟他在一块儿？"吴菲菲笑道："我和他有缘啊！三年前我们就认识了。"常凤英越发奇怪："三年前就认识，怎么没听你提起过，菲菲，到底怎么回事？"

25. 一锤定音

　　吴铁良回到环保局，匆匆上楼，经过李志成的办公室时，听到里面说话的声音，一听好像是女儿菲菲，一看，果然是菲菲，她正聚精会神地和李志成聊天，聊得眉飞色舞，就连爸爸站在门口也没发现。还是李志成先看到了吴铁良，站起来叫道："吴局长，您回来啦？菲菲在这儿。"吴菲菲转过身，撅着嘴说："爸，你怎么才来？我都等你两个小时啦！"吴铁良笑道："你还说呢，我站门口都快一个小时了，你却没发现。"吴菲菲不信，说："爸，你肯定瞎说，李大哥，你看见我爸站门口了吗？"李志成笑着点头，说："我看见了，不过和你一样，也是才看见。"吴菲菲得意地说："爸，没有证据表明你已经到了一个小时，我完全有理由怀疑，你刚才是信口开河！"吴铁良疼爱地摸了摸菲菲的头，笑着说："不跟你贫嘴了，女儿回来了，今天我也不加班了，打电话给你妈，叫她多做点儿你喜欢的菜，咱们一会儿就回家。"

　　吴菲菲说："爸，我想带个客人回家，行吗？"吴铁良一愣，说："你不是一个人回来吗？还带了同学？在哪儿？"吴菲菲一指李志成说："不是同学，是他。"吴铁良笑道："你是说，请李局长到我们家做客？好啊，志成，那就来吧，我正有事和你商量呢。"吴菲菲说："什么李局长？多生疏呀？是李大哥！李大哥对你女儿可有救命之恩！"吴菲菲从没跟家人说起过在外面爬山受伤的事，她怕父母担心，因此，吴铁良不知道这件事，他颇为疑惑地说："救命之恩？到底怎么回事？"吴菲菲笑道："我认识李大哥，比你还早三年呢，不过，我真没想到，李大哥会和你成为同事。"吴菲菲简要说了三年前那次爬山受伤的事，吴铁良听得脸色都有点儿变了，说："好险！志成，要不是你，菲菲恐怕凶多吉少了，谢谢你！"李志成笑笑说："没什么，那次一起爬山的人多，我就是不伸出手，别人也会伸手相救的。"

吴菲菲一走进家门，就和系着围裙炒菜的妈妈来了个拥抱，常凤英高兴地说："我的宝贝女儿终于回家了！菲菲，你打电话来说要回家，我一宿没合眼，要不是单位有事走不开，我就到车站去接你了。"吴菲菲说："我是成人了，其实你们不用来接我，出去再久，回家的路总归认识的。"常凤英说："读书也辛苦的，让我瞧瞧你瘦了没有。"吴菲菲说："没瘦，这个月，我还胖了几斤呢！"吴铁良笑着对李志成说："他们母女一见面，就把我晾一边儿了，小李，来，屋里坐！"常凤英刚才光顾着和女儿亲热，没注意吴铁良身边还站着一个人，虽说在水上餐厅吃饭时，她就见过李志成，知道这个青年很不错，但今天是家庭聚会，怎么请了外人？吴菲菲见妈妈对李志成不太热情，就笑着介绍说："妈，他叫李志成，是爸爸的同事，还是副局长呢！"常凤英说："我认识，李局长，请坐！铁良，家里来客人，怎么不先对我说一声？"李志成一时之间不知道称呼常凤英什么好，按常理，应把单位同事的妻子称为"嫂子"，但菲菲又叫他"李大哥"，如果自己再称"嫂子"，岂不乱了辈分？他只好抱歉地说："您好！是我打扰你们了！"吴菲菲凑前说："李大哥是我请来的！妈，你可别怠慢了我的朋友！"常凤英如坠云里雾里，不解地说："你的朋友？菲菲，你不是刚认识李副局长吗？"吴菲菲一边拉着妈妈往厨房走，说："妈，你就多炒几个菜，慰劳一下李大哥，我来当下手！"一边对吴铁良说："爸，你们在客厅聊，我陪妈妈炒菜去！"

吴铁良泡了两杯茶，一杯给了李志成，说道："我们的工作计划可能要改变了。"李志成说："您是说，我们不去灵阳清查污染了吗？为什么？"吴铁良点点头，说："你说得没错，由于市里要筹办旅游节，综合办要求环保局先做好市区工作，灵阳那边暂且搁下。"李志成说："旅游节的事我知道，但不能因为办旅游节，就放缓治理污染的速度呀！灵阳污染日积月累，危害越来越严重，影响越来越恶劣，这把闸门不关好，灵湖市其他地区的治理成果都有可能毁之一旦，现在市区及周边的情况相对较好，灵阳不应该搁置，应该抓紧才对！要不，吴局长，您坐镇灵湖，灵阳就交给我去处理？"吴铁良说："小李，你真是我肚子里的蛔虫，猜到我的心思了！有的人会认为，违背民意可以，违背领导意思万万不可，但我坚持认为，只有扎扎实实为人民服务，才是人民公仆应尽的责任！但如果我不听领导的安排，一意孤行的话，那我这个局长就当不长了，也就难以实现我要让清江变清的理想了。"李志成说："我明白，您不会让没完成的工作半途而废！环保局也离不开您！我会带人去灵阳县彻底地查一查，一定要把这个最大的排污口切断，让清江恢复正常的呼吸！"

吴菲菲在厨房里重述了一遍认识李志成的过程，这使常凤英对李志成多了一些欣赏和感激。常凤英摆了满满一桌丰盛菜肴，招呼说："铁良，小李，吃饭吧！"吴铁良说："我们再聊会儿。"常凤英说："能力强的人，是不把工作带回家来的，呆会儿你们在饭桌上聊别的可以，不要再谈工作，在饭桌上还加班，不能说明你们的能干，只能说明你们无能！"吴铁良笑道："好好，我们无能，你最有能耐，烧了一桌好菜，谢谢了！"八仙桌，四个人每人坐一边，吴铁良说："小李，你喝点什么酒？"李志成说："喝啤酒吧。"吴菲菲说："听说喝啤酒的人，肚子会变成啤酒肚，大腹便便的，就不好看了。"李志成笑道："那要酒量好的人，经常喝才会那样，不常喝，没什么问题的。"吴铁良说："今天女儿回家，我高兴，我喝点白酒，要不，小李，你也来点白酒，就当是陪我吧？"李志成说："可是，我没喝过白酒，只怕喝不下。"吴菲菲说："李大哥，你是男人，男人就应当喝白酒，那才有气概！"吴铁良说："对，啤酒是有泡沫的，只有白酒才是真酒！"李志成笑道："好，那我就试试！"

玻璃杯里小半杯白酒，清澈透明，李志成微微抿了一小口，感觉有点儿辣，他一仰脖子咽了下去，只觉喉咙里犹如一条火线，有点儿发烫，直窜向胃部！一口气没缓过来，他咳嗽起来，吴菲菲说："李大哥，快吃菜，这条鱼是我烧的，尝尝吧！"吴铁良笑道："这酒度数不高，挺好上口的，喝酒比喝茶更有讲究，要慢慢品才有味道，要是像猪八戒吃人参果那样一口吞下去，什么茅台、五粮液、汾酒，都是浪费了。"吴菲菲说："我听过一个喝酒的顺口溜，说什么感情浅、舔一舔，感情深、一口闷，是这么说的吧？"常凤英说："小李，你不会喝酒，就多吃菜，多喝点儿汤。"吴铁良说："喝酒一要看环境，二要看气氛，三要看跟谁一起喝。所谓酒逢知己千杯少，话不投机半句多，小李若是会喝酒，我们边喝边聊，就是天天喝，也不会醉的。"常凤英说："酒能误事，你的前任，那个费明局长，听说吃喝嫖赌样样行的，不是下来了吗？所以，铁良，你不但自己要注意，更不要教坏了李局长。李局长烟酒不沾，年轻有为，前途无量啊！"吴铁良说："虽说现在下了干部禁酒令，但那是针对午饭的，下班以后的晚饭是不禁酒的，其实，中午没喝的那些人晚上都补上了，没少喝。"李志成说："可能是白天要工作，中午酒喝多了，下午就上不了班，而下班以后就自由了，喝酒的就可以开怀畅饮了。"吴铁良说："我们是喝自己的，喝得问心无愧，可他们喝的是公款，喝了酒还要唱歌、洗脚、按摩，还能开发票报销，我是很看不惯这些的！"常凤英说道："还想查不正之风？你当环保局长就得罪了不少人，要是当了纪委书记，得罪的人就更多，在官场你就没前途啦！"吴铁良笑呵呵地说："一上任环保局长，我就没打算往上爬，只要干好本职工作，只要老百姓认可我，我就心满意足了！"

李志成说："吴局长，自从您来后，局里的各项工作都走上了正轨，虽然比以前忙，但大家都鼓足了劲，觉着跟着您干，值！"吴铁良笑道："不是跟着我干，是我们一起干！在业务上你比我精通，我是半路出家的鲁智深，有做得不对的地方，欢迎大家批评啊！"常凤英说："你们怎么三句话不离本行，又聊上工作了？"吴铁良笑道："不聊工作聊什么？李志成是个人才，我从他身上也学到不少知识呢！"吴菲菲笑道："是啊，李大哥是清华高才生，又是海归，是我学习的榜样，我是他的忠实'粉丝'！"常凤英不解地说："什么'海龟、粉丝'？我怎么越听越糊涂？"吴菲菲笑道："妈，你落伍了，海龟就是从国外留学归来的，粉丝也就是崇拜者。"常凤英说："那不就是留学生吗？你说成海龟，我还以为是什么海鲜呢？菲菲，你好好读书，有机会我们也送你出国。"吴铁良说："菲菲学法律的，她去国外学什么？总不能把洋人的法律照搬到中国吧？"李志成笑道："菲菲可以学国际法，回国后当外交官。"吴菲菲笑着说："量体裁衣，我有自知之明，我不是那块料。"

常凤英说："这次检察院的公务员招聘考试是个机会，铁良，检察院你有没有认识的人？托人走走关系，搞定那个面试就好了！"吴铁良瞪了妻子一眼，说："你怎么说这话？别说我不认识什么人，就是认识也不能这么做！公务员考试是很严肃的，哪能靠走后门进入公务员队伍？"李志成说："就业和成长的路，并非只有公务员一条，您放心吧，凭菲菲的聪明才智，一定能找到合适的工作。"吴菲菲说："爸，妈，请你们放心，我一定尽力而为！就算考不上公务员，我可以考律师，当个律师也不错啊！"常凤英说："什么？律师？女孩子抛头露面，又要看法官、原告、被告的脸色，还挣不了多少钱，我不同意！"吴菲菲说："我觉得当律师挺好，自食自力，又伸张正义，是个很神圣的职业！"吴铁良说："孩子长大了，生活上和精神上都该自立了，我们做家长的不能再把她当成温室里的小花，让她自己决定不好吗？"李志成说："做小辈的要多理解父母的心意，但在成长的路上，父母也不要给予太多的庇护，成长需要的是独立行走，而不是父母强加给的意志。"吴菲菲拍掌笑道："说得好！李大哥，你把我心里想说的话都说出来了，知我心者，李大哥也！"吴铁良意味深长地看了李志成一眼，李志成不好意思地笑了笑，常凤英瞧了瞧女儿，又看了看李志成，心里涌上复杂的情绪。

小抿了几口，李志成不觉得白酒难喝了，喉咙也习惯了白酒的热烈。其他的酒，是喝到肚子里，而这白酒，似乎咽下去的时候，流进了血液，全身涌起了暖流，让人不知不觉地兴奋起来。四个人边吃边聊，气氛很融洽，就像一家人一样。吴铁良说："志成，下个月你就去灵阳，蹲在那儿，要把灵阳这个烂泥塘清理干净，你从污控科、监察支队、环评科、监测中心、法制科，抽调精兵强将，世上无难事，只怕有心人，我就不信灵阳的污染治不了！"李志成说："灵阳是工业污染的重灾区，治理清江必须先治理灵阳，不过，冰冻三尺，非一日之寒，我感觉灵阳的污染背后，隐藏着复杂的背景，我们的入驻，可能会触动一些利益集团的神经。"吴铁良说："我就是要打草惊蛇，让他们无处藏身！你在那儿随时和我保持联系，遇到什么困难，尽快通知我，我来想办法解决！"常凤英说："铁良，你以为你是谁？俗话说，强龙斗不过地头蛇，你们环保局又不是安全局，灵阳县的干部会买你们的账吗？"吴铁良说："政府和法律是我们坚强的后盾！我解决不了的，可以去找市委、省委，环保是利国利民的大事，我们不是孤独的！"

吴菲菲说："李大哥，有志者事竟成！相信你们一定会赢！"李志成笑道："我的名字就来自于这句格言，不过，我们不是去打仗，好像谈不上赢不赢吧？"吴铁良说："不，做事就像打仗，要提着一股劲，不能松懈，你要有打一场硬仗的心理准备，保护环境跟保家卫国没有太大的区别！"常凤英不满地说："今天的晚饭，一大半的时间你们在谈工作，这不是聚餐，变成开会了！铁良，你也太把自己当回事了，当了几天局长，就以为是总司令，指挥这指挥那的，你怎么变得像年轻人，办事这么鲁莽？你这么积极，图的是啥呢？"吴铁良指指自己的心，说："良心，是良心让我这么做！"常凤英说："当官要都像你这样，还不得累死？我见过的大大小小的官也不少，他们可都清闲得很，哪有你这么瞎操心的？"吴铁良说："我从不认为自己是官，不管是在团委、在信访办还是在环保局，在我眼里，也就是社会分工不同，现在我是环保局长，就要做我该做的事！"吴菲菲说："爸爸，我支持你！我为有你这样的爸爸感到骄傲！"

第二天中午，吴菲菲来到了局长办公室，吴铁良说："你不在家复习，来这儿干什么？"吴菲菲说："知识是靠平时积累的，临时抱佛脚，爸，你认为有用吗？"吴铁良说："过几天你就要参加招聘考试了，你有信心吗？"吴菲菲说："从小学到大学，我参加过无数次考试，对考试早就习以为常了。"吴铁良说："虽说你妈希望你考上，能进入检察院工作，但我不希望你有什么压力。其实，不一定当公务员，做其他事也可以发挥你的才能。"吴菲菲说："我也是这么想的，但我会努力的！爸，昨晚李大哥喝了白酒，有没有事呀？刚才经过他的办公室，怎么没见他在？"吴铁良笑道："我明白了，你不是来找我，是来找他的吧？"吴菲菲笑了，说："我找他是想让他陪我去爬山，他今天来上班了吗？"吴铁良说："你还爬山？上次差点儿出事你忘了吗？"吴菲菲说："没忘，爸，你不是说过，在哪里跌倒，就从哪里爬起来吗？我总不能'一朝被蛇咬、十年怕井绳'吧？生命在于运动，我去爬山也是锻炼身体嘛，李大哥体能好，有他在，我爬山的安全有保障。"吴铁良说："他是这儿的副局长，工作忙着呢，不是你的私人保镖，哪有空陪你爬山？"吴菲菲说："我不管，反正我要找他！"吴铁良拗不过女儿，只好说："他今天去草桥乡了，下午不一定回来，等他回来，我对他说一声，让他明天陪我的宝贝女儿去爬山，这总行了吧？"吴菲菲说："草桥乡是好地方，他去哪儿了？我也要去！"吴铁良说："你去添什么乱？他是去帮人家落实设备安装和联系材料的，又不是去旅游。"吴菲菲说："他是环保局的副局长，怎么去管人家生产的事？"吴铁良说："排污企业的改建和扩建，环境影响评价是需要我们把关的，那原本是一家废旧塑料加工厂，因为污染严重，本该取缔的，但李志成看到厂里的大多是残疾人，动了恻隐之心，就帮他们确定新项目，采购设备和布料，现在改成了环保布袋生产厂。"吴菲菲听得入神，不禁叹道："有情有义，我好佩服李大哥！"吴铁良点点头说："他确实是个难得的人才，我很喜欢他。"吴菲菲差点脱口而出"我也喜欢他"，但她还是忍住了。

吴铁良和女儿一起在食堂吃过饭后，吴菲菲去逛街了，他回到办公室。昨晚高兴，喝了不少白酒，李志成如果喝了一两的话，那他起码喝了五六两，加上天气炎热，办公室没开空调，吴铁良把窗户和门打开，希望流动的空气能带来一些风，但中午太阳炙热，风却不见踪影。上班要到一点半，时间还早，吴铁良想稍微休息一下，他把头枕在办公桌上，闭目养神起来，也许是太困了，迷迷糊糊地睡着了。也不知过了多久，当他惺忪地睁开眼睛、双手撑着桌子站起来时，突然发现眼前居然站着一个人，而这个人似曾相识，名字就在嘴边，但一下子记不起来，说出来的却是两个字："是你？"那人看到吴铁良的面容，不禁一呆，也惊异地说："是你？"吴铁良挠着头皮说："让我想想你是谁！"那人笑了笑说："别想了，先去洗把脸吧，午睡后用冷水洗脸，很快就变清醒了。"吴铁良果真去卫生间洗了把脸，等他回到办公室，马上就想起来了："对了，你叫方萌？"方萌点点头："是，你怎么知道？"

吴铁良认识方萌，是因为看到她曾在翟静主持的《市民热线》中担任过几次嘉宾。实际上，早在湖风餐厅吃饭时，就见过方萌一面，那时她在船上吃快餐，还为用一次性筷子的事和餐厅服务员有过理论。方萌对吴铁良隐隐有点儿印象，吴铁良虽然在工作上很积极，但平时为人低调，不喜欢出风头，主持人翟静的访谈，他也主动让给别人，电视上虽对他的事迹有过报道，但并没有他的特写镜头，认识他的人并不多，因此，方萌没有想到，现在灵湖市口碑很好的环保局长，原来就是那天自己吃快餐时坐在对面的那个男子！吴铁良看了看墙上的钟，说："你来一会儿了吧？怎么不叫醒我？"方萌说："看您睡得香，我就没叫醒您。"吴铁良给她倒了杯纯净水，给自己泡了杯茶，指了指桌子外面的椅子说："你请坐！"方萌说："谢谢！"吴铁良说："民间环保组织是我们工作的协助和支持者，你们有什么困难，尽管开口，我们会鼎力相助的。"方萌从包里拿出几张照片，说："这是我们会员在神华造纸厂的排污口拍到的，这么乌黑的水，明眼人一看就知道是超标排放。还有这张，这是一位会员爬上他们的围墙拍到的情景，您看，这就是他们新上马的造浆车间，车间内有人，有烟雾，生产线肯定在运转。这个新车间听说不是已经被你们环保局封了吗，怎么还在生产？吴局长，请您解释一下！"

　　说实话，要不是方萌提供了几张照片作为证据，吴铁良对神华造纸厂的明知故犯也有些难以置信！神华造纸厂凭什么凌驾于环保法之上为所欲为？难道就因为它是市里的纳税大户？还是因为领导特别的关照？吴铁良想不明白，神华厂的排污口明明有电子监测系统，监察支队的数据室怎么会没有发现他们超标排污呢？莫非是系统出了问题，还是监测系统的人有问题？更让吴铁良惭愧的是，以环境保护为己任的环保局，有那么多专业人员，得到的数据居然不如几个环保志愿者实地察看掌握的资料。尽管，民间环保人士在明察暗访时有许多便利，但这也暴露出环保局对排污企业的监察有不到位的地方。吴铁良表态说："谢谢你反映的这个情况，神华造纸厂的违法行为很严重，我们会尽快查实，如果照片上反映的问题属实，不管它有多大的背景，我们一定依照相关法规对其从严查处！"方萌说："但愿您能说话算话，让百姓放心，让清江欣慰！在我看来，缺乏社会责任感的企业是不会真正强大的，他们让重病缠身的清江又雪上加霜，太不人道了！"

吴铁良坚定地说："我自上任以来，一天也没有忘记肩上的责任，我答应过宋书记，要在三年之内，把清江变清，把灵湖市的环境治理好！我一定信守承诺，争取不负众望！"方萌说："说来容易做起来难，您肩上的担子很重啊！"吴铁良说："保护好灵湖和清江，灵湖人将享用不尽；玷污了灵湖和清江，灵湖人将后悔莫及！清江从未抛弃我们，是我们在给清江抹黑，如果不在这一代把清江治理好，我们将愧对子孙，遗祸后代！"方萌说："吴局长，有您这番话，我就放心了！现在，人都变得急功近利，变得自私贪婪，这不只是灵湖人的特色，更是现代人的通病！正如翟静所说，精神污染和道德污染比环境污染更可怕，只知道索取，不知道珍惜和感恩，这是标准的损公肥私、贪得无厌！记得环保法里有一条是'谁污染谁治理'，实际呢，没有哪家单位主动站出来承担责任，真正买单的，是国家和百姓，缺席的恰恰是那些以牺牲环境获取暴利的违法企业！而治理污染，不仅要花费大量的金钱，还需要大量的时间！这个代价，远比人们当初得到的要多！"方萌的话，语调虽有些激动，但很有道理。吴铁良没想到，一个民间环保人士，一个三十多岁的女人，看问题这么深远，对环保又倾注了如此的真诚，真是难能可贵！

神华造纸厂是市里的大企业，他们为了扩大生产规模，增加企业利润，上马新的造浆生产线，秦康远是知道而且支持的，现在出了私自扩建和超标排污的问题，环保局不可能视而不见。要不要查？怎么查？处罚的力度应怎样？如果得到宋书记的指示或支持，那事情就好办多了。吴铁良去市委找宋书记，宋书记见到吴铁良，高兴地说："铁良，干得不错，几个月来的成绩很优秀，我已经感觉到灵湖环境的变化了！"吴铁良谦虚地说："哪里，不是我干得好，是领导指挥得好。"宋书记笑道："你怎么也学会打官腔，学会拍马屁了？"吴铁良说："我不是拍马屁，我是说真心话，灵湖市里里外外的事，有您宋书记当总指挥，我们这些虾兵蟹将，办起事来有目标啊！"宋书记笑道："你坐，别跟我七弯八绕兜圈子了，遇到什么难题你就直说吧，看我能不能帮上点儿忙。"

吴铁良把方萌给的那几张照片拿出来，递到宋书记手里，然后说："宋书记，神华造纸厂的事，您听说过吗？"宋书记说："你是说沉淀池死人的事吗？不是已经处理了吗？"吴铁良说："死灰复燃，不，应该是顶风作案，明知故犯！"宋书记看了照片，说："这照片是什么时候照的？这排污口的水不干净呀，怎么回事？"吴铁良忧心忡忡地说："都是那造浆车间惹的祸！神华厂新上马的造浆生产线，没有经过环保局的环评审核，属于违法建设项目，上次我们已经查封了他们的新车间和设备，但他们私自投产了，他们的污水处理能力不够，导致了严重的超标排污，滚滚污水何时了？这样下去，清江变清的构想几时才能实现？"宋书记生气地说："癫痫头撑伞——无法无天了！虽然它是大企业，为地方经济做过较大贡献，但功是功，过是过，要一分为二！一家大厂应该起到模范带头作用，他们倒好，好样不学学坏样，这样下去怎么得了！"吴铁良说："是啊，我也认为这次他们的行为影响很坏，这不是跟节能减排和可持续发展唱对台戏吗？"宋书记说："明天，你和综合治理办的秦副市长一起过去，该罚该封，一定要依法严办！"吴铁良说："宋书记，您有所不知，罚款二十万对神华造纸厂来说是九牛一毛，他们根本不会在乎，何况，罚款单会间接成为他们的排污通行证，如果封他们新车间的话，作用似乎也不大，等我们检查人员一走，他们依然能开动机器投入生产，只要他们谁也不承认撕了封条，法不责众，拿他们谁也没办法！"

宋书记用手指敲了敲桌子说："违法就要承担责任，我就不信它能逃避得了！铁良，你有什么高见，说来听听。"吴铁良说："宋书记，我有个建议，不知当讲不当讲？"宋书记说："在我跟前，你怎么还隐隐藏藏的？这不是多此一举吗？"吴铁良说："下个月我们将对灵阳县的排污企业进行大检查，而神华造纸厂的问题如果不从重从快解决，会使我们后面的工作陷入被动，因此，我觉得对神华厂要采取秋风扫落叶般的处罚手段，才能起到很好的警示作用！"宋书记说："你就打开天窗说亮话吧，别给我打哑谜了！"吴铁良点点头，说："我的建议只有一个字。"宋书记问："哪个字？"吴铁良说："拆！"宋书记说："拆？"吴铁良说："是，对于病灶，手术的最好办法就是切除！"宋书记说："你是说，把神华厂的新车间拆掉？铁良，你可够狠的！"吴铁良笑道："不是我狠，我也是被逼得没办法。"

宋书记一挥手说："好，那就拆！你有这个决心，我支持你！明天让秦副市长陪你一块去，免得到时有不必要的麻烦，让市政工程队开两台推土机去，再叫电视台去录像，要搞就大张旗鼓地搞，希望能产生杀一儆百的效果，对你今后的工作也起到积极的作用！"吴铁良由衷地说："谢谢宋书记！有您做我的坚强后盾，我将不畏艰险勇往直前！"

第二天上午，吴铁良带了环保局各科室的十几个人，秦康远由市公安局长陪同，并带着十几名城管队员，后面还跟着两台推土机，浩浩荡荡地开往神华造纸厂。神华厂门口的保安一看势头不对，想出来拦，但看到秦副市长坐在第一辆车里，就没敢过来。有保安连忙向总经理和董事长报信，当秦康远他们到达造浆新车间门前时，强宏涛带了几名管理人员急匆匆地赶了过来。强宏涛掏出中华烟想发，公安局杜局长制止道："派什么烟，你没看到厂区里禁止吸烟的警示牌吗？"强宏涛抱歉地说："对不起，我一紧张就忘了。秦副市长，杜局长，不知你们来所为何事？"姚大林在旁边说："装什么蒜？我们为什么来，你会不知道吗？"田佳说："其实你就像吃了萤火虫一样，心知肚明着呢！别以为装作什么都不知道就想蒙混过关！"强总说："我真有点儿不明白，我们扩大生产，我们解决就业，我们上交税收，有哪点做错了？"车少军说："有一点你忘了说——污染环境！你们还嫌清江不够脏不够黑不够臭吗？有时我真怀疑你们每天喝不喝水的！"强宏涛转向秦康远说："秦市长，您是最了解我们企业的，神华造纸厂这几年发展迅猛，离不开您的关心与支持！请您说句公道话，这些年我们神华厂所做的贡献还不够吗？我们发展到今天容易吗？为什么大家要对我们鸡蛋里找骨头，非要把我们置之死地而后快呢？"车少军说："你这是什么逻辑？你以为上交利税就可以规避法律的制裁了吗？你们违法上马造浆生产线，又把污水排向清江，你知道这种行为将造成多么严重的后果吗？"强宏涛辩解说："清江水本来就污染了，多我们一家排放应该没什么问题。"姚大林叫道："放屁！你身为神华造纸厂的副总经理，觉悟如此之低，真叫人笑掉大牙！都像你这种思想，中国的环保能搞好吗？"

强宏涛强词夺理地说："你要先吃饭还是先环保？生活富了，大家自然就环保！我们多生产纸，也是为人民服务！把我们企业当唐僧肉，谁都想来啃一口，我看你们才没安好心！"秦康远斥道："小强，你胡说什么？"李志成上前出示了一份处罚单，说道："强总，你签个字吧！你看清楚了，这上面不单有我们环保局的章，还有市综合治理办和市委市政府的大红印章，这是市委领导的一致意见，知错就改还是好同志，你们反省反省吧！"强宏涛接过处罚单一看，脸色都变了："什么？要拆掉新车间？"李志成说："对，今天我们这么多人过来，就是要拆掉这个造浆新车间，至于为什么拆，你应该比我更清楚！"杜局长说："立即通知车间里的人，叫他们马上出来！"有城管队员用喇叭在喊："车间里面的人听清楚了，限你们半小时内全部撤出来，否则后果自负！"翟静在现场采访拍摄，看到此情此景，不觉有点儿困惑：这么紧张干什么？人性化一点儿，进去通知一声不就行了，干吗用大喇叭喊？这幅景象，不知道的还以为是警方在侦破什么绑架案呢！

吴铁良虽在现场，但他在人群后面，不想出现在众人瞩目的镜头里。拿到了加盖市政府印章的处罚单，在处理神华造纸厂这件事上，他的任务已经完成了。在秦康远的现场监督下，拆除新车间相信会顺利进行。工人们陆续撤了出来，杜局长叫几名城管队员进车间内确认无人后，秦康远一挥手说："拆！"姚大林兴奋地叫道："推土机！进攻！"姚大林当过兵，他一兴奋，把"开工"喊成了"进攻"，把眼前的一幕错以为是军事演习了。两台推土机分别在车间大门两侧气势汹汹地推进，一分钟不到，只听"轰隆"声响，门口的墙壁轰然倒塌！推土机步步进逼，半个小时过后，尘土飞扬，簇新的造浆车间一片狼藉，车间、设备、原料、纸浆，已成为一堆废品！三千万的投资顷刻荡然无存，站在旁边的强宏涛和好几位工人，心疼得流下了眼泪。翟静上前采访强宏涛，强宏涛摇摇头走开了。翟静看到吴铁良站在队伍后面，拿着话筒过来，说："吴局长，神华造纸厂的违法扩建项目成功拆除，请您谈谈您的感受。"吴铁良指了指话筒，说："我对这个过敏，你去采访秦市长吧，他是今天环保执法行动的负责人。"

次日，省委领导陪国家环保总局的专家前来灵湖参观考察，确定全国生态市的参选资格。他们在参观了碧波荡漾的灵湖后，对灵湖市的优美环境大加赞赏，特别是当考察组专家听说昨天神华造纸厂违法扩建的新车间被强行拆除后，连声称好，有位专家声称："我们搞环保就应该有这样的决心！"灵湖市政府如此重视环保，专家们交口称赞。在交流会上，有位专家肯定了吴铁良的工作成绩，说他给全国环保工作者树立了一个典型。吴铁良说："我只不过做了该做的事，主要还是市领导的关怀和支持，市综合治理办做了大量工作，秦副市长等领导给了我们充分的支持，我们的工作热情和办事效率才得到明显提升。"秦康远听了吴铁良的发言，内心改变了对吴铁良的一些看法，甚至觉得他比费明更有义气，更懂人情，尽管吴铁良从不巴结自己，但那是他的性格，他同样不巴结宋书记。经过专家的评定，灵湖市成为全省唯一入选全国生态市评比资格的城市，市环保局和市综合办被评为"环保文明先进单位"，由于吴铁良担任环保局长时间较短，"环保先进工作者"的荣誉证书就颁给了秦康远。

26. 中外合资

　　陆洋的茶叶产业化经营获得了出乎意料的成功，单纯的灵湖银毫在茶叶市场依然波澜不惊，但由于拓展了茶叶的多样化用途，在短短的两个月内，产销量比去年同期翻了五倍，利润也很可观。灵湖茶饮料占有了本市茶饮料市场的半壁江山，现在的灵湖银毫，根本不愁销路了；灵湖牌减肥茶，受到夏令减肥女士们的青睐，因为喝茶比吃药安全健康，也没有停药反弹的副作用;表现最为出色的是灵湖牌茶叶枕，这种保健枕头一经推出，立即风靡市场，出现供不应求的情况，由于考虑制作成本因素，茶叶枕采用残次茶叶，不用好茶叶，所以，产量是有限的。茶园出现枯木逢春的局面，这让陆洋喜出望外，但茶园的面积就这么大，旁边的地是灵湖房地产公司开发的别墅区，几十幢别墅快要封顶了，茶园失去了扩大规模的余地。

　　这天晚上，常春林打电话来约陆洋吃饭，陆洋说："常总，还是我请你吧，我的茶园有今天，也有你的功劳啊！"的确，常春林给他提的茶叶枕的建议以及为陆洋贷款担保的事，陆洋是铭记在心的。生意场上，锦上添花的朋友可能不太稀奇，但雪中送炭的朋友却是宝贵的财富。常春林说："这没什么，陆兄，我这儿还有更大的生意，能挣大钱呢。"陆洋说："什么生意？"常春林说："咱们见面谈，保证让你大开眼界，要是做成了，那可是财源滚滚啊！"陆洋感激地说："谢谢常总，有生意你就想到我，真不愧是兄弟！你的礼品公司现在怎么样了？"常春林说;"一般吧.要不我也不会另找生财之道了，现在没多少人送礼品了，直接送钱，在卡上划来划去。有财大家发，陆兄，我不想到你还能想谁呀？"

234

　　两人在一家酒楼见面，进了一个包厢，常春林说："陆兄，茶园生意不错吧？"陆洋笑道："托你的福，现在大有起色了！怎么没把你姐夫一起请来？我对他佩服得很，灵湖的污染要是没他把关，我的茶树恐怕都活不了。"常春林说："他现在像总理一样忙，我们就不打扰他了。我还约了位朋友，他叫凌和成，是新加坡华侨，工商博士，回国做投资的，一会儿就来。"陆洋说："做投资？那是什么生意？"常春林说："和财神爷差不多吧，他到国内调研，看好哪家公司的发展潜力，他就投钱。当然，他是要回报的，比如占公司多少股份，或者红利多少。我们跟银行贷款多不容易，但是他们有钱，一出手就是几百万几千万，甚至上亿元。"陆洋说："哦，常总，这个人你跟他熟吗？可靠吗？"常春林说："我是在灵阳一个乡镇和镇长吃饭时认识他的，人家镇长把他当座上宾，想请他在镇里投资，可是凌先生嫌那儿的环境不好，没有谈成，我就私下和他交谈，请他到灵湖市区来，他很欣赏灵湖风光和湖鲜美味，我说起你的茶园，他很感兴趣，我就跟他约好了，今晚一起吃个饭，谈谈合作的事。"

　　两人说话时，常春林的手机响了。常春林看了看号码，说："是凌博士到了，陆兄，你稍等，我去门外接一下。"不一会儿，常春林回来了，和常春林一起走进包厢的，是个四十来岁的矮胖男人，一米五五的样子，小眼睛，头发油亮，一丝不苟。常春林介绍说："这位是新加坡的凌和成凌博士，这位是灵湖茶园的陆洋陆经理。"陆洋迎上前来握手，凌博士说："幸会幸会！我听小常提到过你，听说你家学渊源，祖上曾是中国的茶圣，你能继承祖业，真是可喜可敬！"陆洋说："你过誉了，我只不过爱茶而已，对中国的茶文化知之甚少。"常春林对陆洋一挤眼，说："陆兄，你客气了，你是茶圣陆羽的第三十九代传人，灵湖可以说是中国茶文化的发源地，灵湖茶园又在你的手上发扬光大，你确实不简单啊！"陆洋是聪明人，明白刚才常春林说话的意思，无非是想多吸引一些投资。陆洋说："凌博士请坐，我们边吃边聊。"

　　大饭店和小饭店还是有区别的，一则装修气派，包厢内环境幽雅，少人打扰；二则菜式丰富，一些家常的萝卜黄瓜都能雕出精致的花样；三则服务周到，服务员热情而得体，包厢内的服务员在上完菜后，侍立在门外随叫随到，给顾客私人交流的空间。陆洋还注意到一个细节，在一般的饭店，汤是最后一道端上来的，而在大饭店，除了先给客人一杯清水外，上菜时会先上来一小碗汤。真是细节见功夫，别小看先上汤这小小的改变，这对润喉养胃是非常有好处的。在饭桌上谈生意是中国人的习惯，只有吃得满意了，生意才有成功的希望，要是吃得不开心，那要拿到合同或盖什么章，就有困难了。

　　酒过三巡，在边吃边聊中，彼此增进了了解，也拉近了距离。凌博士说："我之所以对陆经理的茶园特别感兴趣，是因为我家的发家史是从贩茶开始的，所以，今日一见陆经理，我有一种发自内心的亲切感。"陆洋感兴趣地问："哦，凌博士的家族也有贩茶的历史？"凌博士说："我祖籍广东潮汕，在一百年前，我的祖父偷渡到南洋，也就是现在的新加坡，刚开始人生地疏，生存都很艰难，后来，祖父发现当地华人多，中国人除了工作和吃饭，就喜欢抽烟和喝茶，祖父回到国内，到福建采购茶叶，偷运到南洋卖，没想到生意出奇地好，祖父在南洋结婚后，才改做其他生意。"常春林笑道："凌博士，你祖父那不叫贩卖，那叫走私。"凌博士微微笑道："沿海地区的人都明白一个道理……"常春林问："是什么道理？"凌博士说："撑死胆大的，饿死胆小的！没有偷渡，没有走私，就没有那么多的富人。"陆洋说："话是这么说，但今天的形势和过去不同了，冒险的成本太大，可能会得不偿失。"

　　凌博士做了个否定的手势，说："现在国门开放，偷渡是大大减少了，但走私更加厉害了！另外，陆经理，我想纠正一下你的观点，你可能有理想有抱负，但却缺乏破釜沉舟的勇气，因为在你的生活里，依然抱着小富即安、知足常乐的心态，这是非常有害的！"陆洋说："我们生活在不同的环境，所以会有不同的心态。知足常乐是中国人修身养性的一句口头禅，你怎么会认为它有害呢？"凌博士不以为然地说："修身养性只是隐士和避世的人所做的功课，孔子的原话里，包含了正心、修身、齐家、治国、平天下等五个层次，修身是比较低级的。要是人人知足常乐、固步自封，时代能进步吗？恐怕现在还停留在原始社会！"常春林笑道："原始社会好啊，现在有些人想过原始生活，羡慕那种单纯、野性和环保，说那是最初的共产主义。"陆洋说："如果把原始社会认为是最初的共产主义，那就很荒诞了，社会的发展就变成了一种轮回，是否若干年后，人类还将回到茹毛饮血的生活？"凌博士气愤地说："愚昧！形式上的相似有什么用？原始就是原始！有些人不但不思进取，还妄想倒退，真是不可救药了！"陆洋笑道："不过百家争鸣罢了，没有时光隧道，他们想回也回不去，还得呆在危机四伏的新社会。"

凌博士话锋一转说："刚才说到原始社会的环保，这点我不否认，那时候没有工业，环保是比现在好。说实话，灵阳的环保很糟，到了灵湖一看，湖光山色，心情才舒畅些，不过，灵湖跟新加坡比，还是差远了。"陆洋说："新加坡是花园城市，地方小，好管理。"凌博士说："管理的效果不在于地方的大小，灵阳也是小地方，为什么就乌烟瘴气呢？"常春林说："是啊，关键在于人，想管不想管，谁也没去真抓，就变成烂摊子了。"陆洋说："对，以前，我们对灵湖的环保很担心，但自从吴局长上任后，上上下下对环保很关注，我们可以看到灵湖的美好明天。"常春林说："说起我姐夫，我不得不佩服，一个人的潜力真是让人无法想象，他原来的样子，给人的感觉就是一个老实本分的公务员，没想到当了环保局长，就像换了个人似的，精气神就上来了！"当陆洋和常春林说起吴铁良时，凌博士总是静静地听着，没有插话。凌博士心里很清楚，人要做大事，有时需要拉拢一些人，为自己创造条件；有时需要回避一些人，避免不必要的麻烦。

席间，三人天南海北地聊天，气氛挺活跃，陆洋对凌博士也没了警惕。凌博士说他今年来过几回大陆，对国内的政策有所了解，改革开放仍是近阶段的主旋律，所以，他投资大陆也就有信心了。常春林此番找到陆洋，是想让凌博士向陆洋的灵湖茶园注资，他早有念头想入股茶园，常春林毕竟经商多年，自己的礼品公司已属夕阳行业，是引不来风险投资的，他看好灵湖茶园的未来还有广阔空间，只要背靠凌博士这棵大树，有了充足的资本，灵湖茶园的产业化经营，其发展速度就可以从奔跑向腾飞转变，他可以分享这块丰美的蛋糕。吃罢饭后，凌博士说："陆经理，带我去你的茶园参观一下，如何？"陆洋说："好啊，还请凌博士多指教。"凌博士说："我们也算是有缘吧，我家在新加坡曾以贩茶为生，你现在是茶园的主人，我们因茶结缘，若是能达成合作，我就可以替祖父还愿了。"

到了灵湖茶园，一走进茶园小径，满目深绿，空气馥郁，让人有心旷神怡之感。其实，茶园有今日，也有环保局的功劳，吴铁良惦记着曾作为"灵湖名片"的灵湖银毫的命运，知道茶叶品质和水土环境密切相关，这和人相似，生长环境会影响性格和命运。吴铁良上任以后，就找李志成、车少军等人商讨，怎么来改善茶园的现有环境。方萌在电视上出示的清江污染的照片，实在有损环保局的颜面。李志成查阅了大量资料，并结合本地情况对症下药，采用了"动植物生态疗法"，取得了不错的效果。茶园地处清江和灵湖交汇的钝角地带，渔业部门为了防止灵湖放养的鱼苗流入清江，在这个江湖的交界水道，在江中布有一道竹帘，竹帘还可人工调节升降，鱼虽然过不去，但船可以通行，现在这竹帘却有了另一用处，就是可以拦截江水的飘浮物和污染物，至少可以延缓灵湖被污染的时间，对保护灵湖饮用水起到一定的作用。

李志成就在这清江末梢，除了中间留出航道，沿岸几百米水面都养上水葫芦。水葫芦的根须有吸附污染物和净化水质的功能，过一段时间后，就把老的水葫芦捞上岸，晒干后可以烧火用。除了放养水葫芦这种植物，李志成还联系渔场，在附近水域放养大量的鲢鱼和龙虾，鲢鱼和龙虾都是以食水中飘浮物为生的，说得土一点儿，就是吃脏东西的，龙虾是在江边的，鲢鱼是在江中的，水葫芦是在水面的，这样三管齐下，果然奏效，水质明显好转。李志成用这种方法治理污染和净化水质，目前还在试验阶段，除了这里，还运用在灵阳县的龙溪村和灵阴县的朱家浜，如果实践证明这种方法切实可行，那么，清江在切断污染源后，治理的第二张牌就是净化水质，此种环保疗法将广泛运用到治理清江的第二阶段。李志成记得，小时候，村边的小河里有很多水葫芦，水葫芦开的白色小花很漂亮，自己在水葫芦的空隙处钓过鱼，村民捞起水葫芦，能用来喂猪和肥田。只不过，清江的污染比较严重，要达到净化的理想程度，需要一个较长的过程，但目前已经明显有起色，没有以前那么脏、那么臭了。

凌博士站在茶园中只觉神清气爽，不禁称赞道："好风好水好树！真是一处宝地啊！"他们在茶园转了一圈，还看了茶叶枕的小加工厂，陆洋说："这个茶叶枕，还是常总给我们出的主意，现在销路非常好，我们还有其他业务，比如茶饮料、减肥茶，这些是和其他公司联合在做，营销都很顺利。"凌博士赞许地说："做得好！茶叶的产业链运转起来了，茶树生长的每一片叶子都没有浪费，物有所用，物超所值，陆经理，你很有经商头脑啊！"陆洋笑道："我的茶园差点濒临倒闭，靠了大家的帮忙，才有起死回生的希望。"凌博士说："在商场上，朋友就是资源，能给你带来财富。聪明的商人，就要充分利用好这种资源。"常春林附和说："对，多个朋友多条路，在国内做生意，搞好人际关系是非常重要的。"陆洋并不同意凌博士所说的"要利用朋友资源"，尤其"利用"两个字，陆洋听了很不舒服，不过，他也没有反驳，毕竟凌博士是客人，是有可能给自己送钱的财神。就茶园目前的经营状况，生意正走向上升通道，就是没有后续资金也能很好存活，但男人大多有做大做强事业的打算，谁会拒绝钱呢？有了更多的资本，就能做更多的事，实现自己远大的理想。

　　来到办公室，陆洋用白色瓷杯取少许一级银毫泡了三杯茶，递了一杯给凌博士，说："这是本地特产的灵湖银毫茶，请你品尝。"凌博士端过茶杯，像欣赏精美的工艺品一般，细细端详；然后，他将茶杯凑在唇边，没有一口饮下，而是吮闻茶香，面露陶醉之色；过了一会儿，他才像喝酒一样，小喝一口，抿住嘴唇，茶水在口腔中停留片刻，才缓缓下咽。陆洋问："感觉如何？"凌博士笑道："好茶！灵湖银毫，果然名不虚传！"常春林说："凌博士，我没吹牛吧？灵湖银毫没让您失望吧？据说，先喝了灵湖银毫，当天连肉也不想吃了，因为茶香清雅之极，喝茶的人不忍心让肉味破坏了茶香。"凌博士说："品尝了灵湖银毫，使我增加了投资的信心。我刚才注意到，像缝衣针一样细的茶叶，在水中轻盈舒展，就像是美女在翩翩起舞，茶水渐渐变成嫩绿，但并非透明，因为茶叶的嫩芽经沸水一泡，有些已和水融为一体。我闻了闻，茶香醇厚，沁人肺腑，喝下去后感觉齿颊留香，淡淡的甘甜，回味无穷！"陆洋笑道："凌博士过奖了！您已领略了茶中三昧，认识您这样懂茶的人，我很高兴！"常春林说："什么叫茶中三昧？"陆洋说："就是观其色、闻其香、品其味，我们平时说的喝茶，其实喝是最后一道了。"凌博士说："这次到灵湖来，真是不虚此行，陆经理的这个茶园，我很感兴趣，我准备投点儿钱，和你们一起开家公司，把生意做大做强！"

陆洋说："不知凌博士准备怎么合作？"凌博士说："说说你的打算吧。"陆洋说："目前我们的经营比较正常，盈利也有不错的增长，除了茶叶销售这一块儿，今年新开发的茶叶枕、茶饮料和减肥茶产品，发展势头很好，如果有钱的话，我想把茶饮料和减肥茶这两个项目收回来自己做，自己购买设备自己生产，现在和人合作经营，被人分了一大块利润，有点儿不划算。"凌博士不置可否地说："小常，说说你的想法吧。"常春林说："我的想法很简单，如果凌总决定给陆兄的茶园投资，我就入股和两位并肩奋斗！"凌博士说："投资的事好说，商量好了，资金马上可以到账，目前的问题是，我和陆经理的想法不同，如果意见不统一，就很难谈合作了。"陆洋说："有不同没关系，可以慢慢磨合嘛。"凌博士摇摇头说："NO！时间就是金钱，资金的流动是要讲效率的，如果磨合耽误了大量的时间，那我的投资就失去了意义！"常春林探询地说："那你的意思是？"凌博士说："记得中国的鲁迅曾经说过，世上本没有路，走的人多了，也便成了路。这句话在我看来，真是大错特错！一个平庸的人，才会重复走别人走过的路，一个真正聪明的人，他会选择走别人没有走过的路，在商场上，更是要独辟蹊径，与众不同，这样才能赚大钱！"陆洋和常春林听得连连点头："说得太对了！"陆洋说："不知凌博士有何高见？"

凌博士呷了一小口茶，说："商机，就是在别人还没意识或还没做之前就捷足先登，抢占先机！刚才陆经理提到的想停止和人合作经营、自己搞生产，这种做法是很不明智的，是自断前程！"陆洋说："为什么？我这也是想把生意做大啊！"凌博士说："饮料厂和保健品厂有现成的销售渠道，你一上手就可以赚钱，如果你停止了和他们的合作，损失的是你自己，他们可以找其他茶叶厂合作，会打击你的产品，而你从购买设备到生产到产品投放市场，还有办理各种批文手续，至少需要三个月，那你今年的市场几乎就抓不住了，明年更不知道怎么样呢！你放着现成的钱不赚，为什么要自找麻烦呢？"凌博士的话显示出深厚的商场经验，陆洋和常春林不得不服。陆洋说："因为你要给我投资，我不知道怎么用，所以就想到自己扩大生产规模了。"凌博士说："笑话，投资的钱，怎么会花不出去呢？好钢要用在刀刃上，一个不会赚钱的人，可能会把钱放到银行里，每年挣点儿利息就心满意足了，这种不求进取的心态，根本就不适合做生意！我们要让钱高速流动，发挥出最大的魔力，只要我们善于动脑子，就会有源源不断的钱让我们赚！"常春林说："现在的生意不好做啊，很多行业都饱和了，不像刚改革开放那会儿，挣钱好比割韭菜，一茬接着一茬，现在难喽！"凌博士说："此言差矣！我研究过中国的历史，自春秋战国以来，中国的商业就一直繁荣不息，哪朝哪代都有杰出的商人，现在的经商环境不比从前差吧？现在富裕的人不比过去少吧？怎么会生意难做呢？只不过有的人不会做罢了！"

看到凌博士谈得头头是道，陆洋想不明白他想给自己投资，到底出于什么目的。投资是要讲回报的，既然他否定了茶园扩大生产的方案，那他又看好什么呢？陆洋说："凌博士，依你之见，我们应该做什么生意呢？"凌博士说："我们合作的方式，总的来说有两种，一种是参股，即只是购买您公司的股份，年终按比例分红；还有一种是合资经营，即我们成立一家新公司，开展新的业务，我在公司担任一定的职务，拥有相应的决策权。"常春林说："我看第二种好，本市的招商引资，对中外合资公司有优惠政策。"陆洋说："我还是不明白，既然是开展新业务，和我茶园的原有业务无关，那凌博士找谁投资就一样了。"凌博士说："不一样！我找人合资，一要看人，二要看这人拥有的资源。"陆洋不解地说："我除了这个茶园，还有什么资源？"凌博士说："对，我就是看好你这个茶园，在灵湖市找不到比这更好的资源了！"陆洋说："此话怎讲？"凌博士说："星星之火，可以燎原，我们开展的新业务，就依托于这个茶园。"常春林说："把陆兄的茶园开辟成一个旅游景点，然后卖门票吗？"陆洋说："听说有日本人，在森林中采集清新氧气，然后装瓶卖的，需求很旺盛呢，不会是这个吧？"凌博士笑道："这些都有人做过了，我们再做，就是拾人牙慧了，经商要有新创意，要别出心裁，才会有出乎意料的成功！"陆洋说："到底要做什么生意呢？我声明在先，违法乱纪的，我是不会做的！"凌博士说："当然是合法生意！我在看过茶园之后，就在想，这一棵棵生机盎然的茶树，不就是一棵棵能创造财富的摇钱树吗？"

　　常春林从证券账户上只领到二十万元，记得在 2001 年入市时，他一下投入了五十万，原指望能大赚一把，没曾料想，整整四年，投资股票不但没有增值，五十万的本钱反而缩水成二十万，他有点儿想不明白股票究竟是什么，中国经济在以每年百分之十左右的速度增长，股票价格怎么不涨反跌呢？真是没道理，不过，现在也顾不得捂下去了，因为有急用，只得忍痛割肉，把账上的股票都抛了。二十万对一个普通家庭来说，是一笔不小的数额了，但对雄心勃勃的常春林来说，却是杯水车薪。他准备放弃自己的礼品公司，和凌博士、陆洋一起组建新公司，大干一场。常春林的耳边回响着凌博士的话："钱放在手里是死的，要让它流动起来，才能钱生钱，像滚雪球一样越滚越多！"常春林想到，自己在前两年买的两套房子，买时每平米一千五百元，现在的行情已经涨到每平米三千元了，加上出租的房租收入，赚了一倍还不止。不过，他估计奥运会前还会涨，暂时还不想卖，现在要用钱，就把这两套房子抵押贷款吧。

　　下午，常春林带上房产证，来信用社找表姐常凤英，当他把房产证往表姐办公桌上一放，常凤英疑惑地问："这是干吗？帮朋友贷款？当事人没跟你一起来是不能办理贷款的，这是规定，你回去吧。"常春林说："姐，你怎么不问清楚就把我打发了？当上副主任，服务态度退步了，小心我投诉你。"常凤英笑道："你敢？小时候你老在我妈面前告状，明明是你买棒冰贿赂我，叫我帮你做作业，你却反咬一口，说我抢你的钱用，害我吃批评，到现在你这个瞎告状的习惯还没改呀？"常春林赔着笑脸说："姐，我是跟你开玩笑的。说真的，今天来找你贷款的，不是我的朋友，而是我！"常凤英不解地说："你要贷款？你有公司、有房子、有票子，还贷什么款呢？贷款是要付利息的。"常春林说："计划赶不上变化快啊，礼品公司现在吃不饱饿不死的，我想转行，可缺了点儿本钱，所以想把这两套房子抵押了，贷个四十万吧。"常凤英说："准备做什么新生意？有把握吗？"常春林说："姐，你是知道我脾气的，不打无准备之仗，我是看好了才决定投资的。这回的项目相当靠谱，有个新加坡商人想来灵湖投资，看好陆洋的茶园，准备开家投资公司，我想入股，陆洋的茶园时来运转了，这是个机会,古往今来,成功的因素之一,就是善于抓住机会。"常凤英说:"少在我跟前掰你的生意经,《资本论》上说,原始积累都是沾满鲜血的!不过,灵湖茶园倒真是不错,陆洋这个人也有干劲,但你说的那个新加坡商人,他可靠吗?你可不要崇洋媚外,现在外国人也有骗人的。"常春林肯定地说:"凌老板没问题,他是个投资商,还是个博士。他先去了灵阳,是被我挖过来的,我看过他的护照,也跟他聊了很多,凭我的眼光不会看错人的!"

常凤英说:"那你们准备怎么合作呢?新公司又是做什么的呢?"常春林说:"新公司叫灵湖茶园投资有限公司,中外合资性质,相关证照正在办理,据凌博士讲,新公司主要业务还是依托茶园,但营销方式将是全新的,利润是有保障的。我准备投六十万,占公司百分之十五的股份;陆洋有二十万棵茶树,作价一百万元,商标使用权和房屋建筑,作价二十万元,一共是一百二十万,占公司百分之三十的股份;凌老板投资二百二十万,占公司百分之五十五的股份,经我们协商,陆洋担任法人代表和副总经理,我也担任副总经理,凌老板担任总经理。"常凤英说:"那个外国人占了百分之五十五的股份,实际上已经掌握了控股权,把灵湖的名牌产品交给外国人管理,是否有点儿不妥?"常春林说:"我没觉得不妥,邓小平曾经说过,'不管白猫黑猫,会抓老鼠的就是好猫',只要他帮我们赚钱,我们怕什么?茶园在我们灵湖,他又带不走,有什么好担心的?何况,他又不是洋人,他是华侨,也算是中国人,不会坑害自己人吧?"常凤英说:"要不要再问问你姐夫?他看问题比较老成。"常春林说:"姐夫干环保是很出色,但论经商,我肯定比他内行。姐,你不用跟他说了,免得他又来刨根问底。"常凤英说:"那好吧,我陪你去信贷科。"

吴菲菲因要参加检察院的公务员招聘考试,白天在家复习功课。下午四点多,她去环保局找李志成,李志成在忙着整理资料,因为明天就要去灵阳县办公了。他看见吴菲菲进来,说:"菲菲,你爸爸在楼上。"吴菲菲说:"我不找他,我是来找你的。"李志成说:"我现在有事,没时间陪你聊哦。"吴菲菲说:"李大哥,听说你明天要去灵阳了,要去多长时间?"李志成正在把灵阳企业的资料归类,头也不抬地说:"大约一个月吧。"吴菲菲说:

"去这么长时间啊，那我要找你爬山和聊天，不是很不方便了吗？"李志成抬起脸，做了个打电话的手势说："可以打电话啊。"吴菲菲说："我们老家就在灵阳乡下，我好多年没回去了，真想回去看看。"李志成说："天真烂漫的童年就像一张白纸，随意涂抹几笔，就是人一生中最美的回忆，我们长大后，人就变复杂了，烦恼也多起来了。"吴菲菲笑道："为了寻找童年的记忆，李大哥，下了班能不能陪我逛街？我好想吃一碗百叶粉丝汤！"李志成爽快地说："好啊，我也喜欢吃百叶粉丝汤，这是我们灵湖的小吃，又香又鲜，你上去跟你爸说一声，下班后我们一起去逛街。晚上，局里有好多人要去电视台看歌唱比赛，你去吗？"吴菲菲高兴地说："好啊，你要去吗？你去我也去！"

吴铁良下班后回到家里，常凤英说："菲菲呢，没去你那儿？"吴铁良说："来了，现在和李志成去逛街了。"常凤英说："她要考试了，还这么贪玩，她天天去找李志成，会不会出什么事？"吴铁良摇摇头："神经过敏，他们两个会有什么事？"常凤英说："难说，菲菲是我女儿，我还不了解她？女孩家在青春期是很容易动情的，她会不会喜欢上李志成了？"吴铁良否定地说："瞎扯，李志成是个正派的青年，他的女朋友在北京，菲菲知道的，两人年龄又差了十岁，不可能有什么的。"常凤英说："感情的事谁也说不准，我们还是谨慎点，尽量让菲菲少接触那个李志成，要把不好的苗头扼杀在萌芽状态！"吴铁良说："菲菲就是好动，她复习累了，找个朋友出去逛逛很正常。她现在是成人了，有判断是非的能力了，我们不用替她多操心。"常凤英还是有点儿忧虑地说："我不是反对她交朋友，只是时机不对，李志成也真是，晚上还和菲菲一起出去，这不是存心不良吗？"吴铁良摇摇头说："你别上纲上线了，今晚有我们局和电视台联办的环保杯歌曲演唱比赛，估计他们会去电视台现场。我看到他们亲如兄妹，感到很欣慰，人生中要是有个相谈甚欢的朋友，不管是男是女，你不觉得这是一笔宝贵的精神财富吗？"

常凤英瞅着丈夫说："哟，怪不得你支持他们来往，原来你心中也有不轨的想法啊！你是不是因为没有红颜知己而感到遗憾？你要是想，现在还来得及啊！"吴铁良看了看妻子，叹了口气，说："哎，好端端的，让你阴阳怪气地一说,夫妻的氛围全破坏掉了!"常凤英说:"是我阴阳怪气,还是你心里有鬼? 你要不是心里有了别人,为什么一个多月才碰我一次? 你觉得正常吗?"吴铁良无奈地说:"我是因为工作压力大,心里没那个想法,我也是力不从心嘛。"常凤英说:"你要是感到吃力,就别当什么环保局长了,又脏又累又得罪人,有什么好? 回去当你的信访办主任好了。"吴铁良说:"你说这话有意思吗? 我能半路撂下担子不管吗? 要么不干,要干就要干好,我这脾气你还不了解吗?"常凤英的语气忽然软了下来,说:"铁良,请原谅我刚才语无伦次,一个月总有几天,我的心情会乱糟糟的,自己也控制不了。"吴铁良说:"对不起,是我对你的关心不够,但你心情不好,要对我说啊,靠发脾气来释放不快对健康是不利的。"常凤英说:"你不知道,当我来月经的时候,还有就是当我有生理欲望而你却冷漠相对时,我的心情会很烦躁,心里有股无名火想发出来,发出来会好受一点儿。"吴铁良点点头,安慰妻子说:"嗯,我明白你的意思了,我们别吵了,好好珍惜在一起的时间,我会努力做个好丈夫。"

吃过晚饭,看了会儿电视,社会频道在直播"环保杯歌唱大赛",主持人是翟静,常凤英说:"翟静这姑娘漂亮能干,不知有没有婆家? 她的眼界肯定高,不是大款就是高干子弟。"吴铁良笑道:"你想错了,听说她和我们局里的车少军好着呢,现在的年轻人谈恋爱,不讲究什么门当户对了。"在电视上,他们看到了坐在观众席的车少军、姚大林、田佳、朱斌华、刘鸣、杨光等人,常凤英的目光在搜寻女儿菲菲,但并没有看到菲菲,也没看到李志成。他们没看比赛,菲菲这么晚还没回家,常凤英有点儿着急,她说:"菲菲去哪儿了? 现在还不回家,我给她打个电话吧。"吴铁良说:"她又不是小孩子,让她有点儿自由活动的空间好了,有李志成陪着,你还担心她被人拐了不成?"

常凤英说:"女孩是要有人管的,不能由着她性子,你看她哪像个淑女的样子?"吴铁良笑道:"淑不淑女我不管,我觉得菲菲很好啊,聪明,伶俐,可爱,是我的宝贝女儿。"常凤英说:"下次不许她这么晚不回家了,铁良,你也要说说她,太宠着她可不好。"吴铁良笑道:"她在外面上学,你盼着她回来;现在她回来了,你又对她管头管脚,她会不高兴的。虽然她这次考试很重要，但也不能管得太死，要让她轻松轻松。"常凤英说："听司机小刘说，往年环保局春、夏、秋都要组织出去旅游，你是不是还想带菲菲出去玩啊？"吴铁良说："单位组织旅游的事，让我取消了。"常凤英说："你这么做，下面的人会不会对你有意见？"吴铁良笑道："没有，他们还很欢迎呢，因为我把省下来的钱给所有的工作人员买了健康保险。"

晚上十点，菲菲还没回家，吴铁良说："你先去睡吧，我一个人等就行了。"常凤英感觉有点儿困了，而且，她习惯在夜里十点左右入睡，四十几岁的女人最怕老，她挺注重保养的，偶尔还会去做下美容，充足的睡眠对她来说非常重要，要不然第二天的脸色会很难看。常凤英去卫生间洗澡，尽管已四十几岁，但身材保持得还不错，没有同龄女人的臃肿，皮肤也很白，可以说是"徐娘半老，风韵犹存"。结婚那么多年，彼此已淡化了性别角色，夫妻生活也可有可无了，不知不觉转化成搭伴过日子的亲情，不知道其他的家庭是否也这样走过来的？记得有句话说"女人三十如狼，四十如虎"，常凤英觉得，虽说自己不是什么虎，但生理方面确实有第二春的感觉，但因为吴铁良兴趣不高，她也就压抑着，忍耐着，心情有时会莫名地烦躁，幸好有女儿菲菲，她的心情才能平静下来。这是她最大的精神寄托，对丈夫的关心，便渐渐地转移到女儿身上。

虽说菲菲和李志成在一起吴铁良感到放心，但毕竟时间不早了，他想给李志成打个电话，一来问下女儿，二来关照一下李志成。李志成从明天开始要去灵阳蹲点儿，这既是办案，也是一次锻炼，希望他能珍惜这次机会，把事情办得顺利。如果自己如期把清江治理达标，三年后不再担任环保局长，那么，李志成就是吴铁良看好的最佳人选。他拿起电话正要拨打，裤兜里的手机却响了，吴铁良以为是李志成或是女儿打来的，拿起来就接："喂，现在什么时候了，怎么还不回家？想风餐露宿啊？"对方却说："吴局长，是我，方萌，还记得吗？"吴铁良愣住了，他真的没想到，方萌会这么晚打电话来，他们见过的次数屈指可数，但吴铁良很欣赏她，对民间环保志愿者的认识最初就是从她开始的。他说："是你啊，记得，这么晚来电话，有事吧？"方萌说："这么晚打扰您，真的很抱歉！可我没办法，想来想去，还是打给您，想请您帮个忙。"吴铁良说："什么忙？

你说吧。"方萌停顿了一下，说："是这样的，我丈夫他喜欢赌博，一个小时前，他在赌场里让民警抓走了，听说有关系的话，当夜可以保出来，要不然会被拘留和罚款，我家的钱都被他输光了，再也拿不出罚款的钱了。公安局我不认识人，我想到了您，您以前是信访主任，现在是环保局长，可能熟悉公安的人，所以，非常冒昧地给您打电话，想问问您能不能帮忙把他保出来？"

吴铁良明白了是怎么回事，心里既是愤怒又是惋惜。愤怒是因为方萌的丈夫太不像话，把家里的钱都输光了，真不负责任；惋惜是因为吴铁良认为方萌是个很不错的女人，却'遇人不淑'，嫁了这么个丈夫，有点儿明珠暗投的感觉。本来，家丑不可外扬，但方萌给并不很熟悉的吴铁良打电话，这是需要勇气的，让别人知道自己的丈夫是个赌徒，这是很没面子的事，这正说明了她对他的信任。吴铁良说："你别急，我会帮你想办法，你丈夫叫什么名字？知道是哪个分局抓的人吗？"方萌说："他叫陈伟强，据赌场附近围观的群众说，出警的是城北公安分局的民警。"吴铁良说："哦，那边的汪局长刚好我认识，你去城北分局的门口等我，我马上过去。"方萌在电话里感激地说："好的，谢谢您，吴局长！"吴铁良披了件衬衫，摸了摸裤兜，钱包在兜里，他急匆匆地就要出门，常凤英在卫生间隐约听到外面吴铁良在打电话的声音，说什么话她没听清，她在里面大声问："铁良，谁来的电话？"吴铁良略为犹豫，说道："是菲菲打来的，我出去一下。"他没说实话，是担心妻子发生误会。常凤英以为菲菲出了什么事，着急地问道："菲菲怎么啦？她出什么事了？"吴铁良没听到她的话，他已经拉开门，急匆匆地下楼了。

27. 家庭危机

　　李志成和吴菲菲之所以没有出现在电视台，是因为他们压根儿就没去。下午，他们在街上闲逛，走了半个多小时，才找到一家有卖百叶粉丝汤的小吃店。吴菲菲夸张地说："众里寻它千百度，蓦然回首，它却在灯火阑珊处。"李志成笑道："现在没有灯火，只有落日的余晖。"吴菲菲笑着说："只要有百叶粉丝汤，就算没有灯火没有余晖，我也陶醉了。"李志成笑道："你这么容易满足呀？"吴菲菲掠了掠额前的头发，说："我本小女子，没有轰轰烈烈的理想，只求简简单单的快乐，过好每一天，我就心满意足了。"两人坐下后，各要了一碗百叶粉丝汤，稀里哗啦地吃了起来，感觉味道还是那么鲜美，和小时候吃过的相差无几。李志成笑道："一闻到这汤的香味，我就食欲大开啊。"吴菲菲说："那你再吃一碗呀。"李志成笑着摇头："美味要适可而止才有回味，要是贪得无厌，吃得太多，不但不消化，连什么味都分不清了。"

　　开小吃店的是一对六十岁左右的夫妇，他们见两位年轻人吃得开心，脸上露出了笑意。李志成说："叔叔阿姨，你们的百叶粉丝汤真好吃！"老伯自豪地说："那当然，我们在这儿开了三十年了，一直在卖这个。"吴菲菲惊讶地说："哇，开了这么久啊，比我的年龄还长呢。"老阿姨指了指身边的老伴，笑着说："四十年前，他请我喝了碗百叶粉丝汤，我就嫁给了他。后来我们就盘下了这个小店，一直开到了今天。"吴菲菲笑嘻嘻地说："阿姨，没想到百叶粉丝汤还是你们的红娘啊。"阿姨笑道："我不是看中了这碗汤，我是看中了他这个人，一碗汤就是根红线吧。"李志成说："你们的汤味道真好，为什么不搬到闹市区，生意会更好的。"老伯说："生意太好我们也忙不过来，就现在这样做做蛮好的，不做我们也闲不住。现在的房租贵，吃的东西也多，很多老字号都关了，我们却坚持了下来。过去一碗汤只卖一块钱，我们还有的赚，养了一个儿子、两个女儿，现在一碗卖到四块，反倒不挣钱了，熬汤的鸡涨价了，猪肉、百叶、粉丝、油盐、水电都涨了，为了保证原汁原味，我们不能偷工减料，虽说不挣钱，我们还要开下去，不能让想吃百叶粉丝汤的人吃不到。"两位老人就因为这朴素的心愿，日复一日地开着小店，卖着百叶粉丝汤。

往回走的路上，吴菲菲说："李大哥，我们不去电视台，我们去爬山好吗？"李志成说："附近没山啊，最近的也是灵湖边的东山、西山。天色要暗下来了，夜里爬山不安全。"吴菲菲说："我们就去爬东山，现在是农历月底，夜里月亮很圆很亮的，山也不高，山上有茶树，应该有山路的。"李志成笑道："我去过，是有山路，路也不陡，那不叫爬山，走上去也不吃力的。"吴菲菲说："山在湖边，水中有月亮的倒影，我们可以在山上赏月。"李志成说："还没到中秋节呢。"吴菲菲说："只有中秋节才能赏月吗？谁规定的？苏东坡说过，月有阴晴圆缺，说明不同的时候有不同的特色嘛。"李志成笑道："你挺能说啊，我如果再拒绝就有点儿不解风情了。"吴菲菲说："那我们现在就去吧，鞋呀衣服呀不用换了，登这座小山，不用换装备也能上。"

两人乘出租车，来到灵湖茶园边的一条小路，晚霞如天边燃起的火焰，给绿色的茶园披上了一层红光。茶园边用围墙圈起来，里面是一幢幢漂亮的别墅。陆洋开车从茶园出来，意外地看到李志成跟一个女孩站在路边，就下车走了过来，打呼道："李副局长，你怎么在这儿？要不到我茶园坐坐？"为了改善茶园环境和附近水域的水质，李志成曾在茶园边的清江放养水葫芦、龙虾和鲢鱼，和陆洋很熟了。李志成说："谢谢，不用了，陆经理，你下班了吗？"陆洋问："李副局长，你这是去哪儿？是去别墅区吗？这边造了这么多房子，以后肯定热闹了，我们茶园也不清静了。"李志成说："我们是去爬山的，水帘子那儿还有摆渡船吗？"陆洋说："白天是有的，现在可能回家了，晚上没人过江的，要不用我的船吧，茶园里有几条船停在岸边，我带你们去。"李志成说："好啊，那麻烦你了。"陆洋说："跟我客气什么？你们帮了我大忙，我还没机会谢呢，改天有空，我请吴局长和你一起喝酒，怎么样？"李志成笑道："那是我们应该做的，不用谢。"

李志成和吴菲菲跟着陆洋来到江边，陆洋登上一条船，开了链条锁，招呼李志成他们上船。因为船和岸边有一米左右的距离，吴菲菲在上船时，李志成拉着她的手，她才上来。陆洋说："摆渡的是用桨摇的，我们这是机帆船，比较安全，李副局长，你用竹篙把船头撑开，我来发动机器。"李志成把船撑开后，吴菲菲问李志成："你会开机帆船吗？"李志成摇头说："不会。"吴菲菲担忧地说："那怎么办？呆会儿我们怎么回来？"李志成笑道："是你要去的，现在打退堂鼓还来得及，要是回不来，只能在山上过夜了，听说山上有狼，恐怕凶多吉少啊！"吴菲菲打趣道："有什么狼？不会是你这头色狼吧？"李志成笑了，说："我是有这个心也没这个胆哪！"陆洋听到了他们的谈话，说："你们不用担心，这船上有两把备用的木桨，回来时，你们可以一边一个划桨过江。"吴菲菲笑道："大叔，您想得真周到。"陆洋说："李副局长，你女朋友真是年轻漂亮，什么时候办喜事可别忘了请我喝酒啊。"李志成连忙解释说："她不是我女朋友，她……她是新来实习的大学生。"吴菲菲格格地笑了。

到了对岸，陆洋关了柴油机。吴菲菲看了看宽阔的江面，疑惑地说："陆经理，你和我们一起过江，怎么回去呀？"陆洋笑道："总不能让我飞过去吧？当然是你们送我回去了。"吴菲菲说："你送我们过来，我们送你回去，这不等于我们没过江吗？"陆洋笑道："不一样，我送你们是我的情分，你们送我是你们的情分，我是想让你们试一下怎么划桨过江，也好让我放心回家啊。"吴菲菲说："划桨还不容易？往水里划呗。"陆洋笑道："看别人做容易，你自己试试？"李志成从船仓里取上来两把木桨，一把递给吴菲菲，菲菲抓住桨柄就往水里划，陆洋制止道："且慢划，要注意划桨的方向，用力的大小，入水的深浅，用力过猛是会栽江里去的，还要两个人配合好，要不然会在江中打转，如果有过往船只，没控制好船是有撞船危险的。"两人试着划了几下，果然，船在摇晃，还偏离了方向，没朝着对岸，却朝着灵湖的方向。陆洋笑道："两个人划一条船，要讲究同心协力，否则是到不了彼岸的。"吴菲菲说："陆经理这话好有哲理啊！"

李志成和吴菲菲手忙脚乱地划了一阵，好不容易把船转正方向，他们改变了各自划桨的动作，彼此有了初步的默契，顺利地把船划到了对岸。陆洋说："那我回去了，祝你们玩得开心，记得要用链条锁把船锁上，别人偷了的话，你们只能游过来了。"吴菲菲看了看淡灰色的江水，吐吐舌头说："游泳是十年前的事了，现在这江水，下水游泳要变成泥鳅了。"李志成说："所以说，我们的环保工作任重道远啊！"陆洋说："现在这边好多了，至少还能养鱼养水葫芦，要是往前十几里的灵阳那儿，水草和鱼都看不到了。不过，一切在向好的方向发展，因为灵湖有吴局长和李副局长这样认真负责的环保干部！"吴菲菲听到有人夸奖自己的父亲，心里很高兴。李志成说："陆经理，我们耽误您下班了，天色要黑了，你回家吧，我们也要过江了。"陆洋说："好，那你们注意安全！"两人再次把船划过江，锁好船后，踏着霭霭暮色，向湖边的东山走去。

山无水不秀，水无山不媚。走近山脚下，能听到湖水拍打堤岸的涛声。李志成说："据说茶圣陆羽的墓就在东山，我们趁着夜色上山，有点儿像盗墓贼了。"吴菲菲笑道："大二时我看过一部电影，叫《古墓丽影》，真要是古墓里有活着的漂亮女人，你说盗墓贼会不会吓死了？"李志成嘿嘿笑道："敢去盗墓的，想必是些胆大包天的人，要是遇见古墓丽人，难说不会变得色胆包天。"吴菲菲"哦"了一声，说："假设你是盗墓人，遇上这样的事，会怎么做？"李志成笑道："男人要是遇上这样的好事，谁会放弃财色双收的机会？"吴菲菲故作吃惊地说："恐怖！我心目中高大英俊、正直善良的李大哥，原来也是一个心怀不轨的人啊！"李志成笑道："凡夫俗子，谁没有七情六欲？菲菲，你胆子可不小，夜里还敢拿古墓开玩笑！"吴菲菲说："其实，说出来反倒不感到害怕了，要是藏在心里不敢说，那才是自己吓自己。"

这边的山坡上都种着茶树，常有采茶姑娘来采茶，还有工人来修剪、除草和施肥，施肥用的都是有机肥，有鸡粪和水草等，新栽的茶树也就一米高，只有半山腰的两棵老茶树才有八九米高，长得还很茂盛。因为经常有人出入，山间有路，并不难走。到半山时，李志成借着月色，指着那两棵老茶树说："这就是出产极品银毫的千年老茶树，非常珍贵，在它们的身旁，还有一泓细泉，人称'玉泉'。"吴菲菲不解地说："这山也就二三百米高，山上又没积雪，怎么半山会有泉水呢？"李志成说："我查阅过资料，前人有过研究，说有三种可能，一是山上覆盖的植被有蓄水功能，汇聚到一个石头缝，从半山处渗出来，就形成了山泉；另一个是说山间藏有泉眼，和灵湖相通，泉眼的作用就像一个天然的小抽水泵，泉水也就源源不断了；还有一个是传说了，是说赤脚大仙放下两担泥，泥堆变成了山，赤脚大仙对着一堆泥撒尿，涓涓细流也就千年不息了。"吴菲菲笑着说："前两个还能接受，第三个就有点儿恶心了，赤脚大仙是男的吧，怎么还涓涓细流？这种传说也有人信？"

李志成说："这两棵老茶树今年曾引起一场风波，至今还没完全平息，你爸爸当上环保局长，据说是那场风波间接促成的。"吴菲菲惊异地说："有这事？我爸爸从来没提起过啊。"李志成介绍了一遍，还说，这场风波已演变成一个案子，到现在还没水落石出。吴菲菲说："真没想到，我爸是这么出山的，这不是歪打正着吗？幸好，爸爸没有辜负大家的期望。"李志成说："李白有句诗说，'天生我材必有用'，的确如此，一个人活着，总有存在的意义，有的一开始就找对了人生的方向，有的却大器晚成，换一个行业后，发挥出更积极的作用。比如鲁迅，本来是学医的，后来弃医从文，成就世纪文豪，还有很多人也如此，换一个职业，改变了人生。吴局长也是这样，他从信访办主任调任环保局长，是一次质的飞跃，最大程度地体现出他为人民服务的精神。"吴菲菲说："你们对我爸评价很高，是不是在拍马屁呀？我觉得他很平常啊。"李志成笑道："正因为他平常，所以大家都很喜欢他，要是他一副高高在上或冠冕堂皇的样子，大家也就和他有距离了。"

若是一个人来，吴菲菲断然不敢夜里上山的，虽说不相信有鬼神，东山也不太可能有狼什么的，但夜色掩护下的黑暗，会让人产生不安全感，何况她还是个女孩。李志成虽多次参加户外活动，但在夜间登山还是第一次，以往即便是在山上，也是和队员露营和野炊，因为在不熟悉的地方，夜间盲目上山是很危险的。东山不高，而且有路，夜晚又没有白天的燥热，走上去并不累，两人谈谈说说，很快要到山顶了。一阵山风吹过，身旁的树林发出哗哗的声响，就像突然下了一阵暴雨。月亮升起来了，皎洁的月光洒在地上，周围的一切很自然地变得温柔起来。

李志成说："夜里出来散步，这儿是个好地方，可惜来去不太方便。"吴菲菲说："在人少的地方散步，才能达到放松的目的。"李志成看看她，说："我发现你有点儿怪。"吴菲菲问："哪里怪？你是指长相，还是脾气？"李志成说："一般的女孩子，喜欢打扮呀，逛街呀，你和她们有点儿不一样。"吴菲菲说："何必大家都一样呢？随波逐流的人往往生活得很无奈，我按照自己的方式生活，才会觉得自在和快乐。"李志成说："人不仅仅是为自己活着的，如果只为自己活，那和行尸走肉有何分别？为社会，为家人，为爱你的人活着才有意义。"吴菲菲说："我明白。不委屈自己，不辜负别人，这是我做人的信条。"两人年龄相差了十岁，但聊起天来感觉很投机，无论观点一致还是各执一词，心情都很愉快，没有因为年龄的差距而产生隔阂。

半个多小时就登上了山顶，吴菲菲刚在山顶站稳身子，就张开双臂叫喊着："喂！我们来了！"回应她的，是山下的灵湖那从容不迫的涛声。李志成笑道："在山上扯开嗓子大喊，我也这么干过，可以锻炼人的胆量，还可以丢掉心中的不快。不过，你在夜里大喊，会把睡着的鸟儿吵醒的。"吴菲菲笑道："干环保的人就是不同，对小动物也充满爱心。"李志成说："环保这一行，并非只是保护环境这么简单，我们应该关注的，不仅仅是污染，也不仅仅是人类。生态的平衡、自然的和谐，它是一个循环系统，破坏了其中之一，就可能威胁整个系统的安全运行。比如我们大量消耗的纸张和一次性筷子，需要砍伐大量的森林才能供给，大片的森林没了，一方面会使青山变荒山，如果连遇大雨，可能发生泥石流，影响人类安全；另一方面，森林面积的减少，会使动物急剧减少，一个动物数目剧减了，会影响食物链上其他动物的生存，包括人类。"吴菲菲默默地听完，说："我听懂了，你是说，人要爱护大自然，要和动物和谐相处，如果反其道而行之，人类会自食其果，是吗？"李志成笑道："不错，就是这个理，可有一些人，就是不理解这个道理。"吴菲菲说："要是在山上搭个草房子住上一段时间，离开喧嚣的街市，与大自然亲密接触，该是多美的日子呀？"李志成笑道："你真厉害，把我六十岁时想过的生活都描绘出来了！"

从山林间的小路上山时，只觉得晚风的凉爽，现在停下脚步，山顶上的风又大了些，倒有点儿凉意了。一阵凉风吹过，吴菲菲不禁打了个喷嚏。李志成脱下自己的衬衫披在她的身上，说："你穿上吧，受了凉会感冒的。"吴菲菲说："你就穿个衬衫不冷吗？"李志成轻拍自己的胸膛说："我没事，男人热量多，不怕凉。"吴菲菲瞅了眼李志成，轻轻说道："这儿真安静，和你在一起，我感觉自己长大了许多，也懂得了很多。"李志成说："和你在一起，我也感到很轻松，很开心。"吴菲菲转过身，神情呆呆地看着李志成，说："我……我能叫你的名字吗？"李志成笑道："傻丫头，当然可以啊。"吴菲菲低低地叫唤着："志成，志成，有志者事竟成，名字好，人更好！"李志成笑道："菲菲，你别夸我了，小心糖衣炮弹把我腐蚀了。"吴菲菲自信地说："你不会，你是个有坚定信仰的人，我相信你一定会有所作为的！"吴菲菲的信任和支持，让李志成大为感动，也给了他更大的信心与力量，她的善解人意，让李志成忽略了她的年龄，把她当成了知音。

两人缓缓地下山了，周围的静寂并没有让他们感到害怕，他们很镇静。吴菲菲说："本来我夜里是不敢到荒郊野外的，我还怕蛇会咬人，但有你陪在身边，我竟然一点儿也不害怕了。"李志成说："这个夜晚虽然很短暂，但我感到很满足，这是工作中都没有感受到的满足。"到了岸边，打开链条，李志成用竹篙撑开了船，取了两把桨，一把递给菲菲。菲菲握着桨，说："我忽然想，要是我不小心掉江里了，你会救我吗？"李志成呵呵笑道："这还用多想吗？当然会救！我会先把你托上岸。"吴菲菲点点头："谢谢！我们开始划桨吧。"两人配合默契，用力得当，方向一致，一会儿就到达了茶园这边。可是，走在茶园的小路上，吴菲菲犯愁了："我们怎么回家啊？这儿肯定没出租车经过，要不，我打电话给爸爸，让他派车来接我们。"李志成笑道："你爸妈要是知道我们夜里登上了东山，一定会着急的，还是我叫辆车来吧。"

李志成知道几位同事今晚在电视台看比赛，他给车少军打了个电话，说："车科长，我是李志成，你现在在哪儿？哦，刚从电视台出来呀，你到路口帮我叫辆的士，叫他到灵湖茶园来接我。"车少军他们刚从电视台出来，其他的同事各自走了，他在等翟静下班一起吃夜宵。接到李志成的电话，车少军有点儿奇怪，他说："李局长，您怎么在茶园？是加班办案吗？没听说今晚有夜访任务啊。"李志成说："不是加班，是我到这边来散步。"车少军说："您可真有雅兴，散步跑那么远，到水乡园来吧，我们一起吃夜宵。"李志成笑道："你要是一个人，我就来；你要是和翟静在一起，我就不当电灯泡了。"车少军说："那好，明天见，明天我们一起去灵阳。"实际上，就算车少军一个人吃夜宵，李志成也不会去的，因为身边还有个吴菲菲，他怕别人误会。

常凤英洗完澡，换上睡衣，但她睡不着，心里惦记着女儿菲菲。刚才吴铁良匆匆出去接菲菲了，不会有什么事吧？她刚提起电话想给菲菲打电话，却听到外面开门的声音，出来一看，菲菲回来了！李志成站在门口，吴菲菲说："进来喝口水吧。"常凤英说："菲菲，你爸爸呢？你们没碰头吗？"吴菲菲说："没啊，我们没跟爸爸联系呀。"常凤英愣住了："什么？你们不是打电话给他的吗？他说去接你了啊，到底怎么回事呢？"吴菲菲不解地说："我们没打电话呀，怎么啦？发生什么事了？"常凤英的脸色一下子变了，怒气冲冲地说："他在撒谎！他明明接了电话，明明是说去接你了，你却说压根没打来电话。好你个吴铁良！菲菲，我的女儿，你爸爸在骗我啊！"李志成劝说道："吴局长是个正直的人，相信他不会说谎的，可能有其他的急事吧？"常凤英说："小李，你不知道菲菲过两天要参加考试吗？这么晚回来，你们去哪儿了？"吴菲菲说："我们去电视台看比赛了呀！"常凤英盯着女儿看，脸色更加难看了："你们在看比赛？我怎么没看到你们？好啊，你们合起伙来骗我！吴铁良，菲菲，还有你李志成！你们到底安的什么心？串通起来骗我？"吴菲菲看母亲的样子有点儿可怕，她跑到母亲身边，叫道："妈妈，你怎么啦？你别生气，有话好好说。"常凤英对吴铁良的反常顿生疑窦：吴铁良为何突然撒谎？想必是老母鸡生疮——毛里有病！

吴铁良叫了辆出租车，在城北公安分局的大门旁见到了方萌。方萌看到吴铁良来到自己跟前，一颗悬着的心终于落了地，她迎过来说："吴局长，您来啦。"吴铁良说："你别急，他是关在这里吗？"方萌说："是在这儿，可他们不让我见，要我交两万罚款，交不出钱，他们要对陈伟强依法拘留，可我拿不出钱啊。"一般因赌博呀偷窃呀被抓进去的，家属都愿意花钱了事，交点罚款是小事，要是被拘留了，那就是人生档案的污点，这对当事人以后是不利的。吴铁良说："我这就给汪局长打个电话，看能不能通融一下？"吴铁良拨通了汪局长的电话，说："汪局长，我是吴铁良，对，是我，我有点儿事，想请你帮个忙。"汪局长正和执行任务回来的民警吃夜宵，汪局长说："是铁良兄啊，高升环保局长也不吱一声，哪天有空我们一起喝个酒吧，老兄，有什么事，说吧。"吴铁良说："我有个朋友的朋友，爱赌点小钱，今天晚上被你们分局抓了，你看，要是问题不严重，能不能把人放了？"汪局长哈哈笑道："老兄，你是出名的讲原则的人，让你开口求人，就像唐僧的白龙马开口一样，少有的啊，看来，你和你朋友的关系不一般哪！"吴铁良说："我也是帮朋友问问，要是行，你就说，要是不行，那就照章办事，我理解。"汪局长说："聚众赌博这事，也不算大事，看在你的面子上，行，我就帮这个忙，他叫什么？哦，叫陈伟强？好，过一会儿你到局里找民警小孟，叫陈伟强的家属交五千块罚款，也不拘留也不加重处罚，你们就把他领回去吧。"吴铁良说："谢谢汪局长！"依吴铁良的性格，他是不愿欠人情的，欠债好还，欠情难还，但出于对方萌的同情和关心，他会尽力去帮助她。

方萌见吴铁良打完了电话，问道："吴局长，怎么样？"吴铁良说："没事，今晚能出来，不会被拘留了，不过要交五千块罚款，你身上带钱了吗？"方萌感激地说："吴局长，您能帮我这个忙，真谢谢您！"接着，她又面露难色，说："我卡上只有两千块钱，家里所有的积蓄都被他偷去赌输了，这可怎么办？"吴铁良临出门时带了钱包，他考虑到要是方萌交不出罚款，自己可以代付一下。吴铁良说："我带了卡，旁边几十米就有家银行，我去取下钱，你在这里等一下，过会儿我们一起进去。"当时银行对用户在 ATM 机上取钱的，一天限额五千元，这也是为了用户的资金安全，防止被人盗取损失过大。五千元刚好够交罚款，打一个电话，原本二万元的罚款只需交五千，这人际关系就是有用，不过，吴铁良对五千元的罚款还是有意见的。赌博不同于污染，污染是单位和个人为了自己的利益，危害到环境、他人和社会，现在二十万元的罚款限额定得太低了，还应该罚得更狠，提高不法分子的违法成本，让他们对环保法规产生敬畏；而赌博的危害性，主要是对个人和家庭，况且，十赌九输，就像炒股一样，大多数人还是输钱的，罚款太多，会对家庭造成沉重负担，因此，应以教育为主，处罚为辅。

吴铁良和方萌进了民警值班室，当班的是小孟，小孟说："你们来头不小呀，汪局长刚打电话来关照过了，让你们交五千块罚款，陈伟强就可以出去了，要换其他人，没两万块是不可能跨出这个大门的！"交了钱，拿到了一张收据，吴铁良看了看，这是一般的收据，不是物价局核发的，是不合规范的。小孟似乎看出了吴铁良的疑惑，说："我们收的罚款，都要上交国库的，这是临时性的收据，如果你们需要，以后可以来换正式的收据。"吴铁良在政府机关工作多年，耳闻过有些执勤民警在处理赌博和卖淫嫖娼案件时，会提取部分罚款作为奖金，这种现象并不鲜见，被抓进来又放出去的人，谁还会在事后专程来要一张收据呢？环保局在以前有没有这种截留现象，吴铁良不得而知，但在他调任环保局长后，这种行为是不可能有的，因为执法中的罚款，直接由违法单位汇入市财政账户，不经过环保局的手了。交了钱后，吴铁良说："方萌，你在屋里等他，我到门口去叫辆车。"

陈伟强听民警说有人来保他出去，他不太敢相信，以为民警在和他开玩笑。他心想：父母去世后，哥嫂都不来走动，别说不知道我被抓，就是知道也无动于衷；妻子方萌也不大可能，一则她恨自己沉迷赌博，要不是我不同意离婚，恐怕已和她分道扬镳了；二则家里的钱都让我输光了，她拿什么钱来保我出去？从前的朋友，平时跟他们借几百块都推搪说没有，哪会在这个时候慷慨解囊？陈伟强一肚子狐疑地跟着民警来到值班室，看到方萌站在一边，盯着他不说话。值班民警小孟说："陈伟强，来，写个具结悔过书，你可以回家了。"具结悔过书，相当于检讨，也是要放进档案的，但比处分之类肯定轻多了。陈伟强仍有点儿不相信似的说："这是真的？我真的可以出去了？"小孟说："当然是真的，你是不是在留置室还没呆过瘾，不想回去呀？"陈伟强连忙说："不，不，我要出去，我要回家！"小孟说："你要谢谢你的妻子和你的朋友啊！"陈伟强有点儿不解：谢谢妻子是应该的，不知她从哪儿借来了钱，帮自己交了罚款，从这点来说，她尽到了一个妻子的责任，她对自己是有感情的，可是，我的朋友？不知哪个狐朋狗友良心发现，居然这回肯来帮我，我倒要看看是谁。可这个值班室里，眼前除了两位民警和妻子方萌，并没有别的人。

陈伟强交了具结书，拉着方萌的手出了值班室。到了公安分局的门口，陈伟强说："方萌，谢谢你！"方萌说："你自己不学好，被关到这里来了，你好意思吗？你知道我很担心吗？"陈伟强说："是我不好，我保证改，以后一定改！"方萌说："你改了多少回了，哪回说话算数？你知道你是怎么出来的吗？要不是吴局长帮忙，出力出钱，你恐怕要在公安局里过端午节了！"陈伟强惊奇地问："吴局长？哪个吴局长？我没当局长的朋友呀。"方萌指了指前面路口刚叫停一辆出租车的吴铁良，说："是环保局的吴局长，他真是个好人，借给我们钱交罚款，还打电话找汪局长说情，只交了五千块罚款，他们就把你连夜放出来了。"陈伟强点点头，说："我明白了，他是你的朋友？"方萌说："工作中认识的，他是个好局长。"吴铁良走了过来，出租车也停在陈伟强的身旁。方萌介绍说："吴局长，他就是我的丈夫陈伟强，今天多亏您帮忙，谢谢您！"吴局长主动和陈伟强握手，笑着说："没关系，出来就好啊！"陈伟强说："谢谢您帮忙！借您的钱，我们会尽快还的！"吴铁良笑道："不急，等你们有了再还好了，陈先生，赌钱可不能当饭吃啊，要找份正当的工作，希望你们好好过日子，你妻子方萌是个聪明能干的女人，你可不要辜负她呀！"陈伟强心说：你不就是凭着当局长捞了点儿钱吗？花点儿钱充好人，你以为我和方萌一样傻，轻易被你骗？但他嘴上却说："嗯，好的，谢谢吴局长的关心，我会对方萌好的。"

28. 莫名车祸

　　陈伟强坐在沙发上，一言不发，方萌说："你是该反省反省了！一个大男人，整天游手好闲，沉迷赌博，成何体统？"陈伟强冷笑道："我游手好闲，你又做了什么？你整天忙什么考察，那不是环保局干的事吗？你瞎积极什么！我做生意失利，心情郁闷，你从来不安慰我，结婚到现在，连个孩子都没有，你说我有好心情吗？今天我终于明白了，原来你身在曹营心在汉！要不是你和那个环保局长暧昧不清，他会来帮你？你当我是傻子啊？"方萌气极，叫道："陈伟强，你，你太没良心，太不可理喻了！吴局长帮的是你，你别以小人之心度君子之腹！"陈伟强说："你要和他没亲密关系，会把我们家的那点事全都告诉他？他是你爸还是你哥？花五千块钱就想把我收买，你们别做梦了！"方萌没想到，自己为挽回婚姻所付出的努力，在丈夫的眼里，变成了有不可告人的目的，陈伟强出来后做的第一件事，不是反省，不是悔改，而是无端的怀疑，怎不让方萌失望和伤心？

　　方萌无心和他争吵，半夜三更的，大声嚷嚷会影响邻居休息，她拉开卫生间的门，想洗个澡后睡觉。陈伟强哼了一声，说："是不是心虚了，想洗掉你们寻欢作乐的痕迹？告诉你，看在今天你们帮我的份上，以前的事我可以既往不究，以后要是让我发现你们的奸情，我一定不会放过你们！你们若是伤害了我，我不会让你们好过的！"方萌对他神经质似的猜疑深感不安，她回头说："清者自清，我不想辩解什么，但请你不要污蔑吴局长，他是一个值得敬佩的男人，你没资格在背后对他说三道四！"

陈伟强嘿嘿笑道：“你忘记了一个事实，你现在是我的老婆，可你的心现在就偏向他了，鬼才相信你们是清白的！你把我们家的隐私向一个外人说得一清二楚，那好，你把你们之间的故事向我坦白，这样就算扯平了！”

方萌本想什么都不说的，但她知道陈伟强的性格，要是自己不说，他会把她当成"做贼心虚"，会变本加利地猜疑。为了打消他的疑虑，方萌说：“我和吴局长认识不久，就见过几次，灵湖市经过他的统筹治理后，环境大有好转，我跑过全国好多地方，他是我见过的最好的环保局长。”陈伟强不屑地说：“哟，真是情人眼里出西施，这么一个半老男人，在你眼里却是十全十美，这也太神奇了吧？再说，你们就见过几次，你一个电话，他就跑出来帮你，你的魅力也太强了吧？一个是环保局长，一个是环保杂志的主编，你们可真是狼狈为奸！”陈伟强越说越难听，方萌有点儿后悔刚才跟他啰嗦了，她"呼"的关上房门，在水龙头哗哗的冲洗下，心头涌上了一句话：“好心没好报！”自己为家庭所做的一切，难道都错了吗？俗话说：“男怕入错行，女怕嫁错郎。”难道自己当初选择的婚姻真是个彻头彻尾的错误吗？

吴铁良在回家路上给李志成打了个电话，问他和菲菲有没有回家。李志成说：“我和菲菲十点半就到家了，吴局长，您要有思想准备，回去可能会面对常阿姨的‘审讯’哦。”吴铁良说：“她有没有说什么？”李志成说：“阿姨说您撒谎，别的我就不知道了。”吴铁良说：“我出去见个朋友，临时有点儿事。男人撒点善意的谎言是没有错的，她就喜欢小题大做。对了，你们去哪儿了，那么晚才回来？”李志成没说和菲菲去爬东山了，正如吴局长刚才所说，善意的谎言是没错的。李志成说：“我们就随便走走，时间过得太快，没想到回来已那么晚了，让您和阿姨担心了，真抱歉！”吴铁良说：“等你从灵阳蹲点儿回来，建议把你女朋友带来灵湖玩，你年龄不小了，也该考虑结婚了，长期两地分居会影响感情的。”李志成不明白吴局长为什么突然说起这个，自己来灵湖工作大半年了，但和女朋友楚晴很少联系，当然不是像明星那样故意"雪藏"，而是在李志成的内心深处，感觉离开北京女友的身边，内心少了一份压力，有一种获得解放的释然和轻松。可是，李志成明白，这样躲避是不行的，自己应该找个合适的机会，把心里的想法告诉楚晴，如果隐瞒自己的真实感受，对自己、对楚晴都是不公平的，甚至都是一种伤害。

吴铁良回到家时已将近深夜十二点。吴菲菲正躺在床上想心事，从认识李志成开始，到今晚的夜游东山，一幕幕如电影般闪现在脑海，她在心底一遍遍地问自己："我是不是爱上他了？他的音容笑貌，为什么在我的脑海里挥之不去？"常凤英坐在客厅里"恭候"吴铁良回家。她的心里不好受，丈夫一直是个正直诚恳的男人，他有什么事要隐瞒自己呢？为什么出门要撒谎呢？你就说有事出去一下，这也没什么，可是……唉，男人有了地位，是否都要变心？这事一定要追查清楚，如果有什么对婚姻不利的因素，尽量要扼杀在萌芽状态，自己二十多年的丈夫，可不能让别人抢了。吴铁良进门后，看到妻子目不转睛地盯着自己，笑道："干吗用这种眼神看我？含情脉脉的，谈恋爱时你也没这么深情过。"常凤英了解吴铁良的幽默，他虽然看上去很严肃，其实骨子里很开朗。面对困难和挫折，他总是一笑了之，有时还会冒出几句笑话冲淡紧张的气氛，但今晚常凤英对他的说笑无动于衷，只觉得他很虚假。常凤英冷冷地回道："你还想到回来，我以为你一去不复返了呢！"吴铁良倒了杯纯净水，一饮而尽，说道："我不回家去哪儿？让我当流浪汉？菲菲呢，她睡了吗？"

常凤英没想吴铁良会主动提起菲菲，没好气地说："是啊，你不是去找她吗？我正要问你，她人呢？"吴铁良是故意这样先发制人的，要是被老婆"审讯"了再回答，那就被动了。吴铁良装作奇怪地说："我路上遇到她了，菲菲有李志成陪着，我有什么好担心的？我叫她先回家的，她还没回来吗？"常凤英冷笑道："什么时候你说谎变得这么顺溜了？先不说菲菲的事，我问你，你这一个多小时，去哪儿了？"吴铁良若无其事地说："遇到个老朋友，就聊了会儿。"常凤英追问道："是哪个老朋友？在哪儿遇到的？"吴铁良笑了笑说："这还要向你汇报呀？"常凤英不依不饶地说："当然！我是你妻子，我有知情权！"吴铁良笑道："是我的老朋友，你不认识的。"常凤英的目光盯着吴铁良，仿佛想看穿他的心思，她步步紧逼地说："男的女的？见面内容？"吴铁良故作告饶状，说："你就饶了我吧，我是你丈夫，不是你犯人，我有隐私权！"吴铁良说着要进里屋，常凤英噌的站起来，双臂张开，拦在吴铁良的跟前，说："为什么不说？心虚了是吧？今晚你要是不说清楚，别想睡觉！"吴铁良轻轻地碰了一下妻子的手臂，说："我们都老夫老妻了，别这样好吗？夫妻间的相互忠诚，并不是要相互透明，你要相信我，我就是碰到老朋友，随便聊了聊，这不就回来了？"常凤英说："你工作上的事我不会过问，但你回了家，半夜还鬼鬼祟祟出去，我能放心吗？"

吴菲菲没睡着，听到外面父母在说话，声音有点儿吵，就穿着睡衣推门出来，看到爸爸和妈妈面对面站着，有点儿互不相让的样子，就说："爸，你回来啦？妈，你们吵什么呢？这么晚了还不睡觉？"吴铁良说："菲菲，你怎么还没睡？"常凤英说："这么热的天，菲菲房间里连个空调都没装，你让她怎么睡得安稳？"吴铁良说："这边的房子不是一直在说要拆迁吗？装了空调搬来拆去坏得快，菲菲房里不是有电风扇吗？吹风扇也行啊，不过，风扇不要对着头部和肚子吹，那样容易感冒和拉肚子。"常凤英说："和你一样当局长的，哪个没新房子？就你最没出息！住着老房子不说，连个空调都舍不得装，让妻子、女儿跟着受罪！"菲菲说："妈，我没关系的，吹电风扇挺好的，多用空调会造成热岛效应，对环境和气候不好，爸爸是环保局长，当然要比一般人做得好，作为环保局长的妻子，妈妈，您应该多理解、多支持爸爸！"

常凤英看了看女儿，又看了看眼前的丈夫，说："当了环保局长，连空调也不能享受，这是哪门子的规定？"吴菲菲说："爸，妈，你们别争了，有什么事不能商量，何必伤了你们几十年的夫妻感情呢？我可不想看到你们吵架！"常凤英让开了身子，说："好，这次看在菲菲的面上，我就不追究了，希望你不要做对不起我和女儿的事！"吴铁良笑着说："谢谢老婆！"常凤英说："菲菲，快去睡吧，明天在家复习，后天就要参加考试了，别让爸妈失望！"吴菲菲说："我会尽力的。"吴铁良说："菲菲，不要有压力，正常发挥就行了。"吴菲菲笑道："谢谢爸爸的通情达理！我去睡了。"常凤英埋怨丈夫，说："菲菲都让你宠坏了，她要是考不上，你有能力帮她安排一份好工作吗？"吴铁良一边脱着衣服，准备打开卫生间的门，一边说道："菲菲很懂事的，不要给她施加太多压力，她现在快快乐乐不好吗？要是为了考试拼命地读书，变得面黄肌瘦，愁眉不展，我才不忍心呢！"

秦鸿约翟静吃晚饭或者喝茶，翟静推说做节目忙，没空，谢绝了。秦鸿知道翟静那是托词，他发现翟静最近和车少军走得很近，经常可以看到他们在一起。车少军去环保执法，翟静常常跟踪报道，晚上翟静下班，车少军也在电视台门口等她，两人一起去吃夜宵。秦鸿不明白自己哪点儿比不上车少军，车少军不过是环保局的一名小科长，没车、没钱、没地位，就是长得帅点儿，现在的女孩谁不是爱慕虚荣，哪个还以貌取人呀？想想自己，开了餐厅和旅行社，买了几套房子，刚还订了套灵湖明珠的别墅，叔叔又是第一副市长，财富、地位、前途，比那个车少军强多了，可为什么就得不到她的芳心呢？秦鸿的脾气有点儿拗，越是得不到，他越是感兴趣，因为他清楚，要找情人，一抓一大把，但要找个让自己满意的妻子，并不是件容易事。若是找个称心如意的妻子，会给自己带来好运；若是找个粗枝大叶的妻子，可能会给自己带来麻烦。因此，他对翟静的追求，一直坚持不懈。

翟静和车少军来到了水乡园，这里的夜市很红火，附近有商场、影院、夜总会等，过来吃夜宵的客人很多，有时还要排队。人们消费有个凑热闹的习惯，哪家店生意好，顾客越是乐意进哪家，却不愿意去旁边不远处生意冷清的店。生意好。自然有好的道理，比如味道好、服务好、环境好、价格公道，等等，所以会吸引那么多顾客。而生意不好的店，也有不好的原因，比如有宰客行为、服务态度恶劣、不卫生、味道差劲，等等。翟静曾经说过，她要是从电视台辞职不当主持人了，也去开家店，但不是餐饮店，做餐饮太辛苦，她喜欢逛时装店，希望自己将来也能开一家时装店，把美丽带给大家。

两人找了张空桌坐下，车少军说："李局长今晚没来看歌唱比赛，他去灵湖边散步了，我叫他一起过来吃夜宵，他说不想当咱们的电灯泡，呵呵。"翟静说："李志成是个人才，而且很有同情心，是个外刚内柔的男人。

他去帮一家福利工厂转变项目的事，我听说了，我想找他做个专访，但他坚决不同意，他说他只想做事，不想出名。从这点来看，他和吴局长非常相似，他们真是一对好搭档！"车少军说："是啊，李局长是外刚内柔，吴局长是刚柔相济，环保局有他们两位，我们就像有了主心骨，对工作充满热情，对未来充满信心！"翟静说："李局长一个人跑那么远去散步，真是有意思。"车少军说："下班时，我看到他和吴局长的女儿吴菲菲一起出去的，可能他们在一起，不过，晚上去灵湖边，不知道他们去做什么？"翟静笑道："孤男寡女，避开众人去散步，意思就很微妙了。"车少军摇头说："你是说他们去约会？不可能！李局长有女朋友的，据说是北京的一名医生，而且，吴局长的女儿还小，大学还没毕业，他们怎么可能？"翟静笑着说："没可能，李局长怎么会撇下你们这帮兄弟，独自和菲菲去散步？李志成的女友在北京，他难免会寂寞，而菲菲青春活泼，谁说他不会动心呢？"车少军连连否定，说："不对不对！以李局长的为人，他不可能会对菲菲有意思，菲菲回来是参加公务员考试的，可能是请李志成帮忙辅导吧？"

翟静笑道："别去猜他们怎么样了，少军，你看我给你买了什么？"翟静说着从手提袋里拿出一件白衬衫、一条米色休闲裤。车少军接过来，开心地说："这是给我买的？谢谢！可我没什么送你啊，惭愧！"翟静说："衬衫四十一码，裤子腰围两尺六，你能穿吗？"车少军笑道："你买的尺寸正合我身，比我妈买的还准。"翟静颇有成就感地说："说明我看人还是很有眼光的。你妈妈的心里一直把你当小孩，所以她买的尺寸通常会小一号。你知道我为什么送你白衬衫和休闲裤吗？"车少军挠挠头皮说："天热了，时兴穿这个吧？"翟静说："白衬衫，是希望你工作认真，把污染扫除干净；休闲裤，是希望你在工作之余，拥有一份休闲轻松的心情！"车少军笑道："不愧是主持人，不但想得周到，说的话，让人听了也熨贴。"

一屉小笼馒头、两碗乌鸡汤端了上来，车少军说："吃吧，你主持节目也很辛苦的。"翟静笑道："谢谢！有句俗话说，站着说话不腰疼，其实，当过主持人的都有切身体会，站着说话也腰疼！主持《市民热线》时还好，就半个小时，有时还能坐着，但主持一些晚会就累了，有时会累得腰酸背疼、口干舌燥，真恨不得晚会早点儿结束。"车少军说："别人看到你在镜头前风光，却看不到你在幕后花费的大量精力，不过，我能理解你付出的辛勤劳动！"翟静说："最近，我们社会频道和新闻频道对灵湖环保连续报道，提高了人们对环保的关注度，我在节目中组织的两期讨论——《昨天、今天、明天》和《要小康还是要健康》，引起社会各界的强烈反响，听说宋书记专门通知各部门领导，观看这两期节目的录像，提升领导的环保意识，贯彻落实科学发展观。有了市委领导的公开支持，你们今后开展工作方便多了。"车少军说："是啊，有的案子难处理，就因为他们有后台老板的撑腰，有恃无恐，幸好宋书记支持我们，我们才能跟一些违法大案硬碰硬，一查到底！"翟静说："有的地方，权大于法的现象还存在，我觉得，光靠环保局仍有点儿势单力薄，现在灵湖的民间环保组织有了一定的基础，最近开展的环保征文和环保歌曲比赛，激起了民众对环保的热情。要团结社会力量，环保之花才能全面开放，取得更大的效果！少军，你说呢？"车少军翘起大拇指说："翟静，你真是我们环保工作者的知心人！认识你，是我莫大的幸运啊！"

两人吃过夜宵来到马路上，翟静说："向左走，向右走？"车少军说："怎么说？"翟静笑道："你们环保局在左边，我们电视台在右边，我的电动车在台里，我们各自回去喽。"车少军说："现在公交车也没了，不如我打车送你回家，然后我回局里，骑我的摩托车回去。"翟静说："这样你要兜很多路的，不用了，我自己回去就行了。"车少军说："这么晚了，你一个人骑电动车回去不安全的，这样吧，我们打的去环保局，我骑摩托送你回家。"翟静说："那好吧，谢谢你！"车少军笑道："跟我客气什么？我们谁跟谁呀！"翟静微笑道："为什么不能客气？你说我们是什么关系？"翟静喜欢车少军，她期待车少军能向自己求爱，但不知车少军是有点儿木鱼还是自卑，一直没有明确表示过什么，她只能主动提起这事，给他点儿暗示。车少军也喜欢翟静，但觉得自己配不上她，她是个有名的主持人，而自己只是个小科长，相差太悬殊了，能这样和她成为朋友已经喜出望外了，他不敢再奢望什么。

车少军不懂，刚才翟静问"我们是什么关系"有什么含义，是怪自己故意和她套近乎？还是她另有所指，想鼓励自己说什么，探询什么答案？他看了看翟静，说："我们是朋友，是好朋友，你给我带来很多快乐！"翟静说："你也是，让我体会到比工作更美好的感觉。"两人沉默了，一辆出租车经过，车少军招手叫停，他很想和翟静一起坐在后面，但犹豫了一下，还是坐在了前排的副驾驶位。

司机问："去哪里？"车少军说："环保局。"司机回头看了一眼翟静，说："你是那个《市民热线》的主持人吧？我喜欢看你的节目，我很敬佩你！"翟静笑道："谢谢你对我们节目的支持！你开出租，有时间看电视吗？"司机说："有啊，我和朋友合租的这辆车，他从早上六点到下午五点，我从下午五点到夜里一点，一个星期轮换一次。"翟静问："生意还好吧？"司机说："一般般，因为车是租的，每月要交给公司六千元，还有油钱，我们一天做三百元是白干，多做的才是我们挣的工钱，一个月也就三四千块。"车少军说："有三四千也不错，抵得上公司白领了。"司机说："虽说一个月挣的钱不算多，也不算少，但我们开出租的，哪个不是落下一身病？吃饭没时间，就有了胃病；长期坐着，对肾也不好。"司机看了看车少军，笑道："你们结婚了没？像你们这个年纪，各方面都生龙活虎吧？可我们就惨了，像我四十岁还不到，那方面已经力不从心了，都是开出租给闹的！"司机并不知道这两位乘客不但还没结婚，甚至还不是恋爱关系。车少军说："你可以不开出租，做别的工作呀！"司机叹口气说："像我这个年龄的，还能做什么？上班没文凭，做生意没本钱，孩子上学要花钱，容不得我多考虑啊！还好学驾驶不要文凭，学会开车，只要肯吃苦，租辆车开出租，总还能挣点钱养家糊口。"

司机说的这些给翟静提了个醒，从事不同工作的群体，人人都有一本难念的经，在这个社会发展日新月异的时代，人们的生活压力和心理压力越来越大，稍为懈怠，就可能被淘汰。翟静心想：《市民热线》应该关注出租车司机这个群体，做几期节目，给予他们更多的关心。有时，精神上的支持比物质上的帮助更能鼓舞他们生活的勇气。

回到了环保局，车少军把摩托车推出来，他把购物袋挂在车龙头上，袋子里是翟静送的衣服，东西不贵，但车少军感受到一份特别的温情。翟静是灵湖电视台著名的主持人，工资应该不低，但她不骄不躁，既没有买私家车，也没有穿名牌服饰，平时的打扮简洁而清秀。车少军有点儿疑惑：普通朋友之间一般不会送衣服，从电视剧上就可以看到，通常是家人之间、恋人之间、情人之间或爱人之间才会给对方买衣服，翟静此举，是否在鼓励我大胆向她表白呢？翟静的工作出色，这是有目共睹的，车少军还听她说起过，她领到的薪水，三分之一贴补家用，三分之一捐给春蕾基金，三分之一留给自己消费，这么有能力、有孝心、有爱心的女孩，现在这社会不多见了，自己是否应鼓起勇气、抓住机会向她求爱？虽然自己会永远祝福她，倘若真的看到她从自己身边离开，嫁作人妇，自己肯定会感到遗憾！车少军决定，明天就向她表白，可以先给她发一条爱的短信，不论她是什么反应，只要自己跨出这一步，也就不会像现在这么揪心了。

翟静坐在他的后面，两人的后背和前胸，有着一个拳头的距离。翟静说："不是我自己把握方向，我有点儿害怕。"车少军侧过头说："别害怕，我的车技不是吹的，在刑警队时，我开三轮警车追赶歹徒，像赛车一样飞驰，追出五十公里才把歹徒逼停。"翟静说："我不是要你开得快，开车要注意安全，稳当点儿好。"车少军说："嗯，我知道了。"他想逗逗翟静，刚开始，故意开得很慢，比步行快不了多少。翟静说："这么慢呀？车子坏了吗？"车少军笑道："我这不是听你的话，开得稳当点儿吗？"翟静扬手捶了他一下，说："好啊，你故意和我抬杠是不是？我要你注意安全，没叫你慢得像蜗牛啊，照你这个速度，到我家要天亮了，还不如我自己走回去。"车少军说："刚才是和你开玩笑，请别见怪，夜里路上车子少，我要加速了，你坐好啊！"话音刚落，车少军手里的车把一旋，摩托车就像受惊的野马一样，一溜烟地窜出去老远，翟静猝不及防，"哎哟"一声惊叫，双手不由自主地环抱住车少军的腰，车少军只觉得心里一荡，感受到了后背的柔软和耳边的呼吸。

车子开得快，对此时的车少军来说，有利有弊，有利的一面，就是趁机和翟静靠得很近，不利的一面，就是两人不便说话。尽管路上很安静，但车子快速行驶时，耳畔传来呼呼的风声，说话听不清楚。车少军在一条直道上前进，他不知道翟静的家在哪儿，在她没有做出指示之前，他可以继续前行，如果路没有尽头，他可以一直开下去。在一个十字路口时，翟静叫道："右转！"车少军听话地向右转，进入绿树成荫的苏州路。这条路不宽，双车道，两边的大树枝繁叶茂，树冠连接在一起，就像搭起了一个绿色的帐篷，蔽日挡雨，显得有几分悠然。让车少军稍有不满的，就是那些用城市名命名的路名，全国的大中城市，用同一个路名的不计其数，真是一点儿创意都没有。中国文化博大精深，就不能给自己的城市取几个有意思的路名？什么北京路、上海路、广州路之类，千城一面，毫无特色。

车子在苏州路开了大约五百米，翟静指着一条一米多宽的弄堂说："我家就在里边，你慢慢开进去。"路很狭窄，只能慢慢地开，如果两辆自行车相对而行，能勉强通过，车技不好的，恐怕手忙脚乱会摔倒。翟静小声说："不要按喇叭，大家都睡了，别吵醒人家。"进弄堂五十米处，有一扇关着的木门，翟静说："停下，这就是我家。"月色清明，车少军看到弄堂口的这座小楼，两上两下，大概有几十年的历史了。车少军说："你就住这儿？"翟静笑道："这儿不好吗？我喜欢这儿的热闹和清静。"车少军说："怎么是热闹和清静，两者有点儿矛盾呀。"翟静微微笑道："不矛盾，热闹是因为住在城市里，住在区民密集的老城区；清静是因为这儿远离繁华街市，回到家可以彻底放松自己。"车少军说："以你的条件，你可以住得更好的。"翟静说："我想和父母住在一起，我是他们的独生女儿，每天在一起生活，每天能看到他们，我觉得很幸福！"她开了门，说："这是我们自家的房子，一家够住了，还有个小院子，爸爸退休后喜欢摆弄盆景，妈妈就在家照顾爸爸，现在我们过得很好，我再去买房子，不是浪费了？还要还房贷，那就是自讨苦吃了。"车少军真没想到，一个在外人看来如此优秀的女孩，也许人们会认为她有显赫的家庭背景，或是过着奢华的生活，实际上，她的家和我们身边大多数人家一样普通，她的人，也如我们身边善解人意的邻家女孩一样，朴素而可爱。车少军本来觉得自己和她有距离，但此时此刻，他感到了她是如此之近，这不就是自己梦寐以求的恋人吗？自己有什么理由胆怯于表达对她的爱情？

车少军站在她面前，满怀希望地说："我能陪你进去吗？"翟静站在门口，双手扶着门栏，笑着摇头："今天不行，爸爸妈妈都睡了，我不能背着他们带个男人上楼，改天吧，你认识了我的家，以后可以来我家做客。"翟静既是拒绝又是邀请的话，就是再愚笨的人，应该也能听出，她的门对他是敞开的。车少军心花怒放，他兴奋又紧张地注视着翟静，她水灵的眼睛，她含笑的面容，无不在告诉他，她是欣赏他的，也是欢迎他的。车少军伸出手说："谢谢你，我会珍惜你对我的信任，以后我一定会来做客，我很羡慕你们一家的温馨。"翟静伸出手，说："你回去开慢点儿，路上小心。"两人久久地相握，他有点儿心旌摇荡，久久不愿放手，甚至有股冲动，想顺势把她拉过来，把她拥在怀里！车少军有点儿奇怪，和翟静不是第一次握手，以前在翟静来采访时，两人有过多次礼节性的握手，他没感到有特别，但在今晚的握手里，却融合着情感的交流，涌动着爱的暖流！

车少军离开翟静家时，大约是深夜十二点半，相处得这么晚，这是他们相识以来从未有过的，以往他们一起吃夜宵，一般十点半就各自回家了。如果把爱情比作一座城池，住在郊区的车少军，已经看到住在城里的翟静打开了城门，放下了吊桥，如果不出意外，他们完全有希望走向婚姻的殿堂。车少军仿佛看到了爱情的光芒，他的心情非常激动。回到苏州路上，他一边哼着曲子，一边飞快地开着摩托车，恨不能大喊大叫，表达自己的兴奋之情。到了十字路口，看到红绿灯上显示的是绿灯，时间只剩下几秒，车少军忘记了刚才翟静要他回家开慢点儿的叮嘱，他想提速冲过去！

车少军加快油门，车子像离弦之箭般窜了出去！这是个十字路口，他家的方向在左边，因此，他必须"7"字形地大转弯过去，可是，他没有想到，就在他刚刚提速前冲的同时，后面有一辆黑色本田轿车从他身旁急驶向前。车少军骑的摩托车虽然先行一步，但本田轿车后发先至，当车少军在前方转角，刚刚扭动龙头准备左转弯，猛然发现一辆轿车竟然就在眼前挡住了去路！为了避免相撞，车少军本能地用力扭转车龙头，由于变向太快，摩托车失去重心，只听咣铛一声，车子重重地摔倒在地，车少军来不及反应，连"哎哟"都来不及喊出，头部重重着地，顿时昏迷过去！那辆本田轿车略一迟疑，犹豫不足一秒，就加足马力，扬长而去！

这一切来得太快，就是一眨眼的功夫！对车少军来说，这个悲剧似乎命中注定。在夏天戴安全帽很不舒服，头会像蒸笼般闷热，为了方便和翟静说话，他送翟静回家时就没戴安全帽，深夜没有交警巡逻，没人指出他不戴安全帽的隐患。从翟静家回来，当时他心情比较兴奋，开车就向前冲，没意识要戴上安全帽，当意外发生时，又是头部先着地，当场头破血流，不省人事！由于在深夜，路上过往车辆稀少，半个小时后才有一辆出租车经过，司机看到了摔在地上的摩托车和血流满地的车少军，连忙打电话报警。十几分钟过后，110和120都来了，交警在勘查事故现场后，从车少军身上找到一部手机，根据手机上的通讯录和通话记录，迅速把车少军发生车祸的消息，通知他的亲友。李志成和翟静也接到了电话，当他们听到车少军遇到车祸昏迷不醒时，不由得惊呆了！

谨以此书献给为中国环保事业不畏艰辛、无私奉献的环保工作者和所有珍爱地球家园的人们！

环保局长

【下部】　李建荣◎著

人民出版社

我们必须爱地球，因为人类无处可去

　　随着人类科技前所未有地飞速发展，经济发展的速度异常迅猛，人类的物质生活丰富得让人眼花缭乱，人类沉浸在对物质无尽地追求与享受的快乐之中。

　　然而，酸雨、沙尘暴、土地退化、植被破坏、物种灭绝、资源枯竭、江河湖海被污染、环境污染导致的疾病与死亡等灾难越来越严重地威胁着人类的生存，将人类从美梦中惊醒。人类忽然发现，由于无节制地攫取资源，忽视了对环境的珍惜与保护，人类与自然的矛盾已经非常尖锐，环境问题已经成为关乎人类生死存亡的严峻现实问题！

　　环保局长吴铁良生活的灵湖市，在经过多年高速发展之后，经济繁荣发达，人们生活水平不断提高，但与此同时，也经受着河水变质、空气污染、土壤退化引起的生活环境不断恶化的困扰；环境问题成为几百万灵湖人难以摆脱的梦魇，成为制约灵湖经济发展的一个顽固瓶颈；如何解决发展与环境、人与自然的矛盾，进一步提高人们的生活水平，成为考验吴铁良等灵湖市各级党政领导乃至全市人民良知与智慧的一道难题。

　　灵湖市的问题其实是当今整个人类、整个中国面临问题的一个缩影。《环保局长》以小说特有的艺术形式、丰富真实的生活细节、尖锐激烈的矛盾冲突、跌宕起伏的故事情节，真实生动地反映了以吴铁良、李志成等一批环保工作者，在破解这一难题过程中的困惑、痛苦、求索、彷徨与觉醒，他们满腔热情，以集思广益的智慧和锲而不舍的环保行动，既淋漓尽致地书写着生活中的爱恨情仇，又矢志不渝地追求着工作中的道德正义，以令人信服的过程与事实，为我们充分展示了破解这一难题的可能性、可行性和美好前景。

《环保局长》具有浓厚的纪实色彩。作者在创作前进行了长期的素材搜集和生活积累，采访了众多的环保部门领导和工作人员，掌握了大量的重要材料，其中很多情节让人有身临其境的熟悉感，众多人物给人以似曾相识的亲切感，让人不由自主地与主人公们同悲同喜，同呼吸共命运。更难能可贵的是，该作品没有落入社会问题题材小说简单暴露或揭示内幕、煽动情绪的俗套，而是在生活与事实的基础上，进一步挖掘，深刻揭示了国人的环保意识有待增强的现实，剖析展示了我们面临的环保难题形成的复杂背景与根源，鲜明地提出了珍惜环境、守望家园、人与自然和谐相处、共创环保文明的崭新理念和美好愿望；既真实反映了我们面临问题的严峻性与迫切性，警示人们正视问题，又让人们切实看到了出路与希望。

《环保局长》既有故事背景宏阔，情节跌宕起伏，矛盾冲突尖锐激烈的大开大合、粗犷豪放的一面；又有叙事细腻，儿女情长，充满知识性、趣味性，精致优雅的特点。激烈处，波谲云诡、惊涛骇浪；温柔处，千回百转、荡气回肠。书中对不同性格人物感情的描写细致入微，人物个性准确鲜明。关于制茶、品茶、江南饮食、环保知识的叙述，优雅新颖，犹如一本生动的环保科普手册，一方饮食文化的旅游指南。

文学艺术的重要任务在于以高度的社会责任感关注人类的生存与发展，在于有效地发现和提出问题，以艺术的魅力感染人、触动人，引发思考，促进人与社会、人与自然及人内心精神世界的和谐。《环保局长》所反映的题材正是当今全人类面临的最严峻的现实问题之一，提出的问题是关乎人与自然、人与社会的关系以及如何处理生存与毁灭、环境与发展、当下生活与未来生活等和每个人息息相关的大问题，无不震撼人的灵魂、催人反思和自省。如何解决这些问题，是我们当代人留给后代子孙一个什么样世界的根本问题，不仅是道德问题、良知问题，更是人类不可推卸的责任与义务，容不得含糊！

环境问题既是全人类的问题、国家的问题，也是每一个社会成员的问题，如果我们认为环保是与自己无关的事情，只有政府、社会组织和少数人的觉醒与行动，我们生存环境的恶化将无法遏止，保护环境的事业不可能取得根本的成功。

《环保局长》深切地呼吁和倡导人们，对自然，要多一些敬畏之情。中华民族自古以来崇尚"天人合一"的精神，今人更要继往开来，守望我们的家园，守望人类的幸福；事实已经证明，任何对她的蹂躏和戕害，都会自食苦果。对自然，我们一定要有一颗感恩的心，感谢自然之母的无私奉献，赐予我们适宜生活的美好生存环境，切勿贪得无厌，肆意掠夺。请不要为了发展经济而牺牲环境，无数前车之鉴表明，"先发展后治理"的模式是得不偿失的。当刻意隐瞒的污染大白于天下，山清水秀早已被糟蹋得不成样子，最终没有人能够逃脱大自然的惩罚！一旦没有干净的水源，没有洁净的空气，没有安静的环境，人类的基本生存将如何保证？

爱护环境不仅是今天的事业，也是未来的事业；不仅是当代人的事业，也是子孙万代的事业，是功德无量的事业。中华民族历来提倡"前人栽树，后人乘凉"，我们怎能贪图眼前利益，贪图当下的物质享受而牺牲子孙后代的幸福！

发展是硬道理，但一味地只讲发展无视环境却是绝对的没道理。地球是上苍恩赐给人类赖以生存的家园，人类在享受的同时应该怀着一颗感恩的心去守望她，而不是为了满足其无尽的欲望不断地掠夺她。否则，人类终有一天会为其愚蠢的行为付出惨痛的代价。人类生存的家园需要守望，心灵的家园更需要呵护。《环保局长》是一部昭示人间大爱、平衡灵魂与欲望、启迪生命智慧的宏篇巨著；是一部正义与邪恶、道德和沉沦交织博弈的精彩大戏。让人感到振奋的是，这部小说，让我们仿佛看到在环保问题日益突出的土地上，矗立起一座灯塔，让我们深感安慰！阅罢此书，相信每一位读者都会受益终生！

最后，衷心地感谢李建荣老师，能为这个浮躁的时代带来一缕清新的原野之风，让人们能够重新审视自我，暂时远离外界的诱惑转而向内看，以常空常新的心灵对话天地。

唐晓龙
2009年元旦于北京易和书斋

下部
目 录

环保局长

中国第一部深度揭示并将影响国人环保意识和生存理念的纪实小说

李建荣 · 著

环保局长

中国第一部深度揭示并将影响国人环保意识和生存理念的纪实小说

李建荣·著

29. 虚假宣传

　　调到环保局后，吴铁良保持着提前半小时上班的习惯，早上八点钟上班，七点半他肯定到局里了。昨晚因为帮方萌保出她的丈夫，夜里出去了一趟，受到了妻子的怀疑。经过女儿菲菲的劝解，常凤英并没对丈夫的行踪刨根问底，吴铁良为了缓和夫妻关系，当夜和妻子亲热了一番。也不知是因为年龄原因还是工作压力原因，近年来，吴铁良对夫妻生活并不热衷，一个月甚至两个月才来一次，妻子对此颇有意见，吴铁良当夜的主动表现，让常凤英很满意。夫妻间身体的交流，对婚姻和家庭来说，仍是必不可少的润滑剂。

　　吴铁良上班很早，但他没想到，还有比他更早的。小刘才把车开进环保局大门，吴铁良就看见大楼前聚着四五个人，在他们旁边的地上，放着好几个箩筐，箩筐上面露出的是鲜艳的杨梅。现在正是杨梅上市的季节，他们是来环保局卖杨梅？还是有人订了这么多杨梅？吴铁良下车后，走上前来问："老乡，你们这是？"其中一人叫道："吴局长，您来啦，我是姜福贵呀！"吴铁良认出来了，招呼道："哦，是老姜啊，这几位都是龙溪村的吧？"姜福贵说："是啊，吴局长您还记得，要不是您来帮咱们主持公道，咱们一准儿活不下去了，谢谢您呀，吴局长！"另外几位村民也异口同声地说着谢谢。吴铁良说："不必谢我，那是我应该做的，我做得还不够啊！你们生活得还好吗？老姜，你鱼塘的赔款都拿到了吗？村民们的赔偿也都到手了吗？"姜福贵说："拿到了，拿到了，他们也都拿到了，农药厂也搬走了，河里的水也好多了，我们再也闻不到刺鼻的农药味了，我这把老骨头还有盼头，这一切，多亏了您啊！大伙为了表示一点儿心意，特地从咱们乡里的梅村，一大早摘了新鲜的杨梅，送过来请你们尝尝！"吴铁良的眼睛湿润了，自己只是做了应做的工作，有很多方面自己做得还不到位，可是，这些纯朴的老乡却记着别人对他们的关怀，哪怕一点点的帮助，他们都知恩图报，大老远的特地送杨梅过来，怎不让他深深感动？自己为他们做得太少太少，而他们给予自己的太多太多。

小刘问："这几大筐杨梅，你们是怎么带过来的？早上没公交车，你们不会是挑过来的吧？"一位村民说："我们是开拖拉机过来的，有人告诉我们，城里在七点半之后不让拖拉机进城，所以我们就赶早过来了，拖拉机有人开回去了，我们在这儿等吴局长您来上班。"另一位村民说："昨天就跟梅村的亲戚说好了，今天，天蒙蒙亮我们就去摘杨梅了，摘下来时杨梅上还沾着露水，一层杨梅一层树叶隔开，路上就不会伤到杨梅。"吴铁良眼含热泪，一一握着他们的手，说："谢谢！谢谢你们的深情厚谊！你们的生活还很苦，现在杨梅刚上市，能卖个好价钱，这么多的杨梅我不能都收下，我就收下一筐，让我的同事都来尝尝，其余的，让小刘带你们到集贸市场卖掉吧。"老姜有点儿生气地说："吴局长，您这是什么意思？是看不起我们这些老乡，还是嫌我们的杨梅有农药？梅村的杨梅远近闻名，他们从不喷洒农药，您就收下吧！"

这四大筐杨梅，少说有两百斤，一斤卖五块，也要一千块钱，吴铁良实在不忍心让村民破费这么多钱。吴铁良说："你们的心意我领了，可你们挣钱不容易，何况你们也是花钱买来的，要不，就当是我买的，行吗？"吴铁良拿出一张银行卡，交给小刘说："你帮我到最近的银行领一千块钱。"一位村民拦住小刘，说："不许去！"他转头对吴铁良说："吴局长，我们好心好意送点儿新鲜的杨梅过来，您怎么把我们当贩子了？太见外了！"姜福贵也说："吴局长啊，您心里有我们，把我们当亲人、当朋友看待，我们都记着，您要是今天不收下杨梅，或者说您还想付钱给我们，那就太让我们失望了！您虽然是局长，但在大伙的心里，您就是我们的亲人啊！"吴铁良被他们朴实而深情的话所感动，他知道自己不好再推辞，如果再推辞，那就是矫情，就是对不住乡亲们！他对小刘说："别去银行了，来，我们一起把杨梅搬进一楼的接待室。"吴铁良知道，这些老乡为了等自己来上班，还没吃早餐，要是饿着肚子回去，对身体不好，他偷偷吩咐小刘叫路口的小吃店送五份水饺过来。

今天，是灵湖市环保局派工作组去灵阳县专项检查一个月的出发日，环评科、监察支队、监测中心、法制科等部门抽调的人员，已来到局里会合，而领队的李志成和污控科的车少军，八点多了，还不见他们踪影。吴铁良觉得奇怪，这两位环保局的骨干，从没迟到早退的记录，今天怎么双双迟到？他刚想给李志成打个电话，却接到了李志成打来的电话，李志成说："吴局长，今天我们恐怕去不了了。"早就定好的事，怎么突然变卦了？吴铁良不解地问："怎么啦？生病了？"李志成低沉地说："昨天深夜，车科长发生了车祸，我现在在医院里陪他。"什么？吴铁良大吃一惊，连忙说："伤得怎么样？要紧吗？"李志成说："很严重，现在在重症监护室，还没醒来！"吴铁良对聚在会议室的人员说："车少军遇到了车祸，我现在马上去医院看他，你们先回到各自的工作岗位上，何时出发去灵阳，等候通知！"众人面面相觑，纷纷关心地问："车科长伤得厉害吗？我们也去医院看看他吧！"吴铁良说："车科长正在抢救，你们暂时先别去，改天再去看他。"

吴铁良来到灵湖外科医院，直奔重症病房，见到了李志成，还有车少军的父母。车少军的父母五十多岁，一副老实巴交的模样，他们原是郊区的农民，城市扩建后，他们成了新城市人，但改变的只是户口。原来他们是自己种粮种菜的，现在也要花钱买了。靠政策补贴，他们是无法生存的，现在支撑他们生活信心的，一是儿子车少军，他很有出息，无论是在刑警队还是环保局，业务都很拔尖，为家里人争光，让父母亲放心；二是家里出租了两间平房，一个月有两百块钱的租金收入，买米的钱有着落了。也许，他们更喜欢原来繁忙的农民生活，他们摘掉了农民的帽子，可还是很难融入城市的生活中去。儿子是他们的寄托和骄傲，可以想象，当他们得知儿子遇到车祸后昏迷不醒，该是何等的焦急和痛苦！

李志成为了不增加车少军父母的伤心，他陪吴局长走开十几步，然后才说："凌晨一点多，我接到交警的电话，简直让人难以相信，我反复问

3

交警是不是弄错了，当交警报出车少军的摩托车车牌号，我才相信这是真的。电视台的翟静是和救护车一起到医院的，车少军发生车祸的地方距离她家很近，她跑着去了现场，据救护车上的护士说，翟静在车上一直哭，我看到她的时候，她还在流泪。我们都没有想到车少军会发生车祸，真是太意外了！"吴铁良说："车少军不是去看歌唱比赛了吗？他的家在东边，怎么会在西边的苏州路发生车祸？"李志成说："比赛结束后，他和翟静去吃夜宵，然后开摩托车送翟静回家，因为这，翟静才不停地自责，说是自己害了车少军，要是她自己打车回家，车少军就不会发生车祸。"吴铁良说："发生车祸是意外，和翟静没关系，那个肇事司机找到了吗？"李志成说："据交警说，现场没有相撞的痕迹，是车少军自己摔倒的，调看电子眼拍到的镜头，当时有一辆黑色轿车从摩托车旁快速经过，但轿车的行车路线没错，两者又没有相碰，因此，事故责任由车少军自负，和轿车没有关系。"

吴铁良最关心的是车少军的伤势，他和李志成去问病房医生，当班的王医生翻看了车少军的病历资料和 CT 图像，说："他的肩和手有点儿皮外伤，没什么问题，主要是颅脑损伤，昨夜值班的朱副主任已给伤者动了手术，清除了颅内淤血，但部分软组织压迫到脑神经，会有一些不确定因素，即便能康复，也可能会留下后遗症。"吴铁良问："他有生命危险吗？"王医生说："暂时脱离了生命危险，但还需观察一段时间。"李志成说："您说他会留下什么后遗症？"王医生说："脑神经损伤会影响一个人的意识和智力，如果轻微的话，以后有可能反应迟钝，如果严重的话，有可能会变成植物人，当然，也可能完全康复，什么问题都没有，但那不是医生能决定的了，一是靠运气，二是靠伤者家属的辅助治疗。"反应迟钝？植物人？这些可怕的字眼，让吴铁良和李志成深感忧虑，他们都没想到车少军的伤情会这么严重，不要说以后车少军能回来工作，哪怕他能基本恢复健康就是奇迹了。

吴铁良说："虽然车少军不是在工作时发生的意外，不能算工伤，但局里给他办了意外伤害保险，多少能减轻他家的经济负担。他是我们环保局的员工，我们有责任多多关心他，他的治疗费用，局里会想办法解决。"

李志成说："车科长发生这样的意外，我深感痛心，但我在这儿也帮不上多少忙，这边有护士，有少军的父母，翟静说她一下班就会过来照顾车少军的。我想，我们的工作安排不能打乱，要是治理灵阳的方案一再拖延，会影响我们后续的治污计划，车少军这边，如果局里能抽得出人，最好每天安排一个人过来陪护，今天我就留在这儿，明天，我们可以按原计划去灵阳，吴局长，您看如何？"吴铁良拍拍李志成的肩膀说："跟我想的一样，好，就这么办！明天你们小组去灵阳，先在那边找个旅社或者租套房子安顿下来，要有扎根下来开展工作的思想准备，可以和灵阳环保局打个招呼，但不必顾忌他们，更不要接受他们的接待。"李志成点点头："我明白。"

秦鸿的水上餐厅，不但没有被取缔或搬到岸上，反而和旅游节筹委会签订了合作协议，届时作为旅游节的一个配套设施，为更好地解决游客的吃饭问题提供优质服务。筹委会正在修建的几条画舫，也将划归秦鸿的旅游公司管理。旅游公司旗下的旅行社，生意也很红火，本地游客去外地玩的，外地游客来灵湖玩的，接待业务忙得不亦乐乎。灵湖环保局最近颇有成效的环境整治，对他的旅游业务也有正面促进作用，毕竟，灵湖的环境越来越好了，人们愿意来灵湖赏山水、品湖鲜。

秦鸿有个叫陈望的朋友，开了家"奇灵"保健品公司，苦于产品没有吸引力，销路不畅，濒临倒闭。年初时，他们在一起喝酒，陈望叹起苦经，说现在保健品市场竞争激烈，原本想下海捕鱼，现在差点儿被淹死，真是前途渺茫。秦鸿笑道："做保健品要敢吹，要宣传成包治百病，比吃药效果还好，这样才会有人买你的产品。"陈望说："我的产品没什么保健功能，要是宣传成灵丹妙药，人家吃了没效果来找我怎么办？"秦鸿笑道："亏你还做保健品，懂的还没我多！人家为什么吃药？是因为生病了，不吃药不行！那为什么买保健品吃？不是因为生病非吃不可，而是为了身体再好点儿，瞎吃吃罢了，只要不吃出毛病就万事大吉，没人会投诉你。"陈望说："秦鸿兄言之有理，那要怎么做才能赚钱呢？我现在没钱投放广告，很难打开销路。"秦鸿说："如果你没信心，我入股和你一起做，投资各占百分之五十，利润五五分成，公司法人代表还是你，怎么样？如果你想金盆洗手，把公司盘给我也行。"陈望见秦鸿一副成竹在胸的样子，知道他鬼点子多，和他联手合作，有利可图，当然不会拒绝。

原来的保健品，更换上漂亮的新包装，在包装盒上印上"降脂减肥，排毒养颜，有病治病，无病强身"等字样，声称对高血压、风湿病、胆结石、脂肪肝、胃溃疡、心脏病、癌症等几十种疑难杂症有保健作用，主要针对的人群有中老年人、女人、肥胖人士、亚健康人群等。这种比药品更有"疗效"的保健品，并不在商场、超市和药店出售，他们主要的销售渠道居然是"守株待兔"。哪里来那么多"兔子"（顾客）呢？就靠秦鸿的旅行社的导游，把外地游客带过来消费，每天要来好几拨人，少则几百人，多则上千人，通过他们一整套的营销攻势，有一半的游客会受到他们的蛊惑，购买这种毫无用处的保健品，一盒一百元，一人买几盒很常见。个别游客回去后发现上当，向旅游局和消费者协会投诉，但没有回音。小半年下来，奇灵保健品公司通过这样的销售方式，获利甚丰。

有名外地游客，给《市民热线》节目组发来一封电子邮件，详细描述了他来灵湖旅游的惊险遭遇。他说，十几天前，他们同去的一百多号人被导游带到这家奇灵保健品公司，被关在一个大房间内接受强制推销。当他提出质疑时，即被保健品公司的几名保安关进一个小房间，对他进行殴打，致使他鼻子出血，眼镜脱落破碎，背部有淤青。这名游客说，他之所以不向工商、旅游等部门投诉，而向《市民热线》写信反映，是因为他听到保安叫嚣，他们老板有后台，不怕投诉，而他住在灵湖期间，收看到《市民热线》节目，深深为节目表现出的"爱和正义"所折服，他决定写信给《市民热线》，相信《市民热线》能主持公道，对这种非法推销及时曝光，并呼吁相关职能部门对其进行查处，以免影响灵湖的良好形象！

翟静看到这封邮件非常震惊，没想到旅行社和保健品公司居然有这样的勾当，简直是给灵湖抹黑！此事又涉及到秦鸿，翟静知道，秦鸿人脉较广，有关部门顾及到他的叔叔是副市长，因此对他的违法行为不闻不问。《市民热线》节目组当然不会放过这样的黑幕，但如果正面提出去采访，肯定会引起他们的警觉，拍到的内容就不真实了。翟静决定，安排一位新来实习的大学生小顾假扮游客，带好偷拍设备，混进保健品公司，实地了解他们非法推销的全过程。为了安全起见，另安排一名记者在该公司外面，如果小顾偷拍被人发现，就及时报警，以免不测。

　　小顾跟的一个外地来的旅行团，一共四十几人，到了灵湖后，就由秦鸿旗下的旅行社的导游接手。第一天游玩，大家很满意，第二天上午玩了几处景点，临近中午前，导游说，要带大家去参观一家公司，这也是旅游项目之一。大家对导游带游客购物有所警惕，但对参观没什么意见。去了以后，才知是家保健品公司，墙上挂满了各种获奖证书。然后被引入一个大房间，唯一的门被关上了，房间内布置得像教室，公司方面的工作人员播放了一个专题短片，是讲公司运用纯天然的植物元素，开发出这种神奇胶囊，获得了国家科技创新奖，公司总裁到国外访问，还和外国总统合影，产品受到外国人的青睐，公司力争成为国内最优秀的保健品公司。放映专题片后，有位小姐在台上演示，从白色泡沫做的一次性饭盒上剪下一片，放在一个盛了半杯水的玻璃杯中，小姐说，人的肠胃内附着的油脂，就好比这种一次性泡沫，是垃圾，要清除掉，才能保证身体健康，然后，她拆开一板神奇胶囊，放了一粒在水中，说是过几分钟，那片泡沫会融化掉，果然，几分钟后，杯中的泡沫不见了，看上去，杯子里只有清水。紧接着小姐说："大家来灵湖旅游一趟很难得，为了让公司的新产品为更多人造福，原价一百五十元一盒的胶囊，现在只卖一百元，这种功能多、见效快的保健品，公司采取的是直销方式，在外面买不到的，送礼不如送健康，机会难得，赶紧买，还犹豫什么呢？"

　　几名抱着保健品的公司员工冲进了房间。用"冲"来形容一点儿不为过，因为推销小姐的话音刚落，他们就抱着产品恰到好处地冲了进来。他们是想利用游客短暂的购物冲动把神奇胶囊推销出去，因为过一会儿，当游客冷静下来，购买欲望就会消退。大家亲眼目睹了推销小姐"化腐朽为神奇"的演示，对这种胶囊的神奇功效信以为真，以为吃了这种胶囊，就能清除体内多余的油脂，还自己青春美丽，还能祛病养生，何乐而不为？当场很多人买了这种胶囊，有的游客五盒十盒地买，准备带回去送给亲戚朋友，不过十分钟的时间，他们就推销了上百盒保健品，并收到了游客的付款。小顾为了弄清胶囊的成分，也花了一百元买了一盒。正当保安打开房门，大家准备出去的时候，戏剧性的一幕出现了。游客中有位是做保险推销员的，他没有买这种所谓的神奇胶囊，他怀疑这家公司在推销保健品时夸大其词，站起来问台上的小姐："请问你有没有吃这个胶囊？"推销小姐为了增加说服力，不假思索地说："我当然吃过，每天都吃。"那位游客说："你刚才不是宣传神奇胶囊有排毒养颜的功效吗？我看你的脸色一点儿都不好，粗皮肤，脸上还有青春痘，说明这个胶囊效果不好啊！"

那个推销小姐可能上了通宵的网，或者她的皮肤本来就不好，又或者她最近内分泌紊乱，导致脸上有很多小痘痘，总之是被游客抓住了把柄。她一想不对，生怕自己给公司造成不良影响，那不但没销售奖，还要被扣钱，于是，她改口说："我没吃过，刚才我听错了，以为你问我有没有吃过饭。"这名游客也是能言善辩之士，他立即说："你为什么不吃自己公司的胶囊？是不是你不相信它的质量和功效？"推销小姐被问得哑口无言，其他游客见状，对神奇胶囊的功效也产生了怀疑，有几个跑上去说："退货退货！我们不买了！"有人说："连你们自己人都不敢吃，肯定有问题，我们不要了！退钱！"推销小姐和几名员工立刻变了一副嘴脸，几分钟前的和颜悦色，变成了蛮不讲理的叫嚷："本公司有规定，产品售出，一概不退！"小顾凑上前去说："这是什么规定？这不是违反消法吗？"游客纷纷围拢上来，说道："我们刚买的，还没离开，还没拆开包装，怎么不给退？没道理！骗子！"奇灵公司的几个员工见势不妙，大声叫唤："保安！保安快来啊！"保安可能就在门外，有四五个保安冲了进来，手里拿着警棍，指着游客说："谁在闹？谁闹就打谁！"游客们虽然人多，但人生地不熟，见这阵势，有点儿害怕，不敢提退货了，但也没退下，和保安对峙着。小顾担心双方发生流血冲突，偷偷给守在外面的记者发了短信："游客受困，报警！"

警察过来后，问了问情况，说这是买卖纠纷，最好双方协商解决，要不就找消协。双方没有发生打架斗殴，在警方看来，这只是买卖双方意见不合，过来调解就可以了，没达到立案的标准。游客知道，找消协不顶什么用，眼下还是安全离开要紧，也不说要退货了，大家逃也似地离开这家公司。游客把火撒在导游身上，说她为了拿回扣，把大家送进了"虎口"，要向旅游局投诉她，取消她的导游资格。导游委屈地说："带游客去参观保健品公司，是旅游公司规定的，我们也没办法，要是不去，会被炒鱿鱼。"小顾说："你这是助纣为虐，为了工作，就可以放下做人的原则吗？"导游说："不能全怪我们导游，我们只是把游客带过去，买不买还是由游客自己决定的，他们也没拿枪逼着你买。"一名游客气愤地说："他们哪里是卖东西？他们是强盗！刚买的东西不让退，刚才你没看到吗，我们差点儿回不来！"导游说："也怪你们太老实、太好骗，这么容易上他们的当，要是你们不买他们东西，不掏钱出来，他们也不会抢你们的。"有个游客说："马后炮有什么用？你为啥不早点儿提醒我们不要买他们东西？说到底，你们还不是穿一条裤子的？算了，买了就当扔了，我以后再也不来灵湖玩了！"

翟静利用小顾提供的录像和录音以及游客的那封电子邮件，制作了一期节目《保健公司意欲何为》，当晚就在《市民热线》中播出了。在演播厅，她还请来了两位嘉宾，一位是卫生局的领导，一位是律师事务所的许律师。卫生局领导披露，经过化验，所谓的"神奇胶囊"里面装的是淀粉，吃不好，也吃不坏；况且，清除肠胃油脂，未必对健康有利，适当的油脂对肠胃能起到保护作用。全十那个演示，有可能是采用了一种化学药品分解了泡沫，而且，泡沫和油脂是两个概念，因此，它不具有疗效的参照性。另外，这家公司将保健品当成药品宣传，是违反相关法规的，卫生局将进一步核查处理。许律师说，从目前掌握的情况看，所谓的公司总裁和外国总统的合影是用电脑合成的，而他们所获的奖项，据查询，均属子虚乌有，这构成虚假宣传；他们的专题片虽没在电视台等媒体播出，但面向游客宣传，也是一种广告行为，他们的广告内容没有经过工商局的备案审查，违反了《广告法》；他们采取虚假宣传，诱导游客购买他们产品，并采用强买强卖和威胁手段，其行为违反了《消费者权益保护法》，理应得到法律的惩罚！

节目结束前，翟静诘问道："为什么旅行社的导游要出卖游客？为什么这样的保健品公司能在我们眼皮底下招摇撞骗？我们的监管制度何时才能真正发挥作用？为了利益，有的人可以铤而走险，有的人可以贪赃枉法，有些人可以沆瀣一气！这样的人，为什么能在我们身边活得如此滋润？当听到游客说出'再也不来灵湖'时，我们麻木的神经是否有微微的颤动？为了一点儿小钱而恣意破坏灵湖的形象，这样的人，配做灵湖人吗？我们呼唤法律，呼唤正义，呼唤良知，再也不容许损公肥私的公司伤害灵湖人热爱家乡、振兴家园的情感！不能让一粒老鼠屎坏了一锅粥，我们期待有关部门的介入，早日将害群之马绳之以法！"在有些人看来，翟静的说法有点儿小题大做，但她确实对这种"只顾自身利益，不顾对他人的伤害"的行为深恶痛绝！要毁坏一样东西很容易，但要把受损的东西恢复原样，那就很难了！如果旅行社和奇灵保健品公司继续狼狈为奸，那受损的不仅是外地游客，而是所有的灵湖人！

　　翟静记挂着车少军的伤情，一下班，就直奔医院外科。车少军已脱离了生命危险，但仍在重症监护室，一天要挂好多瓶药水，他有时睡有时清醒，有时甚至连父母都不认识，这让他的父母亲十分担心。翟静在医院边上的花店买了束红玫瑰，如果车少军还有意识，他一定会懂得她的心意。她先到医生办公室，询问了车少军的情况，值班的就是昨夜给车少军做手术的朱副主任，他说："经过一天的观察，车少军的情况比较好，尽管脑神经的损伤使他有些意识模糊和记忆不清，但基本可以排除变成植物人的可能性。有亲友来探视时，请尽量缩短时间，并避免对他强烈刺激，不过，在心理上给伤者适当的鼓励，对他的康复很有帮助。"翟静说："谢谢朱主任，您是灵湖市有名的脑外科专家，相信在您的悉心治疗下，车少军一定会恢复健康的！"朱副主任笑道："我是副主任，请不要忘了这个'副'字。"翟静却说："不必在意那个'副'字，职称并不能说明什么，患者尊重和信赖的，才是好医生！"翟静知道，职称的评比，有些时候并不科学和透明，还存在不规范的地方，甚至还有弄虚作假的行为，一些技术过硬的骨干，勤勉工作几十年，还不如溜须拍马升得快。在有些单位，一个工程师，可能不如一个技工懂得多，一个主任医师，可能不如一个普通医师医术高明。朱副主任点点头："您说得对，患者的认可比领导的认可对我更重要！"

　　翟静来到病房，这是一间独立的病房，中间用玻璃门隔开，里面是躺在病床上正输液的车少军，外面是他的父母。翟静理解他们焦虑的心情，安慰道："伯父伯母，请你们放心，我刚问过医生了，医生说，少军的情况很好，很快就能康复的。"翟静主持的《市民热线》，各个层次的观众都喜欢看，车少军的父母也爱看这个节目，昨夜他们到医院时，看到翟静也在，刚开始以为她是电视台派来采访的，后来见她在手术前拉着少军的手在掉眼泪，就感觉她和儿子的关系不一般，她一直守在手术室外面，等车少军从手术室出来，送到重症监护室，车少军的朋友李志成劝她回去休息她才离去。车少军平时从未在父母面前提过他和翟静的朋友关系，因此他的父母并不知情。不管怎么样，这个他们只在电视上见过面的主持人，现在就站在面前，来看望他们的儿子，这让他们非常感动。

车少军的父亲说："你来看我家少军，不知怎么感谢你才好！"翟静说："伯父，不必这么客气，少军是我的好朋友，我来看他是应该的。"少军的母亲说："孩子的脑子有点儿糊涂，有点儿不认人，这可怎么办？"翟静说："伯母，少军不会有事的，伤筋动骨一百天，他恢复可能需要一段时间，你们不用太担心，他肯定会好起来的。"少军母亲的眼眶湿润了，她抹着眼泪说："少军对我们很孝顺，他要是有个三长两短，叫我们老两口怎么活呀？"翟静喜欢车少军，一是两人有缘，彼此谈得来，带给她美好的感觉；更为重要的，是看重他的人品，工作中的，生活中的，他表现出来的正直善良，尤其是他的孝道，让她深深体会到他是一个值得爱的男人。有时他们在一起吃夜宵，他会把没吃完的打包，说是带回去给父母吃，既避免浪费，又能让父母尝到好吃的东西。古人云："百善孝为先。"一个人，如果对自己的父母都不孝顺，那他会真心对别人好吗？翟静劝慰道："伯母，要相信少军，就是为了父母，他也会好起来的。少军睡了吗？我去看看他。"

车少军的父亲拉开玻璃移门，翟静抱着鲜花走到车少军的床头，她把玫瑰放在床头柜上，俯身凝神看着车少军。车少军的头部除了露出眼睛、鼻子和嘴，其余的都被纱布严严地包裹着，为了防止纱布松动，还戴了顶细纱帽，他的头部连接着一个镇痛泵。翟静轻轻呼唤："少军，我是翟静，我在你的身边，你知道吗？"车少军迷迷糊糊的，有如在梦中，他隐约听到有个熟悉的声音在呼唤自己，但想不起来那是谁。因为头部疼痛，脸部肌肉绷紧，他的每一个动作似乎都不听使唤，就连睁开眼睛对他来说也异常吃力。车少军的父亲把玻璃门拉上了,病房里只有翟静和车少军两个人。这样的两人空间,本可以倾心交谈,可惜,车少军一动不动地躺在病床上,他不知道别人,别人也无法了解他的表情和心情。

两个人交流,除了眼神和语言,还可以通过身体的接触,感受到彼此的存在,体会到彼此的温情。翟静掀开薄被一角,双手握着车少军的左手,把他的手掌轻轻抚开,她把自己的右手,合在他的左掌上,用手指在他的掌心摩挲着。因为挂着水,他的手有点儿凉,直到他的手温热了,她又把手移到他的手臂上,上下抚摸着。一会儿,她转到他的右边,开始抚摸他的右手。头脑是人体的司令部,虽然,他身体的其他部位并无问题,但由于司令部内部出现问题,肢体的感觉就会减弱,要是没有合适的刺激信息反馈给大脑,久而久之,司令部就会逐渐丧失控制权,人会真正变得迟钝,甚至变成植物人或白痴。

车少军感受到了有一双手在抚摩自己,慢慢地,他感觉到了那双手的柔软和温暖,意识告诉他,有可能这是一双女人的手!他不知道她是谁,但他不想让她离开,不想失去她的温暖,他的意愿指示着他的动作,他的手指活动了一下。当翟静察觉到他的手有反应时,他的手指收拢,把她的手紧紧地握住了!这么一个简单的动作,却让翟静感到无比的欣慰和激动!他是有感觉的!也是有感情的!这说明他的大脑是有救的,完全有恢复的希望!在平时,握一下手没什么,但在车少军伤情不可预料的时刻,握手的意义就显得非同一般!翟静清楚地记得,她和车少军之间,除了采访时礼节性的握手,在私下交往的时段,两个人是很少拉手的,更别说亲吻和拥抱。看上去若即若离,但翟静明白,车少军是喜欢自己的,只是他不善于表白,不像有些人可以脱口而出"我爱你",不过,翟静却觉得,越是这么慎重对待爱的男人,对爱就越有责任心,一旦说出口,就很难改变这份情意。两人握了很久,谁也不愿松开。翟静俯在车少军的耳边,轻声说:"少军,请你放心,我会等你,等你醒来,等你康复,等你和我在一起!"车少军的嘴唇微微张翕着,翟静仿佛听到了两个低如蚊语的字:"谢谢!"她的眼里涌出晶莹的泪花。

翟静听到了随身携带的手包里传来手机震动的声音,她在进医院时,特意把铃声换成了震动，就是防止在病房里有电话打进来时会吵着别人。她以前是把手机挂在脖子上的，一来使用方便，二来防止被窃。有一次，她找车少军采访时，车少军建议她不要把手机挂在胸前，手机的电子辐射会对心脏造成伤害，而且，手机电池有爆炸的危险，一旦发生意外就太危险了。翟静接受了车少军的建议，把手机放在随身的小包里。翟静以为是家里人打来的电话，他们虽然知道自己到医院看望朋友，但毕竟在夜里，一个人回去父母会担心的。可是，当她把手机拿出来，一看号码，却是秦鸿的！翟静不想接他的电话，知道他这会儿打电话来，肯定是为了她曝光保健品公司的事情。她按下拒接键，不到半分钟，手机又有震动了，不过这回不是电话，而是秦鸿发来的短信。

30. 投资计划

　　翟静轻拍车少军的手，温柔地说："少军，我要回家了，好好休息，明天我再来看你。"车少军虽然不能言语，但他似乎听到了她的话，不但没把手放松，还攥得更紧了，很是不舍的样子。翟静明白他的心意，她贴近他包满纱布的脸庞，轻声说："少军，我相信你能听到我的话。我们来个约定好吗？等你清醒，不要忘了说你爱我，我等你这句话，已经等了好久，你不说，我没法嫁给你呀！"车少军听了她的话，仿佛吃了一颗定心丸，右手轻轻地松开了。翟静站在玻璃门的地方，再次深情凝视着车少军，心底在默默祈祷，祝愿他早日康复！

　　她告别车少军的父母，来到医院的大门外，旁边就有一个公交站台，晚上九点多钟，应该还有公交车，她站在那儿等车。一分钟不到，一辆丰田开到她的身边，秦鸿从车内钻了出来，盯着翟静说："会情人也不用这么争分夺秒吧？电话不接，短信不回，是不是害怕了？"翟静没好气地说："在指责别人之前，请先检视一下你自己！你弄虚作假，欺骗消费者，你用淀粉做什么'神奇胶囊'，你恬不知耻！应该害怕的是你！"秦鸿说："我是商人，我的目标当然是赚钱，这有什么不对？有人上当，只能怪他们无知和弱智！"翟静气愤地说："你骗了他们的钱，居然还讥笑他们弱智，你还有点儿人性吗？"秦鸿却说："一个钓鱼高手本事再大，如果鱼儿不主动上钩，他也无计可施，这说明关键的是鱼的愚蠢，你去指责钓鱼人，这有道理吗？"翟静说："我不想听你的狡辩，法律会惩罚你的！请你把车开走，免得影响公交车靠站！"

秦鸿笑着说道："要我走，可以，你上我的车，让我送你回家，一来方便了其他乘客，二来节约了你乘车的钱，三来了却了我送你回家的心愿，一举三得，你觉得这个主意怎么样？"翟静知道秦鸿这种人很无赖，他说得出做得出，为了不影响公交车靠站上客，她决定上他的车，不怕他能把自己怎么样！翟静说："好，我坐你的车！"秦鸿殷勤地拉开车门，说："请！"翟静摇了摇头，说："我不坐副驾驶位。"

秦鸿上车时，看了一眼翟静，说："去哪儿？去吃夜宵吗？"翟静说："我哪有心思吃夜宵？送我回家吧。"秦鸿嘀咕道："跟我没心思，跟别的男人就会去吧？"翟静回道："知道了还问？"秦鸿自讨没趣，沉默了一会儿，说："翟静，我不明白，我哪里得罪你了，你为什么老跟我作对？"翟静说："你不是得罪了我，你得罪了太多的人，你还触犯了法律。我身为记者和主持人，说了我该说的话，没觉得有什么不妥。"秦鸿放慢了车速，故意用恶狠狠的目光瞪着翟静，说："你跟我作对，你认为有好果子吃吗？只要我一句话，可以叫你明天就下岗，你信不信？"翟静笑道："我信，你不用吓唬我。你有这个能耐又怎么样？我失去了工作，可以另谋生路，但你失去的将更多！"秦鸿嘿嘿笑道："我会失去什么？凭我在灵湖的人际关系，走到哪儿不是如鱼得水？"翟静说："不，你失去的，是他人对你的信任，是友谊，是道德，你的灵魂将备受煎熬，你的路将越走越窄，最后无路可走！"秦鸿冷笑道："这是个有钱能使鬼推磨的社会，这是个弱肉强食的社会，强者恒强，弱者恒弱，我有钱，什么不能得到？岂会沦落到像你说的无路可走？"

翟静在医院里收到的短信，并非是秦鸿怪罪翟静报道保健品公司的事，而是情意绵绵的几句歌词："你知道我在等你吗？莫名我就喜欢你，深深地爱上你，没有理由没有原因，莫名我就喜欢你，深深地爱上你，从见到你的那一天起，你知道我在等你吗？"翟静对他没有好感，所以没有回信，但没想到，她现在就坐在他的车上。翟静岂会不知，有钱男人能把生活妆点得富丽堂皇，然而，她要嫁的是人，绝不是钱！因此，秦鸿在她面前越是大款，她越是排斥他的庸俗。秦鸿说过，有钱能买到一切。

但钱能买来女人，却买不到爱情！如果一个男人靠物质来吸引一个女人，那爱情好比海市蜃楼，哪天他没钱了，所谓的爱情也就烟消云散；如果一个女人因为金钱而嫁给一个男人，那爱情好似空中楼阁，看上去纸醉金迷，实际上岌岌可危，寂寞深深。如翟静这般聪明的女子，当然不会选择看似风光的秦鸿，宁愿选择敦厚上进的车少军。

对秦鸿来说，翟静能让自己送她回家，这是一个积极的信号，就像北极的冰层，正在悄悄融化，是不是寓示着他和翟静之间的春天来了？莫非翟静见到车少军伤势较重，转而考虑我秦鸿了？她平时对自己的冷淡，都是装出来的？女人的心，海底的针，本就难以捉摸。本来嘛，"财"子佳人，只有我秦鸿和她翟静，才是般配的一对，虽说机会来得晚点，但后来者居上，不是挺有趣吗？秦鸿说："你为什么不回我短信？"翟静淡淡地说："这种短信，叫我怎么回？"秦鸿以为有戏，说："你想怎么回都行。"翟静笑道："我每天收到类似的短信十几条，为了不浪费他们时间，我一般不看，直接删除！"秦鸿惊讶地说："直接删除？太无情了吧？枉费了别人对你的一片爱心！"翟静说："我不回复，也是出于礼貌。拒绝可能让他们没面子，我不回复，他们发了几次没见回音，就不会再来纠缠了。要是每个人发短信给我，我都客气地回信，如果我对他们没兴趣，那不是浪费彼此的时间吗？这不叫无情，叫果断！"秦鸿不得不承认，翟静能言善辩，但她说的不无道理，扪心自问，自己给她发了数十条短信，她有回过一条吗？没有！尽管如此，自己还对她念念不忘，要是她热心地回上几条，自己更来劲了。

翟静忽然想到，秦鸿怎么知道自己在医院？他不会在跟踪自己吧？这个神出鬼没的男人，依仗着叔叔是副市长，加上他在商场上确有一套手段，这些年在灵湖市风生水起，也算是知名人物了，但翟静就是不欣赏他。翟静说："你怎么知道我在外科医院？"秦鸿笑道："你以为我光知道做生意，对新闻漠不关心吗？关注新闻，可以发现商机，比如今年高温了，空调就畅销；南方发生洪涝了，蔬菜粮食就涨价；灵湖要办旅游节了，我的餐厅和旅行社生意就红火，等等等等。"翟静说："你扯了一通，却没回答我的问题。"秦鸿说："今天的报纸、电台，报道了车少军摔伤的事，我又不是瞎子聋子，怎么会不知道？我知道，他出了事，你一准儿去看他，我就不明白了，他有什么好？值得你对他这么好？"翟静说："一个人的好，不是靠说的，而是靠感觉，靠感应。车少军为人真诚，工作认真，我很欣赏他。"秦鸿酸溜溜地说："要是他醒不过来，你怎么想？"翟静听出了秦鸿话里的幸灾乐祸，一个男人的胸怀如此狭窄，翟静很看不起他，这样的人，就是在生意场上，也不能真正做大的，因为他缺少一颗兼容并蓄的心灵！翟静说："我坚信，他会醒来的！"

秦鸿似乎认识翟静的住处，临近苏州路时，翟静刚要说"前面右转弯"，就听秦鸿说："是这条路吧？"翟静诧异地说："你怎么知道？"秦鸿呵呵笑道："就灵湖这巴掌大的地方，哪儿我不认识？就是闭着眼睛，我开车都能兜几个来回。"翟静说："你就别吹牛了，快到了，就前面路口停下。"秦鸿说："很高兴你能坐我的车，让我送你回家，以后让我接送你上下班好了。"翟静谢绝道："省省你的汽油吧，我有电动车，你是赚大钱的，别把时间浪费在我身上。"秦鸿说："我愿意啊，你就不能给我点儿面子吗？改天我请你吃夜宵怎么样？"翟静说："谢谢！跟不喜欢的人在一起，会影响我的食欲。"平时哪有人敢这么跟他说话？但翟静说了，他不便生气，说道："你就这么讨厌我吗？好歹我也是灵湖十佳创业青年之一！"翟静推开了车门，说道："你是怎么创业的？你心里有数！我想奉劝你，君子爱财，取之有道，好自为之吧！别以为有保护伞就万事大吉了，人在做，天在看，不择手段地赚取不义之财，总有一天，你会自食其果！"秦鸿笑道："如果能获得你的同情，我宁愿当回落难公子，可惜呀，我没有车少军这小子的福气，不过，我不会放弃的！"

看着翟静美丽的身影优雅地步入那条弄堂，秦鸿对车少军有一丝妒忌，至少他去过她的家，哪怕只有一次。可是，自己送她到了弄堂口，她也没有邀请自己去她家坐坐。但秦鸿并没有怪罪翟静，在他的心里，翟静几乎是一个极品的女人。好女人就像夜明珠一样，是极其难得的，秦鸿不想放弃对翟静的追求。现在，她要好的朋友车少军昏迷不醒，如果车少军没有醒来，她不可能一直等下去，只要自己锲而不舍，是有希望得到她的。

正当他想入非非的时候，手机响了，是他的叔叔秦康远打来的："秦鸿，你昏了头了！你搞什么神奇胶囊，怎么不跟我说一声？这么离谱的事，亏你想得出来！保健品是假的，你又让导游骗游客过去，这么坑蒙拐骗的事，我也帮不了你，我看你怎么收场！"秦鸿本来没太重视这次被媒体曝光的事，他以为在灵湖，只要花点儿钱就能挡过去，现在听叔叔这么生气，他也有点儿慌了。他深知，现在办事，光有钱还不行，还得有权，有权才能保太平，要不然，随便哪个要害部门来卡你一下，你就吃不了兜着走了。秦鸿哀求道："叔叔，您要救我啊！我就想挣点钱，没别的想法，当初和陈望合资做保健品，我以为他做的是真的什么胶囊，现在出事了，我也是受害者呀！叔叔，您帮我想想办法呀！"秦康远很疼爱这个侄儿，秦家兄弟只有这一个男孩儿，秦鸿是要继承秦家香火的，虽然秦鸿是侄儿，但秦康远把他当儿子看待，把他带到身边，处处帮助他，短短几年，秦鸿就在灵湖的商界有了一席之地。

秦康远安慰道："这件事经媒体曝光后，在灵湖造成很坏的影响，破坏了灵湖打造旅游城市的形象，但只要你不是主谋，又能诚恳认错，问题还有挽回的余地，要是你们的神奇胶囊吃死了人，那后果就非常严重了。"秦鸿听叔叔这么说，知道情况不是很糟，不会去坐牢，顶多罚点儿款，用钱能打发的事，就不是大问题。秦鸿说："那有劳叔叔多费心了，我会听您的话。"秦康远说："那保健品公司真不是你一人开的？"秦鸿说："是陈望开的，他是法人代表，我只是入股分红，旅行社的事，也是导游的个人行为，是为了得到回扣吧，我并不知情。"秦康远说："这就没事，这几天，卫生局、质监局、工商局、旅游局、消费者协会等部门会查处这件事，你要如实向他们说明情况，有什么麻烦，可随时和我联系。"秦鸿说："谢谢叔叔！"

《市民热线》曝光奇灵保健品公司的售假行为，以及灵湖旅游公司旗下旅行社导游串通保健品公司向游客推销神奇胶囊从中收受回扣的事情，一经播出，就像在灵湖市投下一颗手雷，震惊了数十万观众，并有受骗游客在互联网上公开发帖，披露上当受骗的经过，引起了全国网友的热议，大家纷纷谴责奇灵保健品公司和旅行社狼狈为奸，要求有关部门彻查此事，严惩当事人！秦鸿错误地低估了当前形势，他以为凭他和叔叔秦副市长在灵湖的地位与能量，这次风波能很快摆平，但没想到来势汹汹，全国网友唾骂的口水，就能把他给淹死，更别说反抗了。可是，秦鸿自有应对之策，面对有关部门的调查，他把责任推得一干二净。

秦鸿开除了两名导游，说他们拉游客到保健品公司，并私下收受回扣，违反了公司规定。两名导游在旅游局调查时承认，这是他们的私人行为，和公司无关。秦鸿事先买通了那两名导游，叫他们如此这般，应诺给他们每人三万元，并保证他们的导游证不被旅游局注销。秦鸿和旅游局副局长张良私交甚厚，旅行社的业务张良也有部分股份，尽管张良不参与经营管理，对导游的事并不知晓，但毕竟他是拿了分红的，当然不会给旅行社难堪。旅游局对旅行社的处罚，仅以旅行社内部管理不善为由，罚款五千元，没有停业整顿，而对两名涉案导游，仅给警告处分。奇灵保健品公司方面，尽管陈望拿出了他和秦鸿共同出资50%的合同，但企业执照上的法人是他陈望，有关部门认定他负主要责任。因涉嫌造假，扰乱市场经营，陈望被公安部门羁押；奇灵公司被取缔，生产车间和仓库内的保健品及包装盒暂时封存，查明案情后将销毁处理；公司账户被冻结，由公安机关负责外地游客的退货退款工作，资金不足部分，将以拍卖公司生产设备补充。作为合伙人的秦鸿，以对生产经营不知情为由，成功推脱责任。当初他和陈望合作时，让陈望担任企业法人，因为他早就预料到，神奇胶囊的谎言终将被揭穿，到时让陈望去当替罪羊，自己可全身而退。

次日上午，李志成带了几个人，开了辆面包车，直奔灵阳县，落脚在灵阳县农业公司招待所。他们要了两个房间，每个房间住四个人，一个房间一天的房钱是六十元，两个就是一百二十元，这家招待所的房钱是灵阳最便宜的，但李志成还是觉得贵了点，若是在这边蹲点一个月，光房钱就得三千六百元。还有伙食费，每人每天的伙食费是十五元，八个人一个月也是三千六百元。吃的是不能省了，但住宿费可以节省，李志成叫环评科的副科长孙雪元去当地找几家房产中介，看看有没有二室一厅的套房，租一套下来，因为是夏天，买几张草席，铺地上就能睡，这样可以省下一半的房钱，可以补贴在其他地方。

第一个星期，李志成准备根据灵阳的污染企业分布图，实施第一步计划——"普查"：到各地明察暗访，摄录偷排现场，掌握可靠数据，整理违法企业名单；第二个星期，实施第二步计划——"会诊"：联络灵阳环保局和当地相关部门，协调各方面关系，确定查处方案；第三个星期，实施第三步计划——"查处"：对违法企业依法进行查处，作出罚款、停产、整改等处罚措施，并组织一次联合执法，加强执法力度；第四个星期，实施第四步计划——"达标"：所有排污企业要在规定期限内达标排放，达标任务责任到人，对污染严重的小化工、小造纸厂等企业，依法进行取缔。李志成肩上的担子很重，除了确保这次灵阳清查行动的顺利完成，还要保障全体工作人员的人身安全。本来有当过刑警的车少军负责安保工作，但车少军发生了意外，只能由李志成全权负责，并由姚大林协助工作。环保执法行动会触及到地方保护主义壁垒以及企业的小团体利益，不排除有些不法分子会采用暴力抗法和威胁报复等手段，李志成要求小组成员不要单独行动，要至少两人以上同行，若有意外情况要及时报警，并通知小组成员，以免发生不测。

李志成在动员会上说："我们身为环保工作人员，肩负着保护家园、治理污染的重任，我们要有吃苦耐劳的精神和饱满的工作热情，为环保事业努力奋斗！我们人类对自然环境破坏越大，给自己带来的危害也就越大！清江的污染虽然在水，但根源在岸上，是那些肆无忌惮向清江排污的管道，把清江染成了乌江！我们要切断那些排污管道，使他们付出代价，使他们达标排放，使灵阳县旧貌换新颜！"孙雪元说："灵阳县的污染，本来应当由灵阳环保局负责，可是，他们袖手旁观，却让我们来帮他们收拾烂摊子，这有点儿不公平！"李志成说："都在灵湖市，他们不管，我们也能不管吗？现在不是抱怨的时候，我们应该同心协力，争取圆满完成任务！"姚大林说："李局长说得对，我们不和他们同流合污的最好办法，就是干出我们的成绩。去指责他们是没有用的。"

陆洋的灵湖茶园投资有限公司，在凌博士的指点和常春林的操办下，很快就办齐了证照，经营范围主要为茶叶、茶树等相关项目的投资业务，法人代表是陆洋，但总经理是凌和成，陆洋和常春林担任副总经理。资金到账了，但公司业务到底怎么开展，陆洋和常春林并没底。那天下午，在茶园的办公室里，凌博士笑眯眯地说："路铺好了，接下来就该我们大展身手了！"陆洋是在常春林的鼓动下才成立这家中外合资公司，但对成立以后怎么做，他是新娘子上轿——抬到哪里是哪里，全看凌博士的筹划了。陆洋说："接下来我们怎么做？是走产业化经营之路，还是增加茶叶专卖店，走加盟连锁的扩展路子？"常春林满怀期待地说："灵湖茶园的茶叶供不应求，我们可以整合灵湖市所有的小茶园，垄断我市茶叶资源的供需市场，茶叶的蛋糕就能越做越大了。"陆洋说："常总的脑子就是比我好使，你的话给了我启发，现在的蛋糕有奶油蛋糕、果仁蛋糕、巧克力蛋糕等，就是没有茶叶蛋糕，茶叶的清香和营养，不比其他品种次，倒是可以一试。"

凌博士不以为然地说："开玩笑，难道我们要去开蛋糕房？那是适合小店的，不适合我们这样的公司！你们说的思路都是陈年老黄历了，现在，市场经济已发展到知识经济阶段，不能在老框框里转圈，我们要有创意，要创新，要突破！"陆洋说："靠山吃山，靠水吃水，我们有茶园，只能靠这些茶树，要我们放下老本行，去开发什么新项目，风险太大了。"凌博士说："没错，我们是要靠这些茶树发展我们的事业，但不是光卖茶叶。如何让它效益最大化，这就是我们下一步要做的。"常春林说："茶树就是那些茶叶值钱，要是砍了卖木柴，只能当烧火用。"凌博士说："思想要解放，思路要开阔！为什么叫'知识经济'？就是创意能带来财富，点子能启动商机！这二十万棵茶树，卖茶叶一年能赚多少？"陆洋插话说："前几年有赚有亏，也没到手钱，就今年情况有了好转，估计一年能挣五十万吧。"凌博士说："原来一年只能赚五十万，我能让它们一年赚五百万，甚至更多，干不干？"陆洋有点儿不信："赚这么多？不太可能吧？"常春林也是半信半疑："茶叶不是鸦片，赚不了那么多吧？要是公司真能一年赚五百万，那我百分之十五的股份，一年有七十五万的收入了？凌博士，你没骗我们吧？"

凌博士笑道："我们现在是同一条战壕里的战友，没有把握的事，我会讲吗？"陆洋说："请凌博士赐教！"凌博士说："说起来很简单，也就两个字。"常春林迫不及待地说："哪两个字？"凌博士笃悠悠地说："认购！"常春林不解地说："认购是什么意思？记得十几年前炒股票，要有认购证才能买到，这和我们公司有什么关系？"凌博士笑道："虽然认购的标的不同，但效果倒是相似的，就是为了赚大钱。"常春林说："我还是听不明白，难道我们要上市？"凌博士说："认购，顾名思义，就是让投资者认购我们茶园的茶树。"陆洋说："这个好像行不通吧？听说环保机构也有组织大家认购大树的活动，每个出资一两百元，认购某山区的大树，但认购者并不拥有大树的所有权，只是为了保护大树不让人砍伐，出的钱作为对山民的补贴和当地村委会对大树的管理费用，如果用这种方法，我们怎么能赚钱呢？"凌博士指了指《营业执照》说："我们的台头是什么？是投资公司！所谓的投资有两种，一种是我们对外投资追求利润，还有一种是我们吸收他人的投资，并给予投资者丰厚的回报。"

常春林经商多年，不明白凌博士这么做的目的是什么，禁不住发问："我们现在有钱，为什么还要吸收投资？我们的盈利点在哪里？靠什么给投资者丰厚的回报？"凌博士摆摆手说："现在的商场，博弈的游戏规则就是大鱼吃小鱼，小鱼吃虾米，我们要主动出击，以最快的速度壮大自己，才能让投资计划赢取最大的利益！茶叶供不应求，茶树每年都能长出新叶，这种财富是源源不断的，茶树产生的效益是有目共睹的，因此，如果我们把一棵树的认购价定为二百元，相信大家能够接受，那么，二十万棵茶树，理论上就能吸引投资四千万元，假设每年给投资者的回报是认购额的百分之十，那投资者十年就能收回成本了，这比大陆银行的利息高多了。"陆洋反对说："茶树可是茶园的老本，把茶树卖了，我们怎么生存？"凌博士说："没有卖掉，只是贴上认购的标签，茶树一棵不少还在茶园里，它们还能给我们创造效益！"常春林说："钱是多了，但付给投资者的回报从哪里来？把现有的利润贴进去吗？那我们不成了给他人做嫁衣，自己当了冤大头？"

凌博士反问道："我们怎么会赔钱？"常春林说："每年不是要付给认购者百分之十的回报吗？四千万的回报额就是四百万，我们拿什么给人家？"凌博士摇摇头说："有了钱，才能钱生钱，我们手里有大把的钱，不能去做投资吗？"陆洋说："凌博士，你都把我弄糊涂了，我们的公司，到底是自己做投资，还是帮人做投资？"凌博士说："我说的并不矛盾啊，吸收认购资金，是为了借鸡生蛋，以小博大，我们用别人的钱做生意，可以投资股权，投资房产，一年至少有百分之三十的收益率吧？去掉百分之十对认购者的回报，我们还有百分之二十的收入，何乐而不为？"常春林心有余悸地说："投资股权？前几年，我投进去五十万，今年只剩二十万，最近刚割肉出来，这可是血本无归的窟窿，我们不能往里面扔钱啊！"凌博士哈哈笑道："常兄弟，你的目光太短浅了！为什么股市里赚钱的只是极少数？因为大多数的人随波逐流，喜好追涨杀跌，因为贪婪与恐惧是人类普遍的共性，而只有那些反其道而行之的智者，才能真正赚到钱！潮涨潮落是规律，大陆的经济形势很稳健，股市迟早会反转的，我们在低谷进入，正是时机啊！"

陆洋说："记得有句话说，不要把鸡蛋放在同一个篮子里，为了规避风险，我们不能把钱都投在股市上，那样很危险，万一行情不好，我们岂不要破产了？可是，房价已经很高了，你刚才也说，不要追涨杀跌，可你为什么还要投资房产呢？那样不是风险很大吗？"凌博士没有回答，却背诵起王之涣的《登鹳雀楼》："白日依山尽，黄河入海流。欲穷千里目，更上一层楼。"陆洋和常春林有些惶惑，不知凌博士背这首诗是何用意？难不成是为了卖弄他精通中国古诗？凌博士见两位没有领会他念诗的含义，不禁笑道："唐朝时的王之涣在诗中写得很清楚了，楼会越盖越高，价格也会更上一层楼！中国人讲究衣食住行，解决了温饱，就会考虑住房和旅游，中国有个奥运情结，现在距离奥运会还有三年，在这段时间内，房价还会上涨的。当然，登顶后要下楼，我们可以在到达预期收益后，把手中的房产悉数转让，改投其他项目，只要我们有心，要知道，商机是生生不息的！"

听凌博士侃侃而谈，陆洋和常春林感觉获益匪浅。凌博士对中国国情的了解，对投资理念的把握，让他们刮目相看，他们信服眼前的凌博士能给他们带来更多的财富机会，现在，这一切还只是纸上画饼，只有让更多的人知道和认可这个认购计划，才能让梦想照进现实。凌博士早有准备，他说："要实现我们的投资计划，需要做大量的宣传推广工作，我们要在外地的报刊、电视台、电台做广告，我们要招一批人，负责接待、讲解，还要买几辆大巴车，从火车站、长途汽车站接送感兴趣的群众免费来茶园参观考察，我们要有印制精美的财务报告，把茶园的远景告诉投资者，让他们放心认购。为了便于管理，每位认购茶树的数目，最少一百棵，也即两万元。"常春林说："凌博士，我有点儿不明白，为什么舍近求远，选择在外地做广告？在本地推广不更好吗？"凌博士不慌不忙地说："选择面向外地投资者，一是宣传空间大，机会更多，二是距离产生美，他们有好奇感，才能激起投资欲望。"常春林笑道："你真行，想得太周到了！"凌博士说："茶园边上的别墅小区，有碍茶园的风水，破坏了周边的静美氛围，灵湖市的规划局真没远见，太不负责了，我要找政府领导提意见！"陆洋求之不得，连忙说："好啊，你是华侨，说话比我们管用！"

31. 病从何来

　　费明本来对自己被免去环保局长很恼火，但来到灵阳县后，他却有点儿暗暗的高兴了。为何？因为在这儿揩到的油水足以让他笑开怀。建设污水厂和办公楼，那些钢材、水泥、设备的供货商，三天两头来请他吃饭，不时地送上红包，他都来者不拒了，因为他身边没有监督他的人，在费明看来，送上来的好处，不拿就有点儿犯傻了。

　　管辖污水厂的是灵阳县水利局，但污水厂的出资单位是市政府、县政府，这是今年灵湖市政府和环保局联办的为民办实事工程之一，就是在全市各县建一家大型污水处理厂，污水厂的厂长是从市里下来的，县里的人谁会去过问？但是，让费明没想到的是，昔日的下级，灵阳县坏保局马局长，却盯着自己不放。马凡平给费明送过礼，知道费明贪财好色，俗话说"狗改不了吃屎"，费明现在在污水厂的筹建处，这可是个肥差，费局长当初"笑纳"自己恭送的财物，现在在我的地盘上，要叫他吐出来，要不然，污水厂就通不过环保局的验收，随便找点儿茬，他就得栽。费明是聪明人，要是他在灵阳再出事，倒下去就没希望重新站起来了。费明深谙人情世故，他明白自己今非昔比，马凡平想欺上头来，但强龙斗不过地头蛇，都是一条江里的鱼，知道哪儿有饵，还是让马凡平得点儿好处吧。因此，每次马凡平来建设工地察看进度，费明除了好生款待，对他拿来的几千或一两万元的发票，都慷慨地报销了。两人心照不宣，因为，昔日费明到灵阳来，也这么干过，马凡平不过是依样画葫芦罢了。

　　这天是马凡平的儿子乔迁新居之喜，马凡平在望江酒楼摆了十桌酒席，宴请各方宾客。大凡手中有点儿实权的，都会巧借名目收取好处，自己生日、父母生日、子女结婚、购买新居、乔迁之喜，都会大操大办，借机大收红包，甚至自己或家人生点儿小病，都是敛财的机会，前来看望的也会络绎不绝，收到的各种高级补品，要不是及时送去回收店换钱，恐怕会塞满病房。马局长儿子的新居里的家电，就是庆丰农药厂的胡庆丰送的。庆丰农药厂在马局长和田副乡长的协调下，现在搬到另一个村庄继续在开，只不过在马局长的授意下上了一套废气过滤装置，村民们一时闻不到味，不会太在意。当天，费明也收到了请柬，他不得不去，当然不能去白吃白喝，两千元的红包是少不了的。费明到了酒楼一看，都是当地的企业代表，还有的是乡镇主管环保的乡长、镇长，费明当环保局长下乡执法检查大多见过他们，免不了寒暄一番。

马凡平看到费明，笑脸相迎："费局，贵客贵客，来来来，里边请里边请！"费明握手后，适时掏出红包送上，马凡平也不客气，呵呵一笑，娴熟地放进裤袋，说道："今天来的客人，费局都不陌生，请随便坐，一会儿就开饭。"费明笑道："我现在不是局长，您叫我费局，名不副实啊，下回换个称呼吧。"马凡平笑道："叫惯了，一时改不过来，不过，我觉得叫您费局，更显得亲热，比叫费厂长好多了。"费明说："今天客人多，马局您忙，不用管我，我自己找座位坐好了。"马局就去招呼别人了，费明看一桌上喝茶的有几个面熟，就坐了过去。那几个坐在一起的，都是县里造纸厂、化工厂、制药厂、印染厂的厂长经理，谁不认识费明？他们或多或少挨过费明的罚款，没罚款的，就是私底下给他塞红包了，反正钱没少花，这回见费明落马，都有点儿幸灾乐祸，但听说他到了灵阳落脚，当污水厂的厂长，今后少不得又要打交道。因为费明没了实权，或者说，没了可以处罚排污企业的权力，大家对他都不太在乎，没人喜欢跟他聊天，这让费明感到很没趣。

郭师傅听说灵湖茶园新成立了一家公司，有点儿不解，他来找陆洋想问个究竟。现在的茶叶都长大了，采下茶叶，经过简单的清洗、消毒、烘干，直接送饮料厂。制作茶叶枕对茶叶要求很低，除了剔除霉变枯黄的茶叶和杂质外，茶叶和茶梗都能用。而减肥茶的茶叶用库存茶叶即可，添加一点儿巴豆粉，制作成袋泡茶，喝茶本有清热降脂的功效，而巴豆粉有泻药功能，喝减肥茶，想不减肥都难。

办公室里只有陆洋，常春林陪凌博士去市政府了。凌博士很看重风水，说是灵湖明珠别墅小区使茶园的氛围有点儿压抑，影响茶园发展的脉络，他和常春林去找市长，当然不是以妨碍风水的名义，而是以规划不当和破坏环保的名义。新加坡人的维权意识和我们不同，市民有监督政府的权利，他们向政府积极提出意见，指出政府部门决策中的错误，这是合理合法的行为。陆洋看到郭师傅进来，热情地说："郭师傅，您辛苦了，喝杯茶，歇会儿。"郭师傅说："陆洋，你知道，没事我是不会来你办公室的，听工人说，你们新成立了一家投资公司，结果非但没投资，还想把茶园里的茶树都卖了，有这回事吗？"陆洋解释说："不是这么回事，我们成立的是中外合资公司，享受税收优惠，茶树是我们的老本，我们怎么舍得卖呢？凌博士说了，是认购。这也是投资的一种。"

郭师傅叹息道："种茶树卖茶叶的，搞什么中外合资？别弄得不伦不类！我在茶园里见过那个什么博士，看他的样子，贼眉鼠眼，夸夸其谈，不像个正路的生意人，你们可别被他骗了！"陆洋说："哪能呢？这位凌博士是常春林介绍来的，他是新加坡籍华人，是个富商，他家是经营茶叶起家的，所以，他到国内来投资，相中了我们的茶园。"郭师傅摇摇头说："我总觉得，茶园不做茶叶生意，弄什么认购，是不务正业！"陆洋说："他能带领我们赚更多的钱，我觉得没什么不好。现在是市场经济，谁有本事，谁就能跑在前面，他让我们茶园增加收入，让工人增加福利，我们求之不得呀！"郭师傅说："我看你是被他洗脑了！你忘了你是茶圣的后代，你忘了要把灵湖银毫发扬光大的责任了吗？"陆洋辩解说："我们原来的生意并没放弃，还是要做呀，只不过增加了一点儿创意。"郭师傅茶也没喝一口，站起身来说："你们成立了新公司，我这把老骨头也该退休了，明天我就不来上班了。"陆洋惊讶地说："郭师傅，您……您为什么说要退休？您不想帮我了吗？茶园不能没有您啊！"郭师傅拍拍身上沾上的茶屑，苦笑了一下说："我不想看到茶园让人毁了。眼不见为净，我想离开茶园，心里会好受一点儿。"

　　吴菲菲通过了检察院的公务员招聘考试的笔试，成绩要过几天才知道。成绩排名前六位的应聘者，将参加半个月后的面试，面试成绩前两名的，通过体检和政审后，才能被检察院正式录用。距离面试还有半个月，她本要回校去完成毕业论文，但她想在临走前，见见李志成，当她得知李志成去了灵阳，毅然决定要去灵阳看望他。二十出头的女孩，正是对爱情满怀憧憬的年龄，常凤英感觉到女儿对李志成的异样情感，她不同意菲菲和李志成交往，自己的丈夫是环保局长，她不想女儿也嫁个环保局的人。当她要求吴铁良阻止女儿和李志成的交往时，吴铁良说："年轻人喜欢交朋友，这有什么奇怪的？"常凤英说："你真是迟钝，要是等他们生米煮成了熟饭，那时要分也分不开了，现在刚开始，还来得及！"

　　假设女儿和李志成谈恋爱，吴铁良也有点儿难以接受，不是李志成这人不好，而是吴铁良知道，李志成是有女朋友的，女儿去夺人所爱是不道德的。何况，李志成比菲菲大了整整十岁，年龄相差太大也不合适，再说了，自己是局长，李志成是副局长，两人是友好的同事关系，要是他当了自己的女婿，关系就乱套了，不利于工作，也会让人说闲话，以为两人有什么勾结。晚上，菲菲提出要去灵阳玩，常凤英当即反对，说："你是不是喜欢上他了？我可告诉你，我和你爸是不会同意的，劝你趁早死了这条心！"吴菲菲莫名其妙地说："你们太神经过敏了，我和李大哥是朋友，他去灵阳执行任务，我去看看他，有什么不妥吗？"常凤英拉一下吴铁良，说："菲菲都让你惯坏的，你倒是说句话呀！"吴铁良说："李志成工作忙，菲菲，你最好不要打扰他。"菲菲说："爸，您怎么也不理解我？我就去看看，顺便向他请教写毕业论文的事，完了我就去学校，你们有什么不放心？"吴铁良深知女儿的脾气，只要她想做的，别人劝了也没用，于是说："那你去吧，替我向他问好，叫他注意安全，有困难及时和我联系。"菲菲笑道："我成了爸爸的通信员了。"

　　李志成率领的专项治理小组，在到达灵阳的几天来，深入工业区、乡镇、农村，遍访排污企业，掌握了详细的资料，调查到的情况让小组成员

　　触目惊心！百分之七十的企业没有三废处理设施，污水直排外河，这些基本上是小工厂或私营企业；百分之二十的企业有处理设备，但形同虚设，超标排放是普遍现象，或者只在应付检查时开动机器，污水处理设备根本没起到应有的作用；只有百分之十的企业生产和排污同步运行，工业废水也达标排放。据了解分析，灵阳县的环保状况之所以这么糟，跟灵阳环保局没有贯彻落实环保法规有直接关系，还因为大家的环保意识相对薄弱，很多企业只管产值利润，地方政府也看重税收和就业，对环保问题置之度外，还有一个是因为排污成本高，违法成本低，于是大家明知排出的污水不好，也无所顾忌了。

　　灵阳县每天数万吨的工业废水和生活污水，哗哗地向清江排放，清江能不变脏变臭吗？难怪住宅区在向农村扩延，但不去面对问题，采取消极回避的办法，这种拖延术对谁都没有好处。其实，住在灵阳县城的人，分明感受到污染带来的危害，但为什么领导和居民都能够忍受呢？姚大林说："按我看，以前的领导光顾着发展经济，后来发现环境遭到破坏了，但因为工作调动，他们没办法在短期内治理污染，就不了了之；接任的领导看到这里的污染很严重，但那是前任留下的摊子，他们刚上任，不可能化人力气去为前任买单，于是就搁置下来了；再下下任，也对污染视而不见，即便上面对环保重视，要搞节能减排，他们也是治标不治本，像房产公司搞样板房那样，他们也搞几个企业样板，抓一抓典型，上面交待的工作也就应付过去了。一年又一年，灵阳就变成现在这副模样了！"

　　李志成点点头，说："姚队长分析得很有道理，事实往往这样，由于大家一开始撒手不管，后来就变得不可收拾，说到治污，已经是擦屁股的事了，不擦干净就不能见人了！真正重要的是防污，就像对待洪涝灾害一样，我们要防患于未然！防治污染本来只是观念上的事情，现在已转变成技术上的问题。这些天，我的心情很沉重，我一直在想，美丽的灵湖，清澈的清江，为什么会沦落到今天的不堪？我觉得，最根本的原因，是上上下下缺乏责任心所致！尤其是我们这些被称为环保卫士的环保工作者，更有不可推卸的责任！"法制科的于科长说："这儿的环保工作归灵阳县政府和环保局主管，主要责任在他们，还有，以前费局每次来灵阳执法，都是以罚款为主，罚款有什么用？交了钱，他们照样直排偷排，还理直气壮呢！我跟费局提过一次意见，可他不听，还训了我一顿，后来我就没敢提了。"李志成说："我们此行的目的，就是配合灵阳地方政府，与灵阳环保局一起，来一次彻底的治污大清查，任务重，阻力大，时间紧，但我们要有信心！我们的背后，有市政府综合办和灵湖环保局的大力支持，我们的身边，有灵湖三百万市民和灵阳五十万百姓关注的目光。出来前，吴局长说了，这次行动，只许成功，不能退缩！"几位同事齐心协力又激情满怀，一齐喊道："我们保证完成任务！"一个人的力量是有限的，有这样一支"心往一处想，劲往一处使"的队伍，李志成想，协助吴局长完成"三年让清江变清"的心愿，应该问题不大。

灵湖环保局驻灵阳的工作小组，有权在灵阳县直接查处违法排污企业，但临行前，吴局长和李志成商量过，在摸清灵阳的污染家底后，要知会灵阳政府和环保局，让他们参与执法行动。因为政策对环保的重视，他们当面肯定会表示支持，这对开展工作有利，如果绕开他们去执法，可能会遭遇地方保护主义的阻力，事情更不好办，因此，要变被动为主动，做好前期准备工作，减少不必要的麻烦，提高执法行动的效率。李志成决定，下午去拜访县政府的高县长、环保局的马凡平以及水利局、电力局等单位的领导，在灵阳的这段时间，希望得到他们的支持。其实，灵湖环保局的这次行动是帮助灵阳治疗污染痼疾，他们应热烈欢迎才是，但他们也许有顾虑，若是灵湖环保局这次治理成效显著，则更折射出当地治理环保的软弱，两相比较，岂非要让当地颜面扫地？

临近中午，孙雪元过来汇报说，他在城郊找到了一处房子，独门独院的一幢两层小楼，既安静又方便，房租出奇的便宜，一个月只要三百元。李志成不解地说："三百元能租到一所房子？有这么好的事吗？"孙雪元说："便宜是有原因的，那里原先住着一对结婚才两年的小夫妻，女的怀孕期间，发现男的在外面有情人，就劝男人回心转意，男的表面答应，背地里还和情人藕断丝连，女的忍无可忍，两人发生了争吵，男的出门走了，女的想不开，上吊自杀了，男的后来搬出去住了。因为房子里死过人，还是一尸两命，房子没人买也没人租，空在那儿。"李志成叹息地说："为一个不值得爱的男人去死，而且还带上尚未出生的孩子一起死，真是可惜！"孙雪元说："李局长，我们要不要把它租下来？"李志成说："当然要租，下午就搬！虽然我们都不相信世上有鬼，但为了表示对亡人的尊重，搬进去前，烧两柱香，祭拜一下原主人。"

马凡平这几天心神不宁，自从儿子搬进新居后，没过两天，儿媳就喉咙发痒，干咳，头晕目眩。开始以为是感冒，在药店买了感冒药，可吃了没效果，到医院一检查，把马局和他儿子小马吓了一跳：儿媳朱娟的白血球比正常人少一半多！医生说还要进一步检测，初步诊断，疑似有白血病的可能！更糟糕的是，朱娟已怀孕三个多月，做 B 超的医生是小马的同学，前几天，他偷偷告诉小马，朱娟怀的是男孩！老马一家正兴高采烈呢，朱娟忽然被怀疑得了白血病，这对他们来说，如同是一个晴天霹雳！马局的老婆很迷信，她想儿媳的病会不会跟老马贪污有关？朱娟身体好好的，怎么突然发病了呢？老马当局长这些年，存折上大笔大笔地进账，她知道这钱来路不正，一直提心吊胆，这回见到朱娟生病了，她就想，会不会老马贪污的罪孽，报应到儿媳身上了？她赶紧请来巫婆和阴阳先生，作法驱鬼破魔，但一点儿用也没有，儿媳的病情愈发严重了，血小板也在急剧减少，虽还没确诊为白血病，但马局一家已慌作一团，他们不仅心疼儿媳，更心疼儿媳肚子里的孩子，那可是马家的孙子！

李志成来到灵阳环保局，见马凡平神色不好，以为他对自己的到来不太欢迎。李志成笑道："马局，您怎么一副苦瓜脸？我来是想告诉您，我们是来帮您打攻坚战的，不是来给您添乱的。"马凡平一副心不在焉的样子，说："我知道我知道，对了，你们是干什么来的？我怎么没接到通知？"李志成说："现在来通知您也不晚呀，我们是奉命来灵阳执行治污任务，还请您多多支持！这是市局和市综合办的文件，您看看。"马凡平接过文件看了看，说："你们来了多少人？准备怎么查？"李志成把情况简要介绍了一下，说："高县长很欢迎我们的到来，他安排了孙副县长全程陪同我们，马局，您可以跟我们一起去执法现场，如果您忙，也可以派一位副局长和我们一同前往，水利局等单位也派了主要领导协助我们工作。"

马凡平说："我最近心情不好，让徐副局陪你们去吧。"李志成说："马局，您心情不好，不能带到工作上啊，要公私分明，不能让情绪影响工作。"

马凡平不快地瞪了李志成一眼，说："谁要你来教训我？我干局长比你长得多，我还不懂吗？自以为是！"姚大林说："马局，你什么态度？李局长也是好说好话，您怎么说变脸就变脸？"马凡平不耐烦地说："你们到灵阳县来蹲点儿，事先没跟我说一声，分明是没把我放在眼里！现在来找我，不过是害怕我不配合，怕坏了你们的大事，是不是？一帮笑里藏刀的家伙！"李志成和姚大林都跟马凡平打过交道，觉得他是个油滑的家伙，没想到今天他却变了样，居然发起脾气来了，倒有点儿出乎意料。李志成是灵湖环保局的副局长，在直线管理上，是马凡平的上级，官大一级压死人，一般情况下，下级哪敢顶撞上级？要不是狗急跳墙，就是活得不耐烦了。支撑马凡平胆量的，估计是因为李志成没有权力左右他的仕途，他的局长职位的任免是由县委县政府决定的，所以能有恃无恐。

徐副局长听说市局来人，正要过来打招呼，看到了办公室里马凡平冲市局两位同志发脾气的情形，不禁愕然：马局平时不是这样冲动的人呀，今天怎么会失态？哦，对了，肯定是他儿媳生病的事影响了他的心情。徐副局长进来打圆场说："李局长，姚队长，你们真是稀客呀，今天到我们灵阳来检查吗？"李志成指了指马凡平放在桌上的文件，说："你看看就知道了。"徐副局长拿起文件浏览了一遍，感叹地说："这是件大好事啊！我们想了多少年都没干成，你们这次来了，真是帮了我们的大忙了，希望你们工作顺利啊！"李志成说："我们需要灵阳环保局各位领导的协助，刚才和马局说这件事，不知他怎么啦，火气这么大？"徐副局长说："马局长心情不好，请你们多担待！"姚大林不满地说："心情不好就可以随便发火，素质也太差了！"马凡平指着姚大林，生气地说："你说话干净点！你说谁素质差？你再说一遍！你要敢再说一遍，看我不撤你的职！"马凡平大概真气糊涂了，他哪有资格撤姚大林的职？

徐副局长见马局长气还没消，红着脸，一副斗鸡的模样，连忙拦在马凡平和姚大林之间，先是对着马凡平说："马局，您请坐，喝口茶，消消气，他们是市局来的客人，您不能说话太冲呀！"马凡平一边坐下，一边嘟囔道："我冲什么了？我对他们还算客气了，要真惹我生气，管他是谁，非把他们轰出去不可！"徐副局长又转身对着姚大林说："姚队长，请息怒，马局不是故意的，请您原谅他！"姚大林愤愤地说："这还不是故意的？这是在办公室，要是在街上，看我不揍他！"徐副局长劝说道："别别，姚队长，您千万别生气，马局他是有点儿失态，那是因为他儿媳得了白血病，正住着医院呢！"李志成和姚大林都大吃一惊："白血病？"这几乎是个不治之症，家人得了这个病，难怪马局心情如此恶劣。徐副局长说："是啊，他儿媳好端端的，突然就得了白血病，马局的心情可想而知了！"马凡平叫嚷道："徐局，你胡说什么，不是还没确诊吗？谁说朱娟得的白血病？你别造谣好不好！"

李志成松了口气，安慰道："马局，您别太担心，还没确诊，说明不一定是白血病，要不换家医院查查？"马凡平情绪稳定了一些，意识到刚才自己失态了，他抱歉地说："对不起，我刚才心情不好，说话太不礼貌了，请李局长和姚队长原谅！"姚大林说："没事，遇到这种事，心情糟糕可以理解，我们也是第一次领教，原来马局发起脾气来这么蛮不讲理的，呵呵。"李志成说："你儿媳是突然发病的吗？以前有没有症状？"马凡平说："我儿媳朱娟在银行工作，五一刚和我儿子办的婚礼。以前她身体很好，没发现有什么毛病，婚前体检也没查出有什么，这次刚搬进新居两天，她就发病了，她肚子里还有我的孙子哪，她要真得了这种病，我的孙子也保不住了！"

李志成似乎想起了什么，问道："马局，您刚才说，朱娟是搬进新居才发病的，是吗？"马凡平点点头，说："是啊，我老婆以为她是中了邪，或者是风水不好。"姚大林说："迷信的东西不能信，有病就得治，要是贻误了病情，后悔也没用了。"徐副局长说："迷信这东西不好说，不可全信，不可不信，里修外补也没坏处。"姚大林斥道："愚昧！要是那个管用，医院早就关门了！"李志成说："姚队长，您打电话叫监测中心的小王过来，叫他带上采样仪器，马局，请您一会儿带我们去趟您儿媳的新家。"马凡平哑然失笑："李局长，开什么玩笑？我家有什么污染，到我家去检测什么？"李志成笑道："您儿子结婚没邀请我们喝喜酒，这回我们参观一下新房，总可以吧？"

司机小张送小王来到环保局，李志成和姚大林上了车，马凡平自己开了一辆车，直奔小马的新房而去。马局的老婆开的门，她一见来了这么多不认识的人，呆愣在那儿，以为老马东窗事发，这些人是来抄家的，不由手脚哆嗦，话也说不清楚了："你，你们……"马局叫道："还愣着干啥？他们是市局来的客人，快请大家进屋啊！"他老婆还没回过神，还以为市局的人就是来找老马麻烦的，这些人没见过，又直接到家里，以往来家里的，哪个不拎东西？马凡平无奈地说："儿媳生了病，我这老伴也痴呆了，唉，李局长，多包涵啊！"李志成笑道："我们来串门没事先打招呼，不能怪大姐。"论年龄，李志成他们应该称呼马局的老婆"阿姨"，但李局长考虑到这次来灵阳执法的重要性，不能低了"辈分"，于是就改叫她"大姐"了。

三室一厅的房子，装潢得很豪华，除了高档家电，都是原木家具。按一个局长每月三千元的工资，加上福利，一年在账面上的收入，也就六万块钱，而买下这套房子，估计不下五十万，还有装修和家电，至少要花十几万，马凡平就是不吃不喝，也要攒十年才有这六十几万，莫非，他有什么贪赃枉法的事情？姚大林啧啧说道："马局，您这房子，得花不少钱吧？您真是有钱人哪！"马凡平笑了笑，说："你们不是不知道，就我那点儿死工资，哪买得起这房子？是我儿子买的，他开了家建材公司，赚的钱比我多，装修是他朋友搞的，收的成本价，五一结婚还和我们住在一起，没办法，小两口要独立，他们才买了这套房子搬出来。"事实当然不是像他说的那样，马局其实有几套房子，不过，他为了不引人注目，房产登记时，用的是妻子、儿子和老母亲的名字，他的儿子确实赚了很多钱，现在的建设项目都要经过环评，马凡平在帮助他们通过环评时，私下有一个条件，就是建设单位要用他儿子供货的建材，如此一来，小马公司的生意兴隆，也就不足为奇了。

小王让大家在小客厅内喝茶，然后叫马局的妻子关闭每个房间的门窗，空调、冰箱和电扇暂时关掉电源。马局说："这附近又没有化工厂、农药厂，难不成空气里还有毒？这么做是否多此一举？"李志成说："不一定是外来空气污染，室内的装修和油漆，也会造成空气污染，因不易散发，危害性不容忽视。小王是市监测中心站的，他有室内空气采样上岗证，你就放心让他检测好了。"马局说："我们县局也需要这样的检测员呀。"李志成说："灵阳现在的污染主要在水，不过，确实需要配备对大气检测的人员，下半年质监局有培训班，县里可以派人去学习，通过考试后就能上岗。"

小王带来的是一台便携式室内空气检测采样仪，连接吸气管和玻璃管，插上电源，20分钟后，通过试管内颜色的变化，经由微电脑控制的采样仪得出检测数据，如果连接上打印机，可以把检测资料当场打印出来。现代装修中，大量使用油漆、胶水、松香水、二甲苯等化学品，装修完毕后，室内会造成甲醛、苯等空气污染，气味难闻，要每天开窗通风，两个月后，经室内空气质量检测合格，方能入住，小马的新房，装修一个多月后就搬进来了。李志成说："根据小王的检测情况，卧室和书房内的空气质量很不理想，甲醛和苯两项数值超标较高，甲醛和苯是致癌物质，对人的健康危害很大，体质较弱的妇女、小孩和老人，容易因空气污染而致病。我看过国内外的相关报道，住在甲醛、苯含量超标的房子内，会导致人的白血球和血小板明显减少，起初只是一种症状，如果没有及时发现、对症治疗，确有可能诱发白血病，我估计，你儿媳的病说不定就是空气污染惹的祸。"

小王说："现在把门窗都打开吧，暂时不要住人，过两个月住进来比较安全。"马凡平有点儿难以置信的样子："怎么会这样？装修好的新房不能住人，还让人得病，我这个环保局长却一无所知，惭愧啊！"李志成说："人不是什么都懂的，您不用惭愧，现在还是抓紧时间去看看您的儿媳，据我所知，外因导致的白血球降低，是完全可以康复的，那不是难治的血液病，您不用太担心！"马凡平感慨地说："还是懂得多好啊，懂得多，我儿媳生病就不用慌了。"姚大林却说："马局，你是灵阳的环保局长，要考虑全县的环保，不能只想着你自己家！"小王附和说："就是，你们弄脏了地方，叫我们来治理，这说得过去吗？"李志成说道："小王，不能这么讲，全市环保是一家，哪儿污染管哪儿！"马凡平连连说："李局长说得对，全市环保是一家，你们来到灵阳，我应该尽地主之谊，晚上我请客，请各位到望江楼一聚如何？"李志成说："吃吃喝喝就不必了，您支持我们工作就行了。"

性格决定命运，环境影响性格。马凡平刚当环保局长时，也怀着满腔热血，想轰轰烈烈地干一番事业，把灵阳的环境治理好，不愧对江东父老，可是，随着时间的推移，他越来越感到自己的无奈。想做点儿事，常常受到一些夹板气，谁都能来指指点点，后来，他才悟到"多做多错，少做少错，不做不错"的为人处世之道，他越是袖手旁观，活得越滋润。他原本对送上门来的财物是拒之门外的，后来发现自己很傻，现在当官的哪个不巧取豪夺？自己想当个"清官"，反而有点儿不合时宜了，没有额外进账，逢年过节给别人送礼难道自己贴钱不成？为了保持收支平衡，以后就来者不拒了，而且，胆子越来越大。不但敢收，还敢要了。

回住处的路上，姚大林说："这个马凡平，局长当得真轻松，什么都不用干，就等我们来帮他收摊子。"小王说："他家装修那么好，家电也高档，光一个等离子彩电就一万多，这么奢侈，好像用的不是自己辛苦挣来的钱，虽然他说是他儿子买的，谁知道呢？"李志成笑道："没有证据，不要妄加猜测。"工作小组已从招待所搬到租的两层小楼，车刚到小楼院前，李志成的手机响了，接听后，他又惊又喜："菲菲，怎么是你？什么，你已经到了灵阳车站？"姚大林笑道："局长千金来了，她怎么像个跟屁虫，李局到哪儿，她就跟到哪儿？"吴菲菲在手机里说："我乘公交车来的，可恶的小偷把我的钱包偷走了，我现在身无分文，又渴又饿，李大哥，快来接我呀！"

32. 综合治理

李志成开车去了车站,看到了神情沮丧的吴菲菲。李志成走到她身边,她还没察觉,正盯着卖饮料的冰柜出神。李志成拍了一下她的肩,笑道:"菲菲,不就掉了个钱包,怎么像丢了魂似的?"吴菲菲摸了摸被划破的背包,委屈地说:"车上人多,挤得慌,我都不知道什么时候被偷了!我自己还没开始挣钱,钱包里的钱是今天我爸刚给我的两千块,那是我去北京的路费和生活费,现在可好,都贡献给小偷了,我是又气又恨哪!"李志成安慰说:"没事,你没钱用,我可以赞助呀。"菲菲不好意思地说:"我是来慰问你的,结果让你慰问了,李大哥,你看,我真没用!"李志成笑道:"这哪能怪你?你是让《天下无贼》蒙骗了!走,上车吧!"

到了小组的驻地——一幢幽静的小楼,吴菲菲进去一看,很意外也很喜欢,她说:"你们住这儿?条件不错嘛。"大伙担心要是她知道楼里死过人,就不会这么说了,因此,谁也没说这个事。姚大林说:"条件不错,还便宜,比住招待所强多了,我们经费有限,只能省着点儿用了。"菲菲说:"多要点儿经费不就宽裕了吗?"孙雪元笑道:"你爸爸常说,钱要用在刀口上才能体现最大的价值。我们不是来度假的,艰苦点儿没关系。"吴菲菲笑道:"我爸这么抠门儿,你们不恨他吗?"姚大林笑道:"恨吴局长?呵呵,我们想恨也恨不起来,对他崇拜还来不及呢!是他鼓起我们的干劲儿,让我们认识到自己工作的神圣,再苦再累我们也愿意呀!"吴菲菲替父亲感到高兴,同事们对他的尊敬和信服,证明了他的努力,也证明了他的能力。

　　晚上，大伙一块儿去吃了夜宵，菲菲没有地方住，李志成帮她找到了一家宾馆，用自己的身份证帮她开了一间单人房。李志成带着菲菲走了进去。刚才菲菲喝了好几杯啤酒，有些醉意，李志成给她买了个西瓜醒酒。两人吃了半个西瓜，菲菲说："还有半个，你呆会儿带回去让大家也尝尝。"李志成笑道："半个瓜哪够他们吃？我等会儿多买几个。"菲菲说："我丢钱的事，你觉得要不要告诉我爸妈？"李志成不置可否："你说呢？"菲菲说："我妈爱唠叨，我爸很疼我，要是不说，我觉得对不起他们，要是说了，我妈肯定唠叨个没完，烦都烦死了。"李志成说："你可以暂时不说，等毕业回来再说，时过境迁，他们就不会多说什么了。你去北京的费用我来出，喏，这是我路上领的两千块，你拿着。"菲菲犹豫道："李大哥，我哪能用你的钱？你为人正派，又没有外快，我用了你的钱，你不够怎么办？"李志成说："我够用了，就我一个人，用不了多少的。"菲菲不解地说："你还有父母，还有女朋友，怎么就你一个人？"李志成说："父母要的不是钱，而是亲情，我每个月抽空回去，他们非常高兴，要是给他们钱，他们会把我推出门的。至于女朋友嘛，还是老样子，各自在忙，没时间联络。"

　　菲菲既希望李志成获得幸福，又希望他现在是单身，她说："没时间？那是你的借口吧？是不是你们之间发生了问题？"李志成低下头好一会儿，微微摇头说："我们之间的感情一直没有太大的波澜起伏，平淡如水吧。"听到李志成的话里面透着许多无奈，菲菲说："李大哥，问你个问题，你别介意好吗？"李志成疑惑地说："什么问题？你问吧。""你真爱她吗？为什么我觉得你们好像那么疏远？虽然我没有谈恋爱的经历，但我知道，如果心里爱着一个人，会时刻牵挂对方，怎么会连打电话都没兴趣呢？这不是怪事吗？"李志成说："这个问题我也一直在问我自己，我觉得自己对她更多是感激，只是想着要报答她的好，只是想着不能辜负她的爱。"菲菲叹气说："唉，谈恋爱怎么能讲感激？如果你爱她，就不要再用这样的态度来对待她；如果你不爱她，就不应该再拖拖拉拉，这样下去对她也是一种伤害，你自己也得不到幸福，这种犹豫的性格不像我平时欣赏的那个意气风发的李大哥了啊！"李志成沉默了好半天才说："你说得对，我应该为我自己想想，也为她的幸福想想。我们不说这些了吧。"

菲菲吃了西瓜后，几分酒意早就醒了，她和李志成聊得很投机。李志成说："时间不早了，我得回去了。"菲菲说："看到你全身心投入环保工作，真希望我能帮你做点儿什么。"李志成笑道："不用，等你参加工作后，希望你当个合格的检察官，希望到时环保法规有了完善，对违法排污的企业，检察院可以提起公诉，也许那样，污染的企业才会越来越少！现在很多偷排企业不认为自己是违法的。污染所造成的损失相当惊人，但环保法还没有让违法者坐牢的条款，在有些人眼里，凡是能用钱解决的，都感觉无所谓。"菲菲说："这次检察院的公务员招聘考试，我自我感觉发挥得不错，不知能不能考上。但愿如你所说，我能有机会当上检察官，把违法乱纪的人通通绳之以法！"李志成说："以前有句话说，摸着石头过河，现在摸着石头也过不了河了，为何？河水太脏、太臭了，没到对岸就会被熏死、毒死！要想旧貌换新颜，我们还有很多的路要走，还有很多的工作要做，一刻也马虎不得啊！"

对灵湖市来说，清江的航道作用在减弱，现在的主要交通是公路，清江贯穿灵湖全境，连接着上游的灵山市，灵湖市内河网纵横，清江是灵湖的大动脉，就像长江之于中国的意义，清江对灵湖来说具有神圣的意义。人类习惯临水而居，清江就是哺育了世世代代灵湖人的母亲河，"母亲"蓬头垢面，儿女有何脸面？所谓正本清源，治水先要从岸上治起，只有切断了通向清江的排污管道，清江才能逐渐恢复清秀的面孔。

清江因为水量大，试养水葫芦的作用还不是很明显，但在龙溪村和朱家浜效果非常好。水葫芦的根须对水质有净化功能，它开的花很好看，白色、黄色、粉红色的小花，点缀在河面上，多了几分野趣。河里的龙虾和鲢鱼吞噬着浮游的污染物，上下夹攻，河水由黑变浑，有了较大改观。水葫芦无所顾忌地生长，需要不间断地清理，否则会祸害环境；冬天它会枯黄，来年春天它又生机勃勃了。

龙溪村是吴铁良第一次下乡执法的地方，他对那里十分关注。前些天，姜福贵和村民到市里送杨梅，说到庆丰农药厂搬走了，但农药厂遗留的问题，却是搬不走的，还得村民去面对。农药厂不但污染了小河和鱼塘，还污染了附近的土壤，连村民喝的地下水，也不同程度地受到了污染。农药厂一走了之，但村民还得生活在这里，新的癌症病人仍在不断出现。为了村民的饮水健康，这次，吴铁良随车带来了几吨漂白粉，让村民用来消毒井水。姜福贵握着吴铁良的手说："吴局长，太感谢您了！您为我们想得真周到，乡里的干部要有您一半好，就是咱们的福气了！"

吴铁良笑道："大家不要埋怨乡干部，我来龙溪村之前，先到了乡里。我和田副乡长商量过了，要送给大家一份礼物！"大家好奇地说："什么礼物？田副乡长是铁公鸡，一毛不拔，这回怎么变大方了，莫非老天开眼了？"田佳笑道："黄鼠狼变不成焦黄狗，田副乡长拔的毛，又不是他自己身上的，他拿的也是乡里的钱嘛。"原来，吴铁良到龙潭乡找到田副乡长，并叫来了庆丰农药厂的胡庆丰，强调环保法规中"谁污染谁治理"的原则，吴铁良说："庆丰农药厂搬离了龙溪村，但遗留下的一屁股债，必须归还！"胡庆丰不解地说："我一没欠乡里的钱，二没欠村里的钱，三没欠村民的钱，他们的赔偿金我都付清了，哪还有欠债？"吴铁良说："胡庆丰，你敢说龙溪村的污染不是你造成的吗？"胡庆丰倒也爽快："我承认是我的责任，但我已交付完毕，和龙溪村没有瓜葛了！"吴铁良说："怎么没瓜葛？本着环保法规中'谁污染谁治理'的原则，你仍然有义务为你留下的污染买单！"胡庆丰看了眼田副乡长说："我真是冤，怎么搬走了还来找我算旧账？没完没了，我怎么吃得消？"吴铁良说："不是没完没了，你不用害怕，我们预算了一下，要让龙溪河恢复到四类水，大约需要五十万的治理投入，也就是说，你现在只要给龙溪村一次性支付五十万元的治污费，以后就不再来找你，如果你想逃避责任，那么，现在我们就能依法对你进行处罚！你考虑一下吧。"

胡庆丰不想得罪市环保局，他说："好好，治污费我来交！"他乖乖地把五十万元治污费交了，这笔钱，暂时由乡政府保管，日后将移交给龙溪村。胡庆丰走后，吴铁良谈到了龙溪河的治理情况，田副乡长说："农药厂搬走了，总算了却了我一桩心事，龙溪村的上访风波也平息了下来，胡庆丰也很配合，我也放心了。"吴铁良说："有件事我想和你商量一下。"田副乡长说："什么事？"吴铁良说："我们在治理水污染时，尝试以放养水葫芦来改善水质，经过实践证明，具有一定的效果，但水葫芦的生长速度快，河面不宜密度过大，隔一段时间就要打捞清理一下，而且，龙溪河的治理要好几年，我在想，能否把它利用一下，不让它白白浪费！"田副乡长说："它能派什么用场？"吴铁良说："改革开放初期，在苏南部分地区，有的村里家家都建有沼气池，把柴草、水花生等放入地窖内，让它们在水中腐烂，产生沼气。沼气是一种清洁能源，无污染，能用来烧水、煮饭、炒菜等，经济实惠，村里有了这个，就不用煤气了。"

田副乡长一听，很感兴趣，说："这个好，原料有了，但沼气池谁来建呢？"吴铁良说："可以由乡里出面，统一规划，不用家家建，在龙溪村建二三个就够了，每个沼气池可以通向十来户人家，让技术工人通好输气管，接好点火开关，村民就能用上沼气了。建沼气池的成本不高，关于资金来源，乡里可以先垫付，然后向环保局提交报告，对新能源的合理利用，政府有相应的补贴资助，乡里实际上没花钱，就为龙溪村办了桩好事，我相信龙溪村民会感谢你的，这也是改善干群关系的一次机会，你说呢？"听了吴铁良的话，田副乡长虽觉得吴局长管得有点儿宽，但实事求是地说，他的的确确是在为群众办好事，这样无微不至关心老百姓的干部，真的不多见了。田副乡长卖了个顺水人情，欣然答应给龙溪村民建造几座沼气池。龙溪村民闻听此事，高兴得奔走相告，对吴铁良更是敬重有加！

33. 女友来访

这些天，灵湖茶园突然热闹起来，人像赶集似地涌来，把接待人员忙得不亦乐乎。来的那些人，怀着同一个目的，就是要认购茶园的茶树，要当茶园的投资者！自从灵湖茶园投资有限公司在省外的报纸、电视上播出了认购茶树的广告，每天要接到上百个咨询电话。经过培训的接线员，训练有素地回答着投资者的提问。接踵而至的，是大量揣着投资梦想、甚至揣着大额现金的投资者，他们经过实地考察，完全认可了茶园的认购方案，相信只要认购了这儿的茶树，就等于认购了摇钱树，年年有分红。按理说，百分之十的年红利并不算高，但这种认购一是比较新颖，二是几乎没有风险，人们容易接受。

人们关注的投资方式有很多，如果投资房产，需要的成本较高，少则几十万，多则几百万、几千万，一般人没这个实力；如果投资股市，因行情不稳定，收益率没保障，前几年好多人亏得惨不忍睹，让人望而却步；如果借给私人放高利贷，一则是违法，二则风险太大，如果贷的人生意破产无钱归还，那不是打了水漂吗？存银行的话，利息太低，跟不上物价上涨的步伐，其实是倒贴钱的，不划算；而认购茶树，有这家生意蒸蒸日上的茶园作家底，可信度高，每年的分红是银行利息的三倍。如此安全可靠，对于手头有点儿余钱，一时找不到投资门路的人来说，好比迷雾中看到了灯塔，趋之若鹜也就不奇怪了。

陆洋和常春林也是经商多年，他们不得不佩服凌博士的远见和高论，看来，凌博士舍近求远在省外开展宣传攻势是对的，正如他所说："有距离才有诱惑力！"茶园在宣传资料中说："购买茶叶是消费，而认购茶树是投资，就像是给人生种下一棵摇钱树，每天都在增值，坐享其成，其乐无穷！"也不知这个认购方案有什么魔力，每天来考察和交钱认购的人络绎不绝，茶园差点儿成了公园。陆洋发现，这些投资者中，有退休老人，有在职教师，有公司白领，有机关公务员，而且，他们每个人的认购金额并不大，几万、十几万的较普遍，三十万、五十万的很少，还没有一个上百万的投资者。但聚沙成塔，积少成多，一个星期不到，茶园就收到了一千多万的认购款，人们前来认购的势头有增无减，照这样发展，整个茶园的茶树都将被投资者认购，恐怕还供不应求。

一天下班后，凌博士冲着陆洋和常春林笑道："两位，怎么样，满意吗？"陆洋喜忧参半地说："虽说钱越多越好，但我们收了他们的钱，是要给他们回报的，下一步我们该怎么办？"凌博士说："真正的赚钱，要像滚雪球那样，越滚越大！目前我们有了进一步扩张的资本，就可以收购灵湖其他地区的茶园，只要投资者源源不断地加入进来，我们的事业将永不停止！"常春林说："凌总，您说的扩张计划，我怎么感觉有点儿像传销？投资者越聚越多，可我们拿什么回报给投资者？难道是拆东墙补西墙？"凌博士不悦地说："常副总，你怎么会有这种谬论？传销的金字塔销售模式，受益的只是塔尖的极少数人，而我们的认购方案，受益的是所有投资者！况且，传销是以高价销售产品，然后以层层回扣的方式，反馈给各个阶层的投资者，基层的投资者很难把产品卖出去，只能以骗人入伙的方式，赚取佣金维持生活，而我们做的是实业，茶园的经营项目每个都在盈利，不用投资者销售一分钱的产品，却能分享我们的红利，传销怎么能跟我们比呢？简直是有天壤之别！"想到贷款的艰难，公司现在这些钱来得太容易了，说实话，陆洋有点儿不放心，但仔细推敲凌博士的营销计划，确实无懈可击。

翟静每天下班后，都去医院陪护车少军，给他按摩手脚，为了防止他生褥疮，还帮他侧身躺着，给他按摩臀部。白天，由环保局派的人陪护车少军，晚上是翟静，夜里是车少军的父母，车少军在昏迷的几天，并不孤独，全天候有人陪同。开始几天，车少军的眼神呆滞，嘴角还流口水，车少军的妈妈很担心："少军的头撞在水泥路上，是不是给撞傻了？"翟静安慰说："不会的，就在平地上摔一下，也没被车撞到，不会很严重，会慢慢变好的。"翟静服侍车少军的举动，仿佛她是车少军的女友，或是车家的媳妇，既周到细致，又毫不避讳。车少军因意识模糊，医生给他接了导尿管，翟静在给他按摩时，掀起过被子，见过车少军裸露的身体，但她的神情很自然。两人没有确定过恋情，她却觉得理所当然，她愿意陪伴在他的身边，她相信他会醒来，继续他们之间的缘分。

翟静是名人，医生护士几乎都认识她，近距离地接触到著名的主持人，使他们真切地见识了荧屏背后的翟静。电视上那个正义正直、谈吐不凡的主持人，在生活中如此平易近人、亲切温柔，不论她和车少军是什么关系，她对待车少军的那份真情，令人感动。车少军的父母感到很欣慰，庆幸儿子有那么好的单位同事，有那么好的女朋友，这是不幸中的大幸！翟静每次来，除了给车少军按摩，还轻声和他说话，讲着他们相识相处的点点滴滴，她知道，车少军虽然此时不能说话，但他一定需要支持的力量，自己所做的一切并不是徒劳的，此时给他一些安慰和鼓励，有利于他的精神恢复，他一定要有一种强烈的信念：不能放弃，坚持就是胜利！

也许是医生的治疗及时有效，也许是翟静的陪护给了他无穷的力量，车少军从昏迷状态中苏醒过来了，眼睛和舌头也从不听使唤到现在能转动了。车少军醒来后说的第一句话，是那两个满怀深情的字："谢谢！"健康人说声"谢谢"是不足挂齿的，但对车少军来说，能由脑子指挥嘴唇吐出这两个字，经过了异常艰难的几天！由于医生一直在给车少军用镇痛药，因此，车少军的疼痛感并不强烈。见到车少军开口说话，说明他的脑子正在康复，翟静微笑的脸上流淌着晶莹的泪水！她开心地说："少军，你醒了！你终于醒了！你真行！"车少军的父母还有闻讯赶来的几名医护人员，他们清晰地听到车少军说着："谢谢！谢谢你们！"医生要给他拍脑部 CT 复查，翟静和车少军的父母用手术床把车少军推进 CT 室，检查结果表明，车少军压迫受损的脑神经奇迹般地在恢复当中。如果一切正常，半个月后车少军就能出院，虽然不排除脑震荡和头痛的后遗症，但对车少军的伤害很小了。他没有变成植物人，没有变成白痴，脑功能正在顽强地恢复当中，这是值得庆幸的。翟静握了握车少军的手，带着鼓励的目光，说："加油！"车少军的眼睛眨了两下，好像在说："一定！"

由于事先做了充分的摸查，李志成在灵阳的工作进展顺利，但是，还是有一些风声走露，比如有的排污企业，在排摸情况时，明明发现他们在偷排污水，但真的前去查处时，却发现他们铁将军把门，一打听，说是停产了。真的停产倒也是好事，问题是，这种停产是假象，是为了逃避处罚。因为据群众反映，这些企业白天休息、夜晚开工，目的就是和执法队打游击。执法小组的几个人，白天就很辛苦了，晚上再加班的话，恐怕精力吃不消，如果晚上去执法，灵阳县政府、环保局和水利局等单位就不会再派人陪同。单独行动是有很大风险的，一些胆大妄为的排污企业会拒绝接受检查，或者顶撞执法人员，严重的还会发生暴力抗法，而如果有本地的行政部门同行，企业就不敢得罪，气焰会收敛很多。灵阳环保局长马凡平对执法小组很感激，既感激他们来灵阳治理污染，更感激他们指出了儿媳患病的原因，经过医院的对症治疗，其儿媳的病情已明显好转，马凡平派了副局长每天陪同小组进行执法行动。对李志成带领的执法小组来说，在灵阳没有受到干扰，这就是一种鼓舞。

执法小组白天去的沙溪村联合化工厂，大门紧闭，李志成向附近的村民询问情况，有的村民不敢说话，看到执法人员赶紧躲开了，也有胆大的，向执法队反映说："他们现在属鼠，你们夜里来，才能看到他们的人，厂里散发的臭气让我们夜里不能出来乘凉！早晨醒来一看，窗台上一层黑灰！"这次全面治理灵阳污染，不漏掉一个排污口，不漏检一家排污企业，要做就做到彻底，要干就干个痛快，不能让违法企业侥幸逃避处罚！李志成决定：晚上加班，夜访联合化工厂，抓住企业违法排污的现场证据，查他个措手不及！姚大林自告奋勇，要带两个人晚上去检查。

小王说："我们是五加二，又是白加黑，我们的辛苦就像单相思，别人都不了解呀！"姚大林说："什么五加二、白加黑，小王，你说的啥意思？"小王笑道："一周五天工作制，我们要加两天班，不是五加二吗？我们白天出去执法，晚上还要去检查，不是白加黑吗？"孙雪元说："说的也是，这么热的天，我们高强度地工作，真有点儿吃不消，有的单位还不配合，我们的辛苦，有多少人能理解呢？"李志成笑道："我们都是任劳任怨的好同志，回去我和吴局长说说，多给一点儿冷饮费和加班费。"姚大林说："得，还是别提钱的事，吴局长要给我们多发了，其他兄弟怎么办？一碗水要端平，别为难吴局长了，我们年轻，身体素质好，吃点儿苦受点儿累，还能扛得住！"姚大林笑道："我来灵阳这几天，体重减了七八斤，辛苦点儿我也认了，就当吃减肥药了。"李志成笑着说："对，我们应该有这种苦中作乐的精神劲儿！"

李志成话音刚落，他的手机响了，看了来电号码，竟然是楚晴打来的！离开北京时，两人曾有约定，每月至少打一次电话，但李志成几乎没有一次是主动打给她的，都是她打来的。李志成说："楚晴，怎么现在想起给我电话？不是一直晚上通话的吗？"楚晴说："我想告诉你，虽然是一样的通话，但我们的距离缩短了一千里！你知道我现在在哪里吗？"李志成说："你不在上班吗？难道出来旅游了？"楚晴笑道："不是旅游，是探亲！我到灵湖了，刚下火车，你来接我吗？"李志成一愣，说："啊？你已经到灵湖了？怎么事先没告诉我？"楚晴开玩笑说："我想给你个惊喜嘛！"楚晴这话说的是心里话，她是有意想给李志成"惊喜"的。一对恋爱中的男女，因工作分居两地，彼此居然很少联系，特别是男方，好像把女方忘了。人家情侣间三天两头打电话，一聊就几个小时，可李志成呢？似乎越来越冷淡了，按理说，他不是个粗心的人，地理的距离，真的演变为心理的距离吗？楚晴敏感地意识到，她和李志成的感情发生了微妙的变化，她必须要来确认一下，李志成真的因工作而疏于联络，还是心中有了别人。

李志成说："我不在市里，我在灵阳呀，这边事情很忙，恐怕走不开，我请别人接你一下吧。哦，对了，一会儿我让环评科的杨光去接你，我给他打电话，你在出站口等他。"楚晴听到李志成不来接自己，有点儿失望，说："你真的这么忙吗？就不能请个假吗？"李志成说："真的走不开呀，我是执法小组的带头人，今晚还有任务，明天吧，明天我们见个面。"楚晴原以为李志成对自己的到来会很高兴，也会陪自己好好玩几天，没想到第一次来灵湖，他居然不来接站，什么工作，离了他就真的不行吗？本来，她还闪过一念，如果他工作忙，脱不开身来接，她就自己去见他，但听李志成说晚上还要加班，不便去打扰他，就说："那好吧，明天见。"

楚晴拖着一个箱子，从出站口出来，她没有走开，就站在台阶上等待那个叫杨光的人来接自己。十几分钟后，一辆出租车停在站前广场，杨光从车里出来，一手举着牌子，牌子上写着"楚情"两字，急匆匆地向出站口走来。楚晴看到了那个牌子，微微一笑，这人应该是来接自己的。她冲着张望的杨光喊道："喂！你是来接我吗？"杨光闻声看去，只见一位姑娘穿着一身蓝色连衣裙，风姿绰约地站在眼前，她正眼含笑意看着自己。杨光应道："请问你是叫楚情吗？"楚晴笑着点头："是的，不过，你的牌子上写错了一个字，我是晴朗的'晴'，不是情感的'情'。"杨光有些犹豫起来，李志成只说她叫楚晴，没讲清楚字怎么写的，不会是另有其人吧？楚晴笑道："是李志成让你来接我的吧？你怕接错了人？"杨光听她提到李志成，方知没错，就说："对对，是李局长让我来的，来，我帮你拉箱子吧。"两人打了一辆车，杨光决定先带楚晴去环保局把箱子放下。

女人的气色，各有千秋，有的是素，有的是艳，有的是灰，有的是亮，让人一见之下就留下与众不同的印象。楚晴去卫生间简单梳洗了一下，容光焕发，当她走进办公室，杨光只觉眼前一亮，鼻中闻到淡淡的幽香，只觉心荡神驰，不免又对楚晴多看了几眼。杨光暗想：车少军、李志成都有美人相随，真令人羡慕，怎么没有一个可人儿喜欢我呢？杨光赞道："楚晴，你真好看！"楚晴浅浅一笑，说："我只是个普通女孩，你过奖了。"杨光说："李局长真有眼光，不过，很少听李局长提起你，他可真是深藏不露！"楚晴笑道："他的脾气就那样，是个工作狂，对私人的事不大上心。"杨光说："的确，很少看到他在局里闲下来，最近他去灵阳县了，要在那儿蹲点儿一个月，是够他忙的，要不也不会不来接你了。"

李志成人不在环保局，杨光就带楚晴去一家饭馆吃了晚饭。两人正边吃边聊，杨光接到了一个电话，是刘鸣打来的，刘鸣说："你在哪儿？出来喝酒呀，我帮你叫了小妹，是杏花楼足浴店新来的，才十八岁，水灵着呢，包你满意！"杨光看了看楚晴，说："刘哥，今晚我有事，就不过去了，改天有空再碰头。"杨光和刘鸣在费明当局长时，就和费明沆瀣一气，向一些排污企业索要好处，收受贿赂，费明虽然调离了环保局长岗位，但他们合伙贪污之事尚未败露。自从吴铁良来当局长后，实行财政分流，刘鸣这个监察支队的队长，杨光这个环评科科长，不再直接接触钱，也就没机会在贪污受贿上更进一步。

车少军的恢复情况非常理想，思维和说话，反应很清晰，这让所有陪护的人都松了口气。人的生命就是这样，虽然会遭受不时的意外，但只要充满生的希望，对灾难不妥协，坚持抗争的信念，就会战胜阻碍，冲破瓶颈，赢得新生。吴铁良从陪护的手下那里得知，车少军脱离了危险，并已进入康复治疗，身体各项特征无不良表现，不由深感欣慰。在环保局里，吴铁良的最佳搭档是李志成，其次就是车少军，车少军是局里的骨干力量，他要是倒下了，就像失去一员大将，这种损失是不言而喻的。来了好几个月，尽管吴铁良在努力团结局里所有的人，但他也发现，有些同志是嘴上说一套，心里想一套。他听其他同志说了，环评科的杨光和监察支队的刘鸣，以前是费明的亲信，现在费明虽然不是环保局长，但这两个人还是不死心，他们仍和费明保持密切联系，幻想有一天，费明能重回环保局，他们又能呼风唤雨了。

从饭店出来，外面霓虹闪烁，树影婆娑，俨然是一个不夜城。两人在街上漫步，杨光说："要不一起走走，看看夜景？"楚晴说："灵湖有好玩的地方吗？"杨光说："有啊，有酒吧、夜总会、保龄球馆、飙歌城，你想去哪儿？"楚晴说："那种地方太吵，我是说，有没有既安静又有特色的地方？比如夜公园什么的？"杨光说："以前有，后来停了。"楚晴说："为何停了？夏夜，人们逛逛公园，散散步，不是很好吗？"杨光说："听说是因为运营成本高，加上治安不好搞，就不再开了。"楚晴说："怎么会成本高呢？夜里开放，不是给公园增加收入吗？"杨光说："夜里到公园谈恋爱的多，有的还在公园里过夜，还有一些不法分子对情侣实施抢劫。据报纸上说，有个歹徒在抢劫一对情侣后，竟然对女的实施强暴，而那个受害者的男友，一没反抗，二没报警，就在旁边眼睁睁地看着女友受辱，这事闹得沸沸扬扬的，后来，市里开放的几家夜公园就都关门了。"楚晴说："那个受害者的男友不但是个胆小鬼，还是个窝囊废！"杨光说："是啊，要换了是我，就和那歹徒拼了！连自己所爱的人都不能保护，他还算什么男人？"楚晴笑道："你的勇气可嘉，是个好男人！"

楚晴不经意的一句"你是好男人"，让杨光莫名感动。虽然在环保局工作不错，还是监察支队的队长，算个中层干部，手中也有点儿小权力，但他有自知之明，要上去很难。自己是费局的人，现在虽是吴局长的部下，但和吴局长并不亲近，吴局长器重的是李志成、车少军、姚大林等人，自己能保住队长的位置就不错了。下了班，他和几个狐朋狗友一起喝酒玩乐，也去娱乐场所玩过女人，但那是逢场作戏，没有真情可言。没有真情的接触，带来的只是一时的肉体快感，心里却是失落的。这么多年来，没人说他是个好男人，连他自己都默认了，唯独这个楚晴，今晚竟评价他是好男人，隐隐唤起了他内心深处诸如良心、道德、责任、理想等沉睡已久的东西，使他醒悟到他应该做个好男人，他能成为一个好男人！

走了一段路，看见路旁有家宾馆，杨光说："你累了吧？要不开个房间，你早点休息？"楚晴说："好呀，我想早点睡，李志成说明天要回市里来看我。"两人走进宾馆大厅，对服务台小姐说，要一个标准间，服务员说："请出示您的身份证！"楚晴一摸身边，坏了，钱包忘带了，洗漱时，放在那个箱子里了。服务员说："用男的身份证登记也行。"杨光拿出钱包一看，里面只有钱，没有身份证，因为一直在本地生活，平时极少用到身份证，他没有随身携带身份证的习惯。杨光说："我也没带。"服务员说："很抱歉，按规定，没有身份证件，我们不能为你的住宿提供方便！"杨光说："我是本地人，你们从口音就能听出来，这是我的朋友，刚从北京来，能不能先给她开个房间，我一会儿把证件送过来？"服务员毫不通融地说："对不起，没有证件不能登记住宿。"

杨光和楚晴无奈，只得从宾馆出来，楚晴说："没办法，只能回去取了证件再来了。"杨光想了想，以探询的语气说："我家距离不远，走十几分钟就到了，如果你不介意，到我家去住吧。"楚晴愣了一下，摇摇头说：

"打扰你家，不太好吧？"虽然杨光不是陌生人，但借宿在一个并不熟悉的男人家，总感觉不太合适。杨光说："我妹妹研究生毕业后，去深圳工作了，她的房间一直空着，就过年回家住十天半月，你可以睡她的房间。"楚晴说："你家就你一个人住吗？"杨光说："是的，就我一人住，我还没结婚，我母亲三天过来一次，帮我打扫房间。"跟一个男人回家，住在他的家里，孤男寡女的，怎么着都让人不太放心。楚晴说："不了，还是住宾馆吧，你陪我回去拿身份证吧。"杨光停下了脚步，说："就算我不是君子，但也未必是小人！你住在我家，有什么不放心的？不会是怕我对你非礼吧？"楚晴说："不是，我不是这个意思。"杨光说："请放心，我家条件不比宾馆差，再说，住宾馆一晚一百五，这钱花得不值。"楚晴是北方人，性格豪爽，杨光是李志成的同事，看上去不像是坏人，住在他家里应该没事，于是说："那好吧，今天的吃住，都蹭你的了！谢谢！"

到了杨光住的阳光小区，杨光说："我就住这儿。"楚晴笑道："你的名字不是叫杨光吗？这小区就是给您造的。"杨光说："可不是，这就是缘分，阳光小区一开盘，我是第一批入住的。"进了杨光的家，楚晴更惊讶了："好大！有一百五十平米吧？"杨光点头说："差不多，三室二卫一厅的，光装修就花了二十万。"看到这么宽敞的房子，这么考究的装修，这么高档的家电，楚晴在羡慕之余有点儿疑惑，她说："这房子得花不少钱吧？你是贷款买的？这年头当房奴的滋味可不好受，忙忙碌碌，就为房子打工了。"杨光笑道："买这房，也就六十多万吧，没贷款。"一个机关小科员，靠工作几年的工资，能买得起这么好的房子吗？或许是父母有钱？楚晴说："是父母贴的钱吧？也真难为他们了，辛苦大半辈子。"杨光得意地笑道："父母一分钱没贴，我妹妹读书的费用，都是我出的呢！"不知为什么，在楚晴面前，杨光把自己的真实情况都说了，却没考虑是否妥当。

楚晴越发疑惑，李志成刚来环保局工作时，她问过他的工资，月薪三千，加上福利和年终奖，一年也就五万左右，那要工作十几年才能买得起这样的房子，而杨光工作三四年，职位还比李志成低一些，哪来的那么多钱？楚晴笑眯眯地说："你真厉害，又这么孝顺，比一般人强多了！真没想到，在环保局工作的收入这么好，过几年，我叫李志成帮我也买套房子。"杨光笑道："李局长太坚持原则，几年未必能买得起房子。"楚晴好奇地说："为什么？你们不都是环保局的公务员吗？"杨光笑道："我反正不偷不抢，坦白对你说好了，干我们这行的，要搞好人际关系，人脉就是钱脉，要是尽干得罪人的事，那就断了自己的财路了。"楚晴瞪大了眼睛说："你说的是贪污腐败吗？利用职务之便，收受别人的好处？"杨光不以为然地说："我哪是贪污腐败？钱是人家主动送的，不是我伸手要的，不要白不要呗！"楚晴却摇了摇头，说："你好糊涂！人家送的就没问题吗？要是你不是环评科长，会有人送你钱吗？就像我们当医生的一样，在动手术前，病人家属会给我们送红包，不送他们还不踏实，但我们能拿吗？不能！救死扶伤是我们本应履行的职责，我们有工资，哪还能额外收受别人的红包？你当环评科长也一样，你不能为了交情而放松环评的要求，你的手松一分，污染就多十分！你好意思收别人的钱？不觉得那钱烫手？人不可能不犯错误，就像人不可能不生病一样，但有病要治，有错要改，你不要被人利用了还蒙在鼓里！"

　　杨光对自己收人家钱的事，一向是轻描淡写的，他知道别人结交自己是因为自己手里有点儿小权，但不认为朋友给自己送钱是什么大不了的事，更不觉得存在贪污受贿。因为对方是朋友，自己帮了点儿小忙，朋友给点儿好处，这也是人之常情，应该不算违法。刘鸣一直这么对他说的，他也认同，但听了楚晴的一番话，他有点儿困惑了：这也算违法吗？所谓的朋友，他们和自己套近乎，请吃、请喝、请玩，真的是有目的吗？假如自己不是环评科长，他们还会对自己这么热情，还会称兄道弟吗？费局在时，曾说过"有权不用，过期作废"，利用手中的权力，适当谋点儿福利，只是小过，不是大错。自己接受了他们的观念，就不知不觉陷进去了！杨光想着，不由冒出一身冷汗，对楚晴情不自禁地涌起感激！

34. 怅然若失

次日上午，吴铁良接到了凤凰派出所打来的电话，他刚一听说是民警打来的，闪过的第一个念头，就是方萌的丈夫是否又因赌博进去了。民警说："您局里是不是有个叫刘鸣的？现在在我们所里。"吴铁良问："是他？他一大早跑你们派出所去干什么？"民警笑道："他不是大清早来的，他在我们这儿呆了一个通宵了！"吴铁良不解地说："为了啥事？喝酒打架？"吴铁良知道刘鸣的酒量好，三天两头在外面吃喝，酒喝多了，做点儿出格的事，不是没可能。前阵发布的"干部禁酒令"，雷声大雨点小，几乎没有约束力，吴铁良尽管一直要求局里大小人员中午不得喝酒，但人家在下班后喝酒，他也管不着。民警说："刘鸣涉嫌嫖娼，被我们查获了，现在有新规定，卖淫嫖娼人员有工作单位的，警方要通知当事人的单位，以示警戒，所以，我们就知会您一声。"

吴铁良气不打一处来，刘鸣太不像话了，平时工作不积极不说，竟然还去嫖娼，成事不足，败事有余！他一个监察支队的队长，自从费明走后，就没好好干一件事，浮皮潦草地应付了事，还不如副队长姚大林兢兢业业，能在执法行动中独挑大梁。现在车少军出了车祸，李志成和姚大林去了灵阳，正是他刘鸣应该有所表现的时候，他却不思进取，自甘堕落，真是没救了！吴铁良准备过段时间推荐姚大林当队长，把出工不出力的刘鸣撤下，这笔账还没跟他算呢，没想他出了这档子丑事，这不是丢环保局的脸吗？吴铁良对民警说："该罚该关，请你们依法办事，我绝对支持你们！"民警一愣，按规定，对嫖娼人员是要罚款和拘留处理的，但如果是干部犯了事，一般领导出面说个情，也就过去了，但吴铁良要他们依法处理，有点儿出乎他们的意料，他们还以为吴铁良和刘鸣私下有仇，是想趁机公报私仇呢！

民警不敢怠慢，把这情况向分局的汪局长作了反映，是罚是留是放让领导决定。汪局长和吴铁良素有交情，知道吴铁良的为人有温厚长者之风，怎么会和手下一个队长计较？汪局长给吴铁良打电话，说："老吴，您的手下刘鸣现在在我手上，怎么处置？您说个话。"吴铁良说："哦，是汪局啊，您是局长，怎么处置是您的事吧，怎么来问我？什么时候咱俩的职位轮换了？"汪局笑道："我们是老朋友，我不是尊重您嘛！征求一下您的意见，免得您说我老汪不给您面子呀！"吴铁良说："现在是法治社会，先讲法律，再论交情，老汪，该怎么办您就怎么办，我没意见。"汪局说："老吴，您这么不关心手下，不会和他有过节吧？"吴铁良笑道："汪局，您看我是这种小鸡肚肠的人吗？法律面前人人平等，他刘鸣触犯了治安条例，就应该受到惩处，这是理所当然的！"汪局说："毕竟他是你们局里的中层干部，传出去恐怕影响不好，是不是再考虑一下？"吴铁良说："谢谢您对我的信任，有些事，不是你我的交情能遮掩过去的，阴暗的东西，还是让它见见光，可能对他更有好处！"

市里的治污工作非常严峻，正是用人之际，吴铁良不打算把刘鸣保出来，是想让他吸取教训，今后不犯同样的错误。可刘鸣不是这么想的，他知道吴局长和公安分局的汪局是朋友，满指望吴局长说个情，派出所就能把自己放出来，自己嫖娼这件丑闻，暴露面就很小，这对自己、对环保局都是有好处的，可没想到，他等来的是罚款五千、拘留十天的处罚！对于这个结果，刘鸣感到很惊愕：吴局长是想借此机会。给我颜色看看吗？他可真是高明，想借别人之手给我一个下马威，但是，他把我示众了，对他有什么好处呢？灵湖的环保，不是他一个吴铁良就能搞定的，就是加上李志成、车少军又如何？我比他们工作都早，有些事情，有些关系，不是他们凭一腔热血就能摆平的，有些企业的背景错综复杂，牵扯到市里和各局领导的关系，一味地查查查，只会得罪人，是办不成事的，欺上瞒下是很有必要的，只有他好我好，才能大家好！

　　李志成让姚大林留守灵阳，他和孙雪元回到灵湖市看望车少军。刚进医院，李志成就接到市综合办的电话，叫他马上过去一趟。李志成给吴局长打了个电话，说了综合办找自己的事，吴铁良说："我刚才也接到他们的电话，不知道有什么事，我们就过去吧。"李志成让同事孙雪元在医院陪着，自己乘车来到市政府。

　　虽然睡在陌生人的家里，但楚晴夜里睡得很香。她一路坐车到灵湖后，和杨光逛到很晚才休息，确实有点儿疲惫了，凭着她和杨光短时间接触后的认识，她并不担心他会在夜里做出非礼的事，一个人心里在想什么，从他的眼神就能大致看出来。经过昨晚的聊天，她知道杨光的内心不坏，尽管楚晴没叫他去自首，但他确有解剖自己的勇气，他已经认识到过去的错误，他会重新做出判断和选择。早上，楚晴洗脸刷牙后，发现杨光已经烧好了稀饭，还买了油条和咸鸭蛋。楚晴并不知道，这其实是杨光第一次动手做饭。以前在家生活，是他母亲做饭烧菜，后来他买了房子，一个人搬出来住，虽然买有厨具，但那几乎成了摆设，每天早上他都去吃面，只在妹妹过年回来的半个月左右，他才能吃到妹妹煮的粥。

　　说杨光烧的是稀饭，那是名副其实的，由于他没掌握好电饭煲里放多少水，结果，煮出来的饭不像饭，粥不像粥。说它是粥吧，水几乎干了；说它是饭吧，湿搭搭的勉强还能挤出点儿水。楚晴笑道："哟，早饭都做好了，很勤快啊，以后一定是个好丈夫！"杨光抱歉地笑道："真不好意思，本来我想煮了粥，晾一晾，结果，快变成饭了，你要是不介意，就将就吃点儿，要是吃不惯，我们上面馆吃去。"楚晴坐了下来，拿起筷子，笑着说："当然是在家里吃，你亲自做的，我要是不吃，就太对不住你的劳动了。"杨光说："你是客人，所以我想在家里吃早餐比较好，可我没做好，你吃不吃都没关系的。"楚晴在敲打着鸭蛋，说："不，你不该说抱歉，是我打扰了你，让你的家充当了免费旅馆，还让你早起做饭，谢谢你！"

　　杨光很喜欢这种气氛，家里有个赏心悦目的女人，就多一份温馨浪漫的情调，自己不再是孤身一人，两个人可以说说话，在一起吃饭，这种简单的生活，何尝不是一种幸福？可惜，眼前的女孩是李志成的女朋友，她很快就会离开这儿，或许，今后再也不会来到这儿，更不会住进自己的家，她留在自己身边的时间是极其有限的，他真希望她能多住几天，让他多享受共处的美好时光。杨光殷勤地说："还有油条！"楚晴笑道："最好不要吃油条，有些地摊上卖的油条，是用地沟油或是过期的猪油炸的，有的还掺入明矾和洗衣粉，根本不能吃，就算是用好的菜油和色拉油，翻来覆去地煮，油会变质，会产生有毒物质，甚至是致癌物质！"杨光吓了一跳，说："不会吧？我看到吃的人很多呀，他们不是没事吗？"楚晴笑道："说它含有毒物质，但它不是毒药，不会马上中毒，比如甲醇，比如铅，它被人吸收后，慢慢积累在人的内脏，时间长了，就易发生病变。"杨光说："这么可怕，那我不吃了。"楚晴笑着说："也不用恐慌，偶尔吃问题不大，长期食用才会有不良后果。"

吃过早餐，杨光说："你们约好在哪儿见面？"楚晴说："他说要到市里来，怎么电话都不来一个？这人就是这样，有点儿大男子主义！"杨光说："李局长工作确实很忙，比我忙多了，要不我送你去灵阳？"楚晴说："不好，你要上班的，我给他打个电话，问问他来不来。"楚晴拨通了李志成的电话，李志成刚走到市政府综合治理办公室的门口，他说："我有事忙着呢，你呆会儿打过来！"楚晴说："我专程来看你，你怎么一点儿热情都没有？是我来错了吗？"李志成说："不是，我现在在市政府，有事情要办。"楚晴不满地说："好啊，你回到市区也不告诉我一声，你心里还有我楚晴吗？"李志成说："现在没时间多说，回头我再跟你解释，拜！"楚晴气得把手机往桌上一拍，说："见领导就积极，见我就提不起劲，怎么变这样了？"杨光说："你的包还在局里呢，我带你去局里等他吧，李局长既然回到市里，必定会来见你的。"楚晴点点头："那好吧。"

杨光和楚晴打的来到环保局。以前费明当局长时，环评科有自己的车，杨光可以把公车当私车用，下班后可以开回家。吴铁良上任后，把车拍卖了，局里只留下一辆小轿车、一辆面包车，还有一辆环境监察的执法车，而且，严禁工作人员公车私用，发现一次扣当月奖金，发现两次扣全年奖金，发现三次以上，辞退回家。刘鸣开始对这个规章制度不太在意，有次下班后，开环境监察的专车出去喝酒，到次日早晨才开回局里，吴铁良知道后，毫不留情地扣了他一个月奖金，还在一次会议上批评了他。吴局长常说，没有规矩，不成方圆，一个漠视规章制度的人，怎么去秉公执法和以理服人？

楚晴和杨光从出租车内出来，一起向办公大楼走去。田佳看到他们，迎上来笑道："杨科长，这是你女朋友？好漂亮啊！给我们介绍介绍呀！"自然科的朱斌华也笑道："杨科，真人不露相啊，藏着这么漂亮的女朋友，我们都一无所知啊，田主任还想当红娘呢，看来是多此一举了！"杨光摇摇头，摆摆手，说道："你们别瞎说，这位是楚晴，北京来的，她是李局长的女朋友。"众人都有点儿惊奇：李局长的女朋友，怎么没和李局长在一起，却和他杨光一起来上班？楚晴冲几位友好地笑道："我是李志成的女友，我叫楚晴，李志成有事，杨科长带我来局里等他。很高兴认识大家！"田佳说："哦，真是李局长的女朋友啊，长得好靓哦！"楚晴笑道："哪里，北京天气干燥，我的皮肤不好，哪有灵湖的姑娘长得水灵啊！"朱斌华说："以前，各种选美大赛总有灵湖姑娘获奖，现在，灵湖已经没美女啰！"楚晴笑道："情人眼里出西施，每个人对美的欣赏标准不同，评委选出来的美女，在我们眼里可能并不美，真正的美女在民间呀！"朱斌华笑道："就是，皇帝专爱从民间选美女入宫呢，到底是北京来的，楚姑娘的水平，比我们这些土八路就是高明！"楚晴笑盈盈地说："我是第一次来灵湖，请大家多关照！"

到了环评科，杨光说："李局长不在，他的办公室关着，要不在我这儿等？"楚晴说："你要工作的，我在这儿不太好。"杨光说："我去找吴局长请示一下，让你到休息室。"杨光去了一会儿就回来了，说："吴局长去市政府了，不知什么时候回来，我上午不出去，你就在我办公室坐坐吧，李局长办完事会来的。"楚晴迟疑着说："我在这儿会影响你工作的。"杨光说："如果你感觉坐在这儿没劲，可以到其他科室转转，你是李局长的女朋友，也不是外人。"楚晴说："谢谢你不把我当外人，现在是上班时间，我想还是呆在空房间里比较合适，不影响大家的工作。"杨光说："那我去叫田主任开下小会议室的门，那里有电视和电脑，你可以看电视和上网，不会寂寞了。"楚晴说："好的，太谢谢你了！"

　　李志成刚走进综合办，就听到秦康远在说："吴铁良啊吴铁良，你看看你，你上任才多久，环保局就出了这么多事，你这个局长是怎么当的？刘鸣嫖娼你知道了吧？本来可以大事化小，小事化了，我听说汪局长叫你把刘鸣保出来，可你却不理不睬，这下好了，丑闻闹大了，对你环保局有什么好处？还有，灵阳的工作组我当初就不太赞成，灵阳的污染治理，不要急，慢慢来，三年治不好，可以五年六年十年，可你非要快刀斩乱麻，我不赞同你们这种冒进的工作态度！"吴铁良说："是我没抓好队伍的思想工作，以致于部分同志出现了腐化堕落，这个责任我担！"秦康远说："这怎么补救？你别以为有宋书记撑腰，就想大包大揽，这件事的发生不是偶然的，是你自以为是的工作作风酿成的，你要做深刻的检查！"李志成冲吴铁良点头致意，接过话茬儿说："秦市长，我不同意您刚才的说法！刘鸣去嫖娼，是他个人行为不检点，和灵湖环保局没什么关系！"秦康远说："哦，你来了，我不想跟你辩论，我只想告诉你，限你三天之内，把灵阳执法组给我撤回来！"

　　李志成不服气地说："您一句话就让我们撤回？凭什么？没有调查就没有发言权，您知道我们在灵阳付出了多少努力吗？"吴铁良也说："执法小组在灵阳进展顺利，得到了当地政府的大力支持，三百多家排污企业得到整治，切断污染源的工作已完成大半，再接再厉，我们有信心整治灵阳的污染顽疾。如果现在撤回，将前功尽弃！秦副市长，您这个决定太草率了！"秦康远说："最近省里在评选省级环境优美城市，罗省长和省环保厅的同志要到我市来考察，同时为灵湖市参评全国生态文明城市提点儿建议。宋书记也很重视，要相关部门做好接待工作，你对业务还不熟悉，车少军发生了车祸，刘鸣被拘留，李志成调到了灵阳，没个精通业务的人陪同领导，那怎么行？所以，当务之急，是让执法队撤回来，让李志成把这边的工作抓一抓，消除环保干部生活作风问题和队员受伤的负面影响，我这不也是为大局着想吗？"

　　李志成说："我可以回来协助吴局长做好接待工作，但灵阳的执法队不能撤，都到节骨眼儿上了，现在我们一撤，企业就会一松，那我们半个月就白辛苦了。我建议，灵阳那边由姚大林带队，继续留守完成既定任务！"吴铁良说："姚大林挺不错的，可以让他继续留在灵阳。"李志成的频频顶撞让秦康远很不高兴，但他又不便发作。李志成是灵湖市引进的高级人才，受到宋书记的器重，把他安排到环保局当副局长，想让李志成发挥特长，但李志成在费明当局长时受到压制，并没多大作为，如果不是李志成年轻、工作时间短，费明被免职时很可能就让李志成当局长了，宋书记调任吴铁良当环保局长，李志成成为吴局长得力的助手，对灵湖的环保作出了一定的贡献，秦康远也不敢小瞧他。

从综合办出来，吴铁良舒了口气，对李志成说："秦市长这人不坏，只不过和我们考虑的角度不同，你和他相处时要艺术一点儿，在意见发生冲突时，你要谦虚一点儿，避免伤了和气，对我们工作不利。"李志成说："谢谢吴局长的教诲，我是个怕软不怕硬的人，谁要是跟我摆事实、讲道理，我会虚心接受，要是对我横加指责，我就不服气，必须要阐明自己的立场！"吴铁良知道李志成的性格，"宁为玉碎，不为瓦全"，这种有棱角的性格是吴铁良暗暗欣赏的，但这个世界很复杂，吴铁良出于爱护才对李志成说这番话，希望他稳稳当当地工作和成长，而不是被强力打掉突出的棱角。李志成明白吴局长的用心，所以，他对吴局长既尊敬又感激。

两人边走边说，吴铁良说："我去趟医院看望车少军。"李志成点点头说："灵阳那边缺人手，能否从监测中心和环评科另外调人过去？"吴铁良说："可以，我给人事科打个电话，一会儿你去调人。"李志成说："好的。翟静给我打过电话，告诉我说，车少军恢复得比较好，真替他高兴！他要是醒不来，我会觉得身边少份力量。"吴铁良说："可不是，你和他是我的左膀右臂啊！少了谁，我都会遗憾的！"李志成由衷地说："吴局长，谢谢您对我们的信任！"吴铁良说："大家都是同事，就应该一条心。'人心齐，泰山移'嘛！"

吴铁良上车后，司机小刘说："李局长，您去哪儿？要不一起上车，我带您。"李志成说："吴局长要去医院，我回局里，不顺路。"吴铁良说："你回局里也好，在灵阳的日子辛苦了，好好休息一下，接待的事不急，人还没来呢。"李志成笑道："我女朋友来了，在局里等我，我要接待的是她。"吴铁良笑道："哦，女朋友来探班了，这是好事呀，你是得好好陪陪。"

李志成说："她来之前也不给我打电话，来得真不是时候，我这边这么忙，哪有时间陪她？"小刘说："李局长，这就是您的不对了，她大老远过来看您，说明她关心您，您就是请假陪她，吴局长也不会不准假吧？"吴铁良笑道："志成，你年纪不小了，终身大事应该考虑了，等着喝你的喜酒呢！"李志成说："男儿先立业后成家，我还没干出番成绩，结婚的事不急。"

　　杨光在翻阅企业的环评申请材料，忽然想到灵湖房地产公司的曹总对自己的许诺。当初，对明珠别墅建设项目的环境影响评价，杨光不赞成在清江下游建设别墅小区，那里距离灵湖太近，在风景区建造商品房是明令禁止的。另外，别墅小区产生的生活污水，如果直排清江，势必对灵湖水质造成不良后果。杨光本来准备把他们的登记表和申请材料退回去，但费明主张"解放思想"，说在灵湖茶园边上建别墅不影响景观，在别墅小区建设生活污水的集中处理设施，排放不成问题。既然领导这么说了，杨光就没有坚持己见。不久，灵湖房地产公司的曹总请杨光吃饭，曹总称，为了表示对杨科长的感谢，建成后售价达一百余万的别墅，如果杨科长需要，可以成本价五十万元提供一套。杨光当然明白，这是变相的行贿。灵湖明珠的环评虽然通过，但还有道程序要走，就是建设项目环保设施的验收，要是验收不合格，别墅是不能公开对外销售的。

　　听说灵湖明珠的别墅已在预售，而且大多数已有人定购，杨光想去问问有没有给自己留一套。五十万元买套别墅，无论自住还是投资，肯定是合算的。杨光认为，只要自己没亲手收受别人的钱，那就谈不上受贿，至于人家送点儿财物，比如高档的家电和烟酒，那是朋友之间的情分，而灵湖明珠真的优惠给自己一套别墅，那是一个愿卖一个愿买，别人无从说三道四。当一个人的权力没有必要的监督，就会滋生腐败，哪怕是一个小小的科长。如果刚认识的楚晴在杨光身边，杨光会在她的影响下思想有所波动，会对自己的行为有所反思，但她不在，他又变回我行我素的杨光。

　　曹总接到杨光的电话，笑道："杨科长，放心好了，我曹某说过的话当然算数！你找销售科的龙科长，他会给你安排的。"杨光打通了龙科长的电话，说："你们的生活污水集中处理设施弄好了没有？"龙科长说："哦，杨科长啊，房子刚造好，污处设施马上就搞，这几天我就叫工人挖沟。"杨光说："这个要抓紧弄好，别让人抓住把柄，要是有人投诉，会影响你们销售。"龙科长说："是是，您说的是！"杨光说："我刚和曹总通过话了，他让我找你，我要的别墅还有吗？"龙科长说："有，第一期建设的三十套别墅，已经预售了八成，还有几套给您留着呢！"杨光说："是人家挑剩下的吗？"龙科长笑道："怎么会呢？曹总特地关照过的，我敢忘吗？给您留着第一排左边的那栋，有人出一百五十万我们都没卖，专门留给您的！"杨光高兴地说："谢谢！曹总真够意思！"龙科长说："我们曹总是个豪爽的人，往后和杨科长还有合作机会，还请您多多关照！"杨光笑嘻嘻地说："好说，好说。"

李志成到了环保局，直接去杨光的办公室，因为昨天是叫他接的楚晴。杨光刚放下电话，看见李志成进来，招呼道："李局长，您回来啦。"李志成说："杨科，她人呢？"杨光说："哦，她在休息室，我陪您去。"李志成敲了敲休息室的门，楚晴说："请进！"李志成推门进来，楚晴正坐在沙发上看电视，李志成瞥了一眼，电视里放的是《中国式离婚》，李志成笑了笑，说："你怎么看这个？"楚晴站起来，看着李志成："你怎么才来？我等得没劲，就看会儿电视，这个片子挺好看的。"杨光跟在李志成的身后，他本以为李志成和楚晴两人很久没见面了，这次久别重聚，一定会来个热烈的拥抱，如果浪漫一点儿，甚至还能看到他们热吻的镜头。可他没想到，两人只是朋友式的问候，居然没什么强烈的反应，李志成的眼里似乎只有陌生和歉意。杨光有点儿纳闷：谈恋爱就是这样的吗？

李志成说："昨天我忙，实在走不开，所以叫杨光去接你，你休息得还好吧？"楚晴点点头，说："多谢杨光的照顾，我休息得很好。"李志成问："昨晚你住哪儿，对这里的口味习惯吗？"楚晴看了一眼杨光，说："昨晚我睡旅馆了，吃嘛，这儿的口味清淡，我很喜欢啊。"杨光说："李局长，楚晴难得来一趟，您要好好陪陪她。"李志成说："杨光，你也知道，最近事情比较多，我哪有时间游山玩水呀。"楚晴瞪了他一眼说："志成，你的意思是说没时间陪我？我是专程来看你的，你怎么对我这副冷冰冰的态度？"李志成说："我只能今天陪你一下午，你要玩，一个人出去转转也行呀，明后天，省里可能来人考察，我要陪同他们考察。楚晴，你要理解我的工作呀！"楚晴委屈地说："我理解你，可谁来理解我？你陪我没时间，陪领导就有时间，你就对我这么不在乎？陪领导考察可以由别人代替，我就请了一周假，你连这点儿时间都抽不出来吗？"

杨光说："李局，我觉得陪女朋友比陪领导重要，要是可以，我替您去陪来考察的领导，您就安安心心地陪您女朋友。"李志成说："不行的，秦市长指定要我陪同的！楚晴，你也真是的，要来也不事先给我来个电话，这么让我措手不及，让我很为难！"楚晴哼了一声，说："你还说我没打电话，可你给我打过电话吗？等你的电话比等哈雷慧星还难！是不是我来错了，打扰你工作了？要是这样，我下午就回北京！"李志成上前搂了搂她的胳膊，说："别在这儿争得面红耳赤了，到我宿舍去吧，一会儿我们去吃饭，下午去爬山。"楚晴拎起行李箱，说："爬山是你的爱好，你就知道挑你喜欢的做，这么热的天，爬山还不把人累死？"李志成笑道："生命在于运动，多出汗有利于健康！"看着楚晴和李志成你一言，我一语的，虽不是很亲热，但彼此挨得很近，杨光的心里怅然若失，涌起一种说不出来的滋味。

到了李志成的宿舍，楚晴把行李箱一扔，一把抱住李志成，喃喃低语："志成，我想你！我好想你！你想我吗？"李志成拍拍她的肩，低声说："楚晴，是我的错。"楚晴抬头看着他的眼睛，说："你有什么错？是不是做了什么坏事？"李志成摇摇头说："不是……你过得还好吗？"楚晴的话里有几分气恼："你还知道关心我啊？"李志成说："都是我不好。"他还想说什么，但是欲言又止。

35. 自食其力

　　车少军住院半个多月，好了大半，已能独立下床活动，对话交流也自然了，就是偶尔有点儿头痛。他已从重症监护室搬到普通双人病房，另外一张床位可以让陪在他身边的父母休息。吴铁良本来每天安排人过来陪护，但前几天被车少军谢绝了，他说这里有父母照顾，身体恢复得也很好，不用再麻烦别人。翟静还是每天晚上过来看望，陪他说说话。车少军对翟静的期待，比以前更强烈，他觉得自己每天都离不开她，要是哪天夜里翟静来得晚些，他会感觉时间过得特别慢。幸好房间里有电视，车少军看《市民热线》，看得聚精会神，虽然躺在病床上，但对灵湖的新闻也有所知晓，知道李志成带领的执法队已驻扎在灵阳，如果自己不受伤，会和他一起去。灵阳的污染问题根深蒂固，不知道现在治理得怎样了？

　　吴铁良走进病房，小刘把刚才买的营养品送上。车少军看到吴局长，眼中噙着泪花，说："吴局长，您来了。"他想坐起来，吴铁良上前摁了一下他的肩膀说："你躺着，少动。头是司令部，司令部受到重创不是开玩笑的，慢慢才能恢复。"车少军说："我身体棒，已经恢复得差不多了。您这么忙还抽空来看我，我却呆在病房帮不上忙，真是惭愧！"吴铁良说："这不是意外吗？谁也不想发生这种意外，那辆轿车找到了吗？他应该有责任吧？"车少军说："那是辆黑色本田，交警说，我这车祸的责任自负，因为我骑的摩托没和轿车发生碰撞，可是，他的车靠我太近，又是超速行驶，我是为了避让它才摔倒的，它要没挡我转弯我也不会出事故。"小刘说："大难不死，必有后福。车科长，说不定您因祸得福呢！"吴铁良说：

"你能平安醒来，恢复得不错，这是不幸中的万幸！现在不用多想，先把伤治好，欢迎你早日回来上班！"

说实话，车少军有时真有种因祸得福的感觉，这次车祸使他更深地体会到了翟静的真情，幸好自己的脑子没坏，要是变成植物人，就永远失去了和翟静相爱的机会。车少军也明白了，爱要说出来，要是把爱藏在心里，对方不知道，可能会有错过的遗憾。车少军说："谢谢吴局长对我的关心！我会很快好起来的！"吴铁良说："灵湖要参选省级环境优美城市，省里近日要来人考察，我把李局长调回来了，到时由他负责接待工作。"车少军说："参观考察还不是走走形式？接待好才是关键，要真的实地考察，省里有哪个市有资格获选环境优美城市？"吴铁良笑道："矮子里拔将军吧，灵湖还是大有希望的，要真获选，不但给市里争到面子，也是环保局的一个荣誉！这事我们要认真对待！"

吴铁良走了不久，车少军看到翟静推门进来，意外地说："今天怎么来得这么早？在休息吗？"翟静笑道："人生短促，譬如朝露！我只争朝夕都来不及，哪还有心休息？"车少军关切地说："翟静，你别把自己搞得像工作狂，要注意休息，劳逸结合才能青春永驻啊！"翟静笑道："你是不是嫌我老了？我可没时间打扮美容，主持节目时因镜头需要才化点儿妆，平时我就爱素面朝天，你爱看不看！"车少军说："我哪是嫌你老？我是怕你太辛苦！你每天忙着采访、写稿、主持节目，下班了还来医院陪我，真是老天有眼，让我认识了美丽的你，可我不想你太累了！"翟静笑道："我不累，我工作得很快乐，还有你这个傻不拉叽的朋友，我很开心！"车少军笑道："你觉得我很傻吗？"翟静抿嘴笑道："你就像那个《射雕英雄传》里的靖哥哥，傻得可爱！"车少军明白了她的心意，一把拉着她的手说："翟静，你就是我的蓉儿！"两人执手相看，体会到了彼此的深情厚意。

车少军的母亲切了一个西瓜，递了一片给翟静，说："闺女，吃点儿瓜吧，我家少军多亏了你啊！"车少军笑道："我妈妈多偏心，给你瓜，却不给我。"翟静笑笑说："谢谢，我就过来聊聊天，没做什么呀，阿姨，您要谢，应该谢医生才对。"车少军的妈妈指指儿子的脑，又指指儿子的心，翟静没明白她的手势是什么意思，车少军却笑着说："我妈妈是想说，医生给我治的是头，你给我治的是心啊！"妈妈笑了，翟静也笑了。老人已看出来两个年轻人的心事，她为儿子遇到这样的好姑娘由衷地感到欣慰，要是没有翟静天天的陪伴，儿子未必能好得这么快！

翟静忽然想起什么，说："我今天去灵阳采访了，见到了姚队长，听他说，李局的女朋友来灵湖了，两个相爱的人两地分居，见一次面都不容易，这种滋味真是个煎熬！"车少军诧异地说："是吗？他女友来了？不知道李局怎么和她相处。"车少军和李志成不但是工作搭档，还是无话不谈的好朋友，他理解李志成的心情，为了报恩在一起，这不是真正的爱情。李志成又不忍拒绝楚晴，担心伤害她，不知道楚晴来后两人能否融洽地在一起，他们以后能否继续，这是个问题。翟静听车少军话外有音，不禁问道："少军，你怎么说这话？你不看好他们的关系吗？"在翟静面前，车少军不想隐瞒什么，这倒不是出卖朋友，车少军觉得，李志成既是自己的朋友，也是翟静的朋友，既然大家是朋友，那就有义务为朋友出谋划策，一起寻求解决的方法。

车少军简要地说起了李志成和楚晴相识相爱的过程，并把李志成悄悄对自己说过的有关愧疚和压力的话告诉了翟静。翟静安静地听着故事，一时竟然无语。车少军说："你觉得他们继续交往下去，会有幸福快乐吗？"翟静叹息地说："真是可惜，挺浪漫的相遇，怎么结局如此不尽如人意？如果李志成没有感到压力，也是全身心地爱着楚晴，那他们的爱情故事该是人生多么宝贵的财富啊！"车少军说："感情的事是说不清的，就像我们，你第一次来采访时，谁会想到我会如痴如醉地爱上你？"翟静说："爱情是相互的吸引，不是单方面的付出，如果李志成真的不爱楚晴，那应该早点明说啊，时间拖得越晚，对楚晴的伤害就越深！"车少军说："你真是这么想的吗？女人怎么和我们男人想的不一样？我们通常认为拒绝一个爱着自己的女人是无情的，对她是一种伤害，所以一直不忍心说出来，直到被她发现，让她自动离开。"翟静摇摇头说："错了，你们理解错了！女人会接受一个不爱自己的男人的同情和怜悯吗？时间越长，当女人知道真相后就会越伤心，对男人也就越恨！你不爱可以早点儿说，何必假慈悲？这不是伤人更深，时间也浪费得更多吗？"

经过翟静这么一说，车少军终于明白了：爱，要勇敢地说出来；不爱，同样要直截了当地说出来！这才是对自己负责，为对方着想！翟静也恍然明白了姚大林说的那句话后，居然隐藏着这样一个让人惋惜的爱情故事。其实，李志成和楚晴都没有错，错的是他们不该相爱！不知道李志成会不会借楚晴来看望他的机会，向她坦诚自己真实的想法？翟静心想：如果李志成没有说，那我得找个机会去对楚晴说，爱着一个不爱自己的男人，对女人来说是一种悲哀！李志成也真是的，工作起来游刃有余，处理感情问题却一筹莫展，一直隐瞒不说，不但委屈自己，同时也伤害了楚晴，不管将来是否缔结了婚姻，感情的天平一头高一头低，如此不平衡，不出问题才怪！

傍晚，李志成和楚晴爬山归来，两人饥肠辘辘，回到市里，找了家不大不小的饭店。楚晴边走边说："今天天气真热，爬的时候累得我喘不过气来，身上汗涔涔的像淋过雨，现在感觉倒好了，神清气爽，身轻如燕，舒畅多了。"李志成笑了笑说："爬山不但对身体有好处，对调节心情也有帮助，你去时对我咬牙切齿，说要热煞你，现在怎么样？体会到爬山的好处了吧？现在还怪我拖累你吗？"楚晴笑道："那是和你开玩笑的，我怎么会怪你呢？你想做什么，我都愿意陪着你！"李志成之所以要楚晴陪着去爬山，一方面是出于他热爱户外运动，另一方面，是他不想陪她去逛商场，也不想陪她在茶馆闲聊，在茶馆坐一下午，他不知道该说些什么话题。实际上，李志成随便聊什么，就是每天琐碎的工作，楚晴都深感兴趣。毕竟分开这么久了，两人见面的次数屈指可数。

看到饭店里不少顾客点了火锅，楚晴感到奇怪："火锅不是冬天吃的吗？夏天吃不是热死了？"李志成笑道："以毒攻毒呀，你是医生，怎么连这个都不明白？夏天吃火锅，吃得大汗淋漓，就像蒸桑拿，促进新陈代谢，这是多好的事？"楚晴一吐舌头说："那我也要吃！"李志成说："我们已经出过大汗了，再吃火锅会上火的，还是吃点素菜好，来盘黄瓜片吧，既清爽又美容。"楚晴说："我喜欢吃青菜，青菜里含有纤维素、维生素和矿物质，经常食用对健康有益。"李志成说："现在正是菜虫猖獗的时候，菜农都用农药除虫，如果不下雨，一个星期后青菜上市，仍有农药残留，饭店里出菜快，未经浸泡，匆匆洗下就炒菜了，难保没有农药残留。青菜要冬天吃才安全。"楚晴笑道："你怎么像个农民，这都懂？"李志成淡淡地说："我本来就是农民的儿子，如今在环保局，经常要和老乡打交道，自然懂一些。"楚晴说："那我们吃什么？"李志成说："来碗番茄蛋汤，再来个灵湖的特产，一碟黄瓜，一荤一素一汤，我们两人吃，够了，不要浪费。"李志成问服务员："你们店里有没有什么时令菜推荐一下？"服务员说："有啊，现在的香炒大龙虾，是最热门的特色菜，龙虾全部来自龙虾之乡——龙潭乡，个儿大肉肥，香辣美味，要不要来一份？"李志成问："多少钱一份？"服务员说："小份的三十八元，大份的六十八元。"李志成说："我们来小份的。"

跟昨晚杨光点的菜相比，今天李志成点的实在少得可怜，就一碟黄瓜、一碗番茄蛋汤、一盘龙虾，不过，也不能说李志成小气，两个人吃这些够了，点多了也是浪费。黄瓜片和番茄蛋汤是寻常的小菜，平时自己也会做，但楚晴还是吃得很香，特别是那盘龙虾，楚晴更是不顾淑女风范，直接用手抓着龙虾大快朵颐。李志成看她狼狈的吃相，笑道："这龙虾和河虾是不一样的，河虾去壳后，整个都能吃，但龙虾能吃的只是尾部，就是一小截肉，要把头部掐掉，里面的绒毛是吸附脏东西的，不能食用，你要是嚼龙虾的头部，会感觉有一股怪味。"楚晴不满地说："我正吃得津津有味，被你这么一说，食欲都让你破坏了！"

从饭店出来，楚晴挽起李志成的胳膊，李志成说："我又没受伤，你不用挽着我。"楚晴瞪着大眼睛说："我们是恋人，我不挽你挽谁？"李志成没说话，两个人朝前走。走了一段路，李志成说："昨晚你住哪儿？我送你过去。"楚晴昨晚住在杨光家，当然不能明说，她说："离你们环保局不远的一家宾馆，怎么，今晚还让我住宾馆？"李志成说："当然住宾馆，我宿舍地方小，又闷热，你睡的床铺也没有。"楚晴说："不，我要和你住一起，我们又不是第一次，一张床铺足够了！"李志成坚决地说："不行，你怎么能住我宿舍？要让同事看到了，他们会说三道四的。"楚晴不以为然地说："我们不是少男少女，已经是谈婚论嫁的年龄，让他们说好了！我们分开那么久，你就不想我吗？你要怕床小，要我住宾馆也成，但你必须陪我！"李志成苦笑着说："最近工作压力大，一名同事又受了重伤，我实在没心情啊！"楚晴依旧拉着他的手说："没关系呀，你可以不做什么，我就想躺在你的怀里，我喜欢那种贴心的感觉！"

第二天上午，李志成和楚晴一起从宾馆来到环保局，李志成去上班，楚晴帮李志成收拾宿舍。昨天，楚晴看到李志成的宿舍里有点儿凌乱，当医生的都喜欢干净，尽管李志成不是那种邋遢的男人，但在楚晴看来，宿舍里需要整理的东西太多了：衣服没洗的、没叠的；书本随处乱丢；床上铺的还是草席，该换凉席了；床头柜上有个"来一桶"，里面的面没吃完，桶里的霉菌长得像豆芽了。楚晴长叹一声：唉，没有女人照顾的男人，住的地方哪像个家呀？杨光地方虽大，但有点儿冷清，志成这儿实在简陋，说出去没人相信，这可是副局长的窝啊！为了能和所爱的在一起，好好照顾他，楚晴闪过一个念头：这次回去后，我是否把京城的工作辞了，到灵湖来工作？那样就能天天和李志成在一起生活了。

李志成到局里后，整理了一下案头的文件，心里想：近日省上考察组要来，带他们去哪些地方比较合适呢？市政府和吴局长的意思，当然是去那些环境较好、基本无污染或是治理成果较好的地方，比如草桥乡、灵湖茶园、神华造纸厂等，然后在他们临走时送上礼物，自己也就顺利交差了。然而，这样接待考察组有什么积极作用呢？就算入围了省级环境优美城市，这样的荣誉，有什么含金量呢？灵湖的环境还存在许多问题，吴局长对灵阳县实施雷厉风行的方式治污，既是对症下药，也是迫不得已，但胜仗打了还得收拾战场，后续的治理工作是细水长流的。既然有上级领导亲自过问，为什么不抓住机会，把棘手的问题公开化，以求从上到下地寻求治理之道？要知道，下面的人拼死拼活，也未必能撼动某些问题的根本，而只要上面表个态发个话，立马可以掘地三尺、事半功倍！

李志成有了主意，他站起身，站在窗前伸了个懒腰，活动下筋骨。昨夜自己的手臂给楚晴当了一夜的枕头，到现在还有点儿酸麻。楚晴并非哪里不好，但李志成对她没有那种怦然心动的感觉，有的只是感激和亲切，李志成更乐意把她视为好朋友。楚晴是个好姑娘，但未必适合自己。也许是两人分开太久，找不回原来那种甜蜜的感觉，哪怕她就睡在自己的身边，他也无法冲动。也许，他们本来就不是爱情，只是好感与感恩。李志成的心一直热不起来，出国留学，以及到灵湖工作，一方面是为了实现为环保奋斗的理想，另一方面和他的逃避心理不无关系，因此，李志成才很少和楚晴联络，隐隐地希望能让这段感情冷却下来，没想楚晴请假来灵湖，让他有点儿措手不及。

"咚咚咚！"敲门声拉回了李志成的思绪，他回头一看，不禁笑了："菲菲！你回来啦？"吴菲菲笑盈盈地说："是啊，回来了！可我还像笼子里的小鸟，一点儿自由都没有！刚在学校忙完了毕业论文，回来还要准备检察院的面试，面试后还要准备参加全国司法考试，不过，我复习再忙，李大哥这儿，我是非到不可的！"李志成笑道："恭喜啊，你要参加检察院的面试了！十几年的读书，终于混出头了，希望你当上灵湖市的女检察官！"吴菲菲笑着说："谢谢！不过，我有点儿疑问，我们勤奋读书，就是为了出人头地、找份好工作吗？"李志成笑道："毕业后就业，这是新的开始，你可以做你喜欢的事，努力去实现自我的价值。"吴菲菲笑道："在我们学校里流传着一句话，工作好不如嫁得好！临毕业前，很多漂亮女生不是忙着找工作，而是忙着物色对象！"李志成说："功利性的婚姻看上去很美，实际上很脆弱缺乏感情基础怎么能天长地久呢？"

吴菲菲走进办公室，拨弄着桌上的一盆兰花，说："我赞同你的观点！爱情要彼此真心相爱，才能像这兰花一样散发清香！李大哥，你刚才想得出神，我爸走时还叫我不要打扰你，你在想什么呢？"李志成淡淡笑道："瞎想呗，没什么。"吴菲菲调皮地说："不会是想我吧？我离开的日子，李大哥，你有没有想过我呀？"菲菲这么直截了当地问，李志成不能不回答，他笑道："想呀，但我不敢多想，怕走火入魔。"菲菲紧追着问："你说的是真的？为什么不敢多想？为什么怕走火入魔？我可经常想你的，想起你，我做什么都充满信心，不会泄气！"80后的女孩，说话就敢这么直爽，不拐弯抹角，而70后的人，不太喜欢张扬，说话比较含蓄，为人也低调一些。李志成挺喜欢菲菲这种开朗的性格，青春魅力，尽在不言中，能感染自己迸发出热情。

李志成笑着说："想多了怕你误会，也怕我不能自拔，那样就两败俱伤了。"吴菲菲笑道："想一个人不需要理由，从法律上讲，也不存在什么过错，想谁是一个人的自由，谁也无法干涉。"李志成说："情感与法律是两条并行线，是不能混为一谈的。"菲菲说："李大哥，我们什么时候一起去爬山吧！"李志成说："好，有空就去。"菲菲开心地说道："一言为定！"

吴菲菲转身欲走，只见办公室门口站着一个比自己略微年长的姑娘，粉面通红，凤目圆睁，目光中透着愤怒！李志成一看，不好，楚晴不知什么时候来了，正站在门口怒视着自己，她一定误会了，李志成连忙上前，说道："楚晴，你来了？"楚晴指着菲菲，问李志成："她是谁？她是不是你在灵湖的相好？是啊，她比我年轻漂亮，你就移情别恋了是不是？我在北京苦苦等待你的消息，可你连个电话都不打！我在宿舍里满头大汗给你整理东西，你却在办公室里跟人眉来眼去！李志成，你……你太没良心了！你把我对你的好都忘到九霄云外了！"李志成连忙解释："你误会了，我们不是你想象的那样，她叫菲菲，是吴局长的女儿。"吴菲菲知道李志成有女朋友，而且知道她在北京的哪家医院，但不知道她已来到了灵湖，李志成刚才也没提过，这下她的误会深了。吴菲菲说："你好，我叫吴菲菲，刚从北京回来，我找李大哥是约他去爬山，没别的意思。"

楚晴频频点头，说道："好啊，她是吴局长的女儿，你们还相约一起爬山，李志成，你忘了我是你的女朋友，忘了我特地来灵湖看你？你心里还有我楚晴的一点儿位置吗？你爱上了别的姑娘，却还在欺骗我，你太无耻了！你真聪明啊，做了吴局长的女婿，你这个副局长就当得安安稳稳，还有升任局长的希望，我真没想到，你居然是这种攀龙附凤的小人！我真后悔当初救了你！"李志成上前想拉楚晴进屋，说道："你别嚷嚷好不好？不了解情况，不要胡说八道！我什么时候欺骗你了？"楚晴的眼泪夺眶而出，哽咽着说："你……你果然变心了，连我是你女朋友都不承认了，好啊，我不妨碍你们了，我声明：我们就此分手，今后我与你再也没有一点儿关系了！我走！"说罢，转身就跑出办公室。

这边的吵嚷声惊动了其他办公室的人，田佳、杨光、朱斌华等人向李志成的办公室走来，看到楚晴用手捂着脸，飞快地跑下楼去，杨光在她身后喊道："楚晴，楚晴，你怎么啦？"楚晴头也不回，噔噔噔地就跑下了楼。田佳看到副局长的办公室里李志成和菲菲呆若木鸡的样子，不禁问道："发生什么事了？李局，您和女朋友吵架了？"旁边的朱斌华说："李局的脾气蛮好的呀，怎么会吵架呢？"田佳说："牙齿和舌头这么近乎，还不是要磕碰，何况人和人呢！"杨光说："李局，楚晴不是来看你吗？你们怎么吵起来了？"李志成说："我也不知道她发的哪门子火？把我骂了一通不说，把菲菲也骂了，真是莫名其妙！"田佳看了看他们，笑道："我知道了，楚晴看到您跟菲菲在一起，她肯定吃醋了，她吃醋，说明她爱你呀，李局，你就让她这么跑了呀？还不快去追？"

吴铁良听到了楼下的喧闹，他不喜欢看热闹，但这是在环保局内，还是有必要关心一下是否有群众来上访了，正好找李志成商量一下，考察团来后，带去哪些地方参观比较好。所以就走过来问道："小田，发生什么事了？"田佳让了一下，说："吴局长好，我只看到李局长的女朋友跑了，别的事我也不知道，您可以问问菲菲。"吴菲菲上前说："爸，我在和李大哥聊天，李大哥的女朋友来了，她上来就冲李大哥发火，然后就跑了。"吴铁良上前拍拍李志成的肩，说："志成，你女朋友特地来灵湖看你，你不要辜负她，有什么误会，解释清楚就没事了，她人生地不熟的，你去看看她跑哪儿去了。"李志成并不想去追，楚晴对自己的好，自己心中有数，但她今天不分青红皂白地发脾气，确实有点儿不像话，让人感觉不舒服，但吴局长这样说了，李志成就说道："那好，我去找她。"吴菲菲说："我也去！"吴铁良叫住了她，说："这是李局长的私事，你瞎掺乎什么！"菲菲说："我帮李局找人啊，多个人手，不是更容易找到吗？"吴铁良说："人家两个人拌个嘴，这是常事，找到人，道个歉就行了，谁要你多事？"

李志成跑步到了宿舍，一看没人，楚晴的行李箱在，她没带什么东西，对灵湖也不熟悉，会去哪儿呢？他跑步奔向大门外，司机小刘说："吴局长上午不用车，李局长，要不您上我车，开车找方便点。"李志成摇手说："不用了。"他一路小跑，来到昨晚楚晴住宿的宾馆，一问服务台，总台小姐说：

"早上就退房了呀，没见她回来过。"

拨了一下午楚晴的电话，终于打通了。但是还没等李志成开口，倒是楚晴先说话了："志成，对不起，我不应该发脾气胡闹。"她的声音很虚弱，话还没说完，已经听到了她的啜泣。李志成急忙说："别这样说，楚晴，你在哪儿？我担心你一个人出去不安全。"楚晴平静了一下，说："这个你别担心，我会照顾好自己。我不是傻瓜，从你对我的态度，我能猜到是怎么回事。我现在只想问你一个问题：你爱我吗？求你告诉我你真实的想法，我只求你这一件事情！告诉我，好吗？看在我曾经救过你的分上，看在我们曾经相处那么久的分上。"这边，李志成立在当场，竟然如遭电击一般，连话都说不出了。电话里没有声音，两个人不说话，似乎过了好久，那边传来楚晴痛苦的哭声："我全……明白了。其实我早该清醒的，但是我一直……一直在骗自己！天哪……今天当我看到你和她在一起我才醒悟，你看她的那种眼神我从来没有体验过，你从来没有用那样温柔的语气和我说过话，你对我只是同情，只是回报，你不爱我，对吗，志成？"李志成的眼睛已经被泪水模糊了："楚晴，对不起。"楚晴已经泣不成声，话音也断断续续："别说对不起了，我们就此分手吧。请你一定不要同情我，你终于解脱了，我也终于不用骗自己了！你不用找我啦，我过几天就走……"李志成只是不停地在说："对不起，对不起……"直到电话里传来已经挂机后的嘀嘀声。

吴铁良打来电话说："找到你女朋友了吗？"李志成说："没找到。我打通了她的手机。"吴铁良说："那你们和好了吧？两个人之间谁不吵架，这是正常的。"李志成说："吴局，楚晴说和我分手了。"吴铁良惊讶地说："分手？谈恋爱怎么能这样说分手就分手！会不会是因为菲菲？这臭丫头真不懂事，真是气死我了！"李志成说："不关她的事，我们之间的感情本身就有问题。吴局长，我们不谈这个了吧。"吴局长无奈地说："好吧！我接到市政府的电话，明天上午省里的考察组要来，市领导也要陪同，秦市长要你确定一下去哪些地方，然后给他汇报一下。"李志成说："吴局长，请您转告秦市长，我会认真做好这次接待工作，下午我再去查看落实，汇报就免了，明天看了就知道效果了。"吴铁良说："好的，你做的工作我完全信得过，你就放心去安排吧。"李志成说："谢谢吴局长信任！"李志成为了保密，明天要去哪些地方连吴局长也没告诉，他要做到万无一失，才能有意想不到的效果。

李志成没让局里派车，自己叫的出租，先去看了一下灵湖明珠的别墅区，看到那儿的别墅基本框架已完工，正在贴墙面和安装门窗，李志成心说：明显违规的建设项目，却能顺利施工，没有问题是不可能的，我个人的力量是微弱的，但如果有上层领导关注，或许情况会有变化。让李志成感到奇怪的是，附近的灵湖茶园车来人往，络绎不绝，似乎很热闹，现在的茶园生意好转了，陆经理又在开发什么新项目吧？因眼前事忙，他也就没过去看个究竟。

船餐一条街依然生意兴隆，李志成并不否认船餐存在的合理性，毕竟这儿经过几年的经营，形成了一定的餐饮特色，还为游客的就餐提供了方便，但他们的油污和泔水处理不合格，这是要依法查处的。几家水上餐厅经过上次的查处风波后，相继安装了脱排油烟机，厨房间向灵湖直排的排污管，十有八九堵塞上了，通过对湖边水质的观察，不排除有的餐厅仍在向灵湖倾倒泔水垃圾等。李志成并不想对这些餐厅一棍子打死，他希望它们能搬到岸上来，泔水垃圾能统一处理，经过高温处理后，剩饭剩菜是可以喂猪的，而对餐厅产生的地沟油要统一收集处理，因为据最新的消息称，利用地沟油能生产生物柴油，这可是一项变废为宝的技术，值得推广利用。可是，旅游局却和水上餐厅签订了合作协议，这些船餐，将作为旅游节期间的特约餐饮单位得以存在和发展。不但如此，新的画舫正在打造之中，到时候，灵湖水面上不但有固定的船餐，还有流动的画舫，日积月累，对灵湖的污染可想而知！李志成和旅游局的张副局长，也就是他当年的班主任张良沟通过，但并没有说服张良，关于如何有效制止灵湖污染的进一步扩散，李志成想了很多。

李志成乘车到了灵阳，见了姚大林和几位同事。姚大林以为李志成回灵阳来了，说道："李局回来了，车科长怎么样了？怎么不陪你女朋友？"李志成说："车科长好多了，我和楚晴分手了。"姚大林不解地说："天呀，人家好不容易来了灵湖，怎么说分手就分手了？"看李志成不说话一直在叹气，姚大林知趣地停住问话。李志成说："这次来灵阳我是另外有事。明天省里要来考察组，评什么环境优美城市，市里要我负责接待，我想带他们到灵阳来看看，你挑一两个污染严重的大厂。"姚大林迟疑着说："这——不太合适吧？让他们看负面的，灵湖能评得上吗？不如带他们去好一点儿的地方转转，接待完就没事了。"李志成笑道："我不喜欢做表面功夫，我要让考察组看到事实，这对考察者和被考察者才有实际意义，要不然，像某些地方的卫生大检查，当地突击打围墙把卫生死角挡住，就是评上了卫生城市，有什么光彩的？热衷于政绩工程、形式主义，老百姓在背后是要骂人的！"姚大林说："清江的污染虽是大问题，但不是一下子能解决的，不如让他们参观一下乡镇上的污水处理厂。当地领导以为建了污水处理厂，污染问题就迎刃而解了，实际并非如此，有的成了中看不中用的摆设，有的因处理不达标，成为二次污染源，这个情况要让领导知道，只重建设不重监管，这是很多污水厂的通病，污水处理厂也要整顿！"李志成点头说："好，就按你说的办！"

　　杨光下班后，皮箱厂的孔老板请他吃晚饭，说是答谢他的帮忙。杨光心想，回家也没事，刘鸣在拘留所没出来，喝酒都没个伴儿，去凑个热闹也好。吃罢晚饭已晚上九点多，孔老板说："杨科长，时间还早，要不要叫个小姐去 KTV 包房潇洒一下？"杨光摇摇头说："不了，我要回去了，明天还要陪省里的考察组，不能出纰漏。"孔老板说："那我让司机送您回家？"杨光喝了半斤白酒，略有点儿醉意，他头重脚轻地朝外走，冲着身边的孔老板说："不用了，我自己回家，后会有期！"孔老板有点儿不放心，怕他半路摔倒出事，跟到门外，在路边叫了辆出租车，塞上二十元钱，叮嘱司机把杨光送回家。

　　杨光回到家门口，掏出钥匙正要开门，感觉身边不声不响站了个人，吓了他一跳，酒也醒了！最近听说几起歹徒尾随老年人和年轻女孩的案子，都是在主人准备开门时，歹徒从身后用刀威胁实施抢劫，莫非今晚有人盯上自己了？杨光定睛一看，不由得又惊又喜！原来，站在身边的不是面目狰狞的歹徒，而是上午从环保局跑出去的楚晴！楚晴的眼睛红红的，说：“杨科长，今晚能不能让我再借宿一下？”杨光求之不得，哪会不允？连忙说：“好好好，您想住多久就住多久，请进！你的眼睛怎么红红的？你哭了？”楚晴回答：“我没事。”

36. 杯水车薪

第二天早晨,杨光起床后,不用他去买早点,楚晴都做好了。一个馒头、一个鸡蛋、一碗米粥、一碟榨菜。杨光说:"你是客人,这个应该我做的,怎么好意思让您代劳?"楚晴笑着说:"正因为我是客人,白吃白住于心不安,所以,做点儿力所能及的,我心里会坦然一点儿。"杨光说:"谢谢你!其实,你不必客气,就把这里当成自己家一样好了。"楚晴笑道:"这哪行?我要有这么一套新居,还不发财了?在北京,像这样一套房子要一百多万哪,就是贷款也买不起呀!"要是用自己的薪水,杨光的确买不起这套房子,但他遵循了费明标榜的"有权不用,过期作废"的思想,对送上门来的好处基本上来者不拒。俗话说的"五子登科",他已经拥有了房子和票子,至于车子,虽有钱买,但做人要低调,不能太张扬,要不会引起别人的非议,就是这房子,他也推说是借钱买的,现在身边缺的是娘子和儿子。找结婚对象非比儿戏,条件差的自己看不上,条件好的人家看不上自己,差不多的双方又没感觉,能一见钟情或两厢情愿的,还真不好找。杨光觉得像楚晴这样的姑娘自己才能称心如意,可惜,她是李志成的女友,名花有主了。

杨光说:"李局长上午在找你,你不想见他吗?"楚晴说:"我不想见他。答应我,我们不提他了,你也别告诉他我在这儿,好吗?"杨光已经敏感地察觉到她和李志成的感情出了问题,知道再问她也不会说什么,于是说:"好的。既然你不想和李局长见面,那你就暂时留在我家,我会替你保密的,我的床头柜里有几千块钱,你想买什么,尽管拿去买。"楚晴感激地说:"谢谢你收留我,让我住在你这儿!"杨光笑道:"谢什么,把我当朋友就行了！"楚晴目送他走出家门，笑道："不把你当朋友，我敢住你这儿吗？"

秦副市长安排李志成接待考察组，而不是安排吴铁良，是有他的用意的。接待考察组不是小事，吴铁良新上任就取得不错的口碑，他现在是宋书记那儿的红人，要是这次接待再让他捞了政治资本，对他的前途发展无疑将增加筹码。秦康远不想看到吴铁良在工作和仕途上一帆风顺，他把这次接待任务交给李志成，一方面是看好李志成的业务能力，另一方面，也是想拉拢李志成，在干部年轻化的趋势下，凭李志成的能力和条件，下一届的环保局长由李志成担任的可能性较大。尽管秦康远知道李志成的脾气有点儿倔，但自己是在扶持他，相信他会知恩图报的。

秦副市长是市综合治理办的负责人，协调各机关的工作，这次评比省级环境优美城市，市里很重视，要力争上游，争取明年评上国家级的环境优美城市，这个荣誉称号对招商引资和旅游开发，有着至关重要的作用。因此，考察组将由徐副市长亲自陪同，一起的还有卫生局、水利局、旅游局的领导，环保局的是李志成和杨光。徐副市长开了个小会，要求各位认真细致，圆满完成这次接待任务。徐副市长问："李局长，呆会儿去哪些地方参观，你都联系落实好了吗？"李志成笑道："请徐市长放心，已经选好了，保证让考察组感到不虚此行！"徐副市长点点头："嗯，那就好，年轻人脑子活络，就照你的意见安排吧！"

市府大楼的楼前，悬挂着一条横幅："欢迎省考察组莅临指导！"上午九点，考察组开着一辆面包车到达了灵湖市政府。考察组一行10人左右，先后从车上下来，徐副市长上前亲切握手，连连说着："欢迎欢迎！热烈欢迎！"顾副省长对随行人员作了介绍，都是省级机关的领导和专家，其中一位是省环保厅的罗厅长，李志成和他握手时，罗厅长笑道："早就听说灵湖环保局的副局长是个海归，今日一见，果然意气风发，精神抖擞！环保局不是个清闲单位，有苦有累有无奈，你能坚持吧？"罗厅长的理解，让李志成备受鼓舞，李志成笑着说："我喜欢郑智化的那首《水手》，他在歌中唱道——他说风雨中这点痛算什么，擦干泪不要怕，至少我们还有梦！他说风雨中这点痛算什么，擦干泪不要问为什么！"罗厅长赞许地点点头："好，你有这个心态，难能可贵！我相信你能行！"不光女人有妒忌心理，男人一点儿也不逊色，杨光看到李志成和罗厅长谈笑风生的样子，看到李志成又多了一个强有力的后台，真有点儿不服气，心说：哼，有什么了不起，不就是出国留学吗？谁知道他镀的是真金还是黄铜？听说国外也有假文凭的，国内的人也太崇洋媚外了！

徐副市长打电话给公安局长，说："沈局，市政府有接待任务，请派两辆警车来。"顾副省长打断道："不用不用！一切从简！总理倡导的建设节约型社会，我们要以身作则！警车开道之类以后尽量避免，政府办事要亲民，不要扰民！"徐副市长连连点头，于是对公安局长说："顾省长指示，不用警车开道了，那今天就不麻烦你了。"沈局在电话里说："没关系，既然顾省长不喜欢，那我就不安排警车过去了，徐市长，替我向顾省长问好！"徐市长挂了电话，笑着对顾副省长说："沈局向您问好，说您是位好领导！"顾省长摆摆手说："闲话少讲，我们是来考察的，去哪儿，出发吧！"徐副市长于是问李志成："小李，第一个地方，咱们去哪儿？"李志成笑道："大家上车吧，请跟我来。"

车到草桥乡，停在镇口一个新建的停车场。李志成站在车前，等着大家下车，等人都下来后，李志成笑道："一路上大家感觉怎么样？草桥小镇传说是梁山伯和祝英台私订终身的地方，鱼米之乡，小桥流水，美不胜收啊！"省卫生厅的领导笑着说："你什么时候改行当导游了？你是带我们来旅游的吗？"李志成笑道："旅游也有几种呀，有风景旅游，有人文旅游，还有生态旅游，草桥镇集风景、人文、生态于一身，错过岂不可惜？"顾副省长说："我们是来考察省级环境优美城市的评选资格，参观的地方应尽量以城市为主，这儿虽然很美，但有点儿偏离城市范畴了。"徐副市长有点儿紧张，怕李志成带大家来的第一个地方就给考察组留下不好的印象，悄悄拉过李志成说："你怎么搞的？来什么地方，事先也不说一下，要是领导不满，我可拿你是问！"

李志成不慌不忙地对大家说："如果把城市比作鲜花，那农村就是衬托鲜花的绿叶，要是绿叶脏了，那花还会好看吗？所以，我特地带领导们来这儿，是想让大家领略一下灵湖水乡的风采，心中有了真善美，才会对假恶丑有强烈的比较。这是我们今天考察的第一站，要去的地方还很多，保证让大家有全面的了解，对灵湖环境有个客观的评价！"听了李志成的话，大家欣然接受了他的解释，徐副市长看到李志成一副胸有成竹的模样，终于放心地笑了。

小镇悠悠，石街长长，粉墙黛瓦，古朴典雅，建筑于明清时期的民居，如今依然住着一户户人家，沿街开着卖珍珠、玉器、紫砂、真丝等物品的商店，间或还有几家饭店，旅游者三三两两徜徉于小桥流水。小镇犹如一个天然的空调，盛夏的酷热，竟然消散于无形。一行十几人，几乎忘却了此行的目的，有点儿陶醉于草桥风光之中。看到有一个摊位在卖红菱，罗厅长笑道："我记得灵湖的乡镇，出产有名的水八仙，不知道现在还有卖吗？"张良接过话说："别的乡镇可能不全了，但这儿还有，就是生长的季节不同，不能一下子买回去。"杨光年轻，没听说过"水八仙"，不禁问道："张局长，什么是水八仙呀？"张良笑道："水八仙，是指茭白、莲藕、水芹、芡实、慈菇、荸荠、莼菜、红菱，一共八种水生蔬菜。有的品种，现在乡下也不种了。"

李志成说："水生蔬菜的兴衰，与水环境的变化密切相关，不是农民不想种，也不是市民不想吃，而是现在很多水面已不适宜水生蔬菜的生长。比如这里的游船，因为草桥的水质还算不错，所以游客乐意坐船在水上游览一番，还有闲情逸志听听民间小调，如果是在臭气熏人的清江，谁还愿意呆在船上受罪呢？"李志成到底还是说到了清江，其实，秦副市长关照过，若非省考察组的领导问起，尽量不要主动提到清江，他不问，你不说，心照不宣，这事就过了，即便污染明摆在那儿，也可以安然无恙，谁要是提起清江惹了麻烦，谁就要负主要责任！罗厅长一听李志成这话，问道："省里和市里不是每年都有专项拨款治理清江吗？怎么到现在还没搞好？"所谓的专款专用，实际上仍避免不了"雁过拔毛"的命运，真正用到项目上的，有三分之一就是烧高香了。

诚实有时是好事，但有时却是麻烦的导火索，徐副市长欣赏李志成的才干，但对他的"拎不清"颇有点儿意见。接待工作是需要技巧的，不能哪壶不开拎哪壶，那样只会给自己带来被动。徐副市长介绍说："我们灵湖的党政机关，对环保都比较重视，治理清江，投入了大量的人力物力，今年更花了大力气，环保局也在不断努力，清江在灵湖市内长30里，治污工作是不可能立竿见影的，听说太湖地区投入了上百亿，不是还在治理中吗？"徐副市长说得有根有据，更用太湖做了挡箭牌，众人也就不便再多说什么了。

几人在李志成的提议下，乘坐了三条游船，从镇内的河道向外摇去。几只小船穿梭而行，几位船娘在婀娜多姿地摇船之际，唱出婉转动听的小调，让坐船的人有点儿陶醉。顾副省长本不肯坐船，说："李志成，你在搞什么？把我们搞得不务正业的模样，我要追究你责任的！"卫生厅长也说："毛主席说过，革命不是请客吃饭，我想说，我们是来考察评分的，不是来观光旅游的，你弄这些小动作，想讨我们的印象分，这是没用的！"罗厅长也说："接待也是工作，要踏踏实实，少摆弄花架子！"面对三位领导的诘问，李志成不慌不忙地说："在灵湖地区，像草桥乡这样保持自然景观的，已是凤毛麟角，我们今天亲眼所见，更能激起保护环境、治理污染的决心，因为我们要让这样美丽的地方越来越多，而不是越来越少！"旅游局的张良率先鼓掌，罗厅长说："讲得好！时间是最好的证明，如果二十年后，像草桥乡这样的地方多起来了，那么，我们这一代环保人的努力，总算没有白费！"

一行人走到镇口时，李志成看到了一个熟悉的身影，不禁走了进去。那人回头一看，惊喜地说："李局长，您怎么来了？"那人原来是永鑫废旧塑料加工厂的厂长潘永鑫，现在厂子变成环保编织袋厂了。李志成笑道："我陪几位领导来看看，潘厂长，新厂的经营情况还好吧？"潘永鑫笑道："多谢李局长的关怀啊！新厂现在好得很，污染也没了，我们生产的环保布袋原来只提供给超市，后来，我添加了丝网印刷，在布袋上印上了各地风景区的图片，现在，省内外的旅游景点都来订购我厂的布袋，销路好着呢！这不，我送货来了。"李志成笑道："您真有眼光，环保布袋在旅游景点开拓销路的点子，相当高明！"潘永鑫由衷地说："这一切多亏了您的帮忙，厂里四十多号人，都感激李局长您的恩情，今天有没有空到厂里看看？"李志成说："今天不了，要陪领导去别的地方，改天吧，改天我一定来！"潘永鑫握着李志成的手说："好，我们随时都欢迎您！"

店外十几人在等候，徐副市长不满地说："他怎么回事，正事不放在心上，又进小店闲聊，真没想到，他工作这么吊儿郎当！"别人不知道，杨光是知道李志成帮永鑫塑料厂转产的事，因为相关的环评手续还是他去经办的，他对李志成做的这件事是相当佩服的，毕竟残疾人是弱势群体，环保工作人员能人性化执法，给予他们真诚扶助，也就是吴局长和李局长做得到，换了别人，想也不会想到。杨光说："徐市长，您误会李局长了，他和店里那个瘸腿的男人，还有一段感人的故事，我知道一些，我来说说吧。"于是，他把事情的经过大致说了一遍。

在场的人听了杨光的叙说，无不动容，就连原先对李志成抱有成见的人也对他刮目相看了。徐副市长说："真没想到环保局里有这样的同志，我怎么从没听说过？像这样的事迹，新闻单位应该宣传报道啊！"张良说："李志成曾是我的学生，这小子人缘不错，走哪儿都有朋友。"李志成知道新闻媒体的舆论支持对宣传环保能起到推波助澜的作用，翟静的跟踪报道，期期精彩，提高了灵湖人的环保意识，但他并不喜欢放大个人的功劳，环保不是靠一个人的力量就能完成的，要靠全体环保人的共同努力，要靠所有关心环保的各界人士的支持，才能有更好的效果。李志成从店里走出来后，抱歉地说："对不起，让各位久等了！刚好遇到位老朋友，就聊了几句，现在我们出发去希望乡。"

草桥乡在灵湖的西郊，而希望乡在灵湖的东北角，一行人经过绕城公路，进入灵阳县。时近中午，天气闷热，面包车开着空调，窗都关着，为了遮挡炙烈的阳光，车厢内还拉上了窗帘，所以，在经过灵阳大桥时，大家并没看到浊黑的清江水，也没闻到江中飘来的臭味。车子到达希望乡当地的污水处理厂，吴铁良曾跟李志成说起过，厂长是他的同学，虽然吴局长发现了问题，但当时并没处罚，而是希望他们自行整改，李志成选定在这儿，有点儿复查的意思，同时，由于这是一家老旧的污水厂，处理能力有限，所谓的污水处理，几乎成了走走形式，从污水厂排放出去的经过处理的水 COD 是超标的，变成了合法的二次污染，李志成希望这个问题能引起有关领导的重视。

省里、市里的领导来这家乡镇的污水处理厂视察，贾洪波事前没有得到半点儿消息，以为他们是来突击检查的，惶恐得腿都有点儿软了。李志成说："贾厂长，带我们去看看你们的污水厂！"贾洪波心里紧张，他以为上次吴铁良来看过后，把污水厂存在的问题向上面反映了，所以今天，上面兴师动众来一帮人，而且来的人级别之高，完全超乎自己的想象，看来他们要抓典型，也就是杀鸡儆猴，自己的厂长位置肯定是不保了！贾洪波一迭声地说着"请请请"，走在前面，带着众人参观了污水厂的方方面面。杨光担当了摄影师的职务，一次次地按动着快门。

李志成一边走，一边说："你们看，这家污水厂设备陈旧，管道锈迹斑斑，都是 20 世纪 90 年代初的产品，污水处理技术落后。这些机器和净化池就是满负荷运转，日处理能力也有限，还不如一家大点儿的企业自建的污处设施的处理量大，希望乡的工业还不发达，这家污水厂多少还能发挥点儿作用，要是工业发展了，这家污水厂早就淘汰了。"贾洪波见李志成并没过多地指责，而是解说着实际情况，心情才安定些。徐副市长说："污水厂也要与时俱进，现在还吃着十几年前的老本，太不思进取了！"贾洪波说："我是乡里安排来的，看到污水厂的窘状，我也想改革，但手里没钱，有心无力啊。"水利局长说："怎么会没钱？你们收取工厂的污水处理费，水利局每年还拨款，这些钱都到哪去了？"

贾洪波委屈地说："处理一吨污水的成本在两块五左右，但我们的处理费每吨只收一块五，实际上处理的污水越多，我们亏得越多，当然，污水厂目前也处理不了多少，前不久，环保局的吴局长来看过，建议提高污水处理费，我们把报告打上去了，但物价局没有批下来。至于水利局和环保局的拨款，到我厂的账上，不过是杯水车薪，派不了用场。"徐副市长说："怎么可能杯水车薪？据我所知，一年下来，也有一百来万，应该很可观了，就像燕子衔泥，年年添点儿设备，扩容处理能力，也不会是现在这个破落样子！"李志成说："徐市长，这个确实不能怪贾厂长，因为不是污水厂直接拿的拨款，这个情况，就像房地产商把钱给了包工头，但民工能到手多少？这是打折扣的。"

其实，这种截留的情况，别的系统也有，比如农业、民政、教育部门等，政府有相应的拨款补助，但最后到手的，并不是给的那个数，基本上是缩水的。顾副省长不了解这个情况，说道："拨款不是分红，怎么能从中抽成？去把乡长叫来，我要问问他怎么回事。"贾洪波不敢耽搁，给许乡长拨了手机，说顾副省长找他，叫他马上来污水厂一趟。许乡长闻讯，吃惊不小，顾副省长来希望乡，怎么县里没通知？现在当官，不论大小，细查起来几个是清清白白的？莫非纪委来人了，要给自己"双规"？许乡长怀着忐忑不安的心情赶往污水厂。

李志成出来执法检查，排污口一般不会漏掉的，这是他必看的地方之一，尽管有的企业的排污口做了伪装，但只要认真仔细，还是能发现蛛丝马迹的。李志成指着哗哗流淌的污水说："只要不是瞎子，外行人也能一眼看出，这些所谓的处理过的废水，从排水管道出来，仍然是不达标的污水！这些水流往哪里？还是附近的河道！污水经过了污水处理厂的管道，成了合法排污，这种堂而皇之的二次污染，危害性更大，因为披上了已经处理的外衣，大家不再关心它的去向了！"罗厅长气愤地说："怎么能这样？这不是弄虚作假吗？"李志成说："我们都知道，病从口入，祸从口出，病从口入好理解，这祸从口出，从我们环保人的视角来说，祸害就出在这排污口上！大量的工业废水未经处理或处理未达标，就大肆向江河排放，造成的污染，造成的损失，无法估量！我们有必要对排污口加强管理，现在对有些排污大厂实行了电子监测，但对数量众多的小企业和污水处理厂，却还是放任不管！尤其是污水处理厂，如果没有监督的机构，几乎没有不出问题的！"

李志成侃侃而谈的关于"祸从口出"的言论，对杨光这样的同事来说，属于老生常谈了，但对没听过这话的人来说，感觉却是新鲜的，也觉得很有道理。徐副市长没想到，李志成把考察组带到这个地方来，而且，看到和谈论的都是问题，考察组了解到这些，怎么还可能给灵湖的环境加分？这个李志成为了个人表现，不为灵湖发展的大局考虑，真令人失望！徐副市长原先对李志成的好感，正渐渐消失。省考察组是来考察的，主要工作是观察和分析，给灵湖的环境综合评分，并不是来调查问题、解决问题的，李志成实际上明了这个事实，但他依然借此机会向领导反映环保中存在的问题。他的目的很简单，就是要让领导"知道"有了领导的重视，哪怕是领导的一个批示，下面处理问题时就会顺利得多。

许乡长来到污水处理厂，一见厂区内站着十几个人，大多是平时很难见到的领导，不禁有点儿心慌。贾洪波介绍说："顾省长，这位就是许乡长。"省长找我？许乡长吓了一跳，说："顾省长，您有什么指示？"顾副省长看了看他，说："听说水利、环保和财政上对希望乡污水处理厂的专项拨款，你们乡里搞截留？"许乡长一听不是来调查贪污，松了一口气，说："可能是乡里抽取了一部分办公费用，具体情况我不太清楚，这事要问乡里的许书记和孙会计，要不我通知他们？"顾副省长说："算了，以前的就不追究了，今后不许出现此类现象，专项拨款，我们三令五申要专款专用，不能巧立名目收代办费，也不能张冠李戴用到别处，如果明年的污水厂还是老样子，那你就准备写辞职报告吧！"

37. 不拘小节

　　基层政府的截留现象已是公开的秘密，政策性补助和地方政府的财政拨款，不是两点一线，而要经过九曲十八弯，能不像沙漏一样流失得厉害吗？市、县、乡、村，哪个菩萨不要灯油钱？许乡长面对领导的批评，在接受的同时，也有点儿不服气，他说："各地都在发展工商业，我乡目前是全市的商品粮基地，希望乡和草桥乡在全市范围来说，是GDP垫底的两个乡镇，我们乡干部多没面子？可是，为了保障粮食产量，我们放弃了回报率高的工商业，县里和市里怎么不给我们一些援助呢？"徐副市长说："这个情况市里知道，但年年拨款，你们的依赖心理太重，太安于现状，所以，从去年开始，我们实行了'断奶'措施，就是希望一些经济不富裕的乡镇能自找门路，走自强之路！"张良说："徐市长说得对，有困难要想办法解决，不能'等靠拿'，比如草桥乡，搞旅游就是个不错的点子，你们也可以搞新农村建设，搞农家乐的旅游项目，比如教城里人种菜、摘瓜什么的，我们旅游局会给予支持的。"张良给了许乡长一张名片，说："只要你们有兴趣发展旅游业，随时欢迎来找我。"许乡长接过名片，一迭声地说着"谢谢，谢谢"。

　　李志成带众人吃过一顿简单的农家菜之后，又带大家到板桥镇。一行人去村里转转，后面还跟了一些看热闹的村民。不管在哪儿，李志成都没有忘记自己的本职工作，环境保护不仅是针对城市，还包括广袤的农村，他让领导们看看村里的小河，浑浊的河水虽没变黑，河里还有小鱼游弋，但没有了往昔的清澈。有的村民说："现在河里不能淘米洗菜了，只能洗洗衣服，河水不干净，河底淤泥厚，我们游泳都不去河里了，就在家里的水井旁冲个凉。"在场的领导，好几个当过插队知青，怀念起那时候的农村：一片绿油油的田野，树上蝉儿鸣唱，天空蜻蜓飞舞，夜晚还有青蛙的欢叫，河水直接可以捧起来喝，下了工，像这样的大热天，早就跳进河里泡个痛快了，可是现在……变化真是太快了！

顾副省长说："农村的环保怎么做呢？地方大，怕是不好治理吧？"罗厅长说："是啊，要坚决杜绝造纸、化工、印染等污染企业向农村渗透，不能让工业废水的污染面继续扩大。"有位专家说："在河里洗衣服，污染危害也挺大的，河水的总磷含量超标，河床的淤泥又长年不清理，导致河水富营养化，水质下降，不能饮用。"有个村民说："我奶奶那辈儿就在河里洗衣服了，还在河里倒马桶呢，那个时候河水还是清的，现在怎么变浑了呢？"专家说："污染是天长日久积累起来的，不是一下子就恶化的，工业污水导致的可能是急性病，而生活污水导致的是慢性病，平时觉得没什么，但时间长了，几年十几年，就显出威力了。"

徐副市长关心地说："那有解决的办法吗？看样子农村污染也不能忽视啊！"专家说："我建议，在农村设立公共厕所，不让粪便等生活污水流入河道。"有的村民说："怎么会流入河道？那可是免费的肥料啊！我们家家用的茅坑，粪水都要泼到田地，或是用来浇菜的，哪有浪费的？这对城里人来说是臭烘烘的垃圾，对我们来说是宝贝啊！"顾副省长笑道："这位村民说得也对，有没有其他办法来改善农村环境？"李志成说："公共厕所不用建，但垃圾中转站有必要每村建一个。我了解到，农村里的日常垃圾，各家各户每天清扫出来的杂碎东西，收废品的也不要的，包括瓶瓶罐罐呀、旧电池呀，大多数倒在了河滩边，这对河道、对水质都是不利的，不是农民素质差，而是村里没有一个集中倒垃圾的地方。"众人纷纷点头，村民也说："垃圾倒河里是图方便，其实也知道不好，要是村里有个垃圾箱，我们就不会乱倒垃圾了。"

徐副市长当即表态："好，李志成的建议提得好，我会尽快通知全市各个乡镇的环卫所，给每个村庄配几个大的塑料垃圾筒，村委会派专人每天收集垃圾，保障农村的环境卫生。"有位专家说："习惯不是一下子能改掉的，有的人图方便，可能还会把垃圾往河里倒，市里和环保局、卫生局最好形成一个专门的文件，让村干部对乡镇的河道实行环境卫生分段责任制，每个干部负责一段河道，宣传教育村民不要乱倒垃圾。责任落实到人，整治就不是纸上谈兵了。"顾副省长说："我支持这个方案，这么办很有创见，行之有效！"

　　大家准备上车离开时，有些村民从家里拿来西瓜、香瓜等，要送给大家，盛情难却之下，徐副市长说："这是乡亲们的心意，大家收下吧，老乡种田辛苦，收成不多，我们不能白吃白拿，付点儿钱，就当是我们买的。"于是，大家在接受村民送上的西瓜、香瓜和玉米棒等东西时，纷纷给上二十元、五十元，略表心意。顾副省长说："到农村来走走看看，收获很大，小康不小康，关键看住房，看到有不少人家翻建了崭新的楼房，我感到很欣慰，但看到还有不少人住着简陋的平房，深感肩上的担子不轻，我们今天是来考察环境的，环境的好坏，关系到人们的生活质量。过去我们对农村环境关心不够，今天小李领我们来，让我了解到农村的实际情况，感触很深啊！"李志成连忙说："城乡一体化是目前的发展趋势，城市和农村，终究是分不开的，身为环保人，我觉得，当我们把目光过多地聚集在城市污染时，应该对农村污染有忧患意识。现在关注农村环境卫生，一切还来得及！"罗厅长对李志成的言论深为赞许，感觉眼前这个副局长年轻有为，颇有远见卓识，并无"海归派"眼高手低的陋习。

　　回灵湖市区的路上，要经过灵阳大桥，罗厅长望见大桥下的江水，黑黢黢的，江面上漂着成团的白色泡沫，不禁心痛地说："一条水清鱼肥的清江，怎么变成这样了？"杨光说："十几年前就变样了，那时候人们还没环保概念，任凭污水哗哗流入江中，后来虽然治理了，但不见效果，江边的工厂太多，没几家有污水处理设施的，总不能让它们都关了吧？每次别人在我面前提到清江，我都会感到无地自容，我们的能力实在有限呀！"李志成说："清江的污染，只要下定决心从切断污染源做起，假以时日还是能变清的。"罗厅长说："那就好，水是生命的源泉，清江要是毁了，那灵湖就没有生命力了！"李志成说："执法力度偏软，违法成本太低，环保意识过弱，这是环保面临的现状，要让大家对各项环保法规了解和遵守，也需要普及教育，最好从小学就开始环保教育的课程，若干年后，大家对环保的自觉性达到一个高度，真正做到全民环保，我们环保工作者就能光荣退休了。"罗厅长说："你这建议提得好，下次人代会我就准备这个提案，环保局和教育部合作，进行环保知识的普及教育！从小孩子做起，这才是环保的希望！"

接着去的是灵湖明珠别墅区。从市区朝湖边方向开时，徐副市长以为是去灵湖茶园，灵湖银毫是灵湖的名片，虽然风光今不如昔，但茶园堪称灵湖的氧吧，让人心旷神怡，很值得一去，没想到，李志成带大家去的竟然是离茶园几步之遥的别墅区。车子停在别墅区门口，好几个人啧啧赞叹："好漂亮的别墅，地段也好，真不愧是灵湖明珠啊！"有人说："这么高档的别墅，一栋起码要上百万，买的人多吗？"杨光说："听说预订得差不多了。"李志成说："别墅还没公开发售，杨科长，你怎么知道得这么清楚？"杨光一惊，说："灵湖房产的销售科有我的同学，我听他说的。"李志成说："别墅区的环评，是在我到环保局上班前就通过的，你是环评科长，介绍一下你当时是怎么做的环评的吧。"杨光一听不妙，连忙说："这个项目不是我做的环评，是房产公司自请的专家做的，最后签字的是费明局长，具体操作程序我也不清楚。"

罗厅长说："别墅区依山傍水，的确是好地方，但是，国家有政策，在风景旅游名胜区内不得有商业宾馆、别墅等建筑。徐市长，这些建筑不是违规了吗？市里不知情吗？"顾副省长说："徐市长，请您解释一下。"因为有顾副省长在场，徐副市长丝毫不敢怠慢，说："灵湖明珠别墅拿到了规划、土管、建设、环保、施工等部门的批文，手续齐全，市政府不便干预企业的经营行为呀！"顾副省长说："违规建筑是怎么拿到合法批文的？市里不应该过问吗？"徐副市长额头冒汗，辩解说："房产商的申请获得层层审批，市政府干涉就有违民意了。"顾副省长说："什么叫有违民意？市局机关能代表民意吗？别墅建设有征求过附近村民的意见吗？作为人民公仆，要有勇气和责任向不合理现象开炮，而不是迁就！"

事实上，徐副市长对灵湖边建造别墅是清楚的，只是当初表现得"难得糊涂"罢了。市财政的主要收入，一块是靠税收，另一块就靠土地转让金。

现在的土地转让金，只要是地段好的，就像香饽饽一样，房地产商你抢我夺，所以地价越拍越高，房产商又把成本转嫁到消费者头上，于是房价就易涨难跌了。考察组一位专家问："这么明显的违规建设项目，就没人反映过吗？"徐副市长说："有，是个新加坡商人，说这批别墅破坏了灵湖的风水，在灵湖的咽喉处大兴土木，会阻断财路，我们虽然尊重外商，但不相信什么风水，所以没重视起来。"顾副省长说："居然让外商先出头，你们本地官员都是灯下黑，没看见吗？"李志成说："我看到这里圈地的白线后，发现这个项目有问题，就去查阅他们的环评资料，没发现什么破绽，感觉这事有点儿蹊跷，就像我发现别人偷了东西却找不到证据，无能为力。所以趁领导来我市考察之机，带大家来，想取取经，听听领导和专家的看法。"

杨光有点儿担心，原来李志成早就怀疑别墅区的环评手续有问题了，要是被他查出什么蛛丝马迹，那自己就混不下去了，因为这事费明和自己都参与进去了。徐副市长对李志成也颇有意见，自说自话把这件事公开捅出去，这不是给市政府难堪吗？带考察组来这地方，他们对灵湖的环境评分不就大打折扣了吗？李志成啊，都是你多事，你怎么胳膊肘儿向外拐，不为灵湖的荣誉想想？由徐副市长带头，大家在别墅区内转了一圈，发现先期开发的第一批别墅有三十栋左右，还有很大一片地房产商作为二期、三期来开发。房产商之所以不一下子造好，而要分批建造，是有他们的目的的，因为房价一直在涨，分批销售可以获取利益的最大化，而首期的销路火爆，也会带动后期开发的销路。这批别墅，至少一半是给关系户的，剩下不到一半数量才公开销售，销路自然没问题。灵湖别看不大，但藏龙卧虎：早期下海经商发迹的，后期公有制企业转制的，近期大胆创业办私企的，其中不乏百万、千万富翁舍得把钱花在房子车子上。

这样的违规项目，要是堂而皇之地出现，老百姓会怎么议论？灵湖的政府形象势必遭受一定程度的破坏，这种隐性的破坏，比暴力的危害更大，内伤比硬伤更难治愈。徐副市长本想叫灵湖房地产公司的曹总过来，曹总认识省委的人，或许他过来打个招呼，顾副省长会买他的面子，但转念一想，省考察组是来给灵湖环境评分的，这种节外生枝的事，是李志成牵扯进来的，本不在考察范围之内，考察组一走，或许就不了了之了。顾副省长说："我们第一次来，都看出这事不对了，徐副市长，搞开发也不能乱开发呀，这事要是你们处理不好，我会上报省委。"徐副市长向顾副省长笑道："请您放心，这事等调查清楚后，我们会严肃处理的！"顾副省长说："有错必纠，这事你们看着办吧！"

其实，顾副省长他们的人一到，灵湖明珠别墅的销售部就感觉到了来者不善。有人想上前询问，看到杨光给他们使眼色，意思是叫他们退后，不要上前自找麻烦，他们心领神会，于是，只在旁边察言观色，就是顾副省长问到房地产公司的人有无在现场时，销售科也无人应答。考察组的人一走，销售科就向曹总作了汇报，说是顾副省长来别墅小区了，是环保局的李志成领过来的，顾副省长要徐副市长对灵湖明珠别墅建设项目严肃处理。曹总一听，心里"咯噔"一下，心想：一直担心的事终于发生了，唉，只怪手下办事不力，新来的李志成和吴局长都没去打点，只怕是李志成没得到好处，又嗅到什么气味，所以故意刁难，这事已经让省里知道，恐怕不太好办了。要是普通老百姓举报，那是小菜一碟，一般给举报者塞个红包就能堵住他的嘴，就算他油米不进，只要管理单位把举报内容束之高阁，置之不理，那是兴不起什么风浪的，现在……他赶紧给秦副市长拨了个电话。县官不如现管，省里的干部权力虽大，但只是难得来一次，对这里的事不会太上心的，而秦康远是灵湖市第一副市长，王市长就要退休了，秦康远是下届市长的热门人选，只要有他撑腰，这次危机应该能挡过去，但对于惹是生非、好出风头的李志成，哼，骑驴看唱本——走着瞧！

下午还有时间，正好去附近的水上餐厅看看。去的时候已过了午餐时间，又是烈日炎炎，那儿的顾客很少。那些餐厅里的厨师和服务员见来了一大拨人，指指点点的，不像是吃饭的顾客，他们对别的人不大认识，但认识李志成，知道他是环保局的，莫非又是执法来了？这回带来这么多人，来势汹汹呀！张良见李志成领众人来这儿，暗暗责怪起昔日的学生：你要陪领导来这儿考察，怎么事先不和我通个气？一早通知下去，水上餐厅能搞得整洁一点儿，也不会乱丢东西，还可以拉个横幅表示欢迎，这么个突然袭击，太不把我这个当年的老师放在眼里了！湖风餐厅的沙老板见是李志成来了，心想，他来准没好事，于是连忙给袁伟和秦鸿发短信。

罗厅长边走边说："规模不错呀，看来开的时间不短了，餐厅开在湖边，近水楼台先得月，很有商业眼光嘛。"张良说："水上餐厅很有特色，吸引了四面八方的游客前来就餐。这是一家民营餐饮公司开的，为了更好地打造灵湖的旅游品牌，为游客提供周到和优质的服务，旅游局准备在灵湖上开辟画舫的旅游项目，荡舟湖上，一边听曲，一边饮酒，富有文化韵味。现在画舫很快就能下水了。"省旅游局的领导说："画舫这个项目听起来不错，有没有经过社会听证？现在办公讲究公开透明，兼听则明，偏听则暗嘛。"张良说："我们去外地考察过，苏州的太湖和阳澄湖都有水上餐厅，生意都很红火，南京的秦淮河，也准备搞画舫，重现桨声灯影里的秦淮风光，我们灵湖有得天独厚的条件，所以……"李志成打断他的话，说："张局长，我从网上得到的消息说，苏州政府对太湖和阳澄湖的水上餐厅明确表态要取缔，人家为了保护环境而放弃的项目，为什么我们却要跟风呢？"

张良没想到李志成当面跟自己作对，一时语塞。顾副省长说："水上餐厅和画舫对环境有影响吗？"李志成说："对经营者来说，是利大于弊；而对环境保护来说，是弊大于利。"罗厅长说："你具体给大家说说吧。"正在这时，袁伟到了，他从车上下来，身边站着三个身材魁梧的男子，他一眼看见李志成站在一群人中，上前大大咧咧地说："李局长，还记得袁某吗？咱们可是不打不相识啊！"李志成淡淡一笑，说："当然记得，上次你打我一拳，吴局长替我挡了，本可以告你暴力抗法和故意伤害，但吴局长宽宏大量，不和你一般见识，你消息蛮灵通嘛，怎么知道我们来这儿了？怎么着，又想打架呀？"袁伟堆起笑脸说："哪里，俗话说得好，民不和官斗，我哪敢和你们干部过不去呢？我特地赶来，是想邀请各位领导在水上餐厅就餐，一切费用由我们秦总买单，还请各位赏光！"

徐副市长说："水上餐厅是秦鸿开的？他小子能耐挺大呀，旅游、酒店、保健品、餐饮，什么生意都做啊！"徐副市长知道，若无秦副市长这个后台，初中毕业的秦鸿，能干什么？秦鸿年纪轻轻能在灵湖商场立足，靠的不是他的能力，而是他的叔叔。罗厅长说："吃请也是一种受贿，请你不要来腐蚀国家干部！"李志成说："水上餐厅现在整改得怎么样了？"

袁伟笑着说："李局长的话，我们能不听吗？不信可以上船看看，一次性筷子，都给换成了能反复使用的竹筷，厨房间装了脱排油烟机，通向湖面的泔水管也堵上了，李局长，不知你还有什么吩咐，我们一准儿照办。"李志成说："整改通知不是我个人的意见，这是通过市政府、卫生局、工商局等部门联合签发的。你要问我的意见，当然是通通从湖边搬到岸上来，并对泔脚和污水统一处理！"

袁伟的脸上掠过一丝不满，说："李局长，你可不能得寸进尺呀，我们大老粗没文化，别以为我们好欺负，大家都是混口饭吃，你何必对我们赶尽杀绝？"张良说："他们已经整改了，现在对湖面的污染基本没了，我们是否对他们多点儿理解和宽容呢？"袁伟笑道："还是张局心肠好，记挂着我们小老百姓，现在餐饮业竞争激烈，我们能活下来不容易，当初这个水上餐厅的创意，得到了各方的肯定，现在怎么又不行了呢？"李志成笑道："袁老板，是你逼得我把你们餐厅的内衣剥下来，可不能怪我无情啊！"袁伟说："你知道什么就直说，别来吓唬我！"李志成指指船艄说："你们把那儿当成了天然的公共厕所，把整个灵湖都当成了化粪池，餐厅的员工和顾客直接在船艄撒尿拉屎，你说恶心不恶心？可恶不可恶？"袁伟的脸色难看，狡辩说："不可能！是你想整我们，是你在造谣！"李志成从腰包里拿出数码相机，说："我这里拍下了他们行为不端的好几张照片，要不要瞧瞧？"

顾副省长本来对水上餐厅并无反感，只要他们整改好了，不对附近环境造成污染，让他们存在，的确能给游客带来就餐便利。毕竟，灵湖的湖鲜，也是美名远扬的，但听李志成说到餐厅如此玷污湖水，那是让人难以容忍的！顾副省长坚决地对徐副市长说："简直不像话！叫他们都搬到岸上，要是不肯搬，建议和苏州一样，干脆取缔！"罗厅长说："好事不出门，坏事传千里，这么不体面，要是这样的照片在网上被公开，不但破坏了灵湖的美好形象，灵湖的老百姓恐怕也会不买账，谁还愿意喝从灵湖取的自来水？"张良也没想到餐厅管理这么混乱，居然这么不拘小节。所谓千里之堤，毁于蚁穴，看似芝麻小事，要是传扬开去，灵湖市首届国际旅游节也将夭折，唉，这次又让李志成占了上风，自己这个老师，莫非真是落伍了？袁伟起先还以为这帮人是李志成请来联合执法的，听他们居然在称呼"顾副省长"，才知是省里来的官，不禁心惊胆战，不敢多嘴了。

秦康远和吴铁良去省里开会还没回来，考察评议的座谈由徐副市长主持。徐副市长首先对省考察组表示感谢，还说："由于负责接待的李志成同志缺乏经验，选择的考察地点都在城市外围，不具有环境优美城市的参照意义，所以我请求省上考察组领导在评分时，酌情考虑实际情况。"顾副省长说："今天我们考察了五个地方，草桥小镇、希望乡污水处理厂、板桥镇、灵湖明珠别墅小区和船餐一条街，现在由十位考察组成员，分别对五处考察地点进行无记名评分，认为好的记2分，一般的记1分，较差的记0分，现在开始！"

几分钟后，评分结果出来了，灵湖市只得了40分，是在草桥乡和板桥镇得的分，在污水厂、别墅区和船餐上一分未得。这点儿分数，不用说，获选省级环境优美城市的荣誉是没指望了。徐副市长有点儿怪李志成，是他自说自话，没和市里其他接待人员协调好，环境优美的地方不去，专挑有争议的地方去，这不是把自己的缺点暴露出来吗？名目繁多的评奖，至少有一半是要花本钱买奖的。挑几个好点儿的地方走走形式，比如灵湖湿地、灵湖茶园、人民广场等，然后好酒好菜招待，再给考察组每人送上灵湖银毫茶叶、茶香烤鸡和一套名牌服饰，他们在评分时，自然会手下留情，这样岂不皆大欢喜？可李志成不知是外行，还是故意想让灵湖出丑，完全不按套路出牌，没能给考察组留下好印象，导致了这次的省级环境优美城市的落选。

罗厅长作为专家代表，说："今天的考察活动我们很满意，很有收获，看到一些不合理的现象，了解到一些原先不了解的情况。希望灵湖市的相关领导重视环境保护，对部分违规单位及时进行整改，荣誉虽然重要，但实事求是的精神更值得倡导！"顾副省长说："你们不要灰心，尽管没有选上省级环境优美城市，但灵湖市代表全省入围国家级生态文明城市的候选名单，仍需再接再厉，争取为我省赢得荣誉！今天的考察，就当是一次自查，有则改之，无则加勉！"罗厅长接着说："生态文明、生态经济、生态安全，将是我们未来面临的重要课题，现在是改革开放的时代，环境保护，就是立足当前、展望未来，功在当代、利在千秋的一项伟大工程，我看好灵湖的未来，我也看好灵湖的人才！"

　　杨光知道，李志成今天的表现，功过参半：一方面展现了认真负责、实事求是的工作作风，取悦了考察组；另一方面，他得罪了市领导，甚至给环保局也带来了负面影响，得分这么低，说明环保局的工作没做好啊！杨光预感到，李志成会有麻烦了。考察组成员走了，一天下来，李志成如释重负，毕竟接待工作完成了，考察组给的分数低，在他的意料之内，他没觉得有什么不妥，只是觉得做了自己应做的事。如果污水厂、明珠别墅和水上餐厅的问题能借此机会得到解决，那就像在心头搬走几块石头，灵湖环保以后的路就平坦多了。

38. 毅然辞职

　　吴铁良从省城回到灵湖环保局，就约李志成到办公室面谈。李志成如实讲了当天的行程安排，吴铁良一听，叹息道："唉，你今天闯祸了！"李志成说："我知道会有什么后果，但我不怕，我喜欢看金庸的小说，渴望有一天成为一名为国为民的侠客。灵湖的环保，有些问题盘根错节，总要有人勇敢地去触动利益集团的根基，我愿意做那个人！"吴铁良摇摇头说："工作是要讲策略的，并不是勇往直前就能取得胜利，你的精神是好的，但方法不太妥当啊，你要反映问题，可以私下里和考察组的领导反映，效果不是一样吗？现在你把问题公开化了，势必会得罪人，这对你以后开展工作非常不利呀！"李志成一愣，细想想，觉得吴局长说得有理，自己的确有点儿鲁莽了。

　　李志成说："省考察组的领导来，我又负责接待安排，就想着借他们的力量，解决我们面临的棘手问题，确实我考虑得不大周到，如果给局里带来麻烦，我愿意一人承担因此造成的后果！"吴铁良缓口气说："这事不能怪你，你工作经验不多，要怪我昨晚没跟你沟通，或许我知道后能提醒你一下。现在不用多想了，你也没做错什么，没评上就没评上吧，我们的工作不是为评比做的，该怎么做还怎么做！"吴铁良的话音刚落，桌上的电话就响了，秦康远在电话里说："今天考察评分的事，你知道了吧？"吴铁良说："我刚知道。"秦康远说："李志成太让我失望了！我叫他负责接待，他却背地里让灵湖出丑，有这样做事的吗？你通知他一下，叫他马上到市政府来一趟，我要拿他是问！"吴铁良说："好的，我马上通知他。"

　　吴铁良挂好电话，李志成笑道："是秦市长打来兴师问罪的吧？"吴铁良说："我陪你去趟市政府，就现在。你到那里后，尽量不要和秦市长顶撞，由我来做解释工作。"李志成点点头，吴铁良叫司机小刘开车去市政府。领导的司机，一般没有上下班时间，随叫随到。以前，小刘给费明开车时，有时在宾馆外面守到半夜，有时费明自己开车出去，半夜三更有人给小刘打电话，说费明喝醉了，叫他的去替费明开车，小刘只能从被窝里爬起来。吴局长跟费明不一样，他一般延迟一两个钟头下班，但夜里几乎没什么应酬活动，小刘不用在夜里出车等候，终于能舒舒服服睡安稳觉了。

　　李志成预感到，自己将面临一场风暴！走进秦副市长的办公室，秦副市长正和徐副市长说着什么，秦康远一看到李志成，劈头盖脸就说："你干的好事！我信任你，把接待工作让你做，真没想到，你为了表现自己，竟然出卖集体利益，你太过分了！"李志成本来还想当面认个错，道个歉，自己的接待做得欠妥当，影响了这次评比的得分，但秦副市长一上来就这副咄咄逼人的腔调，好像他犯了不可饶恕的大罪，让李志成很不舒服，因此他临时改变了主意。他脸带微笑，淡淡地说："秦市长，您言重了！感谢您对我的信任，委托我安排接待行程，但是，得分的高低，不是我能决定的，相信考察组的领导不是聋子和瞎子，他们有评判的标准，您有意见，找他们去，干吗拿我出气？"

　　秦康远大为光火，李志成的言辞不敬，损害了他的权威，他哪能容忍一个上任不到一年的副局长与他针锋相对？李志成要是识相点儿，低头认错，他还可能适当地"宽容"。秦康远在气头上，李志成的顶撞无异于火上浇油，把秦康远的不满烧得更旺了！秦康远"啪"地一拍桌子，叫道："你怎么说话！你是说我蛮不讲理，还是说我仗势欺人？你别装无辜，这次失分，完全是你的责任！我交给你接待任务，但我要你这样接待了吗？你没有经验，不会向别人请教？问问吴局长，问问你老师，也可以来问我，你看你挑的是什么地方？尽拣有问题的去，不是给灵湖抹黑是什么？"

　　秦康远的埋怨和上纲上线让李志成很反感，心想：既然和秦副市长理论上了，那就干脆说个透，都说领导的权威就像老虎屁股摸不得，我偏不信这个邪！于是，他毫不示弱地说：“您说我尽挑有问题的地方去，秦市长，敢情您也知道那些地方有问题？我斗胆想问一句，既然知道有问题，为什么不制止、不解决？防患于未然，远比亡羊补牢的治理成本要低，难道您想让事态发展到不可收拾了，才让我们环保局去堵这个漏洞？”李志成的话铿锵激昂，秦康远气得脸色铁青，大声叫嚷道：“你……你工作疏忽，好大喜功，又如此蛮横无理！我看你是不想干了！”

吴铁良一看情势不对，秦康远是真生气了，而且，不是单纯为工作生气，更是因为李志成的当面顶撞让他下不了台才动怒的。来之前跟李志成打过招呼，叫他不要和秦副市长发生冲突，可冲突还是发生了。这样一来，吃亏的必定是李志成，听秦副市长的语气，似乎要对李志成处分。吴铁良连忙拉了一把李志成，说道：“小李，你少说两句！”他又转向秦康远说：“李志成毕竟年轻，工作方法有欠缺，说话不懂礼貌，秦市长，您不必和他一般见识！”李志成说：“我就这样子，直言不讳，秦市长不喜欢，我也没办法，我不可能为了讨好领导去改变性格！”徐副市长劝说道：“李志成啊，我知道你是个有才华的青年，但理论知识和社会经验是不同的概念，性格决定命运，人为了适应工作和生活环境，改变一下习惯，对你是有好处的，我不是说你要讨好谁，而是希望你为自己的前途负责！”李志成笑道：“谢谢吴局长和徐市长的教诲，俗话说，江山易改，秉性难移，要是为了别人、为了前途刻意改变自己，委屈自己，我宁愿不要那样的生活，那样太累了！”

秦康远见李志成不但认识不到他的接待工作导致灵湖落选省级环境优美城市的错误，而且居然在吴铁良和徐副市长的劝说下丝毫没有妥协的意思，他知道原本想把李志成培养成“自己人”的打算看来是不现实了。他心想：“既然不能为我所用，那就公事公办吧！”秦康远嘿嘿冷笑道：“你去坚持你做人的原则吧！我看你是不适合当副局长了，你就等候处分吧！”徐副市长说：“对李志成处分，是否有点儿草率？要不先讨论一下？最好向宋书记请示一下。”秦康远说：“环保是我主管的工作，我有权作出处理决定，宋书记那儿我会汇报的！”吴铁良说：“李志成是市里引进的高级人才，秦市长，请您慎重！"吴铁良情急之下，把"处分"说成了"开除"。秦康远说："接待工作这么简单的事他都做不好，搞得一团糟，不应该受到处分吗？"

吴铁良还想说什么，李志成说："吴局长，您不用替我说情，我承认，是我没接待好上级领导，处分我接受，不冤枉！秦市长，我看出来了，您对环保的支持，其实是叶公好龙！您真正关心的还是经济，还是您的政绩！灵湖正因为有您这样目光短浅的领导，我们的环保才步履艰难！好了，你们继续讨论吧，我走了！辞职报告马上会提交市委市政府的！"李志成气冲冲地转身走出了办公室。吴铁良跟了出来，追到他身边说："志成！不要意气用事！你犯得着为了他的一句处分，就离开环保岗位吗？"李志成笑笑说："我不是为了他，我是为了自己！我是个理想主义者，如果这条路不能实现我的理想，我会选择离开。"吴铁良一把抓住他的手臂，说："留下来吧！你真的舍得离开，离开这个你热爱的事业吗？"

李志成笑了笑说："我选择离开，但并没有放弃，我需要想通一些问题。"吴铁良说："灵湖的环保有了起色，你却在关键时刻离开，是因为和秦市长的意见不一，还是你想逃避环保进行中的挫折？或者说，是你不想和我一起把灵湖的环境搞好？"李志成说："吴局长，请别误会，我对谁都没意见，我只是感觉自己的观念遇到了瓶颈，需要理一理，环保局有您在，相信灵湖的环境不会垮，会一天比一天好的！"吴铁良点点头，说："如果你执意要走，我也不拦你，只是希望你三思。要我在灵湖环保局一天，随时欢迎你回来！"李志成感激地说："吴局长，谢谢！"吴铁良目送着他走出市政府大院，他从心底喜欢这个年轻人，有见识，有干劲，不是那种混日子的"老好人"。如果他走了，自己将失去一个最得力的帮手，但也不能为了自己的工作束缚别人远航的理想。环保路上不是一帆风顺的，光凭激情还不够，还需要智慧。持之以恒，灵湖环保才能迎来灿烂明媚的春天！

李志成回到宿舍，坐在旧书桌前草拟了一份辞职报告，吴菲菲满面春风地推门进来，李志成一边折叠信纸，一边说道："什么事把你高兴成这样？"菲菲开心地说："我的面试通过了！上午面试，下午三点钟结果就出来了，六个面试者录取两个，我就是其中之一！李大哥，我可是把好消息第一个告诉你，怎么样，晚上为我庆贺一下？"李志成笑道："好啊，菲菲，你有希望当检察官了，恭喜你！至于庆贺嘛，我觉得你还是回家去，和家人一起庆贺比较好。"菲菲说："不，我就喜欢和你在一起庆贺！和爸爸妈妈在一起没劲，有代沟，特别是妈妈的唠叨，简直比老太婆还老太婆，我一听就烦！"李志成说："一家人呆在一起，这是一种福气，你别身在福中不知福！"菲菲说："和家里人在一起的机会多，哪天都能庆祝，我就想第一时间和你一起分享我的喜悦和快乐！"

菲菲发现李志成手中折叠的纸，开玩笑说："你折的什么呀？不会是写给楚晴的情书吧？"李志成叹息着说："我和她分手了。"菲菲诧异地说："天，这是真的吗？是不是因为上次的事情？"李志成黯然神伤："上次的事情只是导火索吧，我们的问题已经存在好久了。"李志成给菲菲讲了他和楚晴过去的许多事情，讲了他们分手的细节，菲菲只是一言不发地听着，末了，她说："李大哥，过去的事情就让它过去吧，或许这样对于你们都是一种解脱。"

缓了缓，李志成又说："你不知道，我是一下失去了女友和工作。我要辞职了。"他把辞职信递给菲菲看。菲菲惊讶不已地问道："你辞职了，那你要去哪儿？我陪你去！"李志成吃了一惊，说："别开玩笑，你刚考上公务员，又是在检察院这样的好单位，前程似锦哪！我虽然辞职了，但下一步去哪儿还没想好，就像泥菩萨过河，自身难保，哪还能拖累别人？"菲菲热辣辣的目光直盯着李志成，说："我愿意！李大哥，你要走，就带我走吧！"李志成劝说道："菲菲，你比我年轻，前面的路还很长，我可不能影响你的前程，我们就做朋友，好吗？"菲菲执拗地说："不管是什么关系，我就想跟你在一起！我想每天都能看到你！"菲菲大胆的表白让李志成深深地震惊和感动，但是，自己毕竟和楚晴有了那么久的恋爱关系，哪能一分手就走出这段情感？在李志成的心中，对楚晴是怀着歉疚的，既没有报答她的救命之恩，还辜负了她对自己的一往情深，然而，李志成明白，真正让自己心动的，是眼前这个聪明伶俐、活泼可爱的吴菲菲！

李志成说："菲菲，你对我的这份情，我会铭刻在心！明天上午，我准备离开灵湖，找一个清静的地方放牧我的心情。你今天先回家，如果你能说服你的父母，那我们就明天一起出发，说好了，明天上午十点钟，你打我电话，我们在人民广场附近的向阳桥碰头，过时不候，后果自负。"菲菲笑道："说得这么严肃干吗？要是爸妈不同意，我就偷跑出来和你私奔！你敢带我一起走吗？"李志成笑道："别别别，又不是演戏，还有私奔这一出呀？"吴菲菲果敢地说："正因为不是演戏，所以，我们都要勇敢一点儿，为了争取终身的幸福，就是被人耻笑也在所不惜！"李志成动容了，但也犹豫了，为了美丽可爱的菲菲，自己做事一定要慎重，要保护好她，不能让她受到伤害！

吴菲菲说："志成哥，去哪儿，你想好了吗？"她一直叫李志成为"李大哥"的，这会儿突然改了称呼，让李志成有点儿不习惯，但也更感到了一份亲近。李志成摇摇头："还没想好。"菲菲说："是去北京、上海、深圳等大城市，还是想回老家？"李志成说："大城市不想去，繁华而浮躁，老家暂时也不想回，他们指望我出息的，要是两手空空回去，我自己没什么，亲友的面子会挂不住的。"菲菲说："真的想去流浪，流浪远方？"李志成笑道："要是我去流浪，你就打退堂鼓，是吗？"菲菲神情坚定地说："不，我知道，你就是流浪了，你的精神也是高贵的！不像有的人，名车豪宅，纸醉金迷，看上去什么都有了，实际上，这种人的内心世界空洞得很！我相信你是心里有计划的，不会稀里糊涂混日子的！"李志成笑道："谢谢你的夸奖，这是给我戴高帽子了。说真的，下一步往哪里走，是去隐居还是创业，我还真没想好。"菲菲说："隐居？你是个有理想的人，真叫你去深山老林过隐居生活，你呆得住吗？"

李志成笑道："我又不是隐居一辈子，我是想安静下来研究一下循环经济，有了新型高效的生产模式，就能取代部分地区的粗放型经济，污染也能相应减少。"菲菲笑着说："原来你是'隐士不隐'啊！"李志成说："距离灵湖不能太近，也不能太远。太近，我就很难静下心来，失去了辞职的意义；太远，听不到灵湖的消息，我也不放心。"菲菲沉思了一下说："你不是喜欢爬山吗？灵湖市的隔壁就是灵山市，灵湖的水，灵山的山，这是我省的两处风景名胜区，到灵山脚下租个民居，你看如何？"

李志成连连点头："对啊，近在眼前，远在天边，灵山是个好地方，就去那儿！"菲菲抿嘴笑道："你就聘我当军师吧，我能给你出谋划策呀！"

吴铁良身边的帮手越来越少了，车少军受伤了，刘鸣关进了拘留所，李志成又辞职了，监测中心的简莉调去了灵阳县，而这次考察后留下来的问题却亟需处理。水上餐厅的事还好解决，通过市综合办，出个文件让他们搬到岸上，否则一律取缔，有了省里的压力，秦副市长会有所行动的。而灵湖明珠别墅的问题比较棘手，灵湖房地产公司财大气粗，关系错综复杂，据说首期造好的别墅已经预定完了，而且有不少购买者是局长、院长、董事长、秘书长等手握实权的人物，把各部门头头预定的别墅退了或拆了，人家能接受吗？以环保局一己之力，想阻止别墅小区的建设工程，简直有点儿螳臂当车——不自量力，但省环保厅已备案督办，市环保局必须顶着压力查办此事。吴铁良是非常希望李志成留下来的，但年轻人好比生铁，在未经锻造之前硬碰硬，很容易把自己弄伤或折断，让他暂时离开这个环境，冷静一段时间，相信以李志成的能力，是能够明白"大丈夫要能屈能伸"的道理的。何况，李志成是个事业心很强的青年，吴铁良相信，李志成的离开是暂时的，他一定还会回来的。

杨光知道李志成今天自找麻烦了，接待不是座谈会，也不是听证会，你给考察组反映了许多问题，只能是搬起石头砸自己的脚，省里给低分，市里要责怪，看你风光到几时？杨光还不知道李志成决定辞职的事，考察组离开本市后，他就回家了。这么早回家，有两个原因，一是天气热，身上的衣服汗渍渍的，穿着不舒服，他想回家洗个澡，换身干净衣裳舒服些；还有个原因，是记挂着住在家里的楚晴，不知她有没有离开？由于楚晴的出现，杨光觉得寂寞的家不再寂寞，忽然有一种很微妙的情绪在脑海里荡漾，想着如果她还在，如果天天有人等自己回家，那是多么美妙的事情啊！

杨光回到家中，掏出钥匙正要开门，门就开了，楚晴系着围裙，笑盈盈地站在面前，说："回来了？来，穿上拖鞋。"杨光依言穿上拖鞋，虽然客厅和房间都铺了地板，门口也有拖鞋，但平时他并不讲究，经常懒得换鞋。杨光进屋后就发现有点儿异样，似乎房间更亮了，地上更干净了，空气也清新了许多，沙发、衣架、书桌上杂乱的物什，已被理得整整齐齐。

推开卫生间的门，发现地上光洁如新，一尘不染，就连角落的污渍也被弄得清清爽爽，放在洗衣机上的衣服不见了。杨光到客厅说："楚晴，你帮我整理的？衣服也是你帮我洗的？"楚晴笑道："是啊，我住在你这儿，省了房钱，总得干点儿活，报答一下嘛！"杨光说："你是客人，怎么好意思让你劳动呢？"楚晴笑道："医生都有洁癖的，可能是职业病吧。我看到地板地砖有污垢，又是拖又是擦地弄干净了；窗玻璃和书桌沾了很多灰尘，就擦拭了一遍；你换下来的衣服不马上洗，都有霉点了，我就给洗了；还把你挂在衣橱里的衣服拿到阳台上晒了一下，杀杀菌，沙发上、书架上的东西乱糟糟的，我就随手理了一下。你看，现在房间整洁明亮，看着住着，感觉舒服多了。"

菲菲刚回到家，常凤英就问她："菲菲，今天的面试过了吗？"菲菲说："过了，下午就知道了结果，六个人面试录用两个。"常凤英乐呵呵地说："太好了！菲菲总算有出息了！"菲菲说："三百六十行，行行出状元，如果我没考上公务员，就是没出息吗？"常凤英说："你年纪轻，不懂事，姑娘家就业的最佳选择，一是公务员，二是教师，三是医生。其中，公务员的待遇最好，只要不犯错误，那是受惠终身的职业。"菲菲说："职业只有社会分工不同，没有高低贵贱之分，妈妈，你不会歧视清洁工和保姆吧？"常凤英说："我不是歧视她们，父母供你读了十几年书，总希望你能找到一份好工作。检察院有没有通知你几时上班？"菲菲说："哪有那么快的？要一个月后吧！"

吴铁良回家了，听菲菲说被检察院录用了，高兴地说："检察院是监督执法的机构，你刚参加工作，要虚心好学，估计会从稽查员、书记员等工作做起。记住既要廉洁自律，也要和同事和睦相处。我始终相信，将来法制建设进步了，检察院对违法排污造成重大污染事故和巨大经济损失的企业及个人，能直接提起公诉，将他们绳之以法！"菲菲说："李志成和我，都相信这一天不会遥远。"常凤英说："菲菲，你少和那个李志成来往，听你爸说，他女朋友对你和李志成的关系产生了很深的误会，为了避免嫌疑，这段时间你不要去找他了！"菲菲不服气地说："我找谁见谁，这是我的自由，没有人可以干涉！"

一家人在吃晚饭，常凤英说："菲菲，这段时间有空，你想去旅游吗？读书那么辛苦，现在书包翻身，可以放松一下了。"菲菲说："天这么热，哪有心思游玩？我想参加社会实践。"常凤英说："你春林舅舅现在新开了一家公司，要不你去他那里，学点社会经验？"菲菲说："舅舅脑子真活，一会儿干这，一会儿干那，没有长性，那样能行吗？"常凤英说："这次生意做大了。是一个新加坡商人投资灵湖茶园，办的一家新公司，陆洋和春林都有股份，听说新公司的业务很红火呢！他可真是块经商的料啊！"吴铁良说："中外合资？合伙生意不好做，到头来没几家不散伙的，外国人很精，陆洋是实在人，茶园生意不是好转了吗？干吗和外国人合资？现在的合资公司，几家是对中国人有利的？有不少老名牌，就毁在了合资上，很多响当当的牌子，如今都销声匿迹了，真是可惜！我得提醒下陆洋，让他多长个心眼！"常凤英说："你少管闲事！你自己的事都忙不过来，还管别人的事？"

吃罢晚饭，菲菲说："爸，李志成辞职了，对吗？"吴铁良一愣，说："你怎么知道？"菲菲说："我见过他了，他说的。"常凤英说："你回来后哪天没去找他？对你说了，要注意影响，现在他们小两口正闹矛盾，你别去掺和！"菲菲说："什么小两口啊！"常凤英瞪了她一眼，说："你想干什么？想当第三者？"菲菲抗议说："妈，你怎么越说越离谱？我怎么成了第三者了？而且，李志成已经和楚晴分手了，知道吗？"常凤英说："什么！真有这回事！是不是你捣的鬼？我可警告你，以后不许你和李志成来往！去破坏人家的恋爱关系，这不让别人笑我们没家教吗？你马上要当公务员了，这个时候要闹什么流言蜚语，会影响你前途的！"菲菲说："我不管！我已经决定了，李志成他不是辞职了吗？我这段时间有空，我要跟他一起去做社会实践！"常凤英见女儿不听话，生气地说："你敢！"她转身对吴铁良说："都是你平时惯的！她这么不听话，你怎么不说几句？"吴铁良笑着说："菲菲又没做错什么，我说她啥？"

常凤英见吴铁良护着女儿，说道："是不是你们父女俩串通好了？存心要那个李志成当咱们家女婿？他当环保局副局长时，我就不喜欢他。环保局的工作一点儿也不好，你还是堂堂局长，可捞到什么好处没有？他辞职不干了，可见脾气不小；现在游手好闲更不行了，他是个喜新厌旧的男人。菲菲跟他好，我能放心吗？"吴铁良说："我听李志成说了，他和女朋友真是分手了。感情的事情他们自己知道，我们外人说不清楚的。找对象最关键的是要看人品，工作呀、收入呀都不重要，他们要真心相爱，会有结果的；要是两人不适合，菲菲会回来的。菲菲又不傻，我们担心什么呢？"菲菲说："李大哥说要静一静，安心做些研究，不过，我看得出来，他虽然辞职了，其实他的心还惦记着环保工作。"吴铁良说："我知道，他现在就像是一根刚长成的竹子，还很脆嫩，他的性格又不屈不挠，我是怕他过早地打碎了他的理想和成长空间，才同意他暂时离开工作岗位，到他的意志更坚定了，相信他会回来的。"菲菲欣喜地说："爸，你真了解他！"常凤英不高兴地说："竹子是空心的，能成什么材？菲菲，明天你跟我去你春林舅舅的公司，他那儿正缺人，你去帮下忙，做到检察院通知你上班！"菲菲争辩说："妈，你怎么能限制我的人身自由？太蛮不讲理了！"常凤英气急地说："好呀，你现在翅膀硬了，竟敢说我蛮不讲理？好，我就索性蛮不讲理了，你把手机拿来，省得你半夜里还叽叽喳喳跟人打电话！"

吴菲菲躺在床上，既伤心又焦虑：伤心是因为妈妈反对自己和李志成的交往；焦虑是因为妈妈限制了自己的行动自由。约好明天和李志成一起去灵山的，要是去不成，自己就失约了。菲菲明白，感情的事要趁热打铁，倘若李志成心肠一软，跟他女朋友和好如初，那自己就没机会了。不行，得想想办法！手机被妈妈拿走了，自己房间里没电话，她想给李志成打个电话，让他明天等。可是，她拉了几下房门，居然被妈妈从外面反锁了。菲菲拍打了几下门锁，无奈躺回到床上。一把锁，怎能锁住渴望自由的心灵？妈妈以亲情的名义，禁锢自己的行动自由，这是一种"软暴力"。

次日早晨，吃过早饭后，常凤英要菲菲跟她去灵湖茶园，菲菲说："我不去！妈妈，你要尊重我，不能把你的意愿强加给我！"常凤英说："我是要你好，为你的幸福着想，你要是现在随心所欲，将来你会后悔的！"菲菲说："我不想学做生意，去茶园干吗？"常凤英对吴铁良说："你不能劝劝她吗？她要是跟人出去，出了事怎么办？我们就一个女儿！"吴铁良摇摇手说："你们母女俩的事，你们自己解决，我不偏袒谁。"常凤英说："那好，让我和菲菲搭下车，小刘把你送到环保局后，再送我们去茶园。"菲菲说："妈妈，我强烈抗议，你太过分了！"常凤英说："抗议无效！子女要听父母的话，这是天经地义的！"吴铁良叹息道："孩子自己的事，你不能让她自己做主吗？你自寻烦恼有什么好处呢？"常凤英振振有词地说："菲菲是个好女孩，我不想让她给人骗了！"

39. 卷款潜逃

　　常凤英和菲菲来到灵湖茶园，常春林和陆洋都很意外，常春林说："姐，您怎么到茶园来了？菲菲放暑假了？"常凤英说："菲菲都毕业了，马上要到检察院上班了，你这个做舅舅的，对外甥女一点儿都不关心哦！"常春林说："菲菲要到检察院上班？太好了！以后有什么案子，我们不怕赢不了啦！"菲菲笑着说："舅舅，打官司是上法院，不是检察院，何况我只是一个小职员，帮不上什么忙的。"陆洋说："常主任，多亏了您给我办的贷款，茶园才起死回生，还有吴局长，改善了灵湖的水质，我们的茶叶质量不怕检验了。"常凤英说："陆经理，不用谢，那都是我们应该做的，对了，听说你们新开了一家投资公司，我女儿到正式上班还有一个月的时间，我想让她到这儿来打工，增加点儿社会经验。"

　　常春林说："姐，菲菲读书辛苦，她刚毕业，怎么不让她好好玩玩，让她打什么工呀？"菲菲说："就是，我不想来，可妈妈非把我拖来，舅舅，你可要站在我这边，抵制我妈妈限制我的人身自由！"常春林笑道："我当然站在菲菲这边，我最疼外甥女了！不过，你妈妈又不是对你非法拘禁，又不是绑架，怎么能说限制你人身自由？舅舅虽然书没你读得多，但走过的桥比你走过的路还多，不能学了几天法律，就误会了妈妈对你的疼爱！"常凤英说："菲菲要去上班的检察院，很讲究言行举止的，春林，你见多识广，多教教她为人处世，我要去上班了，菲菲就交给你了。"春林说："姐，放心吧，我会安排的。"

　　常凤英走后，常春林从保险柜中取出一摞资料，说："你来得正好，公司的会计这两天请假了，有很多资料要录进电脑，我和陆经理不会打字，上午你就做这个吧！"菲菲随手翻了翻，看到投资者认购登记表上填着来自全国各地的身份资料，还有认购的数量和金额，就说："你们在销售什么呀，哪来这么多的资料？"常春林正要说明，凌博士走了进来，看到菲菲在翻看资料，一愣，转向常春林说："她是谁？公司的内部资料怎么能让外人接触，常总，公司的保密制度你都忘了吗？"常春林介绍说："她是我外甥女菲菲，不是外人。"凌博士说："这是公司的重要资料，不能对外泄漏，就是你外甥女也不能随意翻看！"吴菲菲说："不能让别人看，你就好好说嘛，干吗这么大嗓子？"凌博士说："常总，你是招她来上班吗？我们的人手不是够了吗？"常春林说："她刚大学毕业，还有一个月就要到检察院上班，这段时间想来我这儿做临时工，凌博士，你带来的会计这两天不是请假了吗？我想让菲菲帮忙打字，把资料录进电脑。"

凌博士一听菲菲将在检察院工作，脸上闪过一丝慌张，暗想：要是让她了解到公司内幕，岂不有麻烦？不能让这个人留在这儿！凌博士说："常总，请把登记表放进保险柜，等会计来后再整理！菲菲小姐，很抱歉，本公司的招聘已经结束，暂时不需要临时工，请多包涵！"菲菲本不想留在这儿，听了他的话，顺水推舟地说："没关系。"她转向常春林说："舅舅，既然你们不需要人，那我就回去了。"常春林说："回去？你妈要我照看好你的，这……"菲菲说："你不是说最疼我吗？放暑假还让我打工，太不人道了！"陆洋见凌博士不想留下菲菲，本想叫她到茶叶枕车间当统计员，但见菲菲无意打工的样子，就没出声。常春林说："那好吧，茶园的中巴要去车站接人，你搭车回市里吧，哪天要打工，我再帮你另找家单位。"菲菲高兴地说："谢谢舅舅！现在是放假期间，请不要剥夺我享受最后一个暑假的权利！"

吴菲菲搭乘中巴前往市区，因为不想让人看到自己去找李志成，就在靠近向阳桥的一个站台下车了。向阳桥边有一片草坪，这是市中心的一片绿地，相当难得，晚上来这儿乘凉的市民很多，还有一些卖饰品、音碟、书刊和T恤的摊点，谈恋爱的年轻人也喜欢来这儿坐在草坪上依偎着说悄悄话。白天这儿倒是很安静，谁在夏天晒太阳呀！李志成站在台阶上张望，看到菲菲气喘吁吁地跑来，迎上前来说："你来啦？说服家人了吗？"
菲菲摇摇头说："我对他们说过了，我妈不答应我跟你出去，说我会受骗
上当，但我不管，我就想跟你到外面闯一闯！"李志成笑着说："你不担
心我把你拐卖了？"菲菲笑道："嘻嘻，你舍得把我卖了吗？"李志成瞅
了她一下，说："你什么都没带，就空手去？最起码要带上换洗的衣服吧？"
菲菲笑道："我顾不上了，我是溜出来的，只要你带上钱包就行了，哪怕
你没钱，要饭我也陪着你！"李志成嘿嘿一笑说："别煽情了，整得我们
像难夫难妻似的。出发吧！"

　　李志成和菲菲来到灵山，先找了家旅社，开了两个房间，把行李放下，
然后出去吃饭。吃过饭后，李志成在附近的商场给菲菲买了换洗的衣服。
李志成知道菲菲过一个月就要去灵湖检察院上班，知道她真是跟自己出
来体验生活，他觉得年轻人多接触现实生活是有好处的，所以愿意带菲
菲一起到灵山。他没多想，更没有和她"私奔"的想法。菲菲当时只想
和李志成在一起，至于多长时间，她没考虑。

　　灵湖是因湖得名，灵山是因山成名，就像安徽黄山市一样，来灵山
旅游的人，就是冲灵山来的。灵山既无华山之险，也无峨嵋之秀，游人
纷至沓来，为的是一睹灵山大佛，据说在灵山大佛前烧香许愿灵验得很，
每逢初一和十五，善男信女便会蜂拥而来。有些大款和外商开着高级轿车
来，往往一掷千金地捐善款。李志成和菲菲来到了灵山，自然也入乡随俗，
要去拜一拜灵山大佛。他们虽非"见庙烧香、遇佛磕头"的佛教徒，但拜
一拜当地的灵山大佛，求的是一份心安。两人买了景区的门票，拾级而上，
时而牵手慢行，时而快步赛跑。台阶两旁绿荫如盖，并不热，李志成跑在
前面，停下等菲菲跟上。菲菲说："好累，要不我们坐在台阶上歇歇吧？"
李志成说："山并不高，如果一鼓作气登上去，会越来越有信心；如果走
走停停，会感觉越来越吃力。"

　　果然，距离山庙越来越近，菲菲感觉如有神助，腿脚来了劲儿，和李
志成一起登上一片平地。灵山大佛高大慈严，寺内香烟缭绕，钟音不绝
于耳。李志成和菲菲把燃着的香插在硕大的香炉内，恭恭敬敬地拜了几拜，
在跪拜时，两人闭上眼睛，在心中默默许愿。走出寺门时，菲菲笑问："李

大哥，你许的什么愿呀？"李志成摇摇头，笑着说："不可说，说出来就不灵验了。"从他们许的愿中，就能看出男女有别：男人以事业为重，女人以爱情为上。菲菲许的愿，是希望佛祖保佑自己能和李志成永远在一起；李志成许的愿，是希望佛祖启示人类，多多爱护环境，保护好生存的家园！当然，所谓的许愿，只不过是人们表达的良好愿望罢了，相信佛祖不会让人不经耕耘就收获果实吧？若真有这样的捷径，不仅不是渡人，反而是误人了！

寺庙旁还有台阶，可登上山顶，山顶隐约有稀疏的竹林。李志成说："咱们上去吧，站在山顶上，可以一览灵山城貌，还可以捡几块麦饭石。"菲菲说："寺庙里的商店不是有卖麦饭石吗？十块钱一小袋。"李志成笑道："买现成的哪有自己捡的有趣？很多乐趣就来自于过程，买现成的只是消费者，自己捡就是劳动者了。"菲菲笑着说："你说的，我怎么听怎么有理，那就听你的，上山顶吧。"两人沿着山路往上走，不一会儿就到了山顶。山顶上有很大的一片平地，四周用石栏杆围着，有些游客在拍照。平地边上的斜坡上长着修长的竹子，有的人在竹林里捡麦饭石。李志成说："你在上面等我一会儿，我到下面捡石子。"菲菲说："那你小心一点儿，要抓牢竹子，别掉下山坡。"李志成指了指她说："乌鸦嘴！竹子那么多，想掉也掉不下去呀。"

楚晴请假一周，时间已过去五天，她呆在杨光家的这两天，原本对李志成的变心非常愤慨，负气从环保局出走后，她思前想后，有种大彻大悟的感觉。自己和李志成的感情是有问题的，自己对他的付出，希望得到相应的回报，而李志成只是出于感激，默认了两人的恋爱关系，两个人从萍水相逢，一下子升华为爱情，当时，自己把这段恋情视作奇妙的缘分，现在看来，只是自己一厢情愿罢了。知道李志成不爱自己了，又已经说分手了，那自己还有必要留在这儿吗？还有两天假期就满了，回北京的车票得提前买。吃过早饭，杨光去上班后，她就按旅游交通图上的乘车路线，坐公交车去了火车站，买到了第二天回北京的车票。

杨光回家时，楚晴照例把饭菜做好，把房间收拾干净，把他的衣被叠得整整齐齐。杨光感到了家的温馨,能吃到温柔美丽的楚晴亲手做的饭菜,别提有多香了。他真希望她能长久地留下来,就住在自己的家里。能每天看到她,和她一起吃饭、聊天、看电视,这是多么幸福的事呀!然而,楚晴在看电视时说,请假的期限到了,她明天要回去了,感谢他提供的免费食宿。杨光的心头不免涌起一股伤感,说:"这几天,你哪是免费食宿?是我享受了你的免费家政服务啊!楚晴,你能多留几天吗?我都感觉有点儿离不开你了。"楚晴笑道:"一来我要回去上班;二来我住在你家里总感觉不太方便,楼下的居民都以为我是你女朋友了。"杨光感叹道:"可惜你不是。"楚晴说:"我是把你当成好朋友的。虽然这次来灵湖,有点儿高兴而来失望而归,但有你这位朋友,我感觉不再孤单。"

次日早晨,楚晴起来煮粥,还切了两个高邮的双黄蛋。双黄蛋的黄是红的,渗着油,好看又好吃。杨光有点儿失落地说:"今天你要回北京了,以后我就吃不到你煮的粥了。"楚晴笑道:"你以后找了老婆,不就天天能吃到了?"杨光叹了口气说:"现在要找个满意的老婆,挺不容易的,很多女孩爱慕虚荣,家务活都不会干了。"楚晴笑道:"男人还不一样?好男人成了珍稀动物!不过,像你这样条件的,家境好,工作好,人也不错,愿意嫁你的女孩不在少数吧?"杨光说:"她们愿嫁,可我未必愿娶,我想找个贤妻良母型的,温柔善良,孝敬父母,可我遇到的女孩,要么势利,要么懒惰,交往一两次,我就没兴趣了。"楚晴不知在想什么,没接他的话,过了一会儿,说:"我晚上坐车回去,你来送我吗?"杨光点头,肯定地说:"那当然!"楚晴笑道:"谢谢!你去上班吧,我呆会儿出去给家里买点儿特产。"杨光说:"你别买了,我来给你买吧。"楚晴摇头说:"不行,哪好意思让你破费?我一个人出去逛逛,灵湖还有好些地方我没去过呢。"

早上,吴铁良要出门,常凤英叫住他,说:"菲菲不见了,你怎么不闻不问的?你还记得有个女儿吗?"吴铁良说:"菲菲怎么会不见呢?"常凤英说:"昨天,我和她一起去了茶园,据春林说,菲菲随后就回了市区。可她一夜没回家,手机也打不通,真是急死人了!菲菲会不会出事呀?

老吴，要不我们报警吧？"吴铁良看了眼妻子，说："菲菲是成年人，你怎么还把她当成小孩？一天不回家有什么关系？放暑假了，她去看看朋友，都是很正常的事，你给她点儿自由好不好？她现在长大了，我们对她要少点儿管束，多点儿理解和尊重！"常凤英忧心地说："她太任性了，怎么不和家里说一声就跑没影了？我们就她一个宝贝女儿，她要有个三长两短，叫我以后怎么活呀？"吴铁良说："不用找，等她要上班时，她会回来的。"其实，吴铁良猜到菲菲可能跟李志成出去了，年轻人之间，特别是涉及到感情的事，大人也不好插手，还是让他们自由交往吧。李志成不是一个不负责任的男人，菲菲也是个懂事的女孩，她有自己的选择，相信她不会对没有希望的感情浪费时间。常凤英不知道女儿的去向，她着急地说："菲菲一天不回来，我一天睡不好觉！"吴铁良安慰道："别多想了，菲菲不会有事，她会回家的。"

杨光上班后，吴铁良叫他去趟拘留所，刘鸣今天出来了。杨光叫上司机小张，开车去拘留所。刘鸣垂头丧气地从拘留所出来，杨光笑着迎上前说："刘队，里面的滋味怎么样？"刘鸣没好气地说："这鬼地方，下次再也不来了！"司机小张说："刘队，您还想有下次呀？"杨光把刘鸣拉上车，问："他们没为难你吧？"刘鸣说："那倒没有，他们对我还算客气。我真是倒霉透了，哪个男人不嫖娼？只不过没被抓住罢了！"杨光笑道："在里面享享清福也好，什么都不用干。"刘鸣说："你没进去不知道，那种失去自由的痛苦，真比杀了我还难受！唉，吴局太不够意思了，他有能力保我出来，却坐视不管，太不把下属当回事了！"杨光笑道："吴局说了，他想让你吸取教训，下不为例！他还算可以，没撤你的职，你一出来，就能上班了。"刘鸣哼道："他敢撤我的职？他来了不到半年，没有我们鞍前马后为他办事，他能干出成绩来吗？"杨光说："我不同意你这话，吴局为人怎么样，你我都清楚，他比费局强的不是一点两点！现在我们下乡，再也没人指着我们的脊梁骂了！上梁不正下梁歪，要是费局还在，我们的名声还要臭下去！"刘鸣不吭声了。杨光说："小张，你可不要把我们的话告诉吴局，刘队刚出来，心情不好，发几句牢骚，不是对吴局不敬。"小张笑道："放心吧，我只管开好我的车，别的关我什么事？"

杨光和刘鸣回到局里，吴铁良先把刘鸣叫到办公室，严厉地说："思想腐化堕落，哪能干好工作？你破坏的不仅是你个人的形象，还严重影响环保局的形象！你嫖娼被抓，老百姓会认为环保局的人不干正经事，以后，谁来相信我们的苦和累？希望你吸取教训，好好反思，以后认真做事，踏实做人！"刘鸣不敢辩解，点头称是。刘鸣走后，吴铁良叫来了杨光，说："你把灵湖明珠别墅的环评报表整理一下交给我，另外，把你当时参与环评的经过，写份书面报告给我。"杨光答应着，心里有点儿不安。他清楚别墅的环评是怎样的过程，专家评估、乡邻意见和公众评议，都存在缺陷，这事是否会东窗事发？记得当时费局说建造别墅不影响环境，他们其他的手续都有了，环保局做个顺水人情就行了。杨光心想：这事牵扯到很多人，自己不能乱说话，还是见风使舵吧。

吴铁良给宋书记打了电话，眼前的难题必须要得到他的支持。得知宋书记上午在市委办公室，吴铁良决定去找他。自从省考察组走后，好多人给吴铁良打电话，有一些是地方上有头有脸的人物，不是局长就是企业老板，甚至还有从省级机关打来的电话。其中有个说："听说灵湖明珠别墅要停工，还要重新审查相关手续，还要拆掉已经建好的别墅，我感到很不理解！既然当初手续合法，而且，别墅都开始预售了，怎么能说拆就拆？损失谁来担？责任谁来负？"类似的电话不止一个，吴铁良感到很头疼，这件事是省里督办的，不办不行，办也难办。吴铁良不怕得罪人，现在先要搞清别墅的环评手续是否透明合法。灵湖房地产的曹总也来电话，他说："别墅这个项目，我们有合法资质和合法手续，如果有手续遗漏的地方，我们愿意补办，先上车后补票，这是政府允许的。"吴铁良说："这案子是省厅督办的，您现在说有点儿晚了，怎么处理，您就等候通知吧，希望您能理解和支持！"

宋书记的办公室开着门，吴铁良刚出现在门口，宋书记就笑着迎上来，说："你是无事不登三宝殿，来，慢慢聊，先沏杯茶。"宋书记爱好茶艺，这事全市干部几乎无人不知。人对自己爱好的东西都有表现欲，宋书记也不例外，吴铁良也不推辞，耐心等待宋书记沏好茶。吴铁良端起青花瓷茶杯，凑在鼻边嗅几嗅，然后小抿一口，只觉清香甘润，回味无穷。吴铁良说：

"这是龙井还是铁观音？"宋书记笑道："这你也品不出来？这就是灵湖银毫啊！本地产茶，哪能用别的茶招待客人？不是让人家笑话吗？"吴铁良笑道："真是灵湖银毫？品质不一样啊！"宋书记说："这是陆洋送来的，他找到了茶圣陆羽的一本《茶经》，那是他家的祖传宝贝，《茶经》充分佐证了我市茶文化的悠久历史。陆洋说，茶园现在搞产业化经营，取得了不错的经济效益，我觉得，他给我市的名特优产品找到了一条自救之路！"吴铁良说："好几个月没见到陆经理了，听说他经营有起色，我也替他高兴。"

宋书记把门虚掩，笑道："你很少来我这儿串门，但我并不认为我们的关系疏远了，相反，我认为，一个不主动讨好上司、平时注意和领导保持适当距离的干部，是值得信任的！"吴铁良由衷地说："谢谢宋书记的理解和信任！我很少来找您，因为我觉得老来麻烦领导，说明下属的无能。我想，领导既然信任我，交给我任务，我就要努力做好！不过，今天我是来向您求助的。"宋书记说："一个人的所作所为，会有人看在眼里，也会有人记在心里，铁良，从你上任以来的表现，你是个真干事的人，把你放在环保这个重要的岗位，看来我是做对了！"吴铁良说："我还是能力有限，很多地方都没做好，这次考察组评的分也不高，说明我们的工作还需要不断改进。"宋书记说："评分的事，这是政策和对策的问题，这和实际工作是有出入的，虽然没被评上，但省里还是给予了高度评价！"吴铁良说："可是，像灵湖明珠别墅小区的建设项目，水上餐厅一条街的整改工作，已经上了省环保厅的督办名单，下一步的工作，我们该怎么做？"

宋书记说："你的原则哪去了？党的干部，当然是按规章制度办事了！"吴铁良犹豫了一下说："明珠别墅的建设项目，有点儿木已成舟的意思，明知他们的建设项目不合理，但他们就是拿到了相关批文。他们的首期工程已完工，别墅都预售出去了，据说预定者有相当部分是机关干部，二期工程也即将开工，无论拦阻还是拆除，我们环保局都有点儿力不从心！还有水上餐厅，事情并不复杂，叫他们搬到岸上，污水集中处理，但他们就是顶着不办。水上餐厅的真正老板是秦鸿，听说他是秦副市长的侄子，这个人很有经商头脑，最近他还和旅游局挂上钩了，水上餐厅一条街成了旅游节的特约餐饮点。"宋书记思索了一下，说："在执法过程中，不论涉及到什么人，只要你们依法行事，就没有什么可担忧的！水上餐厅的问题，是人为地把简单问题复杂化了，搬一搬没什么影响，限期叫他们搬到岸上，否则一律取缔，看他们搬不搬！明珠别墅的环评，如果复查出有问题，该怎么办就怎么办，没什么客气的！如果他们有意见，让他们来找我！"吴铁良笑了："有您这话，我就像吃了定心丸，放心了。"

宋书记话锋一转说："当然，我们不是要屏蔽所有的涉污企业，人也要产生污染，难道就不吃饭不生活了？如何科学地管理和调度，才是现阶段环保工作的重点！我一向认为，经济发展和环境保护，两者不是矛盾关系，应该是兄弟关系，关键就在协调发展！"吴铁良由衷地说："宋书记，您高瞻远瞩，还是您的立场比较客观。"宋书记说："一些排污企业经过整改，仍可以为地方经济建设作贡献，就说水上餐厅吧，它能生意红火，说明其顺应了顾客的需要，只要搬到岸上，把油烟和污水处理好，还是能继续经营的。我听旅游局的同志说，准备在灵湖上搞画舫，搞观光旅游，这是个不错的设想，很有前途！"吴铁良说："关于画舫，他们原说要在船上做餐饮，我们感觉不妥，那会弄脏湖水，正要向您请示，但如果不做餐饮，纯观光旅游，的确可行。"宋书记说："虽然我市没评上环境优美城市，但顾省长对我市的接待工作相当满意，他特别肯定了李志成，说他提议的农村水域保护承包责任制的方法，可操作性强，值得普及推广！李志成是个人才呀，铁良，你有这位好帮手，我放心不少！"吴铁良笑着说："环保局靠我这个门外汉，哪能吃得开？全靠大家鼎力支持啊！不过，您还不知道吧，李志成已经辞职了。"宋书记不解地说："辞职？这么个人才，你怎么能放他走？"吴铁良笑道："我了解他，他是心里有点儿小疙瘩，等想明白了，还会回来的。环境保护是社会可持续发展的保障，实际上，人才何尝不是呢？"宋书记点头说："嗯，科教兴国，人才是推动社会发展的中坚力量！"

吴铁良的手机响了，是田佳打来的。田佳说："有个叫潘永鑫的要找您。"吴铁良说:"是不是草桥乡来的?腿脚不便的?"田佳说:"是这么个人,他非要见您。"吴铁良说:"他是一个人来的吗?有没有说找我什么事?"田佳说:"是一个人来的,他说有事要当面问您。"吴铁良说:"那好,让他等我一会儿,我马上回来,你先接待一下,别慢待人家。"宋书记说:"你有事就回吧,以后有空就来喝喝茶,别到有火情了才来,把我当消防队员呀?"吴铁良笑道:"环保战线,您也是总指挥,有您坐阵,我才能不手忙脚乱!"宋书记说:"你到环保局了,还没丢了信访办的工作,局里又有人来上访了?"吴铁良说:"哦,您说的是潘永鑫,他来找我的目的,我能猜到八九分。"宋书记说:"哦,他是个老上访户?还是你能未卜先知?"吴铁良笑着说:"他是个残疾人,身残志坚,他是李志成的朋友,想必他这次来找我,是为李志成辞职的事向我讨说法的。"吴铁良粗略地把李志成和潘永鑫的故事说了一遍。宋书记动容地说:"李志成是这样的人,真是难得,一定要让他早点回来上班!"吴铁良笑道:"省环保厅都很看好他,想把他调上去,被李志成婉言谢绝了,我相信他的心从来没有离开过环保!"

杨光给费明打电话,说:"费局,现在局里要复查明珠别墅的环评,我该怎么办?要不要把我了解的情况说出来?"费明叫道:"你疯了?你说出来,对你有什么好处?你就是现在把拿的钱退出来,还是会构成受贿罪,灵湖房产的人也不会放过你,你还是守口如瓶比较安全。让他们复查好了,曹总不是吃素的,他会甘心把造好的房子拆掉吗?预订别墅的人会袖手旁观吗?退一百步讲,就算你在环保局混不下去了,你可以到灵阳污水厂来,当我的助手,怎么样?"杨光想,灵湖明珠别墅能顺利施工建设,这个公关能量可想而知,自己只是收点儿好处,何必杞人忧天?天塌下来,有比自己地位高的顶着呢!何况,费局已给安排了退路,更无后顾之忧,就让吴局长他们查去吧。吴局长的业务不太在行,说不定雷声大、雨点小,最后草草收场。要是李志成在,他要认真起来,结果可能就不一样了。

傍晚,杨光送楚晴到车站,杨光提着大包小包,里面塞满了茶叶、烤鸡、血糯之类的土特产。离上车还有半个小时，开始排队检票了。杨光送楚晴到站台，等待开往北京的列车。楚晴说："有一句话，我一直想对你说。"杨光欣喜地说："什么话？"楚晴说："我住在你家，我看出来了，你家的生活条件和你的工资收入是不相称的。"杨光没想到楚晴说的是这个，一时没有思想准备，支吾着没有回答。楚晴说："你的本性不坏，我不希望你越走越远，真心希望你能醒悟，不要为了蝇头小利，出卖自己的灵魂！"杨光沉吟了一下，说："好，我听你的！"楚晴说："我相信你！"列车轰鸣着驶进了车站，乘客在准备上车，杨光迟疑着说："我有个请求，不知当不当讲？"楚晴笑道："我们是朋友，这么客气干吗？说吧！"杨光壮起胆说："你要回去了，我能和你拥抱一下吗？"楚晴落落大方地说："可以呀。"于是，两人张开怀抱，相拥在一起。楚晴上车前，杨光握着她的手说："我们还能见面吗？"楚晴笑道："来日方长，有缘就能相见。"楚晴的信任和友好，使他的内心萌生出柔情和感动。他暗暗说道："楚晴，请你放心，我会做个堂堂正正的男子汉！"

　　灵湖茶园投资有限公司的业务越做越大，认购茶树的投资者纷至沓来。这天，凌博士在给业务员开会，陆洋和常春林也在座。凌博士一再强调，在回答客户咨询时，一定不要说是集资，而要介绍说，这是一种高回报的投资，认购一棵茶树，就像买下一棵摇钱树，茶是中国的国饮，这是永远不会过时的，也就是说，认购茶树是一次性投资，而回报是源源不断的！他正说得起劲时，他放在桌上的手机响了，凌博士接过一看，说："国际长途，是新加坡打来的，抱歉，我接一下。"大家安静下来，凌博士并没有回避大家，他对着手机说："哦，是我，啊？家母病重？好好，我马上回新加坡！"他对着大家拱拱手，抱歉地说："家母突发脑溢血，正在医院抢救，我下午就回新加坡！今天的会先开到这里。"陆洋说："凌董，令堂病重，你理当回去，你放心回新加坡，这边的事，我和常总会处理的。"凌博士一边着急地收拾公文包，一边感激地说："那好，一切拜托两位了！"

　　次日，是茶园投资公司约定给认购茶树的投资者按月分红的日期，根据上月统计的投资分红明细，陆洋开好了支票。原本那份分红名单是要经凌博士签名的，但凌博士回新加坡了，经商最要紧的是讲诚信，不能因为董事长不在就拖延分红，那样会失信于人。作为法人代表和总经理，陆洋有权处理公司事务，只需等凌博士回来，让他补签个名字就行了。投资公司的会计这几天请假了，陆洋叫茶园的老会计去趟银行，把分红款分别汇给投资者的指定账户。然而，会计在银行给陆洋打来一个电话，让陆洋差点没晕过去！会计说，银行方面告知，茶园投资公司的账户上，近日多次向国外汇转大额资金，总计有四千多万，现在在投资公司的账号上，只剩下两万元！会计情知不妙，赶紧给陆洋打电话，陆洋感到事态严重，连忙告诉了常春林，常春林惊出一身冷汗！难道凌博士操办的中外合资项目竟是一个早有预谋的骗局？

随后发生的事，是陆洋和常春林始料未及的。几天后，当投资者发现自己的账户内并没有灵湖茶园投资有限公司汇入的分红款项后，纷纷来电、来人质询。起先，陆洋采取拖延的办法，只说流动资金派上其他用场，宽延几天，分红即可到账。陆洋和常春林发现账上钱款被人汇往国外，并没有立即报案，而是想方设法，一心想与凌博士取得联系，但愿他并非出于诈骗企图，只是将资金挪作他用，一等他母亲身体康复，就能回到中国来。然而，凌博士如黄鹤一去不复返，手机和国际长途都打不通了。陆洋和常春林如梦方醒，赶紧去报了案。消息灵通的投资者得知投资公司的董事长卷款失踪，迅速报警。人数众多的投资者围堵在灵湖茶园，要茶园方付清分红款和投资款！陆洋叹道："凌博士溜了，四千多万的认购款被他骗走，叫我们怎么还哪？投资者还不找我们拼命！"常春林懊恼地说："都怪我，引狼入室，没想到他是个大骗子，他把我们害惨了，还不出钱，我们都得坐牢啊！"

开始，陆洋和常春林向愤怒的投资者解释，但人们根本不买账，他们只要求见到钱，别的都是废话！陆洋和常春林虽然在商海摸爬滚打多年，但他们都不是蛮横的人，平时茶园只有工作人员，没有保安，更没有私人保镖，出了突发事件，没有人能保障他们的人身安全，他们被堵在了办公室，不让出去，甚至不让上厕所。陆洋和常春林后悔莫及，不但没有得到一分钱的分红，就连入股的投资款也被席卷一空！辛辛苦苦挣的钱全都没有了！陆洋的茶园生意本来做得好好的，但为了把生意做大，鬼迷心窍，听信了凌博士的投资计划，结果可好，老鹰没打着，反被啄瞎了眼睛！如果是做生意亏了钱，这倒正常，商海起伏，难免有赚有赔，重振旗鼓、东山再起就是，但这次是被人下了套，家当全给骗光了，这口气实在让人咽不下去！陆洋的妻子见丈夫不回家，过来探望，才知出事了，丈夫被人"软禁"了。她哭着说："我丈夫也是受害者，你们总得让他吃饭睡觉呀！你们把他堵在这儿，要出人命的！"投资者情绪激动地说："还我们的血汗钱！我们的退休金，我们的下岗补贴，全投到这儿了，还我们的钱！"陆洋的妻子报了警，警察来后，一看这阵势，也都惊呆了，没说谁是谁非，只是叫来更多的警察，在现场维持秩序。

好事不出门，坏事传千里。灵湖茶园的这档子事，很快一传十、十传百、百传万，风景秀丽的灵湖茶园，突然就如沸腾一般，聚集着成百上千人，人们议论纷纷，有说茶园成立皮包公司诈骗群众几千万，也有说陆洋和常春林不知情被外国人骗了，但人们普遍相信，陆洋、常春林和那个新加坡人串通一气，合谋实施诈骗。投资者也很可怜，他们大多是外地人，很多还是老年人，身体本就不太好，闻知茶园投资公司出事后，急急忙忙赶来，加上天气闷热，情绪激动，有几个人中暑晕倒了，被紧急送往医院抢救。一天后，满城风雨，市委市政府也知道了，他们迅速成立专案组，抓紧时间进行调查和善后处理，派出警力维持茶园秩序，安抚大家的情绪。专案组初步认定，这是一起非法集资案，以认购茶树为名，以高额分红为诱饵，骗取投资者钱财。投资公司的电脑、账册被封存，陆洋和常春林被带到了公安局接受调查，投资者被劝退回家，等候此案的处理结果。

灵湖茶园投资公司的出事，给热衷于招商引资的有关领导敲响了警钟！招商引资，引来的不一定是金凤凰或财神爷，也有可能是国际诈骗犯！只不过有的暂时没暴露，有的即使发现上当，为了面子，没有声张罢了！市政府召开相关会议，要求各部门、各单位在招商引资和组建中外合资公司时，务必擦亮眼睛，防止引进"中山狼"，不要资金和技术没引进来，老本和孩子却被叼走了！经过几天的调查，案情终于明朗了。尽管陆洋和常春林在此案中也是受害者，但身为法人代表和经理，对此案造成的严重后果和恶劣影响，负有不可推卸的责任！他们投入的钱是没有了，但投资者的钱要还！茶园不能倒，信誉更不能倒。宋书记指示，以政府收购茶园的名义，接管投资公司的善后事宜，取消和投资者的茶树认购合同，由财政出资偿还投资者的茶树认购本金，所谓的分红款，政府不予认可，不另行支付。

金钱似流水，日积月累，小溪汇成江河，江河汇成大海，而你一旦捧起水，想抓紧它，它反而都从你指缝间溜走了。陆洋依然是茶园的负责人，原有的业务继续经营，但他现在不是承包人，他只是市国资委聘用的一名经理。尽管如此，陆洋感到很欣慰，因为他没有离开心爱的茶园。出了这样的意外，就当是吃一堑长一智！留得青山在，不怕没柴烧，只要茶园在，茶树在，炒茶师傅在，不怕不能东山再起！名义上，虽然茶园现在属于市国资委了，但并没有办理过户，实际还是陆洋在管理。陆洋知道，宋书记是出于保护茶园和茶园传人，才让市财政代偿投资者的认购茶树款，化解了一场危机。常春林有点儿垂头丧气，变得一文不名不说，还背负着几十万的贷款，真是想发财，反而穷得快！由于轻信，他以为傍上了财神爷，结果黄粱一梦，梦醒以后，什么都没了。

常春林从公安局出来，常凤英接他到家里吃饭。常春林感慨地说："姐，我真倒霉，又变回穷光蛋了，手头连饭钱都没了，你们的银行贷款叫我怎么还呀？"常凤英说："银行的钱是要还的，这事不急，总有办法解决。真没想到你会遇上骗子，当初我提醒过你，要你小心，可你就是不听，现在后悔有什么用？"常春林说："哪想得到呀？派头十足的大老板模样，竟然是跨国骗子！那老头要是再让我遇到，非扒了他的皮不可！"常凤英说："骗子精得很，他要是整了容，就是再出现在你面前，你还可能上当受骗，谁让你一心想发财呢？我有点儿不明白，别的投资者的本钱政府都退还了，怎么你和陆洋的钱没还呢？"吴铁良说："损失了这么多钱，没被抓去坐牢够照顾了！春林，知道你们干的什么吗？非法集资！你们还是组织者，这罪可不轻！市里这次替你们担当了，垫付了投资者的认购款，宋书记化解危机的能力，真让人佩服！"常春林说："哎，我和陆洋也是受害者，有谁来同情我们？"吴铁良说："你还有脸说？你们是自作自受！在这起非法集资案中，那个外商是主谋，你和陆洋是帮凶，你们共同实施了犯罪，应该是有罪的！为了尽快消除集资案的负面影响，市里果断接管了茶园，大事化小，小事化了，让你逃过一劫，你应该吸取教训，感到庆幸啊！"

40. 约会方萌

　　有些问题的解决，和风细雨不行，非要雷厉风行，才有明显的效果，水上餐厅搬迁问题，就是这么回事。吴铁良亲自出面，让秦鸿在一星期内自行完成船餐的拆除工作，否则，水上餐厅这个名称就会在灵湖消失。秦鸿心有不甘，但与叔叔通电话后，知道这是市委的意见，不可变通，钉头碰不过榔头，只得把饭店搬过来。市综合办已在湖边落实好一块地方，距离湖边三百米远，利用附近村庄的一块低洼地，在上面用楼板隔起，建造了一排饭店，泔脚和污水处理都有配套设施。虽然少了些特色，但还算靠近湖边，时间一长，这边的生意又红火起来了。

　　车少军住了两个月的医院，头伤恢复得差不多了，他给吴局长打电话，说："听说李局长辞职了，您身边的人手更少了，我要出院了。呆在病房里，花钱不说，实在闷得慌，我想尽快回局里上班，反正不是体力活，我能行的！"吴铁良确实缺人手，李志成一走，他感觉身边少了一员大将，迫切需要一个精通业务、能商量的得力助手，车少军能上班，那是再好不过了。吴铁良说："伤筋动骨一百天，何况你伤的是头部，最近局里事情多，是有点儿忙，要不，你先上班试试，吃不消的话，再回家休息？"车少军说："好，说定了，我明天就上班！"

　　少军的父母在病房里整理东西，翟静过来了，办理了出院手续。车少军的意外受伤，使翟静和他的感情迅速升温。在灾难面前，有的感情很脆弱，有的却得到了升华。车少军开玩笑地对翟静说："如果我摔成了植物人，变得无爱、无恨、无痛，连你也不认得了，你还会对我这么好吗？"

翟静笑道："这个假设是不成立的，因为你已经没事了，不过，俗话说得好，大难不死，必有后福，我就等着享你的后福了！"车少军笑着说："能有你这位名人加美人陪伴，是我前世修来的福气啊！"翟静说："名和色都是过眼烟云，只有两颗彼此相爱的心，才能让我们相伴永远！"车少军笑道："你是主持人，论煽情，我及不上你一个小指头，我有点儿不明白，你怎么会爱上我这个没钱没势的无名小子呢？"翟静笑着说："你就像一把剑，刺中了我的心！怎么样，我这诗人还不赖吧？"

吴铁良对灵湖明珠别墅的环评加紧复查，期间接到无数说情电话，都被他挡了回去。他说："刚开始复查，你们就急着来说情，不正说明别墅的建设有问题吗？如果没问题，你们何必这样呢？"但是，这是块难啃的骨头，明知道有猫腻，但猫腻在哪儿，一时半会儿还查不出端倪。

一天早上，杨光接到信息科的电话，说有人在环保局网站的论坛上发帖，揭露灵湖明珠别墅的环评存在问题。杨光一听很紧张，因为自己接受了别墅方的红包，还低价获得了一幢别墅的购买权，别是知情人士给发到网上，那后果就很可怕了。他急忙上网查看，如果真是针对自己的，那要网管赶紧删除，但浏览以后，他松了口气。原来，一位叫"拂晓"的网友，指责灵湖明珠别墅的环评是"形式主义"，专家出具的评估报告是根据房地产公司的授意填写的，根本没进行必要的论证，因为每位专家得到了五万元的"劳务费"，而且，乡邻意见和公众评议部分也是公司伪造的，房产公司根本没去征求过附近的茶园和上茶村村民的意见。

吴铁良也收到了"拂晓"的电子邮件，邮件内容和"拂晓"发在论坛上的帖子差不多。不同的是，"拂晓"在邮件中告诉吴铁良，他就是参加评估的省城五位专家之一，他收受了灵湖房地产公司的好处，内心时常感到不安，因此，非常关注灵湖市的环保动态。这次，得知环保局下决心复查灵湖明珠别墅的环评程序，他心情特别激动，愿意说出真相，但他还没有勇气自己站出来，所以不能说出他的真实姓名，至于他接受的五万元劳务费，他已捐献给了贵州山区的一所小学，不义之财也算有了用武之地，让他稍稍感到心安。"拂晓"的来信真是雪中送炭，让吴铁良看到了打开明珠别墅的环评复查的一道缺口，以弄虚作假获取合法手续，这就是他们堂而皇之开工建设的伎俩！正好杨光前来汇报在论坛发现"拂晓"帖子的事，吴铁良叫杨光把帖子和邮件都拷贝下来，存在优盘内，以备举证之用。

吴铁良向宋书记电话汇报了最新情况，宋书记笑道："只要你是正义的，天平会向你倾斜！有了这样的证据，你还担心什么呢？大胆地干吧！"吴铁良说："真要把那些造好的别墅拆掉吗？我不是怕他们有什么后台，而是觉得有点儿可惜，造这二三十幢别墅，花了不少钱吧？"宋书记说："优柔寡断不是你的性格哦！我们的社会是讲秩序的，要维护这种秩序，就必须坚持法制和道德的建设，付出一定的成本，这是很正常的。"有了宋书记明确的表态，吴铁良充满信心地说："好，我知道怎么做了！"

当市综合办的见面会上，吴铁良说出要拆除灵湖明珠造好的第一期别墅时，好些人惊讶地说："真的？不拆不行吗？省考察组已经走了，不用把他们的话当圣旨，这么漂亮的别墅，拆掉不是种浪费吗？"秦副市长说："我们尊重省考察组的意见，但不能把鸡毛当令箭，要考虑我们当地的利益，别墅项目手续齐全，现在哪个城市没有别墅？这标志着灵湖的百姓富裕了，别墅质量没问题，为什么要拆掉？一拆了之是轻松，但这笔损失，账怎么算？谁来买单？"吴铁良说："别墅的环评手续存在违规操作，而且，在风景区内建造别墅，国家已明令禁止，这个建设项目是怎么出台的？是谁批准的？我们不能再容许权大于法的现象存在，谁违法谁就应该承担法律责任！"秦副市长说："这个问题的处理还要讨论，不是你环保局一家说了算的！"

清江边的一家机械厂，秦副市长的父亲秦根元是这家厂的门卫。按年龄，秦根元应该退休了，但他为了发挥余热，继续留在厂里上班，干着门卫的工作，厂里也考虑到他是秦副市长的父亲，为了照顾他，才让他继续上班。实际上，现在很多厂已不用老年人当门卫，而是请来年轻的保安。这天下午，秦根元端着烟灰缸，准备到江水中清洗一下。河埠头，靠近水面的石条上布满青苔，秦根元一脚踏上去，不提防脚下一滑，手中的烟灰缸脱手飞出，只听"扑通"一声，整个人扑向江中，溅起一片水花！江边水深，秦根元扑腾几下，体力不支，连呼"救命"，他的身体渐渐下沉。

　　厂里的张师傅开着卡车刚出厂门，看到秦根元走到河滩上，当他车子转弯，却发现河滩上没人，有个人在江边的水面上沉浮，他知道老头落水了。可是，张师傅是东北人，应聘来厂里开车，他不会游泳，没法立即下水救人。他连忙跳下驾驶室，向厂里呼喊："老秦落水了，快来救人啊！"附近的办公室里有人听到喊声，纷纷跑出来，他们来到江边，看到老秦的头已没入水中，只有两只手还在水中挣扎，马上要沉下去了！生活在清江沿岸的人们，十之八九会水，但此时此刻，却没人跳入江中救人。有人说："快找根绳子来，抛给老秦，把他拉上来！"旁边的人说："他的人都快沉下去了，哪还能看清绳子？快70岁的人了，就是抓到绳子，也没力气爬上来呀！"

　　秦根元的手渐渐停止了抓舞，身体正无力地下沉，可站在岸边的几个人仍没有下江的意思。一位女同志说："你们大老爷们，好意思看热闹？可惜我是女的，要是男的，我就下去救人了！"旁边一个男的说："女的也可以救人，工资和福利，你不比我们男同志少拿呀！"另一个女的说："老秦的儿子是副市长，谁要是救了老秦，说不定能捞到好处呢！"旁边一人说："是命重要还是好处重要？水深不说，江水太脏，谁愿意下去呀？要是喝上一口脏兮兮的江水，不生病才怪！"围观者越来越多，就是没人跳下江去救人，眼睁睁地看着江水即将吞噬一条生命！

　　真是无巧不成书，灵湖市环保志愿者方萌，正陪着一位摄影记者沿着清江采风，看到这家机械厂的河滩边聚集了不少人，盯着江水在议论着什么。方萌以为他们在看江中的死鱼、死猪什么的，经过时，就随口问了一句："你们在看什么呀？"有人说："这个厂的门卫刚才掉水里了。"方萌急忙问："多久了？人救上来没有？"那人说："几分钟前落水的吧，人沉下去了。"方萌问："那你们怎么不赶紧下去救人？"那人说："说得轻巧，水这么脏，谁愿下去救人？再说他年纪也大了。"方萌实在不明白，救人难道还要挑剔水质吗？就是粪坑，也要第一时间下去救人啊，怎么能袖手旁观呢？说什么落水者年纪大，难道年纪大就该死吗？

　　方萌二话不说，双脚一搓，把休闲鞋丢在岸边，衣服也没脱，跑下河滩，往江中"扑通"跳下，一个猛子扎了下去！她的动作一气呵成，把围观的群众都看呆了，他们没想到一个过路的姑娘会毫不犹豫地跳下江去救人，她奋不顾身的救人行为，顿时让围观者自惭形秽起来，就连跟她一起来的摄影记者也没想到方萌会跳下江水救人，但他出于职业敏感，连忙按动快门，把方萌跳江救人的情景拍了下来。方萌水性好，她自幼喜爱游泳，在中学时得过市运会的游泳铜牌，小时候她常和大人一起在清江里嬉水。后来水污染了，她就没法和清江亲密接触了。像她这个年龄，小时候常常受到雷锋、黄继光、罗盛教、张海迪等人的故事的熏陶，舍己救人，几乎是一种本能，今天她能迅速作出反应，也就不奇怪了。

方萌一个猛子下去，在水里摸索，一分钟左右，探出水面换口气，然后再次屏气在水底搜救，当她第三次探出水面时，露出的不是一个头，而是两个，其中一个正是老秦！方萌一手抓着老秦的胳膊，一边仰泳着游回岸边。围观者一阵欢呼！方萌无力地把老秦的身体拖上河滩，摄影记者老杨连忙下来帮忙，旁边几位围观群众也过来帮忙，大家七手八脚地把老秦抬到岸上，老杨向方萌伸出手，把她拉上岸。老秦已经昏迷，脸色苍白，肚皮鼓起，应是喝了不少江水。方萌知道，抢救落水者，前面几分钟至关重要，她一边叫老杨拨打120叫救护车，一边叫几名群众把老秦抬到一块大石头上，让老秦头朝下，她在老秦的腹部有规律地按压，浑浊的江水从老秦嘴里流出，可老秦并没有苏醒过来。

方萌把人救上来，已是难能可贵，无论老秦是死是活，她都可以一走了之，她自己身上湿淋淋、脏兮兮的，该去冲洗一下，换身衣服了。但是，她当时并没有这么想，她觉得：把人捞上岸不算什么，尽可能把人救活，才是圆满的结果。她学过急救知识，叫群众把老秦从石头上抬下，平躺在地上，然后对老杨说："我给他做人工呼吸，你帮忙按压他的胸部。"老杨说："我要拍几张现场照，这场面多感人啊！"方萌说："救人要紧，先别拍照了。"她说完话，就俯下身子，把老秦的汗衫撩起，把他嘴角的淤泥擦去，然后一手捏着他的鼻子，一手掰开他的嘴巴，深吸一口气，嘴巴贴着老秦的嘴，向他的嘴中吹气，随后离开他的嘴巴，并松开捏在鼻子上的手。一个姑娘给一个落水老者做嘴对嘴的人工呼吸，而且方萌不是医务人员，这是相当罕见的，此情此景，震惊了在场的群众。

　　记者老杨适度用力地按压老秦的胸部，把方萌吹进去的气压回来。如此往复了六次，老秦的胸部有了自主的微微起伏，呼吸和心跳慢慢恢复了，过了几分钟，老秦睁开了眼睛！周围的群众发出一阵欢呼，有人高兴地说："老秦活过来了！老秦被救活了！"救护车到了，众人要把老秦抬上车，去医院做进一步的救治。老秦虽然刚刚醒过来，但他有个意识：自己被人救上岸，活过来了！他转过头，目光搜索着，他想知道，是谁救了自己，但他并没有看到救命恩人就被抬上了救护车。此时，方萌已经离开了人群，她和记者老杨走在街道上，想找家商场买几件衣服，湿漉漉的衣服沾在身上，又散发出阵阵异味，既不雅观也不舒服，何况方萌是爱干净的。记者老杨由衷地说："小方，没想到你的思想境界这么高，你不但是一个优秀的环保志愿者，还是一名助人为乐的活雷锋啊！"方萌笑了笑说："不过是力所能及的小事，您不用这么夸奖我。"

　　秦康远闻知父亲落水，正在医院抢救，连忙赶到医院，方知父亲被人救起，现已转危为安。经过打听，救人者是一个模样挺俊的姑娘，她没留下姓名就走了。老秦叮嘱儿子，一定要找到那个姑娘，要好好报答人家，现场那么多围观者，最后却是路过的那位姑娘跳入水中把他从江底救上来，这姑娘心肠好，真是难得啊！次日，《灵湖日报》刊登了两张照片，揭开了这个谜底。其中一张是记者老杨拍的，是方萌跳入清江的一瞬间，图片说明是"环保志愿者方萌勇救落水者"，另一张照片是现场一位群众抓拍的，照片上，方萌全神贯注地在给老秦做人工呼吸，图片文字是"这是救命的'吻'！"秦康远真是没想到，救起自己父亲的，竟然是"自然之家"的负责人方萌，这太让他震惊了！

　　秦康远和方萌打过交道，他们在翟静主持的《市民热线》中一起担任过嘉宾，知道她是个积极的环保志愿者，对污染现象深恶痛绝，多次给市长信箱发电子邮件，反映企业违规排污等问题，是个不在编制的环保人士。秦康远平常对她有点儿敬而远之，热心环保是好事，但不能不分青红皂白地一味排斥企业排污，没有企业怎么谈发展经济？有了污染可以治理嘛，要不然，要环保局干什么？但这次情况不同了，方萌居然救了父亲，她成了秦家的恩人。秦康远是个孝子，父亲的话，他自然记在心上，想找机会好好答谢她。秦康远派秘书去了解她家的情况，知道她家生活条件并不好，她在忙"自然之家"的事，丈夫目前没有工作，还好赌博。秦康远心想：她现在有事情做，给她丈夫安排个工作，对她家应该是个帮助。

一天下午，方萌接到市长办公室的电话，说秦副市长请她到清风居喝茶，方萌感到奇怪：我和秦副市长素无交情，甚至还有点儿针锋相对的意思，毕竟一个盯着发展，一个盯着环保，观念上可能存在一些矛盾，他请我喝茶是什么意思？拉拢还是施压？怀着疑惑的心情，她去了清风居。

清风居是家高档的茶楼，每位最低消费98元，而且不能无休止地坐下去，下午和晚上是分开收费的。秘书很早就在茶楼门口迎接，把方萌迎到一个单间后，秘书就退出了。房间里只有秦副市长一人，茶桌上摆有一份花式果盘，还有开心果和南瓜饼等小吃。秦康远笑意盎然地说："欢迎方小姐如约而来，请坐！"方萌淡淡地说："市长邀请，我不敢不来呀，但请不要叫我小姐，听着别扭，叫我方萌好了。"一般的女子，可能见了市长后百般讨好，或是十分紧张，但方萌神色自然，笃定地入座。

服务员来问点什么，秦康远笑着说："你喝茶还是咖啡？"方萌说："来杯绿茶。"服务员问："您要龙井、碧螺春、铁观音还是黄山毛尖？"方萌说："没有灵湖银毫吗？"服务员答："对不起，本店为了确保顾客的健康，也为了维护本店的声誉，已停止供应灵湖银毫,请点其他绿茶吧。"方萌说："那算了吧，给我来杯白水，要放柠檬。"秦康远要了杯龙井，服务员说："好的，请稍候。"

服务员走后，方萌说："秦副市长，您看吧，本市的茶楼居然不供应当地产的灵湖银毫，您不觉得有点儿讽刺吗？"秦康远说："在商言商，我理解他们的举措，灵湖银毫喝倒过人，至今还没查出原因，他们不敢用并不奇怪，加上最近发生的茶园非法集资的事，影响不太好，茶楼为了洁身自好，不供应灵湖银毫，尚在情理之中。"方萌愣了几秒，看了看秦副市长，说："您这样的父母官，我真感到吃惊！本地的特产走向没落，您没有一丝惋惜或是惭愧吗？"秦康远说："茶园已由国资委接管，委托农工商总公司经营，陆洋被聘为茶园经理。这次变动充分说明，政府在出手挽救部分名特优土特产，扶持它们在市场经济大潮中发展壮大，我们政府部门是负责任的！"

方萌说：“秦市长，您是主管经济的，的确，这些年灵湖的经济是上去了，但我们看到灵湖的环境也在遭受破坏。鱼米之乡，鱼在急剧减少，米也失去了往日的香甜，您不感到担忧吗？”秦康远沉思了一下，说："我知道，你们环保人士，对我们搞经济建设有一些不满，认为我们重发展、轻环保，其实……"方萌说："难道不是吗？GDP 上去了，可身边的环境有好转吗？废气、噪音、污水、垃圾，把我们都包围了！"方萌不知道秦副市长找自己来谈什么，但既然来了，就要表达自己的观点。秦康远今天的脾气似乎不错，他依然笑着说：“方萌啊，你可能对我们主管经济的有点儿偏见，我可不像你想象的那样对环保漠不关心，只是我们的立场不同，考虑问题的角度也就不同，这个希望民间环保组织能够理解，因为，我们首先要考虑的是提高民生水平，让灵湖百姓过上好日子，至于说到排污，有些企业在所难免，比如医药、造纸、水泥、印染等行业，有关我们的日常生活，不可能为了环保就把它们全关了吧？我们不能因噎废食，既不能因为发展而破坏环境，也不能因为环保而阻碍发展！比如一户人家，生活贫穷时，不会挑剔吃穿用是不是绿色环保，反而生活条件好了以后，才会追求生活质量，所以说，我们让灵湖人富裕起来，人们的环保意识自然就会提高！"

乍听之下，秦副市长的话似乎颇有道理，但细想之后，就感觉他的话是站不住脚的，那不是典型的亡羊补牢吗？但方萌还没想好怎么来反驳他。她想：秦副市长不会是找我来高谈阔论的吧？还是想倾听各方意见？方萌说：“秦市长，您找我有什么事吗？”秦康远笑道："有啊，今天约你来，是想向你表示感谢的！"方萌以为秦康远是在肯定“自然之家”，就笑盈盈地说：“谢谢，这是我们应该做的！"“自然之家”致力于宣传环保知识、保护自然生态、推广节能用品，深入基层和家庭，方萌和“自然之家”的志愿者们做了大量的工作，能得到市领导的肯定，这是一份鼓励。谁不知道，秦副市长主管工业期间，上马了很多排污企业，他的理念是“有了污染再治理”，而自然之家的理念是“拒绝污染，防患于未然！"环保局的功能是兼容这两种理念，督促企业治理已经存在的排污行为，而对新开工项目实施环境影响评估，从源头控制新增污染源。

秦康远接着说："方萌，你救了我的父亲，真不知该怎么感谢你才好！""哦？"方萌明白过来，原来那天在清江救起的老人是秦副市长的父亲。副市长的老爸，一把年纪了，应该享清福了，他怎么还在上班？还差点儿落水丢了性命，说明秦副市长对老爸关心不够呀！秦康远说："那天幸亏你救起了他，要不后果不堪设想！"方萌说："您还说呢，救起来我才知道，原来是个头发花白的老人，他是您的父亲？他怎么不在家，还在工作？您没有给赡养费？"秦康远说："我每月都给老家汇钱，就是工作忙，很少回家。我妈去世多年，我爸一个人呆在家里没劲，非要闹着上班，原单位就把他安排在传达室，那天也不知怎么的，他就掉江里了，好险啊！方萌，你是我家的大恩人，我爸反复要我找到你，要我好好报答你！你看有什么需要，尽管提出来，我一定尽力帮忙！"方萌笑了，说："我不需要什么报答，但我有一个要求。"秦康远连忙说："好，什么要求？你说！"方萌缓缓地说："当您父亲落水后，您知道大家为什么只是围观，而不立即下水施救？"秦康远说："世风日下，人心冷漠！"方萌说："您说的只是一方面，而最主要的原因，是江水太脏！要知道现在是夏天，江边的人谁不会游泳？问题是，现在的清江还能游泳吗？谁愿意跳入又脏又臭的江水？"秦康远说："可是你跳了，由此可见，你奋不顾身救人的精神，是值得大家好好学习的！今年市里即将评选十佳青年，我准备推荐你入选！"方萌说："别别！我宁愿让市民自由评选，也不能接受您的推荐！我是NGO组织'自然之家'的负责人，也是一名环保志愿者，我希望有更多人关注环保，支持我们'自然之家'！"秦康远知道，方萌不想有人照顾情面而入选十佳，这姑娘的思想境界真是高啊！

秦康远说："你对环保的挚诚，你高尚的情操，令人敬佩！如果你愿意，我可以介绍你进环保局工作，你可以继续从事你的事业，怎么样？"方萌犹豫了一下，能到环保局和吴局长共事，彼此可以有更多的交流与合作，这是她向往的，但是，她凭什么进环保局？就因为救了秦副市长的父亲？更何况，民间环保组织有着更灵活自由的特性，对环保局是个有益的补充，如果并入环保局，就失去了一个阵地，还不如保持现状，更能相得益彰。

方萌说：“谢谢您对我的支持！不过，我还是觉得，与其您来帮助我，不如帮助环保局早日把清江治理好，那样，灵湖300万父老乡亲都会感激您！”秦康远说：“请你放心，清江早晚要治理好的，我们在增加资金投入，加大治理力度和治理范围，清江一定会摘掉‘乌江’这顶帽子！说点儿私人的事，我听说你丈夫现在失业，要不给他安排一份工作？到中学当体育老师，或者到体委当个助理教练，随他挑选！”

方萌有点儿惊讶，自家的情况，他怎么知道？现在大学生一毕业就失业不在少数，秦副市长只要一句话，就能落实好工作？这也太容易了吧？也难怪，人家是副市长，手中握有权力，要安排个工作还不是小菜一碟！但是，方萌不想接受他的任何帮忙，也许，他是想以帮忙的形式来还自己救他父亲的人情，这样他就可以心安理得了？方萌说：“从前有不吃嗟来之食的故事，我不想您利用职务之便来帮我什么忙！我的丈夫是个身体健康的人，他有能力自力更生，不需要别人的搀扶！”秦康远关心地说：“你别误会，我听说你先生有点儿不务正业，赌输了不少钱，给他找份工作，让他收收心，减轻你的压力，我是出于好心呀！”方萌摇摇头说：“我的家事不希望别人插手！秦市长，如果您没其他事，我先告辞了。”

秦康远有点儿意外，领导找人谈话，那是可以改变命运的机会，有的人想巴结还巴结不上呢，她怎么毫不在意，就不怕得罪领导、断了前程？当然，此时的秦康远不可能去为难方萌，父亲交给他报答恩人的任务还没完成，但是，方萌从容不迫的神情，让他感染到一种精神力量，一种“咬定青山不放松”的信念和气魄，这种气魄体现在一个环保志愿者的身上，体现在一个年轻貌美的姑娘身上，不禁让他肃然起敬。

方萌离开茶楼，来到了环保局。田佳在楼道遇到方萌，说：“方姐，你找谁？”方萌说：“我找吴局长。”田佳说：“预约了吗？”方萌笑道：“是吴局长叫我来的。”田佳喃喃道：“是吗？我怎么不知道？”吴局长找方萌会有什么事？看方萌那满面春风的样子，就知道她心里有多兴奋。田佳回头望了一眼方萌上楼的背影，心里有点儿酸溜溜的。吴铁良上午就约了方萌，电话里没说什么事，只说见面谈。本来说好下午见的，由于方萌临时接到秦副市长的邀请，从茶楼那边过来，到环保局时，将近下午四点了。

到了局长办公室，方萌抱歉地说："有点儿事，我来晚了。"吴铁良笑道："还没下班，不晚不晚。"方萌说："吴局长，您说有事和我商量，我在想，您堂堂局长，我一个小老百姓，会有什么事和我商量呢？"吴铁良笑道："你不是小老百姓，你现在是名人了，你的芳照登上了《灵湖日报》，听说市政府还要号召全市干部群众向你学习呢！"方萌一摆手说："吴局长，您就别取笑我了，什么名不名的，那不是我们平民百姓追求的东西，您还是说说叫我来什么事吧。"吴铁良说："上头在推广使用节能灯，据说一个5瓦的节能灯，亮度相当于40瓦的白炽灯，一年可以省下不少电。我们市分到了二十万只节能灯，如何均匀地分发出去？我们环保局人手不够，没有精力负责这件事，你有什么好办法吗？"方萌笑道："分发下去还不简单？每县每乡、每村每户分摊一下，别说二十万只，就是二百万只照样供不应求。"吴铁良说："不是免费送的，是要收钱的。"方萌说："哦，卖的呀？现在商场和灯具店也有卖，二十万只不一定卖得出去。"吴铁良说："不是市场价，这批节能灯的售价不到市场价的一半，是按成本价销售的，用户付一半，一半由政府补贴，每只就卖三元左右。"方萌说："这还差不多，可是，要卖掉二十万只节能灯，要花不少人工，现在不能搞摊派，那要卖到何年何月？哦，对了，可以找翟静帮忙呀，让她在《市民热线》里宣传一下节能灯的好处，销路就不成问题了。"吴铁良笑道："对，一语惊醒梦中人！车少军最近没来上班，我差点把翟静给忘了，她在节目中做下宣传，效果肯定好！她这个主持人，可是一呼百应，不，是一呼万应啊！"方萌笑着说："车科长真有福气，他摔伤了，翟静反而当定他的女朋友了，希望他们有情人终成眷属！"

吴铁良关切地问："你先生现在好点儿了吗？他还出去赌吗？"方萌叹了口气说："唉，说到他，我已经没有力气生气了，我终于明白'赌鬼'的含义了，人只要沉迷赌博，就不是人了！他现在天天出去打麻将，离又不离，又不好好过，真是无奈！"吴铁良安慰道："夫妻间要相互宽容，他会回心转意的，男人年轻时难免犯错，等他明白了，会知道他身边有着一位多么好的老婆！"方萌摇摇头说："吴局长，您也年轻过，您年轻时荒唐过吗？实话说，我对他已经失去信心了，整天游手好闲，哪像个男人的样子？"吴铁良笑道："在婚姻这所学校里，男人是学生，女人是老师，男人是靠女人来调教的，如果你遇到一个调皮的学生，可能要花费更多的精力。"方萌低沉地说："可是，我已经筋疲力尽了，没有办法坚持了！哎，看我，在你上班时间都跟你聊了些什么呀！我成了小女人，在向您倒苦水！"吴铁良微笑着说："没关系，我们是朋友，可以无话不谈的。"

方萌拉回了思绪，说："吴局长，您刚说的节能灯，我可以组织一批志愿者，在几个定点专门负责销售，志愿者的力量是无穷的，相信我们！"吴铁良笑道："我当然相信你们，要不也不会找你帮忙了，李志成、车少军、姚大林都不在局里，其余几个也都有事在忙，目前确实抽不出人手，有你们帮忙，真是求之不得！"方萌笑着说："谁让我们怀着同一个心愿呢？能帮上您一点儿小忙，我很乐意！对了，李志成怎么辞职了？他很有抱负的，怎么就退缩了呢？真不可思议！"吴铁良笑道："我了解他，他没退缩，他是换一条路行走，我还是看好他，未来的环保需要他来担当！"方萌说："吴局长，您下班后急着回家吗？如果有空，我想请您吃晚饭，行吗？"吴铁良哈哈笑道："怎么能让你请我？你帮了我的大忙，应该我请你才对！"

41. 珠联璧合

　　方萌接过了普及节能灯的事情，吴铁良集中精力应对明珠别墅环评违规一案。吴铁良手中握有确凿的证据，证明灵湖明珠别墅在环评时弄虚作假。省考察组专门留下话，要依法处理在风景区乱建别墅的违规行为。对环保局更有利的是，省城的环评专家在网上发帖，公开他收受红包、违心为灵湖房地产出具环评报告的事，这让灵湖房地产的曹总措手不及，这位专家还给吴铁良发来邮件，详细叙述了他参与灵湖明珠别墅的环评经过，这封邮件让灵湖环保局在年前违规审批通过的别墅建设项目原形毕露。吴铁良把情况向市委和市政府综合治理办汇报，市综合治理办的意见是：先期造好的别墅就留着，后期建设暂停，这样既纠正了错误，又避免拆除建筑造成的浪费。然而，宋书记的指示是：有法可依，执法必严！既然违规，就要纠错彻底，不留尾巴！

　　曹总一直在四处活动，托人说情，给吴铁良送礼，都让吴铁良严辞拒绝了。有一次，他接到灵湖房地产余副总的电话，吴铁良说："对灵湖明珠别墅的最终处理，不是我们环保局能决定的，更不是我一个人说了算的，你们不要白费心机了！如果你们再给我办公室和我家里送钱送物，我要交给纪委了！"余副总说："吴局长，做人不要太绝呀，给人方便自己方便！灵湖明珠别墅是灵湖房地产的一面旗帜，是灵湖市的标志性建筑，倾注了我们公司的大量心血，怎么能轻率地听信谣言，一拆了之呢？"吴铁良说："怎么是谣言？你们买通环评专家，违规给你们出具环境影响评估报告书，让环保局前任局长费明同志违规给你们审批立项。在风景秀丽的灵湖边上，怎么能开发建设如此规模的别墅群呢？"余副总辩解说："网上的流言怎么能信呢？那个什么拂晓，我们知道是谁，他狮子大开口，向我们索要十万块钱，我们少给了，他为了发泄私愤，在网上散布谣言，我公司已请律师准备向他提起诉讼！秦市长不是要求慎重一点儿吗？我们灵湖房产是本市纳税大户，你就不能通融一下，支持一下本地企业吗？"吴铁良回道："我不是说了吗，这事我个人做不了主，你们如果有理，那就去找市委、市政府说去！"

自从这次电话后，吴铁良的办公室以及家里常接到莫名其妙的电话，铃声响个不停，接听后，对方却不说话，有时半夜三更还接到几次这种骚扰电话，吵得人无法睡觉。吴铁良的手机上，收到过语带威胁的短信："你小心点儿！"半夜里，二楼的窗玻璃忽然哗啦几声，被人用石子砸碎了！常凤英惊魂未定地说："铁良，你当了这劳什子的环保局长后，我们没过过一天好日子，现在连安全感都没了，我看你还是辞职吧，回去当信访办主任好了，权力小点儿，至少能安稳过日子！"吴铁良笑道："你以为工作调动是回娘家，想回去就回去？他们用下三滥的手段想吓退我，办不到！明天我就请示宋书记，要拆就马上动手，免得节外生枝！"常凤英说："那我们搬家吧！反正旧城改造的工程，都是曹总他们做的，就算这儿碰上拆迁，还不是灵湖房地产的活？他会给我们好果子吃？"吴铁良说："搬家？搬哪儿去？现在房价这么高，买房不划算，再等等，到菲菲结婚时，我们给她买套新房。"说到女儿，常凤英有点儿担心："菲菲去哪儿了，怎么一点儿消息也没有？"吴铁良说："她和李志成在一起，不会有事的。"常凤英是过来人，她明白女儿喜欢李志成，两人结伴而行，没事才怪！

省环保厅送来了关于灵湖明珠别墅环评复查的批复，要求灵湖环保局督促灵湖房地产立即将已建别墅拆除，恢复原生态环境。吴铁良知道，要灵湖房地产公司自行拆除别墅无异于与虎谋皮，是不可能实现的。他给宋书记电话，谈了自己的看法，吴铁良认为，最好由市里出面，组织执法队伍对别墅进行强制拆除。宋书记说："市里不便出面，但我可以请其他部门协助你进行执法行动，比如公安局、建设局、市容执法队等，保障拆除工作的顺利进行！"吴铁良说："真决定拆？不改了？"宋书记果断地说：

"拆！维护环保法规的严肃性！"吴铁良说："好，一言为定！您让其他部门人员到位，我一定给它拆得干干净净！"

第二天，吴铁良带领刘鸣、杨光、田佳等人，还有建设局的两位同志、公安局范副局长和七八个民警，还有二十多位市容执法队员，后面跟着两台大型推土机，在环保局门口集合后，浩浩荡荡地向灵湖明珠别墅的工地驶去。因为隔了一夜，吴铁良怕事情有变，临出发时，他给宋书记打电话确认，吴铁良说："宋书记，我们准备出发了，按原计划进行吗？"宋书记说："吴铁良，你怎么变得婆婆妈妈起来？让你干，你就大胆地干！你不是一个人在战斗，有公安干警为你们保驾护航，有什么好担心的？"吴铁良说："俗话说，瞬息万变，我怕您改变主意呢！"宋书记哼了一声，说："我是那种朝令夕改的人吗？"吴铁良笑道："我知道您不是那种人，但为了保险起见嘛，难得来次大动作，要是半途而废就太窝囊了！"宋书记说："你放心大胆地干吧，我的手机开着，有什么情况，随时跟我联系！"

负责拆除别墅的执法队到了现场，果然遇到了麻烦。灵湖房地产公司不知怎么知道了执法队要来的消息，派了好些民工堵在工地门口，不让执法队的车子进入。有个民工说："这是我们造的别墅，凭什么说质量不过关要拆掉？你们要进来，就从我的身上碾过去！"他索性躺在地上，拦在了推土机的前面。刘鸣对民工说："这不关你的事，我们要拆别墅，不是建筑质量问题，而是别墅报批的手续有问题！"民工说："少来诳我！手续不是在施工前办的吗？现在房子都造好了，跟手续有什么关系？你们要是拆了房子，房产公司说了，我们的工钱，他们一分也不给！我们辛辛苦苦干了几个月，没有工钱，不是断了我们的活路吗？不成，这房子不能拆！"

市容执法队员大多是复员军人，性格刚烈，脾气火爆，哪容人无理取闹？几名队员上前，要把民工从地上拉起来，想把他拉离现场，旁边的民工不答应了，一拥而上，有的操起泥刀，有的拿着砖头，他们围住市容队员，眼看双方剑拔弩张，冲突一触即发！吴铁良连忙制止说："双方不要冲动！民工朋友们，拆别墅的事真的和你们无关！我是灵湖市的环保局长，这里的别墅由于不符合环评手续，经过省环保厅和市委、市政府的审议，决定把首期建造的别墅一律依法拆除，请你们理解和配合！至于你们的工钱，我保证帮你们讨回来！"别墅还没开始拆呢，吴铁良可不想看到有意外发生！民工见有人能帮忙讨回工钱，顿时来了精神，有人说："真的吗？你不会是骗我们吧？"吴铁良动情地说："你们背井离乡来这里打工，风吹日晒，为灵湖的发展增砖添瓦，你们是灵湖的功臣！你们是我们的朋友！我怎么可能骗你们呢？"

吴铁良的一番话让民工们深为感动。他们出来是为了挣钱，但是，他们在需要工钱的同时，更需要获得尊重！有人能认可他们的付出，他们能不感到欣慰吗？躺在地上的那人也爬了起来，来到吴铁良跟前说："你说话当真？真帮我们要回工钱？"吴铁良点点头，说："你们付出了辛勤劳动，当然应该获取报酬，拆别墅不是因为施工质量不过关，而是房地产公司的责任！你们不要被他们利用，要知道，阻挠执法是犯法的事，严重的还会坐牢，就不能挣钱养家了！"民工们听了吴铁良的劝，纷纷散开，让出通道。煽动民工拦住执法队去路、在旁边观察的灵湖房产公司的销售科长，看到民工不再阻挠执法队进入，连忙给曹总打电话："曹总，不行啊，民工不听话，没挡住吴铁良他们进来！"曹总骂道："废物，这点儿事都办不好！你们不会手拉手拦住他们吗？"销售科长说："公安局来了不少人，他们说了，要是有人阻挠执法，他们就抓起来！"曹总意识到事情不可扭转，就说："随他们去搞吧，东墙损失西墙补，这笔账，我会在他们身上赚回来的！"

工地上尘土飞扬，漂亮的别墅，在推土机的无情摧残下，"轰隆"倒下！田佳带着摄像机，记录着眼前发生的一切。每幢价值百万的别墅顷刻变成废墟，这三十座别墅价值三千万元，就因为手续违规，并且造在了不该造的地方，被夷为平地，多少让人感到惋惜。然而，法律就是这样，你不尊重它，就会得到应有的惩罚。这是谁都不愿看到的，但又必须去面对。吴铁良没有失信于人，劳动仲裁委员会的负责人是吴铁良在团委时的同事，吴铁良请老朋友帮忙，陪着在明珠别墅工地上施工的民工代表，去找曹总讨要工钱，曹总答应先付上半年工钱的一半，另一半作为留存，到年底一起结清。留存工钱，是很多工地通行的方法，一是减少公司周转资金，二是防止民工中途离开。建筑工地虽不缺民工，但一个工地要有相当数量的老手，才能确保工程质量和进度，要是施工的都是新手，把墙砌歪都有可能的。

杨光并没有因为别墅的拆除而心存侥幸。"若要人不知，除非己莫为。"灵湖房地产公司以五十万元的成本价给杨光留的一套别墅，现在已躺在废墟上，但知道这件事的有好几个人，曹总、销售科长、费明、刘鸣，可能还有别的人，接受了他人提供的好处，自己就像被牵着鼻子走的牛，看似很强大，其实失去了自由。这几天，杨光在矛盾中煎熬。如果去坦白自首，可能会失去现在拥有的一切；如果装作若无其事，躲得过初一，躲不过十五，最后还是会水落石出的；如果现在主动辞职，一走了之，又能去哪里呢？到费明的灵阳污水处理厂？费明本身就是地雷，随时可能引爆伤人，自己去他那里能安全吗？朋友不以相交多久和相距多远衡量彼此关系的深浅，杨光觉得身边没有可以谈心的朋友，只有远在北京的楚晴懂他的心事，理解他的想法，给他提出中肯的建议。

楚晴回到北京后，心情渐渐恢复了平静。尽管，她和李志成几年的恋爱没有继续走下去，但她并不怨恨他，对他依然是怀念和祝福。爱一个人，是希望他获得幸福，而无论陪伴在他身边的人是谁。她在学校里读的虽是临床医学，但她很喜欢看心理学的书。当她接到杨光的电话，并不感到意外，住在杨光家里的几天，她对他有所了解，凭着女人的敏感，她知道，杨光对她有好感，情感上，他甚至有点儿依赖她。回北京前，在车站，她劝他有错知改，迷途知返，不知他现在怎样了？是一意孤行，还是投案自首？杨光向楚晴诉说了心中的彷徨，不知该何去何从。楚晴静静听完后，说："人最大的敌人是自己，要战胜自己的贪婪和恐惧！你拖的时间越久，心里的不安就越深，如果勇敢面对，你会有如释重负的感觉！你犯的是经济案，不是刑事案，所以没有大罪。如果进去，也就二三年，如果你态度好，上缴全部赃款，有可能缓刑或免予处分，这样你就能堂堂正正做人了！"杨光说："我想帮吴局长多做点儿事，也算将功赎罪吧！我最对不起的是我的妈妈，她一直为我感到骄傲，要是知道儿子犯了法，她有多伤心啊！"楚晴说："母亲有一颗天下最包容的心，她永远不会嫌弃你，她不担心你跌倒,只要你重新站起来,你仍然是她的最爱!"杨光由衷地说:"谢谢你!认识你真好!"

这一天,环保局里非常热闹。车少军回来上班了,姚大林和他的同事也从灵阳回来了,一下子多了好几个人,加上成功拆除了湖边别墅,吴铁良很高兴,说好晚上请客,大家好好聚一聚。车少军已经出院几天了,本来他急着上班,但不巧的是,他的父亲忽然得了急性阑尾炎。这段时间车少军的父亲一直在医院陪护,没好好休息,年纪大,身体抵抗力差。儿子出院当天,他买了两斤猪肉,中午没吃完,傍晚没热一下,就吃了一块冷肉,以为在夏天不要紧的,谁知没过多久,就感到腹痛难忍,到医院一检查,是急性阑尾炎,需要马上动手术。车少军的母亲埋怨道:"儿子刚出院,高高兴兴的事,你怎么又住上医院了?这么不小心!"父母为了照顾自己都染上病了,车少军很过意不去,在医院陪了四天,直到父亲出院,上班也就延后了几天。

姚大林出色地完成了在灵阳的蹲点儿工作,对全县的污染源分布情况、企业污处设备的安装比例,调查得一清二楚,而且基本作了相应的处理。由于马不停蹄地奔波于烈日之下,蹲点儿的每个人都晒成了"非洲来客"。虽然工作压力大,但他们都很乐观。所谓"外来的和尚好念经",灵阳环保局长在当地开展工作时可能会缩手缩脚,而姚大林从市局来,当地部门和企业会比较尊重,毕竟姚大林是来帮灵阳治理污染的。对于李志成辞职一事,姚大林深感惋惜,李志成走时没告诉姚大林,姚大林来不及劝他。李志成是灵湖市第一位高学历的环保人才,当初作为高级人才引进,如今没有留下来,不是一种损失吗?

晚上,环保局食堂里人声鼎沸,一张张小餐桌,被拼成了三张大桌,每张桌四周坐了十几个人。市局办公楼的人都来了,不在市局办公的监察支队、监测中心和环境科学研究所,包括办在朱家浜的生态农业示范园的负责人、去灵阳蹲点儿一个多月的小组成员,今晚都参加了聚餐。为了感谢"自然之家"方萌帮忙推广节能灯,吴铁良约她一起来参加。田佳曾提出质疑:"这是我们局里的聚餐,怎么能邀请外人参加?要来也是您的夫人啊!"吴铁良说:"这是工作聚餐,又不是私人宴会,和环保工作有关的人才能请,方萌是环保志愿者,她办的'自然之家'很有影响,和我们是两个部门、一条战线,都为了环保而努力奋斗。何况,她现在正帮我们普及节能灯,是我们的朋友,请她来,也是为了表示我们的谢意!"田佳不吭声了。

这是吴铁良自上任以来第一次开聚餐会,大家都很兴奋,有说有笑的。丰盛的菜肴端上来后,刘鸣提议说:"难得我们聚一次餐,请吴局长说祝酒辞吧!"众人响应,吴铁良端起酒杯,说:"先祝贺姚大林他们凯旋归来!灵阳是灵湖环保中最难攻的一个山头,但姚队长和其他几位同志圆满完成了任务,来,为大家付出的辛勤劳动,干杯!"当晚,为了防止醉酒,男士喝的是啤酒,女士喝的是橙汁。大家把杯中的酒一饮而尽,吴铁良接着说:"第二杯酒,是祝贺车科长康复出院,回来上班!"第二杯酒喝过后,有人说:"祝酒最少三杯,然后才随意,还有第三杯呢?"吴铁良环顾了一下,说:"第三杯酒嘛……"旁边一桌上的朱斌华低声对刘鸣说:"刘队,吴局长第三杯酒,会不会祝贺您从拘留所出来,恢复自由?"刘鸣瞪了他一眼,说:"你是想让我难堪还是怎么着?男人谁不风流?我就不信你没玩过女人!"朱斌华笑着说:"我是有贼心没贼胆啊!"

吴铁良朗声说:"这第三杯酒,感谢大家对我的信任和支持!正是由于大家的共同努力,灵湖环保才不断进步,希望我们再接再厉,取得优良的成绩!"很多领导,工作让下属去做,却把功劳归于自己,但吴铁良不是这样,他尊重每一个属下,把他们记在心上,也正因为这样,大家对吴局长才发自内心地敬重,愿意在他的带领下,奉献一份力量。吴铁良喝完第三杯酒,并没有坐下,继续说道:"我向大家透露个好消息,我们参与投资的生态农业示范园在专家的帮助下,已经完成了设计、施工和种养规划,到年底,每位员工都能吃上生态园出产的鸡鸭鱼肉和各种新鲜蔬菜水果,多余产品还将销往市场,走上市民的餐桌!"众人一阵欢呼!大家对环保局搞生态农业很感兴趣,这不仅是环保局的三产,改善了员工的福利,更是对绿色环保的一种实践,大家非常期待朱家浜的生态农业示范园能给大家带来惊喜，带来新的消费理念！

聚餐结束时，已近夜里十点多。吴铁良和方萌一起走出来，吴铁良说："我叫司机送你。"方萌说："不用，我走着回去好了。"吴铁良惊讶地说："走回去？你家挺远的，不用一个小时也要三刻钟！"方萌笑道："我们步行沿江考察时，一般都要走二三个小时，三刻钟算什么？"吴铁良说："半夜三更的，你一个姑娘家，走在路上不安全！"方萌幽幽地说："我不是姑娘了，姑娘一般是指未婚女性。吴局长，您要是不放心我，能陪我走走吗？"吴铁良点点头，说："好啊，我现在走路很少了，是该活动活动，再不动也要变胖了。"方萌笑道："中年男人发福，那叫派头，现在当官的，有几个不是大腹便便的？"吴铁良笑道："我不胖，说明我这个局长没油水，还算廉洁。"方萌笑道："你这样的局长少了，你看那个'局'字，就是肥得流油的写照。"吴铁良笑道："听你说话真有趣。"

他们有说有笑地走出环保局，却不知路边的树影里站着一个人，她就是常凤英。常凤英见吴铁良晚上迟迟没回家，就给他打电话，可在食堂里环境喧哗，吴铁良没听到手机铃声。常凤英见吴铁良不接电话，就给环保局的传达室打电话，问保安吴铁良是否在加班，保安说单位聚会，他正在食堂喝酒呢。她知道吴铁良酒量一般，担心他会喝醉了，他晚上通常不麻烦司机接送的，要是他喝醉了，会不会回不了家？于是，她乘车来到环保局，正要进门，看到吴铁良和方萌出来，看他俩挨得很近，有说有笑的样子，常凤英不禁十分恼火。好呀，铁良果然被那个狐狸精迷上了，今晚他单位聚餐，不叫我，竟然叫上她，真是岂有此理！她恨不得立即上前，扇方萌一个耳光，但想到他们现在没什么亲密举动，要是自己现身，他们肯定不承认有什么。她想：好，我就跟在你们后面，看你们到哪里鬼混！

吴铁良和方萌并不知道后面有人跟着，他们依然有说有笑地走在马路上。吴铁良说："方萌，你的'自然之家'虽然从事环境保护的工作，但是没有收入，怎么维持下去呢？"方萌说："我们虽然没有政府拨款，但是，国际上从事环境保护的 NGO 组织会有资助计划，中国的民间环保组织也可以向他们申请专项资金，同时，我们也接受社会有识人士的资助。我们钱虽不多,但能够维持生存。人们的环保意识正在觉醒,有时,从小处着手,更容易让人接受。"吴铁良说:"我挺佩服你的,一个姑娘家,抛头露面,像推销员一样,坚持向人推销环保生活理念,这是多么不容易的事啊!"方萌笑道:"靠我一个人是不行的,让人欣慰的是,正有越来越多的人加入到环保志愿者行列,星星之火,可以燎原啊!"吴铁良说:"环保法的实施,一般只针对单位,很少涉及个人,而环保志愿者的出现填补了这个空白,现在老百姓掌握的环保知识大多来源于环保志愿者和新闻媒体的宣传,我们环保局在这方面是做得不够的!我觉得,环保局和民间环保组织如果能携手合作,无疑是珠联璧合!"方萌笑道:"我们是小草,你们是大树,如果联手合作,我们是不是有点儿高攀呀?"吴铁良说:"不,我们是平等的,异曲同工,殊途同归!"方萌点点头,说:"环保影响生活,我们生活中的每件事几乎都和环保有关。'自然之家'下一次的宣传内容,是倡导人们使用手帕,减少使用一次性餐巾纸,减少森林资源的浪费!"吴铁良赞道:"好!你想得真周到!"

常凤英活了四十多岁,第一次跟踪自己的丈夫,她的心里既痛苦又矛盾。要不是亲眼所见,真难以相信结婚二十年的丈夫会和别的女人好上了!她担心被铁良和方萌发现,和他们保持一段距离,她能看到他们的身影和动作,但听不清他们在说什么。常凤英很闹心,恨没在吴铁良的口袋里放个窃听器,这样就能偷听到他们谈话的内容了。不用说,他们肯定是在说肉麻的话,要不,他们怎么会那么高兴呢?他们走走停停,有时还相互凝视,在如此深夜,可真是浪漫!吴铁良,你什么时候陪我走过这么长的路?怪不得你对女儿漠不关心,原来你心里装了别的女人,你真是虚伪!真是可恨!走了半个小时,还在边走边谈,真不明白,哪里来的走不完的路,说不完的话?

快要到家了,方萌才想起来,吴局长一直陪着自己在步行,居然走了这么久!两个人一直在说话,方萌很久没有这么畅快地和人聊天了,她自己都感到奇怪,和吴局长在一起,似乎有说不完的话。两人交往并不深,但方萌乐意向他打开心扉,把自己的喜怒哀乐向他倾吐。人之所以能成为朋友,不就是因为彼此可以倾听和倾诉吗?在小区门口,方萌歉意地说:

"对不起，吴局长，让您陪我走了这么长的路，您回家吧，再晚就打不到的了。"吴铁良笑道："打不到的，我走回家。"方萌笑了，说："您不会走上瘾了吧？"吴铁良笑道："可能是被你传染的。"方萌伸出手，笑道："这么晚了，不方便邀请您到我家做客，再会吧！"吴铁良和她握了握手，叹口气说："唉，我觉得走得太快了！"方萌的脸在夜色里红了一下，吴铁良看不到，跟在后面几十米远的常凤英就更看不到了。

　　吴铁良拦到了一辆出租车，回到家里时，发现妻子不在家。过了一刻钟，院门外响起车子的刹车声，常凤英回家了。吴铁良问："你去哪儿了？回来得这么晚？"常凤英说："现在晚吗？哦，十一点半了，我还以为早呢。"常凤英虽然知道了丈夫和方萌走得很近的事实，但她并没有闹，因为她懂得，对于心有点儿游离的男人，要把他的心拉回来，而不是把他往外推。吴铁良问道："去哪了？你很少这么晚回家的。"常凤英停顿了一下说："是吗？哦，我有点儿事，去春林那儿了，他准备开家水暖建材店，想跟我们借点儿钱。"其实，常春林是白天去信用社找过她，的确是为开店的事，因为要还银行贷款，没有一定的收入可不行，但开店要本钱，再贷款不可能，他知道表姐家有点儿积蓄，就开口借5万块，当时，常凤英回说："钱是你姐夫管的，我回家和他商量，再说，我们那点儿积蓄，是为你外甥女买房准备的。"常春林说："菲菲要招上门女婿吗？如果不是，那买房是由男方搞定的，你们借点儿给我吧，现在房地产生意红火，新楼盘一个接一个，买房的人多，水暖建材生意肯定好做。"

　　吴铁良说："借给春林吧，他喜欢经商，做生意挣钱是好事。"常凤英说："你不怕他亏了？茶园的教训你忘了吗？我们就那么点儿存款，菲菲将来结婚、买房、生小孩，要用的地方多着呢，你也不想想！"吴铁良说："菲菲独立性强，你为她打算好一切，她不一定欢迎呢！春林急需用钱，我看还是帮他一把吧。"常凤英不高兴地说："你几时为我想过？为菲菲想过？就喜欢打肿脸充胖子，自己没几个钱还要借出去，从不为家里着想，你是不是不想跟我过了？"吴铁良没想到妻子会因此发脾气，笑着说："你想哪儿去了？我不跟你过跟谁过？"常凤英说："我又没跟着你，谁知道你在外头有没有相好？现在当局长的，有几个没情人？"吴铁良不认识似的看看妻子，说："夫妻间要相互信任，别人有情人那是别人，我是什么人，你还不了解吗？怎么借钱的事，说到这上面去了！"常凤英回道："你心里没鬼，还怕我说吗？"

　　洗过澡，两人躺在床上。吴铁良喝了酒，加上走了很多路，心情处于兴奋状态，一点儿不感到疲倦。吴铁良一只手抚摸到妻子的胸部，轻声说："凤，我们加个班吧？"常凤英想到这只手刚和方萌握过，说不定以前也摸过方萌的胸，一想到这，她就感到很恶心。她一把推开丈夫的手，说："别碰我！"吴铁良说："怎么啦？你不是嫌我次数少吗？难得我心情好，想你了，你怎么这个态度？"常凤英说："我现在不想！你别假惺惺来讨好我了，我人老珠黄，比不得人家年轻漂亮，你还是留点儿精力去讨好别人吧！"吴铁良本来好心情，被她一说，顿时晴转多云。吴铁良长叹了口气，说："最近你语无伦次的，是不是更年期提前了？"常凤英怒道："你才更年期呢！"吴铁良没有生气，他知道，吵架往往是两个人同时失去理智，而要平息夫妻间的摩擦，最好的办法就是当一头热时，另一头一定要保持冷静。吴铁良温言说道："凤英，你怎么啦？好像心情不好？"常凤英无法容忍风雨同舟二十年的丈夫此刻分了心，虽然他睡在身边，但他的心里，一定在想着那个叫方萌的女人！然而，今后怎么办呢？离婚，这把年纪了，不太可能，那就继续了，中国有不计其数的家庭，不都是凑合着过的吗？

42. 陵园风波

　　李志成和吴菲菲一边饱览山色，一边拍照留影。转到山顶，向远处眺望，几个村庄点缀于田野之间，一条清江蜿蜒而过。忽然，李志成的目光停在了灵山的半山腰，在郁郁葱葱的山林之间，突兀地现出一片光秃，在那片光秃之间，隐约矗立着几块石碑。李志成说："那儿还有个景点，是石刻吗？"菲菲仔细看了一下，说："我看那几块立起的石条，很像是墓碑。"李志成说："风景区出现陵园，真是大煞风景！我们下去看看。"

　　李志成和菲菲下了山，迂回到南面，看到一条崭新的山道，山道上方，有一个石头牌楼，上面刻着"灵山陵园"四个字，旁边有三间平房。两人正要从山道上去，从平房里出来一名男子，看了他们两眼，说："你们买墓地吗？"李志成说道："我们来看看地儿。"男子热情地说："我陪你们上去。"上山闲聊中，李志成了解到，那男子叫穆兴根，是陵园的业务员。李志成说："这儿的墓地，多少钱一平米？"穆兴根说："两万块一平米。"菲菲咋舌道："这么贵，比活人住的还贵？"穆兴根说："这儿风水好，和别的公墓相比，一点儿不贵，别的墓地卖一万，那是平地，这儿是高地，在古代，当官的才能在山上造墓。这是人最后的归宿，多花点儿钱，值得的。"李志成说："据我所知，好像不能在风景区新建公墓，你们的陵园有手续吗？"穆兴根笑道："陵园是今年新建的，我们郑总有来头，你们放心好了！"

　　到了墓地那块儿，穆兴根说："你们看，已经有三十多位入住了，墓穴有二平米、四平米、六平米大小的，随你们挑，你们是为长辈来挑墓地的吧？要单人还是双人的？"李志成说："不急，我们先看看。"菲菲指着一个建设豪华的墓地说："这是谁家的呀，怎么造得像宫殿？"穆兴根说："哦，那是陈总给他老爹买的，买地加这些花岗石的栏杆和绿化，还有中间的小房子，总共花了二百多万呢。"菲菲感叹说："为死去的人花这么多钱，真是奢侈！老人活着时，对老人好点儿，那才是真情。"穆兴根笑着说："这墓穴是空的，陈总的老爹还活着呀！"菲菲吃惊地说："活人墓？真不可思议！"李志成说："人家钱多得发愁，换了普通百姓，二百多万，几辈子也不一定挣得到，哪舍得这么花钱？"

李志成朝四处瞅瞅，说："这陵园的地方，原本都种着树吧？这儿归灵山景区的吧，不知陵园有没有这块山地的土地证？要是没证，我们可不敢买。"穆兴根愣了一下，说："这也要土地证？"李志成说："那当然，要是没有土地证书，这些墓穴就是违章建筑了，不定哪天被平整了，那买墓地的不是吃亏了？"穆兴根说："听说这山地是景区的，这片的山林是山脚下前进村的，郑总和景区签了合同，交了钱的，应该没问题。"李志成说："我们还要考虑一下，改天再来。"离开灵山陵园，菲菲笑道："志成哥，你不会真对陵园感兴趣吧？"李志成点点头，说："灵山俊秀，山腰突现一片墓地，就像人脸上贴了一块膏药，非常不协调，破坏了自然美！你知道，我眼里是容不得沙子的！"

两人到街边小店吃晚饭。李志成说："我本来想静下心来搞研究，结合中国当前的环保现状，进行系统地分析和展望，现在要放一放，先把眼前的事理清。"菲菲说："眼前有什么事？你是指那个陵园吗？陵园归民政局管，毁林归林业局管，景区又归园林局管，和环保有啥关系？"李志成说："怎么没关系？它破坏了灵山的自然环境，凭这一条，环保局就可以过问！至于陵园搞豪华公墓或者无证经营，民政部门不能坐视不管吧？"菲菲笑道："就算跟环保有关，跟你也搭不上边，这里是灵山，不是灵湖，何况你辞职了，更管不着了。"李志成说："我不当环保局副局长，但我可以当环保志愿者啊！就算我无权干涉，但我有反映问题的权力吧？可以借鉴在灵湖时的工作方法，让媒体介入，发挥舆论监督作用，只要电视、报纸一报道，管理部门还能坐得住吗？"菲菲笑道："你真有办法！

灵山有你这个环保志愿者，看来不会风平浪静了。"李志成笑道："菲菲，你说错了，我是来献计献策的，不是来兴风作浪的！"

翌日，《灵山日报》发表了一篇《灵山何曾变陵园，豪华墓地几时休》的文章，引起了市民的热议。灵山市的陆市长大为光火，召集民政、旅游、林业、园林、环保等局的负责人，专门为这篇报道反映的事开了个会，他在会上说："灵山是我市的旅游名胜，也是我市的一个窗口，灵山上居然开起了陵园，你们都不知道吗？"民政局的洪局长说："我知道，郑家明拿来他和灵山景区的合作协议，上面写的是利用荒山搞的陵园，谁知他砍伐了大片树林，我被他蒙在了鼓里，陆市长，林业采伐归林业局管辖，您问问徐局长。"陆市长冷冷地说："你别给我扯皮！陵园的主管单位是民政局，你身为民政局长，应该知道在风景区不能办陵园的政策，灵山是青山还是荒山，你难道不知道吗？这个局长你是怎么当的？"洪局长连忙说："陆市长，是我失职！"陆市长说："灵山是名胜古迹，我们不要糟蹋祖先留下来的珍贵遗产，要坚决制止毁林造墓！"

李志成和吴菲菲住进前进村，他们以环保志愿者的身份问了村民好多问题，村民似乎有满腹牢骚，他们竹筒倒豆子似的纷纷发表意见。有的村民说："都说靠山吃山、靠水吃水，可谁知道，清江近在身边，水不能喝，还不能下江游泳！更让人生气的是，十几年前，我们辛辛苦苦种下的树，现在刚长成材，却被人砍掉了几百亩，我们不但事先没得到通知，更没得到一分钱补偿，天下哪有这样的道理？"菲菲说："是陵园那片山地吧？"村民说："就那儿，南山坡的树是我们村种的，灵山搞风景区时，和村里签有协议，山虽然划过去，山坡上的树还归我们村民，可是，白纸黑字，现在他们却毁约了！景区把山地卖给了陵园，收的钱却不给我们分毫，我们找景区，找陵园，他们都不理不睬，真不知该怎么办。"

李志成笑着对菲菲说："这回该你表现了，你是读法学的，学以致用，给村民提供法律援助，应该没问题吧？"菲菲说："我只有理论知识，没有实战经验，也没律师证，不能帮村民打官司呀。"李志成鼓励她说："声张正义，不一定非得律师，你只要运用法律知识，为村民争取应得的权益，这就行了。"菲菲笑道："好，我试试。志成哥，你要帮我哦！"李志成笑道：

"那还用说？"十几位村民，簇拥着李志成和吴菲菲往灵山陵园方向走来。陵园的办公室里有两名业务员和一名年轻女会计，穆兴根看到一下来了这么多村民，又看到昨天接待的两个人也在其中，不禁一愣：他们是一伙的？真看不出来，昨天还当他们是客户，原来是来摸底的！

穆兴根没好气地说："你们来干什么？"村民小张说："找你们郑老板，他人呢？"另一名业务员说："郑总没来，你们有什么事？"村民小郭说："你们陵园没经我们村民同意，砍了我们很多树，要给我们赔钱！"穆兴根说："树是山上长出来的，怎么是你们的？郑总租用景区的山地，付过款了，哪还有理由再给你们钱？你们别无理取闹了！"村民不满地说："我们来讨说法的，怎么是无理取闹？快叫你们老板来，我们跟他说！"那名会计见势不妙，偷偷给老板打了电话，说村民来陵园闹事了。郑家明闻讯大怒："你先稳住他们，我马上过来！"郑家明给一个朋友打电话，说："小包，你带几个弟兄过来，陵园这儿有人找茬。"

郑家明到达陵园，刚从车子里钻出来，村民呼啦一下围了过来。郑家明粗着嗓门说："闪开闪开！别挡道！你们干什么？想打架？"菲菲上前一步说："郑总，你没有取得林业部门的采伐许可证，对前进村民所有的山林私砍滥伐，违反了我国的《森林法》，构成了滥伐林木罪，并且侵犯了前进村民的合法权益，你必须立即停止侵权行为，赔偿村民们的损失！"此前，村民到过景区和陵园讨说法，闹哄哄的，说不出法律依据，这次，法学专业的大学生出面，说话有法可依，就是不一样。郑家明一呆，看了看吴菲菲，笑道："哪里蹦出来的小姑娘，竟然在我面前谈法律，真是可笑！灵山是属于景区的，我和景区签的合作协议和村民没有任何关系，你们要找也是找景区，找我，不是搞错对象了吗？什么都不懂，还想帮人出头，你太嫩了点儿！"

吴菲菲刚从学校出来，应变能力还很弱，被郑家明一顿奚落，竟然有点儿面红耳赤，不知如何应对。李志成挤过来说："冤有头，债有主，我觉得大家没找错人，要不是你来开发什么陵园，会有山林被毁的事吗？南山坡的松树是前进村民十几年前种下的，山林属于全体村民，不是灵山景区！现在树被您砍掉了，你不给村民相应的赔偿，于情于法，说得过去吗？"郑家明一愣：这一男一女，说话头头是道，听口音不像是本地人，他们是什么来路？莫非是记者？报纸上那篇报道就是记者干的，给我惹了不少麻烦，他们可不好对付。郑家明说："你们拦着我有什么用？我身上又没钱，有话到办公室讲。"

旁边的三间平房，一间接待室，一间办公室，一间是出售骨灰盒、花圈、香烛等祭奠用品的。十几个人涌进他的办公室，顿时人头涌动。郑家明说："有事赶快说，别妨碍这里正常营业！"村民小张说："你砍了我们的树，要赔钱的！"郑家明不屑一顾地说："凭什么赔你们钱？你们要钱，那边柜台里多的是，花钱买就是了！"村民气愤地说："冥币？当我们是死人呀，你太过分了！"郑家明轻蔑地笑笑，说："你们三番五次来闹事，我的容忍是有限度的，现在我警告你们，五分钟内，立马从这儿离开，要不然就别怪我不客气了！"有个村民说："你别仗着有钱有势，欺人太甚！你不讲理，我们跟你没完！"郑家明哈哈笑道："跟我没完？你们想怎么玩儿？"

郑家明指了指李志成和菲菲，笑着说："哦，我明白了，你们有这两位帮忙，是不是？哥们儿，一看你就知道不是本地人，说吧，你们哪来的？"李志成淡淡一笑，说："我们是哪来的不重要，重要的是你违反了法律，损害了村民的利益，你应该赔偿大家损失，并承担法律责任！"郑家明嘿嘿笑道："你们不就是会胡说八道的小报记者吗？报纸报道了，又能把我怎么样？有本事去告我呀，我还怕你们不成？"李志成笑道："你搞错了，我们不是小报记者，我们只是路见不平的游客而已。"郑家明冷笑道："游客？哼，你们骗谁呀？现在谁吃饱了撑的爱管闲事？不管你们是谁，我再次警告，马上离开这儿，不然你们会后悔的！"

不知什么时候，办公室门口来了几个彪形大汉，他们戴着手套，手里拿着一米见长的铁棍，虎视眈眈地瞪着屋里的人，为首的对郑家明说："大哥，我们来了！"郑家明说："小包，维护一下这里的秩序！"那几人推搡着村民说："出去出去！别在这儿碍手碍脚！碰个头破血流，别怪我们的棍子不长眼睛！"有几个胆小的村民一见这架势，心说好汉不吃眼前亏，连忙挤了出去，其余的村民站着没动。李志成握着菲菲的手，悄声说："别怕，光天化日，他们不敢怎么样的。"郑家明嚷道："你们给我听好了，一分钟之内，马上给我滚蛋！要不然，下一分钟，我不能保证你们的人身安全！"吴菲菲说："我们在你的办公场所，如果出了事，你要负法律责任的！"郑家明嘿嘿笑道："我不是你们的老板，也不是你们的监护人，有什么义务保证你们的安全？你们来我的办公室寻衅闹事，就不是违法吗？"

小包说："大哥，这两个是什么人，啰里啰嗦的，要不把他们摆平了？"郑家明看看李志成和菲菲，说："把他们两个留下，其他的人都赶出去！"菲菲一听这话，有点儿紧张，紧拽着李志成的手。几个手执铁棍的男子来赶村民出去，村民见他们要把李志成和菲菲扣留，哪里放心？虽然村民们对两人并不熟悉，但知道他们是好心人，是来帮大伙说公道话的，要是大家离开了，他俩落在这帮人手里，不定会出什么意外呢！村民中有个叫老孙的，对身边的人说："我们不能走！不能让两位年轻人受连累！"大伙齐声应道："好，我们不走！"他们自发把李志成和菲菲围在中心，保护他俩不受伤害。小包说："大哥，要不给他们点儿颜色看看？"郑家明吩咐道："这两人存心跟我作对，给他们点儿教训，叫他们长点儿记性！"

正在此时，陵园门口开来两辆小车，从车里出来几人，其中一个气宇轩昂，很有干部派头，他身边还有穿警服的人陪同。平房外的村民兴奋地叫道："陆市长来了！戴局长来了！"陆市长向村民走来，说："发生什么事了？"村民说："陆市长，他们陵园砍了我们的树，还请打手威胁我们，您要为我们主持公道啊！"陆市长是来察看陵园对景区的破坏情况的，凑巧遇上了郑家明驱赶村民的事，陆市长说："请打手威胁村民？有这样的事？"旁边的戴局长说："到底怎么回事？"村民说："灵山南坡的地以前是咱们前进村的，后来划到灵山景区了，但山上的树还归我们，陵园不声不响就砍了我们一百多亩的树，没给我们一分钱。今儿我们是来讨赔偿的，钱没讨着，他们还想打我们，还要扣押我们的人！"

陆市长气愤地说："岂有此理！走，我陪你们去！"戴局长说："陆市长，这事可能有误会，要不我让民警带他们去局里处理？"陆市长一挥手说："不！今天我倒要看看他们有多嚣张！"村民簇拥着陆市长和戴局长往屋里走。进屋里一看，郑家明坐着，几个村民围着李志成和吴菲菲，郑家明请来的人已不见了踪影。郑家明起身招呼道："哦，陆市长，戴局长，你们怎么来了？真是稀客，来，请坐请坐！"陆市长问："谁被扣押了？"李志成应道："是我俩，您是灵山市的陆市长？"陆市长点点头："没错，是我。你们是？"李志成说："我们是来灵山旅游的游客，偶然看到灵山居然办起了陵园，郁郁葱葱的山林遭到砍伐，觉得非常惋惜！更让人愤慨的是，村民的树被砍掉，没得到一分钱的赔偿，我们就陪大伙来陵园讨说法，没想到他们蛮不讲理，不给钱还要动手，简直是无法无天！无耻到这种地步！"

村民们叫道："这个老板太不讲道理，占了我们的地，砍了我们的树，还想打我们的人，陆市长，戴局长，你们来得正好，今天一定要给我们个说法！"郑家明反驳说："我和景区签有合同，怎么能说侵占山地？山是天然的，树也是天然的，凭什么说是你们的？景区没说树是前进村的，我怎么知道？费用我已经付给景区了，凭什么还要付钱给别人？你们在我的办公室吵吵闹闹，影响我们正常经营，我请你们出去，有什么不对吗？"郑家明直着脖子，毫无认错的样子。郑家明以三百万元和灵山景区签了合同，租期四十年，他出售的墓穴，每平米售价两万元。显然，这是个暴利的行业，但他刚开发，还没有大张旗鼓地宣传，知道的人并不多，目前只出售了几十个墓穴。郑家明早了解清楚，山地曾分配给前进村民，但那既不是宅基地，也不是口粮田，而是自留地，当年大队以荒山、荒滩、荒地的名义，分给村民种菜种树，村民手中的土地证上没有这块山林的记录，村民想打官司维权，理由也是不充分的，因此，郑家明有恃无恐。

老孙说："这片山地转给景区时，我在当村长，我清楚其中的来龙去脉，山地虽然划给了灵山景区，但山林仍属于前进村村民所有，找附近年纪大一点儿的人都可以证明，南坡这些树，当年就是咱们村民种下的。现在，陵园砍掉了我们的树，当然要赔钱！"李志成说："灵山景区私自转让山地搞陵园，既是一种违法行为，还破坏了自然环境，除了赔偿，还应当责令整改，叫陵园关门，恢复原状！"郑家明怒气冲冲地说："叫我关门？没门儿！"吴菲菲有李志成在身边，壮着胆说："伐木要有许可证，你有吗？你不了解山林的归属就签合同，损害了第三方的利益，这样的合同是欠公平的，是无效的！你没有到民政局办理陵园的经营资质，属于无照经营，应当暂停营业！"

陆市长在沉思，报纸将陵园的事曝光后，街头巷尾议论纷纷，要是管理部门不作为，就会损害政府的公信力，被砍伐的山林属前进村民所有，应该叫郑家明还是叫景区赔钱？赔多少？陵园是保留还是取缔？这是需要深思熟虑的，因为，按当地的风俗，葬有遗骸或骨灰的墓穴，是不能随便动的，那是亡人最后的归宿，不能去打扰，要是扒了亡灵的"住房"，是大逆不道，是很忌讳的。如何找个通融的办法，既给郑家明惩戒，又让村民接受？只听李志成说："你不觉得灵山优美的自然风光被你破坏了吗？山坡上大量的树突然没了，就像美女头上出现一处秃顶，让人难以接受！树砍掉后，如果遇到连日大雨，就会造成水土流失，进一步破坏灵山的环境！最可怕的是，山上都是树木，搞了陵园后，人们会来扫墓，燃烧香烛，这会带来火灾隐患，一旦发生火灾，后果将不堪设想！"

李志成的这番话很有说服力，他没有停留在讨要山林赔款上，而是把灵山搞陵园的潜在后果说得一目了然。陆市长不住点头，不禁对这个陌生青年刮目相看，觉得李志成谈吐不凡，不像是单纯的游客。不知道他的真实身份是什么？陆市长起了爱才之心，希望有机会和他单独谈谈，像这样有才能、有社会责任感的人，如果能留在灵山工作，对灵山是非常有益的。郑家明一听急了，此人既不是记者，也不像游客，却偏向村民，说的话又头头是道，到底是从哪儿冒出来的？郑家明辩解说："就算树是村民种的，但我不知情，我和灵山景区签的合同是合法有效的，我给景区交了钱，村民要赔款的话，请找景区去要，和我没关系！再说，我投资了几百万搞陵园，哪能说关就关？如果政府要我停止开发，必须赔偿我的损失！"

郑家明不愧是商人，利字当头，他不仅不赔给村民山林钱，还想伸手向政府要钱，但他说的并非全无道理。陆市长在倾听大家的话，对景区、陵园及管理部门的相关负责人，相信以后会进行相关处罚，但眼前的民事纠纷，该如何妥善处理呢？李志成和老孙还有其他村民在小声商量着什么，随后，李志成说："郑老板，景区租给你的是地，你砍掉的是村民的树，这是两回事，村民都是老实人，刚才老孙和我说了，大伙当年种下了树，没有施肥，也没有管理，本来让它长在山上，也没指望卖钱，但你把山上的树砍了，破坏了绿化，村民自然不答应，所以提出要你赔钱。但你记住，村民关心的是树，不是钱！如果你能关掉陵园，在山坡上重新种上树苗，你只要给前进村民每家补偿三千元，大家就不和你计较了！"

村民的赔偿要求一下降这么多，连郑家明都感到意外。每户三千元，涉及到的山林有一百多户人家，不过赔偿三十多万元，那是原来他们要求的一个零头！陆市长也深有触动，看到这一幕，就能理解村民讨要说法的根本，不在得到多少钱，而在保护灵山的环境！然而，郑家明并没有答应，他说："要我关掉陵园，恐怕办不到！政府不但要赔偿我的五百万投资，还要征得入园的墓穴家属的同意！要他们把亲人的骨灰盒搬家，他们会答应吗？这个说服工作谁愿来做？反正我是不管的，那是要被骂十八代祖宗的！"郑家明提出的赔偿损失是无稽之谈，不合法的项目，投入再多的钱，政府部门也有权取缔，但他说的墓穴搬家的事，的确不好办。陆市长说："今天，有关陵园的事，我了解到不少情况，尤其是对前进村民爱护绿化、保护环境的思想境界，我表示由衷的敬意！能听到大家的心声，我感到非常高兴！我还有个会要赶回去参加，今天先到这儿，郑家明，陵园暂时不要对外营业，等候处理！也请大家耐心等待，相信政府不会不管，相信很快就会有处理结果！"

大家都往外走，屋外的村民问老孙："老村长，怎么样，谈妥了吗？"老孙说："别急，有陆市长为我们撑腰呢！"戴局长问李志成："你们是哪来的？怎么会掺和陵园的事？"老孙笑道："这两位热心的年轻人，是咱们请的免费律师啊！"李志成紧跟着陆市长，问道："陆市长，请问，您准备如何处理这起陵园纠纷？"陆市长停下了脚步，说："你有什么建议吗？"陆市长对一个只有一面之缘的年轻人不耻下问，让他身边的人颇为惊讶，也让李志成深受鼓舞。李志成不喜欢摆出一副官架子的官员，他尊敬平易近人的领导，比如灵湖的宋书记、吴局长，他说："我有个想法，行政执法要人性化，村民的意见要听，郑老板的意见也要尊重，毕竟墓穴搬家涉及很多问题，我觉得，村民的要求不过分，每户三千元的补偿，那是最低标准了，要按每棵树的市价算，远远不止这个数。同时，郑老板提出的陵园不能关，也可以考虑。"陆市长笑道："你有什么金点子？"

李志成说："目前，陵园的存在影响了灵山的旅游景观和自然环境，并且带来了火灾隐患，那能否考虑采取树葬的形式？就是把骨灰盒深埋，上方种上一棵树，代替原来的墓碑，让这棵树永远陪伴亡魂，这对家属是种安慰，同时也绿化了山坡。为了避免火灾，要禁止焚烧香烛纸钱，提倡献花等祭奠方式。采用树葬不影响陵园的生意，墓穴照样可以出售，因为不用大理石和墓碑，价格可以大大优惠，为了合法经营，郑老板应及时补办陵园的相关手续。全社会都在提倡绿色环保，相信这种树葬形式，大家会接受和喜欢的。"陆市长闻言大喜，赞道："好点子！就这么办！太感谢你了！对了，我还不知道你的尊姓大名呢？欢迎你有空到市长办公室做客！"李志成笑道："不用谢，我叫李志成，能为大家出点儿力，我很高兴！"陆市长上车前，问道："你在哪里工作？"李志成笑道："我是环保志愿者！"陆市长点头微笑："好个环保志愿者！"

郑家明跟在后面，听到了陆市长和李志成的对话，对李志成不禁生出几分敬意。李志成所提的建议切实中肯，考虑到双方的利益，既为村民争取补偿，也兼顾到陵园的经营。尽管，采取"树葬"会减少许多利润，但至少保住了陵园，今后还是有得赚的。郑家明也不想把事情闹大，只要陵园搞好绿化，不但管理部门不来找麻烦，村民也不会再来讨说法，由此看来，李志成的"树葬"建议解决了几方的矛盾。郑家明原本对李志成多管闲事颇为恼怒，现在倒有点儿感激他了，因为是他化解了和村民的矛盾。"树争一张皮，人争一口气"，村民对陵园的不满情绪，既出于它对山林的破坏，还出于郑家明对村民的不尊重，砍了村民的树，连招呼都不打，还态度蛮横，太不像话了，所以，大家几次上门讨要说法，要求巨额赔偿。今天，在陆市长和李志成的调解下，终于有了皆大欢喜的结果，大家的脸上露出了笑容。

由于灵山陵园没办林木砍伐许可证，林业局对陵园象征性地罚款五万元。陵园随即进行了改造，把花岗岩的栏杆和大理石的墓碑拆走，在每个墓穴上面，种上一棵树，在树上挂个铭牌，注明何人所种，何人长眠树下。其余的空地全部种上树苗，客户看中哪处地方，把骨灰盒埋入树下即可，有的思想开明, 骨灰盒都不用, 直接把骨灰埋在树根下, 滋养树苗茁壮成长。整个陵园, 只有三种树:松树、香樟和银杏, 只因这三种树寿命都很长, 颇受客户青睐。郑家明没料到, 陵园推行树葬后, 因为新颖和价格实惠, 远近闻名, 客户慕名而来, 生意出奇地好。现在, 名义上是陵园, 实际上, 根本看不出来是陵园, 倒成了名副其实的林园。事情的转机往往就在一念之间, 正因陵园恢复了灵山的绿化, 保护了灵山的环境, 陵园才得以生存和发展。

陆市长知道了李志成的来历, 这个年轻人原来当过灵湖环保局的副局长, 怪不得这么有见地, 对环保这么热心。陆市长力邀李志成留在灵山, 可以推荐他当灵山环保局的副局长。李志成说:"我可以留在灵山, 但不想当官, 只想做个环保志愿者, 自由、简单、快乐。"陆市长尊重他的意愿, 笑着说:"希望我们能成为朋友。"灵山经济这些年发展很快, 如何落实科学发展观, 全面推行节能减排, 达到又好又快地发展, 这是市政府面临的任务, 而从当地的政府官员那儿几乎听不到有价值的建议, 即便他们有想法, 也因为有顾虑而保持沉默。陆市长说:"相对于虚伪的赞美, 我更愿意听到坦诚的意见, 作为旁观者, 作为朋友, 希望你能和我直言不讳, 我太需要关于本市环境建设方面的建议了。"李志成笑道:"请您放心, 我不会拍马屁, 我会实话实说的。"

为了节省钱, 李志成和菲菲没有继续住在旅馆, 而是在灵山脚下的前进村, 租了一间民房。这里的村民都很感激他们, 对他们很热情。李志成预付了一千元, 说好了先租半年, 具体住多久, 视情况而定。李志成虽然离开了环保局, 但他现在做的仍然是环保的范畴, 比如调查研究城乡的环保现状, 思考解决或改进的方法。他还在研究怎么把灵山的麦饭石向排污企业推广, 让企业把处理过的中水再经麦饭石净化, 使本来只能冲厕所、浇花、养金鱼的中水, 变成可以饮用的安全水, 真正达到循环利用。他现在的身份更像是个环保志愿者, 孜孜以求, 不计报酬, 体现出一种参与和奉献的精神。吴菲菲是他的忠实追随者, 他到哪儿, 她都跟着, 心甘情愿地做着他的助手。

七月下旬, 吴菲菲的手机上就接到灵湖检察院的通知, 要她在八月十日前到检察院报到上班，逾期作为自动放弃，解除录用合同。菲菲没有把这个通知告诉李志成。菲菲和李志成虽然同居一室，而且，房东只配了一张床，但他们各睡一头，没有越雷池一步，并非他们没有非分之想，菲菲说，要结婚以后，才可以做夫妻间的事，李志成笑着同意了。他们孤男寡女共处一室，却相安无事，但村民们认为他们是情侣。村民是朴实的，房东老严常来请李志成一起喝酒，盛情难却，李志成会放下手中的论文，和房东大叔喝个痛快。环境真能改变人，本来不爱喝酒的李志成因此酒量大增。当李志成醉态可掬地回到出租屋，菲菲会开玩笑地说他是"酒鬼"，李志成半醉半醒地反驳："酒鬼有啥不好？总比色鬼和赌鬼强！"

43. 让爱通行

　　农历七月初七是民间的乞巧节，也称"女儿节"，现在一般叫"七夕节"，是传说中牛郎织女每年相会的日子，有人称这天是中国的情人节。在我国有些地方，仍保留着过七夕节的一些习俗，前进村的村民们，就把这天当成节日来过的。下午，菲菲就被房东女儿菊花叫去了，说是一起去乞巧，菲菲说："我什么都不懂呀。"菊花说："不懂没关系，乞巧嘛，就是要从不懂变成心灵手巧。"房东家聚着村上好几个姑娘，她们正和着面粉，菲菲好奇地说："这是做什么呀？做面条还是做面包？"一个姑娘说："做巧果呀。"菲菲问："巧果是什么？"有个叫桂珍的姑娘说："我们各自动手，把和好的面粉做成各种小玩意，有做成生肖的，有做成耳朵的，有做成戒指的，反正各种各样，然后往油锅里一炸，就叫巧果了。"其实，这是姑娘们暗中比手艺的，看谁更心灵手巧。菲菲也学着她们的样子，想把面粉捏成小狗和小猪，但是动起手来很笨拙，捏成的东西根本不像小猪和小狗。菲菲说："我好笨，什么都不会！"菊花安慰道："你第一次捏成这样很不错了，城里的女孩，现在谁还玩这个？也就在我们农村还有这个风俗。"菲菲说："农村挺好的，我很喜欢这里，这里的一切都很美！"

　　巧果是当小吃的，炸好后，散发出诱人的香味，本来，村民品尝后会评比一番，谁谁谁做的好看又好吃，谁谁谁做的样子实在难看，今年因为有菲菲在场，为了照顾她的面子，大家只是高兴地品尝，没有再评比了。随后，是包饺子的节目，几个姑娘一起包饺子，要把一枚硬币、一根绣花针、一个红枣，分别包在三个饺子里，晚上吃饺子时，吃到硬币的有福，吃到绣花针的手巧，吃到红枣的早婚。从前，姑娘家才一起吃饺子，现在男女老少一起吃饺子，吃到什么寓示什么的说法就有点儿牵强了。包饺子也有讲究的，要美观牢固煮不散，这样喻示着生活美满、夫妻恩爱。菲菲刚学会，方法不得当，包得很松垮，水煮的过程，有些饺子皮会松开，肉馅会掉出来，以前，这样的饺子是要被剔除的，但现在大家图的是高兴，也就不在乎了。

晚上吃饺子的时候，李志成吃到了包有硬币的饺子，而吴菲菲吃到的是包有红枣的饺子，菊花吃到的是包有绣花针的饺子。老村长笑道："这是天意呀，志成，你是有福之人，祝愿你和菲菲早生贵子！菊花手巧，肯定会找个好婆家！"菲菲羞涩地笑了，能和喜欢的人在一起生活，再生个孩子，共享天伦之乐，该是多么幸福的事啊！也许大家并不知道，李志成和菲菲还没结婚。就算知道，现在时代进步，未婚同居，也不值得大惊小怪了。房东大叔笑着说："到夜深人静，你们藏在丝瓜棚下，还能听到牛郎织女说的悄悄话呢。"菲菲笑道："这是真的吗？真能听到他们说什么吗？"李志成笑道："你呀，这是美丽的传说，就像嫦娥奔月一样，你还当真了？"老孙说："不可不信，不可全信！有些事呀，人是说不清楚的，今天你看到喜鹊了吗？它们去哪了？它们都去天上搭鹊桥了！"说来奇怪，昨天还听到喜鹊在枝头叫得欢，今天就不见它们的踪影了，难道真有鹊桥相会？或许是有的，但不是给人搭桥，而是喜鹊自己在幽会？

菲菲在前进村的这段日子，虽然很快乐，但她也有不安：一是她为了留下来长期和李志成厮守，错过了上班报到的时间，李志成知道后，不知会有什么反应；二是她现在没有收入，现在两个人的生活开销，都是用的李志成工作时的积蓄，他工作时间不久，银行卡上不到两万元，只有出账没有进账，长此以往，肯定会有弹尽粮绝的一天，可怎么办？李大哥似乎只对环保感兴趣，对理财从不关心，要是钱没了，怎么生活，不可能喝西北风吧？要想想办法。有一次，菲菲在和房东女儿聊天时，说了自己的忧虑，菊花一拍大腿说："我有办法！我们合伙开家小店吧，我们村几百号人，买东西要绕过山去，有时要烧个菜，发现没油没盐了，就很不方便，如果在村上开个小店，卖油盐酱醋、香烟老酒等日常用品，说不定生意兴隆呢！"菲菲一听有道理，这几百号人天天要消费呀，在村里开家小店，既方便大家购物，又能挣点儿小钱维持生活，何乐而不为？两人约好，每人出一万块当开店本钱，以后挣了钱平分。

　　说干就干，当夜她就和李志成商量，李志成说："你怎么能开店？你要回去上班的。"菲菲说："不是还没通知吗？要是检察院现在不缺人，等个一年半载再上班也有可能。"李志成说："不会吧？不缺人他们招人干什么？"菲菲说："可能是备用的吧？"李志成不知道公务员的录用制度，以为真是这样，于是说："要是这样的话，你想开就开吧，我支持你！"菲菲笑道："开店要本钱，我拿什么开？"李志成把银行卡给了菲菲，说："你拿去吧，卡里还有一万五千多。"菲菲接过卡，笑道："这是你的全部家当，我要是卷款跑了，你不得饿死？"李志成呵呵笑道："那不是我的全部家当，我的家当在这儿！"他指了指自己的大脑和双手，笑着说："我的目标不是赚钱，人生在世，要有所追求，做自己喜欢的事，做对社会有用的人。如果浑浑噩噩过日子，空虚无聊，那和行尸走肉有什么区别？"菲菲笑道："理想再崇高，还是要考虑生存，有了物质基础，才有精神的富有，才有道德和法律的繁荣，你当过环保副局长，应该知道有的企业也想搞好环保，但是没钱就办不成事，所以，谈钱和赚钱，并不可耻。"李志成笑道："我也爱钱，但我更爱你！"菲菲冷不防地亲了他一下，格格地笑道："这是你第一次对我说出你爱我，亲你就当是奖赏了！"李志成深情地拥她入怀，悄悄说："来而不往非礼也，让我也亲亲你，好吗？"两人幸福地相拥，沉浸在甜蜜的爱河之中。

　　七夕一过，就是阳历八月中旬，菲菲还没回家，常凤英急了，她对吴铁良说："菲菲出去这么久，也不给家里打电话，连去检察院上班的事也不上心，铁良，你怎么不管管？"吴铁良觉得奇怪，既然录用了，就该通知上班，怎么没一点儿动静？他说："我去问问，检察院怎么回事？上班前要先调档案呀，怎么一点儿消息没有？"常凤英说："我是担心菲菲，她野到外面去了，把什么都忘了！"吴铁良一问才知道，原来检察院早通知到菲菲了，叫她八月十日前务必去报到上班，在十日那天，检察院还给她打电话，问她怎么不来上班，菲菲回答说，她在外地有事，还不能赶回来。吴铁良很生气，考上公务员多不容易，又是检察院这样的好单位，她怎么不跟家里商量，就擅自决定放弃了？当初看到菲菲长大了，懂事了，又看到她和李志成走得近，有意让他们交往，所以管得很松，有点儿听之任之，没想到她连家长都不告诉，竟然错过了这份好工作，如此我行我素，真是太过分了！常凤英气得不行，她说："都是你宠的，现在好了，看到后果了吧？她有家不回，有班不上，跟人在外面鬼混！哎，气死我了！"

吴铁良打通了菲菲的电话，一顿训斥："菲菲，你怎么搞的？你翅膀硬了是不是？怎么可以自说自话放弃了检察院的工作？是不是李志成把你留下的？你给我听好，马上给我回来！"菲菲说："爸，对不起，是我惹你们生气了！这事和李大哥没关系，是我主动留下的，丢了份工作算什么？以后，我可以重找一份呀！可是，如果丢了李大哥，我会一生后悔的！我现在还不能回家，请你们谅解！"常凤英接过电话说："菲菲，你快点儿回来！你工作不要，连妈都不要了吗？你回来，妈妈不会怪你的。"菲菲说："妈，请原谅女儿，我会回家的，但不是现在，我要留在李大哥身边照顾他！"常凤英说："你真糊涂，他比你大那么多，你和他在一起，不会有幸福的！凭你的条件，还怕找不到更好的？为了一个外人，你连爸妈的话都不听了吗？"菲菲说："妈，你们别劝我了，我已下定了决心，其他的事我听你们的，但婚姻大事我要自己做主！请你们尊重我，祝福我，好吗？"常凤英说："菲菲，你告诉我，你在哪儿？妈去看你！"菲菲说："妈，您不用来看我，我在很远的地方，我们过得很好。妈，您和爸爸多保重！"

吴铁良给李志成打了电话，要他劝劝菲菲，让她回家，还说："我不反对你们相处，但菲菲太任性，她错过了报到上班的日期！"李志成这才知道，菲菲为了留下来，故意不提上班的事，他既感动又愧疚，菲菲对自己太好了，是自己影响了她的前途。这几天，菲菲和菊花张罗着开店，菊花家靠近村口，是村民往来的必经之路，菊花利用自家的堂屋，准备开小卖部。先请村上的木匠做了两个货架和一个柜台，又去市里的副食品批发部进了货。第一次进了一万多块钱的货，还买了台冰柜，卖冷饮和饮料，余钱当流动资金，以后根据经营情况随时添货。明天，也就是8月18日，小店就要开张了，菲菲的脸上难掩兴奋之情。

晚上，菲菲回到出租屋，端起李志成的茶杯，咕咚咕咚喝了个精光。

李志成说:"你们不是进的有饮料吗?口渴了就喝嘛,反正是你们自己的。"菲菲摇头说:"我们小本经营,要靠精打细算、细水长流才能赚到钱,要是自己吃了喝了,还不得亏本?"李志成笑道:"你有进步了,知道金钱来之不易。"菲菲说:"是啊,挣钱不容易呢,我看街上的商店,老板在店里卖东西,以为他们很舒服,我现在还没开呢,就已经体会到开店也要付出很多辛勤劳动。"李志成趁着她心情好,说:"菲菲,你别的都很好,就是欺骗我,有点儿过分了。"菲菲诧异地说:"欺骗你?我没有呀!"李志成说:"还说没有?你接到了通知上班的短信,却不告诉我,这不是欺骗吗?这份工作对你来说很重要,我看,小店你不要开了,让菊花一个人做吧,你还是回去吧!"菲菲坚定地说:"不!对我来说,你比工作更重要!何况,我现在开小店也是工作,我不会再靠父母养活了!志成,如果你爱我,答应我,让我留下来,我不能没有你!"李志成无言以对,菲菲如此深情,自己怎能让她失望呢?相爱,不就是两个人相依相守吗?

菊花和菲菲的小卖部一开张就生意兴隆,家里也就热闹起来。李志成不喜欢喧哗,因为嘈杂的环境不利于思考和写文章,他决定从这里搬出去,另找个住处。灵山脚下有一片小红竹,往上就是松树林,有一条林间小道蜿蜒而上,这是村民们上山的路。村民有时去打野鸡、采蘑菇,平时这里非常安静,旁边不远就是灵山陵园所在地。在山路一侧,有一间茅草屋,由于年久失修,已很破败。李志成进去一看,茅草屋有十个平米大小,四周用稻柴围起来当墙,墙上露出几个大洞。李志成觉得这儿不错,距离村庄不远,环境宁静,只要修缮一下就是一个世外桃源般的住所。只是要用电脑,没有电不太方便,若是在这儿生活,没有水也多有不便。李志成向老村长说了一下,老村长说:"那原是村里的看林人住的,现在荒在那儿,你要真喜欢那儿,我叫人修一下就成,至于电,那好办,山脚下就有电线杆,叫电工拉一根电线下来就能用。水嘛,在屋里放个大水缸,挑我家的自来水上去就行!"李志成喜出望外,说:"如果能住在那里,真是太好了!陶渊明也不过如此呀!"老村长不知陶渊明,说:"陶渊明是谁?他是你的朋友吗?有空叫他一块儿来玩。"李志成笑道:"他不方便来。"

人与人相处,日久生情,何况是两个相互早有好感的人,晚上又睡在一张床上，没有想法就不正常了。除了最后一层窗户纸没有捅破，男女间亲吻和拥抱，他们已轻车熟路了。有天深夜，两人从床的两头并到了一头，偎依在一起窃窃私语。菲菲说："志成哥，我们结婚吧。"李志成说："我没有房子，没有工作，你嫁给我会吃苦的。"菲菲说："我看中的是你的人，别的我都不在乎！现在我有小店，我可以养活你呀！"李志成笑道："靠爱人养活的男人是最没出息的，我也想和你结婚，巴不得现在就和你水乳交融，但我尚在努力阶段，如果现在和你结婚，我会感到愧疚的！"菲菲执拗地说："我相信，你不是一只麻雀，你是一只大雁，总有一天会展翅高翔！我不想听你的理由，只要你爱我，我就心满意足了！再过几天就是中秋节，我们结婚吧！那边的茅屋修好了，新房就设在那儿，没有人打扰我们，月圆人也圆，多浪漫啊！"

第二天晚上，菲菲给家里打电话，这是她第一次主动给父母打的电话。菲菲说："爸，妈，报告你们一个好消息，我和志成哥要结婚了！"常凤英大吃一惊："结婚？你们两个工作都没有，流浪在外，怎么结婚？"吴铁良说："菲菲，你们准备在哪里结婚？什么时候？"菲菲说："我们租的房子，我们过得很开心，就在这个中秋节，我和志成哥准备结成夫妻，永结百年之好！"吴铁良说："开什么玩笑？还有三天就是中秋节了，叫我们怎么来得及准备？发喜帖，订酒席，都要时间的，结婚这么大的事，怎么不事先和家里商量一下，急匆匆的干吗？"菲菲说："爸，您误会了，我们没准备回家办婚礼，就在我们租的地方，请几个朋友吃顿饭，作个见证，这就是我们的结婚仪式！"吴铁良说："你太不像话了，连双方父母都不请，这也叫结婚仪式？"常凤英夺过电话说："菲菲，你疯啦！你才二十出头，着急结什么婚？你们没办结婚证就想结婚，你读的法律都忘了？这不是结婚，这是非法同居！反正我是不会承认你们结婚的！"菲菲说："只要两人真心相爱，没有结婚证也能白头偕老，要是两人同床异梦，就是领了证还是会离婚！我的爷爷奶奶不是13岁就结婚的吗？他们不是过到现在还好好的吗？妈，现在是21世纪了，难道还不如几代以前的婚姻自由？"

常凤英气急地说："现在怎么能跟解放前比？菲菲，你可要想清楚，李志成比你大 10 岁，你嫁给他会幸福吗？"菲菲说："我觉得他成熟可靠，我的同龄人眼高手低，心浮气躁，根本不懂幸福的含义，只知道玩玩玩，吃父母的老本！我跟志成哥在一起，让我学会了自立，懂得了人要有社会责任，不能光想着自己！"放下电话，常凤英用手撸着胸脯，一个劲儿地喘气："菲菲太任性了，总有一天我会被她气死！"吴铁良安慰道："我倒觉得，菲菲有进步了，她不再是过去那个没心没肺的小女孩了。"常凤英瞪了他一眼说："进步什么呀？我看哪，她四年法学都白念了，一点儿原则都没有！好工作不要，要了个比她大十岁的男人，现在被那个李志成玩得团团转，居然不领结婚证就想结婚，没想到我养了这么个让人不省心的女儿，唉！"常凤英长吁短叹，吴铁良却说："小节不拘，大事不乱，菲菲有主见，说明她真正长大了，她在外面闯荡，我也就放心了！"

44. 拦坝之争

　　山路边的小茅屋已修葺一新，四周和屋顶用新的稻草做结实了，还给小屋配了扇门，屋内有一张床、一张小方桌和几条板凳，水缸里盛满了水，电也通上了。李志成和菲菲相当满意，虽然地方小，屋子简陋，但这是村民给修建的茅屋，凝聚着大家一份淳朴的情谊，同时，这里将是他们两个人的家，结婚后，他们就将搬到这里来住。也许是巧合，他们选择结婚的日子正好是中秋节。为了纪念这个月圆人也圆的美好日子，他们在茅屋边找到两根靠得很近、差不多粗细的竹子，在竹子上刻下"李志成和吴菲菲于今日缔结良缘，白头偕老，永不分离！"并写明年月日。灵山脚下的两棵翠竹见证了他们心心相印的爱情！

　　李志成和菲菲原想简单地办一两桌酒席，请村里的熟人吃顿便饭，就算完成了他们心目中的结婚仪式。他们准备日后回了灵湖，再补办结婚证和喜酒。结婚办喜酒是约定俗成的风俗，只有办了喜酒，亲朋好友才知道你们结婚，才认可你们的婚事。前进村的人得知李志成和菲菲要结婚，表示要好好庆祝一下。房东老严说："两位住在前进村，就是前进村的人，在我家里也住过，也算半个亲戚，现在菲菲和菊花结伴开小卖部，她们情同姐妹，别把我们当外人，结婚是一辈子的事，怎么能寒酸呢？你们不办，我们来办！"老孙也说："人一生就三件大事，出生、结婚和死亡。出生和死亡，个人做不了主，就结婚是你们能做主的事，何况，你们的父母都不在身边，我们怎么能看着你俩简简单单结个婚呢？你们不用操心，就听我们的好了！"盛情难却，李志成答应下来，任由村民帮忙置办婚礼了。

　　老严既把菲菲当女儿，又把李志成当儿子，他俩的婚事，就像是他亲生的儿女结婚一样。李志成和菲菲商量后，干脆认了老严作义父，把老严乐得合不拢嘴，逢人就说："我老严多了一对有出息的儿女！"老严请了厨师，还从邻居家借了不少桌椅，在屋内和屋场上摆了十来桌，村上每家一个男人都请到了，男人不在家的就来女人。置办菜肴和敲锣打鼓由老严和老孙请人办妥了，给菲菲订新娘婚纱来不及了，就从婚纱店租了一套，还请了个摄像师，要把这天的情景录下来。李志成也被要求去理了发，穿上了新西装。老严笑眯眯地说："对，这样才像个新郎倌、新娘子的样子！"菊花当伴娘，她说："结婚嘛，红盖头、同心结、交杯酒、闹新房，这些是不能少的，要不就不像是结婚了。"这一天，前进村洋溢着喜庆的气氛，茅草屋里贴满了红艳艳的"喜"字，屋里屋外，挂了几十只用竹叶折成的小灯笼，随风摇摆，别有一番情趣。李志成从山林茅屋出发，一路敲锣打鼓，到菊花家来迎娶新娘子菲菲。

　　累了一天，到夜里十二点，大家才陆续散去。老严、老孙、菊花和几位村民送李志成和菲菲到茅屋，老严笑道："你们入洞房吧，祝你们相亲相爱，早生贵子！"李志成和菲菲异口同声地说："谢谢契爷！今天辛苦你们了！"当地管义父叫"契爷"，老严在白天说过："你们不但是我的干儿子、干女儿，还是全村人的干儿子和干女儿，你们放心地住这儿，就把这里当成家一样，没什么好拘束的！"城里人就是住一幢楼，也有可能老死不相往来，做了十几年的邻居，有可能不知道对方姓甚名谁，在哪工作。而在这儿，就像一个大家庭，其乐融融；串门唠嗑儿，这是家常便饭；东家长、西家短，大家一清二楚。李志成觉得这儿就像是陶渊明笔下的世外桃源，莫非前进村人沾了灵山的仙气，已脱胎换骨？

　　夜空中一轮明月，月光清清淡淡，撒在茅屋前，宁静的树林中传来蛐蛐的鸣叫。屋内关了电灯，朦朦胧胧的，菲菲枕在李志成的怀里，李志成轻轻抚摸着她的头发，她的脸，她的胸。菲菲低吟道："志成，今晚，我属于你！我要把最纯洁的爱，献给你！"今晚，两人虽然没有吃月饼，但甜甜的滋味早就溢满他们的心田，激动、兴奋、紧张、快乐，在他们深深浅浅的交流中，汇成了一曲美妙的交响乐。完成了第一次，女孩就变成了女人。李志成不是第一次，他在和楚晴谈恋爱时有过体验，都说女人重感觉，其实男人也是，李志成在心里不免要做出比较。楚晴比菲菲年长几岁，也许是年龄的原因，在这方面楚晴显得主动，而菲菲是小心翼翼的，虽然很投入，但没有完全放开，肢体上有点儿拘谨，这种欲拒还迎的表现，更让李志成流连忘返。所谓异性相吸，情感是一方面，生理的默契和愉悦也是重要部分。

　　生活是现实的，并不会因为结了婚，就变得浪漫起来，可以不食人间烟火。李志成因为没了工资收入，现在的确要靠菲菲在小卖部的盈利来维持日常生活。自从开了小店，菲菲每天都忙忙碌碌，但并不能挣很多，因为有的村民是赊账的，平时来买烟酒油盐之类，到月底领了工钱，或是到秋收卖了稻谷，才把账结清。为了增加收入，菊花提议，利用李志成退还的屋子，再开个店。菲菲说："一个店就挺忙的，再开店能忙得过来吗？莫非你想和我分开做？"菊花笑道："你想哪儿去了，店开得好好的，我干吗和你分开？我是说，用那间屋，可以开个棋牌室，村上有不少闲人，让他们在这里打打牌，搓搓麻将，上午、下午、晚上分开收费，每个人收台面费五元，免费供应茶水，怎么样？"菲菲不想参与，说："打牌、搓麻将是有输赢的吧？这会不会助长赌博，坏了风气，伤了和气？"菊花却说："让他们聚在一块，小赌怡情，打发时间，他们有玩的地方，我们有钱赚，有什么不好？"

　　菲菲想想也对，就说："可是我没本钱呀。"菊花笑道："这个本钱小，一两千块就行了，你手头紧张的话，就全由我来出，赚了钱，我们照老规矩，平分。"菲菲心想，不用出本钱就能享受平分，这哪是合伙做生意，分明是菊花在照顾我嘛！就说："我要征求下老公的意见。"菊花笑道："看你叫老公叫得多亲热呀？可惜我找不到志成哥这样的男人！"菲菲笑着说："抱歉，菊花姐，开店你可以和我平分，老公我是不能平分的！"菊花啐了她一下，笑道："谁要占你的便宜了？我是羡慕你！做女人嘛，归根结底，做得好不如嫁得好啊！志成哥现在虽然没什么，可他是埋在地下的土豆，后头大着呢！"菲菲格格笑道："他不是土豆，他是人参，补着呢！"菊花笑着拍打了她一下，说："补不补，你心里最清楚了！"

　　关于要开棋牌室，菲菲回家征求了李志成的意见。李志成说："我觉得可以开，让村上的老人老有所乐！棋牌室投资少，经营简单，几乎没风险，就是开不下去关掉也没什么损失。"菲菲说："可是，我们卡上的钱不多了。"李志成说："我们的生活，靠你一个人挣钱，你挺辛苦的，要不，我答应这里的陆市长，先找份工作挣点钱？"菲菲说："不用，我会开好店的，够我们生存就行，你做好你的调查研究，你发表一篇论文，社会效益要比你为了挣钱去上班大得多！"李志成由衷地说："谢谢你的理解和支持！知我心者，菲菲也！"菊花添了几张桌椅、几个热水瓶，买了几斤茶叶、几副扑克和麻将牌，棋牌室就开张了。白天，闲着没事的老人来玩，晚上，村上的年轻人下了班后，也来棋牌室玩，生意出乎意料的红火。老严帮着照看棋牌室，给客人招待茶水，收取台面费，有时哪桌三缺一，他就上去填个空，玩几把，等有人来了就让位。

　　李志成白天要出去走访，了解灵山市的污染源分布情况、江河的污染程度、企业治理污染的应对措施和城乡环境存在的隐患，分门别类做好记录，晚上再整理资料，写出针对性的文章，在《中国环境报》等媒体发表。灵湖环保局订有环保类的报刊，好几人看到了李志成发表的文章，有一次，吴铁良在开会时，车少军提出来，李局长虽然辞职了，但他依然关注着环保，是否把他请回来？吴铁良从李志成的文章中，读到了他调研灵山所写的一系列文章，知道李志成和菲菲目前在灵山，距离并不远，放心不少，虽然他们没回来结婚有点儿说不过去，但相信李志成会对菲菲好的。李志成是灵山市第一个环保志愿者，他对灵山环境的关心，以及提的相关建议，引起灵山市有关部门的重视。陆市长找他推心置腹地谈过，希望他到灵山环保局任职，哪怕当个顾问也好，被李志成婉言谢绝了。无官一身轻，刚做了自由身，哪会轻易再给自己套个紧箍咒？

　　常春林的建材店开出来了，位于灵湖开发区，附近有许多新开发的楼盘，正可谓"天时、地利、人和"，然而，生意并没有想象的那么好。不是常春林不会做生意，而是房地产公司都有长期供货的合作单位，新开的店很难接到单，除非你的质优价廉，或者给经办人的回扣更多。就算有大生意，常春林也不敢接，原因很简单，他现在本钱小，尽管进货时可以暂欠一部分，或者一个月结账一次，但房产公司要货量大，而且要拖欠较长时间，因为他们造了房子，要等卖出去后才有钱，有的房产公司不爽快，拖个二三年，普通的建材店就被他们拖死了。常春林在经商方面是有经验的，他就做零售生意，虽然营业额不高，但都是现款，保证了资金流动和货款回笼。现在他可亏不起了，在灵湖茶园投资公司上跌的一跤，使他鼻青脸肿，损失惨重，打翻身仗不能急，现在每个月有结余，可以还贷款，还能维持经营和生活，接下来就是等待时机了。

车少军和翟静陷入热恋之中，几乎天天相见，一天不见就感觉少了点什么。中午，两人通个电话，到了晚上，车少军等翟静下班，一起去吃宵夜。一天晚上，两人走在去饭店的路上，翟静开玩笑说："别的女孩谈恋爱，拼命节食减肥，保持苗条身材，我倒好，最近胃口特别好，吃什么都香，少军，我是不是变胖了？"车少军笑道："你呀，属于天天吃红烧肉也吃不胖的人。"一辆黑色轿车停在他们身边，秦鸿探出头来说："哦哟，两位如胶似漆呀！车科长，你的头好了吗？不会留下什么后遗症吧？"车少军说："我发现摔了一跤后，变得更清醒了，也变得更幸运了！"秦鸿皮笑肉不笑地说："是吗？那恭喜你了！但愿你以后多摔几跤！"翟静在一边怒道："秦鸿，你这是人话吗？为什么话从你嘴里吐出来变得这么难听呢？"秦鸿嬉皮笑脸地说："我是一俗人，哪能和你'金话筒'比呢？你们这是去哪儿呢？"翟静说："我们去风满楼。"秦鸿笑道："风满楼是我一哥们儿开的，正好我去和他谈点儿事，一起去吧，我打个招呼，往后准保给你们打八折！"翟静说："谢谢了，我们认识路，你先去吧。"秦鸿笑嘻嘻地说："那好，我等你们，一会儿见！"秦鸿逮不到和翟静单独约会的机会，就是和他们两个聚会他也觉得机会不容错过，只要有机会在一起，就有可能"取而代之"。

秦鸿一踩油门，黑色本田车箭般急驶而去。车少军说："我怎么感觉他这辆车有点儿眼熟？"翟静笑道："你不会真摔糊涂了？他的车你见过，当然眼熟。"车少军说："我也说不上来，反正这车一闪而过的镜头，印象特别深刻。"翟静说："别胡思乱想了，我知道，你是担心他追我，是吗？

你一百个放心吧，我对他没好感，他是除了钱多，一无是处的人，我怎么会喜欢他这种人？"车少军说："老实说，他老在我们眼前出现，我是有点儿压力，毕竟他条件比我好，我是上班族，他是老板。"翟静拉起他的手说："爱要有自信！不要受到外界的干扰而动摇！现在不是流行炒股吗？在我眼里，你是潜力股，他是垃圾股！"车少军笑了，说："你的鼓励让我信心倍增！你是我的无价之宝，我一定会好好呵护！"翟静笑道："你知道就好！"她指了指一条小巷说："我们去这里吧，听说这儿新开了家沙县小吃，我们去尝尝。"车少军说："不去风满楼了？"翟静笑着点头："让他去等吧，我们不理他！"

吃宵夜几乎是他们约会时约定俗成的节目，说是吃夜宵，其实就是吃晚饭。电视台的食堂有供应晚餐，不过菜式单调，味道也不好，翟静不大喜欢在那儿吃，主持完《市民热线》后，下班和车少军一起吃。由于经常要去排污企业执法，车少军下班后，先要回家洗个澡，要不身上会有异味，在家陪父母吃点，留着一半空肚子，上饭店吃夜宵时，就不会吃剩下东西。两人在小吃店坐下，点了两份乌鸡汤和一份小笼包子。翟静说："今天我采访到一位市民，他组装了节约用水的装置，我很受启发。"车少军说："节约用水？是不是不把水龙头拧紧，让水滴滴答答流下来，水表不转，这样达到节约用水？"翟静笑道："你说的是老掉牙的办法，而且很容易损坏水龙头，今天我接触到的是新方法，效果好得多！"车少军感兴趣地说："民间智慧不容小觑，那个市民用的是什么新方法？"翟静介绍说："卫生间不是有洗手池吗？洗手时，一般是让水白白流掉，但这位市民在洗手池下面，装了个抽屉式的蓄水箱，把洗手的水积蓄起来，能洗拖把，还能用来冲涮马桶，天长日久，能节约不少自来水。"车少军连连点头："这方法虽然简单，但节水的效果确实不错，在水资源日益匮乏的中国，很有必要推广这种简便易行的节水手段。"

风平浪静了不到两个月，一天下午，吴铁良突然接到龙潭乡田副乡长的电话，他心急火燎地说："吴局长，不好了，我们这边出事了！"吴铁良说："出什么事了？你别急，慢慢说。"田副乡长说："找您，肯定是和污染有关了，我们乡的沙田村，西瓜摘完后，现在刚种的后季稻，昨天早晨，机水工给田里打水，下午秧苗就半死不活了。到田埂上一走，能闻到水田里的臭味，肯定又是上游的污水往下游淌，致使村民们遭了殃！"吴铁良说："赶紧向灵阳县环保局反映，让他们把田里的水化验后，向上游的污染企业索赔！"田副乡长说："打了，马局长也来了，可他被村民推到水沟里去了！村民骂他占着茅坑不拉屎，是个吃泡饭的！再说了，就是拿着化验单，我们向谁索赔去？上游那么多厂，找哪家？找上门去人家也不理睬咱们！"

吴铁良想想也对，灵湖和灵山共饮一江水，排污也是各不示弱，现在灵湖做了全面整治，但收效甚微，原先还以为是时间问题，时间长了，清江会慢慢变清的，现在看来不对，我们下游控制了污染源向清江排放，但上游我们管不着，他们要是管得不严，任由企业向清江排污，那下游的努力就前功尽弃了！怪不得灵阳县的污染特别严重，原来还有清江上游灵山市的"功劳"！现在和灵山接壤的龙潭乡遭罪了，不但灵阳县有责任，灵湖市环保局也有责任！原来只关注自己管辖的灵湖境内的环境状况，没考虑到水是流动的，这里经过了治理，相邻的地方如果存在违法排污现象，那这里还会受到波及。吴铁良说："那村民怎么说？他们有什么打算？"

田副乡长说："村民还能有什么打算？秧苗死了，重新播种育秧来不及了，这季水稻彻底毁了，大家颗粒无收了！所以他们有意见，正在闹呢！"吴铁良问："怎么闹法？上访？要赔偿？"田副乡长说："不是，他们怪罪清江上游来的污水，今天一早，沙田村的人全村出动，要给清江筑条坝，把上游的江水拦住，已经筑了一小段，被上游的田渔村人发现了，就出来阻止！"吴铁良说："把清江拦腰截断，这能行吗？"田副乡长说："是呀，上游的田渔村人不答应，要是在这儿筑了坝，他们村就成了浜底，什么污水脏东西全堵在这儿了，现在呀，两个村的人都出动了，带着铁锹扁担正在江边对峙，搞不好会发生流血事件！"吴铁良急忙说："那你先报警啊，最好通知乡里和县里，先稳住局面，别闹出人命，我马上带人过去！"

吴铁良紧急召集了车少军、姚大林、杨光、刘鸣、田佳，还有监测中心的人，他简要说了一下情况，要大家到那儿后，保持冷静，如果村民有过激行为，尽量礼让，不要和村民发生摩擦，要帮助解决问题，而不是给村民带去麻烦。大家第一次遇到这种情况，两个村的人会因为污水问题发生冲突，而环保局的介入能发挥多大作用呢？姚大林说："吴局长，我们去干什么？他们打群架，我们去劝架吗？"吴铁良说："我们去，要做好三件事，一是化验，二是说服，三是举证和索赔。至于治安方面，当地的政府和警方会出面的。"刘鸣说："他们筑不筑坝，好像我们管不着吧？那是水利局管的事。"吴铁良说："这起冲突的根源是清江的污水！你还认为我们没责任吗？"刘鸣不敢再说了。

先到了龙潭乡的乡政府，田副乡长和灵阳县环保局长马凡平出来迎接，田副乡长说："先到接待室喝杯茶吧，沙田村那儿有警察在维护秩序，我们晚去一会儿没事。"吴铁良一挥手说："不！现在就去！耽误时间会误事的！马凡平，你跟我上一辆车，我有话跟你说！"吴铁良一向客气的，这次直呼其名，马凡平感觉不妙。几辆车向沙田村方向驶去，在车上，吴铁良说："马局，发生了这样的事，你怎么不及时向我汇报？要不是田副乡长告诉我，我还不知道！"马凡平讪讪地说："他们没把环保局的人放在眼里，我一到那儿，他们就欺负我，对我出言不逊，还把我推搡到了水沟里！要知道，他们秧苗枯死的责任，根本和我们无关，是上游的污水闯的祸！我倒替他们背黑锅了！"吴铁良瞪了他一眼，说："你还有脾气了？这上游污水是第一次往下游灌吗？早就存在了！秧苗也可能不是第一次死亡，要不村民也不会发这么大火，要在清江筑坝。你要是早发现早采取措施，或许就没有现在的事端！"马凡平争辩说："我能有什么措施？上游企业的排污，我鞭长莫及！"吴铁良："你可以和虎洞乡的领导协商，叫他们控制向清江排污的违法行为，要是他们没动静，你早点儿告诉我，我去和灵山市环保局沟通，不行的话，我再向省环保厅和国家环保总局反映情况，总有解决的办法！不能听之任之，让小伤口感染成破伤风！"

到了沙田村的江岸边，只见密密麻麻围着近千人，除了大量的村民，两边各有几十名警察在维持现场秩序，防止双方发生肢体冲突。虽然两边没发生事故，但沙田村的几十个村民，手里依然拿着家伙，站在已经筑好的一小段坝基上，上游虎洞乡的龚乡长也在现场，在劝说沙田村的人不要继续筑坝，说这是违法的，使不得。有一辆大型挖掘机，停在坝基上，挖掘机的前面地上，躺着一个赤膊的人，在叫唤着："你们要挖，就从我身上开过去！"田副乡长和龚乡长握手，龚乡长指了指地上的人，皱眉说："我已经和你们高县长打过招呼了，他同意让我们把坝拆除，可您看这，叫我们怎么动手？"躺在地上的人说："你们反正不会把厂关了，这污水接连不断还会来，我们的庄稼年年减产，别地的西瓜又大又甜，可我们这的西瓜，说来荒唐，是苦的！卖也卖不掉，只能喂猪！现在种水稻也不成，秧苗都死了，都是你们的污水给害的！这坝不筑，谁来管我们的死活！"

吴铁良听了心酸，他既同情沙田村村民的遭遇，同时也不赞成他们采取筑坝等过激的行为。他上前几步，弯腰去扶地上的人，说："兄弟，你先起来，有话好好说。"旁边的龚乡长也说："是啊，有话好好说，不能这么耍无赖呀！"地上的人回敬龚乡长道："是你们害得我们全村的人没有活路，我们筑条坝把污水拦在外面，有什么不对？我们是正当防卫，你们耀武扬威开了辆挖掘机来，到底是谁无赖谁嚣张？"他又看了看吴铁良，说："看你面善，你是谁呀？"吴铁良："我是灵湖环保局的吴铁良，刚知道你们秧苗受损的消息，对不起，我来晚了！"地上的人一愣，问道："你真是吴局长？那个帮龙溪村民讨回公道，叫庆丰农药厂搬家的人，真是你？"吴铁良点点头："是我，都怪我，我不知道你们这里的情况……"地上的人一把抓住吴铁良的手，激动地说："吴局长，您可来了！您要帮我们讨个公道，我们生活得太惨了！"吴铁良眼里噙着泪花，说："好！你别躺地上，起来说话。"

地上的人一跃而起，兴奋地向大家宣布："吴局长来了！灵湖市环保局的吴局长来我们这里了！我们有救了！"沙田村的几百个村民，一听到吴局长来了，都兴奋地呼喊起来，呼啦一下围了过来！龙溪村也在龙潭乡，他们受到农药污染得到解决的事，龙潭乡几乎家喻户晓，大家对吴局长的体察民情、关注民生，赞誉有加。老百姓期盼清官的愿望是非常迫切的。李志成和姚大林前阵来灵阳蹲点治理，主要关注在县城附近，龙潭乡的工业并不发达，沙田村更是没有一家工厂，所以在普查污染源时，把这里漏掉了。马凡平在人群里嘀咕："不就一个环保局长，能有什么权力，他们至于兴奋成这样吗？"姚大林在一边说："老百姓就是一面镜子，这是民心所向哪！"

警察上来，叫村民不要围在一起，大家站在江边和坝岸上，要小心掉入江中，但村民们都听不进去，把吴铁良、姚大林、田副乡长和龚乡长团团围住。姚大林站在吴局长身边，起到保安的作用，防止人们推搡伤到吴局长。田佳用 DV 机拍摄着，记录着这里发生的情景。车少军带着监测中心的工作人员，将江水、田里的水和泥、秧苗等分别取样，要带回去化验。刘鸣和马凡平站在人群中，像看热闹似的，有点儿无动于衷。杨光在人群里替吴局长担心，这么多人围着，呆会儿怎么脱身？对面田渔村的人，呆呆地看着眼前发生的变化，他们不知道来的这个吴局长将是什么立场，是偏袒沙田村人，还是保持中立，或者向着田渔村，叫他们把坝基挖掉？

吴铁良高声说道："这里的情况我看到了，请放心，我会和有关部门共同寻找解决的最佳方案，不会让大家吃亏！另外，我想对大家说，把问题复杂化不利于事情的解决，反而会把矛盾激化，所以，我希望大家保持冷静，两个村的人，大家是邻居，要客客气气，好好商量，不要搞得很紧张，像打仗似的！"沙田村民说："我们也不想这样，可他们的污水把我们的庄稼糟蹋了，实在没办法，我们才想出筑道坝，不让污水过来！"田渔村的村民叫道："我们实在冤枉！污水不是我们村搞的，是上面的厂家排放的，你们不找厂家说理去，却在这里筑道坝，这坝一筑，我们村还不变成垃圾场？所以说，这坝不能筑！筑了我们也得扒掉！"吴铁良说："我们就事论事，渔田村的人说得没错，污水是厂家排放的，我们应该找排污的企业，找他们算账去！筑坝的事，我能理解乡亲们的想法，但这事不太妥当，严格来说是违反水利法的，还是不要筑的好！渔田村的人是无辜的，双方不是冤家，应该握手言和！"

吴铁良公正合理的话，赢得了渔田村人的一阵掌声！沙田村的人虽感觉吴局长有点儿胳膊肘儿向外拐，但他说的句句在理，并没有偏向哪一方，但如何找上游的厂家算账？他们认账吗？沙田村的有人说："我们去找过虎洞乡沿江的几家厂，但他们根本不理睬，我们怎么办？吴局长，这事指望您帮忙了！"吴铁良说："好，这忙我帮定了！半个月之内，一定给大家一个满意的答复！田副乡长，您叫村里统计一下每家每户的损失情况，统计出具体的数字，好向上游企业索赔。"田副乡长说："这事好办，不过，吴局长，上游企业的环保不归您管，他们会听你的吗？"吴铁良说："龚乡长就在这儿，请表个态，您认为上游的企业，该不该负这个责，给村民应有的赔偿？"龚乡长却说："上游几百家企业，我们乡在江边的也就几十家，还有县里、市里的工厂，他们才是大头，怎么单单让我们乡赔偿损失？这有点儿说不过去吧？"

龚乡长的话也有道理，上游污水涉及的厂家多了，到底应该找谁？别怪村民们不明白，就连吴铁良也有点儿糊涂了。沙田村人继续说道："赔偿只是一次性的，下次呢，下下次呢？我们要的不是赔偿，而是承诺！只要上游的厂家，承诺不向清江排污，并且遵守这个承诺，我们就不会筑坝，也不要他们赔偿损失！以后我们在沙田村，就能安居乐业啊！"对啊，村民们说得太对了！的确需要这个承诺，使上游的污水不再向下游倾泻，这才是解决这次争端的根本！要想获得这个承诺，光找那些厂家是不起作用的，要找他们的管理单位——灵山市环保局和灵山市政府！只有他们出现，才能遏制灵山市内的企业大肆向清江排污的势头！吴铁良说："我向大家做出承诺，我会抓紧时间，向灵山市方面协调解决好这件事，如果我食言，请大家向市委写信，要求罢免我环保局长的职务！"敢于向老百姓做出承诺，主动要求大家监督，并承担失信的后果，这样的环保局长，大家还能不信任吗？

田副乡长不失时机地说："大家都散了吧！吴局长已经说了，会帮大家讨说法，请大家耐心等待！"沙田村的人说："在没有得到确切答复之前，这一小段筑好的坝不能挖掉！如果上游不顾我们下游死活，那我们只好以牙还牙了！"吴铁良说："可以让这段坝基暂时保留，我向大家保证，既然我知道了这件事，既然这件事该我管，我就一定会管到底，给大家一个满意的结果！"吴局长已向大家做了保证，大家自然不好再说什么，人群在陆陆续续地散去，这场一触即发的冲突，被吴铁良的"诚信"化解了。杨光被吴局长的人格魅力震撼了，并不是说吴局长如何高大，而是他的平易近人，他的一身正气，他的诚恳和担当，才使得他那么可亲可信！

想想自己，利用环评审批的一点儿小权，以权谋私，实在不应该！

吴铁良没想到，兄弟城市的同行沟通起来如此艰难。他给灵山环保局的鲁局长打了几次电话，说明了自己的身份。局长办公室的人不是说鲁局长不在，就是说在开会，等鲁局长开完会给您去电话，可是，吴铁良左等右等，就是没见鲁局长打电话来。再去电话，接电话的说鲁局长出去了，不知道什么时候回来。局长找局长都这么难，可想而知，普通老百姓要见到这位局长，有多少曲折了。吴铁良给灵山的市长办公室打电话，反映了清江筑坝的纠纷，问接电话的人知不知道。接电话的自称是秘书，他说："知道，你们太不讲理了，凭什么在清江上筑一道坝？"吴铁良说："虽说筑坝不对，但事出有因，不能怪龙潭乡的村民。因为你们上游企业的污水排入清江，造成江水大面积污染，村民在用江水灌溉秧田时致使秧苗死亡，追根溯源，责任在你们一方，所以，我要找你们市长说清楚，要严惩违法排污企业！"秘书轻轻一笑道："您说什么？我没听错吧？您是不是管得太宽了？灵山的环保，好像不归您管吧？"

45. 授之以渔

　　几天来，吴铁良碰了不止一处钉子，他不明白，这么大的事，灵山市的环保局、水利局何以闭门不出，不积极出面处理呢？难道非要闹出人命、闹得两败俱伤、闹出轰动事件才会有人管？吴铁良一想，时间不等人，自己答应村民的，要给大家一个满意的答复，如今却连初步的沟通都没法完成，这事不能拖下去，村民的损失要得到合理的赔偿，毕竟这次的后季稻全军覆没，村民的粮食没着落了，更别说收成了；再说了，清江的污染治理不能停缓，清江水是相通的，一半治理了，一半还在排污，能有效果吗？两个城市要联合起来，共同治理，才能把清江真正变清。还有几天就是国庆节了，国庆要放长假，如此一来，半个月很快就要过去，而目前没有一点儿进展，到时如何向村民交待？吴铁良决定亲自去趟灵山，争取在国庆节前把赔偿款要来，让沙田村人安心过上国庆节。

　　吴铁良带上车少军，开车来到了灵山市，无心欣赏当地的风景名胜，直往市政府而去。在政府大楼门前，保安问："你们找谁？请出示证件，办理登记！"吴铁良拿出证件，填写"来客访问登记表"，保安一看他要见的是陆市长，说："陆市长的车刚出去，我给你们打电话问问秘书。"接通市长秘书，保安说："有人要见陆市长，让他们进来吗？"秘书说："他们是什么人？"保安说："看证件上是灵湖环保局的，不知道找陆市长什么事。"吴铁良接过保安的电话说："没错，我是灵湖环保局的吴铁良，找陆市长谈点儿事。"秘书说："很抱歉，陆市长出去了，要不，您改天再来？"吴铁良说："不，我们在这儿等，见不到，我们不会回去的！"秘书说："那你们上来，到办公室等吧。"

陆市长带着环保局、水利局和农业局的人到渔田村去了解情况，村长老金介绍了那天发生的情形，并带他们到现场去看了，陆市长还走到沙田村一侧，亲眼目睹了几百亩水田里一片枯黄，秧苗没有一点儿绿色，就像被除草剂喷过的样子，全部枯萎死亡。老金介绍说："渔田村人原先靠在清江捕鱼为生，后来水变质了，鱼越来越少，年轻人就到外面去打工，年纪大的留在村里伺弄田地。这次发生沙田村要筑坝的事，咱们村人尽力阻止，要不是来了个环保局的吴局长，恐怕后果不堪设想，在吴局长的劝说下，大家才停止了争执，不过，我听说他要替沙田村的人，向我们这边的企业索要赔偿。"鲁局长说："吴铁良是灵湖环保局的，他以为他是谁呀？我们灵山的环保，轮不到他来插手！"水利局的沙局长说："沙田村的人目无法纪，私自筑坝，违法了水利法，咱们还没计较呢，他们索哪门子的赔？"

陆市长曾听李志成谈过吴铁良的为人，知道他是一个干事的人，别的不说，光凭他迅速到现场制止冲突，就把那些办事拖泥带水的干部比下去了，尽管他在灵湖市，但他的确是一个值得敬重的环保局长。陆市长说："我们不要把自己的责任推得一干二净！你们也看见了，人家的秧苗死了，确实蒙受了损失，他们找上门来索赔，情有可原！我们地处清江上游，企业的偷排屡禁不止，清江现在的水质怎么样，问问水里的鱼，它们是深有体会的，可惜它们不会说话，要不然肯定要控诉人类破坏了它们的家园！招商引资初期，我们把关不严，使得一些污染企业进驻我市。鲁局长，今后你们在环评方面一定要从严把关，开发区和郊区，不要放进任何一家污染企业，我们市开发得晚，但对环境的保护不能晚！"鲁局长说："我明白了，请市长放心！不过，他们真要来索赔，我们怎么应对？"陆市长沉思了一下，说："到时候再说吧。"陆市长之所以这么说，是出于保护地方企业利益的考虑，要不要赔，赔多少，这事需要深思熟虑，不是能随便表态的。

吴铁良和车少军等了两个小时，杯中的茶叶泡了三开了，终于，秘书来说，陆市长回来了，马上就到办公室。陆市长有过关照，如果不是紧急事情，他出去办事时，不要打扰他，必须要他处理的，等他回来再处理。因为他觉得饭要一口一口地吃，事情要一件一件去做，不要中途分心，一心两用，那样效率反而不高。吴铁良从陆市长的办公桌能感觉出这位市长为人处世的风格，陆市长的办公桌上，没有堆得高高的文件，玻璃下也没有压着零乱的名片或旅游照片，桌上很简洁，只有一个盆景、一本台历、一个笔架和一个茶杯，文件夹和书籍，都放在靠墙的书橱内。因为等的时间长，吴铁良随手翻了一下桌上的台历，在今天的日历下面有点儿空白，陆市长写着两行字："上午开会。下午去渔田村。"前面的日历纸上，也都写着该天要办的事情，简洁明了。他把日程安排记在台历上，而不是公文包里的记事本上，也不是秘书的行程表或日志上，这说明他是个办事透明的市长。

陆市长笑容满面地进来，鞠手说道："对不起，让你们久等了！"吴铁良笑道："能见到陆市长，没有白跑一趟，等得值！"秘书又来泡茶，车少军说："不用了，我们已经喝饱了，肚子里咣当咣当全是水！"吴铁良叫车少军拿出两罐茶叶，笑着说："这是我市出产的灵湖银毫，请陆市长笑纳。"送茶叶只是礼仪，陆市长收下了。吴铁良说："我们今天来，为的也是水。"陆市长说："你们来的目的是什么呢？"吴铁良说："沙田村的后季稻没有希望了，村民将半年没有收成，这个损失应该有上游企业来承担赔偿责任。另外，对于那些排污企业，是否应该进行必要的整治？"陆市长说："我去渔田村看过了，看到了一段坝，也看到了死亡的秧苗。这事怎么说呢，我们上游是有责任，我向沙田村遭受损失的村民表示歉意！但清江的污染由来已久，我们灵山市沿江的企业很多，很难说是哪几家的排污造成了清江的污染，总不能搞摊派吧？"车少军说："据我们几天来的化验结果表明，那几天明显是上游有企业在大量排污，导致江水的氮磷含量严重超标，污水浓度是平时的好几倍，村民在引水灌溉后致使秧苗全部死亡，只要查出那几天在偷排污水的企业，由他们赔偿沙田村民的损失，你们还可以对相关企业进行处罚，这事不就能圆满解决了吗？"

陆市长笑道："我市环保局还没有出来调查结果，现在下任何结论，为时尚早！秧苗死亡，有可能和施用农药不当有关，还可能和最近的高温有关，并不一定是污水所致，调查需要一个过程，你们先回去，有消息了我们再通知你们过来协商处理。"吴铁良知道，时间拖得越久，越不易确定当时企业的偷排行为，国庆一过，灵山的领导，谁还记得这档子事？排污企业查不出来，赔偿的事就可能不了了之，后面要求灵山方面关停排污不达标企业的愿望，就更难实现了。吴铁良说："沙田村民盼望灵山方面有良好的回应，不能让他们等得太久，因为他们有言在先，如果不能及时解决赔偿和控制污水过境的问题，他们将把拦江坝筑到对岸！"陆市长明白，动用行政手段，或许能阻止沙田村民的筑坝行为，但双方的矛盾将加深，假若江坝筑成，清江拦腰截断，江水无法汇入灵湖，也无法汇入大海，灵山段的清江将变成死水，清江和沿江的居民将难以承受，数百家工厂将搬移，这样的代价太大了！陆市长依然采取了缓兵之计，说："这事不是我一个人能决定的，我要向市委汇报，还要和相关部门讨论研究，对有关细节和数据还要确认，请你们耐心等待，一定会有答复的。"

李志成听说了沙田村和渔田村发生纠纷的事，上午他去实地查看了，陆市长是下午去的，两人是前后脚，但没有相遇。中午，李志成乘车赶回来吃饭，在饭桌上，他说起了吴局长前去制止冲突的事，菲菲听到父亲的消息，很高兴。菊花赞叹道："菲菲，你爸爸真行！"老村长拎了一篮红菱过来，说让大家尝尝，李志成和菲菲争相剥了菱壳品尝。好多年没有吃到红菱了，味道真是清甜。老孙说："清江的水脏了，小河里的水还行，我儿子今年在村外的河荡承包了一百亩水面养鱼，兼带着养红菱，红菱是江南的水八仙之一，现在不多见了。"菲菲说："咦，怎么有两个角的，还有四个角的？"老孙笑道："两个角的红菱皮嫩肉甜，很容易剥开，一般是生吃的好；四个角的红菱，外壳较硬，一般是煮熟了吃，味道与炒熟的栗子接近，所以，红菱又有'水栗子'之称。"

下午，李志成正在茅屋内午休，忽听手机响了，接过一听，他惊喜地说："吴局长，您来灵山了？您在哪儿？"吴铁良说："到灵山不拜大佛，枉来灵山走一遭，我这会儿就站在灵山上。"李志成笑道："吴局长，您什么时候也信佛了？"吴铁良笑道："大佛是叫人大肚能容，遇事宽容一点儿，但干我们这行，没法宽容，我们一松，污染就没法管了！志成，你和菲菲住哪儿？我去看你们。"李志成说："我这儿条件比较简陋，还是我去见您吧。"吴铁良说："简陋不要紧，只要你俩真心相爱，一切都会好起来的！"李志成说："谢谢吴局长，我也是这么想的。"

吴铁良和车少军辗转来到了灵山脚下的前进村，未进村，先就看到了一间茅屋，李志成正站在路口等候："吴局长，车科长，你们来啦！"吴铁良打量了一下装扮一新的茅屋，笑道："你们就住在这儿？不错，挺会找地方嘛！"车少军和李志成握过手后，羡慕地说："李局长，您这儿哪是简陋？是世外桃源啊！"李志成笑着说："我现在不是副局了，车科长，你叫我李局长不合适了。"车少军说："叫惯了，在大家心目中，你还没走，还是那个副局长，没人能顶你的位置！"李志成领他们进屋，说："这就是我和菲菲的新房，都是乡亲们帮我们盖的，我和菲菲是上无片瓦，下无寸地，中间的袋里还没钱，不过，我们现在过得很快乐！"吴铁良说："物质的东西多了容易腐蚀人，你们快乐就好，菲菲呢？"李志成说："在村口那儿开小店呢！"吴铁良说："这丫头，没想到还能吃苦！"车少军笑道："菲菲放弃公务员的职位，跟李局长来到这儿，可不是一般女孩能做到的，我挺佩服她的！"

李志成说："吴局长，您是为秧苗死亡的事来的吧？"吴铁良说："是啊，就为这事来的！"李志成说："谈得怎么样？"车少军说："还能怎么样？地方保护主义呗！"吴铁良说："偷排污水造成的是连锁反应，秧苗死亡只是表面现象，更让人担心的是两村人的矛盾加剧！这事要是灵山方面没反应，村民情绪激动，那道坝真有可能筑上了，我也拦不住！"李志成说："沙田村和渔田村，那地方我去过了，吴局长，筑坝这事您最好拦下来，否则，沙田村一筑坝，有理反变成无理了！事情就不好办了！"车少军说："问题是灵山市要有表态啊，该补偿的补偿，该处罚的处罚！包庇当地企业，实际是对他们的一种纵容，今后他们就更有恃无恐了！"李志成说："秧苗死亡的原因好查，但事故责任人不好确定，法不责众，清江上游的污染，牵涉到灵山好多企业，要是他们相互推诿，这事就没有结果了。"吴铁良说："受害最深的是老百姓！他们不能捕鱼，现在连庄稼也不能种了，谁来保障他们的基本权利？环保局设立，如果只为政府服务，不考虑老百姓的利益，我是不能理解的！"李志成说："我正在摸查沿江的污染大户，准备列一个名单交给陆市长，明确由几家企业承担沙田村民的青苗补偿，我的建议，陆市长还是会考虑的。"车少军叫道："太好了！没想到李局长的人缘这么好，居然认识灵山市长！吴局长，您就不用发愁了！"吴铁良说："光青苗补偿是不够的，要是不阻止他们向清江排污，村民还是不会答应的！"李志成说："我会提这事的，不过，村民也要进行自救！沙田村的水田，虽来不及补种水稻，但可以养龙虾和鲢鱼。最好由环保局出面，联合当地乡政府，在那儿建个污水处理站，既解决村民的饮水问题，又能利用处理过的江水开展水田养殖，一举两得！"车少军赞道："李局长好主意！赔偿只能治标不能治本，有了污水处理站，既治污又治穷！一次投入，可以让村民长久受益，真是好办法！"吴铁良笑道："志成，你虽然离开了环保局，但你的工作一点儿也没少做啊！"

有了李志成的帮忙，这次灵山之行总算没有白来，吴铁良和车少军松了一口气。李志成带他们去见菲菲。吴菲菲正在店里忙乎，看见有人进来，也没抬头看，顺口就问："你们想买什么？"吴铁良笑道："菲菲，两个月没见，你连爸爸都认不出来了？"菲菲惊喜地叫道："爸爸！你怎么来了？"吴铁良笑呵呵地说："还不是为了看你？"菲菲笑道："不可能！你不知道我在这儿，肯定是志成约你们来的吧？"李志成笑道："是吴局长来灵山有事，顺便来看我们。"菲菲甩了甩头发，说："我就说嘛，我爸是个大忙人，怎么会想到我呢？"菊花说："哦，您就是那个吴局长啊！常听李哥和菲菲说起您！李哥，你和菲菲都成家了，怎么还叫吴局长？应该改称呼了！"李志成笑了笑说："习惯了叫吴局长，没想到我现在变了身份，不是您的助手，是您的女婿了！对不起，吴局长！"菊花笑道："还叫吴局长？"李志成连忙改口："哦，是爸爸！"吴铁良摸摸自己的下巴，笑着说："志成这称呼一改，我还真有点儿不习惯！不过，我提醒你们，你们现在没办结婚证，是非法同居，赶紧去办了吧，别给我弄出个非法外孙！"菲菲娇嗔道："爸，你说什么呢，现在没有'非法同居'的说法了！"

这里的村民很热情，老严是菲菲和李志成的干爹，这次菲菲的爸爸来，老严无论如何要留吴铁良吃晚饭，吴铁良推辞不过，只得和车少军留下来。

老严家杀鸡宰鹅，还叫来了老孙和几个村民作陪，大家一起喝酒聊天，很是热闹了一番。看到李志成和菲菲生活在这样的环境，吴铁良放心地笑了。吴铁良说："菲菲多亏了你们照顾，我敬大家一杯，谢谢大家！"老严说："咱们现在是亲戚了，就不用说客气话了，志成和菲菲都是好孩子，咱们能认识他俩，也是缘分，大家没把他们当外人！这人啊，好不好，一处就知道！您是局长，可您和大伙坐一块儿，一点儿都没架子，一点儿都不生分，有您这样的父亲，有您这样的领导，菲菲和志成哪会差啊！"

晚上九点多，常凤英给吴铁良打电话，说："打你电话，单位里的人说你出去了，你去哪了？现在还不想回来？是不是和别的女人幽会去了？"吴铁良正喝得高兴，说："你猜我见到谁了？"常凤英没好气地说："还能有谁？想必是那位方萌了！"吴铁良说："你别整天胡思乱想！我跟她除了工作上有联系，没其他关系！"常凤英说："那你见到了谁？这么晚还在鬼混？"吴铁良说："你说话有点儿素质好不好？我告诉你，我见到咱们菲菲了！""啊，真的吗？她在哪里？"两个多月没有女儿的消息了，作为一个母亲，常凤英怎么会不牵肠挂肚？只不过吴铁良一直安慰她，说女儿没事的，会回来的，她才保留着一些希望，期盼着菲菲能出现在自己面前，如今听到丈夫见到了女儿，她的心情怎能不激动？她一个劲儿地追问："菲菲在哪儿？她过得好吗？"吴铁良说："你别急，菲菲就在我的身边，我让她和你通电话！"

菲菲接过父亲的手机，哭道："妈！我是菲菲！让你担心了，对不起啊，妈！"常凤英听到女儿的声音，不禁哽咽起来："菲菲，真的是你啊！是妈不好！对你管得太严，可你也不能不辞而别啊！你知道你这一走，妈有多担心吗？"菲菲说："妈，我没事，我和志成在一起，我们过得很好，你不必替我担心。"常凤英说："你在哪儿呀？你爸真是的，他去也不告诉我一声，让我一起去呀！菲菲，你快回来吧！工作丢了不要紧，可以重找一个，你和李志成结婚，总得回家来办喜酒啊！"菲菲说："妈，过一阵我会回家看你！爸爸和志成就像亲兄弟一样，他们正在比酒呢！"常凤英说："你爸就是这样，没大没小的！时间不早了，叫他回家吧，叫他路上小心！"

　　第二天，李志成去见陆市长，陆市长正在开会。开完会后，陆市长走进办公室，一看见李志成，就笑道："你是来当说客的吧？"李志成笑着说："不是说客，是参谋。"陆市长说："我知道你会来的！昨天，灵湖市的环保局长来过我这儿，他的心情我能理解，但这事还需从长计议，不是他说怎么就能怎么的！"李志成说："陆市长，我倒有不同的想法，不知……"陆市长说："哦？有想法你就说嘛！你到我这儿，应该畅所欲言，不应该有所保留了吧？"李志成说："谢谢陆市长对我的信任！沙田村和渔田村的纠纷，实际上并非是他们两者之间的矛盾，根源出在污染！秧苗死亡也好，筑坝也罢，无非是因为有企业违规向清江偷排所致！所谓正本清源，要想让清江流淌清水，就得对污染源进行严格整治！最重要的一点，清江的污染，将影响灵山的投资环境，如果对相关企业姑息养奸，未来将后患无穷！灵湖的前车之鉴，灵山应当吸取教训啊！"

　　听了李志成的一番话，陆市长一只手轻轻摩挲着下巴，在办公室内来回踱步，陷入了思索。过了一会儿，陆市长才说："我是灵山的父母官，我不能胳膊肘儿往外拐，割自家的肉去填补别家的饥饿！但我也知道，环境的整治，不能心慈手软，企业的偷排行为，只对那些企业有利，但对整个灵山来说，是损人不利己的！从长远发展来说，更是自毁家园，不动手术是不行了！可是，清江边上有那么多企业，我该怎么下刀呢？"李志成是有备而来，他取出了一张纸，递给陆市长，然后说："这是我经过摸查后罗列的名单，像灵山印染厂、新光铜材厂、三龙造纸厂、胜利化工厂、晨光制药厂，这五家是清江边规模大、效益好、污染重的大企业，虽然它们建有污水处理设备，但据我实地勘查，它们的排污暗管一直在向清江排污！应该勒令它们整改，并要它们向沙田村民赔偿青苗费！为了照顾它们的情绪，可以不对它们进行罚款。"陆市长笑道："我下面有环保局长，但它就像聋子的耳朵——摆设！你的建议比他实用多了！"李志成笑道："生存环境不同，思考的角度也就不同，我现在是自由人，可以知无不言、言无不尽，但在环保局工作，就不能这么信口开河了！领导一不高兴，还不把我撤了？"陆市长会意地笑起来。

　　陆市长和李志成谈得很随意、很投机，一个市长和一个外地来的环保志愿者能如此倾心交流，这让李志成深感欣慰。李志成说："我觉得，政府的职能应该是管理和协调，而不仅仅是施压或施舍。"陆市长说："施压我能理解，但你说的施舍，是指什么呢？"李志成说："比如对一些贫困地区、亏损企业和贫困人群，政府给予相应的补助，当然，政府的出发点是好的，但这么做的后果，很可能让贫困的一直贫困下去，因为他们有了依赖心理，反正上头有补助，他们就渐渐失去了进取心，失去了穷则变、变则通的努力，而在实施补助的过程中，还有可能滋生一些腐败。"陆市长说："现在的贫富不均越来越厉害，政府如果不管，对社会稳定会产生一些影响。"李志成说："仅仅施舍是解决不了问题的，或者说，解决的只是暂时的表面的问题，比如对失业的补助，政府发给他钱了，但他还是失业，问题的关键应该是拓展就业的渠道，古人说得好：授之以鱼，不如授之以渔！"

陆市长感慨地说："你说得很有道理，但有些是社会问题，不做好表面，后续工作更难开展。就说你提到的失业，中国的失业人口在增加，如果不发失业救济金，他们的生活将更加困难！"李志成说："陆市长，请您别见怪，在您面前，我是实话实说，我是觉得有时头痛医头、脚痛医脚的方法，不太有效，比如哪儿出了高官腐败、哪儿发生了煤矿事故，当时是处理了，但腐败和事故，并没有根本好转，还不是年年发生？"陆市长笑道："我们不谈这些，这些也不是我们能改变的。"李志成笑道："我知道言多必失，怪我今天多言了，可能是我昨晚的酒喝多了。"陆市长说："你关心时政是好的，但有些问题的根本，不是你我想到的那样。只要我们做好自己的本分，就是一个合格的社会人。"李志成说："好，说说我对清江的建议，我一直认为，清江是灵山和灵湖共同的清江，不应该分段分治，应该统一思想，努力把它治理好，还一江清水给两市人民！"陆市长笑道："人往高处走，水往低处流，从治理成本来说，这是灵山比灵湖有利的地方，但也因此使我这个市长犯了目光短浅的错误！"李志成说："灵湖环保局将在沙田村建立一个污水处理站，解决当地的饮水问题，并将推广水田养殖，给村民指引一条脱贫致富的门路！陆市长，我建议灵山和灵湖搞合作，在交界处，建一个大一点儿的污水处理厂，造福更多的百姓！"陆市长高兴地说："这个方案好！既治污又致富，他们灵湖这么干了，咱灵山也不能落后！"

不久，国家环保总局出台了"流域限批"的政策，明确指出在同一流域如果有一家企业排污不达标，在该流域范围内不再审批新的建设项目，这条颇有点儿"连坐"色彩的规定，扼住了同地区污染治理不平衡的情况。原先，你那里排污超标，他这儿新的项目又在上马，一边污染一边治理，效果差，缺乏威慑力。现在，给你来硬的，你这儿不达标，会影响其他项目的实施，促使大家重视环保，对"三废"处理都能严格执行标准，谁要是再偷偷排污，就会变成过街老鼠，人人喊打！这条政策的及时出台，加强了灵山市和灵湖市在治理清江流域的合作精神。在吴铁良和陆市长的共同努力下，沙田村和渔田村一带，投资两亿元的污水处理厂正在破土动工，当地村民奔走相告，喜笑颜开！如此大规模的污水处理厂建设在清江中段的农村地区，对生活在附近三乡十八村的百姓来说，是莫大的喜讯，他们将告别带味的深井水，告别荒芜的庄稼，迎来崭新的生活！

李志成和菲菲新婚燕尔，情意融融。菲菲和菊花一起开店，在菊花家，菲菲学会了做饭和炒菜，有空还请菊花教她织毛衣。菲菲知道，虽然饭店里的菜味道更好，商店里的毛衣工艺更精湛，但自己亲手做、亲手织的，融入了一分温情，李志成会更喜欢。最近，李志成在想，自己没有正式工作，又难以割舍对环保工作的痴迷，能否像灵湖市的方萌那样，在灵山成立一家民间环保组织，把更多的环保志愿者组织起来，发挥更大的作用？成立社团要到民政部门去备案，李志成特意向陆市长谈了自己的想法，陆市长非常赞同。陆市长说："我市的环保面临着困难和机遇，民间环保组织大有可为！政府决策的一些项目有可能会影响到环境，但由于听不到来自环保部门的中肯意见，导致招商失误，带来严重损失。比如去年我市的 APP 项目，国外商团来投资时，我们求之不得，但奠基开工后，北京有专家指出，该项目产生的有毒气体不但对大气造成严重污染，还会导致员工患上肺气肿，于是紧急叫停，我们赔偿了三千万元才了事，如果有 NGO 组织及时提醒，或许我们就能避免少吃一次药！"

NGO环保组织，不只是小打小闹地做些环保宣传，还能影响政府在环保领域的某些政策。李志成给新成立的民间环保组织取名叫"绿色家园"，并在《灵山日报》上刊登启示，为"绿色家园"招兵买马。真可谓一呼百应，灵山市民对环保热心的大有人在，只不过过去没人组织，大家只能在私底下发发牢骚，如今看到有这么一家民间环保组织成立，有了一个交流和发表意见的沙龙，大家挺感兴趣，纷纷前来报名。首期招收了一百名志愿者作为会员，从中挑选出二十名作为骨干分子，负责平时的宣传、聚会和野外考察活动。由于目前资金紧张，李志成并没有租办公场所，"绿色家园"的联络点就设在他和菲菲住的那个茅屋。这里环境幽静，尽管有点儿偏僻，但会员们很喜欢这个闹中取静的地方。

晚上，李志成在老严家吃晚饭，这天的菜有红烧肉，菊花指着红烧肉笑道："希望你们两口子的日子，像红烧肉一样红通通、香喷喷！"李志成吃着红烧肉，赞不绝口："嗯，真好吃，又香、又嫩、又鲜！难怪当年毛主席就特爱吃红烧肉！这是谁烧的？"菲菲说："这是菊花姐烧的，她样样是能手，我跟她在一起，学到了不少呢！"菊花说："不是我烧得好，是这猪肉好！这猪肉不是从菜市场买的，这是村上老徐家自家养的，吃的都是青草、青糠，没有泔脚水和瘦肉精，当然味道好了！"李志成说："现在的鱼呀肉呀，没有我们小时候那么香了，包括那个米饭，都没从前那个香味了，其实，这都和环境污染有关！"菲菲笑道："你又在推销你的环保了！我觉得和环境没啥关系，是人的心变了，变黑了，有的人为了赚昧心钱，什么事干不出来？"李志成愣愣地看着菲菲，说："这话真有水平！"菲菲笑道："是夸我还是骂我呀？"菊花在一边笑着说："当然是夸你！你每天和志成哥睡一个被窝，天天听环保讲座，就是小学生也能变成专家了！"菲菲脸红红地说："我喜欢听他讲话。"

菊花问李志成："志成哥，你有业余爱好吗？比如唱歌、跳舞、搓麻将、看书，总有一样喜欢吧？"李志成说："唱歌我五音不全，跳舞我老踩别人脚，搓麻将我不会，书是要看的，但近几年少了，我就喜欢爬山、散步。"菊花说："喜欢运动好啊，男人身体棒，才有男人味！"菲菲夹起一块红烧肉，放到嘴边，闻到肉的味道，她眉头一皱，突然感到一阵恶心！

菲菲连忙捂着嘴，跑到水池边呕吐了几下，但没吐出来。李志成跟过去，轻轻给她拍背，说："怎么啦，是不是最近累了？"菊花说："菲菲吃得少，体质弱，志成哥，你要多给她买点儿营养品。"菲菲说："我不要吃营养品，我要减肥！"菲菲知道李志成手头紧张，不想让他买营养品增加经济压力。菊花笑道："你要再减肥，身上就没有肉了！"李志成轻声说："菲菲，明天我陪你去医院检查检查。"菲菲说："不用，我一个人去好了，你明天不是有事要出去吗？"

菲菲一个人去了医院，看的医院内科。医生简单问了问，就开单子让她去做化验，有血检、尿检和B超。还没配药呢，就花了一百块，菲菲有点儿心疼。在上大学那会儿，买双两百块的鞋她眼睛都不眨一下，现在不同了，自己挣钱了才知道金钱来之不易，方知父母持家的辛苦。在B超室，医生仔细瞧了瞧，说："你怀孕了。"菲菲没有一点儿思想准备，吃惊地说："什么？我怀孕了？"医生点点头："是啊！你看，一个小肉球，大概一二个月吧。"菲菲实在是没有经验，这段时间刚好在忙小店，她竟然忘记自己上个月的月经没来。突如其来的怀孕，让菲菲茫然无措。

46. 辐射污染

李志成在《灵山日报》看到一则新闻，说是陶家庄采石场发生职工集体中毒事件，职工上吐下泻，头晕目眩，卫生检疫部门检验了采石场的快餐，没发现问题，有关部门正继续调查中毒原因。李志成对这则新闻很感兴趣，因为职工集体发病有很多原因，除了食物中毒，还有人为投毒，还有长期积累的职业病发作，有毒气体也会造成这种现象，还要看采石场附近有无化工厂。李志成决定带人去一趟，虽不是质监、卫生、矿业、环保等主管部门，不能正面进行调查，但环保志愿者机动灵活，多角度、多方位进行调研，有些主管部门未掌握的情况，环保志愿者却能查得水落石出。

采石场位于陶家庄，采的是村庄附近的一座小山的石头，采石、碾碎、加工，还是一条龙生产。李志成带着几个人在采石场附近转悠，对石料、水源进行取样，"绿色家园"自己没有检测仪器，需要化验时，要请环保和质检等部门协助。李志成了解灵湖的"自然之家"，他们从小处着手，做得很不错，他希望以后能和方萌联手向市民普及环保生活理念，比如少用洗涤剂、少用一次性的纸巾和筷子、节约用水、爱护树木、亲近自然，等等，"绿色家园"以后要做的事很多。采石场的附近没有化工厂，既然卫生部门没有确认为食物中毒，那到底是什么原因导致职工产生不良反应？

摸清了采石场的大致情况，李志成感到很蹊跷。这个只有二十人的采石场是个私营企业，年产值达到三千万元，利润有五百万，听说乡干部和村长都入了股。这个开办了五年多的采石场，发生过多起职工干活晕倒事件，但没有引起足够重视。有位在采石场附近干活的江姓村民说："这个采石场开了五六年了，职工感到恶心呕吐的事发生不是一两起了，场里对外宣称是职工中暑，工人都是临时工，场里一年要辞退几批工人，又会招新职工进来。"李志成好奇地问："场里为什么把熟练工辞退，要招新职工进来？"这个村民说："场里的理由是职工体质较弱，不适合留下来继续工作，我就在场里干过，但去年被他们辞退了。"

李志成正要找其他工人了解情况，有几名男子迎面走来，为首的喝道："你们是什么人？鬼鬼祟祟在干什么？"李志成拿出名片，那个接过一看，哼道："'绿色家园'？这是什么单位？没听说过！你们跑这儿来干吗？"李志成说："我们是一家环保组织，在帮助你们查明职工中毒的原因。"那人上下打量了一下李志成，说："你这人面生，你们是环保局的人吗？"李志成实话实说："我们是环保志愿者，不是环保局的。"那人瞪了一眼李志成，说："不是环保局的，你们来瞎查什么？滚滚滚！"李志成还想分辩，那人又叫道："别说是什么环保志愿者，就是记者来，也不允许随便采访！你们走不走？不走就别怪我们不客气了！"李志成担心他们动粗同去的志愿者会受伤，连忙说："好好，我们马上就走！"场方越是不让调查，遮遮掩掩，越可能藏着猫腻！李志成不想放弃，决心一探究竟。

秦康远来达华化工集团视察工作，杨文魁热情接待。一干人走在宽阔的厂区内，秦康远说："达华如果成功上市，将成为我市首家上市公司，这是具有里程碑式的荣誉，对全市的企业发展起到激励推动作用，希望你们不负众望，把我们的化工产业，百尺竿头，更进一步！"杨文魁恭敬地说："我公司的上市申请，证监会正在审核之中，经过一个月的公示，将正式登录上交所，这前前后后，离不开秦市长您的大力支持！"秦康远说："在公示阶段更要慎重，千万不要出什么差错！"杨文魁说："公司员工满怀激情迎接上市，大家心头就像着了一把火，我们不会让这股热情冷却的！请领导放心！"

　　夜晚，圆月当空，月色如雪，树林中的小茅屋更显宁静。李志成俯在菲菲的耳边低语："菲菲，月圆人也圆，活动可以开始了吗？"菲菲回应道："不行！"以往，当李志成提出要求，菲菲都是积极响应的，这回她怎么有点儿反常？李志成说："为什么？是你的月经来了？还是身体不舒服？你不是说今天查下来没什么问题吗？"菲菲笑道："不是我不肯，是有人会有意见。"李志成不解地说："有人有意见？这屋里就咱俩，还有谁会不同意咱们亲热？"菲菲握着李志成的手，把他拉到她的腹部，悄悄说："这里是他的家，你要和我亲热，不是打扰他了吗？"李志成先是一愣，随即明白过来，呵呵笑道："是真的吗？菲菲，你真的有了？有了我们的孩子？"菲菲点点头，喜悦中带着忧虑："是的，我有了，可是，我还没做好当妈妈的准备。"

　　李志成笑道："这有什么好担心的？这是顺其自然的事。生命来之不易，既然上天把孩子赐予我们，我们应该感到高兴！"转而，李志成又说："为了这个新生命的孕育成长，我们的甜蜜活动只能暂时搁置了。"菲菲说："真是让我爸爸说中了，要知道我们还没办结婚登记手续，现在我可是未婚先孕啊！"李志成笑道："你已经是我的新娘了，还未婚呀？为了孩子的出生，法律程序上的结婚登记我们要去办，哪天我们一起回趟灵湖吧。"菲菲说："好呀，我对怀孕后的保养一无所知，还得向妈妈去请教呢！"李志成笑道："你不怕被你妈妈骂个狗血淋头？"菲菲说："我妈妈是爱我的，只不过她的表达方式不够温柔罢了。"

　　李志成来到了采石场工人治疗的那个医院，找到了给工人治疗的主治医生陆医生。李志成问："陆医生，采石场的工人得的是什么病？确诊了吗？"陆医生看了看他，警觉地问："你是……你是记者吗？"李志成摇摇头："不是。"陆医生转身要走，李志成说："陆医生，您一定知道，要不然怎么给他们治疗？"陆医生面无表情地说："对不起，无可奉告！"李志成不死心，紧跟他走出房间，说："陆医生，这儿收治过多少采石场工人？"陆医生说："你别问了，我不知道！"

　　李志成来到医院外的水果店，买了一袋苹果和几斤香蕉，重新走进医院，直接来到了病房，看到一个病房里的病人穿着相同的蓝色工作服，估计他们就是采石场的，就走了进来。病房里的人见来了个陌生人，有人问："你找谁？"李志成说："我找采石场的人，在这儿住院的。"病房内的人说："我们就是啊，你有什么事？"李志成说："哦，我是老江的亲戚，听说采石场发生了中毒，我就过来看看，他住哪个病房呢？"工人说："老江？他不在呀，前年他就离开场里了。"李志成说："是吗？真不巧！这些水果我拎也拎来了，就给你们吧！到底出什么事了？怎么一下子这么多人住院了？"工人说："哎，别提了，住院倒没什么，就怕我们出院后，工作都没得干了，场上又要找借口把我们给辞了！"李志成不解地说："为什么把你们辞了？你们可以找劳动局告他们呀！"工人说："场里说我们生过病，体质差，没法干活了，给我们多发两个月工资后就让我们回家了。凡是像我们这样生病住过院的，场里都不再留我们了。"李志成说："谁没个头痛发热，他们怎么这么不近人情？生病时，你们都有哪些症状？严重吗？"工人说："这病来得急，头晕、胸闷、咳嗽，也不知是啥毛病，医院也没个说法！"李志成说："你们前边发病的，出院后身体都康复了吗？"工人说："也不见得，听他们说，生过病后，感到四肢无力，干不了重活了！"

针对了解到的情况，李志成觉得工人得的病很可能与采石场的工作环境有关，而采石场与卫生防疫部门很可能刻意隐瞒了什么。而且，他们在不断地更换工人，看似照顾工人，实际是害了更多的人。李志成亲自去采石厂采集样本并送到灵山环保局的检测中心，检测中心要收费，李志成打电话给灵山环保局长。局长知道李志成和陆市长熟悉，不敢轻视，连忙吩咐检测中心给免费检测。检测结果表明，样本中的花岗石镭元素含量较高。镭是一种放射性元素，工人如果长期接触，会患上肺炎，甚至病变为肺癌！李志成对检测结果十分震惊！镭本身并不可怕，是可以预防的，但采石场故意隐瞒事实，没有采取相应的防范措施，导致职工中毒事件一而再、再而三地发生，严重危害了工人的健康！

李志成把这一情况及时向陆市长作了汇报。陆市长同样震惊地说："石头里有放射性物质？工人真是因为这个得病的？"李志成肯定地说："拿到检测报告单后，我查阅了国内外大量资料，确认某些花岗石中含有镭，这种放射性元素能使长期劳作的工人患上肺炎和肺癌，危及生命健康！"陆市长说："采石场出过几次中毒事件，可我从没听鲁局长提起过，他这个局长太失职了！"李志成说："鲁局长或许真不知情，陆市长，您不能怪他。"陆市长说："哦，他当环保局长的都不懂，不怪他怪谁？"李志成说："以前，环保局对污染的监测，基本停留在污水、空气（包括室内空气）、固体废料等方面，后来才把噪音和电磁辐射纳入进来，对放射源的监测，国家环保总局和省城的环保局，会配备专门人员负责监管，比如一些单位里会用到放射性金属，医院里的 X 光拍片机也属于放射源，对相关放射源还要进行回收处理，小市的环保局条件差，一般没有人负责这块，我在灵湖环保局时，也缺乏这方面的监管。"

陆市长关心地说："工人得病后，能治好吗？有没有后遗症？"李志成说："工人发病后，通常认为是食物中毒，所以，请卫生防疫部门检验时，并没有发现问题，而在医院里，医生通过患者的化验单，能发现工人得的是肺炎，至于医生是否知道患者是因为放射性物质感染了肺炎，这就不得而知了！经过治疗后，病情能得到控制，但未能完全康复，病人以后会感到体虚无力，严重者甚至丧失劳动能力！"陆市长的神情凝重起来，他一边踱步一边说："你反映的情况非常重要！要及时采取措施，杜绝类似事件的再次发生！"李志成说："毫无疑问，采石场是有过错的，如果他们知道工人是因为石头中的镭而得病的，应该给工人发放防辐射的工作服，配备防尘口罩，减少放射性污染的侵害！可他们的措施是什么？他们的灵丹妙药是辞退！一旦发现工人得了这种病，就立即辞退，他们可能认为反正没死人，不会出事的，正是他们的麻木不仁才使一批批的工人遭受身体伤害！"陆市长有点儿愤怒了，怒吼道："漠视生命，简直没人性！一定要对他们严惩不贷，绝不手软！"

陆市长通知矿业局、安监局、劳动保障局、环保局、公安局和卫生局的负责人立刻来市政府礼堂开会。会上，陆市长问："陶家庄采石场工人中毒的事，大家听说过没有？"卫生局长说："我知道这事，卫生防疫站接到过他们四五次的报告了，也去现场检查过，工人集体患病是事实，但不是食物中毒，我们怀疑是传染性肺炎，每次发生病情，我们都派人去现场进行细致消毒，但不知为什么，中毒事件还是时有发生。"劳动局的人说："我们在事后接到过工人的投诉，说他们无故被采石场辞退了，但据我们调查，采石场以工人身体素质不适合工作为由辞退了工人，由于工人都是临时工，场方有权自行处置用工与否，因此，我们也无能为力。"陆市长环顾了一下，说："还有别的情况补充吗？"大家纷纷摇头："没有。"

陆市长喝了口茶，润润嗓子说："那我来告诉大家一个新情况！根据相关人员的调查和检测报告显示，采石场工人之所以接二连三地患上肺炎，是因为他们长期接触了一种放射源——镭元素！""镭元素？"矿业局的人说，"是不是居里夫人发现的那个镭元素？"陆市长说："就是这个！"安监局的人说："工人和石头打交道，怎么会接触到镭呢？"矿业局的人说："我明白了，是石头里含有镭吧？"陆市长说："没错！凌局长，你给大家扫盲一下吧！"凌局长站起来说："好，我给介绍一下！一般人都知道，石头里含有各种金属，常见的有金、银、铜、铁、锡、铝等，比较少见的有镍、铬、镉、镭等，有的具有放射性，对人体有伤害……"

陆市长接过来说："是啊，这个镭，就像地雷一样，谁接近它，如果处理不当，就可能带来致命伤害！想想看，这个采石场存在五六年了，害了多少人！一会儿，我们就下去联合执法，封了他们的采石场！控制他们的负责人，冻结他们的银行资金！对花岗石原地封存，对已经售出的石料能追回的追回，不能追回的要跟踪关注！卫生局要派人对采石场全体工人进行一次体检，发现有症状立即治疗！"众人答应着，陆市长补充说："对以往生过病的工人名单，要进行详细统计，了解他们现在的健康状况，如果现在仍在患病，或者失去劳动能力的，给予他们医治和生活补助，劳动保障局要做好相应的安置工作！如果发现政府公职人员有入股采石场的，立即向我报告！他们不是想赚钱吗？那好，我就成全他们！"

第二天的报纸上，就报道了陶家庄采石场被依法取缔的消息，随后，又有报道说，采石场的负责人被拘押，当地的村长和副乡长因入股采石场被免职，患病的工人得到了继续治疗，记者还特别提到了一个人，他就是最早把这事捅出来的李志成，是他发现了工人患病的真正原因！也因为这件事，使得他的"绿色家园"的知名度大升，社会各界对环保志愿者大有好感，有的企业愿意向他们捐款，资助他们开展环境保护工作。

一天晚上，菲菲笑着对李志成说："你想来灵山隐居的，现在倒好，你成了名人了！我们的小茅屋，快成了春来茶馆了，人来人往不断啊！"李志成笑道："名人不名人，我无所谓，只要能在推广环保理念方面多出一份力，我就很开心了！当然，最让我开心的，是我亲爱的老婆！"菲菲说："我们最近回家一趟吧，把结婚登记手续办了，我肚子里的宝宝有三个月了，肚子再凸出来，我不好意思出去见人了！"李志成笑道："怀孕是女人最自豪的时刻啊，因为你在孕育新的生命，这是一项伟大的工程，怎么会不好意思见人呢？"菲菲拍了下李志成的头，笑道："我底气不足啊，从法律层面上讲，我的确是未婚先孕！你总不会让我当未婚妈妈吧？"李志成说："最近，咱们的小茅屋来的客人较多，嘈杂的环境不利于你保养身体，等我到外面租好房子，把"绿色家园"的办公室搬出去，把事情安顿好，咱们就回灵湖。"

由于李志成和菲菲在灵山市，吴铁良对灵山多了些关注。当他从报纸上看到李志成恢复了工作的热情，又做了一桩好事，在灵山成立的环保组织赢得了不错的亮相，他为这个聪明能干的女婿由衷感到高兴！他和李志成的关系，从过去的同事、朋友，现在更多了一层亲情。李志成虽离开了灵湖，但心没有离开，正是因为他从中斡旋，灵湖和灵山才能达成协作意向，在清江中游建设一座污水处理厂，造福数十万沿江村民。有时，真想劝他回来和自己并肩协力把灵湖的环境尽快治理好，但转念一想，今时不同往日，要是李志成回来，环保局里一正一副两个局长，居然是丈人和女婿的关系，难免会有人说闲话，认为是拉帮结派或者利益组合什么的，就让他呆在灵山吧，他要是能在灵山干出一番事业，对社会同样是一份贡献！

车少军来向吴局长请示："现在人们越来越重视生活质量，我有个建议，咱们环保局和电视台联手，面向市民开展免费检测服务，对市民有疑虑的水质、空气、噪音和电磁辐射，由局里派人上门免费检测。我和翟静说过了，她很赞同，愿意在她主持的《市民热线》中进行宣传。"吴铁良笑道："免费检测的服务很好，可以在市民中树立咱们环保局的良好形象，对加强市民的环保生活理念也有促进作用。不过，《市民热线》一再把话题向环保倾斜，电视台方面会不会有意见？"车少军说："翟静说过了，她说不用顾虑，只要观众喜欢，节目收视率有保障，电视台就无话可说。"吴铁良说："达华化工集团的一个分厂位于老城区，附近居民反映，厂区时有难闻的气味飘出来，你去检查过吗？"车少军说："费局在时，我跟他去过两次，就是看看而已，也没什么处罚，厂方答应查找原因就完事了。"吴铁良说："怎么到现在还没解决这个气味污染问题？"车少军说："其实不是气味问题，是工厂的化工原料在加工或贮藏过程中发生泄露，飘浮在空气中刺激人的呼吸道和眼睛，对人体造成一定程度的伤害。按照规定，距离居民区五百米范围内，是不允许有化工厂的，但他们是老厂，城内工厂整体外迁时，他们没有搬，这是个历史遗留问题。"

位于老城区的达华化工集团化工分厂，是达华公司的发祥地，后来公司出于扩展规模的需要，在郊区另买了一块地，但这个老厂一直保留着。近些年时有难闻的气体弥漫周边，使附近方圆几里的居民饱受其苦，居民向环保局和政府部门反映过，有关部门派人来调查，查下来，无非是设备老化，或是操作不当，或是贮藏泄漏。化工厂答应整改，但按下葫芦浮起瓢，没过多久，那种氨水般让人窒息流泪的气味又会再次光临。吴铁良说："老厂存在的问题更要解决，就像一个老人一样，有病不治好，后果很严重，老厂的设备陈旧，别让出问题成了家常便饭，附近的居民可遭罪！看来要对市里说说，叫达华把老厂搬出居民区才行！"

综合治理办的小会议室里，秦康远、吴铁良和杨文魁在一起讨论着什么。吴铁良说："杨总，居民对贵公司在城区的老厂意见很大啊，为什么不把老厂搬出去呢？"杨文魁笑道："幸亏当初没把老厂搬出来，现在那块地增值了几倍！说明我的眼光是很准的！"吴铁良说："不管您工厂现在的地价是多少，按照环保法的相关规定，化工厂要距离居民区五百米以上，您违反了规定，必须得搬走！"杨文魁笑道："不要这么严肃好不好？上有政策，下有对策，作为一个称职的老板，当然要为本集团的利益着想！"吴铁良说："可是，企业也要有社会责任！那么多居民生活在化工厂的毒气包围圈里，您真的能高枕无忧吗？"杨文魁说："就你有社会责任感了？你知道我集团一年上交的利税是多少吗？一亿两千万！你们环保局除了事后补补漏洞，还有什么能耐？"

秦康远打圆场说："吴局长，化工老厂是要搬走的，不过要在三个月以后，这点儿时间总等得起吧？"吴铁良说："为什么要在三个月以后？据我了解，达华集团的所在地，有空厂房可以利用，早点儿搬不好吗？"杨文魁看了看吴铁良，叹气道："我本来不想对您说的，因为事关本集团的远景计划，但看您实在没有商业头脑，我就对您透露一下，不怕您抢我的生意！"吴铁良说："我抢您的生意干吗？我也不是做生意的料。"杨总说："刚才秦市长说了，三个月以后，我们会把老厂搬走，我们的确是这么规划的。为什么要在三个月以后搬？您也知道，我们达华集团即将上市，等上市融资后，我们会扩大业务，进军房地产，城区老厂的地块，就是我们起飞的基点，我们将把那里改造成花园式洋房，两年后的老厂区，绝对会成为让人羡慕的居家乐园，同时，房地产业务也将成为本集团新的利润增长点！"吴铁良说："既然有这等好事，为什么不早点儿公开呢？也好让老厂周边的居民有个盼头！"杨文魁笑道："这您就不懂了，要是消息提前泄露，会有庄家操纵股价，我们保留这一块，也是为了将来回馈投资者啊！"

吴铁良说："资本运作我不懂，但希望达华能拿出上市公司的风范，在达标排污方面，为其他企业做榜样！要是影响了环境，影响了居民生活，这对公司的形象也不利啊！"杨文魁说："不是我们不想搞好环保，等我们上市融到资，老厂会很快搬迁，还会建设一流的环保设施，我们不会给市里拖后腿的，吴局长，我也不会让您感到为难的！"秦康远说："达华集团是我市的重点企业，近几年的产值利润一直高速增长，我们要多扶持、少干预，宋书记在会议上也说，环保不是紧箍咒，不是要环保就不要发展了，而是要找到着力的平衡点，最好能达到双赢。前不久，市里不是批了在清江中游建设污水处理厂的申请吗？这充分表明，市委市政府对环保工作是大力支持的，关于达华老厂扰民的事，彻底解决只是个时间问题！

希望环保局在此时要保持克制，不要影响达华集团的上市进程！"

　　杨文魁说："吴局长，秦市长解释得够清楚了吧？"吴铁良说："我特意来见秦市长和杨总，是有两件事，这只是其中之一。"秦康远说："哦？还有什么事，你就直说吧！"吴铁良说："我们接到举报，达华集团去年年底新建的一个分厂在环评方面存在问题，我们近期将对其进行复评。"杨文魁面色一变，说："你开什么玩笑？你们环评局搞的环评，还能推倒重来？那你们的环评不是儿戏吗？"吴铁良说："世上的事，难免会出现一些失误，宪法还得不停修改完善呢，何况是环评报告？"秦康远说："去年年底是费明在当环保局长，他人已经调走了，你现在清查前任的旧账，这不太好吧？外人会认为你俩有过节呢！"吴铁良说："我和费明没有任何私人恩怨，对群众有异议的环评项目进行复查和纠正，这是对工作负责，我问心无愧！"杨文魁不满地说："你这个时候要搞复查，不是找茬儿吗？我们集团上市要是受到影响，你担得起这个责任吗？"

　　吴铁良笑道："路归路，桥归桥，环评复查和集团上市，不存在牵连关系。您的集团就是上了市，环评和排污如果有问题，我们还是要查！"秦康远说："吴局长，你对工作一丝不苟是值得肯定的，但你搞大动作也要顾全大局，不能为了个人成绩而不管不顾，影响全市的发展规划！前不久，你把灵湖明珠别墅给拆了，没错，你们环保局的名声是好了，但你知道因此带来多大的损失吗？"吴铁良不解地说："秦市长，您是说我拆灵湖明珠别墅拆错了？"秦康远说："我不是说你拆错，我的意思，是希望你在做出决定之前，要考虑一下前因后果，环评手续也是你们审批的，拆除也是你们在做，这不是瞎折腾吗？"杨文魁说："就是，环保局就会放马后炮！"吴铁良说："秦市长，您知道，明珠别墅和达华新建分厂的环评是费局长负责的，他虽然调走了，但他审批的项目存在问题，难道我就可以充耳不闻、视而不见吗？拆掉明珠首期别墅，眼前看似乎是一笔很大的损失，但长远来看，如果明珠别墅建起来了，既会对环境造成破坏，也会有后来者群起仿效，说不定灵湖边就会矗立起许许多多的别墅区，那时就更难控制了，如果到后面再拆，损失会更大！所以，我在这里打个招呼，希望杨总能对新建分厂进行自查，如果有手续问题，可以来补办，如果污处设施没做到'三同'时，要及时整改，到我们复查时发现问题，就只能依法办事了！"

　　秦鸿对翟静加强了追求力度，每天早上把车停在翟静家附近的路口等候，夜晚又在电视台门口守候翟静下班，弄得翟静有点儿不胜其烦。她基本上不坐他的车，偶尔时间急，也会搭一下他的便车，秦鸿总是彬彬有礼，并没有过分的举止。有一天早上，因为隔夜忘了给电动车充电，翟静正准备打的上班，秦鸿的车又出现在她面前。翟静上车后，说："秦总，我又不是您的什么亲友，您为什么天天来接送我，不觉得烦吗？"秦鸿笑着说："不烦不烦，我就是每天看到你才觉得安心，要是一天不见到你，一天的工作都提不起劲儿！"翟静笑道："其实你没必要这样的，你也知道，我是有男朋友的。"秦鸿呵呵笑道："你们不是还没领证、还没结婚吗？说明我还有机会呀！我相信'精诚所至，金石为开'，说不定哪天你会被我感动的！"翟静说："凭您的条件，别说是找对象，就是找二奶、三奶，也会有漂亮女人前仆后继的，我不过一个小主持罢了，离开电视台，我什么都不是，您何必把时间浪费在我身上呢？"秦鸿笑道："坦白说，我要找情人不难，但我这回真是想一本正经找个妻子，一般的庸俗女人我看不上，像你这么秀外慧中的，正是秦某梦寐以求的对象！世界上只有一个你，因此，哪怕只有百分之一的希望，我也绝不放弃！"翟静果断地说："爱情不是单方面的需求，而是两个人的完美融合！身体或灵魂曾经堕落的男人，不在我谈婚论嫁的考虑范围之内！您不用花费无用功了，还是死了这条心吧！"

　　晚上，翟静从电视台出来，停在她面前的有两辆车，一辆是本田轿车，一辆是半新不旧的摩托车。有点儿褪色的摩托车在锃亮的本田车跟前，更显得寒酸。翟静看了看有点儿不安的车少军，坐上了摩托车的后座。秦鸿在车里自嘲地摇了摇头，依然慢慢地跟在他们后面，行驶在马路上。翟静抱着车少军的腰，亲昵地靠着他的后背，长长的马尾辫在风中飘舞，显得格外秀气。车少军握着车把的手心有点儿出汗，秦鸿天天如影随形地盯着翟静，车少军真有点儿担心。车少军问："今晚我们去哪儿？饭店还是咖啡馆？"翟静说："饭店和咖啡馆都浪费钱，以后我们要精打细算，不能这么花钱了，今晚去你家里，怎么样？"车少军又惊又喜："到我家？真的？"翟静笑道："怎么？不愿意？"车少军连忙说："不不，我求之不得呢！"

车少军的父母不知道翟静要来，有点儿措手不及。少军的妈妈把车少军拉到一边说："你这孩子，你们要回家吃，怎么事先不告诉一声？现在家里只有冷饭，是准备留给明早泡粥的，现在家里什么菜都没有啊！"车少军说："是翟静提出要来咱家，我也没思想准备。"翟静笑道："叔叔阿姨不用忙乎，随便吃点儿，能填饱肚子就行。"秦鸿居然跟了过来，他的车就停在车少军家门前的路上，连连摁着喇叭。车少军的父亲问："谁的汽车在外面响个不停？你们认识他吗？"车少军说："哦，是一个老板。"少军的妈妈说："你们认识的就请他进来坐坐，这是礼貌。"翟静说："阿姨，您不用理他，他是个游手好闲的人！"

翟静的手机忽然响了，是秦鸿打来的。秦鸿说："翟静，你看车少军家有什么！破旧的平房，你以后就住这样的房子？我都替你感到委屈！你到他家来，恐怕连吃的都没有吧？出来吧，跟我走吧！我带你到灵湖大酒店去，你想吃什么都行！"翟静冷冷地说："秦总，您多费心了，我就喜欢平房，每一块砖都实实在在！您不用在我面前炫耀，你敢说你赚的钱是干干净净的吗？我在替你担心，你别'住得高，摔得重'啊！"秦鸿气得把手机挂了，自己对她一往情深，没想到她却对自己冷嘲热讽，看她跟车少军有什么好日子过！那个车少军真是命大，那晚居然没摔死，他的福气也好，翟静竟然对他死心塌地，奇怪，车少军能跟自己比吗？翟静也是脑子进水了，她喜欢车少军什么呢？

秦鸿的车开走了，车少军的紧张心情渐渐舒缓下来。少军的妈妈说："少军，你怎么额头都是汗？有这么热吗？"车少军拿条毛巾擦了擦，又看了看翟静，说："我真怕你会丢下我，坐上他的车扬长而去！"翟静在他的胸膛上轻轻擂了一拳，说："少军，你到现在还这么没信心吗？我爱的是你的人，不是别的什么荣华富贵！"少军的妈妈说："闺女，我家条件不好，你能跟少军好，是我们车家前世修来的福气啊！"车少军说："妈，去弄点儿吃的吧，翟静晚饭还没吃，肯定饿坏了。"少军的妈妈为难地说："家里没什么菜了，要不，我杀只鸡……"翟静说："不用杀鸡，阿姨，家里有鸡蛋吗？您就给我们来点儿蛋炒饭吧！我喜欢吃蛋炒饭。"少军的妈妈说："好好，我马上去弄，屋前的地上种有青菜，我去拔几棵，烧个青菜，吃蛋炒饭就不淡了！"

47. 遭遇绑架

李志成和菲菲回到了灵湖，去民政科婚姻登记处办好了结婚证。从登记处出来，李志成扬了扬结婚证，笑道："这本证，只能证明两个人的婚姻关系，并不能真正保护婚姻。"菲菲说："话虽如此，但没有结婚证是不行的，得不到法律的承认和保护！比如有个案例，有一对男女同居了十年，生了一个儿子，后来女的出去打工，认识了一个男的，女的和新认识的男人结婚了，并且办理了结婚登记手续。前面的男人来找女人，女人不肯回去，男人告上法庭，法庭只认可他们有同居关系，对孩子有共同抚养关系，但不存在婚姻关系，女人并没有违法，只需每月给孩子几百元抚养费就可以了。"李志成笑着说："菲菲，你是不是想说，没领结婚证，婚姻就不太有安全感，随时可以一走了之？"菲菲笑道："差不多吧，我可不想以后我们吵架，你丢下我一个人走了，我连找你的理由都不充分。"李志成笑道："你还是看重这本证的，其实，我爱你都爱不够，怎么可能舍得离开你呢？"菲菲笑道："男人的嘴是最靠不住的，我还是用法律来保护自己吧！"

菲菲回到家里，常凤英非常高兴，几个月没见到女儿，作为一个母亲，无时无刻不在牵挂着女儿的一切。凤英双手搂着菲菲的肩，左看右看，心疼地说："菲菲，你瘦了！这几个月你吃苦了吧？"菲菲说："没有，妈，我和志成在一起，过得好着呢！"凤英埋怨说："有了老公，就把爹娘忘了吗？也不知道给家里打个电话，你可知道妈妈想你都快想疯了！"吴铁良说："菲菲还年轻，让她出去锻炼一下也好，她跟志成在一起，吃不了亏！"凤英责怪地说："你到现在还宠着她？她要是被人拐跑了，叫我怎么活？"菲菲亲昵地靠着李志成说："我愿意被他拐跑！"常春林也在，他说："菲菲，那天你一走，我姐就向我兴师问罪，说我没看好你，跟我吵吵闹闹要人；你爸大概知道你和志成一块儿出去了；叫我们不要太担心。现在你们总算回来了，我这个当舅舅的也把心放下了！"

菲菲说："舅舅，你还在茶园当副总吗？"常春林叹息道："哎，别提了，舅舅就栽在那个投资公司上了，把上百万积蓄都搭进去了，人也差点儿进了监牢！现在我开店的钱，还是你爸爸借给我的。现在生意还行，年底我就能把借款还上。"菲菲说："当时我翻看了一下你们公司的认购登记表，就感觉到不对劲，可我要跟志成离开灵湖，来不及跟你讲，要是我呆在那儿，或许就能避免后面发生的事了！"常春林说："这事跟你没关系，是我鬼迷心窍，上了那个新加坡商人的当！时光不能倒流，我现在就重新白手起家了！"菲菲说："现在你比十几年前好多了，至少现在您有了丰富的从商经验，跌倒了爬起来，舅舅，我相信您一定行的！"吴铁良说："春林，现在陆洋还在茶园吗？我很久没看到他了。"常春林说："他还好，有茶园这个根据地，恢复起来比较快，现在茶园名义上是市国资委的，实际上一切业务还是陆洋在经办。宋书记的及时救援使我们摆脱了危机，我对宋书记还是挺感激的！"吴铁良笑道："志成和菲菲回来了，这顿喜酒是要补办的，虽然我赞成婚事从简，但当地的风俗也要遵守，要是亲友间连结婚时都不往来，关系会更冷淡的！春林，办喜酒那天，你请陆洋一起过来，我还欠他一顿饭呢！"

李志成说："提到茶园，我想起春天时，在市政大楼发生的喝茶中毒事件，不知现在查到原因了没有？"吴铁良说："也不知道还在不在查，有的事隔得时间长了，往往会不了了之。"常春林说："姐夫，您不正是因为这次风波当上环保局长的吗？"李志成说："前几天我在灵山，有了偶然的发现，有可能会解开喝茶中毒的谜底。"吴铁良大感兴趣："哦？志成，你有什么新发现，说来听听！"李志成说："灵山的一个采石场，发生多起集体中毒事件，经过我的调查，通过对工人接触的石料化验，竟然是放射性元素镭导致了工人出现肺炎一样的症状，听说灵湖极品银毫是在石板上烘烤的，我猜想，那石板会不会含有放射性物质感染到了茶叶，然后又感染到了喝茶的人？"吴铁良兴奋地说："照你这么说，很有可能是放射源污染！明天我就和经办此案的同志说，让他们检验一下那块石板，对茶叶也要重新化验！"

常凤英关切地问女儿："菲菲，你这次回来不走了吧？"菲菲说："我们回来几天，还是要去灵山的，那儿有志成的'绿色家园'，也有我的小店。"常凤英说："什么'绿色家园'？你们这么快就在那儿买房子啦？"李志成说："妈，那是我在灵山成立的一家民间环保组织，有很多环保志愿者加入我们的组织，开展环保宣传等活动，推进生态文明的建设。"李志成一说起民间环保组织，常凤英心里就一阵不舒服，因为她想起了和吴铁良关系密切的方萌就是什么民间环保组织的负责人。常凤英语气冷淡地说："民间环保组织，又不是正规单位，没有工资收入，那不是倒贴钱的工作吗？你连环保局的副局长都不当，却去办什么'绿色家园'，岂不是不务正业？"李志成说："我从事的是神圣的工作，不是不务正业！虽然没有工资，但我们有其他单位赞助的活动经费，我们可以深入民间，做一些连环保局都无法完成的事！"常凤英不以为然地说："有这么了不起吗？我是怕菲菲跟着你吃苦，志成，你最好还是找份可靠的工作，别去做吃力不讨好的事了！"吴铁良说："在家里不要谈工作上的事，凤英，你少说两句行不行？志成现在是我们的女婿，老话不是说'丈母娘看女婿，越看越欢喜吗'？难得他们回来，我们应该高兴才对！"常凤英说："他们过几天又要走了，叫我怎么高兴得起来？"

吃过晚饭，吴铁良、李志成和常春林在客厅闲聊，常凤英在厨房收拾，菲菲走进了厨房。常凤英说："菲菲，我这里不用你帮忙，你还是陪你的老公去吧！"菲菲笑道："妈，你怎么还在生气呀？"常凤英说："我是在生自己的气！丈夫和别的女人好，我却不敢发作；女儿心眼儿向着别人了，以后的日子，我就更冷清了！"菲菲惊讶地说："妈，你在说什么呀？我是你的女儿，怎么会向着别人呢？志成是我的依靠，你是我的港湾，哪个我都离不开！你刚才说我爸怎么啦？和别的女人好？会有这种事？"常凤英说："我亲眼所见，还能错得了？"菲菲说："我爸不是那样的人啊，他怎么可能做出那种事？"常凤英说："男人是会变的，有点儿地位，有点儿钱，心就活了。所以呀，你要看好李志成，别让他跟其他女人距离太近！"菲菲说："不会吧？志成现在的'绿色家园'，就有很多漂亮的女会员，他不会跟她们有什么事吧？再说我在开小店，也不知道他在外面做什么呀！"

常凤英说："菲菲，你太单纯了，像你这样怎么行？没有监督的哪个不出事？当官的没有监督就腐败，做食品的没有监督就掺假，男人没有监督就出轨！我看，你的小店不要开了，就跟着他在'绿色家园'上班好了！"菲菲说："志成很爱我，现在我怀孕了，他比我还高兴，按理说，他不会做对不起我的事！"常凤英"呀"地一声，说："菲菲，你怀孕了？怎么这么不小心？"菲菲说："女人结了婚，不都要怀孕的吗？妈，你不是怀孕生下了我吗？"常凤英说："现在跟过去不一样，过去是早生孩子早得福，现在过早生孩子，会影响生活质量，抚养一个孩子要花很多时间、精力和金钱，何况你们两个现在都没一份正式的工作，你现在有了孩子，将来离婚更难办了！"常凤英还在惦记着给女儿重找一个对象。她想单是结婚，如果没孩子，离婚后再嫁，不存在什么障碍，有孩子就不一样了。菲菲现在找的李志成虽然人品不错，但他把工作都辞了，有什么能力照顾妻子、抚养孩子？

菲菲有点儿生气了，说："妈，你在瞎说什么呀？我和志成结婚，是要白头偕老的，你怎么说我们要离婚呢？有你这么乌鸦嘴的妈妈吗？"常凤英说："我对什么民间环保组织的人没好感，他们一定是自由散漫惯了！一个'自然之家'的方萌，勾引你爸爸，现在你老公搞什么'绿色家园'，说不定又会闹出什么绯闻！我可不想我的女儿被人骗了！"菲菲说："妈，我和志成的关系如胶似漆，不会有什么事，你就别操这个心了！"菲菲转身要走，常凤英一把拉住她，说："我是为你好啊！你别把妈妈的话不放在心上！妈妈是过来人，懂得比你多吧？就说你怀孕这件事吧，你怀孕期间，是不是不能和老公同房了？作为一个健康的男人，几个月不过夫妻生活，他能忍得了吗？我可告诉你：现在男人出轨，很多就是从妻子怀孕开始的！菲菲，你到现在还不警觉吗？"被妈妈这么一讲，菲菲也有点儿提心吊胆起来。

晚上睡觉时，菲菲的头枕在李志成的臂弯里，她歪过头说："志成，你会永远爱我吗？"李志成轻轻刮了下她的小鼻子，笑道："傻瓜，虽然我不知道永远有多远，但我知道，我对你的爱，会是一生一世！"菲菲说："永不变心？"李志成答："永不变心！"菲菲接着说："那我问你，我怀孕了，我们好几个月不能做夫妻活动，你能忍受得了吗？"李志成笑道："不就忍几个月吗，这有何难？来日方长，将来的机会多着呢！如果实在忍不了，那就一个人做做俯卧撑。"菲菲扑哧笑道："做俯卧撑？亏你想得出来！要不要我给你买个芭比娃娃，总比你做俯卧撑有趣吧？"李志成说："我要那塑料玩意干吗？没有感情的交流，还有意思吗？夫妻间的爱抚，并不一定要做活动，像抚摸呀，亲吻呀，一样可以增进感情，使我们心情愉悦！"菲菲搂着他的脖子说："志成，你真好！我爱你！"志成没有说那三个字，但他吻住了菲菲的嘴，用行动表达了自己的情意。

李志成以前的同事车少军、姚大林等人，得知李志成回到了灵湖，打电话给李志成，嚷着要喝他和菲菲的喜酒。李志成说："喜酒到年底补办吧，现在我没钱，我不想让吴局长出钱。菲菲现在开店，到年底积攒了一点儿钱，我一定请各位喝个痛快！"姚大林说："李局长，今晚我们聚聚吧，局里好多人想见你。我们从《中国环境报》上读到你写的文章，还从《灵山日报》上看到关于你的报道，我们都想听听你离开灵湖后的经历，也想从你那里多学点儿知识。"李志成说："那好吧，晚上约个地方见面聊。"姚大林笑道："李局长，别忘了叫上菲菲，你们的私奔经过，我们更感兴趣！哦，对了，你执法过的那家塑料厂，后来不是改成包袋厂了吗？专做环保购物袋和旅游布袋，业务好得很，潘厂长每次看到我，都向我打听你的情况，说你救了他们厂，他们太感谢你了！"李志成笑道："是他们自强不息的精神感动了我，使我改变了'法律无情'的观念！人性化执法，其实是吴局长身体力行的，我只不过受到他的影响罢了。"

下午五点，李志成接到姚大林的电话，叫他到江南春饭店2号包厢会合。李志成说："菲菲要去逛街买衣服，我要陪她去，一会儿过来吧。"姚大林说："逛街嘛，让菲菲一个人去好了，现在吃晚饭还早，你现在就过来，我好久没和你下象棋了，咱俩杀两盘！"原来，姚大林酷爱下象棋，在环保局里几乎找不到对手。有一次，李志成看到姚大林和车少军下棋，车少军眼看要被将死了，李志成在旁边随手帮车少军下了几着，居然反败为胜了，姚大林不服，拉着李志成要杀一局，结果，下了三盘，李志成两胜一负。所谓棋逢对手、将遇良才，找旗鼓相当的对手下棋，才能杀得兴起，下出水平，不过，李志成只是偶尔下棋消遣，没有姚大林这般对象棋痴迷。李志成对菲菲说："大林叫我现在过去陪他下象棋，你看，要是我去了，就不能陪你逛街了。"菲菲笑道："你去吧，要是我不让你先过去，他们会说你'妻管严'了，买衣服我一个人就行了，让你陪我逛街，我看得出来，你有点儿勉强。"李志成笑道："理解万岁！那我去了，你买好衣服就过来，我们在江南春饭店2号包厢。"

菲菲买好衣服，走出商场，手机响了，是父亲打来的。吴铁良说："菲菲，你在哪儿？"菲菲说："我在街上，刚买好衣服从商场出来。"吴铁良说："李志成和你在一起吗？"菲菲说："没啊，他被一帮环保局的同事请去吃饭了，好像是在江南春饭店，爸，怎么他们没请您，您是环保局长啊，他们不把您放在眼里吗？"吴铁良笑道："我是他们上司，他们可能觉得和我在一起吃饭会感到拘束，所以没请我。"菲菲说："哦，那也有可能。妈妈下班了吗？"吴铁良说："你妈给我打电话说，她去做美容了，过段时间还要去做什么拉皮，我也不知她最近怎么啦，怎么突然爱化妆了？"菲菲笑道："是吗？妈妈爱美了，她想在您面前显得更年轻漂亮吧？"吴铁良说："我才不喜欢什么涂脂抹粉的女人，自然是最美的，我又没嫌弃她什么，她去做什么美容呀？"菲菲笑着说："爸，您还不明白吗？妈妈是怕在您面前失去魅力！怕您被别的女人抢走了！"吴铁良苦笑道："她呀，咸吃萝卜淡操心，我和她结婚都二十几年了，她还不信任我吗？我哪会有别的女人呀！"菲菲说："爸，我听妈说，您和一个叫方萌的，是不是走得很近，有点儿暧昧？"吴铁良叹口气说："方萌是'自然之家'的负责人，我是环保局长，只是偶尔因为工作上的事才有接触，平时根本没什么来往，你妈妈这么说我，不是捕风捉影、无中生有吗？"菲菲说："我也觉得我妈太敏感了，回头我劝劝她！爸，那我挂了。"

江南春饭店的2号包厢内，姚大林和李志成摆开棋局正在厮杀，目前下的是第三局，前两局是一比一，下成平手。第二局其实是李志成故意输的，车在马口，他故意不吃，让姚大林扳回一局。站着围观的，有车少军、朱斌华、刘鸣、杨光、田佳等人。刘鸣说："李局长，您真是好身手啊，文武全才！这棋下得水平高，刚才要不是您让一子，姚队长早就输了！"李志成说："哪里？我没有让子，是姚队长的车跑得快，我一个对角马，来不及回救就输了。"刘鸣说："刚才兑子时，车在您的马口里，可您没吃，这不是让子吗？"杨光轻轻拍了拍刘鸣的肩，说："观棋不语真君子，你就不能少说两句吗？"车少军在一边笑道："马不吃车，可能因为马不饿吧？"姚大林说："不管是李局长让子还是忘了吃，我承认，李局长的水平比我高！"

田佳说："李局长的水平，不管在哪儿都是出类拔萃的！在学校里是尖子，在我们局是骨干，到了灵山又是不鸣则已、一鸣惊人！"李志成走了一步棋，说："我只不过做了点儿喜欢做的事，至于别的，我没太在意。"田佳说："环保副局长的公职您不当，却跑去灵山成立了一家民间环保组织，不知您是怎么想的？难道说，民间环保组织比环保局更有前途吗？"李志成说："我没想那么多，办'绿色家园'，也是临时想起来的，刚到灵山时，并没有这个打算。这不是前途的问题，我觉得做同样的事，NGO组织更自由灵活吧？"姚大林说："我觉得民间环保组织就像这个棋盘上的象，活动的空间很大，但是没有执法权，不能把对方将死，有的事你就是想管也管不了！"李志成说："有的问题，不是执法就能解决的，还需要公众的参与，需要舆论的监督，现在很多环保违法案件，都是先有群众举报，接着由新闻媒体公布出来，然后才有执法机构的介入，这是一个相辅相成、相得益彰的过程！"车少军笑道："听君一席话，胜读十年书！每次和李局长交谈，总会让我们受益匪浅！"

菲菲走在街头，她刚伸手想叫一辆出租车，身后有人叫道："您是吴局长的女儿吧？"菲菲看了他一眼，说："我不认识您，您是哪位？"站在面前的，是个三十几岁的男子，他满面笑容地说："我是环保局的，我们都在江南春饭店等您，您老公正和同事下棋，他叫我来接您，请跟我走吧！"菲菲听他说得没错，以为他真是李志成叫来接自己去饭店的，就毫无戒心跟着他走了。走到偏僻处，那人露出狰狞面目，快速掏出一个小瓶，"吃吃"两下，向菲菲的脸部喷了一种气雾，菲菲顿时神智模糊，失去了知觉……

　　快到晚上七点了，菲菲还没来，打她的手机，竟然提示关机了，李志成有种不祥的预感。他又给吴局长家里打电话，吴铁良听到菲菲人不见了、手机关机的消息，吃了一惊！吴铁良说："五点半左右，我还给菲菲打过电话，她说刚买好衣服出来，就要打的去饭店，怎么到现在人还没到？会不会路上出事了？"李志成说："都怪我！我不该让她一个人上街买衣服，我应该陪在她身边的！"吴铁良说："你给110报警指挥中心打个电话，看他们在晚上五点半到七点，有没有接到交通事故的报警？有没有菲菲的消息？"常凤英接过电话叫道："李志成，我女儿嫁给你，你就这么不负责任？她要是出什么事，我跟你没完！"

　　刘鸣说："时间差不多了，我们开饭吧！菲菲是大人，她不会走失的，她是学法律的，应该不会被人拐骗吧？"车少军说："菲菲失踪了，你还有心吃饭？走，我们一起去找！"刘鸣说："市区这么大，谁知道她在哪儿闲逛，女孩子逛街是没有时间表的，我们上哪儿找呀？"李志成喃喃自语说："她已经买好了衣服，应该不会继续逛街，她准备打的来饭店，可为什么现在还没到？手机为什么要关机呢？"杨光说："手机关机，有可能刚好没电了。"李志成说："五点半到现在，就是不打的，走也走到饭店了，她去哪儿了呢？"田佳说："李局长，您和菲菲最近有没有闹矛盾？她会不会赌气出走？"李志成说："没有，我和菲菲从来没吵过架！"姚大林说："今晚的聚餐取消吧，我们出去找人要紧！"

　　报警中心反馈说，晚上虽有几起交通事故，但没有女事主。大家分头去找，田佳陪李志成坐一辆车，在市中心和商业区一带，沿街两边用目光搜索，发现和菲菲身影相似的，立即停车查看仔细，但没有一个是菲菲。车少军开着摩托车，在一些支路上寻找。姚大林、杨光、刘鸣同坐另一辆车，在一些偏僻路段寻找。但是，夜色茫茫，偌大的灵湖市，谁知道菲菲去了哪儿呢？直到晚上八点，还没找到菲菲。翟静下班后，在门口没看到车少军，却看到秦鸿摇下车窗，笑嘻嘻地向她招手。翟静向他的车子走来，秦鸿心花怒放，以为机会来了，正要下车迎接，却见翟静一个拐弯，走到路的另一边，招手叫停了一辆出租车，轻盈地坐了上去。秦鸿气得说不出话来，翟静宁愿打的，也不愿让自己送她！然而，哪怕他的一厢情愿一再被拒绝，他仍不死心，别说翟静和车少军还没结婚，就是结婚了，自己看上了她，仍然可以追求她！现在"追"都落伍了，应该"缠"，缠到她失去抵抗能力为止！

搓麻将是会上瘾的，没有输赢没劲，五块十块地来，如果牌运不好，一天下来输掉三五千也很正常。这几年，陈伟强不但没给家里添任何家具，还把手上戴的戒指和骑的摩托车拿去当了，把家里的积蓄输光不说，有时还从妻子的包里偷偷拿钱。要不是方萌的银行卡设的密码他不知道，钱早被他领出来输掉了，他才不管你这钱是私人的还是组织的。他在亲友处欠了一屁股债，甚至还向小区的保安和附近的小店老板借钱，当然说得好听——身上没带钱，临时借一借，隔天就要还的。陈伟强把借来的钱都输给了别人，他哪有能力还账？起先，有人上门要账，方萌还给垫上，后来一看这样不行，这是个无底洞，她就对来要钱的声明：不要借给陈伟强钱，否则后果自负！还款事宜请找他本人！家具和房子是夫妻共同财产，她还要住，不可能卖了替他还账！

后来，陈伟强就很难借到钱了，但他好赌，没有本钱，只能借高利贷。现在一些麻将馆，有专人放高利贷，月息百分之二十，放贷的有黑道关系，不怕你不还，否则真的什么事都做得出来。陈伟强知道上船容易下船难，平时还算克制，借个一万二万玩玩，运气好赢钱了，就把贷款还上，要是借多了，到期还不上，被人伤害或追杀，就只能听天由命了。上个月，他借了一万元的高利贷，本来只是搓搓麻将玩，玩麻将有输有赢，一万块可以玩上十天半月，可是，那天场子里有人坐庄押宝，小翻大，他看到有个熟人押上几把就赢了一万多，就心痒了。押宝的人很多，他也挤了进去，前几把他一百两百地押，大部分被他押中了，赢了几百元。看到别人每次一千一万地押，输赢很快，有的几万块钱，十几分钟就输掉了，有的只玩了半个小时，就赢了满满一口袋钱，起码有十几万，陈伟强非常羡慕，他认为自己那天的运气不错，决定放手一搏！

他开口向放贷的借两万块钱，放贷的认识陈伟强，也知道他家在哪儿，爽快地借给了他。但是运气没有青睐陈伟强，一个小时后，他的口袋已空空如也。他不死心，想翻本，就继续借两万，又输掉了。他还想再借两万，但对方只同意再借他一万块钱。玩到半夜，他输掉了身上最后一分钱，写下了三张共计五万元的欠条。五万元并不是巨款，但对没有经济来源的陈伟强来说，这是一笔足以压得他透不过气来的债务，何况他借的还是高利贷，在一个月之内，连本带利要还给对方六万元，上哪儿去弄这六万元？他就是想逃到外地，连路费都没有！而且，放贷的到处有耳目，就是想逃，恐怕也逃不了！

落魄的他回到家里后，翻来覆去睡不着。方萌早就提出要和他离婚，但他一直不同意离，两人现在分房睡，陈伟强以为方萌睡熟了，偷偷溜进她的房间，翻找她的小包。方萌并没有睡着，但她没有起床，那个昔日同床共枕的丈夫，现在已彻底沦为赌徒，这样的男人，自己对他只有同情，没了爱恋。陈伟强从包里取走了几百元，悄悄退出了房间。他没有继续睡在家里，而是找了家通宵营业的浴室，花了二十八元，既洗了澡，又有夜宵吃，还能在大厅内免费休息，早晨可以吃到免费早餐，更主要的是避开放贷者的不断催讨。接连几天，他如法炮制，只在夜色降临后，到街上走走，梦想着能从路上捡个装有巨款的包，以解自己的燃眉之急。

六万元，什么工作能在一个月之内挣这么多钱？路上捡皮包，当然是异想天开；去偷，没这个本领；去抢，没这个胆量。昨天夜里，他在一个摆摊的那儿，看到有卖女士用的防狼药水，就是一个喷嘴小瓶，女士不慎遇到色狼时，可以对着色狼面部一喷，瓶内喷出的液体，可使色狼当场失去知觉，使自己免受侵犯。陈伟强花了三十元买了一瓶，他当时想的是，如果放贷的派人来对付自己，可以用来逃脱。菲菲从商场出来接电话时，陈伟强刚好就在她的身后，他听到菲菲说的话，也知道了眼前这个女孩竟然是环保局长的女儿！陈伟强和方萌的婚姻已名存实亡，但他就是不离婚，自从上次吴铁良把他从公安局保出来，他就怀疑妻子和这个环保局长有染，这回看到吴局长的女儿就在眼前，何不动她的脑筋，从她老爸那儿敲点儿钱？现在当局长的，哪个家里没有几百万？他就假装是环保局来接菲菲的人，菲菲居然毫无防备，真的跟他走了。在偏僻地段，陈伟强朝菲菲脸上喷了不明液体，致使菲菲失去知觉。陈伟强把菲菲带到一幢旧居民楼的三楼，那原是他一个赌友的家。赌友前不久去了外地工作，就把这房子的钥匙交给陈伟强，托他代为出租，年底回来时结算租金。

陈伟强为了不暴露自己的身份，用菲菲的手机给吴铁良打了个电话。吴铁良正和妻子坐车在城里寻找女儿，当他接到女儿手机的电话，激动地说："菲菲，菲菲！你在哪里？快点回家啊！"陈伟强没有说话。吴铁良感觉不对劲，又对着手机喊道："菲菲，说话啊！大家为了找你，都急死了！你一个人跑哪儿去了？"陈伟强把通话断线了，但他并没有关机，他怕吴铁良听出自己的口音，就用菲菲的手机给吴铁良发了一条短信："你女儿在我们手里！你马上准备三十万元！我会叫你把钱送到指定地点！不许报警！否则，就别想见到你女儿！"他故意说我们，是不想让吴铁良知道胁持菲菲的只有他一个。

吴铁良情知不妙，菲菲落入了绑匪的手中，她现在凶多吉少！常凤英得知菲菲被人绑架，差点儿晕过去！她冲着丈夫嚷道："都怪你！工作那么积极干什么？肯定是你得罪了人，人家实施报复，就对菲菲下手了！你赶紧打电话啊，和他们商量商量，叫他们千万别伤害我的女儿！"吴铁良不停地拨打菲菲的手机，可对方就是不接，无奈，吴铁良回了一条短信过去："现在银行都关门了，我们哪儿去借三十万元？你们要急着用钱，取款机上能取五千，我给你们送去！"陈伟强气愤地回道："五千块，你打发要饭的啊？你是局长，平时收一次贿赂就不止这么多，三十万对你来说还不是毛毛雨！别装蒜，赶紧准备钱，明天我们拿到钱就放人！不许讨价还价！不许报警！"陈伟强心想，反正夜里拿不到钱，明天再跟她家人联系，就把菲菲的手机关机了。

绑匪一再警告"不许报警"，正说明他们害怕报警！吴铁良说："凤英，咱们报警吧！让警方介入，帮我们救出菲菲！"常凤英阻止说："他们说了，不许我们报警，要是我们报了警，他们会不会害了菲菲？我看先答应他们的要求，别让他们对菲菲下毒手！"吴铁良说："又不知道菲菲被他们关在哪儿，靠咱们的能力，很难救出菲菲，警方有先进设备和能力，他们会想办法救菲菲的！"常凤英说："我们要听到菲菲的声音，才能确认菲菲在他们手上，他们凭菲菲的一部手机和他们发的短信，叫我们怎么能相信菲菲现在平安无事啊！"吴铁良再拨打电话时，发现菲菲的手机关机了，现在和绑匪联系不上了！

吴铁良给李志成打电话，说："志成，有菲菲的消息了！"李志成正急得六神无主，听到有菲菲消息，激动地问："她在哪儿？在哪儿找到的？"吴铁良说："消息是有了，但人没见着！有人用菲菲的手机发来短信，声称菲菲在他们手上，要我们准备三十万元赎人！"李志成做梦也没有想到，菲菲会落入绑匪的手中，他连忙问："菲菲人还好吗？有没有受到伤害？"吴铁良说："这个还不知道，现在他们关机了，联系不上了，你马上回家来吧，叫其他人也不要找了，都回吧！"李志成实在担忧菲菲的安危，说："爸，我们怎么办？要不要报警？"吴铁良说："你回来再商量吧。"

李志成、车少军、姚大林和杨光他们，都来到了吴局长家，车少军干过刑警，知道公安方面的情况，他说："吴局长，我建议尽快报警！警方有定位系统，您明天和绑匪联系时，尽量保持通话时间，只要搜索到手机信号的所在位置，缩小搜救范围，菲菲平安解救的机会将大大提高！"吴铁良说："我也打算报警！今晚你们辛苦了，为了菲菲的事，连累你们连晚饭都没吃，我家里没心情做饭了，你们到外面吃点儿，然后都回去吧，我这里人再多也没用，你们明天照常上班，不要提菲菲被绑架的事，免得打草惊蛇，发生什么意外！"姚大林说："绑匪要三十万元，也不算太过分，明天我们几个凑凑，把钱给他们，只要菲菲能平安回家就行！"吴铁良严厉地说："什么叫不算太过分？他们是绑架勒索，能让他们得逞吗？"常凤英推了一把丈夫，叫道："你嚷什么呀？菲菲在他们手上，你难道只心疼钱，不心疼女儿吗？"

48. 虎口脱险

菲菲醒来的时候，发现自己置身在一个陌生的房间，她想叫喊，发现嘴被透明胶带粘上了，手和脚也被绑上了。菲菲拼命叫着，从喉咙发出呜呜的声音，并用双脚蹬着楼板，发出咚咚声响，希望楼下住户听到声音能上来，就多个机会把自己解救出去。过了一会儿，一间房门打开了，那个自称来接自己去饭店的男子出现了，带着一种怪怪的表情。菲菲明白了，自己被人绑架了！绑架的原因，无非是为了报复，或是为了谋利，自己从来没得罪过人，自然没什么仇人，爸爸当环保局长，有可能会触犯某些人的利益，会不会是他们指使人干的？如果是那样的话，自己在这儿随时面临着生命危险！如果绑匪只是为了钱，在他们没有拿到钱之前，自己相对来说是安全的，等他们拿到钱之后，有的会迅速逃跑，有的会杀人灭口。菲菲心想，不知绑匪是几个人？他们为何要绑架我？

陈伟强看了一眼菲菲，面无表情地说："你醒了。"菲菲手脚挣扎着，嘴里呜呜地叫着。陈伟强蹲下来，用手捏了捏菲菲的脸蛋，说："你放心，我对女人的身体不感兴趣，只对钱感兴趣！只要你乖乖听话，我不会伤害你！等拿到你爸爸给的三十万块钱，我会放了你！我会远走高飞，离开这个地方！"菲菲心里安定了一些，听他的语气，他不像是穷凶极恶之徒，或许他经济上遇到了什么困难，所以才铤而走险。他为什么选择我呢？是早有预谋，还是纯属偶然？对临时起意实施犯罪的人，如果能晓之以理，动之以情，是可以挽救的。绑匪只有一个，他只是为了敲诈一笔钱，并不想伤害我，这就好，爸爸和志成会来救我，我也要瞅准机会从这里脱身！

菲菲呜呜地叫着，希望他能把粘住嘴的胶带解开，手和脚都被绑着，站都站不起来，菲菲必须经常扭动四肢，不然时间一长，会肢体麻木。陈伟强从房间内拿出一个马夹袋，掏出面包、茶叶蛋和一瓶纯净水，津津有味地吃了起来。食物的香味使菲菲也感觉到了饿，她本来要去江南春饭店的，结果被这个人绑架了，从中午到现在，什么东西也没吃，能不饿吗？陈伟强吃得差不多了，看了看菲菲，说："是不是饿了，想吃东西？"菲菲点点头。陈伟强说："今天你就饿肚子吧！如果明天你听我的话，叫你爸爸把钱给我，我会给你吃东西的！"陈伟强扔下菲菲不管，自己去房间里睡觉了。菲菲蜷缩在客厅的地板上，心情渐渐平复下来，不再那么恐惧。自己被关在这里，家人肯定非常焦急，她期待着志成和爸爸以及公安干警能破门而入，前来解救自己！她听到里面的房间传来绑匪的打鼾声，她知道，他睡着了，可是自己不能动弹，仍然无法逃脱。下半夜时，菲菲迷迷糊糊地睡着了。

灵湖公安局城东分局的樊局长亲自带领几名民警，来到吴铁良的家中。询问了相关情况：以前有没有和人结仇？最近有没有跟人闹矛盾？有没有发现异常情况，比如有人跟踪什么的？有没有接到奇怪的电话，比如接通了对方却不说话？吴铁良说："我一直告诫自己，做人要与人为善、以和为贵，但在工作上，我坚持秉公办事，从严执法，或许有人会对我有意见，但也不至于绑架我的女儿，我看这事有点儿蹊跷！"樊局长说："绑架的目的无非是谋财害命，根据绑匪发来的短信内容看，应该不是黑道中人，惯犯的语气要强硬得多，规定时间不交钱，他们会威胁撕票，而绑架菲菲的这帮人，有点儿像弄点儿钱花的意思。"常凤英说："这么说，我女儿没生命危险了？只要我们给钱，他们就会把我女儿放回来？"樊局长说："这个很难说，绑匪往往是得寸进尺的，你轻易地给他们，他们还会加码，首先要弄清楚他们绑架菲菲的真正目的是什么。"

技术人员给吴铁良家中的电话装了分线，绑匪打来的电话，公安民警也能听到，还能录音，如果绑匪打吴铁良或李志成的手机，要把手机开成免提音，让大家都能听到通话内容，便于警方掌握绑匪的相关情况。樊局长说："要尽量延长通话时间，以便分析出绑匪所处的位置，我们好实施搜救！"吴铁良说："他们只发短信，我打过去电话，他们不接。"樊局长说："要争取和他们通话，就说短信里说不清楚，电话里讲方便。"李志成说："菲菲是从商场出来以后失踪的，她在失踪前，跟吴局长说起要来饭店和我们会合的话，我在想，会不会是她坐上了一辆黑车，才遭遇了意外？"樊局长说："有这个可能！现在黑车很猖獗，一到晚上就出来拉客，宰客呀、抢劫呀，很多案件是他们干的！"另一位民警说："最近市内发生的几起抢劫案，是几个十几岁的中学生干的，他们上网吧打游戏，把钱花光了，就合伙抢劫，菲菲会不会遇到了这种情况？"樊局长说："我看不像，网吧小子抢劫，抢的是现金，而且抢了就跑，不会把人带走的！"

陈伟强睡得并不踏实，他知道做的是犯法的事，但现在已骑虎难下，怪只怪自己好赌成性，缺乏自制力，以至于越输越多，越陷越深！想起妻子方萌，虽然现在夫妻关系不和，但过去也曾经甜蜜过，不和的原因还是因为自己的赌博！妻子要离婚，自己不同意，那是因为自己对这段婚姻还有依恋，并不想就此放手！得知妻子和环保局长关系密切，陈伟强的心里不是滋味，可自己能给妻子什么呢？结婚几年，家里却一贫如洗，有时，陈伟强也感到惭愧，但一坐到麻将桌前，他的心思就全在输赢上了，妻子的劝告早成了耳旁风。这次欠下了五万元的高利贷，到哪里去弄钱还账？如果还不出来，整个家会被他们整垮，他们会不断骚扰，上门讨债，威胁，甚至砍手指、挑脚筋，逼着你还钱，实在不行，他们会把你房子里的家具变卖，甚至占用你的房子！陈伟强不想给妻子带去这么大的困扰，幸好碰上了环保局长的女儿，正好从他身上敲一笔钱，把欠款还上后，自己远走高飞，到外面做生意去，一定要混出个样子再回来！

第二天天亮，陈伟强去楼下的路边摊买回了五个茶叶蛋和两杯豆浆。他就坐在客厅的餐桌上，吃了三个茶叶蛋和一杯豆浆。菲菲早已饥肠辘辘，但她现在显得很安静，没有挣扎，她要保存体力，如果几天吃不到东西，就算绑匪不对自己下毒手，自己也撑不下去！没想到，陈伟强上前把封在她嘴上的胶带撕开了，菲菲深呼吸了几口，然后大声叫喊："救命啊！救命！"陈伟强嘿嘿笑道："你别白费劲了，别看这房子旧，但以前的木工活儿做得好，门窗关上，里面的声音外面根本听不到！况且，这是在顶层的三楼，我们又在最里面的一间，没有人会到这儿来，你就是喊破嗓子，也没人听得见！"菲菲说："你是谁？为什么绑架我？"

陈伟强轻描淡写地说："我这不是绑架，只不过是把你暂时关在这里，跟你爸爸要点儿钱花花！"菲菲说："那你的如意计划可能会落空，我爸爸没钱！"陈伟强哈哈笑道："你爸爸没钱？鬼才相信！现在当局长的，哪个家里没有几百万，甚至上千万？你爸的钱又不是自己挣的，给我三十万，对他来说，就像牛身上拔根毛！为了你，他舍不得花这点儿钱？"菲菲说："你不了解我爸爸，他不是你认为的那种人！我爸爸是清官，除了工资，没有一分额外收入！"陈伟强不以为然地说："别给你爸爸脸上贴金了！他是什么人，我又不是不知道！"菲菲为了套他的身份，说："你认识我爸爸？你和我爸爸是什么关系？"陈伟强笑道："你以为我那么笨，把自己的身份告诉你？你就省省吧！"

有了对话，有了交流，就可以获知罪犯更多的信息，还有可能打开罪犯的心理缺口，动摇他的犯罪意识，使他悬崖勒马！菲菲说："你知道自己在犯罪吗？"陈伟强沉默了一会儿，说："知道。"菲菲说："既然知道，为什么还要做呢？就算你遇到了什么困难，可天无绝人之路，总会有办法的，你不知道你现在的所作所为很愚蠢吗？"陈伟强嚷道："你懂什么！什么'天无绝人之路'，大道理谁不会讲？这个社会是金钱万能的社会！没有钱寸步难行！我是很愚蠢，但明白得太晚了！我只能继续愚蠢下去！"菲菲说："你有妻子吗？有孩子吗？为了他们，你也不应该走这条路！你把我放了，只要你肯改过自新，我保证不去告你！"听到"孩子"两个字，陈伟强就冒起一股无名火，他生气地说："孩子？就因为我想要孩子，她不想要，才闹起了矛盾，我心里憋得慌，才去赌呀赌，把所有的一切都输掉了！对，这一切都是因为她！不是我害了这个家，是她！"一个人生气的时候，会失去理智，陈伟强无意中说出了自己家庭的情况，菲菲看到了希望。

吴菲菲说："一个人难免会遇到不顺心的事，你可以找朋友聊聊天，或者到外地去散散心，干吗要以赌博来麻痹自己呢？你妻子不愿意生孩子，你喜欢孩子，两个人可以好好商量，干吗要闹矛盾呢？"陈伟强叹了口气说："我没有谈得来的朋友，妻子为了她自己所谓的事业，很少关心我，作为一个男人，我没有工作，没有钞票，没有孩子，连我自己都看不起自己！去赌钱，是因为刺激，还能消磨时间！"菲菲说："我今年也结婚了，我知道夫妻双方要相互沟通，相互理解和爱护，感情才会越来越深！你妻子可能是个事业型的女性，照顾家庭少一点儿，你如果不工作，她要养家，心理压力也蛮大的，你们如果不是互相埋怨，而是互相支持，情况可能就不会像现在这样糟糕了！"陈伟强说："你说得有道理，但我说过了，现在一切都太晚了！我现在遇到了麻烦，需要用钱解决，所以，我要向你爸要三十万元，我不会为难你，钱一到手，我就把你放了！"

菲菲说："其实你人并不坏，只是有时不够理智！不管是你的家庭还是你现在对我做的，在没有铸成大错之前，要挽回还来得及！"陈伟强固执地说："你别跟我讲道理了！我选择了，不管对和错，我就会一直走下去！你劝我是没用的！"菲菲动了动手脚，抿了抿嘴唇，昨晚到现在滴水未进，刚才又说了不少话，感觉喉咙很干。陈伟强语气缓和地说："你饿了吧？还有两个茶叶蛋和一杯豆浆，归你了。"菲菲笑了笑说："谢谢！可我没法吃啊，你能把绳索给我解开吗？"陈伟强摇了摇头："这不行！我不能让你跑了！"陈伟强把吸管插入豆浆杯，又把两个茶叶蛋的壳剥掉放在一个小碟内，又把小碟和豆浆杯一起放在一个方凳上，端到菲菲面前说："这样可以吃到了吧？"

杨光一大早就起床了，他找出存折，准备取出二十万元给吴局长，好给绑匪送去三十万，救出菲菲！杨光对吴局长很敬佩，在跟费明工作时，自己捞到不少好处，但也没少被人在背后骂，尽管跟着吴局长没有油水可捞，但赢得了他人的尊重！楚晴劝自己要自首，前段时间，李局长、车科长、刘队长都不在局里，吴局长身边需要人手，他想留下来，多做点儿工作，弥补自己的错误。如今，吴局长的女儿被人绑架，被人勒索三十万元，吴局长可能一下子拿不出那么多钱，正好自己账上有钱，何不助吴局长一臂之力？杨光赶到银行，五万元以上的大额提现要提前预约，由于杨光没有预约，银行工作人员只同意杨光领取五万元。杨光去找了银行主任，好说歹说，主任才同意杨光支取了二十万元。

　　杨光兴冲冲地打车来到吴局长家，吴铁良说："你不在上班，跑我家里来做什么？"杨光把一个鼓鼓囊囊的黑塑料袋交到吴铁良手上，吴铁良打开一看，里面一扎扎的全是百元大钞，一共有二十扎。杨光说："吴局长，这是我的积蓄，您现在有急用，就拿去用吧，希望早点儿把菲菲救出来！"吴铁良看看杨光，说："你的积蓄？你一年的工资奖金加在一起就五万块，二十万要你四年不吃不喝才能攒起来，这可能吗？你给我说清楚，这钱到底是怎么来的？"吴铁良听闻局里有些人在费明当局长时大肆收受贿赂，给人家的环评大开方便之门，今天杨光一下拿来二十万，吴铁良不由得怀疑杨光这钱来路不明！

　　常凤英一把把钱接过来，说："小杨，谢谢你！这是咱们的救命钱哪！铁良，有人好心借给我们钱，你还这副态度，不让人寒心吗？你把别人都当成坏人，就你一个是好人？"吴铁良说："别人的钱，你怎么随便收下来？也不问问清楚？"杨光说："钱的事，我会向您解释的，现在救人要紧，能派上用场，这钱就有价值了！"李志成说："爸，杨科一片好心，您就把钱先收下吧！"樊局长说："钱是要准备好的，到时可以引蛇出洞，在绑匪取钱时，我们会伺机把他抓获！"杨光说："是啊，钱是用得着的，就算人没有抓获，如果能把人平安赎回，还是值得的！"

　　陈伟强拿起手机，给吴铁良发了条短信："钱准备好了吗？"吴铁良回道："准备好了，我要听到菲菲说话，才能把钱给你们！"陈伟强发短信说："可以！"陈伟强对菲菲说："你爸要和你通话，你就说几句，别忘了叫你爸用钱来换你！"菲菲假装顺从地点点头。吴铁良拨了菲菲的手机，陈伟强接通后，把手机贴近菲菲耳边。吴铁良在叫喊："菲菲，菲菲！你听到我说话了吗？"菲菲说："爸，是我！我是菲菲！"李志成听到菲菲的声音，激动地说："菲菲，你在哪儿？你放心，我们会来救你的！"樊局长示意他们继续保持通话，公安局的技术人员正在搜索菲菲的手机所在位置。常凤英带着哭腔说："菲菲啊，我是妈妈！菲菲，你在哪儿？他们有没有欺负你，啊？"菲菲说："妈妈，我很好，他没欺负我！"

　　陈伟强一下把手机挪开，把通话切断了。菲菲说："求求你，让我多说几句好吗？"陈伟强说："够了！说上话就行了，只要我拿到钱，你回家后有的是机会说话！"吴铁良继续拨打菲菲的号码，可陈伟强都按了拒接键，不再和吴铁良他们通话。由于通话时间较短，公安局没有定位到绑匪在哪儿，但从菲菲的话中可以获知，原来绑匪就一个人！吴铁良发了条短信："你不接电话，我们怎么联系？我怎么把钱给你？"陈伟强回道："果然是大款！三十万这么快就准备好了！至于在哪儿接头，等我的信息！"随后，陈伟强就把手机关机了，又给菲菲的嘴上贴上了透明胶带。

陈伟强觉得很有趣，比押宝赌钱更刺激，想到从电影电视中看到的绑架案的情节，不能马上跟人质家属碰头，要先作弄一下他们。中午，陈伟强开了手机，发了条短信："十二点以前，你们把钱放到人民广场东南角的垃圾筒里！我取钱后立即放人！"他发了短信后，又把手机关了。而且，他压根不准备去人民广场，他想模仿电影里的情节戏弄一下对方，不去管对方是否真把钱放进垃圾筒。如果垃圾筒里的钱让捡垃圾的人拿走了，那更有趣了，或许他们会把捡垃圾的给送进派出所！反正自己没拿到，自然还要向他们要钱！

吴铁良接到短信，有点儿犹豫不决："人民广场，我们去吗？是不是真把30万塞进垃圾筒？要是被别人取走怎么办？"樊局长说："我会安排便衣警察在附近守候，只要有人前来取钱，保管他逃不了！"常凤英担忧地说："要是抓了他，他不说出菲菲在哪儿，那菲菲不是仍没有脱离危险？"樊局长说："抓到绑匪，不怕他不说！"李志成说："为了迷惑绑匪，我们可以用报纸包几块砖头代替钱，这样不怕被人误取走了。"吴铁良说："办法是好办法，只怕绑匪看到是砖头，会把气出在菲菲身上！还是我带真钱去一趟，请樊局长派人在旁边看护！"

吴铁良小心翼翼地把钱塞进垃圾筒，然后站在一边观望，几名便衣警察装扮成行人在四处占据有利地形。然而，整整一下午，并没有人靠近这个垃圾筒，巧的是，连清理垃圾的人都没出现，吴铁良和便衣警察无功而返。陈伟强在睡午觉，中午他没出去，午饭也没吃，他决定尽量少在外面抛头露面，以免让人知道自己住在这儿，他想等天黑后，再下去买点儿吃的。想着吴铁良他们在垃圾筒边苦苦等候，陈伟强暗暗发笑。下午六点钟，吴铁良刚回到家，手机上又接到一条短信："下午看到那里有警察，没过去取钱，现在到城西的如意桥，把钱放到桥洞里！记住，七点之前！不要告诉警察！！！"吴铁良拨过去电话，又是关机！这条信息是真是假连警方也不好确定。李志成说："宁可信其有，不可信其无！我们不能放过任何一个救菲菲的机会！"警方去安排人员。夜色降临，李志成陪吴铁良一同前往，他担心吴局长一人前往，倘若绑匪年轻力壮，把钱抢去而逃走，菲菲却不知在哪儿，那就太冤了！

　　车少军没忍住，下午给翟静打电话时，说到了菲菲遭绑架的事，翟静大吃一惊："有这事？报警了吗？查到是谁作案没有？"车少军说："我中午给李局长打电话，他说和绑匪联系了，还和菲菲通了话，可惜只是一会儿，没查到绑匪在哪儿。"翟静问："菲菲在路上失踪，总会有目击者，要不要我在节目中发个《寻找目击者》的启事，发动群众提供线索？"车少军说："我感觉发个启事有用，但不知吴局长是否同意。他不让我们公开菲菲被绑架的事！"翟静说："吴局长这次做得欠妥了，这本来就是新闻，不是隐私！不想公开，别人就不知道吗？与其瞒瞒藏藏，不如大大方方公开此事，这样可以避免一些流言蜚语，同时还能提醒市民注意防范，更能发动群众围剿犯罪分子！"车少军说："那你去说服吴局长吧！"

　　翟静就给吴局长打电话，说："吴局长，您女儿被绑架这么大的事，您难道不想公开吗？"吴铁良说："我要考虑菲菲的未来，大家对她议论纷纷，会打扰她的生活！"翟静不客气地说："吴局长，您平时很英明的，怎么这回也犯糊涂了？现在最紧迫的是什么？是救人！先想方设法把人救出来，以后的事以后再说！"吴铁良说："你批评得对！可是，绑匪狡猾得很，他不肯露面，连电话都不接，他把菲菲关在哪儿，我们一无所知，怎么救人？"翟静说："狐狸总是有尾巴的，他绑架菲菲的过程是在市内完成的，路上总有行人看见吧？寻找目击者提供线索，对破案有帮助！您听过绑匪的声音，有没有听出是哪里的口音？"吴铁良说："口音像是本地的。翟静，听你分析案情头头是道，你这个主持人可以兼职当刑警了。"翟静笑道："谢谢恭维！那我在晚上的节目里，播一条《寻找目击者》的启事，您不会有意见吧？"吴铁良说："你为我着想，我怎么会有意见？"

　　李志成、吴铁良和便衣警察们在如意桥又扑了个空，桥洞下别说是人，连个鬼影都没出现！他们刚回到家，警方这边却传来了好消息！翟静在晚上的《市民热线》中插播了菲菲遭绑架的新闻，希望有目击者或知情者向警方提供线索，以期早日破案。节目播出后不到十分钟，就有市民给110打电话，说昨晚在杭州路的一棵大树边捡到几个纸袋，纸袋里是新的衬衫和裤子，会不会就是节目里说的那个被绑架的女孩新买的服饰？还有市民反映，在昨晚五点三刻左右，在福州路看到一名男子扶着一位女孩在走路，那名女孩像是喝醉酒的样子，走路摇摇晃晃的。杭州路和福州路都靠近商业街不远，很可能市民反映的情况和绑匪有关。樊局长联系该路段的派出所，让他们安排警员，对这两个路段周围五百米范围内的住宅楼，进行地毯式搜查。

晚上八点半，陈伟强再次给吴铁良发来短信："九点钟务必到城南小商品市场，门口旁边有个修自行车的小摊，你一个人来，把钱放在修车摊的铁皮箱后面，拿到钱就放人！过时不候！后果自负！"从吴家开车到城南小商品市场，至少要二十分钟，现在到约定放钱的时间只有半个小时，绑匪这样安排，是不想让吴铁良和警方有充足时间派人前去守候。这是今天第三次收到绑匪约定交钱的短信了，不知这次是不是真的？吴铁良说："去不去？"李志成说："去！就是白跑也要去！"吴铁良说："好！马上去！"

方萌在电视里看到吴局长的女儿被绑架的消息，十分震惊，开始想：是不是吴局长在执法中得罪了人？那人也太坏了，怎么能对菲菲下手呢！吴局长一定非常着急，明天我是否该给吴局长打个电话慰问一下？当她去关窗户准备休息时，不知怎么的，脑子忽然一紧！想起丈夫陈伟强几天没回家了，这是非常罕见的，即便夫妻闹离婚，陈伟强还是会天天回家，即使打麻将打到天亮，夜不归宿，天亮他也要回家睡觉，自从那夜他从自己的钱包偷拿几百块钱以后，就没再回过家，也没给家里打过一次电话，最近他怎么啦？会不会发生什么事了？自己下决心要跟他离婚，对他的事已经不关心了，但现在毕竟还没离婚，还在婚姻存续期间，是不是给他打个电话，问一下他在哪里？

因为和吴铁良约好了九点钟拿钱，从这里走到小商品市场，大概需要十几分钟，陈伟强对那里的地形比较熟悉，他曾经和姐姐在那里开过店，这次去拿钱，要提前到达那儿，看好撤离的路线。菲菲心里有点儿紧张，在这里已经一夜一天了，自己却不知道这是在哪儿。不知爸爸和志成有没有报案？警方能不能找到这里，把自己救出去？自己手脚被绑住，根本没有机会脱身，这可怎么办？她用力摇晃着头，呜呜地叫着！陈伟强此时很矛盾，他不知道此番出去能不能如愿以偿拿到钱，很可能自己钱没拿到，却自投罗网！如果真的拿到了钱，是立刻租车向外地逃跑，还是回来躲藏？还有这个菲菲要不要放也是个问题，一旦把她放了，她可能会向警察提供有用的线索；如果不放，她饿死在这里，那自己的罪就更重了！

陈伟强看到菲菲在拼命晃脑袋，一副痛苦的样子，就上来把她嘴上的透明胶带撕了，说："你有什么话要说？"菲菲以为他要自己留下遗言，心里不免有些害怕，她装作痛苦的样子说："我……我要上卫生间！我实在憋不住了！"陈伟强想想也是，昨晚到现在，整整一天多了，她没上过一次厕所，好歹她是女性，照顾她一下，让她去方便一下吧！陈伟强解开了绑在她脚上的绳子，菲菲活动了一下脚，说："麻烦你帮我把手也解开吧！"陈伟强摇摇头说："不行，你手脚自由了，会逃走的！"菲菲说："有你在这里看着，你还把门上保险了，我怎么逃得出去？跳窗户我不是摔死了？我上卫生间要用到手，难道你要帮我擦屁股？"陈伟强急着出门，他一把将菲菲推进卫生间，说："对不住了！"陈伟强"呼"地一声把门拉上，还用钥匙插进锁孔转了几转，上了外保险，呆在里面的人无法把门打开了。

陈伟强把外面的门关上，旋转着给锁上了外保险，就是自己不在，菲菲也休想离开这个屋子！他刚走出屋子，手机就响了，是方萌打给他的电话。陈伟强边下楼边接电话："方萌，你怎么想起给我电话？"方萌说："我听到咚咚咚的声音，你在哪儿呀？不会是和女人在鬼混吧？"陈伟强说："你管得着吗？"方萌说："这几天你没回家，跑哪儿潇洒去？什么时候你回来把离婚协议签了？我们这样过下去有意思吗？"陈伟强说："我不离！我不幸福，你也不幸福，咱们在一棵树上吊死！"方萌说："我们为什么会走到今天？还不是因为你不务正业？"陈伟强说："我想明白了，我之所以有今天，都是因为你！你为了事业，不生小孩，搞得我心情郁闷才去麻将馆消遣，使我一发不可收拾！"方萌说："你不反省，怎么怪起别人？"陈伟强说："我有事，不和你废话了！"方萌说："慢点儿挂，我想问你一个问题。"陈伟强边走边说："你说吧！"方萌说："你认识菲菲吗？"陈伟强愣了一下，没有回答，他不知方萌为何突然问起这个。方萌接着说："你是不是见到她了？"陈伟强说："没有啊，我认识她干吗？"说完，他就把电话挂了。

菲菲不是真的内急，她只是在寻找逃生的机会。脚能活动了，至少能在室内自由走动，菲菲在寻找锋利的东西，好把手上的绳子割断。卫生间没有剪刀之类的锐器，菲菲看到墙上镶嵌着一面镜子，要是把镜子打碎，就可以用碎玻璃割断绳索，还可以拿玻璃片用来防身，跟歹徒搏斗。她用嘴叼着一块毛巾，披在自己的肩上，然后用肩撞击镜子，可是，镜子和墙壁之间没有空隙，撞了几下，它纹丝不动。菲菲弯着腰继续寻找，在洗水池下面的一个角落里，竟然发现了一块脏兮兮的瓷砖，可能是房东在装修时用剩下的没有扔掉，菲菲心头大喜！她用脚把瓷砖扒拉出来，然后斜躺着，把绑住手的绳索用力在瓷砖的快口上磨！她在磨的时候，警惕地盯着卫生间的门，要是门锁有响动，她就把瓷砖藏起来。过了几分钟，绳索居然被磨断了！菲菲揉揉手腕上被绳子勒出的伤痕，长舒了一口气。

手脚尽管能自由活动了，但还是不能逃出去，卫生间的门打不开，要逃只能从其他通道想办法。菲菲站上浴缸，小心地拉开了铝合金窗户，一阵凉爽的晚风扑面而来，菲菲觉得清醒了许多，心中增添了许多力量。菲菲并不知道陈伟强已离开这儿，她不敢向窗外呼救，怕陈伟强狗急跳墙，在明知暴露的情况下下毒手！从犯罪心理学来说，歹徒在实施杀人时，一开始并没有杀人的念头，因为当事人呼救、反抗或声称要报警，歹徒害怕罪行暴露，惊慌之下才行凶杀人。当时的情形下，保全自己的方法就是不要去触动歹徒敏感的神经，你害怕，歹徒同样害怕，你表现顺从，歹徒会放松警惕，给成功脱身创造条件。

要想从卫生间逃走，恐怕只有窗户这一条路。刚才割断的绑手的绳索太短，派不上用场，菲菲想起刚才在水池下的木板上看到有一打卷筒卫生纸，这个能不能利用呢？菲菲把卷筒卫生纸打开，轻轻一拉，薄薄的纸就断了。菲菲看了看卫生间内的东西，除了一条毛巾和一打卷筒卫生纸，没有其他东西可用了。菲菲心想，一个卷筒纸太薄太软，如果两个三个拧在一起，会不会坚韧一些？她把三个卷筒纸打开，把纸拉出来，然后像编辫子一样，把三股卷筒纸合成了一股绳子，有三十公分长时，试着拉了一下，果然，坚韧多了。编完三个卷筒纸，约摸绳子有二十米长，从三楼的窗户到地面，大约七八米高，这二十米的绳子够用了，就是力道还不够，现在的绳子，吊不起一个人。

菲菲如法炮制，又用六个卷筒纸，结了两条绳子，然后，把这三条纸绳子，再次编辫子似的结成一股绳，这回绳子粗了，长度至少有十五米。菲菲在编结绳子时，时刻注意着门外的动静，没听到有人走动的声音，不知道那个歹徒在睡觉，还是约了爸爸见面取钱了？菲菲使劲拉了拉用卷筒纸结成的绳子，这回怎么也拉不断了。到底能不能吊起人，还不知道。菲菲决定趁歹徒没发现之前，借助这根绳子从窗户吊下去！就看这九个卷筒纸结在一起的绳子能不能承载身体的重量，把自己吊下楼了。由于铝合金窗没有木棂可系绳子，把绳子系在哪里呢？菲菲注意到浴缸的水龙头，它最靠近窗户，菲菲把绳子一端系在水龙头上，另一端系在自己的腰间，然后爬上窗户，她回头望了一眼卫生间，自己今晚能不能安全逃离，成败在此一举！

菲菲紧揣着绳子，慢慢往下放，还好，绳子不负重任，并没有中途断开。夜色很暗，谁也想不到也看不到会有人从三楼的窗户吊下来。菲菲经过二楼的窗户时，在窗台上停留了几十秒，歇一歇，积聚后备的力量。从窗户看进去，里面是黑的，可能也是浴室，里面没人，所以没有开灯。当菲菲距离地面一米多的时候，忽听上面"扑"的一声响，绳子断了，菲菲"哎呀"一声，跌落到地面上。幸好绳子是在快到地面时断的，要是吊在二楼时就断了，菲菲还不被摔个半死？这九个卷筒纸合成的绳子，为何还是断了呢？菲菲后来才知道，是在三楼的窗台角上，绳子被墙角磨断了。菲菲回到了地面，紧张的心情顿时转为兴奋，感觉周围的夜色如此美丽，而自己在三楼那个房间度过的一天一夜，就如做梦一般令人恍惚，仿佛那不是真实的，不是自己经历的！

　　菲菲一路小跑着离开那幢居民楼，来到灯光明亮的街道，在一个商店的公用电话那儿，她拨通了李志成的电话。李志成听到菲菲的声音，喜悦之情难以言表！菲菲刚说了句："志成，我是菲菲！"李志成打断说："咦，怎么这么快？樊局不是刚派人去救你吗？"菲菲擦了擦汗，轻松地说："是我自己逃出来的！"李志居惊讶地说："难怪，我想樊局的人刚出发，怎么你就和我通上电话了。菲菲，你受惊了！"菲菲说："现在我出来了，这叫有惊无险！"菲菲把自己刚才如何脱身的事，对李志成简略讲了一遍，李志成就像看美国大片，惊喜地说："菲菲，你真勇敢啊！我也告诉你个好消息，就刚才，那个绑匪来取钱时，被我们当场抓获了！"

　　菲菲忽然觉得肚子异常疼痛，腿间似乎有温热的液体在流出！她低头一看，惊恐地叫道："啊？血！"她只觉头晕目眩，身体突然间虚脱无力，电话从手中跌落，人伏在柜台上，身体慢慢地滑倒！李志成在电话里意识到不对，大声地叫喊着："菲菲！菲菲！你怎么啦？"商店老板发现菲菲软软地滑倒，吓得大喊："不好啦，大家快来救人啊！"有人拨打了120。"救人要紧！"还没等医院的急救车到，旁边的一辆带篷的三轮摩托车司机迅速跑过来，把菲菲抱上车，向就近的医院驶去！

　　菲菲流产了！当她从离地面一米多高处摔下来时，就感觉腹部刺痛了一下，但她当时心情处于紧张和兴奋的状态，对疼痛的感觉有点儿迟钝。当她在商店给李志成打电话时，身心慢慢恢复平静，那种疼痛感才一下子袭来！当她发现自己流血了，就意识到可能流产了，她和李志成的爱情结晶将不复存在，所有对孩子的期盼和希望，就像一根柱子顷刻倒下，菲菲无法接受这个现实，晕倒了！

49. 扎根环保

天网恢恢，疏而不漏。陈伟强去小商品市场取钱时，被埋伏在附近的便衣民警抓个正着！还算他有点儿人性，被抓后，第一个想到的就是菲菲。陈伟强对吴铁良说："对不起，吴局长，您的女儿关在杭州路新民小区 3 幢 305 室，你们快去救她吧！"吴铁良没想到绑匪竟然是方萌的丈夫！吴铁良质问他："我跟你无冤无仇，你为什么要绑架我的女儿？"陈伟强轻描淡写地说："你是官，我是民，你有钱，我没钱，我只是想跟你要点儿钱花花，我也没伤害你女儿，你何必报警，叫警察来抓我？"樊局长喝道："知道你犯下的罪行有多重吗？绑架勒索，社会危害极其严重，必须严打！"李志成说："妄想绑架别人，其实就是绑架自己！他是自作自受啊！"

病房里，菲菲伤心地对李志成说："志成，我们的宝宝没有了！这是我们爱情的结晶啊！"李志成劝慰道："宝宝没了不要紧，以后还可以生，只要你平安健康就好！"常凤英说："都是你爸爸惹的祸！他跟绑匪的老婆好，绑匪一生气，就把你绑架了！"菲菲说："妈，这跟爸爸有什么关系？您别冤枉爸爸好不好？"常凤英说："那歹徒怎么偏偏绑架你，不去绑架别人？"菲菲说："这跟爸爸一点儿关系都没有！爸爸和我说过，他跟那个方萌只是工作关系，他们是清白的！妈，您要相信爸爸！其实，方萌的丈夫不算很坏，是他一时糊涂，赌钱欠了债，才动了歪脑筋，把我绑架了！"常凤英说："你胆子也太大了，怎么敢用卫生纸结的绳子从三楼往下吊？要是出事了怎么办？叫爸妈怎么过？"菲菲笑道："这不没事吗？"常凤英爱怜地抚着女儿的腹部，说："还说没事，宝宝都没有了！"

吴铁良走进病房，来到女儿病床前，说："菲菲，好点儿了吗？"菲菲说："好多了，已经不疼了。"吴铁良说："好好养身体，多休息几天。"吴铁良的手机响起了短信提示音，是方萌发来了一条短信："吴局长，真对不起！陈伟强给您家带来了伤害，我真诚地向你们道歉！"常凤英说："谁给你发的信息？"吴铁良说："是方萌，她来道歉的。"常凤英说："她还有脸给我们发信息？她的男人差点儿把菲菲害了，她发条短信就算完了吗？菲菲的医药费、营养费和误工费，我们要跟她算的！"菲菲说："是她丈夫犯的法，和她没关系的！我知道她也不容易，辞掉了工作，专门从事环保志愿活动，志成还要向她取经呢。"李志成说："是啊，她创办的'自然之家'环保组织帮了环保局不少忙，民间环保力量是普及环保知识的生力军，我现在办的'绿色家园'，也准备为灵山市的环保作出贡献！"吴铁良笑道："英雄找到用武之地了吗？灵湖留不住你，你在灵山倒是很活跃。"李志成说："环境保护不是地方性的，而是全国、全社会、全世界的！不管是灵湖还是灵山，应该携起手来共同为推进生态文明建设出力！"吴铁良笑道："好！你的起点高了，视角宽了，我很高兴！本来我还想劝你回到灵湖来工作，听你这么一说，我改变了想法，觉得你在其他地方搞环保，同样发挥着积极的作用，你不但是我的女婿，更是我在环保战线的战友啊！"常凤英嘟囔道："志成把菲菲从我们身边夺走，铁良，你还乐啊？"吴铁良笑道："女儿有眼光，找了个好老公，我当然开心了！"

上午，杨光忐忑不安地来到吴铁良的办公室。杨光说："吴局长，您找我？"吴铁良说："把门关上，我有话问你。"杨光把门关上后，吴铁良说："坐那边沙发上吧。"吴铁良离开办公桌，坐在了杨光旁边的沙发上，问道："要不要喝茶？"杨光摇摇头。杨光不知道吴局长找他有什么事，吴局长不在办公桌前说，而和自己靠这么近，肯定是比较重要的话，不会是提名我当副局长吧？李志成离开后，他的副局长位置一直空缺着，而局里有资格当副局长的也就是车少军和我杨光了。杨光说："吴局长，您找我有事？"吴铁良说："是有点儿事问你，你别紧张，只要实事求是地对我说就行了。"

杨光说："好的。"

吴铁良从黑色公文包里取出鼓鼓的一个马夹袋，放在了茶几上，说："这是你昨天拿来的二十万，谢谢你的热心帮忙！"杨光说："吴局长，您别客气，我不用，这钱放在您那里好了。"吴铁良目光炯炯地看着杨光，说："你的意思，这钱我可以不还给你？你是想让我受贿？"杨光局促地说："不不，我不是行贿，我是想说，如果您需要用钱，这钱您尽管用好了！"吴铁良呵呵一笑，说："那不是一样的意思吗？"杨光的额头上有了汗，连忙说："那我把钱拿回去吧。"吴铁良一伸手，把那包钱压住说："慢！你先说说这二十万元的来历，说明白了，再把钱拿回去。"杨光神色有点儿紧张，他在楚晴的劝说下，虽然有过多次投案自首的念头，但心底仍有侥幸的想法，只要以后规规矩矩，以前收受厂家贿赂的事，能过去就过去好了，毕竟吃官司对人生而言是不光彩的一页，现在吴局长问到钱的事，该怎么回答呢？

杨光结结巴巴地说："这……这二十万，是我几年来的积蓄，还……还有，我炒股也赚了一些。"吴铁良说："你的积蓄？你工作几年，能有多少收入？加起来就算有二十万，但你平时的花销从哪来的？你说从股市上赚到钱，这几年不都是熊市吗？大多数的股民亏钱了，你还能赚钱？"杨光说："我要上班，没时间炒股，我是委托朋友炒的。"吴铁良摇摇头，说："杨科长，你没有说实话！"杨光狡辩说："我怎么没说实话，我说的都是真的！"吴铁良淡淡一笑，说："上次拆除灵湖明珠别墅时，我就发现了你的问题，有关部门从灵湖房地产公司查到的别墅预订的名单中，发现有你的名字！一个参加工作才几年的环评科长，哪来的钱买别墅？同时，我还了解到，你现在住的一套房子，是一百五十平米的大户型，房价在五十万元左右，难道，这些都是你的积蓄？"

杨光知道无法隐瞒了，吴局长已经掌握了情况，再不说实话，就是自讨苦吃了。杨光垂下头，说："吴局长，我错了！刚才我是在瞎说，这二十万，还有买别墅和房子的钱，都是别人送我的！"吴铁良说："这不是一个认错就过去的事，你已经触犯了法律！国家公务人员收受贿赂是犯罪！你要如实向局纪检科交待问题，整理材料后，我会把你的受贿材料转交给市纪委和检察院，由他们对你做出处罚！"杨光涕泪交加地说："吴局长，您要救救我啊！我本来也想好好干，不想收人家钱的，是费明收了钱分给我们的，我们在他手下工作，不收钱也不行啊！"吴铁良眉头一皱，说："费明真这么干？他每次检查都收下面单位的钱？"杨光说："是啊，很少有不收的，有时人家不给，他还向人家要呢！"

吴铁良气得把手中的茶杯往茶几上用力一放，说："身为干部，公然索贿，他也太过分了！杨光，你也不对！不要把责任推卸给别人，是你意志不坚定，才会和他同流合污，如果你坚持原则，就不会向费明屈服，你还可以向市纪委举报他的问题！你刚才说'我们'，局里还有其他人一起参与了受贿？"杨光点头说："是，监察支队的刘鸣和我一样，费局出去检查，少不了我和他，每次都是费局拿大头，我和刘鸣拿小头。"吴铁良说："你要把这些情况向纪委说清楚，还有，哪些人向你们行贿呢？"杨光说："这可多了，小的厂都记不清了，大的像灵湖房地产、达华集团等，过年前都会送来红包，每次一两万元，算是发给我们的过节费。"吴铁良说："荒唐！你们又不是他们企业的员工，发什么过节费？"杨光说："大概是希望我们来年少去检查、少去找他们麻烦吧！哦，对了，有一次，我在费局的办公室，亲眼见灵阳县的环保局长马凡平送给费局一个厚厚的信封，里面都是钱！"吴铁良吃惊地说："什么？马凡平也搞行贿那一套？"杨光说："是啊，要是他不拍费局的马屁，就凭灵阳的污染，他那个环保局长早就没得当了！"吴铁良神色凝重地说："我们是专门治理污染的单位，绝不容许道德污染肆意蔓延！反污染和反腐败，我们都要常抓不懈，不能放松啊！杨光，走，跟我到纪检科去说清楚！你还要将功赎罪，积极举报其他腐败分子！"

吴铁良和杨光刚走到门口，办公桌上的电话就响了起来。吴铁良走回桌前接起电话，对方语气急促地说："我是市应急办，快，快去达华化工厂！那里发生了液氨泄漏！"吴铁良问："是新厂还是老厂？"对方说："城里的！你们马上过去！"吴铁良说："好，我们马上就到！"他一边急匆匆地往外走，一边对杨光说："马上通知污控科和监测中心，带上检测仪器，立刻赶往老城区的达华化工分厂！"还没等杨光答应，吴铁良已匆匆忙忙下楼，把手一招，司机小张把车开了过来。吴铁良上车后，说："去城内的达华化工分厂。"小张说："吴局长，是去检查吗？怎么就您一个人？"吴铁良焦急地说："别说话，专心开车！"

车到达华化工分厂门口，就见厂区内很多人在往外走，他们有的用手，有的用毛巾，紧紧捂着嘴。吴铁良一下车，就闻到一股浓烈而刺鼻的味道，熏得人直想流泪，比尿素的味道还厉害！有人见吴铁良在往里走，就说："别往里走，危险！"吴铁良说："我进去看看！"空气中弥漫着酸溜溜的让人窒息的气味，越往里走，刺激性气味越大。吴铁良的眼睛被刺激得流泪不止，他用手抹了把脸，还在往前走。只见前面站着几个人，他们都戴着口罩，吴铁良走到他们旁边，看到几十米外一个巨大的贮藏罐正在汩汩喷涌着雾气样的液体。戴口罩的人中，其中有个是化工分厂的沈厂长，他看到吴铁良，叫道："吴局长，您来了？您看这怎么办？"吴铁良问："这泄漏的是什么东西？"沈厂长说："是我厂生产的合成氨，那罐子不知怎么破了，氨水都喷出来了！"吴铁良问："有毒吗？"沈厂长说："毒倒不毒，就是刺激性强！"吴铁良问："对人有没伤害？"沈厂长说："有！"吴铁良叫道："既然有伤害，你们就赶紧派人去堵漏洞啊！"沈厂长说："人上不去，那气味太强烈，眼睛和喉咙受不了！"

监测中心的人到了，他们带来了便携式的检测仪器，两分钟后，工作人员就向吴铁良报告说："吴局长，这里的空气氨含量严重超标！安全标准是每立方米空气中的氨气浓度不得超过0.2毫克，但这里每立方米空气的氨含量是5毫克，超过了标准二十多倍！"杨光也来了，他说："这里不能呆人了，要赶快撤出去，否则会对身体造成损伤！"吴铁良说："我们是环保局的，这里发生了空气污染，我们要随时检测，还要想出办法治理，怎么一到就说撤？"杨光说："吴局长，您不知道，这氨气腐蚀性强，别说是人，就是铁，也会被它腐蚀生锈！"吴铁良对沈厂长说："你马上组织员工全体疏散！"沈厂长说："员工都自发退出厂区了！"

车少军也到了，他对吴局长说："氨气太重，我骑摩托车过来时，距离化工厂几百米外都能闻到这股刺鼻的味道，氨气在空气中不容易消退，附近的居民都应该疏散，免得身体受伤害！"吴铁良说："我们人手不够，快打电话叫公安支援！让他们疏散附近的居民！"车少军说："这厂长怎么搞的？光知道通知我们环保局，就不知道通知消防队！让消防队来，用水稀释氨水，减轻危害啊！"吴铁良说："对，给消防队打电话！紧急情况，各个部门应该协同作战啊！"他的话音刚落，就听警车和消防车的警报声呼啸而来。原来，市应急指挥办公室已经通知了公安局和消防局，叫他们迅速赶赴化工分厂！

距化工分厂氨泄漏现场半径五百米范围内，近两万名居民被有序疏散，有的居民已经出现身体不适，被急救车送往医院救治。几辆消防车停在厂区内，一条条水龙冲向一个大大的贮藏罐，近百吨的合成氨水仍在哗哗地流淌，由于贮藏罐的破损越来越大，很难上前堵漏，就算暂时用棉被之类把漏洞堵上，还是不能解决问题，等棉被湿透后，合成氨还是会泄漏出来，所以，现在的处理方法，只是用水稀释氨，等贮藏罐里的氨水流光了，泄漏的危害也就解除了！

翟静得到了消息，跟着采访车前来采访，先是在外围采访了一些群众以及负责疏散的警察，然后来到了厂区。由于厂区的空气中，氨含量超标几倍，检测人员不让她进入现场拍摄。翟静说："新闻的第一要素就是真实，你们不让我到现场拍摄，我怎么实现真实报道？请你们通融一下，让我进去拍摄吧！"检测人员说："我们也喜欢看您主持的节目，但为了您的健康，请您和事发现场保持一定的距离！"翟静说："不在现场的新闻能叫新闻吗？人家战地记者，在枪林弹雨中照样拍摄和采访，这氨气又不是剧毒，我用得着贪生怕死吗？"翟静扬了扬手里的口罩说："我有这个，不会有事的！"检测人员没办法，只能报告吴局长，吴铁良问站在身边的车少军："她现在是你的女朋友，你愿意让她进来采访吗？"车少军说："翟静是个柔中有刚的姑娘，她认准的事，别人是拦不住的，还是让她进来拍吧！"

翟静和吴局长、车少军打过招呼，还和消防队员握手，开始对液氨泄漏现场进行拍摄报道。随后，她站在被消防龙头冲测的贮藏罐前侃侃而谈："达华化工分厂的一个贮藏罐发生了泄漏，看似简单的一次生产事故，背后隐藏的是企业对安全生产的漠视！如果平时加强对设备的检修，也就不会出现今天的事故！经过市环保局监测中心的检测，现场空气中的氨气浓度严重超标，空气污染严重威胁周边居民的人身健康，公安民警迅速疏散了两万余群众，有上百人被氨气所伤，正在医院救治。根据国家的相关法律，居民区内不允许有化工厂存在，附近居民多次向有关部门反映，化工厂不时飘出的刺鼻的气味，影响了他们的生活和健康，但是，达华化工集团的这家分厂迟迟不肯搬迁，置群众生命安全于不顾，我们不禁要问：'他们想干什么？有关部门的监管又在哪里？'"

吴铁良在现场已有一个多小时，他要求检测人员每隔五分钟对厂区内和厂区外的空气分别作出检测，氨的浓度在渐渐降低，要在达到标准值后，被疏散的居民才能回到家中。消防车来了一批又一批，为了稀释这些氨水，起码要用几百吨的水。贮藏罐里的氨水流得差不多了，吴铁良的眼泪也流得差不多了，这不是欢乐或痛苦的泪，而是氨的刺激所致。吴铁良本想可以松口气了，此时却感到咽喉火辣辣地疼，头也有点儿痛，更感到胸闷难受，似乎有巨石压着，透不过气来。人也感到很疲倦，似乎刚大病了一场，感到浑身无力，提不起劲。

自沈厂长带领员工撤退后，吴铁良俨然是现场的总指挥，他在厂区内奔走着，还去车间和各间办公室查看有无遗留的人员。车少军穿梭着从检测人员那儿，把检测报告不停地传送给吴铁良。吴铁良想一直留在这儿，直到空气质量检测合格才离开。吴铁良还想明天再去对秦康远和杨文魁说说，就算这家化工厂暂时不搬走，也应该暂停生产！企业生产也要以人为本，不能唯利是图！得道多助，失道寡助，一个企业，要是不爱惜员工的健康，不珍惜社会的评价，只考虑企业自身的利益，还有什么表率作用？上市又有什么实际意义？

车少军看到吴铁良面色苍白，关心地问道："吴局长，您累了吧？回车上休息吧，其实，我们就是现在离开也不要紧了。"吴铁良声音嘶哑地说："不，在现场没有恢复正常之前，我们要留下来！如果我们走了，这里就没人管了，空气质量的检测报告，必须由我这个环保局长来发布，要是换了其他人，大家不一定相信检测结果！"车少军说："说的也是，由您发布比较有权威性，可信度高，大家也就愿意回来了，要是大家不信任这里的空气质量正在恢复，都不肯回来居住，那就乱套了！"消防队员停止了喷水，有人过来说："贮藏罐里的氨水已经流干，稀释可以停止了。吴局长，我们可以回去了吗？"吴局长握着他的手说："辛苦你们了！"

消防车从里面开出来，吴铁良想走到路边，让他们通过，没想到，他刚迈出一步，就感觉头重脚轻，身子摇摇欲坠。车少军连忙上前搀扶，说道："吴局长，您真的累了！"吴铁良摇摇头，想站稳身子，却力不从心，人从车少军的手中径直向前扑倒！幸得车少军眼疾手快，左手一抄，托住了吴铁良倾倒的身体。车少军叫道："吴局长，吴局长，您怎么啦？"吴铁良声音微弱地说："我怎么啦？怎么站都站不住？"车少军说："吴局长，您生病了！我马上陪您去医院！"吴铁良低低的声音说："我没病。"车少军向下一蹲，不由分说，背起吴局长就向厂门口跑去！门口那儿有环保局的检测人员，杨光也在，他看到车少军背着吴铁良出来，不禁问道："发生什么事了？吴局长怎么啦？"车少军边走边说："吴局长生病了！"杨光说："前面的小区门口有120急救车！"车少军说："你们留在这里检测，我送吴局长去医院！"

急救车把吴铁良送到人民医院，经过抽血化验和拍片后，医生说："初步诊断，他患有肺水肿，需要住院治疗，他的血液中，还有浓度较高的氨，肺水肿可能是吸入过量的氨气引起的，他是不是化工厂那边送来的？"车少军说："是，他是我们的环保局长，请您一定用最好的药，尽快把他治好！"医生肃然起敬，说："哦，原来您就是环保局长！氨气的挥发性强，人吸入后会对身体造成伤害，常见的有流泪、喉咙痛、胸闷、恶心、呼吸困难等，肺水肿是比较严重的一种，由此可见，您一定在化工厂现场呆了很长时间！请放心，我们一定把您治好！"吴铁良挣扎着冲医生笑了笑，用嘶哑的声音说："谢谢……"

李志成接到车少军的电话，大吃一惊，连忙对岳母和菲菲说："爸爸生病了，我要马上过去看看他！"常凤英说："是你爸爸吗？他得的什么病？要是小毛病，你就不用回去了，菲菲还没恢复，她这里需要你！"李志成说："不是我老家的爸爸，是吴局长生病了！"常凤英和菲菲不约而同"呀"地一声惊叫，常凤英不相信似地说："铁良生病了？他早上不是还好好的吗？怎么会突然病了？没搞错吧？"李志成说："不会错，是车少军打电话来说的，车科长正在医院里陪着吴局长！"常凤英这才焦急起来："走，我们马上过去！"菲菲说："我也要去！"常凤英说："你怎么能去？小产更需要注意身体，要不会落下病根的！"菲菲说："可我担心爸爸啊！"李志成说："菲菲，你真的不能去，我过去看看爸爸，一会儿就回来陪你。"

吴铁良躺在床上挂水，精神好了一些。他很少上医院，上次是去龙潭乡掉进了清江，半夜回来感冒了，在医院住了一宿。没想到这次又住进了医院，他奇怪自己当了环保局长后，体质怎么比原来差了？车少军走进了病房，手里拿着两盒药，说是住院部的医生开的。吴铁良接过药盒一看，一盒是消炎镇痛的，还用得着；另一盒是治疗胃病的，自己又不是胃病，开这药不是浪费吗？再一看药费单，这消炎药挺便宜，才几块钱，胃药却很贵，一盒才七粒药，就要四十八元。吴铁良说："车科长，你去把这没用的药退了。"车少军为难地说："医生开的，还能退吗？"吴铁良说："这药对我没用，怎么不能退？医生怎么能乱开药？"车少军说："反正您是公费医疗，不用您花钱，就留着吧。"吴铁良说："这和公费自费无关，这是医生在乱开药拿药厂的回扣吧？我们不能纵容这种不正之风！"车少军说："好的，我这就去退！"

常凤英和李志成来到病房，吴铁良看见他们进来，说："你们怎么来了，消息很灵通嘛！"常凤英走到病床前，哽咽着说："是车少军告诉我们的，你看你，喉咙都哑了，脸上这么憔悴，生病了还想瞒着我们吗？"李志成说："爸，您哪里不舒服？车科长走了吗？"吴铁良："我没什么，可能是最近累了点，休息一下就好的。我叫车科长去退药了，一会儿就回来。志成，你还是去陪菲菲吧，她身体比较弱，需要人照顾。"正说着，车少军回来了。车少军说："李局长，常姨，你们来了。"李志成说："车科长，吴局长得的是什么病，要紧吗？"车少军说："听医生说，吴局长得的是肺水肿，是因为吸入氨气引起的，把水肿消掉就好了。"李志成说："吸入氨气？这是怎么回事？"车少军说："今天灵湖发生这么大的事，你们没听说吗？"李志成说："发生什么大事了？我呆在病房里陪菲菲，一点儿都不知道啊！"车少军说："达华集团在老城区的化工分厂发生了液氨泄漏，空气里氨气的浓度很高，有几十人受伤，公安局出动很多民警，对工厂周边两万名居民进行紧急疏散，十几辆消防车轮流对泄漏的液氨进行冲水稀释，把空气污染的危害降到最低！"常凤英说："铁良，人家发生液氨泄漏，怎么跟你生病连在一起呢？"车少军说："吴局长一直在现场啊，难免氨气吸多了，就发生了肺水肿！"常凤英心疼地说："哎，铁良，灵湖市那么多人，就你一个人瞎积极！你为了别人，连自己的命都不要了吗？"吴铁良露出了笑容，说："这是我的工作啊，我不去谁去？"

吴铁良问车少军："药退了吗？"车少军说："退了，医生说我们太小气，连公费医疗开支的药也要退。"吴铁良说："不是我们小气，是他们太贪心！给患者乱开药，不是增加患者的负担吗？"李志成说："你们在说什么？什么退药？"车少军说："医生给吴局长开药，把一盒不相干的胃药开给了我们，吴局长叫我去退了。"李志成说："现在的医生是不像话，就是看个感冒，也要各种各样的化验，还开一大堆药，为了创收也不能这么做，让患者增加看病成本了！"常凤英说："铁良，你真呆板！反正公费的，你还节省啥？开多少你都拿着好了。"吴铁良说："我不能这么做，不该拿的，再小的东西也不能拿！车科长，你去问问监测中心的人，现在的空气情况如何？"下午三点，监测中心的工作人员从化工厂打来电话，说："吴局长，现在厂区每立方米的氨气浓度是 0.5 毫克，周边居民区的浓度是 0.3 毫克，我们估计，氨气浓度还会降低，现在，公安在组织居民回到家中，我们准备呆到下午五点下班。"吴铁良说："好，继续监测，继续关注空气质量变化，力争做到万无一失！"

晚上，翟静的节目再次面临停播风波。下午，翟静到达华化工分厂采访时，金台长就打电话给她，叫她不要拍了，马上回台里，但翟静没听。等回到台里制作好节目，徐主任和金台长要求撤下这期节目，换其他内容上。翟静质问："新闻工作者要忠于新闻事实，我拍摄的是液氨泄漏的现场镜头，客观公正，为什么不让播？"金台长说："新闻媒体是政府的喉舌，能说什么，不能说什么，我们要配合政府！达华集团即将上市，在这个节骨眼上，播出这样的新闻，对企业上市影响不利！"翟静据理力争："新闻已经发生，又不是我捏造的，何必遮遮掩掩？有问题不让曝光，舆论监督不是一句空话吗？"金台长说："这是市领导的指示，你不听也得听！"翟静说："市里哪位领导指示的？宋书记，还是王市长？或是秦市长？您明说！"金台长不说话了。翟静说："金台长，您别假传圣旨了，我猜根本不是市领导指示的，而是您对市领导的妄加揣度！现在是信息时代，搞什么新闻封锁，已经落伍了！我一定要播出，哪怕明天下岗，我说到做到！"许久，金台长嘣出一句："你要播，你后果自负！"

第二天上午，医生刚查过病房，就走进来一群人。吴铁良抬头一看，惊喜地说："宋书记，秦市长，你们怎么来了？"宋书记上前握着吴铁良的手，深切地说："铁良，你不愧是人民的环保局长！在这次液氨泄漏的事件中，你临危不乱，坐阵指挥，是我们灵湖干部学习的榜样！你因公受伤，我再不主动来看你，就太不近人情了！"吴铁良感激地说："谢谢宋书记！这点小毛小病，不会把我击倒的！有市委的大力支持，我会努力把工作做好！"秦康远说："吴铁良，你的工作如此出色，宋书记把你调到环保局，真是英明啊！"吴铁良说："还请秦市长多多支持！我一个吴铁良办不成事，全靠领导和同志们的支持与帮助！"达华集团的杨文魁也来了，他上前抱拳说："吴局长，实在对不起，我一个分厂出了点儿事，让您环保局长生病住院，我这里向您赔礼道歉了！"吴铁良说："亡羊补牢，为时未晚！杨总，为了两万名群众的身体健康，您那个老厂停产吧！"杨总说："停产一天，损失就是几万元，职工还无工可上，集团的每个决策要经过董事会的通过，我说的和你说的都不能作数啊！"宋书记说："我觉得吴局长说得对，亡羊补牢，为时未晚！老厂位于居民区，隐患很大，你们应该吸取这次教训，把分厂尽早搬出去，在搬迁之前，先行停产，这是为了保障人民的利益！人民的利益高于一切！"宋书记表了态，杨文魁不能不听，他只得说："好的，我尊重宋书记的建议，会在近日的董事会上讨论搬迁和停产事宜。"

一个月后，达华集团的上市申请，最终证监会未予通过，原因可能和这次液氨泄漏事故有关，因为证监会负责审批的领导指出，达华集团目前存在颇多问题，暂不具备上市条件！这天下午，杨文魁来找秦康远商量对策。杨文魁说："这次上市失败，浪费了我很多铺路的钱，还打乱了我的投资计划，原本是想老厂搬迁后公司搞房地产的，现在上市融资这条路走不通了，银行贷款又不好搞，光利息就能把公司一年的利润给吞了！秦市长，您给出出主意吧！"秦康远说："真没想到，努力了这么久，上市居然没成功！"杨文魁说："肯定和那个主持人的曝光有关，她在电视上一播，配上她添油加醋的解说，还有谁看好我们？事情都被她搅黄了！"秦康远说："也不能怪她，她只是报道事实，主要问题还是出在你们公司的管理上！打铁还须自身硬，要是不出液氨泄漏这事，上市可能就顺利多了！"杨文魁说："现在说什么都没用了，重新申请的速度又太慢，宋书记又督促我们的老厂搬迁，而老厂那块地的开发却无法进行，哎，我都快六神无主了！"秦康远想了一下说："我倒有个办法，你可以和灵湖房地产合作，你出土地，他们搞开发，这不是实现双赢了吗？"杨文魁一拍脑袋说："对啊，我怎么没想到这么好的路子？"秦康远笑道："你呀，光想着一个人吃蛋糕了，要学会分享啊！"

杨光在决定投案自首前，给北京的楚晴打了个电话，他不知道自己会被判几年，对楚晴的好感，他知道几乎不可能有结果，然而，如果楚晴依然愿意做他的朋友，他会感到安慰。杨光说："我决定去自首了，现在的我，已能坦然面对即将发生的一切，感谢你在灵湖时带给我的美好感觉！我进去后，你会来看我吗？"楚晴说："会的，一定会的，因为你是我的好朋友！杨光，你现在选择的这条路，是正确的！"杨光说："放弃现在拥有的一切，坦白说，起初我还有点儿不舍，但不义之财，终究会让我于心不安！与其提心吊胆地过日子，不如现在我就接受惩罚，迎接未来的新生！"楚晴说："我欣赏现在的你，因为现在的你是坦诚的！我喜欢灵湖，那是一个美丽的地方，尽管现在还有污染，还有瑕疵，但灵湖环保局有吴局长，有李志成，有你，我相信你们会把灵湖打扮得美丽可爱！"杨光说："我？我怎能和吴局长、李局长比？"楚晴说："不，你完全可以！过去因为你心里有鬼，不够光明正大，你会受制于人，现在你摆脱了枷锁，你一定会做得很好，不比任何一个人差！"杨光感觉心里充满了温暖和力量，他说："我真的可以这样吗？你真的相信我？"楚晴坚定地回答："我相信你！"

真所谓"拔起萝卜带出泥"，市纪委和检察院收到环保局转交的举报材料,发现案情重大,涉及人员众多,非常重视,立即上报给市委和省纪委,上头下令严查。随即,费明、杨光、刘鸣、马凡平等人被"双规",相关行贿人也受到应有的处罚。检察院在搜查费明的住所时,发现大量的现金、首饰和银行卡,从银行查询得知,费明的几张银行卡内共计存有三百多万元!在费明包养的二奶小红处,还搜到一个笔记本,上面详细记录着他于何时何地接受何人的钱财,又于何地何时给人送礼若干,一笔一笔,记得清清楚楚。有了这个账本,检察院顺藤摸瓜,那些行贿受贿者,一个个相继入网。

检查人员还发现,费明的笔记本上记录着他资助秦副市长的儿子秦少康出国留学费用共三十万元,给秦副市长的女儿秦妙妙上重点大学的助学款六万元。因为案情涉及到市领导,检查人员把情况向市委和省纪委作了汇报,后经秘密调查,以及找费明核实,这两笔款项,是费明主动出资的,并没告知秦副市长,但秦副市长的妻子知道,是费明作为秦副市长的朋友,主动资助秦副市长的一对子女,秦副市长并不构成受贿罪。秦副市长的侄儿秦鸿与费明颇多来往,秦鸿为了水上餐厅的经营,多次给予费明好处。在对秦鸿的调查中,发现秦鸿还存在诈骗行为,他以帮人调动工作为由,收受几位县里和乡里的干部送的通路费。秦康远知道这个情况后,要求检查人员"依法处理秦鸿的问题,该怎么判就怎么判吧。"

这次涉及环保系统的反腐倡廉,是灵湖市继灵湖明珠强制拆除、化工厂液氨泄漏事件后,发生的最引人关注的新闻,人们在茶余饭后,谈论最多的就是环保局如何如何。这么多名环保干部落马,既是坏消息,也是好消息:坏消息是因为人们看到了腐败现象已深入到社会各个阶层,以治污为职责的环保局,也难免有一些人腐化堕落;好消息是经过了这次清查,环保队伍更加团结和廉洁,尤其在吴铁良局长的带动下,在治理本市各项污染方面,取得一次又一次的佳绩。人们看到了环保干群身上的缺点,也看到了他们意气风发、斗志昂扬的精神风貌!

菲菲身体康复后,她和李志成没有再去灵山。李志成主动留在了灵湖,因为他看到灵湖环保面临的挑战和机遇,杨光、刘鸣、马凡平等人被收押,环保局正需要人手,自己干过副局长,对灵湖的环保工作得心应手,吴铁良身边正需要人，作为他的女婿和"战友"，自己不能在这个时候置之不理！经过吴铁良的要求和市委的特批，李志成恢复了环保局副局长的职务，李志成原先在辞职时，并没有到人事局把档案转走，因此，现在恢复原职，程序简单多了。李志成把在灵山组建的民间环保组织"绿色家园"交给灵山当地的一位环保志愿者接管。丈夫选择留在灵湖，菲菲自然也留了下来。灵山脚下前进村的严菊花一家，把菲菲合伙开店投入的部分，约合两万元，通过邮政汇款，给她邮了过来。菊花还打来电话说："菲菲，随时欢迎你们来灵山做客！乡亲们都很想念你和志成哥！"菲菲说："谢谢菊花姐和乡亲们！谢谢你们的照顾和惦念！我和志成在前进村的日子，将成为我们美好的回忆！

三年后，灵湖市在吴铁良、李志成和车少军等环保干部以及众多环保工作者、环保志愿者的共同努力下，恢复了山清水秀的美丽景色！灵湖市获得了全国生态文明建设模范城市的荣誉称号。清江上又建了两座大型污水处理厂，沿江的居民绽开了笑脸！清江的水不黑不臭了，到处可以看到鱼儿跃出江面的优美姿态；庄稼地里重现稻花香、菜花黄的田园景象，在改善人居环境的同时，人们奔向了小康。环保局投资创办的朱家浜生态农业示范园，年年获得丰收，生态园还注册了"乡亲"的商标，各种瓜果蔬菜走上了饭店和市民的餐桌，备受消费者的青睐。生态园的试点成功，不但解决了朱家浜农民的就业，丰富了市民的餐桌，还给环保局增加了福利和创收！全国很多地区的环保局，都来生态园取经，都说灵湖环保局不但能治好环境，还给生态农业创出了路子，创立了品牌，前景广阔！

在市委组办的新年迎春会上，吴铁良和秦康远坐在一桌。秦康远说："吴局长，三年来跟你的接触，我重新认识了你，也重新认识了环保局！"吴铁良感兴趣地说："哦，秦市长有何新发现？"秦康远说："这些年，环保局所做的工作有目共睹，我终于明白，环保局相对于地方政府来说，不是可有可无的，而是不可或缺的！"吴铁良笑道："秦市长，三年您才发现我们环保局存在的价值啊？是不是有点儿晚？"秦康远说："是有点儿晚，我原来把环保局看作是政府工作的一个陪衬，现在看来我错了！你是主角，我才是陪衬！"吴铁良说："主角还是陪衬并不重要，只要心里装着老百姓，为老百姓办实事，谋福利，就是一个合格的人民公务员！"秦康远说："你说得对！你以前在信访办工作时，庸庸碌碌，默默无闻，没想到你调到环保局后，就像换了个人，活力四射，精神焕发，现在你看上去越来越年轻了！"吴铁良笑道："秦市长，您过奖了！我到环保局后，其实是一个学习和成长的过程，是那些富有激情的年轻人，激发了我的工作热情，我从他们身上，学到了很多很多！环保局有今天的成绩，离不开他们的辛勤付出！"

新的换届选举又要开始了，很多人在流传一个版本，说是秦康远将不再担任副市长，而最有希望接班的，是环保局局长吴铁良，因为吴铁良是灵湖环保的功臣。一天下午，宋书记给吴铁良打电话，约他到办公室一谈。吴铁良到达宋书记的办公室后，宋书记笑道："铁良，非要我先约你，你才来吗？你不能有空过来坐坐，喝杯茶吗？"吴铁良笑道："我是为了避嫌，我最怕别人说我到您这儿来是来拍马屁的！"宋书记呵呵笑道："你要是那种人，我早就把你拍下马了！就因为你是个踏实做事的人，是个正直的人，你才能走到今天，并交上满意的答卷！"吴铁良笑道："您把我从信访办调到环保局，每一天我都战战兢兢，如履薄冰，一刻不敢松懈，怕辜负了您对我的期望！"宋书记笑道："疑人不用，用人不疑，既然我看准了你，就相信你不会让我失望！铁良，还记得三年前，我要调你去当环保局长时说过的话吗？"

吴铁良说："记得，您要我三年把清江变清，现在清江虽然大有改观，达到了三类水标准，但还是没有达到人能饮用的二类水标准，我大概能得60分，勉强及格吧？"宋书记笑着说："你太谦虚了，在我眼里，你可以得85分！我当时还说了一句话：你只要把清江治理好了，你想去哪儿都行！秦康远跟我说过了，他有意辞去副市长职务，推荐你当副市长，我考虑在即将举行的换届选举会上，提名你当第一副市长，不知你意下如何？"吴铁良说："原来那个流言不是空穴来风！宋书记，我不想当副市长！"宋书记一愣，说："为什么？你想换个清闲的工作吗？"吴铁良说："不是！我对环保工作有了感情，我离不开那些可爱的战友，我喜欢每天和污染打交道，不习惯干干净净地坐在办公室里读报喝茶，我想继续干下去！尽管个人所做的有点儿微不足道,但大家都来关心和支持环保,我们的环境,一定会有切实的改变,一定会变得更加美丽!"

　　灵湖湿地公园内,微风习习,遍地芳菲。不远处的灵湖,湖水荡漾,芦苇摇曳。在草地上,两对新人在拍摄结婚照,男的西装革履,女的婚纱拽地,他们的脸上,洋溢着甜蜜的笑容。近了看,原来那两对新人,分别是李志成和菲菲、车少军和翟静,在他们的身后,有他们父母慈祥的笑容,还有环保局同事们的欢呼。人群中,还有方萌,还有楚晴,她们也来祝福。

　　蓝天上白云朵朵,蓝天下绿草如茵,在人们身边的空地上,两个孩子欢快地奔跑着,空中有两只美丽的蝴蝶在飞舞,它们越飞越高,越飞越高……

心中有环保，心中有百姓

——后记

历时三年，这部《环保局长》终于完稿了，我松了口气。尽管头上多了几根白发，但我还是深感欣慰。这部小说，融入了我许多心血，也融入了我的思想和情感，但愿它不辱使命，让更多人倾听到保护环境的呼唤，让更多人关注和支持我国的环保事业！

2006年，我就着手《环保局长》的写作，由于只是一个旁观者，没有深入理解环保的内涵，写了几万字，就中途搁笔，写不下去了。我崇尚有责任、有意义的写作，虽然文学创作可以虚构，但生活是创作的源泉，这是永恒的真理！我一直关心着身边的环保，一直想续写这部小说，也许是机缘巧合，2007年末，北京的卢宏导演在网上看到我原先写的《环保局长》片断，很欣赏我的文笔，他有意要拍摄一部描写环保局长的电视剧，想找个作者，先写部小说出来，然后根据我的小说蓝本，改编拍摄。

我来了兴趣，更让我求之不得的是，卢宏导演说，他愿意介绍我和环保系统的人认识，并让我去环保局体验生活，和真正的环保局长接触，了解他们的生活。我喜出望外，当即答应下来。小说要真实反映生活，必须要有真实的感受，凭空想象，就是用再华丽的辞藻，仍然会让人看出华而不实的空洞。原先的《环保局长》为什么写不下去？就因为我缺少环保工作的体验，卢宏导演给我提供这么好的机会，我岂能错过？

2008年初，我来到了北京，在卢宏导演的安排下，我认识了几位写环保题材的记者，他们长期从事环保方面的报道，每个人都有丰富的故事素材，我还跟他们一起参加了乐水行的户外考察活动；在和北京的NGO环保组织"自然之友"负责人的座谈中，我了解到环保志愿者所做的努力和付出，他们的满腔热情感染了我；北京环保局辐射管理中心和北京环境科学研究所的领导热情接待了我们，和他们亲切的交流使我学到不少环保知识，环保工作中的成绩和问题，他们也都坦诚相告；最值得一提的是，我去山东省德州市环保局体验生活的经历，除了跟监查支队和监测中心的工作人员座谈交流，我还跟随他们的联合执法队下乡检查，亲历了他们执法的过程，了解到环保局的组织结构和执法程序，德州市环保局的吴局长给我们讲述他的生活，讲环保局长的处境，还有他遭遇过的一些故事，使我受益匪浅；回到北京后，我的朋友，唐人时代文化传播有限公司的唐晓龙先生，得知我要写《环保局长》这部书，约定完稿后交给他出版，他也愿意为中国环保出一份力；我把新写的《环保局长》发一部分在网上，很多网友给予了关注，有的还提出了中肯的建议……可以说，我能顺利完成《环保局长》的创作，离不开各位朋友的关心和支持！

"环保局长"处于政府、企业和百姓中间，确实有许多不得已的苦衷，但我创作这部小说，在理解他们的同时，更要树立一个新的环保局长形象，那就是——心中有环保，心中有百姓！小说可以揭露一些阴暗面，但更要有健康阳光和积极向上的一面。时代呼唤有能力、有爱心、有责任和有使命感的环保干部！

小说中描绘的一些故事情节，既有普遍性，又有典型性，提炼于现实生活，同时也凝聚了我的思考和探索。李志成的"病从口入"和"祸从口出"的理论，实质就是要加强对企业排污口的监管；水上餐厅很多地方都有，对水源的污染是显而易见的，如果搬到岸边，污水统一处理，特色还是可以保持的；环保人员对废旧塑料厂的人性化执法，变处罚为扶持，富有借鉴意义；媒体的介入，对环保执法具有积极的辅助作用；主持人翟静批判的道德污染，是社会中一种新的污染源；许多乡镇级的污水处理厂，因处理能力跟不上需要，成为二次污染的传播者；家庭装修中存在的污染，涉及千家万户，环保部门要加强检测和指导服务；警惕违规环评现象，违规项目一旦披上合法的外衣，更具隐蔽性，其危害也更大；旅游景区办有陵园的情形，并不鲜见，既破坏自然环境，更带来火灾隐患，应引起重视；生态农业示范园的建立，对循环经济是一种行之有效的尝试，或许还值得推广；小说中写到的"茶香烤鸡"是我的独创，就是把茶叶塞入鸡腹烤制而成，清香诱人，朋友开玩笑说，也许，"茶香烤鸡"会成为名菜；普及环保教育，应从中小学开始，让孩子从小树立爱护环境的观念；农村环保不容忽视，城乡一体化后，农村环保更要打响保卫战，我们绝不能把一个烂摊子传给子孙后代……

　　人类向自然索取过多，山川河流也需要休养生息，透支环境是会有报应的。停止对环境的摧残吧，停止对生态的破坏吧，停止对生命之源的玷污吧！多一点呵护，多一点珍惜，我们才能距离幸福近一点儿！温家宝总理在《求是》杂志发表的文章中说："今天的人们，只要还有一点儿长远眼光，还在为子孙后代的福祉考虑，就必须改变不可持续的生产和消费方式，以较小的资源环境代价，赢得较快的、更长久的发展。"是啊，环保之路，任重而道远！

李建荣

2008 年 11 月 8 日于苏州